Johannes K. Soyener

Der Schatten des Kaisers

Mit Illustrationen von Jan Balaz

Johannes K. Soyener

Der Schatten des Kaisers

Roman

Gustav Lübbe Verlag

Gustav Lübbe Verlag
ist ein Imprint der Verlagsgruppe Lübbe

Originalausgabe

Textredaktion: Helmut W. Pesch
Satz: Kremerdruck GmbH, Lindlar
Gesetzt aus der Janson Text 55 Oldstyle
Druck und Einband: Ebner & Spiegel GmbH, Ulm

Printed in Germany
ISBN 3-7857-2175-7

Sie finden die Verlagsgruppe Lübbe
im Internet unter www.luebbe.de

5 4 3 2 1

Meiner Mutter zum Gedächtnis

INHALT

1

Jean-Dominique

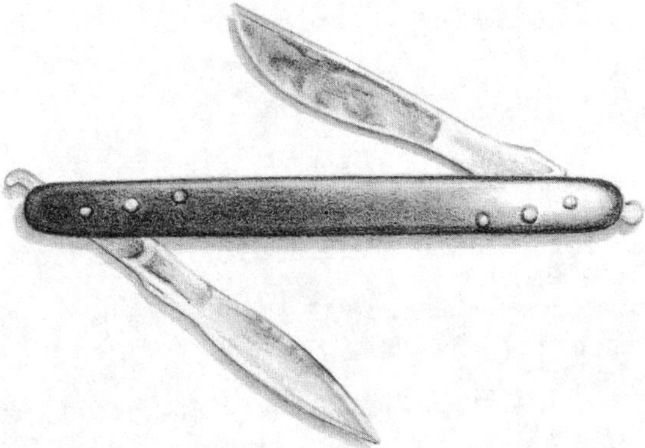

Beaudéan –
Toulouse – Paris – Brest –
Neufundland – Straßburg

1766–1792

I

Paris – Neuilly – Courbevoie, 15. Dezember 1840, 04.00 Uhr

Die Menge bewegte sich wie ein riesiges, gestaltloses Tier in der schneegepeitschten Dunkelheit. Flockenwirbel trieben über die schwarzen Wasser der Seine. Der frostharte Tag war noch jung. Kein Lichtschimmer erhellte den Himmel im Osten, nicht einmal die Vorahnung eines falschen Morgengrauens.

Die meisten der Anwesenden waren schon seit Stunden hier, und trotz Frost, Schnee und Dunkelheit quälte sich immer noch ein unaufhörlicher Strom von Menschen von Paris nach Neuilly, wie Jagdhunde, die einer ausgelegten Blutspur folgten. Doch keiner gab Laut. Eine gespannte Stille begleitete den Strom von Menschen. Sie warteten. Warteten auf etwas, das diesen Tag herausheben würde aus allen anderen Tagen, ein Ereignis, das so ungeheuerlich war, dass es jede Vorstellungskraft überstieg. An diesem Tag würde sie alle der Atem der Geschichte streifen.

Dem Pont de Neuilly näherte sich im dichten Schneegestöber ein fremdartig anmutendes Pferdegespann. Der fahle Schein viereckiger Laternen warf ein gespenstisches Licht. Vier Rappen zogen einen schmucklosen, eisüberkrusteten Kastenwagen, den der Kutscher mit akrobatischem Geschick auf der glatten Trasse hielt. Auf der Wagentür war mit viel Fantasie ein in Goldfarbe gemalter gekrönter Adler mit dem Schriftzug »Ambulance № 1« auszumachen. Es war ein Wagen, wie man ihn eher auf einem Schlachtfeld erwartet hätte, in den eigenen Reihen – unter den Pyramiden, bei Austerlitz, bei Borodino, bei Waterloo. Dieser Wagen trug seine Narben wie ein Veteran vieler Schlachten. Eine grobe Beschädigung am hinteren Teil des Aufbaus war nur notdürftig ausgebessert worden. Hart rollten die eisenbeschlagenen Räder auf dem gepflasterten Boden, und der ungefederte Kasten rumpelte und holperte im Rhythmus der Huftritte.

Der Wind legte zu, das Schneetreiben wurde dichter. Der Kutscher war gezwungen zu halten. Zu Fuß kam man nur noch leidlich vorwärts. Unwillig wichen die Menschen dem stehenden Gespann in den knietiefen Schnee aus. Noch einmal ließ der Fuhrmann die Pferde antraben. Doch vergeblich. Die Menge war zu dicht; Unwille breitete sich in Wellen nach allen Seiten aus, drohte zurückzuschwappen.

Das tückische Pflaster verlief zur Brücke hin aufwärts. Aus dem kleinen Sichtfenster der Wagentür kamen ein goldbestickter Ärmel mit dunkelblauem Aufschlag und eine feingliedrige, schmale Hand zum Vorschein, die sich zur Faust ballte. »Voran! Bring mich zur Brücke!«

Die Pferde zogen an. Der Kutscher versuchte noch einmal die Distanz zu verkürzen, doch es öffnete sich keine Gasse. Ein letzter Versuch. Noch einige Peitschenhiebe – dann hielten die Pferde wie von selbst. Eine kompakte, dicht gedrängte Masse Mensch machte ein Passieren unmöglich. Die Nachrückenden dagegen forderten ihren Platz: »He! Runter vom Weg! In den Graben damit! Zurück! Zurück!« Einer griff in die Zügel, doch der Kutscher blieb besonnen und die Pferde ruhig. In der gleichen Minute schloss die Menge den Wagen ein. Der Weg rückwärts war versperrt. Das Gespann hatte gleichwohl das ausgewählte Areal an der Seine erreicht – den Ort der erwarteten Ankunft.

Das heftige Schneetreiben hatte etwas nachgelassen. Der Verschlag wurde von innen geöffnet. Neugierig wurden Fackeln in die Höhe gehalten. Gespannte Aufmerksamkeit herrschte um das seltsame Gefährt.

Die Wagentür wurde aufgestoßen. Zwei Männer, eingehüllt in dicke Pelzmäntel, entstiegen dem Inneren. Der jüngere von beiden drehte sich um und streckte helfend seine Hand in das Dunkel der Öffnung.

Sekunden der Starre, des An-sich-Haltens vergingen. Dann kam ein Kopf zum Vorschein. Ein faszinierendes Gesicht, in das sich Stolz und tiefe Melancholie eingegraben hatten, blickte stoisch in die Menge. Bedächtig setzte Monsieur seinen Fuß auf das vereiste Pflaster. Eine seltsame Aura umgab ihn. Das schlohweiße, gelockte Haar machte ihn zum Fixpunkt in der Menschenansammlung, und im Widerschein der lodernden Fackeln wirkte er respekteinflößend und doch liebenswürdig und väterlich zugleich. Das Gemurmel um das Gespann herum verstummte. Wohl eher aus Vorsicht als aus Ehrerbietung. Im Rücken des Weißhaarigen bildete sich ein kleiner Halbkreis, und die Neugierigen reckten ihre Hälse, um die ungewöhnliche Erscheinung zu mustern. Mitten im Meer von schwarzen Hüten, Stoffen, Pelzen, Armbinden und samtenen Flors wirkte der Greis wie eine Erscheinung aus einer anderen, längst vergangenen Welt.

Denn was die Staunenden zu Gesicht bekamen, hatte zweifellos Seltenheitswert: karmesinroter Samtkragen, goldene Epauletten mit dicken steifen Fransen, langer einreihiger Frack aus dunkelblauem Tuch. Die Weste und das Beinkleid darunter blütenweiß. Am Ende aber blieben ihre Blicke ungläubig auf die Mitte seines Leibes gerichtet. Eine um die Taille getragene Schärpe mit weißgoldenen Quasten wies auf seinen Rang hin. Kein Zweifel, der Mann im Greisenalter, der sich mühsam aus dem schäbigen Kastenwagen herausgeschält hatte, trug die Marschallsuniform der alten Kaiserlichen Armee.

»Wer ist er?«

»Wer kann das sein?«

»Wisst ihr es?«

Unweit des Geschehens tippte im selben Moment ein hochgewachsener, düsterer Herr, eingehüllt in einen abgenutzten Fuchspelz, mit seinem Stockknopf dem Vordermann auf die Schulter. »Kennst du den?«

Der Angesprochene drehte den Kopf nach hinten. Eine wulstige Narbe zog sich quer über sein Kinn. »Nein!«, blaffte er zurück. »Aber sicher einer vom alten Regime, einer von den Gestrigen …«

Durch den Ton der Antwort angestachelt, erwiderte der Fuchspelz: »So einer hat gerade noch gefehlt. Die guten von dieser Sorte lagen doch spätestens mit vierzig unter der Erde …«

Der mit der Narbe geriet in Rage. »Ja, ein Beweis der Feigheit! Die Schande Frankreichs kriecht noch einmal aus den Löchern!«

Im selben Augenblick versuchte der jüngere der beiden Männer, die zuvor dem Wagen entstiegen waren, Monsieur mit einer beschwörenden Geste einen wärmenden Mantel über die Schultern zu hängen.

Fuchspelz deutete mit dem Stockknopf auf den Greis. »Der liegt nur deshalb noch nicht unter der Erde, weil die letzte Kugel für ihn zu schade war.«

»Eine Kugel?«, widersprach der andere lebhaft. »Die Guillotine, das wäre das Richtige für so einen. Ob Bourbonen oder Bonapartisten – immer wieder halten sie an diesem Diebsgesindel fest. Warum nur?«

»Weil der Wind sich gerade wieder dreht«, entgegnete der Fuchspelz süffisant. »Und wer so eine Uniform hat, der hat meist auch genug Geld gescheffelt, um sich alles zu kaufen. Weiber. Einfluss. Sicherheit vor Verfolgung.«

»Darauf könnt ihr wetten«, versetzte der andere, »reich sind sie dabei auch noch geworden. Raub und Plünderungen waren ihnen wichtiger, als es den Preußen zu zeigen.«

»Ja! Üble Ratten sind das! Feige Spitzbuben und ehrlose Seelen! Wisst ihr, wie viele von dieser Sorte noch leben?«, knurrte Fuchspelz dumpf.

»Vielleicht drei oder vier.«

»Einer von denen ist schon zuviel an diesem Morgen …«

Ein heftiger Graupelschauer, angetrieben durch eisige Böen, ließ die Männer verstummen. Unwillkürlich rückte die Menge auf der Brücke noch enger zusammen und ballte sich zu einem einzigen dunklen Block.

Ungeachtet der frostklirrenden Witterung lehnte ein Mann in steifer Haltung am vereisten Mauerwerk. Auf den ersten Blick machte er in seinem gefütterten, schwarzen Gehrock einen gutsituierten Eindruck. Erst auf den zweiten Blick sah man, dass der Rock zerschlissen war. Er machte keine Bewegung, blickte niemanden an und beachtete die Menschen ringsum nicht. Doch das täuschte. Jede Bewegung, jedes Wort, das zwischen den beiden

Männern gesprochen wurde, hatte er mitverfolgt. Der Unbekannte griff plötzlich hinter sich. An einer achselhohen Krücke richtete er sich auf, was ihn unendliche Mühe kostete, und machte Anstalten, in die Nähe der beiden Männer zu gelangen. Er hatte nur ein gesundes Bein. Das andere bestand aus einem hölzernen Stelzfuß.

Der Graupelschauer ließ nach. Die Köpfe erhoben sich, der Block von Menschen lockerte sich wieder auf, der Unbekannte humpelte heran. Aus seinem Mund entströmte in wilden Schüben der Atem. »Ihr da! Lästermäuler! Ehrabschneider! Ihr habt überhaupt keine Ahnung, wovon ihr redet. Bei eurem Geschwätz vergeht sogar der Guillotine der Appetit.«

Die beiden blickten irritiert auf den Invaliden. Der Mann blieb stehen, suchte Halt. Als er sein Gleichgewicht gefunden hatte, zeigte er mit seiner Hand auf den Monsieur in der Marschallsuniform. »Ihr wagt es, über diesen Mann Lügen zu verbreiten?« Drohend hob er seine Krücke. »Das ist Larrey! Baron Jean-Dominique Larrey!«

»Larrey?«, wiederholte der Narbige unerwartet ehrerbietig.

Fuchspelz stand der Mund offen. Offensichtlich hatte auch bei ihm das Begreifen Einzug gehalten.

Der Unbekannte schlug triumphierend mit der Krücke an seinen Stelzfuß. »Ja! Ohne ihn hätt ich den heutigen Tag nie erlebt! Wenn er nicht gewesen wär …« Abermals holte er tief Luft: »Während der Schlacht von Eylau – es war genauso lausig kalt wie heute – hat er mir mein zerfetztes Bein amputiert.« Nun stieß er die Krücke nach oben, als wäre sie sein verlängerter Zeigefinger. »Er hat mir ein zweites Leben geschenkt. Zollt diesem Mann euren Respekt. Er hat es verdient!« Dann überschlug sich seine Stimme: *»Vive Larrey!«*

Durch die Menschen auf der Brücke ging ein Raunen, eine Woge der Begeisterung, die sie erfasste wie der Wind die Segel eines Schiffes. *»Vive Larrey!«*, rief einer, und andere griffen den Ruf auf: *»Vive le Baron! Vive Larrey!«* Die Hochrufe schwollen an zum Chor. Dazwischen mischten sich Stimmen: *»Vive l'Empereur!«* Eine impulsive Bekundung der Gefühle, von denen die Rufer plötzlich beseelt waren.

Der weißhaarige Mann in der Marschallsuniform zeigte sich

gegenüber den Honneurs gelassen; nur die angeschwollene Ader an seiner Schläfe verriet seine innere Erregung. Er hob seine Hand und blickte in die Richtung des Invaliden. Ein Lächeln huschte über sein Gesicht. Der Mann mit den feinen, melancholischen Augen wusste, was der Kaiser in diesem Augenblick gedacht hätte: Ein gewonnener Augenblick wiegt tausend Niederlagen auf.

II

Neuilly, Am Seine-Ufer, 05.00 Uhr

Wie all die wartenden Menschen um ihn herum war auch er gekommen. Aber nicht, um ein letztes Mal seinem Kaiser die Ehre zu geben. Jean-Dominique Larrey hatte den Anfang und das Ende jener Epoche erlebt – und wie durch ein Wunder auch überlebt, als einer der Wenigen seines Ranges. Er war gekommen, um einen Schlussstrich zu ziehen.

Für einen Moment streckte er sich und starrte über die Brüstung stromabwärts, wo, noch in das Dunkel der Nacht gehüllt, der griechische Tempel, die Ehrentribünen und die Anlegestelle eher zu ahnen als zu sehen waren.

An dieser Stelle hatte er vor knapp fünfzig Jahren das erste Mal mit Charlotte gestanden, als sie an einem warmen Vorfrühlingstag im März einen Ausflug durch den Bois de Boulogne hierher unternommen hatten.

Damals, als sich sein Gefühl ihr gegenüber verwandelte, als Verehrung zu Liebe wurde. Er schloss die Augen. Doch im Geiste sah er ein anderes Bild.

»Thérèse.« Es war wie ein Hauch.

Mit den Böen des Nordwestwindes drang ein stoßweises Aufflattern an sein Ohr, ein Rauschen von gehissten Fahnen. Eine Hand legte sich auf seinen Arm. »Gehen wir?« Larrey hob den Blick. Der junge Mann neben ihm deutete hinunter zur Seine. Larrey nickte. Gemeinsam schritten sie über das tückische Pflaster durch ein Spalier von Menschen.

Der zweite Begleiter Larreys wandte sich derweil an den Kutscher auf dem Bock. »Gebt mir eine Laterne!«, befahl er in einem angenehmen Bariton. Dr. Johann Friedrich Tscharner, gut zehn Jahre jünger als er, war Larreys dauerhafter Weggefährte und befreundeter Berater. Auf Larreys ausdrücklichen Wunsch war er mitgekommen, um ihn an diesem Tag zu begleiten.

Plötzlich züngelte in Augenhöhe, unweit der Brücke, ein Kranz von Flammen empor. Ein Seufzen ging durch die Menge. Wenig später entflammte ein zweiter Feuerkranz und kurz darauf darüber noch ein dritter. Staunend blickten die Menschen empor zu den Flammen, die rotgelb in den noch nachtschwarzen Himmel züngelten. Der schwarze Obelisk, bekrönt von einem riesigen bleiernen Adler, war auserkoren worden, wie ein großer Kandelaber den Tanz zu beleuchten, der nun begann. Unterhalb der Brücke, entlang des Ufers, wurden in seinem Schein Tribünen sichtbar, bis hin zum Tempel, wo sie sich im Dunkel verloren. Das glatte Wasser der Seine wirkte dazu wie eine Turnierwiese, abgedeckt mit großen schwarzen Zeltbahnen.

»Es beginnt!«, sagte Larrey. Kurz vor der Brücke führte der Weg hinab zum breiten Seine-Ufer. Angelockt von den Tribünen, die den Schaulustigen noch bessere Plätze versprachen, ergoss sich ein Schwall von Menschen den schmalen Steig hinab. Angsterfüllte Schreie gellten durch die Nacht. Einige Drängler waren auf dem vereisten Gefälle ausgerutscht und kamen zu Fall. Die Nachdrängenden stolperten darüber, sodass sich mit einem Mal ein Knäuel von Menschen die Uferböschung hinabwälzte. Larrey wurde von seinem Begleiter geistesgegenwärtig zur Seite gedrängt, um nicht von den Stürzenden mitgerissen zu werden.

»Das war knapp, Vater!«

»Ja, gerade noch gut gegangen! Trotzdem, ein schlechtes Vorzeichen! Die Römer würden die Seine an diesem Tage nicht mehr überqueren«, erwiderte Jean-Dominique in ironischem Ton zu seinem Sohn.

»Wir sind Franzosen, keine Römer«, gab dieser zurück.

Sein Vater erwiderte: »Aber er war abergläubisch und hätte es sich überlegt.«

»Es hat ihm am Ende auch nichts geholfen.«

Jean-Dominique sah im Schein der Laterne in das Gesicht seines Sohnes. »Sei es, wie es sei. Doch dieser Tag wird ihm gehören. Er wird zum Triumph werden!«

Nach einer Pause erwiderte Félix Hippolyte: »Ein Triumph im Tode. Aber der eigentliche Triumph gebührt dir, Vater.«

Félix Hippolyte Larrey war fast so alt wie das Jahrhundert, Arzt am Hôtel des Invalides in Paris. Er hatte das Talent seines Vaters geerbt. Dazu den Verstand, den Ehrgeiz, das gute Aussehen, das Wege öffnet, und den Willen, sich durchzusetzen. Zur großen Freude seines Vaters setzte er die Tradition der Familie Larrey auf dem Gebiet der Chirurgie fort. Er war gefragt, und das nicht nur, weil er einen großen Namen trug. Seine Examen hatte er mit Auszeichnung bestanden. Wo er auch antrat und sich bewarb, war die Entscheidung meist schnell getroffen. Entweder Doktor Larrey, oder man musste sich mit zweiter Wahl zufrieden geben. Jetzt, da sein Vater nicht mehr operierte, war er die erste Wahl.

Er selbst verehrte seinen Vater und dessen übermenschliche Taten während der Feldzüge des Kaisers. Die Bindung an ihn war stark. Auch wenn Hippolyte während seiner Kindheit ohne beständige väterliche Nähe hatte auskommen müssen, hatten die wenigen Monate zwischen den Heereszügen aber ausgereicht, um ein seelenstarkes Vaterbild zu formen.

Ein heftiger Schneeschauer zwang sie, wieder die Hälse einzuziehen. »Du denkst an früher. Nicht wahr, Vater?«

Jean-Dominique blinzelte seinen Sohn ein paar Sekunden ungläubig an. Manchmal war es fast unheimlich, wie Hippolyte seine Gedanken und Gefühle mitempfinden konnte. Der Invalide auf der Brücke hatte ihm Episoden ins Bewusstsein gerufen, die sich damals für den Rest seines Lebens in sein Gedächtnis eingegraben hatten …

… Er erinnerte sich an das Jahr 1798, als er in der Orientarmee Bonapartes in Ägypten als Chefchirurg seinen Dienst tat. Auf dem Marsch nach Kairo scheute ein arabisches Pferd und traf die rechte Wade des Generals mit seinem Huf. Der erste Befund war niederschmetternd. Eine Zermalmung des Muskels, mit all den schweren Folgen einer derartigen Verletzung, stand zu befürchten. Doch es ging noch einmal glimpflich ab. Wie wäre sein Leben ohne Napoléon verlaufen, wenn seine Befürchtungen mit all ihren verhängnisvollen Konsequenzen eingetreten wären? …

… Machtvoll drängte sich das zaristische Artilleriefeuer in sein Bewusstsein, das im Februar 1807 unter der Infanterie der Garde in der Schlacht von Eylau schrecklich gewütet hatte. Er sah die zugige Scheune vor sich. Der Boden darin war hart gefroren, und der Platz reichte nicht aus, die Schwerverwundeten darin zu betten. Im klirrenden Frost mussten daher um die Scheune herum die Blessierten in einer Art biwakierendem Lazarett gelagert werden. Das Thermometer zeigte minus 18° Réaumur.

Der schaurig kalte Stadel diente als Notlazarett, und er war überfüllt von Verwundeten, deren Gliedmaßen amputiert werden mussten. Deutlich trat das Gesicht eines jungen Burschen in Erscheinung, dessen linker zertrümmerter Arm im Schultergelenk exartikuliert werden musste. Gerade erst hatte er einem anderen Verwundeten den Unterschenkel im Gelenk abgenommen und war in Gedanken noch ganz bei der Operation, als die verzweifelte Stimme an sein Ohr drang: »Jetzt bin ich an der Reihe! Verkürzen Sie mein Leiden, ich sterbe vor Schmerz!«

Die Amputation des Arms wurde von ihm, trotz der harten Bedingungen, in nicht ganz zwei Minuten vollbracht. Der junge Mann überlebte und ermunterte schon drei Stunden später seine Kameraden, seinem Beispiel zu folgen. Alle Schwerverwundeten der Garde und ein großer Teil der übrigen wurden in den ersten zwölf Stunden operiert und verbunden.

Was ihm im Gedächtnis blieb, waren seine eigenen, fast übernatürlichen Kräfte, ohne Zweifel durch die brennende Begierde freigesetzt, das Leben möglichst vieler Menschen zu erhalten. Damals schien sein geistiges Wesen vom seinem körperlichen völlig getrennt zu sein. Er war fast unempfindlich gegen die Heftigkeit der Kälte, während seinen Helfern die Instrumente, die sie ihm reichen sollten, aus den klammen Händen glitten. Alle halbe Stunde mussten sie abgelöst werden, um sich zu erwärmen.

Trotz der immensen Strapazen bei der Bergung der Verwundeten, trotz des Gefühls, sich am Ende der Welt zu befinden, trotz der tödlichen Nähe des Feindes und trotz der extremen Kälte, war er, was Ausdauer und Schnelligkeit beim Operieren anbelangte, über sich selbst hinausgewachsen. Nie war ein Tag so schrecklich, nie sein Gemüt so bewegt gewesen …

… und dann Teplitz, südlich von Dresden, 1813. Nur eine Episode auf dem Weg des Niedergangs der Großen Armee. Der Kaiser war die Wochen vor der Völkerschlacht von Leipzig abwechselnd gegen Preußen, Österreicher und Russen vorgegangen, konnte sie aber nicht zur Schlacht bewegen. Am 10. September schleppten Gardehusaren einen verwundeten preußischen Offizier in das Hauptquartier. Er hatte Hiebwunden an beiden Oberarmen und wurde statt zur Ambulanz erst in das Vernehmungszelt des Stabes gebracht. Man schlug auf seine Wunden. Larrey konnte jeden Schmerzenschrei hören und jedes rüde Wort verstehen, das an den Gefangenen gerichtet wurde. Gerade als er dagegen einschreiten wollte, nannte der Gefangene seinen Namen: »Oberstleutnant Lebrecht.«

Johann Friedrich Tscharner, der mit ihm im Lazarettzelt war, horchte. »Warte!«, sagte er. Er ging sofort ins Freie und verschaffte sich Zutritt zum Stabszelt. Kurz darauf kam er zurück. »Ich hatte richtig vermutet. Das ist der Sohn von General Blücher, dem Oberbefehlshaber der Schlesischen Armee. Wie es scheint, hat er ordentliche Hiebwunden an den Armen. Das Blut tropft ihm aus beiden Ärmeln.«

Wütend ging Larrey zum Stabszelt und beendete das barbarische Verhör. Zum großen Ärger einiger Offiziere aus dem Stab des Kaisers verband er den jungen Blücher selbst und sorgte für seine gute Behandlung. In seinen Augen war es ein unverzeihlicher Fehler Bonapartes, der es tolerierte, dass verwundete gegnerische Offziere in ihrem bedenklichen Zustand erst einem »Verhör« unterzogen wurden. Larrey verabscheute es, wenn auf solche Art und Weise Feindaufklärung betrieben wurde. Seiner Eidespflicht gegenüber dem Kaiser sah er sich in diesem Punkt entbunden und ging vehement gegen diese Verhörmethoden in der französischen Armee vor. »Im Namen der Menschlichkeit!«, hatte er den Kaiser beschworen. »Unterbinden Sie jegliche Art von Grausamkeiten an Gefangenen!« …

Auch Hippolyte erinnerte sich an die Erzählungen seines Vaters. Begierig hatte er als Knabe dessen Schilderungen gelauscht, wenn er von den Kampagnen heimkehrte. Sein Blut, seine Sinne, seine Seele, all diese verwirrenden Gefühlselemente eines Kindes bordeten über, wenn sein Vater schilderte, wie er das Leben von Verwundeten oft in letzter Minute retten konnte. Sein Vater erzählte so eindringlich, dass er meinte, den Pulverdampf zu riechen, das Blut zu sehen und die Schreie hören zu können. Félix litt mit den Verletzten, Operierten und Sterbenden. Sank er in den Schlaf, so begleitete er im Traum seinen Vater. Er war beseelt von dem Gedanken, einmal genauso helfen zu können wie der Vater, den er so bewunderte.

Als Kind war diese Vorstellung für ihn von einer unendlichen Faszination gewesen. Doch als er herangewachsen war, hatten sich die politischen Verhältnisse verändert, und er sah die bewaffnete Macht mit anderen Augen: als die garantierte Wiederkehr der ewig grausamen Dinge. Darum lehnte er den Dienst in der Armee entschlossen ab. So beurteilte er die jüngste Vergangenheit Frankreichs unverklärt, registrierte aber mit Besorgnis, dass mit dem Frieden neuerdings auch das Bedürfnis wuchs, durch politische Abenteuer des Volkes Seele in Schwingung zu versetzen.

Der ältere Larrey hatte den Krieg nie verherrlicht und war im Laufe seines Lebens immer kritischer geworden gegenüber denen, die ihn führten. Dennoch legte er größten Wert darauf, zusammen mit seinem Sohn in vorderster Reihe diesen historischen Augenblick zu erleben. Warum, das wusste Hippolyte nicht, aber er hatte das Gefühl, dass eine Absicht dahinter steckte, die noch im Verborgenen lag. Aber die Achtung und die Liebe zu seinem Vater geboten, dass er ihm als Sohn vertraute und ihn an diesem Tag nicht allein ließ.

Schiebend und stemmend drängte das Volk unentwegt an ihnen vorbei, hinab zum Ufer. Die Aussicht auf noch bessere Plätze trieb sie zu den Tribünen, und ihre überschäumende Neugier war durch nichts, aber auch durch gar nichts zu bremsen. Urplötzlich erhellte eine grelle Feuerlanze das gesamte Ufer. Geschützdonner ließ die Menschen zusammenfahren. Die Salve war ein Signal. Vom Tempel her marschierten, aus dem Dunkel kommend, Truppen heran. Zum dumpfen Schlag der Tamboure begannen die angetretenen Kolonnen, wie an unsichtbaren Fäden gezogen, die ihnen zugewiesenen Areale einzunehmen. Als sich die erste Abteilung in Larreys Blickfeld befand, erkannte er Soldaten in den Uniformen der Nationalgarde. Eisern begannen sie das Volk wieder auf die Straße zurückzudrängen. Die Menge protestierte. Doch die Übermacht der gedrillten Staatsgewalt machte die Aussichtslosigkeit ihres Unterfangens deutlich. Schnell presste ihre Entschlossenheit die freien Bürger in den Gehorsam.

Hippolyte verfolgte die Vorgänge mit gespannter Aufmerksamkeit. Instinktiv fasste er seinen Vater um die Schulter. »Sie werden die Brücke räumen. Es ist besser, wir gehen zurück zur Kutsche.«

Jean-Dominique erwiderte unbewegt: »Mein Sohn, wir bleiben hier stehen.«

Im Gleichschritt trieb die Garde die Menge zurück. Der Offizier vorneweg brüllte Befehle, als müsste er statt der Brücke die Bastille erobern. Gleichzeitig preschte von Courbevoie kommend in vollem Galopp eine Schwadron heran. Menschen begannen zu flüchten.

»Runter von der Brücke! Platz für die Garde!«

Wie eine überschwappende Welle wich die Menge nun panisch über die Brücke auf das gegenüberliegende Seine-Ufer aus. Vater und Sohn Larrey mitsamt ihrem Begleiter fanden Schutz im Eck des steinernen Vorsprungs der Brückenbrüstung. Schon kamen die Gardesoldaten heran und drohten wortlos mit ihren bajonettbestückten Gewehren. Die Entschlossenheit der Waffenträger wurde vom Volk mit einem Schwall von Flüchen beantwortet, wie man sie selten zu Ohren bekam. Tscharner hielt seine Laterne hoch. Er ahnte wohl, dass die Uniform seines Freundes als Passierschein dienen würde, um unbeschadet hinüber zum Tempel zu gelangen. Er vermutete richtig.

»Monseigneur! Kein gutes Biwakieren hier!« Die riesige Pelzmütze mit goldenem Schild, tief in die Stirn gezogen, und ein dicker, eisverkrusteter Schnauzbart ließen vom Gesicht des Offiziers kaum etwas frei. Dafür stürzte ein donnernder Wortschwall im breitesten Gaskonisch aus seinem Munde, während seine Augen Feuer sprühten. Er salutierte: Dann wies er hinüber zum Tempel. »Am rechten Flügel vorbei! Ihr habt Geleit – bis zu den Tribünen!«

Die beginnende Dämmerung erhellte ein wenig das Winterdunkel, der Tag trat in eine neue Etappe. Das Menschengewimmel entlang der Absperrungen wuchs von Minute zu Minute. Menschen unbekannter Herkunft, die Gott weiß welch eisiger Wind von Paris bis Neuilly geweht hatte.

Doch alle wussten, was geschehen würde. Niemand absolvierte eine bloße Pflicht. Trotz Sturm und Finsternis hatten sich die unterschiedlichsten Menschen aus den achtundvierzig Quartieren, ja, wie es schien, aus ganz Frankreich eingefunden, und es war, als verbinde sie eine einzige Idee.

An diesem bitterkalten Morgen sollte er zurückkehren – skelettiert: der Kaiser. Napoléon Bonaparte.

III

Erinnerungen Jean-Dominique Larreys,
Paris, 22. September 1791

Aus den Pyrenäen kommend, zähle ich zu einer Generation, deren Väter nicht an den König und nicht an die Revolution glaubten, dafür gottgefällig lebten, ein instinktives Verständnis zur Natur hatten und nur in den seltensten Fällen die Buchstaben auf dem Papier zu deuten verstanden.

Ich wurde getauft im Jahre 1766, als zweiter Sohn meines Vaters Jean und seiner Frau Philippine. Meine Herkunft wies in das Schuhmacherhaus zu Baudéan, bei Bagnères-Adour im Département des Hautes-Pyrénées. Mein sechshundert Seelen zählender Geburtsort lag direkt am kristallklaren Adour-Fluss, mit der herrlichen Kulisse des Pic du Midi de Bigorre im Süden. Dort wuchs ich zusammen mit meiner älteren Schwester Geneviève und meinem jüngeren Bruder Claude François Hilaire auf.

Mein Großvater entstammte noch einer Bauernfamilie. Auch seine Wiege stand in Baudéan. Anders als mein Vater, der eine großzügige und gesellige Lebensführung liebte – die freilich immer wieder die finanziellen Möglichkeiten überstieg –, galt mein Großvater als bedürfnislos und geizend. Wie in der Familie erzählt wurde, hing er am kargen Boden mit dem Fanatismus, der bei Menschen aus den Pyrenäen so sehr ausgeprägt war. Vielleicht war das der Grund, warum mein Vater in Baudéan blieb. Er war klug und belesen, und wie mir meine Mutter erzählte, hat er ihr eines Tages gestanden, dass er gern dem Beispiel seines Bruders Alexis gefolgt wäre, der es in Toulouse zum Professor der Chirurgie am Stadtspital gebracht hatte. Oft gab es für meinen Vater nicht genügend

Schuhe zu reparieren, sodass meine Mutter wiederholt eingreifen musste, um den finanziell gefährdeten Haushalt in den Griff zu bekommen. Sie hatte in mir den Keim zur Sparsamkeit gelegt, ohne den ich später in Paris wohl nie zurechtgekommen wäre. Mein Vater stand bei meiner Erziehung eher im Hintergrund, während meine Mutter mir ihre strenge Auffassung von Pflicht und Selbstdisziplin vermittelte. Was in mir allerdings stärker nachwirkte, war die düstere Atmosphäre religiöser Schuld, die von meinem Vater ausging. Sie brach immer aus ihm heraus, wenn er dem Wein kräftig zusprach. Er glaubte nämlich, er stehe unter einem geheimnisvollen Fluch. So lebte er in der ständigen Erwartung einer göttlichen Strafe. Doch meine Mutter tat alles, um zu vermeiden, dass seine Schwermut meine kindliche Seele und die meiner Geschwister füllen konnte.

Als ich alt genug war, schickte mich meine Mutter zu Abbé Grasset in die Dorfschule. Damals gab mir die Zeit Rätsel auf, die auch der Abbé nicht lösen konnte: Warum ist der Himmel blau? Warum ziehen Gewitter immer gegen den Wind auf? Und warum gilt es nicht als Gotteslästerung, wenn im Namen des Allerhöchsten und im Namen des Königs von den Ärmsten der Armen Abgaben eingetrieben werden, sodass sie bittere Not erleiden, was dazu führt, dass im Winter regelmäßig ganze Familien den Hungertod sterben? Auf solche und auf viele andere Fragen, die ich stellte, gab es in Baudéan keine Antworten.

Ich schrieb daher diese Fragen auf Zettel, die ich von den Wellen des Flusses Adour wegtragen ließ, in der Hoffung, dass sie in der Ferne von jemandem aufgefischt und gelesen würden. Dort in der Ferne musste es Menschen geben, die mehr wussten als wir hier in der Abgeschiedenheit unserer Bergwelt. Ich hoffte also auf jemanden, der eines Tages nur deshalb nach Baudéan kommen würde, um mir meine Fragen zu beantworten.

Mitten im fünften Schuljahr erfüllte sich für meinen Vater der geheimnisvolle Fluch. Gottes Strafe kam über ihn. Ohne meine Mutter und meine Geschwister nahm er mich zu der fröhlichen Dorffeier mit, die uns wie jedes Jahr im Herbst zusammen mit Nachbarn in die einsame Grand Cascade, einem gigantischen Kolosseum der Natur in den Hochpyrenäen, führte. Auf dem Rückweg zogen Wolken auf, hüllten die Welt in ein bleiernes, totes Grau. Es schien, als wären mit den Gräsern ringsum auch die Menschen gestorben. Im Cirque de Gavarnie überraschte uns ein unerwartet brutaler Wintereinbruch. Der Wind fegte heulend durch das enge Tal wie durch einen offenen Kamin. Ich meinte, messerscharfe Eisklingen würden mein Gesicht zerschneiden. Bis zu eintausendvierhundert Meter ragen die steilen Felswände in dem Kessel auf. Mein Vater zeigte noch auf den Pic de la Cascade und rief, bevor Schneewolken ihn verhüllten: »Gottes geheimnisvollstes Bauwerk. Es ist ein Berg und eine Mauer zugleich!«

Kurz danach drangen nur noch Wortfetzen an mein Ohr. »Zurück … wir … müssen … nach Gavarnie …!«

Das einsetzende Schneegestöber blies den Teufel wach und schlug weiße Nägel schmerzhaft in die Haut. Die älteren Frauen und Männer suchten Schutz an einem Felsvorsprung. Mein Vater wollte noch weiter, doch dann fasste er sich an die Brust und blieb stehen. Eine tödliche Entscheidung in diesem gottverlassenen engen Tal, wie ich heute weiß. Durch die extreme Windkälte drohte jedem der Erfrierungstod. Ich konnte spüren, wie beharrlich der Frost durch den Überhang meines Vaters kroch, hinein in seine Muskeln, seine Knochen, seine Seele …

Der großartige Felsenzirkus wandelte sich in einen Ort des Grauens. Vom wirbelnden Schnee umgeben, kauerte sich mein Vater erst an den Fels, dann plötzlich kippte er um und kam auf dem Rücken zu liegen. Ich dachte erst, der Schlaf hätte ihn überwältigt und seine Seele wäre nur auf Traumwanderschaft gegangen. Ich streifte ihm den Schal vom Gesicht, schrie ihn an, versuchte ihn wach zu bekommen. Es gelang mir nicht. Schrecken zog in mein Herz. Es dauerte etwas, bis ich die Wahrheit begriff. Sein Geist verlangte danach, Ruhe zu finden. Mein Vater – er starb als Erster.

In meiner Verzweiflung warf ich mich über seinen hingestreckten Körper. Ich weiß nicht, wie lange ich dort gelegen habe, jedenfalls packten mich zwei kräftige Arme und hoben mich auf. Ich sah noch einmal auf ihn hinab. Zwischen zwei Knöpfen seines Überhangs lugte ein kleines Thermometer hervor, das er immer mit sich führte. Es zeigte minus 21° Reaumur, als ich es an mich nahm. Seitdem habe ich es immer an meinem Herzen getragen.

Wenige Augenblicke später hatte der Schnee schon ein weißes Tuch über ihn gebreitet. Das wehende Weiß deckte auch für immer seine einzigartige väterliche Liebe zu, mit der er mich geduldig aufgezogen hatte.

»Weiter … bis Gavarnie …«, rief einer der Männer in Panik den anderen zu, die noch unschlüssig waren und sich um die Älteren sorgten.

Kurz darauf erwiderte der Führer unserer Gruppe: »Jeder, wie er kann!« Eine Losung, die in den Bergen Geltung bekam, sobald eine Situation eintrat, die ein Überleben fast aussichtslos machte. Durch windgepeitschte Schluchten ewiger Einsamkeit und Kälte zogen wir zu fünft los und doch jeder für sich allein. Hinaus aus dem eisigen Windkessel, den rettenden Gehöften von Gavarnie entgegen. Immer in Bewegung, ohne genaue Orientierung, angetrieben nur von der Hoffnung, auf dem richtigen Weg zu sein. Mein schmaler Schatten, so sagte man mir später, ging voran und bewegte sich mit großer Ausdauer. Bald lag der Schnee knietief. Bei jedem Tritt sackten die Füße ein und fanden erst danach sicheren Stand. Obwohl mir die Füße schmerzten, blieb ich in Bewegung. Als Zehnjähriger zeigte ich bereits eine eiserne Konstitution, mit einer geradezu außergewöhnlichen Unempfindlichkeit gegen Kälte. Ich war der Einzige aus der Gruppe, der das Unglück ohne Erfrierungen überstand.

Es war der Beginn eines schrecklich kalten Winters; seither habe ich außer in Russland nichts dergleichen erlebt. Der Adour gefror bis auf den Grund, die Spatzen fielen von den Bäumen, und von den Dächern hingen so dicke Eiszapfen herab, dass wir sie selbst mit Kieseln nur schwer abwerfen konnten. Meines Vaters Leichnam konnte man erst im Frühjahr bergen, da die Felsenpforte zum Cirque de Gavarnie durch Lawinenabgänge monatelang unpassierbar geworden war. An jenem Tag im Frühjahr, als seine sterblichen Überreste zusammen mit denen dreier weiterer Erfrorener in Beaudéan beerdigt wurden, sagte meine Mutter zu mir: »Dein Vater hinterlässt uns kein Erbe. Dafür einen geachteten und unbefleckten Namen. Bereite ihm immer Ehre!«

Drei Jahre nach seiner Bestattung fiel in meinem Elternhaus die Entscheidung, dass auch ich Medizin studieren sollte. Mein Onkel väterlicherseits, Alexis Larrey, Chirurgien major am Collège de Chirurgie de Toulouse und Professor am Stadtspital, kümmerte sich um meine weitere Erziehung. Ich wollte zwar lieber das Kapitänspatent erlangen, beugte mich aber der Entscheidung des Familienrates. Mein Bruder nahm zwei Jahre später in London ebenfalls das Studium der Chirurgie auf. Damit begründeten wir die neue Tradition, die aus der alten Bauernfamilie eine »Medizinerfamilie« Larrey machen sollte.

Am 10. Mai 1780 machte ich mich zu Fuß und allein von Beaudéan nach Toulouse auf. Unter Aufsicht meines Onkels begann ich dort Medizin zu studieren. Er legte von Anfang an Wert darauf, die humanistischen Studien mit denjenigen der Medizin zu verbinden. Zudem hatte ich im Spital gefunden, wovon die meisten Burschen träumten: eine junge Clique chirurgischer Neulinge. Und wie es sich für rivalisierende Eleven gehörte, machten wir uns erst mal das Leben schwer. Wenn einer vor Müdigkeit kaum noch stehen konnte, wurde er ausgelacht; wenn der Sou für den Wein fehlte, wurde er verspottet; wenn einer etwas besser wusste, ausgesperrt. Es war verrückt: Je schlechter wir uns untereinander behandelten, desto mehr wollten wir dazugehören.

Der Verrückteste unter uns war Bernard Banville. Bernard kam aus den Pyrenäen wie ich und war unweit von Lourdes geboren. Uns war alles erlaubt, solange der Arbeitstag im Hospital zur absoluten Zufriedenheit meines Onkels ablief. Feuer, an denen man sich gehörig die Finger verbrennen konnte, gab es genügend: Pünktlichkeit, Instrumentenpflege, Genauigkeit in der Ausführung aller chirurgischen Eingriffe und die unangekündigte Überprüfung des Wissensstandes, besonders auf den Gebieten der Anatomie, der Pathologie und der Operationslehre.

Die Arbeit war hart, aber sie verwandelte uns in Menschen, deren grobe Späße bald durch Verantwortung ersetzt wurden. Auch wenn ich erst um drei Uhr früh ins Bett ging, wachte ich jeden Morgen unweigerlich um fünf Minuten vor sechs auf und überlegte mir, was ich zusätzlich in Angriff nehmen konnte. Zudem las ich alles an Lehrbüchern, was die Bibliothek meines Onkels hergab. Von den Schriften des Hippokrates über Galen bis hin zu den Arbeiten des flämischen Anatomen Andreas Vesal. Besonders faszinierten mich die Universale Anatomie von Ambroise Paré und die Werke von Pierre Joseph Désault zur Frakturbehandlung. Meinen größten Gewinn zog ich jedoch während meiner Ausbildung aus Jacques Benigne Winslows Darstellungen des menschlichen Körpers und seinen Schriften zur vergleichenden Anatomie. Ein Werk von imponierender Genauigkeit. Mein Onkel Alexis vertrat die Auffassung, dass die Chirurgie die bedeutendste Quelle für die Anatomie darstellt und dass beide einander bedingen.

Ohne zu ermüden, arbeitete ich tags und den größten Teil der Nacht mit titanischer Energie und erwarb mir so die Jahre hindurch den Respekt meines Onkels. Ich wusste jedoch um den Preis an Verzicht, den eine solche Ausbildung forderte ...

»Noch keine Weibergeschichten? Noch kein Abenteuer?«, fragte Bernard mich ein ums andere Mal. Bernard, mit dem ich mein Zimmer teilte und der gleich mehrere Beziehungen in der Stadt pflegte. Bernard, der seine Blicke nie höher erhob als bis zu dem Niveau der Taillenbänder. Halb war ich zu stolz, halb zu eigennützig, um meine Zeit an langwierige Werbungen zu verschwenden. Bernard wollte schon eine Frau für mich ausspähen, doch ich verbat mir seine Dienste. Natürlich hatte ich mir in den Träumereien meiner jugendlichen Jahre ein weibliches Wesen geschaffen, das Züge all jener Mädchen und Frauen trug, an die ich zu denken vermochte. Dieses Traumgeschöpf war das Ergebnis jener erotischen Unruhe, wie sie jeden gefühlsstarken Jungen heimsucht.

Ein Wunder hätte geschehen müssen. Die Frau von der ich träumte, hätte mich suchen müssen, mich, der keine Zeit, keine Gelegenheit hatte, sich in Toulouse umzuschauen.

Das Wunder geschah, das Unwahrscheinliche geriet zur Wirklichkeit. Den Anfang machte der Postbote, der einen anonymen Brief in das Hospital brachte und der mit »L'Etrangère«, die Fremde, unterschrieben war. Ich dachte schon an einen üblen Scherz von Bernard, doch die Unbekannte tauchte wenig später in der Klinik auf und wünschte, von mir behandelt zu werden. Sie sah allerdings völlig anders aus als das Traumgeschöpf meiner Fantasie. Frau von Bretonneau hieß mit Vornamen Jeanette, war Ende zwanzig und bewohnte mit ihrem Mann etwas außerhalb von Toulouse eines jener breit ausladenden adeligen Gutshäuser, die umso imposanter wirken, weil sie so einsam im Leeren stehen. Sie hatte mich während ihrer ersten Visite bei meinem Onkel wahrgenommen und offenbar verstanden, ihn über mich auszuhorchen.

Man hätte für einen romantischen Liebesroman keinen erregenderen Anfang erfinden können als jenen mit diesem Brief. Bald schon ließ Frau von Bretonneau mich wissen, dass sie überglücklich wäre, wenn die Einsamkeit ihres Lebens gelindert werden könnte. Nichts wäre interessanter für sie, als mit einem jungen Mann wie mir anregende Konversation und freundschaftlichen Umgang pflegen zu können …

Herr von Bretonneau war Mitte fünfzig, nicht sehr gesund, und die Verwaltung seiner Güter lastete schwer auf seinen Schultern. Das Wohn- und Geschäftshaus der Bretonneaus in Toulouse war daher vermietet und die darin vorhandene Stadtwohnung kaum genutzt. Das dortige Tête-à-Tête mit ihr geschah heimlich. Sie bat, »den Namen Bretonneau, nicht zu kompromittieren«, und befürchtete, sie wäre verloren, wenn man wüsste, dass sie mich träfe. Außerdem mutmaßte sie, dass ein junger, gut aussehender und fast fertiger Chirurg wie ich bei seinem Onkel auch einiges zu verlieren hätte, sollte die Affäre mit seiner lukrativsten Patientin bekannt werden.

Die erste »anregende« Konversation mit Jeanette geriet ein wenig kurz. Das freizügige Dekolleté, das sie mir darbot, versprach sinnlichen Genuss ohne Ende, und der verheißungsvolle Blick aus ihren Augen ließ den Gedankenaustausch über Druckschriften aus Paris, die sie abonniert hatte und über die sie sich vorgeblich mit mir unterhalten wollte, völlig in den Hintergrund treten. Mein Begehren wuchs in dem Maße, in dem sie sich mir darbot, und Gott allein wusste in jenem Moment, was sie mir den Nachmittag hindurch noch alles zeigen würde.

Ein munteres, anziehendes und leidenschaftliches Spiel begann. Jeanette war eine verführerische Mischung aus einer himmlischen und irdischen Aphrodite. Sie streifte sich das gewebte Tuch Schicht um Schicht, Hülle für Hülle von ihrer alabasternen Figur, spielte all ihre Reize aus. Kein sittsames Empören, kein schamhaftes Feigenblatt. Ich sah die weibliche Vollkommenheit, die durch keine anatomischen Betrachtungen ersetzt werden konnte. Diese Schönheit, diese Andersartigkeit – durch sie wurde ich als Mann erst vollständig. Ich erlag den Verlockungen nur allzu gern. Minuten der Ektase und des Taumels. Ich war glücklich…

Es blieb nicht bei dieser einen Begegnung, und so hatte ich also das, was man in Adelskreisen eine »Affaire« nannte: ein junger leidenschaftlicher Mann mit einer erfahrenen, verheirateten Frau. Aber es gehört zum Wesen eines Spiels, dass es nach einiger Zeit entweder zu langweilen oder zu höherem Einsatz zu reizen beginnt. Letzteres wollte ich nicht wagen, und bevor es begann für uns heikel zu werden, zog ich es vor, mich wieder auf die Arbeit im Hospital zu konzentrieren.

1785 erhielt ich den ersten Preis der Sociéte de l'Hospital de Saint-Joseph de la Grave und ein Jahr später die Position des Aide-Major, was bedeutete, dass ich meinen Onkel in Abwesenheit vertreten durfte. Mit zwanzig besaß ich als angehender Wundchirurg ein solides Wissen, das ich um jeden Preis erweitern wollte. Es gab nur einen Ort, der mir die Chance dazu bot: Paris!

Ein Jahr später, im August 1787, setzte ich meine Vorstellung in die Tat um. Aus Geldmangel machte ich mich wiederum zu Fuß auf den Marsch und traf, gerade einundzwanzig geworden, im September jenes Jahres in Paris ein, mit der Absicht, unter dem berühmten Chirurgen Pierre Joseph Désault mein Studium zu vollenden. Mein Onkel pflegte brieflichen Kontakt mit ihm und rühmte seine neuen Arbeitsmethoden. Ich stellte mich daher im Charité-Hospital vor und erhielt bei ihm sofort eine Dauerstellung als Secrétaire der Académie de chirurgie. Was aber nicht bedeutete, dass ich damit gutes Geld verdiente. Das wenige, das ich mir bei meinem Onkel in Toulouse hatte zur Seite legen können, war in Paris kaum der Rede wert. Das Leben in dieser Stadt bot zwar alle Annehmlichkeiten, die man sich nur vorstellen konnte, doch die Anzahl derer, die es sich leisteten, an diesem Vergnügen teilzunehmen, war sehr beschränkt. Da ich über keine weiteren finanziellen Mittel verfügte, verdiente ich mir das Nötigste zum Lebensunterhalt mit medizinischer Hilfe, die ich außerhalb der Académie an Patienten leistete. Mir fiel in den ersten Monaten keine Stunde ein, da ich wirklich satt gewesen wäre. Das Kochen besorgte ich notgedrungen selbst. In den Hallen erstand ich unter hartem Feilschen bei Gemüsegärtnern und Kleinbauern aus der Pariser Umgebung, die in Körben ihre Erntereste von gestern Abend anboten, meine Tagesrationen. Später konnte ich es mir ab und zu leisten, in der Obst-, Butter-, Geflügel-, Seefisch- und Fleischhalle auch günstige Angebote wahrzunehmen.

Bernard, mit dem ich in brieflichem Kontakt blieb, entschloss sich, meinem Beispiel zu folgen. Drei Monate später traf er in Paris ein. Auch er kam bei Désault unter.

Zu meiner Verwunderung war der Zustrom an Erkrankten im Charité-Hospital dürftig, was dem Können und den Aktivitäten Désaults kaum angemessen war. Ein halbes Jahr später wechselte er daher in das Hôtel-Dieu auf der Île de la Cité, schräg gegenüber der Notre-Dame, in dessen Sälen die Hilfeleistungen für Patienten nicht ausgingen. Die Zeiteinteilung Désaults ähnelte der meines Onkel Alexis in Toulouse. Er übernachtete genauso wie mein Onkel in der Klinik, um Notdienst leisten zu können. Die Morgenvisite war vor acht Uhr schon beendet, was bedeutete, dass ich schon um fünf Uhr früh auf den Beinen war. Um acht begleitete ich Désault in den Hörsaal zu seinen Schülern. Die Stunde begann mit der Konsultation für Bedürftige. Im Eiltempo legte er Diagnosen und Indikationen fest, während die Schüler Patienten verbanden und deren Befunde notierten. Ich hatte nebenbei die täglichen Befunde der am Krankenbett niedergeschriebenen Aufzeichnungen zu kontrollieren, was aufgrund der Bettenzahl einen ansehnlichen Packen von Papier ergab.

Der wesentliche Teil des Unterrichts galt den Operationen. Désault operierte im Hörsaal vor seinen Schülern. Zuvor wurde über den Zustand des Kranken referiert, das auszuwählende Verfahren dargestellt und über die denkbaren Operationsfolgen diskutiert. Danach wurde der Patient in den Hörsaal gebracht. Dem Operationsteil folgte ein Bericht, worin der Professor Auskunft über den Zustand der an den Vortagen Operierten gab. Danach folgte meist noch eine Vorlesung über ein pathologisches Thema, bevor es in die Mittagszeit ging. Den Nachmittag nutzte ich, um im Seziersaal meine anatomischen Kenntnisse zu vervollkommnen, neue Schnitttechniken auszuprobieren und meine Fingerfertigkeit zu trainieren. Darüber hinaus überlegte ich mir bessere Möglichkeiten von Ligaturen großer Stammgefäße wie die Unterbindung der äußeren und inneren Hüftschlagader und der Bauchaorta, da ich bei großen operativen Eingriffen sowohl bei meinem Onkel als auch unter Désault oft schwer beherrschbare Komplikationen beobachtet hatte. Die Unterbindung der Gefäße sollte nach meiner Einschätzung schnell, aber auch exakt geschehen. Die wünschenswerte Schnelligkeit war aber nur durch eine außergewöhnliche manuelle Gewandtheit zu erzielen. Seit dieser Erkenntnis opferte ich jede freie Stunde dem Seziersaal.

Mit besonderer Beharrlichkeit übte ich mit zwei gut unterrichteten Gehilfen immer wieder die Exartikulation, die operative Absetzung eines Gliedes in seinem Gelenk. Vornehmlich im Knie- und Ellebogengelenk, aber auch im Hüft- und Schultergelenk. Statt des toten Körpers hatte ich immer den lebendigen Menschen vor meinem inneren Auge, der diesen Eingriff ertragen und überleben sollte. Das Prinzip einer schnellen und doch präzisen Zirkelschnitttechnik mit dem Bistouri, dem chirurgischen Messer, wurde hier besonders deutlich. Eine humane Handlungsweise für den Patienten ist nach meiner Auffassung nur dann gewährleistet, wenn man in der Lage ist, zum Beispiel einen Unterarm in weniger als dreißig Sekunden abzunehmen. Die Ligaturen nicht eingerechnet. Am Ende kamen noch Übungen zur Naht- und Knotentechnik hinzu. Und wenn die Zeit reichte, sah ich mir mit großem Interesse noch die umfangreiche Präparatesammlung von Organ-Läsionen an, um mich anatomisch-pathologisch fortzubilden.

Um sechs Uhr abends, wenn Désault seine Hausbesuche hinter sich hatte, folgte eine zweite Visite in den Sälen und zum Ausklang des Tages noch eine Abendvorlesung in Anatomie und chirurgischer Technik. Meist raffte ich mich danach noch einmal auf und las in neuen Druckwerken Abhandlungen, die mich interessierten.

Die Monate im Hôtel-Dieu flogen nur so dahin. Gerade als ich einen chirurgischen Kurs über Schussverletzungen unter Leitung von Désault abschloss, gab der Sekretär der Académie royale de chirurgie, Antoine Louis, bekannt, dass dringend Hilfschirurgen für die Kriegsmarine in Brest gesucht würden. Allen, die daran interessiert wären, stünde es frei, sich mittels eines Examens zu bewerben. Meine finanzielle Misere in Paris, die Aussicht auf regelmäßigen Sold in Brest, dazu die Neugier auf das Meer, verbunden mit weiten Seereisen, ließen mich meinen Vorsatz vergessen, bei Désault mein Studium abzuschließen. Ich bestand die Prüfung und bekam die Stelle. Mein Freund Bernard, der sich ebenfalls darum bewarb, fiel durch. Damit trennten sich nach Jahren der Gemeinsamkeiten unsere Wege.

Sogleich packte ich meine Sachen und begab mich auf die Reise. Aufgrund meines chronischen Geldmangels bewältigte ich die Strecke Paris–Brest wiederum zu Fuß.

Ein zweites Examen vor Ort bestand ich ebenso glatt und wurde, gerade einundzwanzig Jahre alt, zum Oberwundarzt der königlichen Kriegsschiffe ernannt, obwohl ich noch nie in meinem Leben die Planken eines Schiffs unter den Füßen gehabt hatte.

Mein Einsatz verzögerte sich allerdings, da Holland und England über Nacht Frieden schlossen. Da wir unsere Marine wegen eines drohenden Konflikts mit diesen Ländern aufgerüstet hatten, entfiel auf einmal der Grund, weitere Schiffschirurgen einzustellen. Am Ende blieb nur eine kleine Zahl von Wundärzten in Brest übrig, zu denen auch ich gehörte.

Monate des Wartens begannen, die ich so gut wie möglich zu nutzen suchte. Während des Winters gab ich angehenden Ärzten Unterricht in Anatomie und Chirurgie und prägte mir nebenbei alles ein, was zu meinen Pflichten gehörte, die ich eines Tages an Bord zu erfüllen haben würde. Meine Vorbereitungen wären noch besser gewesen, hätte ich rechtzeitig gewusst, auf welchem Schiff ich meinen Dienst leisten und wohin die Reise gehen würde.

Bewusst machte ich regelmäßig Rundgänge durch das Hospital der Stadt, um mir seltene Fälle zeigen zu lassen. Außerdem interessierte ich mich für das Arsenal und das Gefängnis von Brest. Dort im Kerker, so wurde mir zugetragen, saß ein siebenundsechzigjähriger Galeerensklave ein, den sie Louis Bourbon den Flötenspieler nannten. Ich konnte nicht umhin, ihn zu visitieren. Der alte Mann wurde bemerkenswert gut behandelt. Das Warum war mir bald klar. Er konnte nur des Nachts sehen, während er am Tage völlig blind war. Dreiunddreißig Jahre Haft im dunklen Verlies hatten sein Sehorgan völlig umgewandelt, sodass er zur Nachteule wurde.

Seine Erzählungen und sein entsetzliches Schicksal, das er mit Langmut ertrug, berührten meine Seele. Seine Leidenschaft war das Flötenspiel, dem er sich völlig hingegeben hatte. Auf meine Bitte hin gab er mir einen Eindruck vom hohen Stand seines Blockflötenspiels. Er wählte die Variation eines Volksliedes aus »Der Fluyten Lusthof« von van Eyck. Nie hatte ich so weiche Töne, nie sehnsuchtsvollere Melodien vernommen als jene aus seiner Flöte. Er starb wenige Wochen nach meinem Besuch. Sein Körper wurde wie üblich für anatomische Studien freigegeben. Bei der Sektion fand ich entlang der rechten Rippenpartie, dort wo sein Ellenbogen beim Flötenspiel geruht hatte, eine regelrechte Vertiefung, was als eine ganz seltene Anomalie angesehen werden darf.

Anfang April 1788 war es endlich soweit. Ich bekam Befehl, mich beim Kapitän an Bord der Fregatte VIGILANTE zu melden. Das Kriegsschiff erhielt den Auftrag, unsere Stockfischfänger vor den Küsten Neufundlands bei ihrer Arbeit zu schützen. Ich war sehr froh darüber, dass sich das Auslaufen verzögerte, da meine Helfer und ich so zusätzlich zwei Wochen Zeit bekamen, uns die Bordroutine auf See genauestens einzuschärfen. Fernerhin ließ ich Berichte über klimatische Besonderheiten des mitsommernächtlichen Amerika zusammenstellen und überlegte, welchen Einfluss diese wochenlange Helligkeit auf uns haben konnte. In vielen Berichten war zu lesen, dass in der kurzen Sommerzeit riesige Moskitoschwärme auftreten, die für jeden Menschen eine unerträgliche Pein darstellen. Zur Vorkehrung ließ ich daher größere Mengen an Öl und Kampfer mitnehmen, dazu geeignetes Gewebe, um daraus Schleier fertigen zu können. Überdies kümmerte ich mich um die Lagerung des Proviants und um die Sauberkeit unter Deck. Komplett ausgerüstet mit einem Sortiment an Arzneien, Verbandsleinen und einer wohlsortierten Instrumentenkiste warteten wir im Hafen von Brest auf günstigen Wind. Endlich, Anfang Mai blies ein kräftiger Nordost, und der Kapitän der VIGILANTE ließ den Anker lichten.

Das, was mir am nachhaltigsten in Erinnerung blieb, war die Seekrankheit, von der ich selbst hart mitgenommen wurde. Alle Schweregrade konnte ich an Bord beobachten. Am schlimmsten waren diejenigen betroffen, die immer wieder erkrankten, sobald der Seegang heftiger wurde. Ich selbst gewöhnte mich ab dem neunten Tage an dieses Phänomen und blieb danach auch bei stürmischem Seegang davon verschont. Allein, die Symptome sind dazu angetan, den Tod sehnlichst herbeizuwünschen. Manch einer ist sogar versucht, ihn sich selbst zu geben. Beispiele hat man zwar auf der VIGILANTE nicht gesehen, doch gab es sie, dem Hörensagen nach, auf anderen Schiffen der Marine.

Die Ursache der Erkrankung liegt wohl im heftigen Schwanken des Körpers, das vor allem das Hirn in Mitleidenschaft zieht. Die Beschreibung der beobachteten Symptome füllen in meinem Notizbuch einige Seiten: Traurigkeit, panische Furcht, blasses Gesicht, die Augen stehen voller Tränen, und alle Speisen ekeln an. Der Kranke sucht die Einsamkeit, Ruhe, Stille, er wankt wie ein Betrunkener, hat Schwindel, Ohrensausen und eine lästige Schwere im Kopf. Er wird geplagt von Übelkeit und Erbrechen, das schmerzhaft ist und so lange anhält, bis die Ursache des Ganzen aufhört. Oft gesellen sich auch Blutauswurf und konvulsivische Bewegungen hinzu. Ohne Zweifel hängt dies Erbrechen von der Reizung des achten Nervenpaares ab, da sich dort, wo dieses entspringt, die Erschütterung des Hirnes zu konzentrieren scheint. Das Nervenpaar verästelt sich fast ganz in den Magen hinein, sodass dieses Organ demgemäß die Auswirkungen zu ertragen hat. Fortschreitend folgen Ohnmachten, Verstopfungen, die Kräfte schwinden zusehends, die Beine versagen den Dienst, der Kranke verliert das Gleichgewicht und stürzt hin. Da die Ernährung fehlt, weil der Kranke keine Speise bei sich behalten kann, wird er magerer und magerer.

Nur nach und nach gewöhnt sich der Körper an das Stoßen und Schlingern. Erleichterung gibt es erst, wenn man sich auf eine frei schwebende Lagerstätte begibt und den Kopf mit einem Band fixiert. Solange man darin verweilt, ist man vom Übel frei, sowie man sie verlässt, ist es wieder da.

Man weiß nur wenige Mittel, um sich dagegen zu schützen. Ich erarbeitete einige Vorschläge, die den Betroffenen halfen und ihnen Erleichterung verschafften: wenig rauchen, keine säuerlichen Speisen essen, während der Ruhestunden an Deck spazieren gehen, leicht verdauliche Speisen genießen wie Brotrinde und Zwieback. Beides in guten Wein oder Kaffee tunken. Tee oder leichten

Punsch trinken. Fette und süße Sachen meiden. Ebenfalls Salate, Gemüse und alle Hülsenfrüchte …

An der Küste von Terreneuve angekommen, ließ der Kapitän Hütten für Offiziere und eine für meine Kranken erbauen, wozu auch Schiffbrüchige gehörten, die nahe der Küste halb tot vor Frost und Hunger von uns aufgenommen wurden. Einige waren verletzt, und die Wunden waren brandig geworden, sodass ich einzelne Zehen und zwei Unterschenkel amputieren musste. Überraschend war für mich die Erkenntnis, dass frostgeschädigte und unterkühlte Menschen fast schmerzfrei amputiert werden können. Alle Operierten überlebten.

Von den Matrosen, die den Stockfischfang betrieben, litten einige in der Folge an Skorbut. Sie erholten sich rasch dank eines Rezeptes, das mir ein alter Fischer in einer Taverne vor unserer Abreise verraten hatte. Köpfe des Stockfisches, gekocht mit grünem Gemüse, ergeben tatsächlich eine vortreffliche anti-skorbutische Bouillon. An Bord grassierte der Skorbut vor allem während der Rückreise nach Frankreich. Durch heftige Stürme war der Kapitän gezwungen, mehrfach den Kurs zu ändern, was unsere Ankunft um zwei Wochen verzögerte. Als wir am 31. Oktober endlich die Reede von Quessant erreichten, hatte ich während der Reise rund achtzig Kranke an Bord versorgt. Die Hälfte davon hatte Skorbut. Andere litten an Faul-, Nerven- und Ausschlagsfieber. Unter den letzteren befand sich ein Fall zusammenfließender Blatternkrankheit von bösartigem Charakter. Der Gefahr einer Ausbreitung an Bord konnte ich mit Unterstützung des Kapitäns begegnen, indem wir den Befallenen in einer Kabine sofort isolierten. Bestärkt wurde ich in dieser Maßnahme durch eine Schrift des Veroneser Arztes Fracastoro aus dem Jahre 1546, die ich zur Lektüre mitgenommen hatte. Das Buch mit dem Titel *De contagionibus et contagiosis morbis et eorum curatione* führte die Entstehung von Infektionskrankheiten auf Kontagien zurück, die der Autor *Seminaria morbi*, Samen der Krankheit, oder *Seminaria contagionis*, Samen der Ansteckung, nennt. Sie geschieht nach seinen Überlegungen durch drei Möglichkeiten: *per contactum*, *per formitem* und *ad distanc*, durch Berührung, durch verunreinigte Gegenstände und auf Entfernung. In seinem Werk beschreibt Fracastoro eine ganze Reihe von Infektionskrankheiten wie Pest, Fleckfieber, Pocken, Masern, Tollwut, Tuberkulose und erwähnt auch schon den Krankheitsnamen Syphilis. Er vermutet dahinter eine gewisse Spezifität von kleinsten Lebewesen, die er als Ursache der Erkrankungen annimmt. Damit stellt er sich gegen die galenische Säftelehre, die ja von einer Verderbnis der *humores cardinales* – Schleim, Schwarze Galle, Gelbe Galle und Blut – ausgeht. Ich als Chirurg habe es da einfacher. Ich entferne nach Möglichkeit alles, was brandig ist, egal ob ein »Kardinalsaft«, oder irgendein »Samen der Ansteckung« Ursache dafür sein mag …

Alles in allem kamen Offiziere und Matrosen gesund zurück, was den Kapitän zu höchstem Lob veranlasste. Wir hatten nur zwei Tote zu beklagen, die allerdings nicht an Bord der VIGILANTE ihr Leben verloren, sondern mit einem Boot an der Küste von Neufundland verunglückten. Die üblichen Seuchen wie Fleckfieber, Bauchtyphus, Ruhr und Krätze blieben an Bord aus, obwohl es den Wohn- und Schlafbedingungen der Matrosen an primitivsten gesundheitlichen Voraussetzungen mangelte. Diesen Erfolg führte ich zurück auf die penible Reinigung der Decks und Kojen sowie die tägliche Reinigung der Hängematten. Außerdem setzte ich das monatliche Ausräuchern der unteren Decks mit Salpeter und Schwefel durch, ließ die Luft durch Öffnen aller Luken erneuern, wann immer der Seegang es zuließ, und überzeugte den Kapitän davon, Matrosen Frischluft durch Schläuche in das Orlopdeck bis hinab in den Laderaum pumpen zu lassen. Hinzu kam die Anordnung zum regelmäßigen Waschen des Körpers mit Wasser und Weinessig. Um die Matrosen gesund zu erhalten und die Rekonvaleszenten zu stärken, ordnete ich Bewegung an Deck an, sorgte für unverdorbene Nahrung und ließ die Getränke mit Weinessig oder Branntwein mischen.

Für mich war die Reise eine unschätzbare Lehre, denn draußen auf dem Meer sind die Verhältnisse immer anders als zu Lande. Im Kampf gegen Wind, Wasser, Seegang und Mangel an frischem Proviant treten fast immer Situationen auf, in denen Körper und Seele schnell unterliegen können. Erwähnen möchte ich noch, dass es während der Reise zu keiner einzigen schweren Fraktur kam. Angesichts der heftigen Stürme und des unerhörten

Wellengangs grenzt dies an ein Wunder, denn ich hatte weder einen Knochenbruch einzurichten noch eine bedeutende Kopfverletzung zu behandeln.

Ich war während der Reise zwar für vieles verantwortlich gewesen, doch eine Verbesserung meiner chirurgischen Kunstfertigkeit ließ sich auf einem Kriegsschiff nicht erzielen. In Anerkennung meiner guten Dienste wurde daher meine Rückkehr nach Paris bewilligt, um meinen Kurs der Chirurgie im Hôtel-Dieu fortzusetzen. Bernard Banville hatte inzwischen in das Hôtel des Invalides gewechselt, da sein Wissensdurst, wie er mir berichtete, Désault nicht ausreichte.

Der Winter 88/89 sei so hart und drückend gewesen, berichtete Bernard, wie man dies im ganzen Jahrhundert nicht gekannt habe. Die Seine war total zugefroren, es fehlte an Feuerung und durch die Missernte im vergangenen Jahr das Mehl. Der Hunger klopfte an die Türen. Die meisten Einwohner von Paris und auch die Menschen in den Provinzen hatten diesem drängenden Pochen nichts entgegenzusetzen. Sie litten unglaubliche Not. Nie lagen in Paris grenzenloser Reichtum und äußerste Armut, zügellose Üppigkeit und bitterstes Elend so nah beieinander wie in jenen Monaten.

»Die Stadt ist voller Gerüchte und Skandale«, erklärte Bernard. »Alle Welt spricht von den zusammenbrechenden Finanzen der Monarchie, aber wer soll die großen Opfer bringen? Die horrende Staatsverschuldung, die Ratlosigkeit des Königs, die endlosen Kraftproben zwischen König, Parlament, Richtern sowie zwischen dem Ersten, Zweiten und Dritten Stand blockieren jede Reform.«

Wie schon Jahre zuvor fingen aufgehetzte Volksmassen wieder an, sich durch Plünderungen, Gewalttaten und Revolten Luft zu schaffen. Die meisten von ihnen folgten keinen festen Parolen, sondern gebärdeten sich als randalierende Horden und waren nichts anderes als losgelassener Großstadtpöbel, der keiner Arbeit nachging. Sie zogen die Boulevards auf und ab, drangen in Kaffeehäuser ein, tranken, ohne zu bezahlen, und zerschlugen obendrein noch die Einrichtungen. Viele Kaufleute hatten daher ihre Läden geschlossen und spähten ängstlich durch die Gitter auf die Straße.

Aber zugleich zeigte sich in dieser Not auch der edle Charakter vieler hilfsbereiter Menschen. Beispiellos war, wie viele Armen-

und Krankenhäuser freiwillige Gaben erhielten. Auch ich hätte ohne diese Almosen Hunger gelitten. Bis in den Sommer hinein war ein allgemeiner Enthusiasmus der Wohltätigkeit zu spüren, der mit Herzenswärme durch alle Stände ging. Alles predigte Ökonomie, Einschränkung, Bescheidenheit, und wer noch ein wenig National-Ehrgefühl hatte, lieferte entbehrliches Gold und Silber in der Münze ab. Nicht wenige opferten den vierten Teil ihrer Jahreseinkünfte auf dem Altar der Nation, um dem Gedanken an einen allgemeinen Bankrott, der wie ein fürchterliches Gespenst vor aller Augen stand, zu entgehen. Außerdem hoffte man darauf, die Nation vor dem infamen Titel La Nation Banqueroutière, den sie dadurch in allen Weltteilen bekommen würde, retten zu können. Doch der Staatsbankrott musste im Juni erklärt werden, und die neue, nicht zu unterdrückende Macht des Dritten Standes fürchtete nach der Entlassung des Finanzministers am 11. Juli ein aristokratisches Komplott …

Doch wie hatte sich in den drei Julitagen das Gesicht von Paris verändert! An allen Ecken standen die Menschen zusammen, lauschten unbekannten Rednern oder ließen sich Zettel mit aufrührerischen Parolen und Druckschriften in die Hand drücken. In Versailles, so hörte man auf der Straße, wurden überall Truppen zusammengezogen, und in der Stadt wurde die Garnison ebenfalls verstärkt. Am Sonntag war die Bevölkerung bestürzt über die Entlassung des Finanzministers Necker, denn er galt als Freund des Volkes, dem der Dritte Stand gerade noch vertraute. Die Empörung darüber flammte hoch; es war wie ein Funke, der einen Brand entzündet. Da auch ich mir ein besseres Leben erhoffte, schloss ich mich den Volksmassen an, die sich zu den Tuillerien hin bewegten. Auf dem Platz davor drängten sich schon Tausende, um gegen die Willkür zu protestieren. Mitten im Gewühl stieg ein Mann auf ein Podest.

»Das ist Camille Desmoulins! Er wird zu den Waffen rufen!«, prophezeite einer neben mir. Dann hörte ich schon die durchdringende Stimme des Mannes: »Bürger! Ihr wisst, das Volk hat gefordert, dass Necker uns erhalten bleibt. Unsere Forderung wurde missachtet! Inzwischen hat man ihn davongejagt! Kann man uns frecher trotzen? Nach diesem Streich werden sie alles wagen, und noch für diese Nacht planen sie vielleicht eine Bartholomäusnacht für uns Patrioten!«

Ein Wutgeheul legte los bei seinen Worten, und ich bekam Luftnot in dem Gedränge. Desmoulins schrie sich derweil die Seele aus dem Leib: »Bewaffnet euch! Greift zu den Waffen! Wir wollen alle die grüne Farbe tragen, die Farbe der Hoffnung! Die niederträchtige Polizei ist hier. Wohlan! Sie soll mich gut beobachten! Ja, ich bin es, der meine Brüder zur Freiheit aufruft!« Daraufhin zog er eine Pistole: »Sie werden mich nicht lebendig in die Hand bekommen. Wenn, dann richte ich mich selbst. Nur ein einziges Unglück kann mich treffen: dass ich sehen muss, wie Frankreich zur Sklavin wird.«

Frenetischer Jubel brandete auf. Dann stieg er vom Podest herab, und man umarmte ihn.

»Freund«, sagte ich zu dem Mann neben mir, »lass uns eine Wache bilden. Wir sollten ihm folgen und ihn beschützen.«

»Ja, Bruder, folgen wir ihm. Auch ich will nichts weiter sein als ein Soldat des Vaterlandes«, erwiderte der Unbekannte glückserfüllt neben mir.

Daraufhin nahm ich das grüne Band, das er mir reichte, und befestigte es an meinem Hut. Mit ungeheurer Geschwindigkeit griff das Feuer der Erhebung um sich. Das Gerücht vom Aufruhr drang in jeden Winkel. Nun gab es in Paris nur noch einen Tenor: »Holt euch Waffen! Bewaffnet euch!«

Es war Montag, der 13. Juli, sieben Uhr. Sturmglocken läuteten, Hornsignale ertönten. Die, die um ihr Leben fürchteten, wollten aus Paris flüchten; aber von Sonntagabend an war eine Patrouille von fünfzigtausend Mann auf den Beinen. Man hatte niemanden aus der Hauptstadt hinausgelassen und nahm zahlreiche Kuriere, die es versucht hatten, gefangen. Die Wahlmänner hatten sich im Rathaus versammelt. Mit dem Vorsteher der Kaufmannschaft an der Spitze, gründeten sie ein Bürgerwehrkorps von achtundsiebzigtausend Mann in sechzehn Legionen. Mehr als hunderttausend waren bereits mehr schlecht als recht bewaffnet, und eine unübersehbare Menge kam zum Rathaus, um bessere Waffen zu fordern. Es roch nach Bürgerkrieg und Blut.

Meine Bewaffnung dagegen bestand aus einem Instrumentenkoffer. Ich war gekommen, um Verletzten direkt vor Ort helfen zu können, mit Billigung, wenn auch nicht mit aktiver Unterstützung Désaults.

Dem Vorsteher der Kaufmannschaft wuchs bald alles über den Kopf. Er wollte die aufgebrachte Masse hinhalten, indem er versuchte, die Anführer glauben zu machen, dass man an anderen Orten, die er nacheinander aufzählte, die begehrten Waffen finden werde. Doch die Kämpferischsten und Schlauesten unter ihnen begaben sich gleich zum Arsenal des Hôtel des Invalides und forderten vom Gouverneur mit wilden Drohgebärden die Herausgabe der benötigten Waffen. Dieser öffnete völlig eingeschüchtert die Magazine. Die Flinten wurden gegriffen, das Morden in den Straßen begann sich auszuweiten.

In der folgenden Nacht musste ich im Hôtel-Dieu vier Männer mit Schusswunden versorgen, wobei ich mich mit Désault wegen einer aus meiner Sicht notwendigen Amputation fast zerstritt. Er glaubte immer noch an die Grundsätze eines Jean-Louis Faure, der entsprechend seiner Lehrmeinung auch in Fällen einer drohenden Tetanie zum Abwarten riet. Manchmal hatte ich den Eindruck, Désault ging es nicht um die hehre Suche nach der Wahrheit, sondern um Neid und Eifersucht auf alles, was Erfolg versprechender war und nicht seinem Geiste entsprang. Den armen Mann kostete es das Leben. Er verstarb noch in der gleichen Woche durch den Wundstarrkrampf.

An Schlaf war im Hôtel-Dieu nicht zu denken. Zu viele benötigten dringend chirurgische Hilfe. Nachdem ich in der Nacht kaum ein Auge zugetan hatte, trat ich am nächsten Morgen, ausgerüstet mit meinem Verband- und Instrumentenkoffer, wieder ins Freie. Désault ließ mich gewähren. Seit meiner Kindheit hatte ich mich daran gewöhnt, nur mit mir selbst zu rechnen und mein eigenes Gefühl als höchste Instanz gelten zu lassen. Und mein Gefühl sagte mir, dass ein besonderer Tag in Paris anbrechen würde. Ich gestehe, dass mich damals die Stimmung in den Straßen mitriss. Das Schauspiel der Erhebung, der Gärungsprozess in der Menschenmasse faszinierten mich. In meinen Augen war das Volk dabei, mehr als nur einen Umsturz einzuleiten: eine Revolution, eine neue Ordnung der Dinge. Noch im Eingangsportal stehend, blickte ich hinauf zu den Türmen von Notre-Dame. Mein Blick verweilte bei den Figuren der Königsgalerie über den Portalen. Mir war im gleichen Moment, als bewegten sich die einundzwanzig Häupter – so, als wollten die steinernen Könige herabsteigen, um das alte Regime zu retten.

Es war Dienstag, der 14. Juli 1789.

Angelockt durch den tosenden Lärm entlang des Quai St. Michel, verließ ich die Île de la Cité über den Petit Pont. Die Menge strömte wiederum zu den Kasernen des Hôtel des Invalides. Man hatte im Morgengrauen unter den Dächern mindestens hunderttausend Flinten entdeckt. Als ich das nördliche Prunkportal erreichte, dessen Schmuck den militärischen Ruhm von Louis XIV pries, gleißten auf dem Vorplatz schon unzählige Bajonette blutdürstig in der Morgensonne. Aus dem lärmenden Pöbel war ein Volk in Waffen geworden. Ich mischte mich unter die Menge, hörte zu, diskutierte, stritt mit über Nutzen und Schaden der Erhebung und war mir nicht sicher, ob den Losungen, die manch ein scharfer Denker erfunden und in Bewegung gesetzt hatte, Zügel angelegt werden konnten. Dessen ungeachtet verging der ganze Morgen damit, dass man sich bewaffnete.

Plötzlich hörte ich eine heisere, hasserfüllte Stimme: »Zur Bastille!«

Die Antwort darauf klang infernalisch. Tausende begannen zu skandieren: »Zur Bastille! Zur Bastille! Zur Bastille!«

Ein völlig verrückter Einfall, ging es mir durch den Kopf. Das verhasste Staatsgefängnis sollte von Bürgersleuten, führerlosen Soldaten und ohne einen einzigen Offizier gestürmt werden? Das steinerne Bollwerk galt als uneinnehmbar. Der riesenhafte Bau mit seinen acht Rundtürmen konnte sich mindestens ein halbes Jahr halten, wenn nicht länger.

Der Marsch begann. Die Furie wälzte sich entlang des Seine-Ufers der Festung im Osten der Stadt entgegen. Ich begleitete die Menge wie in Trance. Schon von weitem hörte man das scharfe Knallen der Flinten. Von allen Seiten strömten unaufhörlich bewaffnete, prahlerische, leichtfertige, aber auch ernste und sorgenvolle Menschen herbei, um mit dem Sturm auf die Bastille eine gerechtere Verteilung der irdischen Güter zu erzwingen. Abgearbeitete Marktweiber, Männer der Hallen, Bäcker, Seifensieder, Tischler, Wollkämmer, Gerber, Maurer, Bürger aller Schichten, Studenten, Trunkenbolde, Prostituierte, Lumpen schossen gut zwei Stunden sinnlos auf die steinerne Bastion ein.

Um die Mittagszeit geschah das Unerwartete. Erst ließ der Gouverneur der Bastille die Kanonen zurückziehen, dann auch noch die Schießscharten verschließen, und am Ende spazierten vor aller Augen zwei Parlamentäre über die herabgelassene Zugbrücke in das Gebäude hinein. Für eine entschlossene Faust lag das Objekt des Hasses für wenige Momente unbeschützt und zum Greifen nah. Wollte man ernsthaft verhindern, dass Blut floss? Die Menschenmenge war inzwischen bedrohlich angeschwollen. Einheiten von den Gardes Françaises hatten sich ihr angeschlossen. Sie brachten auch zwei Kanonen heran. Die Zwingburg, das Symbol der Unterdrückung und Ungerechtigkeit sollte eingenommen werden. Mit Gewalt! Schon loderten an den Türmen links und rechts der Zugbrücke Feuer empor.

Von vorn brandete auf einmal die Botschaft an mein Ohr: »Der Gouverneur ergibt sich!« Die Nachricht klang für die meisten eher enttäuschend, doch sie fegte wie eine Sturmbö durch die Menge. Keiner wollte es glauben. Niemand war bereit, das Geschenk anzunehmen. Für die kochende Seele des Volkes waren die Unsichtbaren hinter den meterdicken Mauern Todgeweihte, die es zu meucheln galt.

Plötzlich sah ich, wie die Zugbrücke langsam wieder heruntergelassen wurde. Die Männer der Gardes Françaises stürmten los. Doch prompt begann man sie wieder hochzuziehen. Im gleichen Moment feuerten die Batterien der Garde. Mehrere Männer versuchten an den Trossen der Zugbrücke hinaufzuklettern. Einer von ihnen wurde kurz vor dem Ziel zurückgestoßen und stürzte hinab. Ich wühlte mich mühsam durch die Menge, um an ihn heranzukommen. Gleichzeitig beobachtete ich, wie es schließlich zwei Männern gelang, mit ihren Äxten die Ketten der Zugbrücke zu kappen. Polternd fiel sie zurück auf den Granit und baute dem lauernden Tod die Brücke. Der dumpfe Aufschlag rollte warnend durch Paris.

Gardisten stürmten die Bastille, drangen in den äußeren Hof ein und brachten vier Kanonen gegen das innere Tor in Stellung.

Ich folgte den Gardisten, im Pulk der Bürger und des Pöbels. Kurz darauf fand ich den abgestürzten Mann mit offenen Bein- und Armfrakturen, versorgte ihn notdürftig und kümmerte mich um seinen Abtransport in das Hôtel-Dieu.

Herr von Launay, der Gouverneur, und die Besatzung der Festung leisteten keinerlei Widerstand. Sie kapitulierten, da ihnen zugesagt wurde, dass sie geschont würden. Gegen halb drei war die als uneinnehmbar geltende Bastille genommen.

Doch was helfen Versprechungen der Anführer gegenüber den Verteidigern, wenn der Pöbel sich im Blutrausch befindet. Zweiunddreißig Männer der Schweizer Garde und zweiundachtzig Soldaten, die ihre Waffen vorher freiwillig gestreckt hatten, wurden bestialisch gemeuchelt. Sie bewachten ganze sieben Gefangene, von denen sogar zwei als geisteskrank galten …

Ich beobachtete selbst, wie der Gouverneur unter brutalen Faustschlägen zusammenbrach, wie er sich unter den Fußtritten auf dem Boden seiner Peiniger wand, wie sie ihn mit Schlagstöcken traktierten und an den Haaren aus den Mauern der Bastille schleiften. Nur der Herrgott allein konnte ihm helfen. Der Pöbel schritt zur Tat und prügelte ihn auf dem Weg zum Rathaus halb tot. Als er zu sterben drohte, gab ihm ein Metzgerbursche, der mit dem Beil umzugehen verstand, den Rest. Er hackte ihm kurzerhand den Kopf ab, spießte ihn auf seine Pike und trug die Trophäe der johlenden Meute voran. Als der Vorsitzende der Kaufmannschaft der Menge entgegentrat, bekam er eine Kugel in den Kopf geschossen. Danach schnitt man ihm ebenfalls den Kopf ab, und nicht genug des Schlachtens, riss ihn die Meute buchstäblich in Stücke und spießte sein Herz auf eine Lanze …

Plötzlich waren für mich die Parole *»Vive la Nation!«* und Worte wie »Freiheit!« und »Gleichheit!« drohende Schatten. Aus dem, was ich in kürzester Zeit an unmenschlichen Grausamkeiten erlebt hatte, konnte ich mir keine einzige Parole zu Eigen machen.

Nach der handstreichartigen Erstürmung der Bastille fürchtete man allenthalben, die Truppen, die rings um Paris zusammengezogen waren, könnten in die Stadt eindringen. Niemand legte sich daher schlafen. In dieser Nacht waren alle Straßen beleuchtet; man warf Stühle, Tische, Fässer, Pflastersteine und unendlich viel Gerümpel auf die Straßen, um sie zu verbarrikadieren, damit sich die Pferde der königlichen Kavallerie die Beine daran brechen sollten. In dieser Nacht standen rund siebzigtausend Männer und Frauen des Volkes von Paris unter Waffen.

Ich hatte genug gesehen. Mein Platz war im Hôtel-Dieu. Hier wollte ich alles tun, um das Schicksal von Verwundeten und Sterbenden zu lindern. Désault hatte sich die blau-rote Kokarde, das Signum für die Freiheit der Nation, an sein Revers gesteckt und empfahl allen, die ihren Dienst im Hospital taten, das Gleiche zu tun, da sonst keiner seines Lebens mehr sicher wäre. Als ich ihn fragte, wie er zur Wiedergeburt Frankreichs stehe, erwiderte er mir aus tiefster Überzeugung: »Wir heilen nur mit dem Eisen, und da endet, was der Chirurg vermag!«

Dagegen gab es nichts zu erwidern. Doch unsere fachlichen Differenzen, insbesondere die richtige Vorgehensweise Amputationen betreffend, waren nicht zu überwinden. Als ich meinen chirurgischen Kursus ein Jahr später bei ihm abgeschlossen hatte, wechselte ich als persönlicher Assistent zu Raphael Bienvenu Sabatier, in das Hôtel Royal des Invalides, der dort als Chefarzt die chirurgische Abteilung leitete. Dieser Wechsel war in jeder Hinsicht ein Glücksfall für mich.

Der Juli 1791 brach an, und im Buch meines Schicksals wurde eine neue Seite aufgeschlagen, auf der die Begegnung mit einer bezaubernden Dame geschrieben stand. Dem großen Sabatier war nämlich nicht nur daran gelegen, mein, wie er sich auszudrücken pflegte, »außergewöhnliches chirurgisches Talent« zu fördern, sondern auch meine gesellschaftliche Entwicklung.

Hierzu gehörte auch die Einladung zu einer musikalischen Soirée im Privathaus der Sabatiers. Eine Rarität in Zeiten, in denen Klubs, politische Zusammenschlüsse, die aus gesinnungstüchtigen Anhängern der Revolution bestanden, welche auf ihre Mitbürger ein scharfes Auge hatten, wie Pilze aus dem Boden schossen. Das radikal gesonnene Paris schien alle Macht an sich reißen zu wollen. Der Krone sollte das Handwerk gelegt werden, gegen die Beschlüsse der gesetzgebenden Versammlung ihr Veto einzulegen. Doch bei Sabatier blieben alle revolutionär Verbrämten vor der Tür.

Neben italienischen Arien kamen an jenem Abend auch einige

Volkslieder zum Vortrag. Auf Wunsch des Gastgebers trug ich eines davon selbst vor, ein altes Lied aus den Pyrenäen. Als ich dort am Pianoforte stand, fixierte mich ein Augenpaar, das während des gesamten Liedes auf mich gerichtet blieb. Die nächste Künstlerin, die auftrat, war die bezaubernde Dame mit den schönen Augen selbst, und nun war ich es, der den Blick von ihr nicht mehr lassen konnte. Mein Puls raste, und ich war davon überzeugt, dass die bildhübsche junge Frau das Klavier nur für mich allein spielte.

Nach der Musik stellte Sabatier die Familie der jungen Mademoiselle den Gästen vor: »Monsieur und Madame René Leroux de Laville und ihre Töchter! Charlotte …«

Meine Welt stand still. Was hatte Sabatier gesagt? Ja ich hatte richtig gehört. Charlotte war die jüngste Tochter des ehemaligen Finanzministers unter Louis XVI. Das roch nach Geld, viel Geld, trotz der Wirren der Revolution. Noch am gleichen Abend wurde respektvoll erzählt, dass Jeanne de Valois-Saint-Rémy, Comtesse de la Motte, als Vertreterin des Pariser Adels an ihrem Taufbecken gestanden habe.

Nach diesem bedeutsamen Abend bei Sabatier trafen wir uns, wann immer es die Situation zuließ. Charlottes Eltern erhoben zunächst keinen Einspruch, da sie glaubten, dass ihre Tochter für mich nur schwärmte. Doch als ich eines Tages um ihre Hand anhielt, wurde mir eine massive und demütigende Ablehnung erteilt. Was konnte ich, der Assistent Sabatiers, ihrer Tochter schon bieten? Keine Position. Kein Geld. Nichts!

Das niedrige Hässliche, das grausam Kleine und das verborgene Intrigante zeigten sich plötzlich dort, wo ich es nie für möglich hielt. Von wegen revolutionärer »Gleichheit«! Anerkennung stand, wie ich es gerade erlebte, noch immer im Zusammenhang mit Macht, Geschäft und Beziehungen, mit Beförderungen und Posten und vor allem mit Geld.

Und Geld hatte ich keines. Bar jeder Unterstützung von zu Hause und angesichts der enormen Teuerungsrate war ich gezwungen, jeden Sou dreimal umzuwenden, ehe ich ihn aus meinen Fingern lassen durfte. Somit fehlten mir in den harten Jahren meiner chirurgischen Ausbildung schon die einfachsten Vorbedingungen, um weibliche Bekanntschaften anbahnen zu können. In den Glasscheiben der teuren Bistros oder gar Restaurants konnte ich mein hungriges Gesicht nur spiegeln, während die besser gestellten Kommilitonen, trotz herrschender Revolution, die kulinarischen Annehmlichkeiten von Paris genossen – und nicht nur die.

Charlotte ließ sich zwar in ihrer Zuneigung zu mir nicht beirren, dennoch setzte ich alles daran, meiner jämmerlichen finanziellen Lage ein Ende zu setzen. Denn die Angst, dass meine Verbindung zu Charlotte doch noch am Geld scheitern könnte, wuchs von Tag zu Tag. Ich litt entsetzlich unter der Vorstellung, meine Angebetete könnte sich von ihren Eltern in eine Ehe mit einem reichen älteren Herrn drängen lassen, wie es in solchen Kreisen trotz Revolution üblich war.

Bilanz zu machen lohnte nicht. Im materiellen Sinne war sie für mich, den jungen Chirurgen, vernichtend. Wohnen und Kleider, dazu Ausflüge, Theaterbesuche, Essen und Trinken gemeinsam mit Charlotte wollten in baren Francs bezahlt werden. Da kam mir die Vision meines Freundes und Kommilitonen Bernard gerade recht.

Bernard Banville hatte nicht gerade den Charakter, den man sich als junger Mensch zum Vorbild nehmen sollte. Aber er stammte ebenfalls aus meiner Heimat, den Pyrenäen, und die Geldknappheit verband uns. Doch im Gegensatz zu mir konnte Bernard schon lange nicht mehr in kleinen Dimensionen denken, arbeiten oder leben. Von keiner erfahrenen Hand geführt und unsicher seines inneren Weges, war er schon als Student zum Maßlosen geworden. So träumte er von einem blendenden Aufstieg als Arzt mit einer Praxis im Zentrum von Paris. Dann wieder vom profitablen Unternehmertum, von Import- und Exportgeschäften, von verschwenderischen Überraschungen des Lebens, von eleganten Frauen – und natürlich von viel, viel Geld. Das Fatale daran war, dass seine Träume von mir in Teilen nachgeträumt wurden.

Durch das Quartier Latin schlendernd, bog ich in die Rue de l'Ancienne Comédie ein und bewegte mich auf das Kaffeehaus Procope zu. Dort wollte ich gegen elf Uhr meinen Freund Bernard treffen, der mir am Tage zuvor ganz aufgeregt von einer profitablen Idee vorgeschwärmt hatte, über die er im Detail aber erst im Procope sprechen wollte.

Eine gute Stunde blieb mir noch, sodass ich den sonnigwarmen, herbstlichen Vormittag noch ein wenig allein genießen konnte. Wie man mir erzählte, war das Kaffeehaus des Italieners Francesco Procopio dei Cultelli noch immer eines der beschaulichsten Plätzchen von Paris. Die verschwenderische Ausstattung erregte Aufsehen, und es blieb mit seinen Spiegeln, Kristalllüstern, Tapisserien und Marmortischen Vorbild für die Kaffeehäuser Europas. Vor mehr als einhundert Jahren musste Francesco oft eine Wache vor der Eingangstür postieren, weil alle hinein wollten und der Platz darin begrenzt war. Wenn man wusste, dass irgendein bedeutender Mann darin war, dann wimmelte es von ungestümen und zudringlichen Neugierigen, nur weil sie die Berühmtheit zu Gesicht bekommen wollten. Das hat sich geändert. Vor dem Sturm auf die Bastille war das Kaffeehaus Sammelplatz für Dichter und Denker, Finanziers und Magistratspersonen, Professoren, Operndiven, Geschäftsleuten und Legaten gewesen. Doch den Kreis dieses Publikums hatte die Revolution gesprengt. Monate zuvor hatte dort alles, was für den Ersten und Zweiten Stand votierte, über Politik diskutiert und polemisiert, während für den Dritten Stand, unweit vom Procope, im Café de Cauveau, gestritten wurde. Doch als die Tribunale mit ihren ersten Verurteilungen begannen, trieb auch hier, wie zu Versailles, die Angst den Ersten und Zweiten Stand ohne Bedingungen zum Dritten. Die feurigsten Redner blieben verschwunden, weil Religionen, Auslegungen, Dogmen, Gebote, Prinzipien und Beredsamkeit nicht mehr entscheidend waren angesichts der Gleichheit, mit der die Guillotine die Köpfe rollen ließ.

Nur selten kam einer der Ideenträger zurück, und wenn, dann mit ganz anderen Grundsätzen, weil dem Menschen von allem, was er nicht entbehren kann, der Kopf das Unentbehrlichste ist. Jetzt, so hörte man, waren die Feuerköpfe der Revolution wie Dumas, Robespierre und Danton hier eingezogen.

Je näher ich an das Procope herankam, umso deutlicher hörte ich das Pochen und Klappern der Brettspieler, das zwar nicht sehr einladend klang, aber umso mehr von der Leidenschaft der Beteiligten zeugte. Wo früher Voltaire und Diderot ihre Arbeit verrichteten, verkehrte nun eine Gesellschaft, die Schach, Dame, Triktrak und Domino zur Philosophie erhoben hatte. Und wer nicht spielte, der trank und aß. Da wurde Kaffee und petit pain, Limonade und petit pain, Tee und petit pain bestellt, und um diesen frugalen Mahlzeiten Feuer zu geben, nahm man ein kleines Glas Liqueur von dieser oder jener Sorte. Egal wer hier verkehren mochte, es herrschte eine ungewöhnliche Intensität an diesem Ort: alle Arten der Gattung Mensch und alle Arten ihres Spiels trafen hier zusammen. Vielleicht spielten dort am Tisch der Advokat mit dem Weinhändler, möglicherweise der General mit dem Füsilier und gleich daneben die Komtesse mit der kleinen Straßenhure …

Ich zog es vor, mir drinnen einen Platz zu suchen, und betrat ein raffiniertes Spiegelkabinett. Zu meinem Erstaunen waren die Spiegel an den Wänden poliert und die Marmorplatten auf den Tischen sauber und unbeschädigt. Cultelli hatte, wohl der Kostbarkeit und der optischen Grandezza wegen, die Spiegel des ehemaligen Bades, zusammen mit den Marmorplatten, für die Einrichtung seines Cafés übernommen. Ich sah mich um und wählte einen Platz direkt an der deckenhohen Fensterfront, der mir einen großzügigen Blick auf zur Straße gewährte.

Bernard hatte mir geraten: »Solltest du vor mir eintreffen, lass dir einen Procope bringen.« Ich befolgte seinen Rat und bestellte mir die Spezialität des Sizilianers. An den Gewürz-Cocktail, bestehend aus Moschus, Koriander, Dill und Fenchel, musste ich mich zwar gewöhnen, doch schon bald lehnte ich mich behaglich zurück, streckte meine Füße von mir und hing meinen Gedanken nach.

Wann hatte ich mir eigentlich das letzte Mal einen solchen Moment gegönnt? Ich kam nicht zum Nachdenken, denn meine Aufmerksamkeit wurde von einem schmucken offenen Zweispänner in Anspruch genommen, der, von zwei blütenweißen Schimmeln gezogen, genau vor dem Eingang zum Stehen kam. Ein kränklich aussehender Mann kletterte heraus, um einer jungen Frau beim Aussteigen zu helfen. Ihre anmutige Schönheit ließ sogar die Brettspieler ihren Zeitvertreib vergessen. Der Mann legte wie selbstverständlich seine Hände um die Taille der zierlichen Anmut, half ihr mühsam aus der Kutsche und ließ sie unsicher auf das Trottoir gleiten. Der Alte bemerkte die erstaunten Blicke der Gäste an den Tischen. Sofort straffte er seine Gestalt, als wäre er der vertraute Liebhaber der Schönen, obwohl die Bewunderung ganz und gar der Frau galt, die bestimmt seine Tochter war.

Als sie die Stufen hochstieg, hob sich ihr prachtvoll besetztes Kleid, das ihre schlanke Taille zur Geltung brachte, und gleichzeitig blitzte für einen kurzen Augenblick ein feiner durchbrochener Seidenstrumpf unter ihrem Kleid hervor, der meine Fantasie aufs Schönste anregte. Über eine Spiegelung sah ich kurz das Gesicht des Alten. Er lächelte wie ein Liebhaber, obgleich er längst das Alter erreicht hatte, wo sich Männer in trügerischer Freude doch eher ihre Eitelkeit versüßen ließen. Das ungleiche Paar wählte den ersten Stock und entschwand meinen Blicken.

Plötzlich schwebte mir noch einmal das gleiche Bild, die gleiche Szene vor, nur mit dem Unterschied, dass ich die graziöse Gestalt aus der Kutsche hob. Wann würde für mich einmal Raum sein für solch ein Vergnügen und solch ein Behagen? Wann würde ich Charlotte endgültig an meiner Seite haben? Vielleicht erst nach dem geglückten Aufstieg zum Gipfels meines Faches. Vielleicht erst durch einen Lehrstuhl für Chirurgie an einer Akademie oder als Militärarzt im Range eines Generals. Es würde gewiss meine ganze Schaffenskraft fordern, um es so weit zu bringen.

Was meine Vitalität betraf, so konnte nichts und niemand mich bremsen. Was mich allerdings viel Zeit und Energie kostete, war die Jagd nach ein paar überzähligen Sous in meiner Tasche. Die Hospitalverwaltung ließ uns schmoren, da das Budget oft monatelang erschöpft war. Ich hasste Schulden, und ich wollte um keine Abschlagszahlungen mehr betteln müssen. Diesen Kampf kämpfte ich täglich, und trotzdem blieb der Geldmangel mein ständiger Begleiter. Um auf die Gewinnerstraße zu kommen, brauchte ich nur noch eines: ein Stückchen finanzielle Sicherheit unter den Füßen. Dann würde sich vielleicht auch mein sehnlichster Wunsch erfüllen: une femme et une fortune – eine Frau wie Charlotte und keine finanziellen Sorgen. Für einen Moment schloss ich die Augen, um mich dem Tagtraum hinzugeben.

Nahende Schritte rissen mich aus meinen Träumereien. Es war Bernard. Er war ungewöhnlich pünktlich, was mich in Erstaunen versetzte.

»*Vive la Révolution*, lieber Jean!«, begrüßte er mich überschwänglich.

»*Vive le Roi!*«, flüsterte ich sarkastisch.

Er hob die Hände. »Mein lieber Jean, du sehnst dich wohl nach dem Revolutionsplatz.« Damit spielte er auf die dort aufgestellte Guillotine an.

»Wie du weißt, liebe ich den brennenden Reiz am Hals …«

Während meiner Antwort blickte Bernard auf meinen Cocktail und bestellte sich ebenfalls einen Procope. Als er mir gegenüber Platz genommen hatte und sich genüsslich eine Pfeife ansteckte, lenkte ich das Gespräch direkt auf den Grund unseres Treffens.

»Was ist das für eine Idee, mit der du zusätzlich Geld verdienen willst?«

»Nur ich? Nein, wir beide!«

Ich rückte meinen Stuhl zurecht und lümmelte mich hinein. »Also, erzähl schon.«

Bernard zog mehrmals kurz an seiner Pfeife und blies eine süß duftende weiße Wolke über mich hinweg. »Dein und mein Problem besteht doch darin, dass wir ein Leben führen, für das wir uns regelrecht aufopfern.«

Ich nickte als Zeichen meiner Zustimmung. Bernard fuhr fort: »Der Lohn dafür ist karg, ja schäbig zu nennen. Zudem kann es jeden Tag passieren, dass man dich auf die Guillotine schickt, solltest du deinen Bürgerausweis einmal vergessen haben mitzunehmen. Doch …«

»Vive la Révolution!« Mit schriller Stimme servierte der Kellner Bernard seinen Procope und trieb mit seinem penetranten Auftritt einen Keil in unseren gerade begonnenen Austausch von Vertraulichkeiten.

»Die Zuchtrute geb ich ihm!«, knurrte ich, als er sich entfernt hatte.

Wieder zog Bernard aufreizend lang an seiner Pfeife. »Doch«, fuhr er fort, »es gibt für uns einen einmaligen, profitablen Ausweg.«

»Welchen?«

Er ließ sich Zeit mit seiner Antwort, griff erst nach dem Glas und erwiderte vielsagend: »Ganz einfach. Wir sollten unsere Fähigkeiten kombinieren.«

»Drücke dich bitte etwas deutlicher aus.«

»Ich meine damit dein chirurgisches Geschick und mein Talent, genügend Hilfe suchende Frauen heranzuführen, die dringend unseren Beistand benötigen.«

Obwohl ich sofort verstand, was Bernard damit sagen wollte, hakte ich nach: »Was für Hilfe suchende Frauen?«

»Vor allem Frauen, deren Körper unter die männliche Autorität gezwungen wurden.«

Ich erwiderte nichts darauf, sondern senkte meinen Kopf, da er mit dem Ritzeisen an meiner Seele kratzte. Flüsternd und doch eindringlich fuhr er fort: »Jean, deine Kunst wird gebraucht. Hunderte benötigen sie!«

Plötzlich standen sich die beiden Extreme, Leben zu retten und Leben zu vernichten, unerwartet gegenüber. Auf dem breiten Pflaster des Abgründigen lustwandelten in Paris sicher genügend Hilfesuchende. Verzweifelte gewiss auch. Es würde fraglos genügend Arbeit geben. Fraglos aber auch die Folgen, sollte dergleichen der Pariser Überwachungssektion, dem Revolutionstribunal, dem Sicherheitsausschuss oder irgendeinem Gesinnungsschnüffler zu Ohren kommen.

»Was ist? Sag schon, wie gefällt dir die Idee? Diese Hilfeleistung würde unser Einkommen erheblich aufbessern.«

»Warum machst du es nicht allein?«, hielt ich dagegen.

Bernard lächelte breit. »Erstens: Du bist als Chirurg besser als ich, viel besser. Und zweitens: So etwas kann in Zeiten der herrschenden Denunziation kein Einzelner durchziehen. Anonymität allein wird für unsere Sicherheit bürgen.« Nervös zog er mehrmals an seiner Pfeife. »Deine und meine Fähigkeiten kombiniert, das wäre die Lösung!«

Was Bernard nicht ahnte, war meine quälende Sorge um Charlotte. Um nur schnell Geld in die Hand zu bekommen, war ich innerlich längst bereit, auf seinen Vorschlag einzugehen. »Und? Was ist?«, fragte er. »Machen wir es zusammen?«

Für einen Moment herrschte Schweigen. Ich spürte, wie Hoffnung in mir aufkeimte, endlich genügend Geld in der Tasche zu haben. Hoffnung, endlich von dieser giftigen Sorge befreit zu sein, mit der Aussicht, den Morgen wieder mit einem Lächeln begrüßen zu können. Aber was war mit dem Erwachen in den nächsten Tagen; wie rasch verblasste der finanzielle Traum an der Ernüchterung der Wirklichkeit? Ich fürchtete weder die Jakobiner noch die Guillotine, dafür regte sich mein Gewissen, und so stellte ich Bernard die Frage, die in mir aufkeimte: »Gebietet nicht der hippokratische Eid, einen Eingriff zu unterlassen, der entstehendes Leben verhindert?«

Bernard machte eine verächtliche Geste: »Ach was! Hippokrates! Es ist doch eher so, dass dieser Eid zu den pseudo-hippokratischen Schriften gezählt wird.«

»Wie das?«

»Das Corpus Hippocraticum ist eine Sammlung von mehr als sechzig Abhandlungen von unterschiedlichem Charakter. Bisweilen spiegeln sie sogar vollkommen gegensätzliche Standpunkte wider. Wußtest du zum Beispiel, dass Hippokrates selbst einer abtreibungswilligen Harfenspielerin den Rat gegeben hatte, so in die Tiefe zu springen, dass sie beim Aufkommen auf den Boden mit den Fersen das Gesäß berühre. Dabei hatte sie nach dem siebten Sprung abortiert.«

»Das klingt nach einer Legende.«

»So ist es überliefert, also muss es wohl wahr sein. Außerdem beschäftigen sich die meisten nicht mit den Absichten der antiken Denker, sondern versuchen, einzelne Aussagen zu einem Gedankengebäude zusammenzufügen, und sei es noch so falsch. Erst gestern diskutierten wir darüber, als wir eine Frau mit einem nasciturus obduzierten, die den Freitod gewählt hatte.«

»Mit wem hast du diskutiert?«

»Mit Jean Louis Baudelocque, unserem berühmten Geburtshelfer. Und er zitierte Aristoteles, der an einer Stelle sagt: ›Trotz der Geburtenbeschränkung, die der Bevölkerung ausdrücklich auferlegt wird, werden zu viele Ehen fruchtbar. Abtreibungen sind vorzunehmen, bevor der Embryo Gefühl und Leben empfangen hat.‹ Oder so ähnlich.«

»Und was willst du mir damit sagen? Haben wir in Frankreich etwa zu viele Menschen?«

»Nein, das soll nur belegen, was ich vorhin behauptet habe. Mit Hippokrates und Aristoteles ist somit bezeugt, dass in der antiken Medizin ein generelles Abtreibungsverbot unbekannt war.«

»Na und?« Ich hatte den Eindruck, dass er genau das tat, was er soeben kritisiert hatte: sich aus einzelnen Fakten ein Gedankengebäude zurechtzuzimmern. »Was hilft uns das?«

»Es hilft deinem und meinem Gewissen.«

»Das Gewissen, mein lieber Bernard, ist eines jeden Menschen eigene Sache.«

Bernard fuhr unbeirrt fort: »In der heutigen Zeit ist alles gestattet, wenn man nur im Sinne der Revolution handelt. Vergangene Woche habe ich auf einer Versammlung in der Akademie gehört, dass es keine größere Gefahr gibt, als hinter den Gesetzen der Republik zurückzubleiben. Wer sie überschreitet, wer auch über das Ziel hinausschießt, ist immer noch nicht am richtigen Ende angelangt.«

Ich musste schmunzeln. An geschwinder Erfassung der Situation war Bernard jedem anderen Studienfreund zumindest gleich, jedoch an Verwegenheit des Wortes ihnen allen überlegen. Von den Weisen der Antike bis zu den Forderungen der Revolution war es ein kühner Schritt – oder vielleicht doch nur Wortgeklingel?

Bernard hob seinen Zeigefinger: »So frage ich dich, gilt die Losung von Freiheit und Gleichheit etwa nur für uns Männer?«

Ich blickte zum Fenster hinaus. In Gedanken weilte ich plötzlich bei Charlotte. Daher hörte ich meinem Freund nur mit halbem Ohr zu.

»Jean-Dominique! Ich habe dich etwas gefragt«, wiederholte Bernard ungeduldig.

»Ja, ja, natürlich. Sie sollte auch für Frauen gelten«, antwortete ich geistesabwesend.

»Natürlich, natürlich ...«, griff Bernard das Wort auf. »Jean«, sagte er dann eindringlich, »du hast die Bastille gestürmt. Für die Losung hast du dein Leben riskiert, und Gleichheit steht auf der Fahne der Revolution.«

»Ich habe mich um Verletzte gekümmert. Wie es die Aufgabe eines Arztes ist.«

Bernard ignorierte meine Richtigstellung. »Du warst jedenfalls dabei, als die Welt begann, sich in zwei Teile zu spalten.« Er bildete mit seinen Händen zwei Waagschalen. »Dort Gott, König, Sitte und Tugend, da die Freiheit und Gleichheit!« Während er noch sprach, ließ er die revolutionäre Waagschale sinken. »Mein lieber

Jean-Dominique, Robespierre lässt die private Moral des einzelnen Menschen nicht mehr gelten, ja, bestraft sie geradezu, weil sie sich nicht auf den Staat bezieht. Damit gelten die alten sittlichen Vorstellungen als gegenrevolutionär oder als aristokratisch. Glaub mir, wir tun im Sinne der Revolution das Richtige.«

»Sag, Bernard, hast du die Erlaubnis für das Geschäft mit Frauen, die – wie sagtest du – ›unter die männliche Autorität gezwungen wurden‹, direkt von Robespierre eingeholt?«, fragte ich ironisch.

Bernard runzelte irritiert die Stirn. »Wie kommst du denn darauf?«

»Weil ich glaube, dass du dir alles nur zurechtbiegst. Aber unabhängig von dem, was du vorschlägst, gibt es nicht auch für dich ein persönliches Glück, eine Erfüllung und eine moralische Grundhaltung, die niemals austauschbar ist?«

Bernard blickte sich nervös um. »Hör bloß auf mit diesem Gerede! Hast du es nicht begriffen? Der Einzelne ist nichts, das Volk ist alles. Das ist Gleichheit.«

»Bernard, ich lebe so, wie ich kann. Ansonsten sehe ich nur, dass da draußen alle Glaubenssätze von der Gleichheit im Blut ertrinken.«

Bernard zuckte die Schultern. »Da magst du Recht haben. Daher frage ich mich ja: Wo werden wir den verzweifelten Frauen gerecht? Wo den ungewollt Schwangeren? Gilt denn die Gleichheitsforderung der Frauen trotz der Revolution immer noch nichts?«

Ich hob ahnungslos die Schulter. »Soviel ich weiß, hat sich darüber niemand geäußert. Niemand! Auch nicht Robespierre.«

»Muss er auch nicht! Er will ja nur den Sieg über das menschliche Gewissen erringen. Für ihn bedeutet die Revolution das Ende der alten Duldungen. Am besten ist, man beklagt sich nicht darüber.«

»Ich glaube, Bernard, der gefährlichste Mensch ist derjenige, der nur eine einzige Idee hat. Und Robespierre hat nur eine einzige Idee.«

»Robespierre hin, Gleichheit her. Zu dem Schritt muss sich die Frau immer selbst entscheiden. Nur unsere Hilfe sollten wir ihr nicht verweigern.«

Bernard stand auf, schickte dicken weißen Qualm zur Decke und ging erregt auf und ab. Er war ein medizinisches Halbtalent, dafür hatte er eine besonders gute Witterung für fremde Begabungen. So verwunderte es mich nicht, dass er kalt lächelnd und mit einer verblüffenden Selbstverständlichkeit auf meine Fähigkeiten zugriff. Denn abgesehen von der Moral dürfte die Durchführung einer Abtreibung für einen Chirurgen wie ihn kein Problem sein. Doch Bernard war schon immer unsicher in der Handhabung der Instrumente. Er hatte richtig erkannt: Meine Kunst, die ich im Seziersaal den jungen Studenten zu demonstrieren hatte, war sicherer und ungefährlicher als das, was jemals angewandt wurde, um die Leibesfrucht zu beseitigen. Wirksamer jedenfalls als äußere Gewaltanwendungen, als das Trinken eines obskuren Suds aus den Trieben des Sadebaums oder gar die Einnahme von Gewürzen, Seife, Quecksilber, Branntwein oder auch ein Aderlass. Und am Hôtel-Dieu, wie auch am Hôtel Royal des Invalides, wusste inzwischen ein jeder, dass ich mit Kürette und scharfem Löffel ebenso meisterhaft umging wie mit dem Bistoury. Und ebenso wusste es natürlich auch Bernard.

Nachdem er einige Male auf und ab geschritten war, setzte er sich wieder an den Tisch. »Willst du ihnen deine Hilfe verweigern?«, drängte er hartnäckig.

»Nein! Aber ich werde nur vergewaltigten Frauen helfen. Und das ausnahmslos bis zum Ausbleiben der zweiten monatlichen Reinigung!«

Bernard atmete tief durch, machte eine lässige Kopfbewegung zum Fenster hin und grinste: »Ich werde dort draußen die Auswahl nach deinem Wunsche treffen. Fünfhundert pro Eingriff und Halbe-Halbe! Angenommen?«

Die Antwort kam fast tonlos über meine Lippen: »Angenommen!«

Das neue Arbeitsfeld, die Erfüllung der Gleichheitsforderung der Revolution inbegriffen, versprach Einträgliches. Weitere tief greifende Überlegungen ließ meine fatale Finanzlage einfach nicht zu.

Nach diesem Treffen nahm ich die spezielle Kürette in die Hand. Ich tat es zu dem Zweck, meine schwere finanzielle Krise zu bewältigen, und noch lange danach war ich davon überzeugt, meine Liebe damit gerettet zu haben. Doch die Abhängigkeit, in die ich mich begab, trug den Keim eines moralischen Verderbens in sich, auch wenn es mir noch nicht bewusst war. Oder ich es mir nicht bewusst machen wollte …

Während der darauf folgenden Monate erfüllte ich einen unerbittlichen Tagesplan, dem zufolge ich mehr als sechzehn Stunden auf den Beinen war. Natürlich war ein erheblicher Teil dieser Zeit für die Zusammenarbeit mit Bernard reserviert. Aufgrund der vielen in Not geratenen Frauen, die er heranführte, wurde uns in kurzer Zeit ein wahrer Geldsegen beschert. Dadurch konnte ich meine Barschaft in überraschender Weise erheblich aufstocken. Es war zwar Inflationsgeld, doch dafür stieg auch der Preis für unsere Hilfe fast täglich. Diese Erwerbsquelle war inzwischen für mich unentbehrlich geworden, da sich die Hospitalverwaltung mit der Auszahlung meiner Entlohnung ein gutes halbes Jahr in Verzug befand. Ich gebe zu, ohne dieses Sündengeld hätte es untrüglich schlecht für mich und Charlotte ausgesehen.

Endlich konnte ich genügend Kaffee kaufen, Pyramiden schöner Birnen und Pfirsiche, in den Fisch- und Geflügelhallen gleich zwei Tagesvorräte mitnehmen, neue Kleider kaufen und Charlotte großzügig in das Café de la Régence ausführen …

Aufgrund meines Geldsegens ergaben sich mehr gemeinsame Stunden mit Charlotte als je zuvor. Trotz der Revolutionswirren war unsere Liebe zu einem einzigen Rausch des Glücks geworden, obwohl ich zunehmend spürte, dass die florierende Abtreibungspraxis meine Seele zu belasten begann. Zunehmend sah ich großzügig über die Grundsätze hinweg, die ich mir anfangs selbst auferlegt hatte. Ich rettete ein Leben und verhinderte gleichzeitig ein anderes. Dessen ungeachtet sah ich keine Möglichkeit, diesem wachsenden Konflikt auszuweichen. Doch die Veränderung trat ohne mein Zutun schneller ein, als ich es je vermutet hätte.

IV

Ambulance volante, Rheinland, 1792

Frankreich war noch eine Monarchie, aber nur dem Namen nach. Während überall Forderungen nach Einführung der Republik ertönten, ging die Pariser Linke, vornehmlich die im Club der Cordeliers organisierten Politiker, unter der Federführung Robespierres daran, den Sturz des Königs vorzubereiten. Das Leben in Paris hatte sich einschneidend verändert. Dort wo man sich früher vor dem Grafen verbeugte, wo man vor dem Pfarrer den Hut abnahm und den Professoren der Medizin Respekt zollte, da krümmte man jetzt den Rücken vor lauten Republikanern, die »Nieder mit dem König!« schrien und nicht nur seine Absetzung, sondern sogar seinen Tod verlangten. Zudem lag Krieg in der Luft. Das Kriegsministerium suchte wieder einmal dringend Sanitätsoffiziere. Diesmal nicht für die Marine, sondern für die Rheinarmee. Die medizinisch-chirurgische Versorgung oblag seit zwei Jahren wieder dem Conseil de santé, der obersten Instanz der Hospitäler.

Die ersten Stürme der Revolution zeitigten in Paris viele Verwundete, die im Hôtel-Dieu Hilfe suchten. In dieser Zeit hatte Larrey seine chirurgischen Fertigkeiten vervollkommnet. Neben der harten Praxis brachten vor allem spezielle operative Übungen an den Leichen der Revolutionsopfer den letzten Schliff. Eines hatte er dabei erkannt: Jeder Schnitt mit dem Skalpell musste sitzen und jeder Handgriff der Helfer passen. Besonders bei notwendigen Amputationen zerfetzter Gliedmaßen.

Sabatier war aufgefordert, gerade Chirurgen mit diesen Fertigkeiten an die Armee abzugeben. Da Larrey schon einmal im militärischen Dienst der Marine gestanden hatte, fiel Sabatier die Entscheidung leicht, ihn weiterzuempfehlen. Bernard Banville gefiel das überhaupt nicht, hing doch sein finanzielles Wohlergehen ganz von der gemeinsamen Arbeit ab, die im Verborgenen erblüht war.

Doch die Kriegskommissare hatten die Aufsicht über den Gesundheitsdienst übernommen und forderten die Freistellung medizinischen Personals von allen Hospitälern für den befürchteten Krieg am Rhein. Larrey konnte sich dem Aufruf nicht widersetzen, selbst wenn er es gewollt hätte. Aber er sah zudem im Lazarettdienst eine Möglichkeit, seine immer noch unsicheren Verhältnisse in Ordnung zu bringen und seiner von der Katastrophe bedrohten Existenz, sollten seine Machenschaften mit Banville eines Tages auffliegen, einen Halt zu geben.

Charlotte vergoss Tränen über Tränen, als Jean-Dominique ihr die Entscheidung Sabatiers und des Conseil de santé mitteilte. Er tröstete sie. Sie schworen sich ewige Treue, und Larrey war sich sicher, bald wieder heimkehren zu können. So trat er in die Armee ein und kam am 1. April des gleichen Jahres im Hauptquartier in Straßburg an.

Nie war seine Entschlusskraft größer als in jenen Tagen, als er gen Osten an den Rhein abreiste. Hatte er doch vor, mit seiner Idee einer beweglichen Ambulanz die Rettung von Verwundeten auf den Schlachtfeldern zu revolutionieren.

Auf dem Schlachtfeld verwundet zu werden war damals nahezu gleichbedeutend mit dem Tod, denn die durch die Gewehr- und Kanonenkugeln und Bajonette verwundeten und verstümmelten Soldaten blieben in der Regel ohne ärztliche Versorgung sich selbst überlassen. Erst nach der Kampfentscheidung, oft nach Tagen, konnten die wenigen Überlebenden eingesammelt werden. Dann ging es in offenen Wagen auf schlechten Wegen zu einem weit hinter der Front gelegenen Feldlazarett. Diese waren meist in Kirchen, öffentlichen Gebäuden oder auf einem Platz eingerichtet. Hier lagen die Verletzten oft ohne Decken oder Stroh auf dem nackten Boden und warteten, bis ihnen Hilfe zuteil wurde. Meist aber hatten Infektion, Tetanus oder Wundbrand ihr Werk getan.

Trotzdem bildeten diese Hospitäler die einzige Chance, am Leben zu bleiben, und sei es auch nur als Krüppel.

Seit den Tagen der Unruhen auf dem Marsfeld im Jahre 1791, als er im Hôtel Royal des Invalides Männer behandelte, deren Beine von Kugeln zerschmettert waren, verfocht Larrey das Prinzip der sofortigen Hilfe. Schwere Hieb-, Stich- oder Schusswunden machen große Operationen nötig. Blutverlust und Störung der Körperfunktionen schwächen den Patienten und erhöhen das Risiko. Daraus folgerte, dass Schwerverletzte innerhalb Tagesfrist versorgt und notwendige Operationen in den ersten vierundzwanzig Stunden nach Eintritt der Verwundung durchgeführt werden mussten.

Als Oberhospitalwundarzt der Lukner'schen Armee und gleichzeitig zum Direktor des Hospitalwesens der Division von Generalleutnant Kellermann ernannt, ging Larrey sofort daran, die Verwirklichung seiner Ideen voranzutreiben. Schon bei der ersten Salve begann die Tätigkeit seines Stabes samt Wundärzten und Helfern. Larrey ließ jeden Verletzten, der nicht mehr kämpfen konnte, durch freiwillige Helfer und Krankenwärter aus dem Schlachtfeld unmittelbar hinter der Feuerlinie herausholen. Jeden! Er ließ auch den Feind versorgen, wenn es sich ergab. Für ihn machte das keinen Unterschied. Gleich der reitenden Artillerie folgten die Sanitäter jeder Bewegung der Avantgarde. Auch während der Kampf noch tobte.

Die Erfolge dieser *Ambulance volante*, des »fliegenden Lazaretts«, waren so überzeugend, dass man sich mit dem Gedanken beschäftigte, das Modell auch auf die anderen Armeen zu übertragen. Das Beispiel hatte eindrucksvoll gezeigt, dass viele der Verwundeten nach der erfolgten Reorganisation, entsprechend dem von Larrey propagierten Sofortprinzip, gerettet werden konnten. Es musste nur alles schnell gehen, sehr schnell sogar. Doch jeder Eingriff musste exakt ausgeführt werden, um Leben retten zu können.

Das Recht auf ordentliche Pflege der Soldaten wurde damals zum ersten Mal verbrieft; Larrey hatte die Verfügung bei der Revolutionsregierung durchgesetzt. Das Problem war nur, es mussten erst medizinisch geschulte Offiziere gefunden oder ausgebildet werden, die sich in Zukunft um die neuen Armeen kümmern konnten.

Durch ein Dekret waren alle achtzehn medizinischen Fakultäten und fünfzehn medizinische Schulen in Frankreich abgeschafft worden. Leider hatten die Revolutionäre keine Idee, wie sie ersetzt werden sollten. Allerdings sah man schnell ein, dass die Abschaffung der Fakultäten ein schwerer Fehler war. Sehr bald wurde ein zentraler Rat für Gesundheitsfragen gegründet und das Kriegsministerium außerdem ermächtigt, neben Paris in den vier militärischen Krankenhäusern von Lille, Metz, Straßburg und Toulon die medizinische Lehre wieder zuzulassen.

Der systematische Ausbau des völlig unzureichenden Sanitätswesens und der Verwundetenfürsorge hin zum fliegenden Lazarett wurde ab da sogar vom Kriegsminister und hohen Offizieren unterstützt. Dennoch stand Larrey erst am Beginn seiner Arbeit und musste gegen Voreingenommenheit, Engstirnigkeit, Verblendung und Rechthaberei ankämpfen. Auch in den eigenen Reihen.

Namentlich sein früherer Lehrer Désault, Chefchirurg an der Charité Paris, lehnte zu Larreys großem Missfallen immer noch die sofortige Amputation zerschmetterter Glieder ab. Und mit ihm alle jungen Praxis- und Kriegsunerfahrenen, die im Amphitheater der königlichen Akademie für Chirurgie seinen Thesen andächtig lauschten. So vertrat Désault aus Gründen einer falschen Humanität die Ansicht, dass es gut wäre, wenn der Verwundete sich immer mehr an den Gedanken der Operation gewöhnen könnte. Er kalkulierte dafür mehr als zwanzig Tage ein. So war es kein Wunder, dass die Verletzten und Spätamputierten bei ihm reihenweise durch den Tetanus starben oder die Heilung nur sehr langsam erfolgte.

Schon Jahre zuvor hatte Larrey bei Sabatier, seinem Vorbild und Freund, den Wert nachvollziehbarer Grundsätze achten gelernt. Er war überzeugt davon, dass der schnell gefasste Entschluss zur Operation für den Patienten am aussichtsreichsten und am schonendsten sei. Je mehr Zeit zum Nachdenken, desto größer das innere Widerstreben, in eine Amputation einzuwilligen, auch wenn sie notwendig ist und das Leben rettet. Dennoch hatte er nie gegen den Willen eines Menschen gehandelt, denn er vertrat die Ansicht, ein Chirurg dürfe nur das tun, was allein im Interesse des ihm anvertrauten Patienten lag.

Denn in einem Grundsatz hatte Hippokrates gewiss Recht: »Vor allem muss ein Arzt die Grenzen seiner Macht kennen, denn nur derjenige ist ein vollkommener Arzt, der das Mögliche vom Unmöglichen zu unterscheiden vermag …«

2

»Vive l'Empereur!«

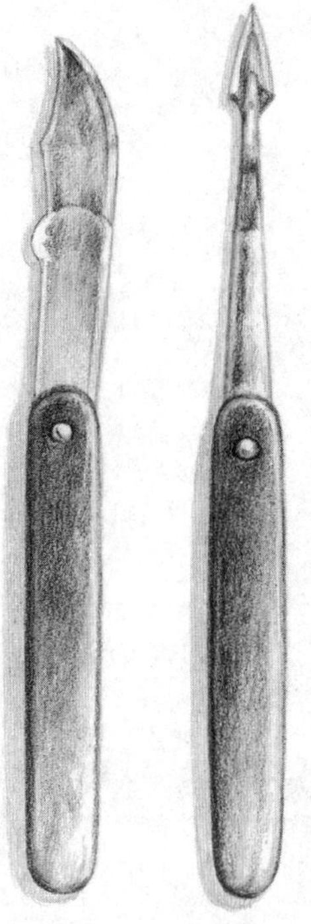

Courbevoie –
Paris – Toulon

1793–1794

I

COURBEVOIE,
15. DEZEMBER 1840, 06.00 UHR

Das mit einem schwarzen Baldachin geschmückte Zuschauerpodest war zur frühen Stunde schon gut besetzt. Dort, wo verhaltene Stille im Morgengrauen zu erwarten gewesen wäre, herrschte Hochstimmung. Gesandte aus aller Herren Länder, Aristokraten, Industrielle, Minister, hohe Beamte des Staates, der Kirche und der bewaffneten Macht bildeten die Majorität. Ein pompöser Aufmarsch, wie ihn nur diejenigen, die das Ancien Régime noch erlebt hatten, aus dem vorigen Jahrhundert kannten.

Die meisten waren in Begleitung ihrer Damen gekommen, die, in edle Pelze gehüllt, der Kälte zu trotzen versuchten. Ein Großteil von ihnen beeilte sich, einen Standplatz nahe der zahlreich aufgestellten Kohlebecken zu ergattern, wobei das Ringen um die wärmenden Plätze davor mitunter mit Drängeln und Stoßen ausgetragen wurde.

Jean-Dominique befand sich allein an der Balustrade der Tribüne und blickte hinunter zur Anlegestelle, die sich nur einen Steinwurf unterhalb von seinem Standplatz befand. Er hatte inzwischen genügend Hände geschüttelt und die blumigen Worte über seine Anwesenheit an diesem Ort stoisch entgegengenommen. Er war es leid, sich dafür auch noch rechtfertigen zu müssen. So zog er es vor, nur aus den Augenwinkeln heraus die Szenerie zu beobachten. Niemand von den Ordonnanzen des Kaisers war auszumachen, und auch keiner der alten verbliebenen Marschälle war bis dahin auf der Ehrentribüne in Erscheinung getreten.

Wenn nicht hier, dann im Invalidendom, sagte sich Jean-Dominique. Irgendwann würde es zu jener Konfrontation kommen, die er halb befürchtete, halt herbeisehnte.

Jean-Dominique sah zum Fluss hinunter. Sein Blick versuchte das noch herrschende Dunkel zu durchdringen. Die Seine dampfte in der frostigen Luft, als hätten ihre Fluten die Temperatur eines warmen Bades.

Erst im Mai hatte die Pariser Abgeordnetenkammer den Kredit bewilligt, um die sterbliche Hülle Napoléons von St. Helena nach Paris überführen zu lassen. Die Idee war nicht neu. Erstmals war sie bereits vor etwa zehn Jahren aufgekommen. Der Plan war aber regelmäßig daran gescheitert, dass die Monarchie davor zurückscheute, sich derart augenfällig mit der napoleonischen Vergangenheit zu identifizieren. Nun war die Scheu abgelegt, die Entscheidung gefallen.

Ein breitschultriger und untersetzt wirkender Mann, dem trotz seines Pelzmantels noch eine elastische Feingliedrigkeit anhaftete, betrat die Haupttribüne. François René Vicomte de Chateaubriand, Schriftsteller, Gegner der Aufklärung, ehemaliger Außenminister und Gesandter Frankreichs in London, blickte neugierig um sich.

Chateaubriand hatte sich Anfang der Neunzigerjahre dem Emigrantenheer angeschlossen, sich gegen den Terror im eigenen Lande gestellt und war mit den Preußen gegen die Revolutionsarmee Kellermanns gezogen, genau zu der Zeit, als Larrey in der Armee erstmals seine Ambulance volante erprobte. Nach seiner Verwundung war der Vicomte halbtot über Brüssel nach London geflüchtet. Genau zur Jahrhundertwende war er nach Paris zurückgekehrt, hatte Napoléon zwei Jahre im diplomatischen Dienst gedient und sofort, als Louis-Antoine-Henri de Bourbon in Vicennes auf Befehl des Kaisers erschossen wurde, aus Protest sein Demissionsgesuch an Talleyrand geschickt. Damit brach er auch mit Napoléon. Fälschlicherweise hatte man den Sohn des Herzogs von Bourbon verdächtigt, hinter dem fehlgeschlagenen Bombenattentat auf den Kaiser zu stecken. Es war ein Irrtum und somit versuchter Mord. Chateaubriand war durch seinen Mut in seinen Kreisen ein wahrer Held. Erst unter den Bourbonen hatte der Vicomte seine politische Karriere wieder aufgenommen.

Nach kurzem Zögern näherte er sich Larrey. Seine Stimme war weich und voller Nuancen: »Baron! Euch hier zu sehen verdient Respekt. Ich hätte Euch zu dieser Stunde an diesem Ort nicht vermutet.«

Wieder die gleichen Worte – wie schon so oft an diesem Morgen, dachte sich Jean-Dominique. Höflich drehte er sich um. Es dauerte eine lange Sekunde, bis er das von einer Pelzmütze umhüllte kränklich wirkende Gesicht erkannte. »Ah, Vicomte! Fast hätte ich Euch nicht erkannt. Habt Ihr gedacht, ich würde heute um diese Zeit noch in den Federn liegen?«

»Aber nein ... Doch bei dieser Kälte hätte ich Euch eher später erwartet ... Oder direkt in Paris ...«

Angesichts des geringen Altersunterschiedes von nur zwei Jahren erwiderte Larrey lachend: »Das Gleiche könnte ich auch von Euch erwarten, Vicomte.« Daraufhin deutete er hinunter zur Anlegestelle. »Nein, nicht in Paris. Hier ist seine Ankunft. Und nachdem ich ihn auf vierundzwanzig Feldzügen begleitet habe, will ich bei seiner letzten Schlacht auch von Anfang bis Ende dabei sein.«

»Gut, gut, ich habe Euch verstanden. Dennoch, Eure Haltung und Treue verdienen Respekt.« Mit diesen Worten zog er sich seine knapp sitzende Pelzmütze über beide Ohren.

Larrey war erstaunt über die Worte des Vicomte. »Meint Ihr das im Ernst?«

»Natürlich! Alle Welt weiß, dass Ihr im Felde stets dem Ideal der Menschlichkeit gedient habt, und dies so uneigennützig wie kaum ein anderer. So gesehen, ist dies heute auch Euer Triumph.«

Jean Dominique erwiderte mit einer ausholenden Handbewegung: »Ihr wisst ja am besten, um was es heute geht und was die Bourbonen sich vom heutigen Tage alles erhoffen.«

Chateaubriand ging einen Schritt näher heran und sprach mit gedämpfter Stimme. »Ja, die Ironie der Geschichte präsentiert uns heute ihr Lehrstück. Vor uns tummelt sich der Erste Stand in reinster Form. Als hätte es die Revolution nie gegeben.«

»Ironie? Nein, nein, das ist Politik«, entgegnete Larrey, sodass es jeder hören konnte. »Seit die Bourbonen wieder auf dem Thron sitzen, verbergen sie ihr Misstrauen gegenüber den Bonapartisten nur deshalb, weil sie sich gezwungen sehen, den Mythos Napoléons für sich zu nutzen. Wenn Louis Napoléon heute regieren würde, würde das ins Bild passen. So aber ist es geradezu absurd, dass der Kaiser ausgerechnet von den Bourbonen heimgeholt wird.«

Der Vicomte räusperte sich. »Da mögt Ihr Recht haben. Doch ganz Frankreich will, wie es scheint, ihn zurück haben, nicht nur seine Gebeine.«

»Ist es ein Wunder? Seine Taten werden gepriesen, sein Name wird nicht mehr geflüstert. Ihr kennt doch gewiss die Streitschrift Louis Napoléons aus dem letzten Jahr, *L'Idée napoléonienne*. Er fasste das Motiv der Bourbonen in einem Satz zusammen: Es gilt nicht die sterblichen Reste, sondern die Ideen des Kaisers zurückzuholen.«

»Wie wahr, mein guter Freund! Im Leben hat er die Welt verfehlt, im Tode besitzt er sie. Wir sollten daher tapfer sein. Nachdem wir den Despotismus seiner Persönlichkeit hingenommen haben, müssen wir nun wohl oder übel auch den Despotismus seines Andenkens auf uns nehmen.«

»Aber dann sagt mir auch eines, mein lieber Vicomte, nämlich, an wen der Lohn für all die Schlachten, Verwundeten und Toten, die er zu verantworten hat, zu entrichten ist.«

Chateaubriand hob pathetisch beide Arme: »Baron, welch eine Frage!«

Larrey trat nahe an ihn heran. Seine Stimme sank zu einem heiseren Zischen. »Ich will es Euch sagen: an jeden Buchstaben seines Namens!«

Chateaubriand verstummte, als hätte es ihm die Sprache verschlagen. Er sah sich um. Offensichtlich wollte er das Gespräch beenden. Im nächsten Moment hatte er jemanden in der Menge entdeckt, den er begrüßen konnte.

»Ich werde darüber nachdenken«, sagte er, schon im Begriff, sich abzuwenden. »Gehabt Euch wohl.«

Kaum war Larrey allein, trat sein Freund Johann Tscharner an ihn heran. »Jean, du wirst hier noch erfrieren. Komm mit, wir haben dort drüben am Feuer einen Platz für dich freigehalten.«

»Danke, ich friere nicht. Ich will noch für einen Moment hier verweilen.« Tscharner blickte zweifelnd. Doch er wusste, dass jedes weitere Wort sinnlos wäre. Daraufhin ging er zurück zu der Gruppe, in der sich auch Jean-Dominiques Sohn an der Glut die Hände wärmte.

Der Baldachin über der Tribüne fing an zu schlagen. Der eisige Wind hatte wieder aufgefrischt und ließ die Menschen enger zusammen rücken.

Jean-Dominique zog nur den Mantelkragen höher und blickte gen Osten, wo sich der Hauch einer eisig-frostigen Morgendämmerung zeigte.

Hier also würde sich der Kreis schließen, ging es ihm durch den Kopf. Mit der Rechten strich er sich behutsam durch das schulterlange Haar, als wären es hauchdünne Silberfäden. Damals, bei Waterloo, war es noch braunschwarz gewesen.

Die Armee von Waterloo war des Kaisers letzte gewesen, die letzte, die er befehligte, und sie war auch die letzte gewesen, in der er, Jean-Dominique Larrey, als Chefchirurg der Garde wirkte. Schon einen Tag nach der verlorenen Schlacht brach in Paris eine wahre Epidemie der Rache aus. Nie hatte er geglaubt, dass die Rache für ihn ernsthaft gefährlich hätte werden können. Nie hatte er geglaubt, sein Einsatz als Erster Chirurg der kaiserlichen Garde könnte sich eines Tages gegen ihn richten.

Am Ende seines Lebens musste er es hinnehmen, dass er in den eigentlichen politischen und auch militärischen Belangen mit seinem Urteil oft daneben gegriffen hatte. Dafür wurde er Zeit seines Lebens von einigen Stimmen begleitet, die ihn verachteten, herabsetzten, ja diffamierten. Er, der selbst niemanden hasste, wurde gehasst vor allem für die Obsession seiner Arbeit damals im Felde. Ursache dieser Feindseligkeit war die großzügige Unterstützung, die er für seine Arbeit in der Armee erfahren hatte und der sich auch Marschälle oft hatten unterordnen müssen. Auch der direkte Zugang zu Napoléon und die Freiheiten, die ihm der Feldherr gewährte, waren ihnen suspekt. So besaß er die Macht, in großer Zahl Soldaten anzufordern, um Schlachtfelder selbst nachts nach Verwundeten absuchen zu können. Allein dieses Privileg rief bei den eitlen Marschällen Eifersucht und Neid hervor. Dafür wurde Jean-Dominique von den Soldaten, insbesondere von den Verwundeten, ob Freund oder Feind, geliebt, gefeiert, von manchen fast wie ein Heiliger verehrt.

Der Wind trieb ihm die Tränen in die Augen. Er schloss sie für einen Moment. Bilder aus dem Jahre 1793 tauchten aus der Erinnerung auf. Erlebnisse und Erinnerungen während der ersten Begegnung mit dem späteren Kaiser vor Toulon …

II

Erinnerungen Jean-Dominique Larreys,
Paris – Toulon, Herbst 1793

Das Vaterland ist in Gefahr, erklärte im August der Wohlfahrtsausschuss, das starke Exekutivorgan unter der Führung von Robespierre, und rief zur *levée en masse* auf, um die nationalen Reserven an Menschen und Material des Landes zu mobilisieren.

»Monsieur Directeur Larrey! Auf Toulon sind die Augen der ganzen Nation gerichtet! Diese Stadt ist ein Nest von Royalisten und Aristokraten. Sie müssen endgültig aus der Stadt verjagt werden. Es wird Tote und Verletzte geben. Eure Aufgabe als Chefchirurg ist es, die von Euch konzipierte Ambulance volante in der neuen Armee einzurichten!«

Mit diesen Worten war ich, halb gezwungen, halb freiwillig, in Paris von Kriegsminister Bouchotte in den Süden Frankreichs abkommandiert worden. Zur Vierten Armee. Einer neu aufgestellten Streitmacht – der Armee Korsikas. Sie hatte den Auftrag, den Engländern erst Toulon und danach die Insel zu entreißen, während ich das Lazarettwesen und die Versorgung der Verwundeten neu zu strukturieren hatte. Für die Vorbereitungen waren mir in Paris nur wenige Wochen gegönnt. Das Maß oder vielmehr das Unmaß von Arbeit, die nötig war, um alles auf die Reihe zu bekommen, nahm meine ganze Energie in Anspruch. Hinzu kam die Angst Charlottes, die zunehmend um mein Leben bangte. Zugleich bedrängte mich Bernard, aus anderen Gründen, in Paris zu bleiben. Vehement redete er auf mich ein: »Warum willst du deiner Pflicht gerade auf dem Schlachtfeld nachkommen? Was hindert dich daran, eine klare Entscheidung für dein Verbleiben in Paris zu treffen?

Als Chirurg dienst du auch hier der Revolution! Warum heiratest du nicht, dann wirst du freigestellt? Warum willst du ausgerechnet nach Toulon?«

Ja, die Zeit wäre reif gewesen, innezuhalten, um gemeinsam mit Charlotte zu leben, Tag für Tag, Monat für Monat, wie andere Paare auch. Eine *mariage antimilitariste* wäre ein Ausweg gewesen. Auch konnte man mit Geld, wie ich hörte, Beamte bestechen, wodurch eine Herabsetzung des Lebensalters bewerkstelligt werden konnte. Doch zu allem war Geld nötig. Viel Geld. Und eine Desertion auf diese Art kam für mich nicht infrage. Fast jede freie Stunde hatte Bernard, seit ich vom Rhein zurück war, mich aufs Neue für die Arbeit im Verborgenen verplant, und es war mir unmöglich, diese Kette der Widerwärtigkeit zu zerreißen.

Nach wie vor fürchtete ich, dass meine Liebe zu Charlotte ob meines Geldmangels in die Brüche hätte gehen können. Ich wollte einfach nicht mehr in der abgewohnten Mansarde des Klinikgebäudes leben und auch nicht als Untermieter in eines der schäbigen Zimmer einziehen, die zuhauf in Paris angeboten wurden. Es wäre Charlottes einfach unwürdig gewesen. Obwohl sie sich bisher nie beschwert oder irgendeine Unzufriedenheit geäußert hatte, war mir alles zu eng geworden. Manchmal sah ich mich selbst in einem prächtigen Haus, sah die damastenen Vorhänge und die antiken Statuetten am Kamin, die Gemälde an der Wand. Ich hatte daher nur einen Wunsch: herauszukommen aus der Knappheit des Lebens. Ich wollte sie überwinden und mein Leben nach meinem Willen gestalten.

Denn die Gefahr drohte seit Monaten direkt von Monsieur und Madame René Leroux de Laville, zu dem Zeitpunkt, als sie unsere echte Zuneigung zu ahnen begannen. Seitdem zeigten sie mir offen ihre Abneigung. Als ich einmal nichts ahnend einer weiteren Einladung Charlottes in ihr Elternhaus folgte, ließ man mich entgegen meiner Erwartung das Haus durch den Dienstboteneingang betreten.

Die Begrüßung durch Madame, abseits der Gesellschaft, war knapp, unmissverständlich und unverschämt: »Ich rate Euch: Haltet Distanz zu unserer Tochter. In den Pyrenäen sind Eure Chancen sicher aussichtsreicher als hier in Paris. Besser noch, Ihr verteidigt die Republik weiter auf den Schlachtfeldern.«

Monsieur zeigte sich mir gegenüber ebenso abweisend wie seine Frau. Kalt blickten seine Augen. »Monsieur Larrey, ich gehe davon aus, dass dies heute Euer letzter Besuch in meinem Haus ist. Unsere Tochter Charlotte zählt zum privilegierten Stand. Akzeptiert das endlich!«

Für einen Moment sah ich hinter seiner Frechstirnigkeit das blanke Eisen gleißen. Bebend vor Zorn brach es aus mir heraus: »Mit Verlaub, Bürger Leroux, die Schneide der Guillotine macht keinen Unterschied, welchen Standes Sie sind, sollten Sie die Grundsätze der Revolution mit Füßen treten. Ich rate Ihnen gut: Schwören Sie Ihrem konterrevolutionären Gedankengut ab!«

Leroux' Gesicht wurde blass unter der Haut.

Unbeirrt fuhr ich fort: »Sie können sich glücklich schätzen, dass ich Charlotte liebe, sonst wäre es um Sie schon geschehen. Außerdem...«

»Ihr wollt mir drohen?«, unterbrach er mich erregt, »Ihr wollt Euch im Namen der Gleichheit in meine Familie drängen?« Höhnisch kräuselten sich seine blutleeren Lippen. Ein Nerv bebte in seinem Gesicht. »Monsieur Larrey, ich werde ...«

Ohne den Satz zu Ende zu bringen, wandte er sich abrupt ab und zeigte sich den anderen Gästen gegenüber unversehens als ein liebenswürdiger und zuvorkommender Gastgeber. Kein Zweifel, die Ideen der Revolution hatten vor dem Eingangsportal dieses reichen Patrizierhauses eine Kehrtwendung vollzogen.

Ich beobachtete noch, wie allen anderen Gästen im Salon Getränke gereicht wurden, während man mich geflissentlich übersah, und als die Plätze an der Tafel angewiesen wurden, war bald jeder Stuhl besetzt. Ich wünschte daher der Gesellschaft einen guten Appetit und wollte das gastliche Haus verlassen, als Charlotte im gleichen Moment die Situation erfasste. Aufgebracht wies sie das Personal an, den Platz an ihrer Seite für mich einzudecken. Wütend blitzten die Augen von Madame Leroux, während sich in der zur Schau getragenen Gelassenheit ihres Gatten die Falschheit spiegelte. Um einen Skandal zu vermeiden, gab er dem Willen seiner Tochter nach.

Als ich Platz nahm, fragte Charlotte im Flüsterton. »Was war denn? Warum wolltest du gehen?«

»Deine Eltern tun alles, um dem unwillkommenen Verehrer ihrer Tochter den Aufenthalt in diesem Hause zu verleiden. Sie trauern noch den alten Zeiten hinterher – und wissen gar nicht, in welcher Gefahr sie leben.«

Charlotte legte ihre Hand auf die meine. »Ärgere dich nicht, Liebster. Gib ihnen Zeit. Sie werden sich in das Schicksal fügen.«

»Ich werde mich zurückhalten, obwohl es mir nicht leicht fällt. Doch eines werde ich deinem Vater heute noch mitteilen: meinen ersten Wunsch an das Schicksal.«

»Du machst mich neugierig.«

»Ich werde ihm sagen, dass wir bald heiraten werden, ob er will oder nicht.«

Als Antwort drückte mir Charlotte einen Kuss auf die Lippen.

Die Gesellschaft ringsum erstarrte. Dann brachte die Gastgeberin mit einer Bemerkung über Madame de Saint-Amarand, die in ihrem Klub, in den Galerien des Palais Royal, angeblich Glücksspiele und unerlaubte Versammlungen abhielt, die Konversation wieder in Gang. Während ich dem seichten Salon-Geplauder zuhörte, wurde mir klar, dass dies nur eine Inszenierung war, durch die ich in einer demütigenden Distanz der Unterwürfigkeit gehalten werden sollte. Mit tiefem Dekolleté, onduliertem Ringelhaar unter einer fremdländisch anmutenden Kappe, fleischigem Nacken, molligen Hüften und einem ständig bewegten Plapper-Mäulchen redete die Hausherrin etwas daher, was jegliche Substanz vermissen ließ. Doch das Credo war eindeutig: Das Schöne, das Wahre und das Rechte sind nur durch Herkunft, Geld und Generosität zu bekommen. Manch einer an der Tafel war durch sie schon dressiert wie ein Liebesäffchen, das durch jeden Ring sprang, den Madame ihm vor die Nase hielt.

Ich trat Monsieur beim Verlassen des Hauses entgegen und wählte einen Ton, wie er eher zwischen einem Offizier und seinem Adjutanten herrscht. »Bürger Leroux! Seien Sie versichert, die schönsten Dinge des Lebens lassen sich mit Ihrem Geld nicht kaufen. Dazu gehört meine Liebe zu Ihrer Tochter. Wir werden daher in Kürze heiraten. Auch gegen Ihren Willen. Es lebe die Revolution! Adieu!«

Leroux verschlug es den Atem. Ohne eine Antwort abzuwarten, trat ich durch das offene Portal ins Freie.

Charlotte bekundete noch am gleichen Abend ihren Willen, die Ehe mit mir zu schließen, was mit einem handfesten Krach in der Familie endete. Den ganzen nächsten Tag verbrachten wir daraufhin zusammen. Absichtlich und ohne Rücksicht auf die Etikette.

Dank der Nähe zu meiner angebeteten Charlotte war ich selig. Ich liebte sie. Niemand konnte glücklicher sein, als ich es war. Wir liebkosten uns und schwörten uns ewige Treue. Charlotte meinte allerdings angesichts meiner Arbeitswut, es gäbe selbst im Paradies für mich keine Rast. Sie hätte es am liebsten, wenn ich in Paris bleiben und dem Militär Adieu sagen würde.

Natürlich verheimlichte ich ihr, woher mein plötzlicher Geldsegen stammte. Mein Instinkt sagte mir jedoch, dass ich die Ordnung des Militärs brauchte, um aus meinem Konflikt endgültig herauszukommen. Der Verdienst in den Pariser Krankenanstalten war schlecht und eine regelmäßige Auszahlung des Lohns mehr als ungewiss. Auf Dauer ließ sich dieses Defizit auch mit den Einkünften aus meinem Nebenwerwerb nicht ausgleichen.

Doch nicht nur das Interesse, das meinen Ideen von Seiten des Kriegsministers entgegengebracht wurde, war entscheidend für meine Wahl, in der Armee zu bleiben, sondern die Tatsache, dass sie in der medizinischen Fakultät von Paris einfach nicht umgesetzt werden konnten. Der Krieg fand nicht im Hörsaal statt. Überdies hatte ich der Forderung nachzukommen, die vom Revolutionsrat verlangt wurde: »Jeder Bürger muss Soldat sein und jeder Soldat ein Bürger!«

Vielleicht würde sich ja die Situation an den Grenzen Frankreichs schon in naher Zukunft ändern, doch meine Hoffnung blieb gering. Die Feinde der Republik waren zahlreich. Charlottes sehnlichster Wunsch, jeden Tag mit mir gemeinsam zu genießen, konnte von mir in absehbarer Zeit nicht erfüllt werden.

Zu ihrer Freude kaufte ich ihr vor meiner Abreise noch einen Ring, und sie versprach, ihn wie einen Talisman ihr ganzes Leben nicht mehr vom Finger zu streifen.

In der letzten Septemberwoche brach ich mit meinem Tross nach Süden auf. Das ganze Rhônetal befand sich im Krieg gegen Paris. Die Stadt Toulon revoltierte ebenso wie Lyon oder Avignon gegen den Grand Terreur des Wohlfahrtsausschusses, der sich gegen alle richtete, die noch am christlichen Glauben hingen, und gegen jeden, der noch ein gutes Wort für die Monarchie übrig hatte. Ohne Rücksicht und ohne Gerichtsverhandlung wurde verfolgt und getötet. Zehn Departments, von der Normandie bis nach Bordeaux und in der Provence, rebellierten inzwischen gegen die verfassungswidrige Macht des Ausschusses. Die Gräuel des Bürgerkrieges, in dem die Menschen einander in Stücke rissen, ohne zu wissen, wen sie töteten, nahm kein Ende. Alle edlen Beweggründe der Revolution schienen sich ins Gegenteil zu verkehren. Frankreich befand sich nicht nur mit fünf fremden Nationen im Krieg, sondern wie ich es erlebte, auch mit sich selbst. In meinem Herzen war ich gegen die Schändungen von Statuen und Kruzifixen, desgleichen gegen den verordneten hohen Brotpreis. Doch dringender als jeglicher Protest gegen die Missstände war für mich die Umsetzung meiner Aufgabe, die sich auf den aktiven Einsatz für die Verwundeten konzentrierte.

»Der Blutzoll für Toulon wird hoch sein. Bürger Larrey, im Namen der Menschlichkeit: Machen Sie sich auf den Weg!«, verabschiedete mich Sabatier, dem ich noch am letzten Tag meiner Abreise meine Aufwartung machte.

Noch vor wenigen Jahren hatte ich die weite Strecke durch Frankreich zu Fuß zurückgelegt – aus Mangel an Geld. Damals in umgekehrter Richtung gen Norden. Diesmal reiste ich zwar bequemer, doch mein Ziel versprach wenig Verlockendes. Um Toulon wurde hart gekämpft. Über der Stadt wehte die weiße, mit Lilien bestickte Fahne der Bourbonen. Die Royalisten proklamierten das Jahr zum »Ersten Jahr der Wiedererstehung der französischen Monarchie«. Sie erschlugen und verjagten die Repräsentanten der revolutionären Behörden. Gleichzeitig öffneten sie ihren Hafen englischen und spanischen Schiffen und ihre Tore den fremden Truppen. Wie ich in Paris geschildert bekam, belagerte die revolutionäre Armee, zu der ich abkommandiert war, die Stadt nun vom Festland her.

»Die Schlacht ist uns aufgezwungen worden! Die Bataille um Toulon ist eine politische! Die Republik darf sie nicht verlieren!«, hörte ich das Toben des Kriegsministers noch in meinem Ohr.

Während der Reise nützte ich die Zeit, um mit meinem Oberwundarzt André Lombard den Plan für das fliegende Lazarettwesen für Toulon festzulegen. Wir wussten, dass ungefähr achttausend kämpfende Soldaten vor Toulon zusammengezogen werden sollten. Außer meinem Oberwundarzt standen mir zur Seite: ein Oberhilfschirurg, sechs Unterhilfschirurgen, davon einer zugleich Apotheker, ein Leutnant für die Versorgung des Lazaretts mit Nahrungsmitteln und dergleichen, ein Quartiermeister mit zwei Helfern, ein Brigadier, der die Instrumente mit sich führte, sechs Krankenwärter zu Pferde, ein Schmied, ein Böttcher, ein Sattler, ein Sergant, ein Fourier, zehn Krankenwärter zu Fuß, dreißig Soldaten als Hilfskräfte, die während der Kampagne als Krankenwärter angelernt werden sollten, sowie vier leichte und zwei schwere Wagen. Bis auf unsere Hilfskräfte waren fast alle bei Oberursel, Königstein und Mainz dabei gewesen und hatten dort zum ersten Male den Einsatz meiner Ambulance volante unter Kriegsbedingungen erprobt.

Der wichtigste Punkt, gleich nach unserer Ankunft, war die Auswahl des Standortes für das Lazarett. Er sollte auch unser Hauptoperationsplatz sein, wo wir so bald wie möglich das tägliche Exerzieren der Handgriffe und Transportmanöver durchführen wollten.

Lombard, der gerade die Karte von Toulon studierte, blickte zu mir: »Wollen wir uns in Toulon unmittelbar hinter der Feuerlinie bereithalten?«

»Wollen? Wir werden uns bereithalten, mein lieber André. Wir werden!«

Lombard deutete unbeirrt auf die Karte. »Ich frage deshalb, weil ich hieraus entnehme, dass wir mit steilem Gelände rechnen müssen. Wir haben kein freies Schlachtfeld vor uns, sondern steiles Vorgebirge und Forts bester Wehrhaftigkeit.«

Seine Erkenntnis weckte in mir den Spott. »Ich weiß, Sébastian le Prestre de Vauban war ein genialer Mann. Er hat sicher geahnt, dass genauso geniale Franzosen einmal den Befehl erhalten werden, die eigens für Frankreich erbaute Festung zu erstürmen.«

»Ich sehe keinen überragenden Heerführer in unseren Reihen, dem das gelingen wird. Ich vermute nur eines: Die schweren Wagen werden wir dort nicht einsetzen können.«

»Ich verstehe. Du machst dir Sorgen um unsere Beweglichkeit.«

»Genau.«

»Lass uns das Gelände vor Ort sondieren. Dann entscheiden wir. Im Übrigen können wir die schweren Wagen jederzeit durch leichte Gespanne ersetzen.«

Was Lombard ansprach, bereitete auch mir insgeheim große Sorge. Ganz am Anfang hatte ich die Idee gehabt, Transportwagen durch Pferde zu ersetzen, die die Verwundeten auf Saumsätteln oder in Körben wegbringen könnten. Die Erfahrung belehrte mich aber bald von der Unzulänglichkeit dieser Einrichtung. Daraufhin führte ich den in Schwebe hängenden Wagen ein, der Sicherheit, Leichtigkeit und Schnelligkeit in sich vereinigte.

Die Ambulanzwagen hatten teils zwei, teils vier Räder. Die ersteren waren für flache, die letzteren für gebirgige Gegenden bestimmt. Der Aufbau der zweirädrigen Wagen ähnelte einem länglichen, nach oben gewölbten Würfel. Dieser hatte auf den Seiten zwei kleine Fenster und vorn und hinten zwei Türflügel. Über dem Boden gab es einen beweglichen Rahmen, in den eine mit Leder überzogene Pferdehaarmatratze eingepasst war. Links und rechts des Rahmens befanden sich zwei massive Rundhölzer als Handhabe. Mittels vier kleiner Räder glitt dieser Rahmen nun sehr leicht heraus. Weitere vier eiserne Stangen daran dienten dazu, Riemen oder Seile zu befestigen. Somit ließen sich die Verwundeten nun wie auf einer Bahre wegtragen, nachdem sie den ersten Verband gleich an Ort und Stelle auf der Erde angelegt bekommen hatten.

Abseits im steilen Gebirge musste man allerdings noch Maultiere oder Saumrosse haben, mit Körben, in deren Fächern chirurgische Instrumente, Verbandzeug, Medikamente und dergleichen mitgeführt werden konnten.

Die kleinen Wagen waren mit zwei Pferden bespannt, wovon das eine als Sattelpferd diente. Im Lichten hatten sie drei Ellen Breite. Zwei Verwundete konnten hier bequem nebeneinander lang ausgestreckt liegen. Außerdem waren an den Wänden Taschen angebracht, in denen bauchige Flaschen steckten, um den Urin der Verletzten zu fassen.

Die vierrädrigen Gefährte waren etwas länger, aber mit schmaleren Aufbauten, dafür in vier Federn hängend. Auf dem Boden befand sich eine festgemachte Matratze, dazu Kissen, die einen Fuß hoch ausgestopft waren. Die linke Seite ließ sich mittels zweier Verschiebetüren so weit öffnen, dass man die Blessierten horizontal hineinlegen konnte. In jedem Wagen konnten vier Verwundete der Länge nach liegen. Lediglich deren Füße kreuzten sich ein wenig. Zwei Fenster sorgten für frische Luft im Inneren. Um im Mittelpunkt des Aufbaus den Schwerpunkt zu fixieren, befanden sich noch ein oder zwei stabile Tragbahren darunter, die mannigfach eingesetzt werden konnten. Vier Pferde mit zwei Reitern zogen den Wagen.

Die Aufgabe meiner Ambulance volante war, die Verwundeten auf dem Schlachtfeld schnell aufzunehmen und sie nach der ersten Versorgung zum Lazarett zu bringen, das Hauptplatz und Sammelstelle für die Verwundeten war. Auch waren meine Krankenwärter dazu verpflichtet, nach der Schlacht unter Aufsicht eines Offiziers die Toten zu bergen und deren Begräbnis zu besorgen.

Zwanzig Tage nach Abreise aus Paris traf ich mit meinem Gefolge am 20. September vor Toulon ein. Während wir noch durch Olivenhaine rollten, hörte ich von der Küste her das dumpfe Donnern von Kanonen. Das Grollen passte so gar nicht zu den pastellfarbenen Böden, der lieblichen Landschaft, zu der angenehm trockenen Wärme und den gepflegten Wein- und Obstgärten. Doch je näher wir Toulon kamen, umso häufiger rollten wir durch gebrandschatzte Dörfer, die von Gewalt und Verderben zeugten. Wenig später sah ich in der Ferne die ersten Festungsbauten auf den mächtigen Bergstöcken des Mont Faron, die Toulon im Norden umgaben.

Östlich der Stadt, nur wenige Kilometer vom Mittelmeer entfernt, bezogen wir in dem kleinen Ort La Valette Quartier. Der Ort lag zu Füßen des Mont Faron, besaß genügend Brunnen mit frischem Wasser, hatte eine gute Distanz zu Toulon und war somit für die Errichtung meines Lazaretts gut geeignet.

Wie aus meinen Instruktionen hervorging, wurde die Vierte

Armee von General Carteaux befehligt. Bei meiner Ankunft sprach ich jedoch zuerst bei den Abgeordneten des Konvents, Antoine Christophe Saliceti, Gasparin und Robespierre dem Jüngeren, vor, die mir jegliche Hilfe zusagten. Erst danach trat ich bei General Carteaux an. Er war ein vor Gesundheit strotzender zweiundvierzigjähriger Offizier, ehedem Dragoner, dann Gendarm, später Maler, der sich bis zu seinem Kommando die Zeit am liebsten mit der Anfertigung von Schlachtengemälden vertrieb. In wenigen Monaten hatte er die Stufenleiter der militärischen Hierarchie bis zum Befehlshaber der Vierten Armee erklommen. Er war der erste »Maler-General«, den ich zu Gesicht bekam.

Vor Ort erlebte ich zunächst, dass die Belagerung sich in die Länge zog, ohne Fortschritte zu machen. Der drohende Winter verhieß außerdem nichts Gutes. Die meisten Belagerungen, lehrt die Erfahrung, wurden durch ausbrechende Seuchen aufgegeben, und ich fürchtete, Toulon würde darin keine Ausnahme sein, sollte die Festung nicht in absehbarer Zeit kapitulieren.

Schon in den ersten Tagen meiner Arbeit stand für mich ohne Zweifel fest, dass Antoine Christophe Saliceti, der politische Kommissar der Armee, hier im Süden der Republik die Fäden in der Hand hielt. Ich erkannte schnell, dass General Carteaux nicht nur seine fehlende Bildung, sondern vor allem seinen Mangel an militärischen Fähigkeiten durch extremes Selbstbewusstsein ersetzte.

Mitte Oktober stand das Lazarett. Alle Vorbereitungen für eine effektive Hilfeleistung innerhalb der Armee waren getroffen. Als ich bei Saliceti zum Rapport erschien, hörte ich, wie er mit Carteaux einen heftigen Disput austrug.

Barsch dröhnte die Stimme des Kommissars, sodass auch die Stabsoffiziere mithören konnten: »Das nennen Sie Artillerie? Sechs Kanonen? Ist das alles, was Sie in den letzten zwei Monaten herbeischaffen konnten?«

»Wir haben alles versucht. Wenn doch aus Marseille nichts kommt …«

Salicetis Faust knallte auf den Tisch, seine Stimme überschlug sich. »Dann machen Sie sich endlich selbst auf den Weg, oder sind Sie immer noch so verblendet und glauben, mit der blanken Waffe in der Hand die Festungen da drüben erobern zu können?«

Carteaux schoss die Röte ins Gesicht. »Zweifeln Sie etwa an dem Mut unserer Soldaten? Wenn ich sie ins Feld schicke …«

»Bürger General! Sie sind ein Ignorant! Hiermit entziehe ich Ihnen das Kommando über die Belagerungsartillerie!«, donnerte Salicetis Stimme.

»Sie wissen nicht, was Sie tun. Das wird Folgen haben …!« Als der General an mir vorüberging, war sein Gesicht von Wut verzerrt.

Es sollte in der Tat Folgen haben, aber andere, als Carteaux sich je hätte ausmalen können. Saliceti wendete sich an die Umstehenden: »Wer versteht etwas von Artillerie?«

»Da ist dieser Korse«, sagte einer der Umstehenden. »Ein gewisser Hauptmann Buonaparte.« Es war das erste Mal, dass ich diesen Namen hörte.

Der korsische Hauptmann wurde noch am selben Tage zum Major und zum Kommandanten der Belagerungsartillerie befördert. Es war nicht nur der Beginn einer neuen Zeitrechnung, sondern auch einer neuen Zeit. Am 10. Brumaire des Jahres 2 nach dem neu eingeführten Revolutionskalender war Carteaux als General der Vierten Armee abgesetzt.

In diese Novembertage fiel meine erste direkte Begegnung mit Napoléon. Ich hatte mir vorgenommen, in den Morgenstunden um die Bergstöcke des Mont Faron herumzureiten, um auf die Seeseite zu gelangen. Die Reede und die Hafeneinfahrt Toulons wurden beherrscht durch Forts, die entlang der Küstenlinie bis auf die vorgelagerte Halbinsel St. Mandrier sur Mer angelegt waren. Ich wollte das Gelände um das Fort Éguillette sondieren. Fort Éguillette war für mich die Schlüsselstellung zur Eroberung der Reede und des Hafens von Toulon. Obwohl ich noch keine Informationen für einen Angriff hatte, war ich mir sicher, dass er hier erfolgen musste. Als ich eine Kompanie Soldaten passierte, die nahe einer Batterie schweißtreibende Schanzarbeiten ausführten, kam mir ein südländisch gebräunter junger Mann in der Uniform eines Majors entgegen.

Kurz darauf standen wir uns gegenüber. Der junge Mann wirkte finster und ernst, während mich sein Raubtierblick scharf in die Augen nahm. Sorgfältig prüfte und maß er mich, als würde er abschätzen, ob ich zu seinen persönlichen Zwecken tauglich wäre. Seine Uniform war zerknittert, und um seinen Hals hatte er ein verdrehtes Tuch geschlungen. Das lange glatte Haar reichte bis zu den Schultern und flatterte im morgendlichen Wind. Seine Wangen waren eingefallen, die Augen dunkel umrandet, die Lippen verkniffen. Dem Mann fehlte der Schlaf. Doch sein Gesicht drückte eine unglaubliche Festigkeit und Entschlossenheit aus. Sein kleiner Wuchs hatte allerdings etwas ungewöhnlich Sperriges und Kantiges an sich, da seinen Bewegungen die Geschmeidigkeit fehlte. Eines aber spiegelte seine Erscheinung sofort wider: Major Buonaparte liebte den Soldatenberuf.

Er nahm seine Arme hinter den Rücken und sagte: »Ich habe von Ihnen gehört. Sie haben das Kommando über das Lazarett. Respekt! Zu so früher Stunde vermutet man keinen Wundarzt bei den Batterien.« Sein Tonfall war gedämpft, seine Sprechweise knapp und trocken.

»Sie nehmen Ihre Aufgabe genauso ernst wie ich die meine. Sie wird nicht einfach sein«, erwiderte ich ebenso knapp.

Mit wenigen Sätzen tauschten wir uns über die aktuelle Belagerungssituation aus. Niemals hatte ich so treffend, so plausibel und gründlich die Lage dargestellt bekommen wie an jenem Morgen. In jedem Satz zeigte sich ein Mann, der seine Gefühle dem Verstand unterordnete. Man ahnte seine Leidenschaft für das Handwerk des Krieges: ein Rechner, mehr Fuchs als Tiger. Aber zweifellos ein brillanter Stratege.

Die Bestätigung dafür folgte am 25. November, dem Tag, an dem er die Entscheidung zur Erstürmung Toulons herbeiführte, dem Tag, an dem er alle Hindernisse aus dem Weg räumte, die seinem Plan im Wege standen. Es war der Tag des Korsen, die Stunde Major Buonapartes.

Wir befanden uns im Salon des Hauses, das der neue ernannte General Dugommier als Quartier gewählt hatte. Das Zimmer war ausgeräumt. Ich stand mit General Du Teil und den höheren Offizieren in engen Reihen in Front zum Kamin. Der Korse betrat hinter dem General, den Kommissaren Saliceti, Robespierre le jeune, Ricord und Fréron, den Raum. Dugommier forderte Buonaparte ohne Verzögerung auf, seinen Angriffsplan darzulegen.

Buonaparte ging mit festen Schritten vor dem Kamin auf und ab. Die Anspannung war ihm anzumerken. Es wurde still im Raum.

Dann blieb er stehen und begann mit ruhiger Stimme: »Jede militärische Operation muss auf ein System gegründet sein, denn der Zufall lässt nichts gelingen. Die Erstürmung von Toulon im altbewährten Stil ist unmöglich. Die Stadt ist, wenn man sie frontal angreift, uneinnehmbar. Daher muss es uns gelingen, die Schlüsselstellung dieser Festung zu erobern. Dazu ist es notwendig, sie dem Feuer unserer Artillerie auszusetzen.«

Buonaparte streckte den Arm aus, als ob er durch die Wände auf den Angelpunkt der ganzen Operation zeigen würde. »Der Schlüssel ist Fort Mulgrave. Kontrollieren wir das Fort, kontrollieren wir die Reede und den Hafen. Damit vertreiben wir die englischen Linienschiffe. Toulon wäre damit für die Republik erobert. Gleichzeitig erfolgt der Angriff auf das Fort vom Mont Faron!« Am Ende appellierte er eindringlich an alle: »Geben Sie mir freie Hand für die Beschießung und Erstürmung von Éguillette, und in weniger als acht Tagen marschieren wir in Toulon ein!«

Buonaparte war dabei, das Zimmer zu verlassen. Schon auf der Schwelle stehend, richtete er sein Wort an die Kommissare des Konvents: »Machen Sie Ihre Arbeit, Bürger Kommissare, und lassen Sie mich die meine tun!«

Am 17. Dezember gab General Dugommier das Signal. Ein schweres Unwetter begleitete den Beginn des Gefechts. Buonaparte bestieg sein Pferd und eröffnete die Kanonade auf Fort Mulgrave.

Gleich in den ersten drei Stunden retteten wir in vorderster Linie eine Unzahl von Verwundeten vor dem sicheren Verbluten. Als der Sturmangriff auf die Festungsmauer ansetzte, war der Höhepunkt der Schlacht erreicht. In weniger als zwei Stunden zählten wir mehr als fünfhundert Verletzte. Trotz der heftigen Schauer und der zunehmenden Verschlammung der Wege verbanden wir jeden und transportierten die Gehunfähigen mit der Fliegenden Ambulanz aus der Gefahrenzone. Drei durch Gewehr und Kanonenkugeln zerschmetterte Unterschenkel und vier Arme exartikulierten wir direkt vor Ort.

Ich selbst kümmerte mich um die Verwundung Buonapartes. Er

war vorneweg über Erdwälle, Palisaden bis hin zu den Schießscharten der Festungsmauer geklettert. Ein englischer Sergant hatte ihm dort mit der Kurzpike die Innenseite seines linken Schenkels, knapp oberhalb des Knies, durchbohrt.

Ich legte einen Verband an und brachte damit die Blutung zum Stillstand. Große Gefäße schienen nicht verletzt zu sein. Meist zog aber eine solche Stichverletzung schwere Komplikationen nach sich.

Buonaparte beobachtete jeden meiner Handgriffe. »Was meinen Sie?«, fragte er, ohne sich die Schmerzen anmerken zu lassen, die er zweifellos verspürte.

»Sie haben Glück gehabt, Major. Die englische Pike zielte genau auf Ihr Gemächt.«

Buonaparte grinste. »Glück im Unglück.«

Doch die Gefahr war noch nicht gebannt. Um dem tödlichen Wundbrand zu entkommen, war es daher üblich, eine Amputation ins Auge zu fassen. Auf jeden Fall war am anderen Morgen bei Tageslicht eine zweite eingehende Untersuchung vonnöten.

Fort Mulgrave fiel um drei Uhr morgens. Um neun Uhr beugte ich mich über die Stichwunde des Majors. Es war ein glatter Durchstich, der weder ein Gefäß in der Tiefe noch eine wichtige Nervenbahn durchtrennt hatte. Von einer Erweiterung des Wundkanals sah ich ab, da er mir nicht sonderlich verunreinigt erschien. Ich säuberte die Wundränder und hoffte für den siegreichen Major, dass die pyämische Infektion ausbleiben möge.

Als ich die Behandlung abschloss, fragte er mich, noch im Liegen: »Bürger Larrey, wie sieht es aus?«

»Sie werden eine kräftige Narbe zurückbehalten«, erwiderte ich spaßig. »Sie wird Ihren Reiz bei den Frauen erhöhen.« Und nach einer kleinen Pause etwas ernster: »Vorausgesetzt, es gibt keinen Wundstarrkrampf. Aber es dürfte gut gehen.«

Daraufhin richtete er sich auf und kleidete sich stumm an. Als er neben mir stand, legte er seine Hand auf meine Schulter. »Ihrer Kunst und Organisation gebührt hohe Anerkennung. Ich werde sie in Erinnerung behalten. Und nun möchte ich, dass Sie mich begleiten und zu den Verwundeten führen.«

Es war das erste Mal, seit ich bei der Armee war, dass ein hoher

Offizier, statt seinen Sieg zu feiern, sich zu den Versehrten in das Lazarett begab. Die blasse Skizze von diesem bemerkenswerten Mann begann sich zu einem Gemälde auszugestalten.

Drei Tage später zog ich eine Pferdelänge hinter ihm in Toulon ein. »Sein Sieg«, so vernahm ich von Saliceti, »hat Frankreich die Revolution gerettet. Und Ihre ärztliche Kunst deren Standbein.«

III

Courbevoie, 06.10 Uhr

Als wäre es das letzte Licht des Mondes am frühen Morgen, so hell glänzten für einen kurzen Moment die Ufer der Seine im frisch gefallenen Schnee. Der beißende Nordwind nahm wieder an Stärke zu und trieb Schneewolken heran. Baron Larreys Sohn Hippolyte begann zu murren: »Scheißkälte! Wir sind doch nicht in Russland!«, und sein Freund Tscharner pflichtete ihm bei: »Ich glaube, ich stehe an der Beresina und nicht an der Seine.«

Der Atem vor seinem Gesicht wandelte sich zu einer Nebelwolke. Tränen liefen ihm übers Gesicht und erstarrten auf den Wangen zu einem Gitternetz aus Eis. »Dr. Johann«, wie Jean-Dominique ihn neckte, und er waren sich das erste Mal 1806 bei Auerstedt begegnet, als beide nach der Bataille noch einmal das Schlachtfeld nach Verwundeten absuchen ließen.

Johann Friedrich Tscharner erwarb sich am Collegium medico-chirurgicum in Berlin die höheren Weihen eines preußischen Wundarztes. Er hatte den anatomischen Cursus an der Charité Berlin absolviert und war öffentlich durch vier Mitglieder des Ober-Collegium medicum und des Collegium medico-chirurgicum auf seine Tüchtigkeit hin geprüft worden. Damit hatte er sich als Wundarzt bestens qualifiziert, was er im Felde und im Lazarett bei Weimar eindrucksvoll bewies. Anders als die meisten deutschen Wundärzte, die nach seinen Worten größtenteils am Barbierbecken vergeblich auf eine gute Ausbildung hofften. Drei Jahre gingen sie dort bei Badern in die Lehre, wurden Gesellen und hatten doch nichts anderes gelernt als Bartputzen, Pflasterstreichen und Aderlassen.

»Dr. Johann« war daher stolz auf seine hart erworbene Approbation, und Jean-Dominique schätzte sein chirurgisches Können.

Zusammen mit Napoléon waren sie damals in Berlin eingezogen. Jean-Dominique erinnerte sich noch genau. Es war ein schöner Herbsttag gewesen; eine herrliche Straße, umsäumt von einer Doppel-Allee von Linden und Platanen, die Eleganz der edlen Bauten, das Brandenburger Tor, das imposante Viergespann darauf, bildeten eine glänzende Kulisse für den Triumphzug. Während ihres Aufenthalts hatte Johann Friedrich seinem französischen Kollegen das anatomische Theater gezeigt, von dem Jean-Dominique schon in Paris gehört hatte. Unstreitig gehörte es in Europa zu den vorzüglichsten und berühmtesten Sammlungen. Über zweihundert Leichen wurden jährlich eingebracht, um den schon ansehnlichen Vorrat an anatomischen Präparaten und Skeletten aufzustocken. Sogar zwei Skelette der großen Soldaten von König Friedrichs Garde-Regiment waren da zu bestaunen. Auch besuchten sie die Gruft des alten Fritz in Potsdam. In Sanssouci nahm Jean den Armsessel, in welchem der König Friedrich gestorben war, in Augenschein, sowie das Zimmer, welches Voltaire bewohnt hatte. Besonders freute er sich über eine Einladung, die er vom angesehenen Akademiker und Forscher Alexander Freiherr von Humboldt erhielt, mit dem er einen längeren Gedankenaustausch über die Medizin in Paris und über Naturphänomene und Geographie der Erde führte.

Tscharner kümmerte sich rührend um Jean-Dominique, und während der gemeinsamen Zeit in Jena und Berlin entstand zwischen den beiden Chirurgen eine enge Freundschaft, die den Preußen schließlich bewogen hatte, als Wundarzt in die Grande Armée einzutreten. Am Ende war er in Paris geblieben und hatte hier, wenn auch spät, eine Familie gegründet.

Die Zuschauerbühne begann zu erbeben. Die frierenden Menschen gerieten in Bewegung und trampelten mit den Füßen auf den Holzbohlen. Kein Zeitvertreib, keine wärmenden Getränke lenkten von der bitteren Kälte ab. Das Unsägliche daran war, dass kein einziger Hinweis über den genauen Zeitpunkt zu erfahren war, an dem das Schauspiel beginnen sollte.

»In den frühen Morgenstunden! Gegen sechs oder sieben Uhr …«, vernahm man einzelne Stimmen von Männern und

Frauen, die es auch nicht besser wussten. Doch niemand verließ die inzwischen voll besetzte Tribüne. Keiner mochte vorher so recht daran geglaubt haben, dass Napoléon Buonaparte jemals von St. Helena zurückkehren würde. War er nicht schon längst dahingeschwunden in das Reich der Sagen, zu den Schatten Alexanders von Makedonien, Cäsars und Karls des Großen?

Jean nestelte ein kleines Thermometer aus seinem umgehängten Mantel, das in der Vergangenheit auf den Schlachtfeldern an kalten wie an heißen Tagen immer am Knopf seiner Uniformen baumelte. Es zeigte minus 13 Grad nach der Skala von Réaumur. Der eisige Wind ließ einen die Kälte jedoch erheblich strenger fühlen. Sie straffte den Menschen die Gesichter, zwackte die Haut hinter den Ohren fest und ließ alle in der fahlen Morgendämmerung wie erschrockene, starre Masken aussehen.

Hinter den Absperrungen zum Ufer der Seine hin war die Menschenansammlung inzwischen unüberschaubar geworden. Viele Soldaten in ihren alten Uniformen hatten sich dort eingefunden, Reste der ehemaligen großen Armee, Veteranen, die von weither gekommen waren, um dem Ereignis beizuwohnen.

Tamboure rührten wieder ihre Trommeln. Die Luft erzitterte erneut durch den Salut einer Batterie unweit des Tempels. Hektik flog gegen den fegenden, eisigen Wind von der Tribüne hinunter zum Landungssteg und von dort hinüber zur Nationalgarde. In Viererkolonnen bezogen die Waffenträger Position bei der Anlegestelle.

Hippolyte und Johann hatten Jean-Dominique wieder in ihre Mitte genommen. Tscharner sagte: »Jetzt erscheint er mitten unter uns Lebenden!«

»Aber als Toter«, erwiderte der Baron.

Und Hippolyte fügte hinzu: »Es ist schon merkwürdig, zu sehen und zu spüren, wie er von Hunderttausenden geehrt wird, die heute früh halb erfroren und bis über die Knie im Schnee von Paris hierher wateten. So als ob sein Wille über den Tod hinaus wirkt.«

Ein erregtes Gemurmel hob an. Jeder diskutierte mit jedem über die mögliche Position der DORADE, des Schiffs, das Napoléons Sarg die Seine aufwärts nach Courbevoie bringen sollte. Aus riesigen schwarzen Schüsseln auf antiken Stativen züngelten

Flammen empor und tauchten die Fluten der Seine in ein rötliches Licht. Manch einer sah fahrig umher, trat von einem Bein auf das andere, um gleich wieder durch den fahlen, milchigen Kältenebel die Seine in westlicher Richtung abzusuchen.

»Schiff gesichtet!«, meldete eine Stimme vom Ufer her. Sofort legte sich Schweigen über das Areal. Gespannt starrten die Menschen in das Dunkel, als würde dort ein Ungeheuer aus den Fluten des Stromes auftauchen. Jean saugte die frostige Luft in seine Lungen. Prophezeiungen treffen wohl stets anders ein, anders als der Prophet selbst dies gedacht hat, ging es ihm durch den Kopf. Die Bourbonen hatten sich durch die Rückholung seines Leichnams einen Erfolg erhofft. Durch diese nationale Tat wollten sie sich innenpolitische Stabilität erkaufen. Schon im Hafen von Cherbourg, als der Sarkophag Napoléons auf der Fregatte BELLE POULE acht Tage lang der Bevölkerung zugänglich gemacht wurde, hatten Tausende dem toten Kaiser ihre Ehrfurcht bezeugt. Seine Rückkehr nach Paris könnte allerdings auch das Ende der bourbonischen Regierung bedeuten. Daher sahen die Bonapartisten den Neffen des Kaisers, Charles Louis Napoléon Buonaparte, schon den Thron besteigen. Dessen Putschversuch war erst im August kläglich gescheitert. Sicher hoffte er darauf, durch das Volk aus seiner lebenslangen Festungshaft befreit zu werden.

Plötzlich wurde es unruhig auf der Tribüne. Die Hälse wurden länger, die Köpfe reckten sich hin und her, dann erfolgte ein kollektiver Aufschrei. Auf der träge fließenden Seine schälte sich aus dem eisigen Dunst der erwartete Konvoi.

Ein ehrfurchtsvolles Raunen ging durch die Menge. Ein bulliger Schaufelraddampfer zog an zwei Trossen das prunkvolle Leichenschiff seineaufwärts, das eigens für diesen Zweck gebaut worden war. Die tiefe Schwärze seines Rumpfes und des Baldachins, dessen Silhouette sich aus der dampfenden Seine feierlich heranschob, ergab eine gespenstische Kulisse. Das Deck der Bark zierte ein hölzerner Säulentempel mit einem geschwungenen, pagodenähnlichen Dach. In ihm ruhte auf einem Podest der wuchtige Sarg Napoléons. Die Relingstützen waren ebenfalls im dorischen Stil gehalten, während kunstvoll geflochtene silberfarbene Girlanden, in drei Kaskaden übereinander gehängt, die Bordwände dekorierten. Am Heck sah man eine seidene, goldbordierte Trikolore, zusammen mit Fahnen, auf denen die napoleonischen Schlachtensiege von Aecole, Marengo, Ulm, Austerlitz und Moskau eingestickt waren und deren Schaftspitzen von je einem Adler aus Messing geziert wurden. Ein Soldat am Bug führte außerdem einen lebenden Adler mit sich. Neun kleinere Dampfer des Totenkonvois folgten in respektvollem Abstand.

Der Anblick ließ die Menschen verstummen. Die Anlegemanöver gelangen den Matrosen perfekt. Die Trossen wurden eingeholt, und wenig später lag das Leichenschiff vertäut am Landungssteg fest.

Im selben Augenblick, als der kaiserliche Sarg mit den sterblichen Überresten Napoléons vom Deck gehoben wurde und endlich die Erde Frankreichs berührte, brandete der Ruf auf: »Vive l'Empereur!«

Eine kleine Gruppe antwortete mit »Vive le Roi!«, um so ihre Abneigung gegen die Bonapartisten zu bekunden. Wie mit einem Donnerschlag begannen daraufhin Tausende den Ruf aus heiseren Kehlen zu skandieren: »Vive l'Empereur! Vive Napoléon!«

Larrey blieb stumm. Jener hatte Macht ausgeübt, wo andere nur Macht erfahren hatten. Siege und Triumphe zogen in Gedanken an ihm vorbei, aber auch die bitteren, schicksalhaften Niederlagen und das endgültige Scheitern.

Am heutigen Tag, im Moment der Heimkehr des Kaisers nach Paris, war die Anziehungskraft wieder zu fühlen, die selbst noch im Tod von ihm ausging. Es schien, als könnten seine Gebeine der Nation wieder Auftrieb geben und Rückhalt bieten. Seele und Hoffnung entstiegen dem Sarkophag, dem auch die neue Generation Frankreichs willig das Geleit gab.

Und dennoch verspürte Jean-Dominique Larrey selbst nichts von alledem. Die anderen waren gekommen, um ihrem Kaiser die Ehre zu erweisen. Er war aus einem anderen Grund hier, nämlich um den Schlussstein zu einer Geschichte zu setzen, deren Anfänge weit in die Vergangenheit zurückreichten …

3

Die Frau im Palais du Luxembourg

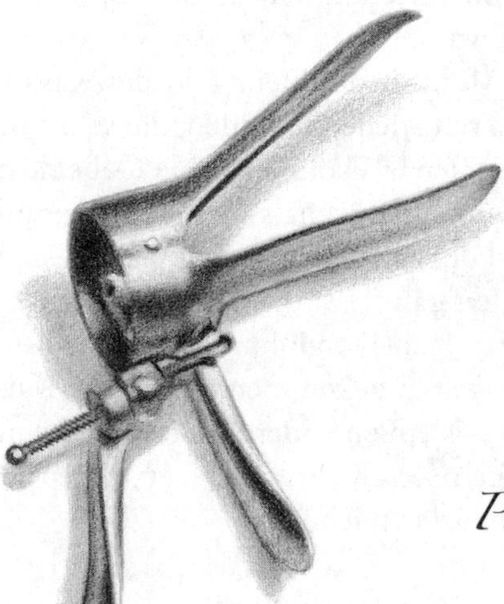

Paris

1794–1797

I

Paris, Mai 1794

Nicolas Jean-de-Dieu Soult wurde 1769 als Sohn eines kleinen Notars in dem Dorfe St. Amans-la-Bastide im Tale der Tarn bei Albi, geboren. Kaum dass ihm der Bart wuchs, trat er als Gemeiner in das 23. Infanterie-Regiment »Royal« ein. Das war kurz nach seinem sechzehnten Geburtstag. Ehrgeizig wie er war, wurde er schon nach wenigen Monaten zum Sergeanten ernannt.

Trotz seiner stolzen Uniform wirkte der hagere Jüngling unreif. Er sah aus wie ein Mensch bei Talglicht, fahl und grünlich, so, als hätte das Blut nicht genügend Farbstoff, um sein Gesicht ins Gesunde hinein zu tönen. Seine stechenden grauen Augen waren ohne Glanz, und keine Harmonie lag in seinen Bewegungen. Das Haar unordentlich, dick und kraus, wirkte er wie ein Mensch, der keine einzige mitreißende Leidenschaft zu kennen schien. Aber der erste Eindruck änderte sich blitzartig in dem Augenblick, da Nicolas zu sprechen begann. Dann hatte er Stahl in der Stimme und zog dadurch alle Aufmerksamkeit an sich. Man hätte meinen können, alle Leidenschaften des jungen Mannes wären allein in seiner Stimme konzentriert. Doch sein noch ungefestigter Charakter führte dazu, dass seine verborgene Zielstrebigkeit mehr und mehr versiegte. Schuld daran hatte sein direkter Vorgesetzter, Hauptmann Villat, ein berüchtigter Haudegen im Regiment. Vor dem Ruf seiner Körperkraft und seiner Anmaßung hatte sich Nicolas mehr zu beugen gehabt, als ihm gut tat. Mochte Villat auch nur ein Hanswurst und Hohlkopf sein, war er doch ausgestattet mit einem messerscharfen Instinkt für Demütigungen.

So wurde Nicolas' Ambition, die militärische Leiter zu erklettern, im Keim erstickt. Nur so ist zu erklären, dass ihn das plötzliche Verlangen ergriff, in St. Amans das Bäckerhandwerk zu erlernen. Übereilt griff er zur weißen Mütze und Schürze. Doch seine Vorstellung eines glücklichen, beschaulichen Lebens, morgens, mittags und abends von Mehl bestaubt, redete ihm die Familie ebenso schnell wieder aus.

Nicolas Jean-de-Dieu kehrte zum Heer zurück. Inzwischen – es war die Zeit der Revolution, die manches bislang Undenkbare möglich machte – hatte dort im Galopp die Jagd nach Offizierstiteln begonnen. So war es fast jedem Sergeanten, der einen Kopf auf den Schultern hatte, ein Leichtes, sich zum Befehlshaber einer Brigade oder Division aufzuschwingen. Nur Soult blieb dabei außen vor. Waren die Verdienste seiner Kameraden, die plötzlich an ihm vorbeizogen, wirklich so überragend? Warum sie und nicht er?

Mit einem fanatischen Ehrgeiz warf er sich auf die Verfolgung seines neuen Ziels. 1792 wurde er zum Leutnant befördert, und keine zwei Jahre darauf ernannte man ihn zum Brigadegeneral.

Während seiner Felddienstzeit in Flandern und am Rhein kam Nicolas oft durch Paris, um sein Ansehen auf gesellschaftlichen Glanz zu polieren. Sein stechender Blick war ihm geblieben, ebenso seine metallene Stimme, mit einem mechanischen Lachen, das in seiner Kehle auf- und abstieg. Die nun langen, gepflegten Haare, von einem Scheitel geteilt, fielen ihm wie Fäden über die Augen. Mit der Geste einer Gottheit strich er sie zurück. Er war der Typ des unbekannten, doch im Aufstieg begriffenen Offiziers, der in den Salons gern gesehen war, wo er seine ganze Aufmerksamkeit den Damen schenkte. Sein erfolgreichstes Jagdrevier waren die Musikakademie der Pariser Oper sowie das Karree der Galerien des Palais Royal. Wahre Tempel oder besser Stabsquartiere der Libertinage. Zwischen den eleganten Mesdemoiselles von Hof und Oper sah er auch Danton, wie er den Salon von Madame de Saint-Amarand aufsuchte, kurz bevor ihn das Fallbeil ereilte. Angeblich war auch Robespierre Gast bei Madame. Ein Tummelfeld also, das auch den Führern der Revolution den schönsten Zeitvertreib zwischen Frau und Mann garantierte. Genau dort fühlte sich Nicolas wohl.

Allein leben konnte er allenfalls zeitweise und höchstens mit einer Schönen in Reichweite. So war es kein Wunder, dass sein Blick auf die junge Thérèse Sorel fiel.

Thérèse war die Tochter des aus Preußen stammenden Buchdruckers Maurice Sorel. Die Druckerei des Vaters war während der Revolution in den Ruin getrieben worden, und nach den ersten Jahren der Wirren versuchte der Witwer verzweifelt, sich und seine drei Kinder – Thérèse, ihren Zwillingsbruder Marcel und ihre jüngere Schwester – durchzubringen.

Doch wie sollte es ihm gelingen, Thérèse, seinen »Papillon«, wie er sie nannte, versorgt zu sehen? Was sich als Lösung für eine mittellose, doch erblühende Schönheit in Paris anbot, war die Galanterie. Sorel sah darin nichts Ehrenrühriges, sondern eine notwendige Episode im Leben einer schönen Frau, die ihr rasch zu einem ansehnlichen Vermögen verhelfen konnte.

»Hast du es einmal geschafft, kannst du dir als Frau des ›feinen Tons‹ einen Liebhaber selbst wählen. Oder, wenn du willst, auch einen treuen Ehemann aussuchen«, riet er seiner jugendlichen Tochter. Er war davon überzeugt, dass eine dauerhafte Liaison mit einem großzügigen Liebhaber seinem Schmetterling jede Freiheit lassen würde und ihr im Fall eines Schicksalsschlages dennoch Sicherheit versprach.

»Eine wirtschaftlich gesunde Eheschließung sollte dir mehr bedeuten als die Liebe!«, schärfte Maurice seiner Tochter immer wieder ein.

Auch Thérèse wollte um jeden Preis der kleinbürgerlichen Enge entfliehen, wollte hinaus aus der Obhut ihres Vaters und träumte davon, ihr Glück zu machen. Sie besaß einen ausgeprägten Sinn für das Schöne. Besonders tat es ihr die Mode an. Auch wenn das Geld an allen Ecken und Enden fehlte, konnte sie sich wenigstens die schlichte Eleganz ihrer Kleidung entwerfen und selbst schneidern, was ihr allgemeine Bewunderung einbrachte. So träumte sie vom Flair großer Abendgesellschaften, von interessanten Verbindungen und von dem Mann, der ihr das Tor in diese Welt öffnen konnte.

Der Zufall stand eines Tages in Person in der Druckerei. Vater Sorel druckte völlig wahllos, was nur an Aufträgen zu erreichen und zu bekommen war. Er fertigte auch im Namen des Wohlfahrtsausschusses Urkunden für Notare und Advokaten an, die in ihrer Ausführung für ganz Frankreich Gültigkeit hatten. Als eines Tages der schneidige Sohn des Notars Soult in seiner prachtvollen Uniform aufkreuzte, um einen bestellten Satz Urkunden für seinen Vater in Empfang zu nehmen, kam es zur ersten Begegnung zwischen Thérèse und Nicolas.

Am nächsten Tag stand dieser wieder in der Druckerei, um sich mit Mademoiselle zu verabreden. Maurice spielte zwar den gestrengen Vater, doch insgeheim hoffte er sehr auf eine dienliche Fügung. Der junge Offizier schien in seinen Augen gerade der Richtige für seinen Schmetterling zu sein. Eine Verbindung mit dem ambitionierten Brigadegeneral könnte zugleich das Glück seiner Tochter fördern und die Lösung seiner geschäftlichen Probleme bewirken. Und so führte Nicolas den Papillon am darauf folgenden Abend an seinem Arm in ein kleines Restaurant hinter der Opéra Comique.

Thérèses außergewöhnliche Schönheit zog die Blicke der Gäste auf sich. Ihre Taille war von einem Korsett eng umschlossen, dessen Schnüre die schwellenden Brüste hoben und zugleich das Schultertuch immer wieder zurückgleiten ließen. Feine, durchscheinende Spitze bedeckte Hals und Brustansatz und umspielte den Busen. Der Rock in Rosa schwang um ihre langen, schlanken Beine. Über die Schulter hatte sie sich eine Art Tunika aus Leinenbatist geworfen, vergleichbar jener der Vestalinnen des alten Rom. An der Taille wurde das Tuch durch ein breites Band gehalten und an der rechten Seite mit zwei goldenen Spangen befestigt. Ihr Kopf war unbedeckt, einzig ein neckisches Band schlang sich spielerisch um die Haare, die, im Nacken lose zusammengebunden, auf den Rücken fielen.

Die Gesellschaft war in Plauderstimmung, voller Verve und Offenherzigkeit. Thérèse genoss das Flair zum ersten Mal in ihrem Leben. Doch der stattliche Mann an ihrer Seite schien sich an den geistreichen Gesprächen nicht beteiligen zu wollen. Die Unbewegtheit seines Gesichts, sein hartes Lachen hatten für sie etwas von der Kälte eines Eisbergs, und auch von seinem Charakter, so ihr Eindruck, sah man nur den geringsten Teil. Es war, als ob sein Lächeln hinter einer frostigen Maske verborgen läge. Dieser eiskalte Mann würde nur schwer die Glut ihrer Gefühle schüren können. Trotzdem bewunderte sie seine Willenskraft und seinen offen gezeigten Ehrgeiz. Vor allem aber sah sie in ihm eine Chance, die Tür zu einem besseren Leben geöffnet zu bekommen.

Umgekehrt war auch Thérèse für Nicolas trotz ihrer Jugend und ihrer Fröhlichkeit ein Rätsel. »Sie haben eben gelächelt ... Warum lächeln Sie? Was sehen Sie mich so an?«, fragte er mehrmals unsicher.

Thérèse war wie ihr Blick, vielsagend und vieldeutig zugleich. In einer einzigen Minute durchlief sie das ganze Spektrum vom zornigen Blitzen zum Lächeln, von der Sanftheit zur Ironie. Seine scharfe Beobachtung konnte bei ihr keinen Ansatzpunkt finden. Dabei setzte er alles daran, um dahinter zu kommen, ob sie Lust hatte, mit ihm das Bett zu teilen, oder ob sie ihn nur benutzen wollte, um den Abend in guter Gesellschaft zu verbringen. Daher streute er von der Suppe an mehr oder weniger frivole Anspielungen ein, die Thérèse freilich zu ignorieren wusste – ob aus Naivität oder mit Berechnung, vermochte er nicht zu sagen.

Sie saßen über Eck am Tisch, sodass seine Hand sie ständig an Schulter und Arm berühren konnte. Als er den Braten auf der Gabel hatte, sagte er mit seiner harten Stimme: »Zum Genuss bedarf es für mich des Fleisches zweierlei Art. Das eine für den Magen, das andere zur Berührung.«

Sanft erwiderte sie mit ihrem ambivalenten Lächeln: »Sehen Sie, Nicolas! Heute Abend erlebe ich es das erste Mal, dass ich von einem General mit Taktgefühl ausgeführt werde.«

Kaum hatte sie geantwortet, fasste Nicolas sie am Oberarm und versuchte sie noch näher an sich heranzuziehen. »Ich möchte Sie um einen Gefallen bitten.«

Thérèse lächelte wieder, ohne jedoch etwas zu sagen.

»Ich möchte, dass Sie mich heute durch die Nacht begleiten. Sie werden es nicht bereuen.« Daraufhin fasste er sie um die Schulter und versuchte sie zu küssen. Als sie ihr Gesicht zur Seite drehte, spürte sie seinen schneller gehenden Atem nah an ihrem Ohr. »Sagen Sie nicht nein! Sie haben mich selbst darauf gebracht. Durch die Art, wie Sie mich anlächeln, als hätten Sie noch keinem anderen Mann so ein Lächeln geschenkt.« Daraufhin rückte er mit seinem

Stuhl noch etwas näher und sagte mit gepresster Stimme: »Wenn Sie sich meinen Händen überlassen …«

Entschieden rückte sie von ihm ab. Langsam, Wort für Wort, versuchte Thérèse ihm zu erklären, dass ihr sein plötzliches Verlangen verfrüht erscheine angesichts der kurzen Zeit, die sie sich erst kannten. »Geben Sie uns einfach Zeit!«

Gereizt erwiderte er: »Nein. Heute Nacht oder nie!«

Stumm, aber in klarer Haltung, zeigte sie Nicolas ihre Ablehnung.

Die junge Frau sah in ihrer Standhaftigkeit die einzige Strategie, ihre Vorstellungen durchzusetzen. Da sie geistreich und außergewöhnlich klug war, fiel es ihr nicht schwer, seinem Auftritt in der Öffentlichkeit Glanz zu verleihen, und es gab somit keinen Grund, die Verbindung mit Nicolas aufzukündigen. Schließlich profitierten sie beide davon. Darüber hinaus war nichts entschieden.

An dem, was Nicolas wollte, ließ er allerdings keinen Zweifel. Nach außen hin spielte er Gleichmut vor, während es in seinem Inneren brodelte. Derweil pflegte er den Gang zu den Libertinen häufiger, was ihm auf Dauer wiederum zu teuer kam. Er drängte Thérèse bei jeder sich bietenden Gelegenheit, ihm »das Letzte« zu geben, wie er es ausdrückte. Den Beweis ihrer Liebe. Sie ergötzte sich indessen heimlich an der Erfahrung, dass sie auch andere Männer mit ihrer Schönheit betören konnte. Ohne schlechtes Gewissen. In den Gassen und Häusern ringsum hatte sie genug gesehen. Sich an ein häusliches Leben fesseln zu lassen entsprach nicht ihrer Vorstellung von einem glücklichen Dasein.

Erst als Soult eine wachsende Zahl von weiteren ernst zu nehmenden Bewerbern um die Gunst der Mademoiselle Sorel registrierte, änderte er seine Strategie. So überraschte er Thérèse mit einem Heiratsantrag. Sie konnte es zunächst nicht fassen und bat um Bedenkzeit.

Nicolas verfolgte tatsächlich eine ganz andere Absicht. Thérèses standhafte Zurückhaltung war für ihn gleichbedeutend mit einer persönlichen Niederlage. Da sich sein rasendes Verlangen inzwischen ins Unerträgliche gesteigert hatte, bildete er sich ein, dass ein Heiratsversprechen ihn ohne Umwege zum Ziel führen müsste.

Gegen ihren Willen und trotz heftiger Gegenwehr zwang er Thérèse zum Beischlaf. Sie war zu diesem Zeitpunkt gerade sechzehn Jahre alt. Zu der körperlichen Gewalt, die ihr angetan wurde, kam die vernichtende seelische Verwundung. Nach jener Tat sah sie in Nicholas nur noch ein brutales Tier. Das Kostbarste war ihr barbarisch genommen: die Chance, aus eigener Kraft ihre Unabhängigkeit zu erreichen.

Als die monatliche Blutung ausblieb, wurde ihr klar, dass der erzwungene Beischlaf nicht ohne Folgen geblieben war. An die Stelle einer viel versprechenden Zukunft trat nun die Vorstellung eines Lebens in Elend als Mutter eines ungewollten, unehelichen Kindes.

So spürte sie in den folgenden Wochen, dass das ungewollte Kind wie ein Feind in ihrem Leib heranwuchs.

Der Vergewaltiger hingegen ließ sich nicht blicken. Ohne Hilfe, ohne Beistand war Thérèse völlig auf sich allein gestellt. Aus dritter Hand nur erfuhr sie, dass Soult als Stabschef zur Division Lefebvre abkommandiert war. Und dies ohne eine Nachricht zu hinterlassen, geschweige ein Zeichen der Reue.

So fasste sie den Entschluss, die Folgen jener Nacht beseitigen zu lassen und die Schändung zu rächen. In äußerster Not bat sie daher ihren Onkel mütterlicherseits, von dem sie wusse, dass er Chirurg war, ihr zu helfen.

Der Name ihres Onkels war Bernard Banville.

II

Paris, 28. Juli / 10. Thermidor 1794

Die räumliche und zeitliche Nähe zu Charlotte in Paris ließ Jean-Dominique das Glück genießen. Interessante Einladungen und Begegnungen mit vielen neuen Gesichtern gestalteten die Monate im Zentrum Frankreichs zu einem Fest. Trotz der dumpfen Schläge des Fallbeils, dem inzwischen auch das Löwenhaupt Dantons zum Opfer gefallen war.

Der einzige Schatten, der sein Glück trübte, war das Doppelleben, das er immer noch führte: tagsüber als angesehener junger Arzt, in der Dämmerung als anonymer Helfer in der Not unschuldiger Frauen, wie sein Freund und Geschäftspartner Bernard es bezeichnete. Auch wenn ihm dies die lang ersehnte finanzielle Unabhängigkeit brachte, musste Jean-Dominique sich eingestehen, dass er dieses Geschäft immer widerstrebender betrieb. Er konnte und wollte nicht mehr.

Genug! Das Geld reichte. Jean-Dominique konnte sich damit den Traum seines Lebens erfüllen. Er hatte sich zum Ziel gesetzt, noch vor dem nächsten Einsatz in der Armee Charlotte zu ehelichen, und dieser Glücksfunke überstrahlte den Horizont der Zukunft. Im März führte er sie mit Stolz an seinem Arm in das Rathaus von Paris, und schon am nächsten Tag reiste das frisch verheiratete Paar nach Toulouse.

Er selbst hatte Order, sich noch einmal in Nizza einzufinden, um sich erneut als Chefchirurg für die geplante Invasion Korsikas bereitzuhalten. Schweren Herzens hatte er daher beschlossen, Charlotte in Toulouse bei seinem Onkel Alexis zurückzulassen.

Unter den gegebenen Umständen war dies für sie gewiss die beste Lösung, da ihre Familie bis auf den letzten Tag alles daran gesetzt hatte, die Hochzeit zu verhindern.

Kaum in Toulouse angekommen, erhielt Jean-Dominique eine Nachricht von Bernard. Sein Puls beschleunigte sich, als er das Siegel brach.

Komm sofort nach Paris! Die Zeile war kalt wie Metall und las sich wie ein Befehl. Bernard schrieb weiter, es sei äußerst dringlich, und er benötige Larreys spezielle Hilfe.

Jean-Dominique wusste, um was es ging. Der Hals wurde ihm eng. Bernard hatte ihn in der Hand. Zwar hatte er seine Vermittlungen mit Hingabe betrieben und, wie es schien, aus voller Überzeugung, den verzweifelten Frauen zu helfen. Doch dieses Geschäft war auch für Bernard zugleich zur wichtigsten Einkommensquelle geworden, und anscheinend lief es nicht mehr so, nachdem der Meisterchirurg Paris wiederum hatte verlassen müssen. So gesehen, hatten sie beide viel zu verlieren, wenn alles ans Licht kam.

Es war Zeit, ein Ende zu machen. Er musste dieser Hydra ein für alle Mal das Haupt abschlagen und den Stumpf ausbrennen, damit ihr nicht bis ans Ende aller Tage weiter neue Köpfe nachwuchsen, jeweils schlimmere als zuvor.

Missmutig, doch entschlossen reiste er Ende Juli 1794 von Toulouse ab. Charlotte ließ er in dem Glauben, seine Reise ginge direkt nach Nizza mit dem Zweck, dort seinen Dienst anzutreten.

Der Schlupfwinkel in Paris war wie immer vorbereitet und der Zeitpunkt im Voraus festgelegt. Vorbei am Kaffeehaus Procope, wo die übrig gebliebenen Feuerköpfe der Revolution während des glühenden Julitages die bevorstehende Hinrichtung Robespierres bejubelten, schlich er zu dem Haus in einer der düsteren Gassen zwischen Saint-Germain-des-Prés und dem Quai Malaquais. Das Gebäude, das schon vor einem Jahrhundert den Charme eines vornehmen Aristokratenhauses verloren hatte, war nun völlig verkommen und strotzte vor Ruß, Schmutz und Alter. Neben einer Holzwerkstatt im Parterre führte eine eiserne Wendeltreppe hinauf in eine angemietete Mansardenwohnung. Durch eine aus rohen Planken gezimmerte Eingangstür betrat man einen karg möblierten Vorraum, in dem die Hitze stand. Man hätte meinen können, ein Versteck der Geheimpolizei zu betreten.

Bernard erwartete ihn im einst feinen, jetzt armselig wirkenden Speisezimmer. Er wischte sich den Schweiß von der Stirn, während ein befreiendes Lächeln über sein Gesicht huschte. »Willkommen im kleinen Asyl hilfesuchender Frauen.«

Jean-Dominique blieb stumm. »Sie ist ruhig«, fügte Bernard hinzu. Jean verstand die Worte zu deuten. Wegen der wechselnden Qualität und Reinheit des aus dem Orient importierten Rohopiums pflegte Bernard schon seit Jahren eine enge Beziehung zu Charles Louis Derosne, der als profunder Kenner der Materie in Paris das reinste Opium von ganz Frankreich herstellte.

Die Frau lag im Nebenzimmer. Rasches Handeln war das Gebot der Stunde.

Jean-Dominique wies auf die Tür: »Heute bist du dran!«

Bernard war verblüfft. »Wieso ich?«

»Weil ich nicht kann.« Während er sprach, hob er seine rechte Hand, die er zuvor verdeckt hinter dem Rücken gehalten hatte. Sie trug einen Verband.

»Warum bist du dann überhaupt angereist?«

Jean-Dominique erwiderte trocken: »Damit ich darauf achten kann, dass du keine Fehler machst.«

Misstrauisch blickte Bernard auf die verbundene Hand: »Ja, aber …«

Jean-Dominique drängte: »Du musst es auch ohne mich können! Stell dich nicht so an! Du hast es oft genug gesehen und bist ebenso Chirurg wie ich. Also, mach schon.«

Ohne Bernards Antwort abzuwarten, trat Jean-Dominique ein. Die weibliche Person war wie immer von Bernards ergebenem Helfer, mit einer Gesichtsmaske versehen, in die Wohnung geführt worden. Darüber hinaus war sie für die Zeit des Eingriffs von Kopf bis zum Nabel mit einem Leinentuch verhüllt. Die Anonymität schützte alle Beteiligten. Außerdem bestand Einigkeit darüber, dass während des Eingriffs kein einziges Wort gewechselt werden durfte.

Jean-Dominique trat an das Kopfende, um bei Bedarf die Patientin mit festem Griff zu fixieren. Nach seiner Anweisung lag die Frau auf dem Rücken. Die in Hüft- und Kniegelenken gebeugten Beine wurden durch abgepolsterte Stuhllehnen gehalten. Davor war ein Hocker platziert sowie ein umgestülpter Leinensack. Links vom Hocker befanden sich ein einfaches Gestell mit Schüssel, ein Eimer mit heißem Wasser, dazu reine Tücher und eine kleine Ablage.

Bernard reinigte sich die Hände, und Jean-Dominique empfand Genugtuung, dass seine Taktik von Erfolg gekrönt war. Das Beckenende der Patientin lag etwa in Bernards Brusthöhe. Jean-Dominique fiel sofort der junge, gesunde Wuchs der Frau auf. Kleine, verblassende Hämatome an Hüfte sowie den Innenseiten ihrer Schenkel zeugten von Gewalteinwirkung.

Auf sein Zeichen hin prüften Bernards Fingerkuppen die Spannung ihrer Bauchmuskeln. Unter der verabreichten Opiummixtur waren sie locker, was die Prozedur vereinfachte. Ziel war, wie immer, der verletzungsfreie Eingriff. Bernard begann daher die Frau näher zu untersuchen, so wie er es bei Jean-Dominique beobachtet hatte. Als Erstes verschaffte er sich Klarheit über Form, Größe, Lage und Beweglichkeit der inneren Organe. Er tat es mittels einer bimanuellen Palpation, die sie sich von ihrem Kollegen Jean-Louis Baudelocque schon vor Jahren hatten zeigen lassen und von der sie überzeugt waren, dass jeder französische Chirurg sie perfekt beherrschen sollte. Im Unterschied zu Bernard hatte sich Jean-Dominique die Geschicklichkeit im Umgang mit den Instrumenten sowohl in den Sektionshallen als auch bei seinem Freund und Prosektor Guillaume Duputyren angeeignet. Bernard hatte darin sicher nicht die Sicherheit und Schnelligkeit wie Jean-Dominique, doch über die Jahre hinweg war auch ihm jede Einzelheit dieses Eingriffs vertraut.

Die junge Frau rührte sich nicht. Bernard öffnete den Instrumentenkasten, legte einige Metallstifte und Küretten in die mit Wasser gefüllte Schüssel und breitete ein Tuch daneben aus. Jean-Dominique hatte sich angewöhnt, die Kälte des Metalls zu lindern, aber auch das metallische Klicken beim Hantieren mit den Instrumenten zu unterlassen. Auch Bernard richtete sich danach und vermied dadurch eine mögliche Beunruhigung der Frau. Durch ein von seinem Kollegen Récamier am Hôtel-Dieu entwickeltes

Spekulum entfaltete er die Vagina. Etwas unsicher blickte er dabei einige Male zu Jean-Dominique, der jeden Handgriff beobachtete.

Bernard rekapitulierte gedanklich für sich die schematische Abfolge des Eingriffs, als müsste er ihn unter den Augen der Professoren im Hörsaal der medizinischen Akademie vornehmen: Gebärmutter mit der Kugelzange an der vorderen Lippe fassen und in ihrer Längsachse strecken, zügig mit der Aufdehnung des kleinen Halskanals durch Einschieben der Metallstifte beginnen, die Kürette ohne Gewaltanwendung einführen und prüfen, ob sie sich leicht bewegen ließ. Nach erfolgter Prozedur den schmalen, stumpfen, löffelähnlichen Schaber einführen. Streng systematisch nach dem Zifferblatt einer Uhr, mit dem Halskanal im Mittelpunkt, vorgehen. Die ersten Striche mit dem Schaber bei drei, sechs, neun und zwölf Uhr ausführen. Danach überlappende Striche im Uhrzeigersinn ausführen.

Jean-Dominique zeigte sich zufrieden. Das Opium tat bei der Frau seine Wirkung. Der Eingriff verlief ohne Probleme, sodass Bernard auf die Anwendung der scharfen Kürette verzichten konnte. Die einsetzende Blutung war normal. Der Jutesack fing die zugrunde gegangene Frucht auf.

Die Frau musste noch einige Zeit in ihrer Position verharren, um stärkere Nachblutungen zu vermeiden. Die mäßige Blutung machte Jean-Dominique aber sicher, dass keine größeren Gefäße verletzt worden waren. Die Wirkung des Opiums musste außerdem erst abklingen, damit sich die Anspannung der Gebärmutter wieder einstellte. Seine Erfahrung lehrte ihn, dass aufgerissene Blutgefäße sich durch angespannte Muskeln wie von selbst abklemmten.

Als die Tamponierung vollzogen war, rutschte die linke Hand der jungen Frau unter dem Tuch heraus. Es war eine auffällige Hand: Auf dem Handrücken zeigten sich weiße Flecken; der Haut fehlte das Pigment. Ebenso bei dem kleinen Finger, während die restlichen vier eine normale Tönung zeigten. Larrey maß dieser Beobachtung keine weitere Bedeutung bei, registrierte sie nur mit jener gesteigerten Wahrnehmung, die eine konzentrierte Arbeit bei Operationen mit sich brachte. Während Bernard die gereinigten Instrumente zurück in den Kasten legte, beförderte Jean-Dominique den Jutesack in den Salon, wo er ihn im Kamin verbrannte.

Die Szenerie des brennenden Jutesackes war es, die ihm die Endgültigkeit des Geschehens ins Bewusstsein rief. Es war, als sei er selbst durch dieses Feuer geläutert und gleichzeitig befreit worden. Nie mehr in seinem Leben würde er an diesen Ort kommen, um am Ende wieder einen dieser Jutesäcke verbrennen zu müssen …

Bernard war ihm gefolgt, klopfte ihm erleichtert auf die Schulter, grinste selbstgefällig bis über beide Ohren und wollte ihm zugleich seinen anteiligen Lohn in die Hand drücken.

Jean drehte sich um und fixierte Bernards Augen. »Behalte dein Geld.«

»Wie das?«

»Heute war das letzte Mal!«

Bernard hielt seinem Blick stand, aber das Grinsen gefror in seinem Gesicht. Dann fragte er ironisch: »Geht es dir inzwischen so gut?«

»Ich komme zurecht.«

»Das glaube ich dir nicht. Ich kann mir denken, was der wahre Grund dafür ist.«

Jean-Dominique spürte Zorn in sich aufkeimen, doch er zwang sich zur Besonnenheit. Nichts wäre schlimmer als ein Zerwürfnis.

Beide klug, beide Chirurgen, beide geldknapp, beide entschlossen, herauszukommen aus der Not, wenn auch aus unterschiedlichen Motiven, hatten sie doch beide einen Irrtum gemeinsam: Sie hatten lange einer den anderen unterschätzt, weil sie sich von früher her zu kennen glaubten. Für Jean-Dominique war Bernard immer noch der aufschneiderische mittelmäßige Chirurg, mit dem er in Toulouse das Zimmer geteilt hatte. Doch Bernard war inzwischen an den Pariser Realitäten gewachsen, wenn auch nicht im guten Sinne. Er wollte seine Vorstellungen allen aufzwingen, und das ohne Widerspruch. Er konnte Freundschaft nur ertragen, sofern sie seine eigenen Anschauungen widerspiegelte. Weh aber denen, die anderer Meinung waren oder gar seine Pläne durchkreuzten. Die Intrige war längst seine Passion geworden, und die Guillotine war hungrig in diesen Tagen …

Umgekehrt hatte sich Bernard nie ernstlich mit Jean-Dominique beschäftigt. Dieser erschien ihm zu farblos, zu gering. Obwohl er seine Kunst mit Skalpell und Kürette schätzte, sah er in ihm immerfort den geldknappen Brautwerber, der wegen einer Frau letztlich all seinen Überzeugungen untreu geworden war. Für einen Moment erkannte er jedoch das ungeheure Selbstbewusstsein, das Jean-Dominique während der Zeit im Feld zugewachsen war. Alle Ämter und Ausschüsse waren dem Chefchirurgen der Armee auf Geheiß des Wohlfahrtsauschusses dienlich: die Akademie, wenn es um die Rekrutierung junger Mediziner, die Armee, wenn es um den Auf- und Ausbau der Ambulanz ging …

Beide hatten Einfluss, beide ahnten, dass sie sich gegenseitig unters Fallbeil bringen würden, wenn die Vernunft verloren gehen und Feindschaft die Lücke schließen würde.

Ruhig erwiderte Jean-Dominique: »Ich diene Frankreichs Armee. Auf Korsika, in Spanien, Italien, und wer weiß schon, wo man mich übermorgen benötigt.«

Bernard fühlte sich verraten. »Warum tust du mir das an? Du bist der Beste. Das weißt du. Ich habe es mit Studenten und gestandenen Chirurgen versucht. Keiner ist so gut wie du. Wir könnten gut das Dreifache verlangen. Und statt einer Frau würde ich jeden Tag mindestens zehn hier durchschleusen, wann immer du nach Paris kommst. Jede Reise hierher würde ich dir vergolden.«

Jean hatte sich die Antwort längst zurechtgelegt.

»Ich habe lange hin und her überlegt, doch Frankreich und die Revolution benötigen nun dringend meine Dienste. Ich werde gebraucht. Tag und Nacht. Es ist wirklich das letzte Mal für mich gewesen. Sollte ich irgendwann wieder nach Paris kommen, dann nur, um mich mit dir ins Procope zu setzen.«

Bernard war aufgebracht: »Was für ein erbärmliches Leben! Erst heiratest du, tust alles, um deine Charlotte zu kriegen, und dann verlässt du sie gleich wieder und verschwindest wer weiß wohin. Was wird aus deiner Karriere hier in Paris? Du bist verrückt, wenn du das alles aufgeben willst!«

»Meine Chancen in der Armee stehen bestens, glaub mir!«

»Aha! Jetzt verstehe ich. Der Herr Chirurg strebt nach einem höheren Dienstgrad. Aber du irrst! Ich rate dir, bleib hier. Paris ist an seinem Tiefpunkt. Jetzt kann es nur noch aufwärts gehen. Wir könnten …«

»Bernard!«, unterbrach er ihn brüsk. »Ich habe meine Entscheidung getroffen. Adieu!«

Sein Gegenüber sah ihn sprachlos an. Jean-Dominique kam es vor, als wäre Bernard ein Bischof und er der Teufel selbst, der ihm vor seinem blanken Auge Kruzifixe und Kelche weggerafft hätte. Es gab nichts mehr zu sagen. Er wandte sich ab.

Bernard fand noch einmal die Stimme. »Deine Entscheidung ist falsch!«, rief er ihm hinterher. »Du kommst als Krüppel wieder wie die vielen anderen; deine Arbeit in der Armee bedeutet nicht viel mehr als ein hinausgeschobenes Todesurteil. Du wirst schon sehen, was du davon hast …«

Jean-Dominique maß Bernards Worten keinerlei Bedeutung bei und verließ wortlos das Haus.

Einige Straßen weiter streifte er erleichtert den Verband von seiner Hand. Verwundert stellte er fest, dass sein Plan besser funktioniert hatte, als er zunächst hatte vermuten können. Hatte er Bernard doch regelrecht dazu gezwungen, selbst den Eingriff an der unbekannten Frau durchzuführen. Damit war auch Bernard für die Guillotine gezeichnet wie ein Baum für die Axt des Holzfällers.

Als er sich der Seine näherte, begann er wieder mehr auf seine Umgebung zu achten. In den Straßen herrschte eine Stimmung wie bei einem Volksfest. Fahnen und Wimpel wehten von den Dächern, und eine Welle der Freude schien durch Paris zu brausen. Er ließ sich davon mitreißen, wanderte über die Île de la Cité und lenkte seine Schritte über den Quai du Louvre in Richtung Place de la Révolution. Plötzlich donnerte von dort her ein einziger ekstatischer Jubelschrei. Er und alle um ihn herum wussten, was geschehen war: Das Haupt Robespierres war in jenem Moment in den Korb gefallen …

Jean-Dominique blieb auf der Höhe des Jardin des Tuileries stehen und blickte auf das glitzernde Wasser der Seine. Würde die Republik der Freiheit, Gleichheit und Brüderlichkeit nun den Weg zur Restauration der Monarchie beschreiten? Die Zeiten waren schwer. Paris hungerte. Die ständige Entwertung des Geldes führte außerdem zum raschen Ansteigen der Lebensmittelpreise. »Nun könnte es umgekehrt laufen«, murmelte er vor sich hin. Würde die Entwicklung durch die Hinrichtung Robespierres tatsächlich ihre Richtung ändern? Musste man nicht befürchten, die Rachgier könnte sich an den Menschen satt fressen, die für die Revolution eingestanden waren? Niemand konnte ausschließen, dass diese Flamme plötzlich hochschlug. Doch die Zeit drängte. Keine Chance daher, das Geschehen vor Ort zu beobachten. Er musste so schnell wie möglich zu der Expeditionstruppe nach Nizza gelangen.

Allerdings konnte die Eroberung Korsikas wegen der ständigen Seeblockade der Engländer wiederum nicht in Angriff genommen werden, sodass sich Jean-Dominique einer neuen Order zufolge bei General Dugommier einfand, der mit seiner Armee in Katalonien operierte. Er nahm seinen Weg über Toulouse, wo er seine Frau wieder in seine Arme schloss und auch seinen Bruder François begrüßen konnte. Charlotte war froh, fern von Paris zu sein. Das Elend dort, so schrieb ihre Schwester, sei fast nicht mehr zu ertragen. Die Inflation galoppierte, Brot und Fleisch fehlten. Die Familie Le Roux litt zwar keinen Mangel, doch sie hofften inständig, dass die Kraft der Restauration in Paris Tag für Tag wachsen möge.

Bernard schien dagegen völlig von der Bildfläche verschwunden zu sein. Knapp zwei Jahre sah und hörte Jean-Dominique nichts mehr von ihm. Auch 1796 nicht, als er einige Wochen in Paris zubrachte. Der Freund von einst ging ihm aus dem Wege. Sogar dann noch, als Jean-Dominique durch ein Dekret des Kriegsministers zum Professor an der neu eingerichteten École militaire de santé am Val-de-Grâce in Paris ernannt wurde.

Jean-Dominique versuchte diskret, Erkundigungen über Bernard einzuziehen. Er schien sehr rührig zu sein, wenngleich im Verborgenen, und niemand wusste genau, was er verfolgte. Anscheinend knüpfte Bernard Kontakte in den Komitees und suchte Bekanntschaften unter den Abgeordneten. Jedenfalls spann er überall seine Fäden und, wie man hörte, tat er es zäh, zielstrebig und maulwurfartig.

An Bernards Stelle trat René Dufriche Desgenettes aus Alençon, der ebenfalls am Val-de-Grâce seinen Dienst versah. René hatte bereits vor Beginn der Revolution Italien und England bereist, um dort seine medizinischen Kenntnisse zu erweitern, wobei sein besonderes Interesse der Behandlung und Eindämmung von Infektionen galt. Sie waren sich das erste Mal 1791 in der École pratique begegnet, in der Zeit, als es vorübergehend in Paris keine Fakultäten gab. Professoren, Assistenten und Schüler instruierten sich damals gegenseitig. Nicht mit Kommentaren aus Büchern, sondern mit Hilfe dessen, was sie in den Sektionshallen fanden. Trotz der vorherrschenden Schwierigkeiten erwies sich diese Art der Lehre als ein beispielloser Antrieb für die Anwendung der gewonnenen anatomischen Kenntnisse in der chirurgischen Praxis. René war nur drei Jahre älter als Jean-Dominique, zeigte sich geistig unvoreingenommen und war genauso wie er von der Idee durchdrungen, die erbarmungswürdige Situation der Soldaten auf den Schlachtfeldern zu verbessern. So gründete ihre wachsende Freundschaft auf dem gleichen Pflichtbewusstsein und auf einem gemeinsamen Ziel.

Während Desgenettes gleich zu Beginn des Italienfeldzuges nach Nizza abkommandiert wurde, erhielt Jean-Dominique erst 1897 den Befehl, sich der Armee anzuschließen. Diese wurde von keinem anderen befehligt als dem jungen Artillerieoffizier Bonaparte, wie er sich jetzt nannte, der noch in Toulon zum Brigadegeneral befördert worden war. Die Schlacht von Rivoli war schon geschlagen, die Kapitulation von Mantua bereits Geschichte und der Waffenstillstand von Leoben soeben geschlossen. Doch auf Wunsch des Generalkommissärs Villmanzy sollte er bei der Italien-Armee, wenn auch spät, im Rang eines Direktors das Spital- und Lazarettwesen organisieren und die Sanitäter in der Ambulance volante schulen. Außerdem hatte er in den Städten Turin, Mailand, Lodi, Cremona, Mantua, Verona, Padua und Venedig, also überall da, wo französische Truppen standen, den Sanitätsdienst in den Spitälern zu überwachen.

Jean-Dominique erledigte seine Aufgabe mit Bravour. Die Reise durch Oberitalien war für ihn zugleich eine Reise auf den Spuren eines Eroberers. Ob Freund oder Feind, überall schlug ihm beim Namen Bonaparte eine beinahe religiöse Bewunderung entgegen. Ihm war, als würde er dem Erlöser nachreisen.

Am 7. November kehrte Larrey, aus Triest kommend, nach Paris zurück. Er traf zwei Tage später als Napoléon in der Hauptstadt ein, der als Sieger von Lodi, Castiglione und Arcole, als Besetzer Mailands und als ruhmvoller Friedensstifter von Campo Formio, glänzte. Bonaparte war im Triumphzug nach Paris zurückgereist. Ob in Mantua, Genf, Lausanne und Bern, überall war er vom Volk mit Blumen, Liedern und einer überschäumenden aufrichtigen Begeisterung empfangen worden: »Es lebe Bonaparte! Es lebe der Friedensstifter!«

III

Paris, 10. November 1797

Wie die politischen Verhältnisse, so hatte sich auch Paris rasend schnell verändert. Das Brot war zwar weiterhin knapp, dafür waren in der Metropole auf erstaunliche Weise Luxus und Vergnügungen wieder eingekehrt. Jean-Dominique kam es vor, als hätte man das hungernde Volk mundtot gemacht, es der Willkür von Spekulanten, Preistreibern und Halsabschneidern preisgegeben und in die Hinterhöfe abgedrängt. Hunger und Zerstreuungen schienen ihm auf einmal die auffälligsten Symptome der Krankheit dieser Stadt zu sein.

Hinter geschlossenen Fensterläden drangen Klänge einer aufreizenden Musik hervor, in den Restaurants sog man gierig die neuen Düfte von Parfüms ein, genoss wieder erlesene Weine und erfreute sich am gewagten Putz betörender Frauen. Für die neue Bourgeoisie waren Gelage, Tanz, Theatervorstellungen und begehrenswerte Frauen wieder das Wichtigste. Wohlstand, Prunk und gute Manieren, alles trat wieder an die Oberfläche, während die Tage des Terrors endgültig begraben schienen.

Kaum dass sich Jean-Dominique einen Tag in seiner Unterkunft im Militärspital Val-de-Grâce ausgeruht hatte, überbrachte man ihm eine Einladung Bonapartes. In drei Tagen sollte er sich im Palais du Luxembourg einfinden, um am offiziellen Empfang durch das Direktorium teilzunehmen. Außerdem enthielt die Briefsendung noch ein persönliches Schreiben Bonapartes, in dem Larreys Verdienste während des Feldzuges hervorgehoben wurden. Sogleich schrieb Larrey einen Brief an Charlotte, in der er ihr über die Rückkehr nach Paris berichtete und ihr mitteilte, wie sehr er sie vermisste. Er warte ihre Entscheidung ab, ob sie nach Paris oder er zu ihr nach Toulouse reisen solle.

Einen Tag vor dem Empfang im Palais du Luxembourg kam General Augereau zur Konsultation in das Val-de-Grâce. Er war der zweitälteste Kommandant gewesen, als Bonaparte die Italien-Armee in Nizza übernahm. Schon zu Beginn des Feldzuges hatte den General das linke Knie geplagt. Während der ersten Untersuchung in Mailand fand Jean-Dominique einen harten, beweglichen, im Kniegelenk herumirrenden Fremdkörper, der die Größe einer Mandel hatte. Für ihn bestand kein Zweifel, dass ein vagabundierendes Knorpelstück die Schmerzen verursachte. Augereau wollte jedoch sicher gehen und Larreys Rückkehr nach Paris abwarten, bevor er in eine Extraktion des Fremdkörpers einwilligte, da er selbst von Bonaparte unerwartet nach Paris befohlen wurde, um das Direktorium bei der Abwehr subversiver Royalisten zu unterstützen.

Er begrüßte Jean-Dominique überschwänglich: »Mein lieber Larrey, wer hätte das gedacht, dass wir so ruhmreich nach Paris zurückkehren würden.«

»Gemessen an Ihrem Beitrag ist der meine verschwindend gering«, versuchte Larrey abzuwiegeln.

»Sie sind zu bescheiden. Doch wenn es Sie tröstet: Meiner wäre beinahe nicht mehr gefragt gewesen.«

Larrey erwiderte schmunzelnd: »Ich kann mir denken, worauf Sie anspielen.«

»Wohl wahr, mein lieber Larrey, Bonaparte hat damals zu Recht einen Knüppel in den Hühnerstall der Generalität geworfen.«

Augereaus erste Begegnung mit Bonaparte wurde inzwischen auch in Paris kolportiert. Als der alte Haudegen respektlos auf den »Kleinen Däumling«, wie er Bonaparte damals in Nizza nannte, hinabgeblickt hatte, hatte ihm dieser ins Gesicht gesagt: »General, Sie sind genau einen Kopf größer als ich, aber wenn Sie weiter so unverschämt gegen mich auftreten, werde ich diesen Unterschied schleunigst beseitigen.«

Abgesehen davon war Augereau der lauteste Lacher unter allen Generälen. Als Sohn eines armen Maurergesellen und einer deutschen Obstbrennerin galt er innerhalb der Armeeführung trotz seines Ranges immer noch als ein Pariser Gassenjunge. Sein Leben vor der Revolution war mehr als abenteuerlich gewesen und hatte ihn durch ganz Europa geführt: In seiner Jugend kämpfte er sich als Lakai beim Marquis von Bassompierre und später als Kellner im Café de Valois durchs Leben. Der Marquis jagte ihn fort wegen der Verführung einer Zofe, das andere Mal wurde er wegen der Verführung einer Kellnerin auf die Straße gesetzt. Kurz darauf nahm er Dienst im Kavallerieregiment Burgund, wurde aber prompt wegen mangelnder Disziplin entlassen. Das Glück stand ihm zur Seite, als der Marquis von Poyanne, ein Karabinieroberst, auf ihn aufmerksam wurde. Augereaus hochgewachsene Gestalt, seine ungeheure Körperkraft und sein Ruf als bester Fechter weit und breit ließen den Oberst vergessen, nach seiner Vergangenheit zu forschen. Seine Fechtkunst kostete einige Offiziere das Leben, sodass er aus der Armee in die Schweiz flüchten musste. Als Uhrenhändler kam er nach Konstantinopel und Odessa und ließ sich dort als Sergeant für die russische Armee anwerben. Unzufriedenheit ließ ihn über Polen nach Preußen desertieren, wo ihm seine Körpergröße Eintritt in die berühmte Garde verschaffte. Als Friedrich verfügte, dass kein Franzose in seinem Heer ausgezeichnet oder befördert werden sollte, desertierte er erneut und schlug sich außerhalb der Grenzen Preußens als Tanzmeister durch, bevor er nach Athen ging. Dort verliebte er sich in eine wunderschöne Griechin und brannte mit ihr nach Lissabon durch. Als die Revolution ausbrach, inhaftierte man ihn. Doch seine Griechin erreichte, dass ein französischer Handelskapitän sich ein Herz nahm und der portugiesischen Regierung im Namen der französischen Republik ein Ultimatum setzte, worauf die eingeschüchterten Portugiesen Augereau unverzüglich dem schneidigen Kapitän auslieferten. 1792 zeichnete er sich in einem Freiwilligenbataillon bei den Kämpfen in der Vendée aus, sodass er einstimmig zum Bataillonschef gewählt wurde. Kurz danach wurde er schon zum Divisionsgeneral befördert …

Während Jean-Dominique Augereaus Knie in Augenschein nahm, bemerkte er anerkennend: »Bonaparte hat Sie als den besten Taktiker der Italien-Armee bezeichnet, und Ihre Männer vergöttern Sie geradezu.«

»Ja, wir haben die Armee von Erfolg zu Erfolg geführt. Der Däumling aber hat die Voraussetzungen dafür geschaffen.« Als ob er die unausgesprochene Frage Jean-Dominiques geahnt hätte, fuhr er fort: »Niemand fragt nach den Hintergründen, jeden interessiert nur eine Tatsache: der Sieg. Dabei ist es doch äußerst ungewöhnlich: Eine Armee, die in Hunger und Elend zu verkommen droht, federt plötzlich empor unter den scharfen Sporen dieses jungen Burschen, der dazu von Sieg zu Sieg eilt und seine Soldaten durch die Lombardei jagt, hinein in die Alpen bis auf Wien zu.«

Während Larrey das Knorpelstück ertastete, fragte er wie nebenbei: »Worauf führen Sie das Wunder zurück?«

»Ich werde seine Rede nie vergessen, die er damals zu Beginn des Feldzuges an die Soldaten hielt. Damit stieß er für die Männer das Tor zum Paradies auf. Und sie taten nichts anderes, als es zu durchschreiten.«

Larrey zeigte sich höchst interessiert: »Wisst Ihr noch, was er ihnen sagte?«

»Ich hab's noch im Ohr.« Augereau versuchte die Stimme Bonapartes zu imitieren: »›Soldaten, ihr seid nackt, schlecht genährt. Die Regierung ist euch viel schuldig, sie kann euch nichts geben. Eure Geduld, der Mut, den ihr zeigt, sind bewundernswert, aber sie bringen euch keinen Ruhm ein, kein Lichtschein fällt auf euch herab. Ich will euch in die fruchtbarsten Gebiete der Welt führen. Reiche Provinzen, große Städte werden in eurer Gewalt sein, dort werdet ihr Ehre, Ruhm und Reichtümer finden. Wird es euch an Mut und Beharrlichkeit fehlen …?‹ Oder so ähnlich.«

Jean-Dominique bemerkte: »Eine klare Sprache!«

»Ach was! Er hätte es wesentlich kürzer und ungeschminkter sagen können. Es hätte gereicht wenn er gesagt hätte: ›Männer! Dies ist ein Raubkrieg! Stopft euch die Taschen voll!‹«

»Das erscheint mir ein wenig übertrieben.«

»Mein lieber Larrey, Sie haben mich nach einem Geheimnis gefragt. Aber es gab keines. Nur die Gier der Soldaten wurde geweckt. In seiner Rede war kein Wort mehr von Freiheit, Gleichheit und Brüderlichkeit, die man den unterdrückten Völkern zu bringen versprach, wie es zu Beginn der Revolutionskriege die Losung war.«

Jean-Dominique ging die Offenheit des Generals inzwischen zu weit, daher versuchte er das Gespräch in eine andere Richtung zu lenken. »General, wollen Sie morgen bei der offiziellen Zeremonie im Palais du Luxembourg dabei sein?«

»Was für eine Frage!«

»Nun, ansonsten hätte ich Ihnen den Knorpel jetzt sofort entfernt.«

»Wenn ich morgen auf dem Bein stehen kann?«

»Das sicher nicht.«

»Wie lange, glauben Sie …?«

»Bei Ihrer Gesundheit keine zehn Tage, bis die Wunde vernarbt ist.«

»Dann machen Sie es übermorgen!«

»Gut! Übermorgen! Sehen wir uns auf dem Empfang?«

Augereau überlegte einen kurzen Moment: »Wenn es Ihnen beliebt, lasse ich Sie mit meiner Equipage abholen. Gegen Mittag.«

»Oh, welch eine Ehre, General!«

Ein Lachen erschallte, das Mauern durchdrang: »Ehre und Dank dem Däumling! Mein lieber Larrey, das Geld von heute riecht besser als das Blut von dreiundneunzig!«

Wie Larrey später erfahren sollte, war Augereau in Oberitalien nicht nur im Feld tüchtig gewesen. Bei seinem Beutezug hatte er eine gute Million Francs auf die Seite bringen können.

IV

Paris, 13. November 1797

Der Jardin du Luxembourg füllte sich stetig mit Schaulustigen. Vorbei an der Fontaine de Médicis betrat ein junges Paar den Park. Die bildschöne Unbekannte an der Seite des jungen Mannes zog sogleich die Blicke der Neugierigen auf sich. Offenbar genoss sie die vielen Augenpaare, die an diesem milden, sonnigen Herbstmittag auf sie und ihr Kleid gerichtet waren, dass ihre entzückende Figur betonte. Als Mantelersatz diente ihr ein Kaschmirschal, den sie elegant um ihre Schultern drapiert hatte. Die auffallend anziehende Frau strebte dem Palais du Luxembourg entgegen. An ihrer Seite schritt ein ebenso junger, wie gut gekleideter Mann. Die auffallende Ähnlichkeit ihrer Gesichter ließ keinen Zweifel, dass es sich bei den beiden um Zwillinge handelte.

Nach der Uhr war es noch gut eine halbe Stunde bis Mittag. Trotz des frühen Zeitpunkts strömten schon Hunderte dem Palais entgegen. Ab dem Grand Bassin, einem achteckigen Becken, schirmten Schildwachen das Palais und den umgebenden Park ab. Die versammelte Menge zeigte sich diszipliniert und hielt Abstand. Als sich das Pärchen den Wachen näherte, rief eine befehlsgewohnte Stimme: »Durchgang verboten!«

Der junge Mann zog ein Pergament hervor. Nach kurzer Kontrolle des Inhalts durften beide passieren.

Gut eine Stunde später rollten Jean-Dominique und General Augereau inmitten eines Korsos ungezählter Kutschen direkt vor das Palais. Inzwischen waren nicht nur der Park, sondern auch die Straßen rings um den Prachtbau von einer begeisterten Menge gefüllt. Die Schildwachen waren erheblich verstärkt worden, um das Vorrücken der Menge zu verhindern. Die Kutsche passierte die Wachen. Kurz darauf stiegen die beiden Passagiere aus, schritten durch das Portal und betraten den Innenhof des großen Luxembourg-Palastes.

Jean-Dominique genoss den Augenblick. Um Augereau herum drängten sich ungezählte Menschen, die seine Nähe suchten. War er doch in Abwesenheit Bonapartes in Paris, als Befehlshaber der Armee des Innern, Garant für das Überleben des Direktoriums gewesen.

1794, nach der Hinrichtung Robespierres und der Auflösung des Wohlfahrtsausschusses, war die neue Direktorial-Verfassung angenommen worden. Das Direktorium, bestehend aus fünf Mitgliedern, stellte seither die oberste Regierungsbehörde der französischen Republik dar.

Anlässlich eines Empfangs auf Schloss Mombello bei Mailand, zu der auch Jean-Dominique eingeladen worden war, schilderte ein Kurier, der gerade aus Paris kam, wie sich Augereau bei den »Triumvirn« angekündigt hatte. Kaltblütig habe er gerufen: »Ich bin gekommen, um die Royalisten umzubringen!« Daraufhin hatte Bonaparte, fernab der Hauptstadt, das Glas auf den alten Haudegen erhoben. Bonaparte hatte durch die Entsendung Augereaus dem Direktorium nicht nur unmissverständlich seine Macht gezeigt, sondern deutlich gemacht, dass er auch politisch sein Gewicht in die Waagschale zu werfen gedachte.

Das gesamte offizielle Frankreich erwartete nun den siegreichen General. Die Minister, die höchsten Würdenträger der Republik, Mitglieder des Rates der Alten und des Rates der Fünfhundert, Generäle und hohe Offiziere sowie verdiente Frauen und Männer, die Bonaparte nahe standen. Im Zentrum des Hofraums ragte ein kunstvoll verziertes Podest empor, geschmückt mit den Fahnen der geschlagenen Armeen. Augereau wies auf die Mitte des Hofes und räusperte sich: »Der Altar des Vaterlandes.«

Kaum hatten sie ihre Plätze eingenommen, als die fünf Direktoriumsmitglieder erschienen. Jeder von ihnen trug einen langen, rotorange-gold bestickten Mantel, der wie eine Toga über der Schulter lag, während der Kopf, mit einem pompösen schwarzen

Hut, geziert mit blauweißroten Federn, bedeckt war. So nahmen sie vor den Reihen der Regierungsmitglieder auf dem Podest Aufstellung.

Alles wartete. Vom Park her drang Lärm in das Innere des Hofraums, ein Jubel, der wie ein anschwellender Sturm von der Ankunft Bonapartes kündete. Die Karosse des Generals, von einer Ehren-Eskorte begleitet, war nur mit Mühe in die Nähe des Palais gelangt. Von Tausenden begeisterter Menschen umdrängt, war ein Vorwärtskommen kaum noch möglich.

Das Gemurmel im Hof hörte auf. Spannung legte sich über die Wartenden. Endlich, unter den Klängen der Freiheitshymne, intoniert von einem Chor des Konservatoriums, schritt Bonaparte, begleitet von den fahnentragenden Generälen Berthier und Joubert, durch die zurückweichenden Reihen direkt vor den Altar des Vaterlandes.

Aus der Distanz wirkte der Korse hager, ja abgemagert. Das lange schwarze Haar ließ ihn zudem wie einen Knaben erscheinen. Für einen Moment verdeckten Wolken die Sonne. Ihre weichen Schatten verstärkten die feierliche Atmosphäre im Innenhof. Die Luft bewegte die Federbüsche auf den Köpfen der Direktoren.

Unwillkürlich wanderte Jean-Dominiques Blick die gegenüberstehende Mauer aus Menschen ab. Plötzlich blieb sein Augenpaar an einem Mann hängen. Das Haar, die Stirn, die Augenpartie, die Nase, der Ausdruck – kein Zweifel, das war Bernard Banville! Was suchte er hier? Wer hatte ihm Zutritt verschafft? Szenen der letzten Begegnung drängten sich in Jean-Dominiques Hirn; er konnte kaum einen klaren Gedanken mehr fassen.

Inzwischen hatte Minister Talleyrand mit der Festrede begonnen. Wie von fern vernahm Larrey die Lobesworte auf Napoléon: »… seinen antiken Sinn für Einfachheit, seine Vorliebe für die Wissenschaften, seine Verachtung alles eitlen Glanzes … Und die Gewähr, dass sein Ehrgeiz ihn niemals fortreißen wird …«

Jean-Dominique sah keine Chance, während der Festrede in die Nähe Bernards zu gelangen. Während er seinen ehemaligen Freund beobachtete, fiel ihm das junge Pärchen neben Bernard ins Auge. Angesichts der Parade glänzender Uniformen war die Anwesenheit der jungen, hübschen, luftig gekleideten Dame in der ersten Reihe äußerst ungewöhnlich. Für einen Moment glaubte Jean-Dominique, Bernard neige ihr sein Haupt zu, um besser hören zu können was sie sagte …

Inzwischen erwiderte Bonaparte auf Talleyrands Rede: »… das französische Volk musste, um frei zu sein, die Könige bekämpfen. Um eine auf Vernunft gegründete Verfassung zu erlangen, hatte es achtzehn Jahrhunderte der Vorurteile zu besiegen. Die Verfassung und ihr selbst habt über all diese Hindernisse triumphiert. Religion, Feudalität, Königtum haben seit zwanzig Jahrhunderten nacheinander Europa beherrscht …«

Nach mehrmaligem Hin und Her zwischen der jungen Schönen und Bernard war sich Jean-Dominique sicher: Sie kannten sich.

»… ich habe die Ehre, Ihnen den unterzeichneten und vom Kaiser ratifizierten Vertrag von Campo Formio zu übergeben … Wenn einmal das Glück des französischen Volkes auf die besten organischen Gesetze gegründet sein wird, dann wird auch ganz Europa frei werden.«

Augereau stieß Jean-Dominique in die Seite. »Haben Sie diesen letzten Satz gehört?«

»Was?« Larrey schreckte auf. »Ich glaube einen alten Freund …«

»Er hat gesagt: ›Wenn einmal das Glück des Volkes auf die besten organischen Gesetze gegründet sein wird …‹«

»Und was soll das heißen?« Larrey war immer noch nicht bei der Sache.

»Nun, demnach haben wir sie noch nicht! Und das kann doch nur bedeuten, dass er sich eines Tages selbst darum kümmern wird …«

»Ruhe!«, zischte einer hinter Augereau, der daraufhin verstummte. Paul François Barras schickte sich an, im Namen des Direktoriums die Rede zu erwidern. Als er geendet hatte, umarmte er Bonaparte brüderlich, worauf auch die übrigen Direktoriumsmitglieder den General küssten.

Die Festgäste spendeten angesichts der völligen Einmütigkeit und Harmonie stürmischen und lang anhaltenden Beifall.

»Heuchler und Pharisäer!«, zischte Augereau ungeniert. »In Wirklichkeit haben sie Angst und hassen ihn!«

Rasch strömten die Menschen im Hof zusammen. Im allgemeinen Gedränge konnte man sich kaum noch bewegen.

»Ha! Verdammt!«, entfuhr es Jean-Dominique.

»So ungeduldig habe ich Sie noch nie erlebt«, meinte Augereau süffisant.

»Verflucht! Ich wollte meinen Freund sprechen. Wir hatten uns seit Jahren aus den Augen verloren.«

»Wer ist es? Wie ist sein Name?«

»Bernard …« Larreys Antwort ging im Stimmengewirr der Menge unter. Eingebettet in die Menschenmasse, wurden sie aus dem Innenhof zum Ausgang hin geschoben. Augereau rief erneut im Gedränge: »Haben Sie es sich schon überlegt? Kommen Sie mit?«

»Ich komme mit!«, rief Jean-Dominique lautstark zurück.

Auf der Fahrt zum Palais hatte Augereau ihm den Vorschlag unterbreitet, das Ereignis des Tages mit einem Besuch besonderer Art abzuschließen. Nach seinen Worten war der Salon von Madame Tallien der eleganteste von Paris, auch wenn Bonapartes angetraute Frau Joséphine als »Notre-Dame-de-la-Victoire« ihr den Rang als erste Dame in Paris inzwischen abgelaufen hatte.

Larrey hatte es verwundert, wie der alte Haudegen von den Salons in Paris schwärmen und über den dargebotenen Luxus wie über die Vergnügungen der Reichen in Verzückung geraten konnte. Auch Jean-Dominique freute sich, nach langer Zeit der Entbehrung mit den außergewöhnlichen Vertreterinnen der mondänen Gesellschaft in Berührung zu kommen. Augereau hatte ihm schon während der Kutschfahrt zu Madame den Mund wässrig gemacht: »Mein lieber Larrey, gemessen an diesen schönen, intelligenten und unabhängigen Damen sind alle anderen Frauen Landeier.«

Gut eine Stunde später betraten sie den Salon. Madame Jeanne-Marie-Ignazie-Thérèse Tallien war zu Saragossa, als Tochter des spanischen Finanzmanns und späteren Ministers Graf Cabarrus, geboren. Sie erhielt eine vorzügliche Erziehung, entzückte in Paris alle durch ihre Schönheit und Grazie, heiratete 1790 den alten Marquis de Fontenay und flüchtete mit diesem vor den Gräueln der Revolution nach Spanien. Wurde aber in Bordeaux verhaftet, von Jean Lambert Tallien befreit und, nachdem die Ehe mit dem Marquis geschieden worden war, dessen Geliebte und schließlich seine Frau.

Madame Talliens Salon war bis zum letzten Sessel besetzt. Die ausgelassene Stimmung sprang sofort über. Um jeden Tisch herum, in jeder Nische wurde getrunken, gelacht und kokettiert, und es wurden erstaunlich freie Reden geführt.

»Barras hat nie mit Joséphine das Bett geteilt!«, rief einer lauthals. Larrey traf fast der Schlag, als er den Namen eines der Mitglieder des Direktoriums vernahm.

»Der kann doch gar nicht. Der macht doch alle hübschen Männer zu seinen Sekretären!«, setzte ein anderer Gast noch einen drauf.

Der Prunk des großen Salons war ohnegleichen. Über einem Kamin aus Marmor erhob sich ein mächtiger Spiegel, der die Illusion einer Halle vermittelte. Auf dem Boden lagen Teppiche, die eigens für den Raum entworfen waren. Die blauen Türen waren mit weißem Stuck gerahmt, während die erotischen Malereien der Kastendecke aus gelbem Grund hervorleuchteten. Doch das Eleganteste an diesem Ambiente waren die Damen. Die steifen Kleider und Korsetts waren abgeschafft. Stattdessen trugen die Frauen von Welt jetzt hauchdünne Musselinkleider mit hoher Taille und sehr viel nackter Haut. Die finsteren und freudlosen Feste zu Zeiten der Revolution waren vergessen, dafür hatte man sich mit Wollust über die Tabus der Liebe hinweggesetzt.

Larrey und Augereau wurden mit ausgesuchter Höflichkeit begrüßt. Nachdem der Etikette Genüge getan war und Madame sie zu ihren Plätzen geführt hatte, winkte sie zwei ihrer Damen zu sich und tuschelte mit ihnen. Jean-Dominique jedoch genügte ein Blick: Madame war für ihn die Verlockendste im Reigen ihrer Schönen.

Augereau, dem Larreys Blick nicht entgangen war, flüsterte ihm ins Ohr, so laut, dass jeder der Umstehenden es hören konnte: »Madame verdankt ihren größten Luxus sowohl Barras als auch dem reichen Bankier Ouvrard. Ich fürchte, für Sie ist sie unerschwinglich.«

»Wie schade …«

»Ach was! Geldgeschäfte und intime Beziehungen markierten schon immer einen Teil des Weges der Mächtigen. Manch einen kostete es allerdings auch den Kopf – wie Monsieur Danton!«

Jean-Dominique blickte zum Eingang. »Talleyrand ist gerade eingetroffen.«

Madame geleitete den Minister sofort in die oberen Salons.

»Fehlt nur noch Bonaparte«, erwiderte der General trocken. »In diesen Mauern hier verliebte er sich übrigens in Marie-Rose. Pardon! Ich meine Joséphine.« Daraufhin lächelte er verschmitzt und meinte: »Und sie erlernte hier ihre Kunst, eine Szene zu machen oder zum rechten Zeitpunkt so zu weinen, dass jeder Mann schwach wird.«

»Sie sind gut informiert, General!«

»Das gehört zum Überleben, mein lieber Larrey. Madame führte unseren Feldherrn hier in die Gesellschaft ein. Mit seiner mageren Figur, seinem schmalen Gesicht und dem ungepflegten Äußeren gehörte er sicher nicht zu den Männern, für die sich die Witwe Beauharnais interessierte. Dennoch unterhielt sie sich mit ihm.«

»Und Bonaparte? Wie hat er geschafft, sie für sich zu gewinnen?«

»Sie meinen, wie er an sie rangekommen ist? Er ist mit Ausdauer gesegnet und hat etwas Verlangendes, ja Besitzergreifendes in seinem Blick. Von da an besuchte er Marie-Rose regelmäßig. So kam es, dass die beiden eines Tages die Stufen dort hinaufstiegen und die Nacht zusammen verbrachten. Am nächsten Morgen verkündete er ihr, dass er sie in Zukunft Joséphine nennen werde, denn das gefalle ihm besser als Marie-Rose.«

Jean-Dominique schüttelte ungläubig den Kopf. »Es scheint, als hätte Euch Bonaparte die Geschi…« Das Wort erstarb im Hals. Gerade als eine der Damen ihm ein Glas Rotwein servierte, glaubte er einer Sinnestäuschung zu erliegen. Die Frau, die er im Palais de Luxembourg gesehen hatte, neben Bernard, in der ersten Reihe …

Irritiert stieß er an das Glas. Der Inhalt schwappte über, direkt auf den weißen, ellenbogenlangen Seidenhandschuh der jungen Frau.

»Verzeihung!«

Die junge Dame sah lächelnd darüber hinweg und scherzte über Larreys Missgeschick. »Die schönsten Begegnungen, Monsieur, finden sich meist zufällig.« Daraufhin streifte sie sich langsam den befleckten Handschuh vom linken Arm und reichte ihn Larrey. »Nehmen Sie ihn zur Erinnerung. Damit Sie unsere Begegnung nie vergessen werden.«

Spontan ergriff Jean-Dominique ihre Hand, um mit einem Kuss seine Wertschätzung auszudrücken. Sein Blick erstarrte. Die Haut ihres Handrückens und die Finger zeigten die unverwechselbaren Depigmentierungen der Weißfleckenkrankheit, wie sie sich in seinem Gedächtnis eingebrannt hatten. Damals, im Juli '94, als Bernard mit dem Eingriff fertig war. Es gab für ihn keinen Zweifel: Es war die gleiche Hand, die unter dem Tuch hervorgerutscht war. Nun war sie in seinem Leben wieder aufgetaucht. Schicksalhaft! Unberechenbar! Unkontrollierbar!

... und Bernard hat genau neben ihr gestanden!, schoss es ihm durch den Kopf.

Lächelnd entzog sie Larrey die Hand.

»Verzeihung!«, wiederholte er verstört.

Augereau klopfte ihm amüsiert auf die Schulter: »Guter Freund, was ist mit Ihnen?«

Larrey zwang sich zu einem Lächeln. Die junge Frau blickte ihm dabei direkt in die Augen. »Sie scheinen nachdenklich zu sein, Monsieur?«

»Ja, vielleicht. Erinnerung gleicht einem Land, aus dem wir nicht entfliehen können. Wie ist Ihr Name?«

»Nennen Sie mich ... Jacqueline.«

»Jacqueline, ich freue mich, Sie kennen zu lernen. Sie sind eine wunderschöne Frau. Ich nehme Ihren Handschuh als Erinnerung mit. Bitte entschuldigen Sie mich.«

Die junge Frau warf ihm einen Blick zu, als zweifle sie an seinem Verstand, zog sich dann aber diskret zurück.

Augereaus Instinkt war geweckt. »Was ist mit Ihnen? Sie sind plötzlich so seltsam.«

Ohne darauf direkt zu antworten, sagte Larrey: »Sie wollten doch den Namen des Mannes wissen, den ich im Palais aus den Augen verloren habe.«

Augereau hob sein Glas: »Ja, weil Sie so ungeduldig waren.«

»Banville. Bernard Banville.«

»A votre santé, mein Freund!«

»Sie kennen ihn?«

»Natürlich kenne ich Banville. Er ist Heereslieferant. Pferde, Hafer, Ausrüstung, Bajonette. Er verdient sich gerade eine goldene Nase. Ihn beherrschen zwei Leidenschaften: Frauen und Geld. Sein Verbündeter sitzt im Direktorium: Es ist Barras.«

»Besteht eine Verbindung zwischen ihm und dieser Jacqueline?«

»Nicht dass ich wüsste. Aber das lässt sich herausfinden. Ist es für Sie von Bedeutung?«

»Reines Interesse. Wir sind Jugendfreunde und haben unsere chirurgische Ausbildung gemeinsam vorangetrieben.«

»Ich werde mein Bestes geben.«

»Dafür werde ich morgen mein Bestes geben.« Larrey nahm noch einen kräftigen Schluck aus seinem Glas und erhob sich.

»Ihr wollt mich schon verlassen?«

»Ich will, dass Sie Ihren Fuß behalten. Eine sichere, schnelle Hand ist die beste Gewähr dafür. General! Morgen um neun!«

»Ich werde ausnahmsweise pünktlich antreten!«

Wie angekündigt, traf Augereau am nächsten Tag pünktlich ein, und kurz darauf lag er bereits auf dem Behandlungstisch. Ein kräftiger Helfer grätschte sein Bein und fixierte es mit seinen kräftigen Armen, ein anderer hielt auf Anweisung die Schulter des Generals nieder.

Um den beabsichtigten Erfolg der Operation zu sichern, entschied sich Jean-Dominique, den Hauteinschnitt oberhalb der Patella zu setzen. Dazu ließ er zunächst das Bein vollkommen strecken. Das tastbare vagabundierende Knorpelstück trieb er danach aus dem Knie. Ohne Mühe schlüpfte es aus der Kniescheibe. Nun fasste er das Knorpelstück mit den Fingern und drückte es stark nach oben, sodass es unter dem Musculus vastus externus, mehr als drei Finger oberhalb des Gelenks, hervorragte. Das Kapselband war dieser Verschiebung nachgefolgt. Als er das Stück festhielt, schnitt er die Haut, den bedeckenden Muskelteil und das Kapselband bis auf den Knorpel ein, und im gleichen Augenblick drang es mitten durch den kleinen Schnitt heraus. Danach ließ er einen einfachen Verband anlegen, wobei er dafür Sorge trug, dass die Kompressen in eine Wein-Kampferlösung getaucht wurden, um einer Entzündung zuvorzukommen. Gleichzeitig wurde damit der Schmerz gelindert. Der herausgezogene Knorpel besaß die Größe einer Mandel, war weißlich, auf der einen Seite uneben und auf der anderen geglättet.

Augereau hatte keine Miene verzogen. Der Eingriff ging in Minutenschnelle über die Bühne. Noch im Liegen rief er spöttisch: »Ist mein Bein noch dran?«

»Auf ihm werden Sie nochmals durch ganz Europa marschieren!«

Brummend erwiderte er: »Nein, nein! Ab heute nur noch in der Sänfte.«

Jean-Dominique prüfte den Verband. »Was ich Sie noch fragen wollte: Haben Sie noch etwas über die schöne junge Dame von gestern in Erfahrung bringen können?«

»Ich denke schon. Ihr Name ist in Wirklichkeit Thérèse Sorel. Ihr Vater ist völlig verarmt. Früher besaß er eine Druckerei …«

»Und ihre Verbindung zu Banville?«

»Eine familiäre.«

Larrey konnte es kaum fassen: »Wie? Eine familiäre?« Davon hatte ihm Bernard seinerzeit nichts gesagt.

»Banville ist ihr Onkel mütterlicherseits.«

Jean-Dominique musste diese Neuigkeit erst einmal verdauen. Er hatte Bernard eine Abtreibung an seiner eigenen Nichte vornehmen lassen, und dieser hatte es getan, ohne auch nur mit der Wimper zu zucken! Für den Moment konnte er keinen klaren Gedanken fassen.

Augereau fuhr fort: »Jedenfalls hat sie das Ohr Talleyrands erobert. Er protegiert sie und sorgt dafür, dass sie in guter Gesellschaft bleibt.«

»Sonst noch etwas?«

»Vielleicht soviel, dass ihr eine Verbindung zu Nicolas Jean-de-Dieu Soult nachgesagt wird.«

»Wer ist das?«

»Soult ist an einer anderen Front eingesetzt und steht im Rang eines Generals.«

»Wissen Sie etwas über die Art der Verbindung?«

»Mein lieber Larrey, ist dies ein Verhör?«

»Nur noch eines: Haben Sie sie nach meinem Aufbruch noch einmal gesprochen?«

»Aha! Jetzt verstehe ich endlich.«

»Na, und?«

»Sie trug mir auf, Ihnen auszurichten, dass sie sich auf einen zweiten Besuch des Chefchirurgen sehr freuen würde.«

4

Chefchirurg der Orientarmee

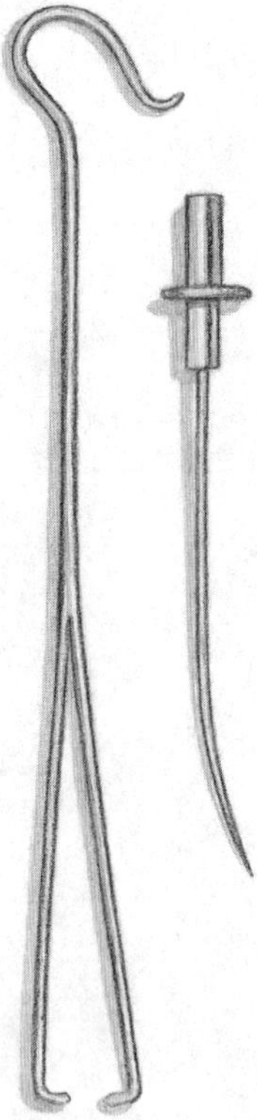

Paris – Toulon – Ägypten – Syrien

1798–1801

I

Neuilly, 15. Dezember 1840, 09.30 Uhr

Für einen Moment verstummte auf der Tribüne das widersprüchliche Gerede über die Zukunft Frankreichs. Rings um Jean-Dominique herrschte plötzlich Stille – neugierige Stille. Denn nahe dem Tempel rollte gerade der barocke Leichenwagen, bespannt mit sechzehn Pferden, zwischen die Pfeiler des Triumphbogens. Napoléons Sarg wurde aus dem Tempel getragen, wo man ihn abgestellt hatte, und hastig im Unterteil des Fahrzeugs verstaut. Der pompöse goldfarbene Sarkophag dagegen, der den Leichenwagen krönte und in dem jeder die Überreste des Kaisers vermutete, blieb leer. Ein Schwall von Wortfetzen, abfällig und voller Dreistigkeiten, hob wieder auf der Tribüne an und peinigte das Ohr Jean-Dominiques.

»Täuschung! Betrug! Alles nur Gips und Papier …!«

Zornig ertönten die Gegenrufe: »Verdammte Royalisten! Pharisäer!«

Die Bonapartisten konnten die Tatsache schwer verkraften, dass ihr Kaiser und seine wachsende Legende gerade von den Bourbonen für ihre politischen Zwecke benutzt wurden. Egal ob Anhänger oder Gegner, diese Menschen begriffen nicht, dass der Reichtum ihres Lebens sich danach bemaß, mit wie vielen Leuten sie ihr Leben teilten, und ihr Sterben auch. So besehen war der Verstorbene sehr reich gewesen. Dass dieser Abschied nun mit diesem gigantischen Pomp stattfand, passte nur zu gut zu seiner Person.

Weihevoller war es dagegen in den vergangenen Tagen in Cherbourg zugegangen, das aus diesem Anlass die kaiserlichen Flaggen aufgezogen hatte. Acht Tage hatte die Fregatte Belle Poule, auf der die sterblichen Überreste Napoléons von St. Helena nach Frankreich überführt worden waren, im Hafen gelegen. Tausende hatten dem Kaiser ihre Ehrfurcht bezeugt, indem sie das Schiff besuchten. Danach hatte das Dampfboot NORMANDIE den Sarg an die Seine-Mündung gebracht, wo man ihn auf das leichtere Dampfboot LA DORADE verlud. Danach ging es stromaufwärts. Von Cherbourg und Le Havre über Rouen, der Hauptstadt der Normandie, bis über Vernon und Mantes begleiteten Salutschüsse und Glockengeläut die langsame Fahrt des Totenkonvois. An der Spitze stand der Prinz von Joinville, dritter Sohn des Bürgerkönigs, zweiundzwanzig Jahre alt, der alle Phasen der Überführung begleitet hatte.

Langsam begann sich an der Brücke von Neuilly ein gewaltiger, triumphaler Trauerzug hinter Napoléons Leichenwagen zu formieren.

Nur der eisig verhangene Himmel hinderte das Leuchten der Sonne. Warum konnte sie nicht gleißend aufgehen wie damals bei Austerlitz? Wiederum nestelte Larrey das Thermometer hervor und blickte auf die verblasste Skala. Das Quecksilber zeigte noch minus 14° Réaumur. Geführt von seinem Sohn und Johann Friedrich verließ auch Jean-Dominique die Tribüne, um sich in den Trauerzug einzureihen.

Das strenge Protokoll sah vor, dass Napoléons engste Vertraute von St. Helena, seine Dienerschaft sowie alle Veteranen aus dem Offizierscorps, falls sie dazu noch in der Lage waren, ihm direkt hinter seinem Sarg das Geleit geben durften. Dahinter folgten hohe Würdenträger aus dem In- und Ausland: Vertreter aus Politik, Armee, Wissenschaft, Kunst und Wirtschaft. Danach Abordnungen aller napoleonischer Divisionen, Regimenter und Veteranenvereine sowie das herbeigeströmte Pariser Volk. Den Schluss bildeten unzählige Menschen aus allen Teilen Frankreichs und Europas.

Auf halber Strecke zur Brücke blieb Jean-Dominique stehen. Für einen Moment glaubte er einen Mann zu erkennen, der unmöglich unter den Lebenden weilen konnte. Der eisgraue, schüttere Bartansatz, die Statur, das dicklich aufgeschwemmte Gesicht, von dessen Wangen die Haut wie papierne Flocken fiel ... Eine Täuschung der Sinne? Ja, sein Freund René-Nicolas Dufriche Desgenettes war vor drei Jahren nach einem bewegten Leben mit Stil und Würde in seinem Bett verstorben.

Über Jean-Dominiques Blick lag plötzlich der diffuse Glanz des Morgenlichtes, das über den Wogen der Reede von Toulon die Augen blendete. Neben ihm stand damals René auf dem Achterdeck der ORIENT, dem Flaggschiff der Toulonflotte mit 120 Geschützen.

Gegenüber auf der Steuerbordseite konnte ein kleiner Mann kaum über die hohe Brüstung sehen, als die dreizehn großen Linienschiffe und zweiundvierzig Fregatten in Kiellinie vorübersegelten und der Reihe nach zum Salut die Flagge dippten. Napoléon Bonaparte beobachtete zusammen mit Vizeadmiral François Paul de Brueys und seinen Seeoffizieren, wie sich seine gewaltige Kriegsflotte, zusammen mit einhundertdreißig Transportschiffen für Truppen und Nachschub, in der stürmischen See formierte.

René stellte die Frage an Jean-Dominique, auf deren Beantwortung damals mehr als dreißigtausend Soldaten warteten: »Wann, glaubst du, wird er verkünden, wohin die Flotte wirklich segelt?«

»Den Zivilisten oder den Soldaten?«

»Allen.«

»Nicht eher, als sicher ist, dass uns die Engländer auf See keine Schwierigkeiten mehr machen können.«

René erwiderte im Brustton der Überzeugung: »Sie werden uns nicht angreifen. Nicht diese Flotte.«

»Ich wünschte mir, es käme so«, sagte Jean-Dominique.

Tatsächlich wussten nur wenige an jenem Morgen des 19. Mai 1798 über das Ziel und die wahren Absichten Bonapartes Bescheid. Dafür schwirrten vom Kielschwein bis hinauf zur Großroyalrah die Gerüchte auf und nieder. Außer den hohen Offizieren und einigen Zivilisten, die eine kleine Armee von fünfhundert Experten und Technikern aller wissenschaftlichen Fakultäten bildeten, tappte das restliche Heer im Dunkeln.

Larrey und Desgenettes dagegen waren von Bonaparte in die Pläne eingeweiht, jedoch zur strengen Geheimhaltung verpflichtet worden. Ohne die vorherige Kenntnis wäre eine effiziente Vorbereitung auf die zu erwartende, schwierige medizinische Versorgung der Armee vor Ort unmöglich gewesen …

II

Erinnerungen Jean-Dominique Larreys, Toulon, Mai 1798

Am späten Nachmittag des 17. Mai war die letzte Kiste mit chirurgischen Instrumenten an Bord der Orient, des Admiralsschiffs der Toulonflotte, verladen. Genau zur siebten Abendstunde des gleichen Tages hatte ich der Admiralität in der Marineintendantur meinen Abschlussbericht übergeben.

Charlotte, meine junge Frau, hatte mich dorthin begleitet. Sie war vor einer Woche hochschwanger aus Toulouse angereist, um die wenigen Stunden, die mir in jenen Tagen noch übrig blieben, mit mir gemeinsam zu verbringen. Obwohl wir uns bemühten, es nicht zu zeigen, lastete der herannahende Zeitpunkt unserer erneuten Trennung schwer auf unserer Ehe.

Vom alten Rathaus kommend hatten wir die Richtung zu unserer Unterkunft eingeschlagen. Mit Stolz führte ich sie am Arm, half ihr ab und zu über Muschelschalen, Fisch- und Gemüsereste oder anderen Unrat. Entlang am Darse Vielle, dem alten Binnenhafen von Toulon, querten wir die breite Hafenmole. Das ganze Becken war umbaut von unvertünchten Häusern, mehrstöckig und doch niedrig wirkend, deren Fassaden immer noch Kampfspuren der Rückeroberung durch Bonaparte vor sechs Jahren zeigten. Ebenerdig reihten sich Restaurants, Kaffeehäuser, Opium- und Brandykneipen, üble Kaschemmen und Tätowierstuben aneinander. Dazwischen gab es Handelskontore, Kanzleien, überquellende Speicher und Schuppen der Schiffsausrüster.

Der Hafen war seit Wochen wie entfesselt. Es wimmelte nur so von Kapitänen, Offizieren aller Rangstufen, Matrosen, Soldaten,

Packern, Trägern, Händlern, Dirnen, Trunkenbolden und vergessenen Bordhunden, sodass jedermann Mühe hatte durchzukommen. Überdies spielten zwischen Fässern, Kisten und Säcken ungezählte lärmende Kinder, deren Hautfarben alle menschenmöglichen Schattierungen aufwiesen und deren Gesichtszüge afrikanische, arabische und ostasiatische Väter vermuten ließen …

Eine große Anzahl zusätzlicher Landungsbrücken ragten in jenen Tagen wie Spinnenbeine in das Hafenbecken, an denen Hunderte von Schaluppen mit ochsenblutroten Segeln unaufhörlich an- und ablegten, um die letzten Versorgungsgüter zu den ankernden Kriegs- und Transportschiffen zu bringen. Es gab viel zu bestaunen. Vor allem unsere Linienschiffe, turmhohen, hölzernen Festungen gleich, boten ein imposantes Bild. Doch ich war nahe daran, stehend einzuschlafen vor Müdigkeit.

Der Befehl der Behörde vom Januar hatte vorgegeben, die nötigen Hilfschirurgen für eine große Expedition über See innerhalb von zwei Monaten zu rekrutieren. Aufgrund der angegebenen Zahl an Schiffen und Divisionen benötigte ich deren rund achthundert. Mir oblag der gesamte Schriftwechsel. Die Männer reisten mit Begeisterung aus den großen Städten Oberitaliens, aus Paris, Montpellier und Toulouse an, wo sie ihre Ausbildung erhalten hatten, gewillt, alle Pflichten und Beschwerlichkeiten auf sich zu nehmen. Die besten unter ihnen, etwa einhundertsechzig, erhielten von mir Unterricht über die Methoden der Behandlung von Stich- und Schussverletzungen, mit gleichzeitiger Einweisung in die Handhabung des mitgeführten chirurgischen Instrumentariums. Sie wurden zu Oberwundärzten ernannt. Obendrein erhielten sie Instruktionen zur Lüftung und Reinigung der Zwischendecks und zur Einhaltung der Gesundheits- und Körperpflege von Soldaten und Matrosen, basierend auf meinen früheren Erfahrungen an Bord der VIGILANTE. Fernerhin Behandlungsmöglichkeiten der gefürchteten Seekrankheit.

Am 21. März erhielt ich meine Bestallung, was bedeutete, dass ich mich auch um die Organisation, Bereitstellung und Verpackung der nötigen medizinischen Materialien sowie die Ausrüstung der Lazarette und meiner Fliegenden Ambulanz zu kümmern hatte. Die Voraussetzungen dafür waren so miserabel, dass ich mich direkt an Bonaparte wandte, um Abhilfe schaffen zu können. Über die Rüstungskommission erhielt ich prompt das Recht, alles nötige Material und Gerät sowie Medikamente zu besorgen. Ich ließ Kisten für den Transport des medizinisch-chirurgischen Bedarfs anfertigen und so gestalten, dass sie auch von Packpferden transportiert werden konnten. Im Arsenal von Toulon ließ ich zerlegbare, leichte Tragbahren anfertigen und genügend einachsige Transportkarren zur Ergänzung meiner Ambulance volante.

Am 13. Mai erfolgte die Order zum Verladen. Vier Tage später waren endlich die letzten Kisten mit medizinischen Versorgungsmaterialien für den Einsatz von rund dreißigtausend Mann an Bord genommen. Als Hospitalschiff dienten die Linienschiffe CAUSSE und DUBOIS. Beide Kriegsschiffe nahmen auch die komplette Ausrüstung des Gesundheitsdienstes an Bord. Dieser wurde von meinem Freund René Desgenettes befehligt, während alle Wundärzte, das medizinische Personal für die Ambulance volante und die Lazarette, mir unterstanden. Ich hatte die rekrutierten Hilfschirurgen divisionsweise auf die Kriegsschiffe ein- und aufgeteilt. Das Wundlazarett einer jeden Division war somit ausgerüstet mit mehreren Kisten Verbandsmaterialien, Medikamenten und einer Kiste chirurgischer Instrumente, um während der Überfahrt oder im Falle einer Schlacht sofort Hilfe leisten zu können. Jedes Schiff von mehr als einhundert Mann Besatzung hatte demzufolge einen Wundarzt an Bord. Einen großen Vorteil sah ich darin, dass im Falle einer Landung sowohl Wundärzte als auch das medizinische Personal sogleich dem Marsch der Divisionen des Heeres folgen konnten.

Die kostbare Fracht war zügig verladen worden, was mich sehr zufrieden stellte. Aber das Tagespensum und die Hitze hatte meine letzten körperlichen Reserven aufgezehrt. Charlotte sah mir die Erschöpfung an, doch sie probierte es einfach wieder. Sie fragte mich, wie die Tage zuvor, zunehmend gereizt: »Haben wir heute Abend etwas Zeit für uns?« Es fiel mir unendlich schwer, ihr die nackte Wahrheit zu sagen. So vertröstete ich sie: »Ich muss mich ein wenig hinlegen. Eine Stunde reicht mir sicher ...«

Vorbei an zwei, drei Bordellgassen erreichten wir schließlich unsere unansehnliche Unterkunft Le Beau Navire, das schöne

Schiff. Stützbalken waren quer zwischen die Fassaden gespreizt, und Wäschefetzen hingen an Stöcken aus den Fenstern, doch unser Zimmer in der oberen Etage war überraschend ordentlich gehalten. Im Tiefgeschoss der Herberge befand sich die Taverne Les Chats, die von Matrosen und Heeressoldaten frequentiert wurde. Mädchen, die schon längst alle Schranken hatten fallen lassen, lockten vor dem Eingang mit eindeutigen Bewegungen und legten ihre kaum verhüllten Brüste als Köder aus. Die Welt schien an diesem glühenden Punkt zusammengeschrumpft zu sein auf die simplen Worte »Willst du?« oder »Komm!«

Endlich angekommen in unserem Zimmer, das jede kleinste luxuriöse Selbstverständlichkeit entbehrte, warf ich mich in voller Uniform auf das Bett und schloss die Augen. Charlotte öffnete das Fenster, ließ die schwül-warme Frühlingsluft herein, legte sich neben mich und strich mir zärtlich übers Haar. Irgendwann schlief ich ein, und als ich erwachte, blickte ich in ihr Gesicht. Sie hatte inzwischen ihr Kleid abgelegt. Ich sah die Bewegung unseres Kindes unter ihrem Herzen. Ihre Niederkunft stand kurz bevor, und ich würde auf See sein, weit von ihr fort und unerreichbar …

Eine Träne rollte ihre Wange entlang und tropfte auf meine Lippen. Ich stemmte mich hoch und nahm ihr Gesicht in meine Hände: »Was ist?«, fragte ich sie, als ob ich nichts verstehen würde.

»Ich habe dich angesehen, während du schliefst. Das Herz wird mir schwer, denn je mehr Kisten du mit Stolz und Akribie verladen lässt, desto bedrohlicher wächst für mich der Schatten dieser Expedition.« Charlotte fing an zu schluchzen, und mit erstickender Stimme sagte sie: »Dazu die ständige Ungewissheit, ob du überhaupt wieder zurückkommen wirst.«

Ich versuchte sie zu beruhigen. »Diesmal ist es eine Expedition und kein Kriegszug.«

»Diesmal vielleicht. Und das nächste Mal? Liebster, merkst du es denn nicht? Unser ganzes Leben hat sich geändert, seit du dich entschieden hast, mit dem Heer ins Feld zu ziehen.«

»Aber es ist doch immer nur für kurze Zeit.«

»Für kurze Zeit?« Tränen kullerten wieder die Wangen herab. »Alle fragen sich, wohin diese Flotte segeln wird. Indien, die Neue

Welt, England … Alle Punkte auf dieser Erde sind mir schon genannt worden. Woher also deine Gewissheit?«

In der Tat, Charlotte hatte ein gutes Gespür. Überall wurde gerätselt, wohin der Feldzug gehen würde. Von Irland, England, der Krim, ja sogar von Brasilien und Indien wurde gemunkelt. Doch statt einer Antwort drückte ich sie an mich und erstickte ihre Fragen mit meinen Lippen.

Später, als wir schweigend nebeneinander lagen, quälten mich in Gedanken schon wieder die noch unerledigten Arbeiten. Es war schrecklich, doch ich spürte selbst, dass die kostbare Zeit schnell und unerbittlich verrann. Auch wenn das eine oder andere noch fehlte, war die Flotte insgesamt bereit, die Anker zu lichten. Die Transportschiffe aus Marseille waren schon vor zwei Tagen auf der Reede vor Anker gegangen. Ein untrügliches Zeichen dafür, dass die Armee in Toulon nun komplett war. Ich hoffte zwar noch auf mindestens drei volle Tage, doch ich vermied es, Charlotte an jenem Abend mit der Wahrheit zu konfrontieren. Schon deshalb nicht, da wir uns seit meinem Italieneinsatz nur zwei Wochen zur Jahreswende in Toulouse gesehen hatten und ich danach wiederum fast fünf Monate ohne sie in Paris und Toulon zugebracht hatte.

Es war das erste Mal, dass Charlotte auf meine Pläne derart reagierte. Aber auch wenn es möglich gewesen wäre, ich wollte und konnte nicht zurück in das karge Leben eines Oberarztes in Paris. Nach wie vor wusste Charlotte nichts darüber, woher der damalige Geldsegen kam, der uns von ihrer Familie unabhängig gemacht hatte. Im gleichen Moment tauchte das Gesicht von Thérèse wieder vor meinem inneren Auge auf. Einmal verhüllt auf dem Stuhl, dann wieder im eleganten Salon von Madame Jeanne Marie Tallien …

Ich konnte die Erinnerungen nicht aus dem Gedächtnis verbannen. Seitdem die Frau auf dem Stuhl einen Namen und ein Gesicht hatte, begann dieser dunkle Punkt in meinem Leben an meiner Seele zu fressen. Ich wünschte, alles ungeschehen machen zu können. Statt Leben zu beseitigen, verspürte ich in mir den unbezähmbaren Drang, so viele Leben zu retten, wie mir möglich war. Charlotte konnte es zwar nicht verstehen, doch ich musste, vor allem auch um unserer Zukunft willen, das Vertrauen der Regierung und des Generals gewinnen. Ich strengte daher alle meine Kräfte an, als erster Wundarzt des riesigen Expeditionsheeres hinsichtlich der Vorbereitungen nichts, aber auch gar nichts dem Zufall zu überlassen. Doch wie sollte ich das alles meiner Frau begreiflich machen?

Mir war längst bewusst, dass die lange Abwesenheit von Paris in ihr auch die Sehnsucht nach der gehobenen Gesellschaft wieder wachrief. Als Tochter des ehemaligen Finanzministers war sie in Wohlstand aufgewachsen und hatte jene verfeinerte Lebensart genossen, die unter den reichen Bürgern der Pariser Gesellschaft üblich war. Doch Paris war weit weg, und Toulouse war mit dem Mittelpunkt Frankreichs nicht zu vergleichen.

Ich nahm Charlotte sanft bei den Schultern: »Glaube mir, auch ich werde dich vermissen.« Dann sagte ich ihr, obwohl es mir darauf gar nicht so sehr ankam: »Ich tu es doch für uns und unser Kind. Nur durch diese Expedition, wohin sie mich auch führen mag, werde ich schnell aufsteigen!«

Daraufhin schlang sie beide Arme um meinen Hals. »Aufstieg hin, Aufstieg her! Du weißt, wohin dich Bonaparte zwingt. Sag mir bitte, wann du wieder zurückkommen wirst.«

Ich wollte sie nicht gefährden, indem ich das Ziel unserer Flotte preisgab. Deshalb wich ich ihrer Frage aus: »Das werde ich dir gleich mit der ersten Post mitteilen können, denn auf See wird der General seine Karten sicher auf den Tisch legen.«

Charlotte blieb hartnäckig. »Ich bin deine Frau, du kannst mir alles anvertrauen.«

Ich nahm ihren Kopf in meine Hände: »Mein Engel, jeder in Toulon weiß, dass der britische Admiral Nelson unweit von hier verbissen versucht, die Blockade Toulons aufrechtzuerhalten. Vielleicht sind schon nach wenigen Seemeilen alle Pläne Makulatur. Doch sollten wir die englische Blockade durchbrechen, gibt es außer dem Direktorium in Paris nur einen einzigen Menschen drüben auf der ORIENT, der genau weiß, wohin die Flotte segeln wird. Ehrlich gesagt, es würde mich wundern, wenn Bonaparte uns auch noch über die Dauer der Reise eine Antwort geben würde.«

Charlotte nahm meine Hände in die ihren und sah mich zweifelnd an: »Ein Geheimnis ist wie ein Loch im Gewand. Je mehr man es zu verbergen sucht, umso mehr zeigt man es.«

»Ich verstehe nicht …?«

»Ich denke da an dein Gespräch vor drei Tagen mit Desgenettes. Warum habt ihr euch so intensiv über den Nilstrom ausgetauscht?«

»Nilstrom? Also, René hat die Aufgabe den Ausbruch von Seuchen zu vermeiden. Es ging dabei um Schriften aus Bologna, die er aus Italien mitbrachte, in denen ein Vergleich zwischen Po- und Nilwasser angestellt wurde.«

Charlotte seufzte resignierend. Nach Augenblicken des Schweigens sagte sie mit fester Stimme: »Jean-Dominique, sieh mich bitte an! Versprich mir, dass es diesmal das letzte Mal ist. Versprich mir, dass wir zurückkehren werden nach Paris, und versprich mir, dass du am Val-de-Grâce bleiben wirst.«

Ihre Eindringlichkeit berührte meine Seele. Ich hielt ihrem Blick stand und log: »Ich verspreche es dir!«

Spät nach Mitternacht wurde ich wach. Türen und Fenster schlugen wie wild im böigen Wind, Glas splitterte. Blitze zuckten grell, und dumpfes, drohendes Grollen kündigte von einem nahenden Unwetter. In den Gassen brüllten Menschen: »Zu den Schiffen!«

Wenige Minuten später öffnete der Himmel seine Schleusen. Toulon wurde ertränkt. Heftige Sturmböen, vermischt mit Hagel, fegten über die Dächer und durch die Gassen. Die Temperatur sank rapide. Meine Sorge galt den Versorgungsschiffen draußen auf der Reede. Ein Schiff war verloren, sollte bei so einem Unwetter der Anker nicht halten. Kapitäne, Offiziere und Matrosen wurden auf eine harte Probe gestellt. An Schlaf war nicht zu denken. Ich arbeitete mich durch Listen und Briefe, während Charlotte trotz des tobenden Unwetters Schlaf zu finden versuchte. Als ich zurück ins Bett kam, griff sie meine Hand, und wir hielten uns fest. Als es dämmerte, trommelte jemand wild an unsere Tür.

»Wer da?«, rief ich schlaftrunken.

»Antoine!«

Ich öffnete und erblickte meinen persönlichen Adjutanten, der mir, nass bis auf die Haut, einen gesiegelten Brief mit den Worten

»Von Bonaparte!« durch den Türspalt reichte. Hastig fetzte ich das Siegel auf und las:

Toulon, an Bord der Orient
den 23. Prairial, im Jahre VI

An den Chefchirurgen Bürger Larrey.

Ich erwarte Sie und Bürger Desgenettes um 12.00 Uhr an Deck der Orient. Sorgen Sie dafür, dass Ihr persönliches Gepäck mit an Bord gebracht wird.

Bonaparte

Der oberste General war seit dem 9. Mai in Toulon. Gleich am Abend seiner Ankunft hatte ihm zu Ehren eine große Beleuchtung der Stadt und des Hafens stattgefunden. Auch an mich war dazu eine Einladung ergangen. Damals grübelte ich noch über die Absichten Bonapartes. Der kurze Brief diesmal ließ jedoch keine Fragen offen.

Das Unwetter ließ nicht nach. Blitz und Donner hatten sich zwar verzogen, doch Sturm und Regen hatten eher noch zugelegt. Der Seegang musste auch auf der Reede beträchtlich sein. Wie sollten wir da auf die ORIENT gelangen?

Grübelnd ließ ich mich auf das Bett nieder. Plötzlich hörte ich Charlotte fragen: »Was ist? Wer war das?«

»Antoine. Er hat mir eine Depesche Bonapartes überbracht. Ich bin auf das Admiralsschiff befohlen. Mit Gepäck!«

Charlotte saß plötzlich senkrecht im Bett, lauschte auf den Sturm und sagte entsetzt: »Nein! Nicht schon heute!«

»Ich muss!«

»Was? Bei diesem Wetter?«

»Der Sturm hat sich bis Mittag sicher gelegt.«

Erst jetzt war sich meine Frau bewusst, dass der Tag des Abschieds angebrochen war. Spontan zog sie mich zurück auf das Laken. »Ich habe Angst, dich loszulassen. Habe Angst, dass es das letzte Mal sein könnte«, brach es aus ihr heraus. Ich hielt sie umschlungen. Nur zögerlich begann sie sich in das Unvermeidliche zu fügen.

Ich hatte Recht behalten. Sturm und Regen hatten eine kleine Pause eingelegt. Charlotte trug ein weites, blütenweißes Kleid, das der Wind um ihren schwangeren Leib flattern ließ. Als wir auf der Mole Abschied voneinander nahmen, flüsterte sie mir ins Ohr: »Ich werde auf dich warten. Und wenn du dann endlich kommst, werde ich sitzen bleiben mit verschränkten Armen über meinen Knien, damit du nicht zu früh erfährst, mit welcher Sehnsucht ich dich erwarte.«

Mehrere Ruderbarkassen lagen bereit, um mehr als einhundert Zivilisten und Offiziere aufzunehmen. Zusammen mit René und einer Gruppe Gelehrter aus allen Teilen Frankreichs stieg ich in die Barkasse, die uns zur ORIENT übersetzen sollte. Ich erkannte den Mathematiker Gaspard Monge aus Mézières sowie den Chemiker Claude Berthollet und den Physiker Jean-Baptiste Joseph Fourier, die beide aus Paris angereist waren. Durchnässt und windzersaust, doch froh, den ersten Teil des Abenteuers heil überstanden zu haben, kletterten wir über die Fallreepstreppe die haushohe Bordwand hoch und betraten über die Pforte der Mitteldeckbatterie die Planken des Linienschiffes.

Sofort umwehte Geruch von Erbrochenem penetrant meine Nase. Die bewegte See forderte auf dem vor Anker liegenden Flaggschiff vor allem unter den Landtruppen schon ihren Tribut. Belüftung und Reinigung taten Not. Nicht jeder Soldat an Bord hatte zur rechten Zeit einen Kübel zu Hand. Wenn einer spie, waren bald alle damit an der Reihe. Ich nahm mir vor, sogleich dafür zu sorgen, dass Fencheltee gebraut wurde. Meine Arbeit an Bord hatte begonnen.

Pünktlich zum Glasen der Schiffsglocke standen wir auf dem Achterdeck des prächtig renovierten und mächtigen Admiralsschiffs. Die Hälfte der Passagiere war schon nach weniger als einer halben Meile in den kurzen steilen Wellen seekrank geworden. Trotz dieser Unpässlichkeiten formierten wir uns rasch, als uns Bonaparte angekündigt wurde. Er erschien im Gefolge von fünf seiner elf Adjutanten: Duroc, Jullien, Junot, Eugen Beauharnais und Marmont. Einige Schritte dahinter der erst kürzlich ernannte Vizeadmiral François Paul Brueys d'Aigalliers und danach die Konteradmirale Blanquet-Duchayla, Villeneuve, Decrés und Ganteaume. Vom Poopdeck kamen die besten Generäle der Republik, die Blüte der fünf französischen Heeresdivisionen, die steile Treppe herab: Désaix, Kleber, Baraguay, Reynier und Bon, dazu Dumas, der die Reiterei, und Caffarelli du Falga, der die Pioniere befehligte, Dommartin, der das Kommando über die Heeresartillerie hatte, und Bessieres, der die Guiden, Bonapartes Leibwache, anführte. Die meisten der Generäle und Soldaten waren mit Bonaparte siegreich durch Italien gezogen.

Regenböen wehten unablässig über das Deck. Ohne Umschweife kam Bonaparte zur Sache: »Bürger Admirale, Generäle, Professoren und Doktoren der Medizin und Wissenschaften! Ich begrüße Sie im Namen der Republik und des Direktoriums. Auf Ihren Schultern ruht die gesamte Last und der Erfolg dieses Unternehmens. Werden Sie der großen Aufgabe gerecht, der wir uns zu stellen haben. Der Sturm ist unser Verbündeter. Er hat die englischen Blockadeschiffe vertrieben. Zur frühen Morgenstunde habe ich daher befohlen, alle Vorbereitungen zu treffen, damit die Flotte innerhalb der nächsten vierundzwanzig Stunden auslaufen kann. Die Admirale begeben sich daher unverzüglich auf ihre Kriegsschiffe, die Generäle zu ihren Stäben. Der medizinische Stab und die Herren Gelehrten werden auf die Linienschiffe aufgeteilt. Ein Teil von Ihnen bleibt hier auf der Orient. Ihre Kajüten werden Ihnen zugewiesen. Treffen auch Sie Ihre Vorbereitungen.«

Damit war die Audienz beendet. Bonapartes Adjutant Junot verlas eine Liste mit den Namen derjenigen, die auf der ORIENT bleiben konnten. René und ich waren darunter. Eine besondere Ehre, die uns zuteil wurde. Bonaparte selbst hatte uns für diese Expedition ausgesucht.

Am nächsten Morgen wehte nur noch eine leichte Brise. Nachdem Bonaparte auf dem Poopdeck die Parade der Flotte abgenommen hatte, befahl Vizeadmiral Brueys »Anker auf!« und ließ die Segel setzen. Langsam nahm die ORIENT Fahrt auf. Kurz darauf erzitterte der Rumpf des Flaggschiffs. Die hölzerne Festung krängte nach Steuerbord, richtete sich aber dann wieder auf. Kein Zweifel, das überladene Linienschiff hatte in jenem Moment Grundberührung gehabt. Abergläubische Offiziere und Matrosen sahen darin ein schlechtes Zeichen. Bonaparte hatte sich nicht gerührt. Er war sich sicher, dass nichts diese Flotte mit ihren Zehntausenden von Soldaten aufhalten konnte.

Ich zeigte mich ebenfalls unbeeindruckt, nahm mein Fernrohr und richtete es hinüber auf die Hafenmole. Unter der einzigen Palme, die dort noch stand, sah ich eine weiße Gestalt schimmern. Das war für mich der schwerste Augenblick der ganzen Fahrt nach Ägypten …

III

Mittelmeer, Linienschiff Orient, Mai–Juni 1798

Seit Wochen drängten sich die Soldaten auf den völlig überfüllten Zwischendecks der Orient. Ein Großteil der »Landratten« erkrankte schon zu Beginn der Reise. Am häufigsten an der Seekrankheit. Die Soldaten wären am liebsten sofort gegen jeden Feind gezogen, als diesen äußerst quälenden Zustand noch länger ertragen zu müssen, und die Gelehrten wünschten sich zurück in ihre Akademien.

Die unschätzbare Lehre, die ich aus meiner Zeit als Schiffsarzt gezogen hatte, kam nun den Seekranken zugute. Es gab an Bord der Orient niemanden, der mich bei der Durchsetzung meiner Anordnungen nicht unterstützte. Dazu gehörte das rotierende Prinzip, das nach jedem Glasen den Wechsel von jeweils zweihundert Soldaten an der frischen Luft auf Deck vorsah. Tees und leichte Kost hielten die Auswirkungen der Seekrankheit in Grenzen. Lüftung, Reinigung der Decks, der Kleider und der Hängematten trugen weiterhin dazu bei.

Sicher war nicht auf jedem Schiff die Situation so beherrschbar gewesen wie auf dem Admiralsschiff. Doch meine wichtigste Aufgabe galt der Vermeidung des Ausbruchs der üblichen Seuchen wie Fleckfieber, Bauchtyphus, Ruhr und Krätze. Alle Maßnahmen, die damals auf der Vigilante getroffen wurden, wiederholten sich nun an Bord der Orient und, soweit meine Kontrolle reichte, auch auf den anderen Kriegs- und Transportschiffen. Doch eine grundlegende Besserung konnte erst am Tag des Landgangs erwartet werden.

Bonaparte trieb daher Brueys an, das Tempo der Flotte um jeden Preis zu steigern, damit man schneller ans Ziel kam. Doch die Geschwindigkeit richtete sich immer nach dem langsamsten Segler im Verband. Es sei denn, man wollte ihn vorsätzlich den möglichen Verfolgern preisgeben.

Die Flotte war inzwischen noch durch Divisionen aus Genua, Ajaccio und Civitavecchia verstärkt worden. Die imposante Streitmacht bestand nun aus fünfzehn Linienschiffen, ebenso vielen Fregatten, acht Korvetten und einer Anzahl kleinerer bewaffneter Segler. Zusammen ergab das an die zweitausend Geschütze als Bedeckung der dreihundert Transportschiffe, die vor allem die Expeditionstruppen an Bord genommen hatten.

Die Flotte segelte in bester Ordnung, in drei Reihen, bewacht durch schnelle Fregatten, die nach allen Richtungen der Seerose Erkundungen vornahmen. Doch von Nelsons Kriegsschiffen war nichts zu sehen, obwohl eine Entdeckung durch die Engländer jederzeit möglich schien, da die Flotte tagsüber eine Fläche von zwei oder gar vier Quadratmeilen einnahm.

Am 12. Juni war Malta von uns in Besitz genommen worden.

»Wir wollen an Land!«, begehrten die Soldaten auf. Doch am Ende umfasste Maltas neue Garnison nur rund dreitausend Mann. Weitere Truppen gingen auf der Nachbarinsel Gozo an Land, um sie in Besitz zu nehmen. Gleichzeitig wurde Frischwasser an Bord genommen und die Zeit zur Erholung genutzt. Große Teile des Heeres blieben allerdings auf den Schiffen, was dazu führte, dass sich die Stimmung unter den Zurückgebliebenen erheblich verschlechterte. Nur die Androhung drakonischer Strafen und deren gnadenloser Vollzug bei Übertretung der Vorschriften half die Disziplin aufrechtzuerhalten.

Der Schatz des Malteserordens wurde in Kisten auf unser Linienschiff gebracht und im Frachtraum verstaut. Die Beute muss beträchtlich gewesen sein, da Bonaparte sie sogar auf dem Schiff bewachen ließ. Mehrere hundert Mann des Malteser Regiments folgten uns nach Ägypten. Viele von ihnen sprachen Arabisch, was für uns von großer Wichtigkeit war. Die Divisionsgeneräle Vaubois und Chanez wurden als militärische Befehlshaber Maltas und als Kommandanten der Befestigungswerke in La Valetta zurückgelassen. Die Zivilregierung wurde einem Ausschuss von neun Mitgliedern anvertraut.

Junot, Bonapartes Adjutant, schilderte mir später die Szene, wie Bonaparte im Ordenssaal der Malteserritter langsam die Galerie der Ritterwappen abschritt. »Jahrhunderte hat es bedurft, um diesen Staat zu errichten. Mir genügen ein paar Stunden, um einen anderen Staat zu schaffen!« Geradezu schwärmend fuhr Junot fort: »Denken Sie nur, Bürger Larrey, mit dem Diktat von sechzehn Paragraphen hat er eine neue Inselverwaltung geschaffen und dabei alle Adelstitel abgeschafft! Sein Diktat dauerte keine halbe Stunde.«

René und ich organisierten innerhalb einer Woche den Sanitätsdienst, der für die Versorgung der auf der Insel zurückbleibenden Truppen notwendig war. Bonaparte gab unter anderem den Befehl, eine höhere Lehranstalt an Stelle der Universität anzulegen. Am 15. Juni lud er mich, einige Divisionsgeneräle und Gelehrte zu einem Abendessen, an dem auch die Mitglieder der neuen Regierung teilnahmen.

Der Wind stand günstig. Am 18. Juni erging der Befehl zur Einschiffung. Die Flotte nahm nicht den direkten Kurs nach Ägypten, sondern segelte auf der Höhe Kretas nach Osten, bevor sie auf Alexandria zuhielt.

Von Nelson und seinem Geschwader war indessen nichts zu sehen, was einem Wunder gleichkam. Der Glückstern strahlte über Bonaparte, wenngleich sich die Moral der Soldaten und Mannschaften zusehends verschlechterte. Die gebunkerte Nahrung und das Wasser begannen in der zunehmenden Hitze zu verderben. Entsprechende Meldungen, die von schnellen Kurierbooten täglich auf der ORIENT eingingen, verhießen nichts Gutes.

Die Offiziere, die Gelehrten und auch ich lebten und tafelten dagegen wie bei Hofe. Wir genossen alle Privilegien. Bonaparte sah darin nur ein äußeres Zeichen unserer Verantwortung, die wir trugen. Den Speiseraum des Admirals hatte Bonaparte in einen geselligen Salon verwandelt und lud darin im Wechsel Kapitäne, Divisions-, Brigadegeneräle und Wissenschaftler ein, die mit ihm das Mahl und die Abende teilten.

So tafelte ich abwechselnd mit Mathematikern, Astronomen, Ingenieuren, Geologen, Chemikern, Zoologen, Geographen, Mineralogen, Medizinern, Konstrukteuren, Graphikern und Druckern, Dolmetschern und Arabisten. Mit dem Mathematiker Gaspard Monge diskutierten wir in der Runde die Erfindung seiner Feuerspritze, die er sich schon mit vierzehn Jahren ausgedacht hatte, mit dem Chemiker Claude Berthollet die Indigoverarbeitung und seine neue Methode der Schießpulverherstellung und mit dem Astronomen Méchain die Bewegung der Himmelskörper. Anregend waren auch die Abende mit dem Physiker Jean Baptiste Fourier und dem Naturgelehrten Geoffrey Saint Hilaire, der über mumifizierte Tiere forschte und sich sicher war, damit der Entwicklungsgeschichte unserer Spezies auf der Spur zu sein. Der Chemiker Nicolas Conté beschäftigte sich mit der Ballonkriegsführung, und seine Visionen darüber klangen derart glaubwürdig, dass die Stunden mit ihm wie im Fluge vergingen. An der Tafel saßen auch der Mineraloge Gratet de Dolomieu, Namensgeber für die Dolomiten, der sich auf die Analyse des Wüstensandes freute, der Orientalist Venture und der Kartograf Jaubert Jacotin sowie der Archäologe Jomard und sein bester Freund Norry, der die Aufgabe hatte, die Altertümer zu dokumentieren und zu vermessen. Abwechselnd aufgefüllt wurde die Runde mit den Dichtern Parséval de Grandmaison, Riget und Villoteau, dem Pianisten Rigel und den Malern und Grafikern Redouté und Denon.

Die Unterhaltungen zogen sich oft bis zum Sonnenaufgang hin. Konzentriert hörte Bonaparte zu, wenn Geschichtsschreiber, Korangelehrte, Ägyptologen über Lage der Stämme, ihre Länder, Gebräuche, Gewohnheiten, Herkunft und Vergehen berichteten. Er interessierte sich für jedes Thema. Eine Nacht lang beherrschte das Thema »Einbalsamierung einer Leiche und deren Mumifizierung« die Gesprächsrunde, eine andere Nacht ließ er sich über die praktische Medizin der Pharaonen, über Beschneidungen und über die Behandlung von Bissen durch Krokodile und andere wilde Tiere berichten.

Sein besonderes Interesse galt dem Ausbruch möglicher Seuchen und deren Eindämmung. Schon deshalb, da er darin die größte Gefahr für den Erfolg des Feldzugs sah. Seine Fragen prasselten auf mich nieder:

»Bürger Larrey, welche Erkrankungen sind in den Wüstenzonen zu erwarten? Welche Vorkehrungen werden gegen Epidemien getroffen? Was gedenken Sie zu tun, wenn die Pest ausbrechen sollte?«

Bonaparte sah weit in die Ferne, während mir die eingepferchten Soldaten auf den engen Decks der Transportschiffe die größten Sorgen bereiteten. Die Gefahr auf See nahm mit jedem Tag zu. Jederzeit konnte die Ruhr ausbrechen. Nur die Einhaltung der peinlich genauen Vorschriften zur Reinlichkeit – Lüftung der Decks, tägliches Abpumpen des Bilgenwassers und Vermeidung des Genusses von fauligem Wasser – konnte helfen, den drohenden Ausbruch der Seuche zu vermeiden. Die Folgen wären verheerend gewesen …

Ich erinnerte mich an meine Zeit in der Rheinarmee. Wochenlang war damals unaufhörlich Regen gefallen, bis die Wege und Ortschaften im Schlamm versanken.

Beim Feind, den Preußen, grassierte die Ruhr. Bald waren zwei Drittel ihres Heeres derart geschwächt, sodass sie es nicht mehr wagen konnten, uns entgegenzutreten. Kurz darauf befand sich der Gegner in Auflösung.

Das schreckliche Schicksal der Ruhrkranken, die man infolge des überstürzten Rückzugs nicht hatte mitnehmen können und aus Angst vor Ansteckung auch nicht mitzunehmen wagte, hatte mir damals bereits zu denken gegeben. In Ermangelung von frischem Wasser sah ich manchen Verwundeten am Rande der Straße seinen Durst aus einer Pfütze löschen, die sich in dem Huftritt eines Pferdes gebildet hatte. Kranke und Verwundete lagen im Schlamm, sahen aus wie Leichen und hatten kaum die Kraft, sich fortzuschleppen. Sie waren gefangen zwischen Not und Qual, inmitten von Pferdekadavern und Kot.

Blankes Entsetzen packte mich ebenso, als ich das Lazarett von Verdun betrat. Die Eingangshalle schwamm vor Exkrementen, und in diesem Unflat sah ich noch verwesende Leichen liegen. Ein solch mephytischer Gestank trat mir entgegen, dass ich fast in Ohnmacht fiel. Kein freier Fleck war zu finden, um unbesudelt einzutreten. Die Erkrankten waren zu schwach, um den Abtritt zu erreichen, und Nachtstühle gab es nicht. Die Unglücklichen schleppten sich gerade noch bis vor die Stube und verrichteten dort ihre Notdurft.

Es gab niemanden, der sich um die Siechenden kümmerte. Ich fand einen hinfälligen Krankenwärter, einen alten steifen Krüppel, der selbst an der Ruhr litt. Kurz bevor er starb, erzählte er mir noch, dass er Soldat gewesen sei und für den Dienst im Lazarett nie eine Ausbildung erfahren habe.

Die Sterbenden waren auf sich allein gestellt. Niemand räucherte, auch wurden die Fenster niemals geöffnet, und wo eine Scheibe fehlte, da war die Öffnung mit Lumpen zugestopft. Die meisten lagen auf bloßem Stroh, manche gar auf dem harten Boden. Es gab keine Decken und keine Waschgelegenheiten. Die Verlorenen mussten sich mit ihren elenden Lumpen zudecken, und da diese ganz voll Ungeziefer waren, wurden sie beinahe bei lebendigem Leib gefressen. Aus Mangel an Pflege und Nahrung raffte der Tod noch in gleicher Nacht mehr als die Hälfte dahin. Sie wären bei guter Pflege zu retten gewesen.

Doch während der Stunden des üppigen Mahls und der anregenden Gespräche dachte keiner an den Ausbruch einer möglichen Seuche in der Flotte. Keiner in der Runde langweilte sich, jeder war froh, wenn Bonaparte ihn wieder zu Tisch lud.

Eines Abends, als ich ihn auf die Kritik der Soldaten ansprach, die immer deutlicher die höfischen Sitten in der Offiziersmesse anprangerten, reagierte er gelassen und fegte sie mit den Worten vom Tisch: »Meine Herren! Ordnung, Disziplin und Hierarchie sind notwendiger denn je. Vor allem auf dem Meer und erst recht in der Wüste, wenn wir nach Kairo marschieren! Morgen ergeht mein Befehl an das Heer. Ihnen allen möchte ich jedoch heute schon sagen: Die Eroberung Ägyptens darf nicht von Gier nach Gold und Reichtümern geleitet sein. Sie soll vielmehr Frankreichs Politik und dem Handel dienen. Außerdem ist es notwendig, dass Wissenschaften und Künste davon profitieren. Wir leben nicht mehr in jenen Zeiten, wo die Eroberer nur zerstörten, wo sie ihre Armeen auch hinbrachten. Dem gegenüber sollten die Franzosen heute nicht nur die Gesetze, Gebräuche und Sitten, sondern auch die Ansichten des Volkes in den okkupierten Territorien respektieren. Es ist nur eine Frage der Zeit, dass die Vernunft die Bildung und auch die Philosophie verändern wird. Die Lichter des Jahrhunderts sind vorbereitet worden, ihre Anwendung kommt jeden Tag näher. Das Ziel, welches wir uns setzen, ist: Ägypten bekannt werden zu lassen. Nicht nur den Franzosen, sondern Frankreich und Europa! Die meisten Reisenden haben bisher nichts als die Ufer des Nils und einige begrenzte Bereiche gesehen: den Aberglauben, das Misstrauen der Bevölkerung, den Sprachunterschied und die Angst, die durch die Gegenwart von Fremden hervorgerufen wird, weil sie an die einstigen Unterdrücker des Landes erinnert. Dies muss anders werden. Als Beherrscher Ägyptens können wir seine Sitten und Gebräuche studieren, auf genaueste Art die Natur des Klimas kennen lernen, die Qualität der örtlichen Produktion, den aktuellen Stand der Landwirtschaft, die sehr raffinierte Bewässerung. Wir können mit Sicherheit die antiken Monumente untersuchen und mit Sorgfalt die Einzigartigkeiten der Natur beobachten.«

Bonaparte nahm einen kräftigen Zug aus seinem Weinglas, atmete tief durch, und nach einer Weile allgemeinen Schweigens fuhr er fort: »So werden die Fehler von Ignoranz und übertriebenem Enthusiasmus ausgeglichen. An dieser Stelle ist jedes Individuum und sein Schutz von allgemeinem Interesse.«

Daraufhin fixierte er mich. »Deshalb werden genaue Beobachtungen über Krankheiten, Temperaturen und klimatische Verhältnisse gemacht. Bei diesen nützlichen Arbeiten werden sicher Wege und Mittel gefunden, die diesen Schutz sicherstellen.«

In meinen Augen hatte er den Zeitpunkt exakt gewählt, um sein Wort nicht nur an uns, sondern vor allem auch an die Soldaten zu richten. Zur gleichen Zeit wie auf dem Flaggschiff wurde am Morgen danach der Armeebefehl Bonapartes auf allen anderen Schiffen der Orientflotte verkündet. Die Katze war aus dem Sack:

Soldaten!

Das Ziel unserer Expedition ist Ägypten! Vor zwei Jahren habe ich euer Kommando übernommen. Damals lagt ihr bei Genua in Flusstälern und größtem Elend, es fehlte euch an allem, selbst eure Uhren hattet ihr geopfert, um überleben zu können. Ich habe damals versprochen, euch nach Italien zu führen und eure Not zu beenden. Ich hatte Wort gehalten!

Nun müsst ihr wissen, dass ihr noch nicht genug für die Heimat getan habt und dass die Heimat noch nicht genug für euch getan hat. Ich werde euch in ein Land führen, wo ihr durch eure künftigen Taten jene noch überbieten werdet, die heute schon eure Bewunderer in Erstaunen versetzen. Ihr steht im Begriff, eine Eroberung zu machen, deren Folgen für die menschliche Kultur und den Handel der Welt unabsehbar sind. Ihr bringt England den sichersten und empfindlichsten Schlag bei, bis ihr ihm endlich den Todesstoß versetzen werdet. Wir werden einige ermüdende Märsche machen, mehrere Gefechte liefern, wir werden siegen, das Geschick ist für uns.

Die Völker, mit denen wir zusammentreffen werden, behandeln ihre Frauen anders als wir; gleichwohl, wer ihnen Gewalt antut, ist überall ein Scheusal. Plünderung bereichert nur wenige, entehrt alle, zerstört die Hilfsquellen und macht uns denen verhasst, die zu Freunden zu haben unser Interesse erfordert.

Die erste Stadt auf unserem Weg hat Alexander erbaut. Bei jedem Schritt werden wir Erinnerungen großer Taten begegnen, würdig von Franzosen nachgeahmt zu werden! Ihr werdet der Heimat jene Dienste leisten, die sie von einer unbesiegbaren Armee mit Recht erwartet. Ich verspreche, dass jeder Soldat bei seiner Rückkehr genügend besitzt, um sich sechs Morgen Land zu kaufen.

Es lebe die Republik!

Aus Hunderten von Soldatenkehlen donnerte es zurück: »Es lebe die Republik!«

Auf Befehl Bonapartes hatte sich ein Musikerkorps auf dem Hauptdeck versammelt. Im Chor stimmte man nun von Schiff zu Schiff den Chant du Départ an, das Aufbruchslied, das seit dem Tod Robespierres in allen Armeen gesungen wurde.

Unser Sieg sprengt singend alle Schranken,
Und die Freiheit führt uns an,
Von Nord bis Süd erklingen Kriegstrompeten.
Die Zeit des Kampfes bricht jetzt an.
Frankreichs Feinde seht euch vor!

Die Republik, sie ruft uns nun zusammen,
Jetzt heißt es siegen oder sterben.
Für sie muss ein Franzose nun leben,
Ein Franzose muss sterben für sie …

Die Menschen waren verwandelt, als wäre über ihnen die strahlende Sonne einer wunderbaren Verheißung aufgegangen. Eine solch heitere Gelöstheit an Deck hatte ich nur während des Auslaufens aus Toulon empfunden. Nur noch wenige Tage, dann würde das Martyrium für die Soldaten vorbei sein.

Ich war froh, dass bis dahin keine Seuchen auf den Schiffen ausgebrochen waren. So verweilte ich in den Abendstunden am Bug auf der Back, ergötzte mich am schäumenden Wellenbild und blickte ringsum auf den Konvoi, dessen geblähte Segel das Meer majestätisch zierten wie einen mit weißen Standarten herausgeputzten Turnierplatz. Zwei, drei Tage noch, dann würde auch ich das Land der Pharaonen betreten.

Da ich schon zu Beginn in die Pläne Bonapartes eingeweiht gewesen war, hatte ich die Zeit an Bord genutzt, um aus den besten medizinischen Werken alles ermitteln zu lassen, was an Epidemien in Ägypten auftreten konnte. Antoine Venture und Pierre Megalon, meine beiden Adjutanten, würden als Dolmetscher fungieren, da sie einige Jahre in Ägypten verbracht hatten. Sie leisteten mir ebenso große Hilfe bei der Übersetzung medizinischer Abhandlungen aus dem Arabischen ins Französische. Die durch das Aushebungsgesetz ihrem medizinischen Beruf entrissenen jungen Leute, beide um die fünfundzwanzig, hatten es natürlich vorgezogen, ihre Studien auf dem Schlachtfeld fortzusetzen, als sich dem Dienst mit der Waffe zu unterziehen. Die studierten und hilfsbereiten Männer taten in jenen Wochen alles, um mich bei meiner Arbeit auf dem Flaggschiff und bei meinen Vorbereitungen auf den Feldzug zu unterstützen. Zwischen ihnen und den anderen Hilfschirurgen entwickelte sich schnell eine Gesinnungsgemeinschaft, mit der sie die Situation an Bord vortrefflich meisterten.

Antoine war der einzige Sohn eines Sachverwalters in der Bretagne. Seinen Jungen hatte der Vater früh den Jesuiten anvertraut. Antoine wollte aber nur arbeiten, wenn es ihm passte, und stellte sich in Tagträumen lieber die Helden Homers vor. Kam es zum Streit zwischen ihm und einem seiner Kameraden, so endete der Kampf selten ohne Blutvergießen. Er war abwechselnd energisch oder passiv, stumpf oder zu intelligent. Sein seltsamer Charakter machte ihn für Lehrer und Kameraden in gleicher Weise unzugänglich. Doch seine natürliche Neugier für alle Bereiche, die den Menschen ausmachen, weckte in ihm die Begeisterung für das Studium der Medizin. Seine Reisen führten ihn über Athen, Istanbul, Bagdad und Sana im Jemen bis nach Kairo. Er war der geistige Antreiber, geschickt in der Handhabung der Instrumente, zupackend, schnell in der Auffassung und schnell im Urteil.

Ganz im Gegensatz zu Pierre, der aus einer begüterten, aber einfachen Bürgerfamilie aus Cotignac stammte, einem Nest in der Haute de Provence. In ihm hatten sich die sanften Sitten und die provinziale Ehrbarkeit weitervererbt. Er war der Forscher von beiden. Ein präziser Verstand, der abwog, hinterfragte und sein Urteil erst dann fällte, wenn sich die Beweislage als unumstößlich darstellte. Auch er ein chirurgisches Talent. Über Rom, Sizilien und Malta war er mit einem Handelsschiff der Malteser nach Alexandria gekommen, hatte Ägypten und Syrien bereist, von wo aus er nach vier Jahren mit dem Schiff nach Marseille zurückkehrte.

Neben der Chirurgie vereinte beide eine weitere Leidenschaft. Wir waren kaum aus Toulon ausgelaufen, als ich hörte, wie die beiden von Weibern und von der Liebe plauderten. Vielleicht trug auch der quälende Verzicht auf schön geschweifte Augenbrauen, dichte Wimpern, zauberhafte Brüste, Rundungen weiblicher Hüften, wohlgeformte lange Beine, seidige, süß duftende Haut von Frauen dazu bei, dass die anfänglich schamhafte Zurückhaltung bei der Schilderung erlebter Sinnlichkeiten dahinschmolz wie Fett in der Sonne. Bald gab es keine Beschränkungen mehr, und nach wenigen Wochen schwammen wir geradezu, im besten Glauben an die Wahrhaftigkeit, in einem grenzenlosen Ozean nie durchlebter erotischer Fantasien …

Als ich in die Doppelkajüte eintrat, fragte ich neugierig: »Gibt es neue Erkenntnisse?«

Antoine und Pierre waren gerade dabei, eine Übersetzung abzuschließen. Es handelte sich um die arabische Kopie einer Papyrusrolle von drei Metern Länge. Die Blätter der französischen Übersetzung bedeckten Tisch, Koje und Planken.

Antoine erwiderte: »Abgesehen von einigen Beschwörungsformeln gegen die Pest und etlichen kosmetischen Rezepturen widmet sich der Autor ganz der Wundheilkunde. Bedauerlicherweise hat der Kopist mitten im achtundzwanzigsten Kapitel die Feder – oder den Binsenhalm – aus der Hand gelegt.«

Ich überflog die übersetzten Seiten, die mir Pierre reichte. Alles was ich las, waren Fakten und keine Magie.

Pierre, der sich die letzten Seiten vorgenommen hatte, meinte: »Es gibt weder Krankheiten ohne Heilung noch Zaubersprüche, die als Heilmittel empfohlen werden. Die Abhandlung enthält genau beobachtete und beschriebene Verletzungen, deren Äußerlichkeiten man mit natürlichen Methoden behandelte. Allerdings habe ich den Eindruck, die ägyptischen Ärzte hatten nur rudimentäre anatomische Kenntnisse.«

Ich überflog die Seite. »Offensichtlich gibt es keinen allgemeinen Terminus für Skelett. Auch keine genauere Unterscheidung der Muskeln, der Bänder, der Sehnen und der Nerven.« Dann fragte ich Antoine: »Wie steht es mit den Augenkrankheiten?«

»Lidentzündungen, das Gerstenkorn, das Ektropion, die Umstülpung des freien Randes eines Augenlides und vor allem das Trachom finden Erwähnung. Die Ägypter nennen es nehat, was so viel wie Körnerkrankheit bedeutet.«

»Therapien?«

»Keine echte Beschreibung chirurgischer Therapien, dafür eine Vielfalt von Rezepten.« Antoine reichte mir ein weiteres Blatt, auf dem er alle verwendeten Augenheilmittel notiert hatte. Ein Blick darauf zeigte mir, dass alles Verfügbare genutzt wurde. Aus dem Pflanzenreich kamen Safran, Myrrhe, Weihrauch und Akazie, aus dem Tierreich stammten vor allem die Bindemittel wie Schweine- und Gänsefett, Honig und Milch, aber auch Galle, Leber, Hirn und das Blut von verschiedenen Tieren. Aus dem Mineralreich wurden Kupfersulfate zur Behandlung von Bindehautentzündungen eingesetzt. Eisenoxyde, Bleisalze, Lapislazulipulver und Antimon wurden dagegen zum Schminken der Augenlider verwendet.

Antoine fuhr fort: »Das physiologische Wissen über das Auge war offenbar bei den Ägyptern weit entwickelt.«

»Ja, auch die therapeutischen Kenntnisse sind erstaunlich.«

Antoine reichte mir ein weiteres Pergament. »Andererseits gab es auch barbarische Strafen. Hier steht: ›… wenn ihr mit dem Operationsmesser den hoot amt irit öffnet‹, was wohl Pupille bedeutet, ›und der Kranke das Auge verliert, so soll dem Arzt die Hand abgehackt werden …‹«

»Diese Androhung würde auch bei uns in Paris die Arbeit mancher Chirurgen erheblich verbessern helfen«, versetzte ich.

Schallendes Gelächter war die Antwort.

Mit einem Bündel Papier unterm Arm wollte ich mich in meine Kajüte begeben, als mir noch ein wichtiger Punkt einfiel. »Pierre, was hast du über die Spitäler in Alexandria herausgefunden?«

Pierre zog eine Zeichnung hervor. Es war der Lageplan Alexandrias. »Ich habe das Kapuzinerkloster mit einem Kreis versehen«, sagte er.

»Wie viele Verwundete könnte man dort unterbringen?«

»Vielleicht fünfzig bis siebzig. Mehr sicherlich nicht.«

»Wenn wir dort sind, werden wir ein richtiges Hospital daraus machen! Gute Nacht!«

Ich wollte noch einen letzten Brief an Charlotte schreiben, damit er von der Fregatte, die Bonaparte in aller Frühe mit Berichten und Post an das Direktorium nach Toulon auszusenden gedachte, mitgenommen werden konnte.

Admiralsschiff Orient
28. Juli 1798

Meine geliebte Frau,

die Reise unserer Flotte, wie sie in ihrer Größe das Mare Méditerranée noch nie gesehen hat, nähert sich ihrem Ziel. Gut vierzig Tage sind wir nun auf See. Und es wird Zeit. Zwei Tage noch bis Alexandria. Eine andere Ära beginnt schon bald: für die Welt und für Frankreich. Man wird auch in Toulouse bald darüber sprechen.

Unselige Geschäftigkeit verzehrt daher oft den himmlischen

Anflug der entspannenden Nacht. Und wenn sie Herrschaft über mich gewinnt, wird sie zur sehnsuchtsvollen, unruhigen, quälenden Dunkelheit, denn ich liege hier allein. Weit zurück liegen die letzten Stunden mit dir in Toulon. Wann werden wir uns wiedersehen? Wie oft muss der Morgen ohne dich noch wiederkommen? Bis zu diesem Tage weiß ich darauf noch keine Antwort. Gestalt hat für uns nur, was wir überschauen können; in diesen Zeiten aber sind wir umfangen wie Embryonen von dem Leib der Mutter. Sind wir schon eine Familie? Habe ich einen Sohn?

Dein dich ewig liebender Mann
Jean-Dominique Larrey

Kurz darauf kletterte ich in meine Bettkiste und blieb lange regungslos auf dem Rücken liegen. Ich schloss die Augen. Die Bewegung des Schiffes war majestätisch – langsam rollend. Ich dachte an nichts. Bruchstücke von Gedanken, Bilder aus meiner Jugend, Gesichter von Menschen, deren Namen ich nicht einmal kannte und die mir nur ein einziges Mal begegnet waren, zogen vor meinem inneren Auge vorbei. Kranke in Toulouse und in Paris, die ich behandelt hatte, Sturmbilder auf der VIGILANTE lösten sich ab mit Bildern von staubigen Straßen, die ich entlanggewandert war und an die ich mich nie zuvor erinnert hatte. Da war der Flötenspieler im Verlies von Brest. Schmutzige Hinterhöfe, Hintertreppen in Paris … Die Bilder verschwammen und drehten sich wie im Strudel eines abfließenden Wassers. Manche wollte ich festhalten, manche versanken sofort oder erloschen. Mir war wohl dabei, denn ich schwamm mit ihnen und hatte ein angenehmes Gefühl. Irgendwann fing ich an zu träumen. Ich war in Paris. Das Bild der jungen Frau auf dem Stuhl. Ihre Beine wippten, und unter dem Tuch kroch plötzlich ein blutender Fötus hervor, der mich verzweifelt ansah und seine kleinen Hände nach mir ausstreckte. Plötzlich tauchte das Gesicht der hübschen Jacqueline auf, die in Wirklichkeit Thérèse Sorel hieß. Sie schrie mich an: »Wie konntest du es wagen, zur Kürette zu greifen und dich mit unschuldigem Blut zu beflecken?«

Schlagartig war ich hellwach. Das Ganze war doch Unsinn! Ich wollte das schauerliche Bild aus meinem Kopf verdrängen, doch es gelang mir nicht. Obwohl es sehr warm in meiner Kajüte war, begann ich zu frösteln.

»Verdammt sei Banville!«, sagte ich in einem Ton, als würde ein anderer für mich sprechen. Ich richtete mich auf. »Ach, was für eine zitternde Kreatur bin ich eigentlich? Wo ich doch eine wunderbare und achtbare Aufgabe vor mir habe. Ich werde Menschenleben retten und nicht töten! Darum bin ich auserwählt, dafür bin ich hier auf diesem Schiff.«

Ich legte mich wieder hin, konnte aber keinen Schlaf finden. Mir war auf einmal heiß, und mein Haar war nass von Schweiß. Ich musste etwas herausfinden, sobald ich wieder in Paris zurück wäre. Ich hatte es plötzlich eilig, etwas zu tun. Aber was? Ein Gedanke schoss mir durch den Kopf. Je mehr ich ihn wälzte, umso heftiger klopfte mein Herz. Dann sprang ich aus meiner Bettkiste, entzündete wieder die Öllampe und begann einen Brief an Thérèse Sorel zu schreiben.

Admiralsschiff Orient
28. Juli 1798

Verehrte Jacqueline,

Sie geraten sicher in Erstaunen, einen Brief von mir zu erhalten. Wenn Ägypten und Frankreich auch einige tausend Seemeilen trennen, so ist mir mein Besuch im Salon von Madame Tallien immer gegenwärtig. Niemand kann sagen, wann die Armeen Bonapartes in unser geliebtes Frankreich zurückkehren werden, doch der Tag wird kommen, an dem ich das nachholen werde, was mir beim letzen Besuch bei Madame Tallien versagt blieb: Sie zu treffen.

Ich werde meine ganze Kunst dafür einsetzen, dass wir gesund heimkehren können, denn wo Gefahr ist, gibt es auch Rettung.

Ihr ergebener Jean-Dominique Larrey

IV

Fort Marabut – Alexandria,
2.–3. Juli 1798

Kurz nach Mitternacht setzte ich meinen Fuß auf ägyptischen Boden. Jubelschreie ohne Ende gellten durch die mondhelle Nacht, und mit jedem Boot, das auf den Strand aufsetzte, kochte der Freudentaumel erneut hoch.

Zehntausende Männer aus vielen Städten und Ortschaften Frankreichs waren auf Befehl Napoléons in den Orient transportiert worden, und sie alle träumten nach vierzig Tagen auf See von festem Boden unter den Füßen und von fetter Beute. Besonders vom Gold der Pharaonen, doch auch von wundersamen Nächten am Nil und von luxuriösen Bädern in paradiesisch blühenden Lustgärten. Kaum einer dachte in jenem Moment daran, Ruhm, Glanz und Ehre für Frankreich zu gewinnen.

Einer jedoch, der unweit von mir am Ufer stand, seine Generäle vehement zur Eile antrieb und die Landung der Boote mit Ungeduld beobachtete, hatte sich vorgenommen, militärisches Kalkül mit dem Zugriff auf das Schicksal zu verbinden und es Alexander und Caesar gleichzutun.

Was würden wir am Ende sein? Sieger oder Verlierer? Für mich war das damals zweitrangig, denn an den Gestaden Ägyptens waren wir in jener denkwürdigen Stunde noch alle am Leben. Und wer wollte sich in diesem einzigartigen Augenblick schon Sorgen machen und fragen, wie viele von uns wieder nach Frankreich heimkehren würden?

Drei Tage zuvor war der französische Konsul von Alexandria, Magallon, auf die Orient befohlen worden. Die Fregatte Juno brachte ihn zum Rapport zu Bonaparte. Danach hagelte es Befehle. Hektik brach in der Flotte aus. Auf meine Frage an Admiral Brueys, was passiert wäre, antwortete er mir: »Nelson befindet sich mit seinen Schiffen ganz in der Nähe! Er sucht uns. Auf Befehl Bonapartes werden die Landtruppen sofort ausgeschifft!«

Kurz darauf erhielt auch ich die Order, den Truppen mit meinen Divisionsambulanzen zu folgen.

Der Wind wehte stark, und die Wellen gingen hoch, sodass einige Schaluppen kenterten. Gellende Schreie erinnerten mich daran, dass die meisten Soldaten nicht schwimmen konnten. Doch der drohende Angriff durch die Engländer ließ ein Zögern nicht mehr zu.

Karg und abweisend empfing uns der mit Klippen durchsetzte kiesige Strand. Es gab keinen Strauch, keinen Baum, kein Gras. Nur die öden, verlassenen, vom Vollmond beschienenen Mauern von Fort Marabut waren sichtbare Zeugen der Zivilisation.

Mein Sprung aus dem Boot geriet zu kurz. Die Brandung durchnässte mich von den Zehen bis zur Brust. Nachdem ich mühsam watend den Strand erreicht hatte, setzte ich mich für einen Augenblick auf einen Stein, um das Seewasser aus meinen Schuhen zu gießen. Die Nacht war klar, und das Licht des Vollmonds zauberte eine glitzernde Straße auf die Wellen. Trotz Strapazen und Ungewissheit wollte ich in jenem Moment nirgendwo anders sein als an diesem Ort. Ich versuchte ganz gegenwärtig zu sein, gab mich ganz dem Glücksgefühl hin.

Die Zeit des Verweilens war schnell vorüber. Gegen zwei Uhr morgens ließ Bonaparte Generalmarsch schlagen und führte im hellen Mondschein eine Besichtigung der gelandeten Truppen durch. Von der Brandung durchnässt bis auf die Haut, standen wir in kühler Nacht feucht und klamm in Reih und Glied. Die einzigen Farbtupfer in diesem Nichts waren die herausgeputzten Soldaten. Kein Vergleich zu den zerlumpten Regimentern der Revolution. Offiziere, Wundärzte und Soldaten der Orientarmee trugen nun Uniformen, die an Eleganz nicht zu überbieten waren. General Klébers Livree glitzerte, da sie über und über mit kunstvollen Stickereien in Gold versehen war. Sie hatte ihn sicher ein kleines Vermögen gekostet.

Es gab allerdings auch eine Ausnahme: General Louis Nicolas Davout. Er war in meinem Alter, zu Auxerre im Department Yonne geboren und stammte aus einer alten burgundischen Soldatenfamilie. Ein Rebell von Natur, wandelte er in der Welt der Beförderungen meistens zwischen Guillotine und Generalsrang. Er hatte zur gleichen Zeit wie ich in der Rheinarmee gedient, und wir waren uns in jener Zeit mehrmals begegnet. Er legte keinen Wert auf sein Äußeres, was auch die Abneigung Bonapartes förderte. Zudem hatte er aus seinen Bedenken gegen den Feldzug nie einen Hehl gemacht, ganz zu schweigen von seiner Abneigung gegen das »scheußliche Sandmeer«, das er, ohne es je gesehen zu haben, schon auf den Planken der ORIENT verteufelte.

Kein einziges Pferd war bis zu dieser Stunde an Land gebracht worden. Dieser Ausfall konnte die Pläne des Oberbefehlshabers jedoch nicht lahm legen. Ihm reichten anscheinend die ersten viertausend angelandeten Soldaten, denn er befahl sogleich den Aufbruch nach Alexandria. Ich sah mich um. Mein Freund Desgenettes war offensichtlich noch nicht von Bord der ORIENT übergesetzt. Ich war mir aber sicher, dass er bald nachkommen würde.

Die Befehlshaber gruppierten sich im Halbkreis um Bonaparte. Er wirkte auf mich wieder ruhig. Sein schmales Gesicht zeigte Entschlossenheit. Die Instruktionen gerieten kurz und knapp: »Die Armee marschiert in drei Kolonnen nach Alexandria. Wir werden die zwölf Kilometer im Eilmarsch bewältigen. Niemandem wird Zeit geschenkt, um sich gegen uns zu stellen. Menou, Sie bilden den linken Flügel, Kléber führt das Zentrum, und General Bon, Sie marschieren auf dem rechten Flügel. Larrey, gruppieren Sie Ihre Ambulanzen.«

Meine gute Vorbereitung in Toulon bewährte sich damit schon in der ersten Stunde. So viele Soldaten auch an Land gesetzt wurden, immer waren genügend Operateure und Helfer präsent. Auf den Einsatz meiner »Fliegenden Ambulanz« hatte der Oberbefehlshaber dagegen verzichtet. Es war zwar nicht meine Aufgabe, mir über militärische Strategien den Kopf zu zerbrechen, doch diese Eile schien mir allzu wagemutig zu sein. Das Zurücklassen verwundeter Kameraden schlägt immer auf die Moral der Truppen durch.

Ich war entschlossen, keinen einzigen Verwundeten seinem Schicksal zu überlassen.

Obwohl innerlich erregt, befahl ich mit gelassener Stimme die Wundärzte der drei Halbbrigaden zu mir. Nicht nur die Helfer, sondern auch alle Wundchirurgen trugen Marschranzen mit sich, die gepackt waren mit Verbandsmaterialien und chirurgischen Instrumenten. Die Toulouser Oberwundärzte Bouquin, Vigny und Lamartin, dazu Masclet, ein junger Arzt aus Paris von großer Qualität, waren durch meine Adjutanten schnell herbeigeholt. Ohne Umschweife gab ich Bonapartes Anweisungen weiter: »Chirurgen der Orientarmee! Der erste Einsatz steht uns bevor. Es geht sofort im Eilmarsch nach Alexandria. Drei Kolonnen werden gebildet. Bouquin, Sie folgen mit Ihren Helfern der rechten, und Sie, Vigny, der linken Kolonne. Lamartine, Masclet und ich bleiben im Zentrum. Befehle während des Marsches oder während eines Gefechts werden durch meine Adjutanten übermittelt. Sollte ich ausfallen, wird in Abwesenheit von Desgenettes Masclet meine Position übernehmen.«

Nach einer kleinen bedeutungsvollen Pause fuhr ich fort: »Wir haben noch kein festes Lazarett. Es wird von uns erst in Alexandria eingerichtet werden. Ich erwarte daher, dass jeder Verwundete bis dorthin mitgenommen wird.« Und mit Nachdruck wiederholte ich: »Jeder!«

Als die Wundchirurgen gegangen waren, zeigte ich nach Osten und fragte Antoine und Pierre nach ihren Kenntnissen: »Was liegt hinter dem Hügel dort? Was erwartet uns auf dem Weg bis Alexandria?«

Antoine erwiderte: »Staub und Trockenheit. Die Brunnen sind um diese Jahreszeit fast überall versiegt. Es gibt daher nur einen wirklichen Feind: die Sonne!«

»Und was meinst du, Pierre?«

»Es sind zwar nur zwölf Kilometer, doch Antoine hat Recht: Der Durst kann alles über den Haufen werfen.«

Im gleichen Augenblick war mir klar, dass die Messlatte meiner Forderung hoch lag. Doch meine Einstellung gegenüber Menschen, die dringend der medizinischen Hilfe bedurften, ließ mir keine andere Wahl. So folgten zwei Divisionen meines Lazaretts den beiden Flügeln, während ich mit meinem Stab im Zentrum bei Bonaparte blieb. Dieser setzte sich mit raschem Schritt an die Spitze der Kolonne. Zu Fuß!

Das Licht des Mondes wies uns den Weg durch dürres, lebensfeindliches Gelände. Unter dem feinen gelbweißen Staub, der in Wolken aufgewirbelt wurde und sich überall festsetzte, erblindete der Glanz der Uniformen. Der erste Nachtmarsch zwischen dem Fort Marabut und Alexandria erteilte uns schon nach wenigen Kilometern eine bittere Lektion. Landwärts marschierte eine Kompanie Infanterie als Seitendeckung des rechten Flügels. Da der Vormarsch zuerst zügig vorankam, doch die Soldaten auf den Schiffen träge geworden waren, ermüdeten sie schnell. Die Aufmerksamkeit ließ dementsprechend nach. Das Fehlen von Kundschaftern zu Pferde machte uns nahezu blind gegenüber dem, was rings um uns vorging. So bemerkten wir nicht, dass uns inzwischen eine Reiterhorde von gut fünfhundert Mamelucken begleitete, befehligt vom türkischen Kommandanten Alexandrias, Sajjid Muhammad Kurajjim, der nur auf eine günstige Gelegenheit wartete, um eine Attacke gegen uns zu reiten. Als er sich beim ersten Morgenlicht dazu entschloss, waren wir völlig überrascht.

Dem Hauptmann der Infanterie schlug er mit einem Hieb den Kopf ab. Einen Augenblick herrschte Verwirrung. Doch die ersten Gewehrsalven vertrieben zunächst die Angreifer. Pierre meldete weitere sechs Verletzte mit zum Teil grässlichen Hiebwunden. Vier davon konnten in das Zentrum gebracht werden, drei der Verletzten waren gehunfähig.

Zum ersten Male sah ich die entsetzlichen Wunden durch die Damaszenerklingen. Den Soldaten waren große Stücke an Schulter, Rücken und Schenkel abgehauen, während einem ein Teil der Hirnschale fehlte. Zweien wurden der Oberschenkelmuskel bis auf den Knochen durchtrennt und einem das Bein oberhalb des Knies glatt durchgehauen. Die Schreie der Verwundeten zerrissen die Dämmerung.

Die rechte Kolonne stoppte, das Zentrum zögerte, derweil der linke Flügel mühsam weitermarschierte. Als auch Kléber den Weitermarsch befahl, die Kolonne jedoch zögerte, dem Befehl zu gehorchen, war der Moment gekommen, in dem ich zu Bonaparte eilte. Ich wurde sofort zu ihm vorgelassen.

Sein Ton war schroff: »Was gibt es?«

»Bürger General, wir haben drei Gehunfähige.«

»Was gedenken Sie zu tun?«

»Um sie zu retten, werden wir sie tragen müssen.«

Die schnell geführte Attacke brachte zwar niemanden aus der Fassung, doch das Ausmaß der Hiebverletzungen schockierte selbst Bonaparte. »Tun Sie, was möglich ist.« Daraufhin zeigte er mit seinem Säbel nach Osten und befahl: »Vorwärts!«

»Wir haben drei Schwerverwundete zu versorgen!«, beharrte ich.

»Bürger Larrey! Wir haben keine Zeit, Sitzungen abzuhalten oder Probleme zu wälzen! Finden Sie eine Lösung!«

»Wir benötigen nur wenige Minuten!«

Ich erkannte in jenem Moment: Trotz seiner Beteuerungen während der Gelage auf der Orient sah er nur seine Mission, nicht die Menschen.

Kaum hatte ich ihm geantwortet, als die Mameluckenhorde im Rücken des linken Flügels auftauchte. Da dieser weitermarschiert war, hatte sich eine Lücke zwischen ihm und dem Zentrum aufgetan. Doch diesmal war man auf den Hinterhalt vorbereitet. Etliche Gewehrsalven brachten den Angriff zum Stehen.

Da mit weiteren Attacken gerechnet werden musste, wurde der Vormarsch zunächst gestoppt. Diese Chance galt es zu nutzen, für das Überleben der Verwundeten. Wir nahmen auf sandigem Boden in Eile die Ligaturen der durchtrennten Gefäße vor, nähten klaffende Wunden, verbanden die Blessierten und fabrizierten aus Gewehren und Tüchern Tragehilfen.

Die Soldaten waren dankbar für die Atempause. Der Eilmarsch, der feine Staub und die schnell ansteigende Wärme hatten Lippen und Zunge vor Durst anschwellen lassen. Jedermann rief um Wasser. Die Brunnen längs des Verbindungsweges zwischen Marabut und Alexandria waren, wie von Antoine vorhergesehen, ausgetrocknet, und mir wurde schnell klar, dass wir nicht nur das Land der Pharaonen, sondern das Reich des Sandes, der Sonne und des Durstes betreten hatten.

Obwohl der gleißende Ball erst kurz über den Horizont gekrochen war, wurde die Hitze rasch unerträglich. Bald ging es kaum noch vorwärts. Inzwischen war auch im Zentrum der erste Soldat vor Durst zusammengebrochen. Er wollte noch aufstehen. Aus eigener Kraft konnte er es nicht mehr schaffen. Doch niemand streckte die Hand zur Hilfe aus. Offenbar fürchtete sich ein jeder davor, heruntergezogen zu werden und sich danach selbst nicht wieder erheben zu können. Die Kolonne ignorierte das Schicksal des Mannes, schritt über ihn hinweg, als wäre er schon tot. Ich ging zurück, um nach ihm zu sehen.

Auf Befehl Klébers sicherten rund zwanzig Soldaten das Areal um mich herum, während sich das Gros mühsam durch die Hitze weiterquälte. Vor mir lag ein schmaler Jüngling, bleich mit halb offenen verdrehten Augen. Die Zunge war derart geschwollen, dass er schwer um Luft rang. Ich zückte meine Flasche mit verdünntem Weinessig und benetzte damit seine Lippen und die Zunge. Doch meine Hilfe kam zu spät. Der junge Mann starb in meinen Armen.

An diesem Morgen hatten sich sämtliche Regeln eines einfachen Marsches geändert. Ohne die Versorgung durch ausreichend frisches Wasser, dachte ich mir, würden Ereignisse auf uns einstürmen, die uns schaudern ließen.

So waren die Unversehrten plötzlich ganz erstaunt, dass wir verlangten, sie sollten ihre Kameraden trotz ihres eigenen quälenden Durstes mitnehmen. Von selbst hätten sie es nie getan. Anders als in Toulon oder Italien war die gegenseitige Hilfe auf ägyptischem Boden noch keine Selbstverständlichkeit geworden. Noch herrschte die Meinung vor, jeder solle mit sich selbst fertig werden, und wer umkam, war schnell entkleidet, und seine Sachen wurden in Windeseile verteilt.

Wir blieben seit dem Scharmützel auf dem linken Flügel unbehelligt, doch die letzten beiden Kilometer gerieten zur Tortur. Wasser war anscheinend nur hinter den Mauern von Alexandria zu finden. Kundschafter, die unter unvorstellbaren Durstqualen voraus- und wieder zurückgeeilt waren, berichteten von Abwehrmaßnahmen der Stadt.

Das Erste, was ich sah, war eine Säule. Sie ragte aus einer mit Schutt bedeckten Anhöhe in den wolkenlosen Morgenhimmel empor. Ein Schaft aus rotem Assuan-Granit, dessen himmelwärtiges Ende von einem korinthischen Kapitell verziert wurde.

»Der Präfekt Pompejus hatte die Säule einst dem unbesiegbaren Kaiser Diokletian geweiht, da er den Christen Achilles besiegt hatte«, klärte mich später unser Naturforscher Geoffroy Saint-Hilaire über den Pilaster auf. Im Granitsockel waren in griechischer Schrift vier Zeilen eingemeißelt:

DEM GERECHTEN SCHUTZGOTT ALEXANDRIAS
DEM UNBESIEGBAREN DIOKLETIAN:
POSTUM
DER STATTHALTER VON ÄGYPTEN.

Fast alle, die sich an jenem Morgen um diese Säule gruppierten, waren Christen – und sie wollten die Unbesiegbaren sein. Der Garant der Unbesiegbarkeit war gerade auf den Sockel geklettert, um die Lage zu erkunden. Er blickte auf Minarette, auf Masten einer türkischen Karavelle und auf eine halbverfallene Stadt. Mich wunderte der Standort der Säule, denn er lag weit vor der zinnengekrönten Festungsmauer Alexandrias. Im Gegenlicht der gleißenden Morgensonne wirkte das hohe, sehr dicke, aber geflickte Bauwerk abweisend, schwarz und drohend. Die Mauer war bewehrt mit Infanterie. Neugierige Frauen, Kinder und Greise mischten sich dazwischen. In drückender Hitze waren inzwischen die ersten Schüsse gefallen.

Bonaparte weilte keine fünf Minuten auf dem Sockel der Pompejus-Säule. Er sprang herunter, verzog dabei vor Schmerzen sein Gesicht, blickte mit seinen Generälen auf den Lageplan der Stadt und gab nach kurzer Besprechung den Befehl zum Angriff.

In diesem Falle begrüßte ich die schnelle Tat, da ich darin die Möglichkeit sah, die Verwundeten noch vor Einbruch der Nacht in den festen Mauern des Kapuzinerklosters unterbringen zu können.

Der Oberbefehlshaber ließ mich zu sich kommen. Er hatte sich an mehreren Stellen des Körpers wundgelaufen, und seine Fersen bluteten. Doch er bot alle Willensstärke auf, um der Hitze standzuhalten. Er musste den anderen ein Beispiel geben, denn er verlangte von Offizieren und Soldaten trotz der Qualen, dass sie marschierten und siegten.

Einstweilen hatten wir vor der Ringmauer, nahe der Pompejus-Säule, notdürftig einen großen Sammelplatz für weitere Verwundete eingerichtet. René war eine Stunde zuvor mit seiner Abteilung angekommen. Eine wohltuende Verstärkung.

Die drei Kolonnen rückten vor und griffen an unterschiedlichen Stellen die Festung an. Die Abwehrversuche der Verteidiger auf dem Wall wurden von unseren Truppen beiseite gefegt. Die Mauern wurden erstiegen, die zweite Festungsmauer daraufhin überwunden. Gleichzeitig erstürmte General Bon das Tor von Rosette, und General Menou blockierte die dreieckige Zitadelle.

Ein Grenadier von starker Konstitution, verwundet durch eine Hiebverletzung am rechten Unterarm, kam auf mich zu und rief: »General Kléber, dort vorn …! Er … er ist am Kopf getroffen!«

Zu René sagte ich: »Inspiziere du das Kloster, ich kümmere mich um den General.«

Als ich neben ihm kniete, diagnostizierte ich einen Rinnenschuss, der sich links oberhalb des Ohres quer über das Os parietale zog. Der Divisionsgeneral war bei vollem Bewusstsein, was ich als ein gutes Zeichen ansah, obwohl jeder Kopfschuss seine Besonderheiten hatte. Ich sah auf die Fissur des Knochens und hoffte für den General, dass die Lamina interna keine Splitterung aufwies, da Bruchstücke davon oft tief ins Gehirn reichen konnten. Ein größeres arterielles Blutgefäß schien nicht verletzt zu sein, und grobe Ausfallerscheinungen waren für den Moment nicht zu erkennen. Die Kopfhaut musste genäht werden. Um die Blutung zu stoppen, tränkte ich ein frisches Leinentuch mit warmem Wein und legte einen Verband darüber.

»Zur Pompejus-Säule mit ihm!«, befahl ich meinen Helfern.

Danach schritt ich durch die Porte de Pompée und folgte René, während die Schützen die Straßen freikämpften. Gedeckt von einer für uns abgestellten Wache, folgten wir den Kämpfenden durch die Gassen. Unser Ziel war das Kapuzinerkloster, doch immer wieder mussten wir innehalten, um die Verletzten zu bergen und zum Sammelplatz draußen vor den Toren zu schleppen. Das Vorrücken in die Stadt artete zum Häuserkampf aus. Jedes

Haus war für sich eine kleine Festung, jede Mauer mit Schießscharten versehen, sodass sich ein heftiges Gewehrfeuer entspann. Die Zahl der Toten und Verwundeten schnellte rasch in die Höhe. Allein bei unserem Vorstoß zum Kloster zählte ich rund vierzig Tote und Sterbende aus unseren Reihen, dazwischen mehr als die doppelte Anzahl toter Araber, meist gehüllt in blutverschmierte lange Seidenumhänge. Daneben vielfarbige Turbane, die herumlagen wie bunte Sitzkissen.

Unsere Männer wüteten mehr vom Durst als vom Kampfgeist getrieben. Das Massaker in den Häusern diente vornehmlich dem Raub alles Trinkbaren, und wer sich dieser Absicht entgegenstellte, wurde gnadenlos niedergemacht. Die hohe Zahl von Toten in unseren Reihen führte ich daher auf das blindwütige Eindringen in die Häuser zurück, denn die meisten der Unsrigen waren vor Durst fast irrsinnig und ließen alle Vorsicht fahren. Mir war bewusst, dass alle guten Vorsätze, alle Anweisungen Bonapartes, Rücksicht auf die Bevölkerung zu nehmen, schon in den ersten Stunden unserer Invasion in den Staub getreten wurden. Statt die Hände zu reichen, hielten wir überall unsere Gewehrläufe hin.

Der zentrale, staubige Sammelplatz an der Pompejus-Säule war inzwischen übersät mit Verletzten, gut zweihundert an der Zahl. Mein Stab hatte die Übersicht trotz des Notbehelfs nicht verloren. Insgesamt standen zwölf Amputationen von Armen und Unterschenkel an, verursacht durch schwere Schuss-, Hieb- und Stichverletzungen. Sie mussten innerhalb der nächsten zwölf Stunden erfolgen. Außerdem Dutzende schwere Gesichts-, Hals- und Brustwunden. Die Masse der Soldaten aber hatte Kopfverletzungen und Wunden an den Händen und Armen davongetragen. Allerdings verloren wir in wenigen Stunden auch mehr als dreißig Männer durch Bauchwunden.

Während wir uns um die Verletzten kümmerten, wurde ausreichend Wasser herangeschleppt, und Leinentücher wurden gespannt, die etwas Schatten spendeten. Ich sah Männer vor Glück weinen, als ihnen der erste Schluck Wasser durch die Kehle rann. Die gute Nachricht traf am späten Nachmittag ein: Die ersten Pferde standen bereit, und drei Divisionen meiner beweglichen Ambulanz waren, wie mir gemeldet wurde, auf dem Weg nach

Alexandria. Auch sie wurden von Reiterhorden belästigt. Diesmal von Arabern. Etliche Nachzügler fielen ihnen zum Opfer. Doch die nächste gute Nachricht überbrachte mir René selbst: »Das Kapuzinerkloster eignet sich hervorragend für die Unterbringung von Verwundeten!«

»Dann beginnen wir sofort mit der Verlegung der Schwerverletzten dorthin«, antwortete ich ihm.

Antoine, mein Adjutant, trat an mich heran : »Der alte Hafen ist genommen, und der türkische Kapitän wurde als Unterhändler gegenüber den Scheichs bestimmt, um die Übergabe der Stadt zu fordern, damit sie nicht gänzlich zerstört würde. Bonaparte hat dem Gouverneur außerdem ein Ultimatum gestellt.«

»Kennst du den Inhalt?«

»Ja! Er schrieb ihm, dass er wohl sehr ahnungslos oder sehr anmaßend sei, denn unsere Armee hätte vor kurzem die stärksten Mächte Europas besiegt. Wenn er, Bonaparte, innerhalb von zehn Minuten nicht die Friedensfahne flattern sehe, dann müsste der Gouverneur vor Gott Rechenschaft ablegen über das Blut, das sinnlos vergossen wird.«

»Und, gibt es schon eine Reaktion?«

»Wie ich gerade gehört habe, ist eine Delegation auf dem Weg hierher, um den Unterwerfungseid zu leisten. Die Stadt wird uns bei der Gelegenheit sicher übergeben.«

Daraufhin wies ich ihn an: »Masclet soll zu mir kommen.« Ich wollte ihn beauftragen, den Abtransport der Schwerverwundeten in das Kloster vorzubereiten. Vor mir saß währenddessen der Chasseur Philipp Thevenin. Ihm waren mit ein und demselben Hiebe die linke Augenbraue, das obere linke Augenlid und der oberste Teil des Wangenbeins abgehauen worden. Die Wundlefzen waren voneinander entfernt und durch die Hitze trocken geworden. Ich machte sie mit der hohlen Schere blutig und legte sieben Hefte an, die sie hielten, damit ich sie vereinigen konnte. Das Ganze unterstützte ich mit einer Binde. Das Auge behielt seine Gestalt, und es bildete sich auch keine Fistel. In wenigen Tagen waren die Wunden vernarbt.

Als ich mich einem anderen Blessierten widmete, dem die Nase in der ganzen Dicke schief von der rechten zur linken Seite mit einem großen Teil der linken Wange bis auf den Kaumuskel heruntergehauen war, sah ich aus dem Augenwinkel heraus Kamele näher kommen, auf denen sich Männer mit Turbanen der Pompejus-Säule näherten.

Während ich die klaffenden Gesichtsteile sorgfältig mit Nähten wieder vereinigte, hörte ich Bonaparte sagen: »Kadis, Agas, Scheichs, Imame, ich gebe Euch Eure Rechte wieder, die Euch die Mamelucken genommen haben. Ich respektiere Euren Propheten Mohammed und den wunderbaren Koran …«

Alexandria, Kairo und der Rest Ägyptens hatten keine einheitliche Bevölkerung, was nicht einfach zu durchschauen war. Sie bestand aus Kopten, Arabern, Türken, Griechen und Juden. Dazu kamen noch Armenier, Syrier und Europäer, die man hier Franken nannte. Den Hauptteil der Bevölkerung bildeten die Araber. Die, die in den Städten wohnten, stellten die Gerichts- und Verwaltungsbeamten, welche man als Scheichs, Sherifs, Ulemas oder Agas bezeichnete. Das einfache Volk, das arm war und auf dem Lande wohnte, nannte man Fellahs oder Fellahin.

Dem Namen nach gehörte Ägypten dem Sultan, regiert von einem Pascha, der seinen Sitz in Kairo hatte. In Wirklichkeit lag die Herrschaft des Landes aber in den Händen von mehr als zwanzig Mamelucken-Beys, von denen jeder eine Provinz befehligte. Von ihnen war auch der Pascha in Kairo abhängig. Die Zahl der berittenen waffenfähigen Mamelucken wurde von Bonapartes Stab auf rund zehntausend geschätzt. Sie rekrutierten sich aus kaukasischen und tscherkessischen Sklaven, die ihre Sitten und Gewohnheiten seit Jahrhunderten beibehalten hatten. Sie übten sich täglich im Gebrauch ihrer Waffen und im Reiten. Durch Können und Tapferkeit kamen sie zu Reichtum und Ansehen. Ihr Vermögen bestand in wertvollen Waffen, Pferden und schönen Frauen.

Die mächtigsten Mamelucken-Beys waren Ibrahim-Bey und Murad-Bey. Da beide nahezu gleich an Macht waren und ebenso viele Anhänger hatten, teilten sie sich die Herrschaft Ägyptens. Ibrahim herrschte in Oberägypten, Murad in Unterägypten. Ihre Reiterheere, das zeigte sich schon am ersten Tage, standen uns feindlich gegenüber. Erst wenn sie sich ergeben oder besiegt sein würden, wäre Ägypten wirklich befreit, so dachte ein jeder in unseren Reihen …

Jedenfalls kapitulierte kurz darauf Alexandria. Nur der Mameluckenführer Sajjid Muhammad Kurajjim leistete noch Widerstand. Er zog sich in das Pharos-Fort zurück, wo er nach zähen Verhandlungen ebenfalls kapitulierte und Bonaparte den Treueid leistete.

In weniger als drei Stunden waren noch am gleichen Abend die zu Operierenden und Bettlägerigen im Kapuzinerkloster untergebracht, das René und seine Leute mit unserer mitgebrachten Ausrüstung Zug um Zug zu einem ausgezeichneten Hospital umgestalteten. Von Junot erfuhr ich, dass Bonaparte und seine Eskorte beim Einmarsch beschossen worden waren. Sein Pferd brach zwar aus, doch er selbst blieb unversehrt. Der Tod fand offenbar keinen Gefallen an unserem Heerführer.

Mein Stab und ich operierten die Nacht hindurch bis zur völligen Erschöpfung. René, meine Oberwundärzte Bouquin, Vigny, Lamartin, Masclet, Asselini, Zinck und Bouquin, meine Unterwundärzte Lachome, André und Valet sowie meine ersten Hilfswundärzte Roussel, Mougin, Valet und Celliers versammelten sich zur tiefsten Nachtzeit im Refektorium des Klosters, das wir zum Operationssaal umgestaltet hatten. Ich saß auf einem Hocker, versuchte mich nicht zu rühren und fühlte, wie mir die Füße und Hände vor Müdigkeit abstarben, als gehörten sie nicht zu mir.

Dann sagte ich zur Runde: »Wir können stolz sein auf das, was wir in den letzten Stunden vollbracht haben!«

Lamartin erwiderte mit fester Stimme, indem er auf das Skalpell in seiner Hand blickte. »Ja, das sind wir. Hoffentlich ist es der Herr der Gegenwart und der Zukunft auch!« Kein Zweifel, auf wen er abhob.

René setzte sich auf einen Chorstuhl und streckte sich. »Ich sehne mich nach dem Mailänder Corso, nach Empfängen in den Schlössern von Mombello und Passarino …«

»… und nach der Zeremonie im Palais Luxembourg und dem Empfang bei Talleyrand«, fuhr ich ergänzend fort.

Lamartin sagte daraufhin scherzhaft zu Antoine: »Unsere Chefs glauben an die Glorie Frankreichs.«

Schmunzelnd erwiderte ich: »Ja, warum nicht?«

René konnte nicht ruhig sitzen und stand auf. »Ist es nicht so: Einer unter Hunderttausenden oder einer unter einer Million wird manchmal zum großen Genie, zur Krone der Menschheit. Er lässt Frankreichs Größe wieder auferstehen. Ich denke, wir haben so ein Genie als obersten General in unseren Reihen.«

»Mit allem Respekt«, ergriff Masclet das Wort, »wenn es wirklich so ist, so gibt dies doch keine Erlaubnis zum Blutvergießen. Einer, der die Krone der Menschheit sein will, würde dies eher verhindern.«

René warf mit großer Überzeugungskraft ein: »Nein, er macht es richtig.« Daraufhin zog er eine Druckschrift aus seiner Uniformjacke und hielt sie hoch. »Unser Heerführer nimmt Rücksicht auf die Ägypter und will gerade das Blutvergießen verhindern. Aus diesem Aufruf geht das klar hervor. In diesem Moment ist er schon mit Kurieren unterwegs nach Damanhur und Kairo.«

»Lies doch vor!«, forderte ich René auf.

»Tu ich gern!«, erwiderte er :

Im Namen Gottes, des Barmherzigen! Es gibt keinen Gott außer Gott; Er hat keinen Sohn und keinen Gefährten in seiner Herrschaft! Von Seiten Frankreichs, das auf der Freiheit und der Gleichheit beruht, tut der Oberbefehlshaber, Kommandant der französischen Heere, Bonaparte, allen Bewohnern Ägyptens kund, dass die Sangaqs, die Türken, die über das Land Ägypten herrschen, die Rechte der französischen Nation missachtet und geschädigt und ihren Händlern durch alle Art Schikanen und Feindseligkeit Unrecht getan haben. Nun ist die Stunde der Bestrafung gekommen. Es währt seit vielen Jahrhunderten, dass der Schwarm der aus Georgien und dem Tscherkessenland importierten Mamelucken dieses schöne Land verdirbt, das zu den besten gehört, die es auf dem ganzen Erdball gibt. Der Herr der Menschen in aller Welt ist aller Dinge mächtig; Er hat das Ende ihrer Macht verfügt.

Ägypter, man hat euch vielleicht einreden wollen, dass ich nicht in dieser Absicht gekommen sei, sondern vielmehr, um eure Religion zu zerstören. Dies ist eine Lüge; schenkt ihr keinen

Glauben! Sagt vielmehr den Verleumdern, dass ich zu euch gekommen bin, um euer Recht aus der Hand der Unrechttuer zu befreien, und dass ich mehr als die Mamelucken Gott – Er ist hoch und erhaben – diene und seinen Propheten und den herrlichen Koran verehre. Sagt ihnen auch, dass alle Menschen vor Gott gleich sind und dass das, was sie voneinander unterscheidet, ihr Verstand sei, ihre Vorzüge und ihr Wissen.

…

Ihr Scheichs, Qādis, Imāme, Čorbağis, ihr Würdenträger des Landes, erklärt eurer Nation, dass die Franzosen ebenfalls echte Muslime sind. Als Beweis dafür dient, dass sie in die große Stadt Rom eingedrungen sind und den Sitz des Papstes zerstört haben, der stets die Christen dazu aufgehetzt hatte, Krieg gegen die Muslime zu führen. Daraufhin haben sie sich der Insel Malta zugewandt und haben die Ritter verjagt, die zu behaupten pflegten, Gott – Er ist hoch erhaben – verlange von ihnen, gegen die Muslime zu kämpfen. Außerdem sind die Franzosen zu allen Zeiten aufrichtige Freunde des Hohen Sultans der Osmanen gewesen sowie Feinde seiner Feinde – möge Gott seine Herrschaft lange dauern lassen! –, während die Mamelucken ihm keinen Gehorsam leisteten, außer wenn sie vortäuschen wollten, dass sie sein Gebot befolgten; im Grunde aber gehorchen sie nur ihren eigenen Begierden. Alles Wohl und Heil wird den Ägyptern geschehen, die uns ohne Verzögerung zustimmen; ihre Lage wird angenehm sein, und ihre Gehälter werden zunehmen. Wohl wird es auch jenen ergehen, die in ihren Wohnungen bleiben und keiner der beiden Krieg führenden Parteien zuneigen. Denn wenn sie uns besser kennen lernen, werden sie aus ganzem Herzen uns zueilen. Doch Weh über Weheleid steht jenen bevor, die die Mamelucken im Krieg gegen uns unterstützen; sie werden später keinen Ausweg zur Rettung mehr finden, und keine Spur von ihnen wird übrig bleiben!

Es ist allen Dörfern im Umkreis von drei Stunden der Lokalitäten, welche das französische Heer durchzieht, geboten, dem Oberbefehlshaber Vertreter zu schicken, damit er wisse, dass sie ihm gehorsam sein wollen. Sie müssen auch die französische Fahne aufziehen, die weiß, blau und rot ist.

Jedes Dorf, das sich gegen das französische Heer erhebt, wird mit Feuer verbrannt.

Jedes Dorf, das dem französischen Heer gehorcht, soll auch die Fahne des osmanischen Sultans, unseres Freundes – möge er lange leben! – hissen.

Die Scheichs eines jeden Ortes sollen allen Besitz, Häuser und Güter, die den Mamelucken gehören, versiegeln; sie haben große Sorge zu tragen, dass nicht das Geringste davon verloren gehe.

Den Scheichs, Gelehrten, Qādis und Imāmen obliegt es, ihre Pflichten weiter zu erfüllen. Ein jeder von den Bewohnern des Landes soll ruhig in seinem Haus verbleiben. Auch die Gebete sind wie gewöhnlich in den Moscheen zu verrichten, und die Ägypter sollen alle Gott, dem Erhabenen, dafür danken, dass die Herrschaft der Mamelucken zu Ende ist. Sie sollen mit lauter Stimme sagen: Möge Gott die Herrschaft des Sultans der Osmanen lange andauern lassen! Möge Gott der Macht des französischen Heeres Dauer verleihen! Möge Gott die Mamelucken verfluchen und die Lage der ägyptischen Nation besser werden lassen!

Bonaparte, Alexandria,
am 13. Messidor des Jahres VI.

Als er geendet hatte, fügte er hinzu: »Außerdem macht er sich daran, alle Hindernisse zu beseitigen, die uns in Europa den dauerhaften Frieden versagen. Deshalb sind wir hier.«

Pierre ergriff das Wort: »Wenn du mir die Bemerkung gestattest: Ich glaube nicht daran, dass dieser Aufruf Gehör bei den Ägyptern finden wird.«

»Und warum nicht?«, fragte René.

»Die Menschen dort draußen sehen uns als Heuschrecken, die ihr Land heimsuchen. Wir sind die Tyrannen, die ihre Dörfer, Städte und ihren Frieden stören.«

»Woher willst du das wissen?«

»Ich verstehe ihre Sprache. Einer der sieben verletzten Beduinen, die wir behandelt haben, sprach mit mir offen darüber«, antwortete Pierre fest.

Bevor René darauf etwas erwidern konnte ergriff Vigny das Wort. »Die Folgen der Barbarei und ihre Leiden können wir zu lindern versuchen. Aber ich fürchte, wenn es so weitergeht wie gestern und heute, dann stehen wir hier auf verlorenem Posten.«

Antoine pflichtete ihm bei. »Ja, die Beduinen sprachen darüber, dass wir ihrem nächsten Ansturm nie standhalten und dass sie uns unter den Hufen ihrer Pferde zertrampeln würden.«

Eine Minute verging in finsterem Schweigen. Vigny wandte sich ab.

Ich sprach ihn freundlich an: »Vigny, du willst schon gehen? Warte einen Moment. Ich will dir etwas sagen: Ich glaube, ohne Leid und Schmerzen gibt es keine tiefe Erkenntnis und keine großen Gefühle. Vielleicht müssen Menschen wie wir erst tiefes Leid erlebt haben, um hier wieder heil herauszukommen. Doch glaube mir, wenn wir es erreichen, dass wir gut aufeinander Acht geben, dann sehen wir Paris sicher wieder.«

Er stand in Gedanken versunken. Ein seltsames Lächeln irrte auf seinen Lippen. Er atmete schwer. »Meinetwegen. Auf mich kannst du zählen!«

Plötzlich hörten wir panische Rufe vor dem Tor. Wir eilten hinaus. Mehr als zwanzig Soldaten waren durch Skorpione gestochen worden. Das Heer biwakierte im Freien, meist entlang der Ringmauer. Unter alten Schutthügeln befanden sich anscheinend ganze Nester dieser stechenden Tiere, die sich von den Soldaten in ihrer Ruhe gestört fühlten. Trotzdem war der Schrecken der Männer über die Stiche größer als der Schmerz und die üblen Folgen. Meerwasser und Alkaloide ließen die Symptome rasch abklingen.

Danach zog ich mich endlich zurück in eine Mönchszelle, die ich mit René teilte. Im Nebenraum gab es ein Sitzbecken, das mit klarem Wasser gefüllt war. Ich empfand das Eintauchen darin wie den Eintritt in das Paradies.

Darüber hing eine Marmorplatte, in der Fragmente eines Psalms zu lesen waren: Tu mir im Verborgenen die Weisheit kund, reinige mich mit dem Ysop, dass ich rein werde; wasche mich, dass ich weißer werde als Schnee …

V

Alexandria – Damanhur, 6.–11. Juli 1798

Ich versuchte die Gluthitze zu ignorieren, die mitleidlos in Gassen und Häusern Alexandrias brütete. Meine Sorge war dennoch groß, denn unter Marschbedingungen und unter der Last des Gepäcks würde diese Hitze noch viel schwerer zu ertragen sein. Bereits im Stehen, während der Heerschau, fielen Soldaten um. Die Phantasien der orientalischen Zauberwelt mit ihren vorgegaukelten Schönheiten und Wundern waren schon in den ersten Tagen zerstoben. Die glorreichen Bezwinger Italiens fragten sich, warum sie nur zu diesen Leiden verdammt worden waren …

Für Empfindlichkeiten blieb jedoch keine Zeit. Bonapartes Ungeduld setzte alle in Trab. Heute Alexandria, morgen nach Kairo, und übermorgen trieb es ihn vielleicht schon nach Indien! Tag und Nacht war er auf den Beinen. Führte ich ihn noch vor der Morgendämmerung durch das neue Lazarett, so sah er bei Sonnenaufgang nach den Pferden, kümmerte sich vormittags um den besten Ankerplatz des Flottenverbandes und inspizierte in der Glut des Mittags die Befestigungsanlagen der Stadt. Nebenbei richtete er eine Zivilverwaltung ein, verfasste weitere Proklamationen an die Ägypter und ließ sie in Arabisch, Türkisch und Französisch drucken. Obendrein führte er noch zweimal am Tag Truppenbesichtigungen durch.

Nachdem der medizinisch-chirurgische Dienst in der Stadt organisiert war, befahl ich alle Oberwundärzte zu mir. Wie mir von meinen Adjutanten zugetragen wurde, hatte es in den vergangenen Tagen unter ihnen zum Teil heftige Diskussionen gegeben. Es ging um das alte Thema des besten Zeitpunkts für Amputationen, über das die Chefchirurgen und Professoren der Universitäten Frankreichs und Italiens immer noch geteilter Meinung waren. Was diese Frage betraf, durfte jedoch ab sofort nur eine Stimme gelten. Eine unterschiedliche Vorgehensweise bei schweren Verwundungen wäre fatal gewesen und hätte auch das Vertrauen der Soldaten in unsere Arbeit geschwächt.

Ich fixierte daher die Richtlinien auf einem Handzettel. Jeder meiner Oberwundärzte hatte sich daran zu halten und musste auch seine Hilfschirurgen darauf verpflichten.

Amputation, die sogleich gemacht werden muss:

Wenn ein durch eine Kugel verwundetes Glied nicht erhalten werden kann, so muss es augenblicklich entfernt werden. Die ersten vierundzwanzig Stunden sind die einzigen, wo noch Ruhe im Organismus ist; man muss also, wie bei allen gefährlichen Krankheiten, sie zu benutzen eilen, um diese notwendigen Mittel anzuwenden.

Mehrere Umstände verschärfen die Dringlichkeit:

Lange und schlechte Transportwege vom Schlachtfeld in die Hospitäler.

Langer Aufenthalt in Hospitälern mit Gefahr von Hospitalfieber und Hospitalbrand.

Der Umstand, dass man die Blessierten verlassen muss, da wir mit der Armee ziehen.

Die häufigsten Fälle:

Ein Glied, von einer Kanonenkugel oder einem Splitter weggenommen, erfordert die schleunigste Amputation. Der geringste Aufschub setzt den Verletzten in Gefahr.

Wenn ein fremder, vom Schießpulver bewegter Körper ein Glied dergestalt trifft, dass die Knochen zermalmt, die weichen Teile zerquetscht, zerrissen in der Tiefe weggenommen sind, so muss augenblicklich amputiert werden, denn ansonsten werden die desorganisierten Teile bald vom Brand ergriffen, und überdies kommen auch Zufälligkeiten hier zum Vorschein, die die Heftigkeit des vorigen erzeugte.

Wenn eine große Kartätschenkugel das Glied in dem Dicken trifft, den Knochen zerschmettert, die Muskel trennt, die Nerven zerstört, aber die Hauptarterien unverletzt bleiben. Hier ist augenblicklich die Amputation zu machen. Sie wird durch die Zerfleischung, die im Gliede da ist, und die Erschütterung seines ganzen Umfangs bedingt.

Wenn eine Kanonenkugel am Ende ihrer Bahn oder beim Ricochettieren ein Glied in schiefer Richtung trifft, ohne die Zerstörung der Hautfläche zu bewirken, wie dies oft geschieht, so können doch die Knochen, die Widerstand bieten, nebst den Muskeln, Sehnen und Gefäßen getrennt werden. Hier ist zu untersuchen, wie weit sich die Desorganisation erstreckt. Ist der Knochen mitten in den weichen Teilen zerschmettert und sind die Gefäße zerrissen, was sich ertasten lässt, so muss die Amputation augenblicklich gemacht werden.

Wenn ein Haubitzenstück, eine Kartätsche oder Flintenkugel die Gelenkextremitäten Knie oder Fuß zerschmettert, die Ligamente, die das Gelenk umgeben, zerrissen, getrennt hat, so ist eine Amputation unvermeidlich. Besonders wenn sich mitten in zwei Gelenkenden ein fremder Körper verliert oder einkeilt.

Wenn eine große Kartätschenkugel, eine kleine Kanonenkugel, ein Haubitzensplitter quer über die Dicke des Gliedes geht und einen großen Teil des Knochens, ohne ihn zu zerschmettern, entblößt, obschon die weichen Teile verschont zu sein scheinen, so ist sogleich die Amputation zu machen.

Wenn ein scharnierförmiges großes Gelenk, wie das des Ellenbogens, besonders des Knies, durch eine schneidende Waffe in einem großen Umfange, mit Blutergießung im Gelenk verwundet worden ist, so ist die Amputation sofort zu machen.

Am 6. Juli machte ich mich mit meinem Stab auf Befehl Bonapartes marschfertig, um mit dem Heer nach Kairo zu ziehen. Während meiner Abwesenheit beauftragte ich Masclet mit der Aufsicht der Hospitäler. Jede der fünf Divisionen unter den Generälen Desaix, Reynier, Bon, Dugua und Vial bekam ein fliegendes Lazarett. Ein Reservecorps von Wundärzten, das ich bei mir im Hauptquartier behielt, bildete das sechste. Auf Anordnung Bonapartes war ich der

Division Bon zugeordnet worden, deren Brigaden von Rampon und Murat kommandiert wurden. Insgesamt betrug die Divisionsstärke jeweils rund fünftausend Mann. Desaix bildete mit seiner Division die Vorhut und verließ zwei Tage vor uns die Hafenstadt. Statt den etwas längeren bequemeren Weg über Rosette und danach den Nil entlang zu nehmen, befahl Bonaparte den kürzeren durch die Wüste. Es gab keine Karten. Zur Orientierung diente tagsüber die Sonne, nachts richtete man sich nach den Sternen. Das Etappenziel hieß für alle Damanhur, etwa sechzig Kilometer südlich von Alexandria.

Kurz vor dem Abmarsch fragte ich General Bon: »Haben wir genügend Vorrat an Wasser?«

»Vorrat?«, fragte er höhnisch zurück. »Jeder Soldat besitzt seinen eigenen Vorrat. Der Nilfluss wird unser unversiegbarer Brunnen sein. Sehen Sie in die Karten!«

Ich konnte es nicht fassen. Ohne zusätzliches Wasser marschierte seine Division geradewegs in die Wüste. Dafür flüsterten die Generäle untereinander lieber von unermesslichen Schätzen unter dem Sand, von untergegangenen Königreichen und wertvollen alten Schriften, die es aus den Pyramiden zu holen galt.

Aus freien Stücken hatte ich durch Antoine noch in Alexandria bei Einheimischen lederne Beutel besorgen lassen, die von außen mit weißem Leinen überzogen waren. Gefüllt mit Wasser, gemischt mit Wein oder auch mit Hoffmann'schem Liquor, würden sie helfen, ungezählte Männer vor dem Verdursten zu retten. Im letzten Moment ließ ich noch weitere Lederbeutel mit Wasser füllen und unseren Packpferden aufladen. Von Divisionsgeneral Desaix, der schon kurz vor Damanhur stehen musste, war noch kein Kurier in Alexandria eingetroffen. So folgte General Bon seinen Spuren im Glauben, dass der Marsch nach Damanhur friedlich, zügig und ohne Verluste vonstatten gehen würde.

Ich wandte mich an Antoine und Pierre: »Sprecht mit niemandem über unsere mitgeführten Wasservorräte. Auch nicht mit Bon! Es darf keinen Streit darüber geben. Jeder zusätzliche Tropfen wird Leben retten, wenn ihn nur derjenige bekommt, dem der Tod nahe ist.«

Meine Befürchtungen traten ein. Obwohl ein Großteil des

Gepäcks in der Mitte der Marschkolonnen befördert wurde, ließ die Last der Waffen und des Marschranzens die Männer alsbald qualvoll dürsten. Schon nach wenigen Stunden waren die eigenen Wasservorräte der Soldaten erschöpft. Noch nie sah ich Menschen solche Entbehrungen, solche Schicksale erdulden. Jeder Versuch, an Wasser zu kommen, scheiterte. Manche versuchten vor Verzweiflung mit bloßen Händen im staubtrockenen Sand ein Loch zu graben. Alles umsonst. Kein Wasser mehr zu haben und sich gleichzeitig keine Möglichkeit eröffnen zu können, an solches heranzukommen, trieb manch einen in den Wahnsinn. In so einem Anflug von geistiger Umnachtung hatten wir einige gerade noch retten können. Doch manch einer machte im Delirium unbemerkt kehrt und marschierte zurück in den sicheren Tod, denn hinter den Dünen warteten beduinische Reiterhorden. In der Nacht stolperte ich über eine Leiche, die von ihnen geköpft und kastriert war. Ein Grenadier von der Division Desaix, die vor uns durch das Wüstengebiet gezogen war.

Diese Beduinen belästigten unsere Einheiten unaufhörlich in den Flanken und im Rücken und blieben stets in Sichtweite. Sie umkreisten unsere Kolonnen wie Raubvögel, kaum dass wir Alexandria verlassen hatten, und zwangen uns zur strengen Disziplin. Wo diese verloren ging, gab es keine Rettung, denn die Araber versteckten sich mit größter Geschicklichkeit in kleinsten Sandkuhlen und stürzten sich blitzschnell auf jeden Soldaten, dessen sie habhaft werden konnten. Verlor einer hinter der Kolonne den Anschluss, so war dies sein sicheres Verderben. Lachome, mein Wundarzt, war eines der ersten Opfer aus unserer Division. Wir konnten nicht einmal seine Leiche bergen.

Auch die Lagerplätze wurden daher mit größter Sorgfalt ausgewählt, und trotz der Strapazen wurden keine Regeln der Sicherung außer Acht gelassen.

Abgesehen davon war der Wettlauf gegen die Zeit und gegen das Verdursten auch ohne jegliches Gefecht verlustreich genug. Einem Soldaten verursachte der beschwerliche Marsch einen Leistenbruch, der sich auch gleich einklemmte. Wir transportierten ihn liegend im zweirädrigen Kastenwagen, doch der Brand entwickelte sich in seinen Gedärmen, breitete sich schnell aus und tötete den

Mann binnen zwei Stunden. Innere Verletzungen und Blutungen rafften die Menschen oft gnadenlos schnell dahin, bevor ein rettender Eingriff gemacht werden konnte.

Dagegen konnten wir feststellen, dass das heiße trockene Klima einen äußerst günstigen Einfluss auf die Wundheilung hatte.

Unter den Strahlen der brennenden Sonne, zu Fuß im noch heißeren Sand stapfend, durchzogen wir unermessliche Ebenen von Schrecken erregender Dürre, wo man nur einige Tümpel sumpfigen, fast fest gewordenen Wassers fand. Pferde und Maultiere litten darunter genauso wie wir Menschen. Selbst mein Pferd hatte sich geweigert, noch einen Schritt weiter in diese Wüste zu tun, und war irgendwann einfach stehen geblieben. Es war ein gutes Pferd gewesen. Wahrscheinlich hatte es gespürt, dass alles andere besser sein würde, als mich weiter zu tragen.

Die Hitze stieg, und mit ihr begannen die Trugbilder. Zunächst waren sie noch ganz harmlos. Erst schien mir ein riesiger See das Ende der Leiden zu bringen, doch als ich die Luftspiegelung durchschaute und dies den anderen mitteilte, versanken die meisten in tiefe Mutlosigkeit. Vielleicht lag jenseits der Lichtspiegelungen ja doch eine Gegend, reich an Wasser und Wiesen. Aber da wo der See zum Greifen nah war, breitete sich hoffnungslose Leere aus. Eine Sandwüste ohne Steine, deren blendende Helle uns in den Augen brannte. Nur an der Grenze des Himmels führte uns das Spiel des Lichts weiterhin seine Spiegelungen vor. Am Ende führte dies zu völliger Verzweiflung und einem Verlust der Kräfte im höchsten Grade. Zu spät wurde ich oft gerufen. Viele verloschten wie das Licht.

Mein Onkel in Toulouse sagte mir einmal während meiner Ausbildung: »Jeder stirbt seinen eigenen, unverwechselbaren Tod, als Ende seines persönlichen Lebensweges.« Hätte er die Verdurstenden der letzten Stunden erlebt, würde er sein Urteil sicher revidiert haben. Durch Apathie bis hin zum Koma ereilte sie der Tod allesamt sanft und ruhig. Das quälende Durstgefühl war von den Sterbenden gewichen. »Ich fühle mich unaussprechlich wohl«, sagte mir einer im letzten Augenblick …

Am letzten Abend vor Damanhur biwakierte die Division notgedrungen noch einmal in der Wüste, da uns in den vergangenen

Tagen die Reiterhorden wiederum belästigt hatten, wodurch wir nur mühsam vorankamen. Morgen, so hofften fünftausend Seelen, würden wir endlich alle genügend Wasser bekommen. Auch unsere Notvorräte waren gänzlich aufgebraucht. Eine Uhr hatte zu laufen begonnen, die nicht wieder aufgezogen werden konnte. Antoine kam zu mir und sagte mit kratzender Stimme: »Sie trinken das schauderhafte Gesöff.«

Das aus dem Tümpel entnommene dickflüssige Nass sah aus wie eine fertige Flüssigkeit zum Weißen von Zimmerdecken. Ungezählte tranken gierig dieses undefinierbare Brackwasser.

So unterlag auch der stärkste Soldat von Hitze erschöpft, von Durst gemartert, von der Kloake vergiftet, der Last seiner Waffen.

In den Abendstunden kam plötzlich Wind auf. Doch die sandige Luft trug keine Feuchtigkeit; sie war voll von heißem Staub. Ich konnte das Wandern der meterhohen Sanddünen beobachten. Innerhalb weniger Minuten veränderte sich das Bild der Wüste, und ich würde bereits nach fünf Minuten die Orientierung verloren haben. Das Sandmeer wurde aufgewühlt wie das Wasser der Ozeane. Der Chamin kam urplötzlich, ohne Ankündigung. Der blaue Himmel färbte sich plötzlich schwarz. Ich spürte ein feines Vibrieren auf meiner Haut. Es war so, als würde die Natur den Atem anhalten. Danach sah ich eine schwarz-rötliche Mauer auf mich zurasen. Ich konnte gerade noch meinen Kopf in ein Tuch hüllen. Tausende Sandkörner piekten wie Nadeln die Haut und drohten einen zu ersticken. Ich dachte nur noch an das unbekannte Damanhur und an die wunderbare Rettung in wenigen Stunden. Mit solchen Gedanken rollte ich mich ein wie ein Igel. Der Sandsturm ließ endlich nach. Das Einschlafen schenkte mir eine fühlbare Erleichterung. Es war ein leichter Schlaf. Ich vertraute mich ihm an. Ich war nicht allein in der Wüste. Sie war wie immer in den letzten Nächten meist belebt von Frauenstimmen, von Erinnerungen und geflüsterten Zärtlichkeiten.

Als die Nacht vorüber war, machten die Träume wieder der Wirklichkeit Platz. Ich erblickte im Morgengrauen eine gewaltige Sanddüne. Wenn der Tod jemals über ein eigenes Reich geherrscht hatte, dann musste diese Düne sein Thron gewesen sein.

»Alles antreten!«, hörte ich Offiziere krächzen. Die Soldaten leckten gierig den Tau von ihren Gewehrläufen und Bajonetten.

Trotz der schaurigen Nachtkühle war ich schnell auf den Beinen. Diese Ausgeburt der Nacht setzte uns genauso zu wie die Hitze des Tages, da wir uns aus Mangel an Mänteln und Decken nicht davor schützen konnten. Ich rief nach meinen Männern. Der Sturm hatte teilweise ihre Zelte hinweggefegt und die Schlafplätze mit Sand zugeweht. Später hörte ich, dass gut fünfzig Soldaten beim Appell fehlten. Einige von ihnen sollen sich selbst das Leben genommen haben. Manch einer blieb verschollen. Der Sand hatte sie offenbar alle begraben.

Antoine kam an meine Seite und sagte: »Es ist auch ein Erlebnis, nicht tot zu sein.«

»Ja!«, sprach ich. »Aber man darf nicht aufs Leben verzichten. Wir dürfen die Rettung, unweit von hier, nicht aus dem Auge verlieren.«

Parallel beobachtete ich, wie General Bon und ein Rudel seiner Offiziere, gegen alle Vernunft die Männer hart rannahmen, um die Außensicherung des Biwaks sicherzustellen.

Im gleichen Moment schüttelte sich Vigny den Sand aus dem Ärmel und ächzte: »Ich hol mir jetzt Wasser!« Mit letzter Kraft begann er auf den halb zugewehten Tümpel zuzukriechen, in dem jetzt, da der Sturm sich gelegt hatte, noch eine letzte, faulige Pfütze blinkte.

»Lass die Finger davon!« Ich wollte es schreien, brachte aber nur einen trockenen Laut zustande.

Ich nahm meinen Lederbeutel. Einen Rest an Wasser hatte ich zurückbehalten. Vigny sog gierig daran. Doch er kam nicht mehr auf die Beine. Als die Sonne sich mit ihren ersten Strahlen anschickte, die ausgekühlte Wüste wieder in einen glühenden Ofen zu verwandeln, lag mein Wundarzt Vigny tot im Sand.

Antoine sagte betroffen: »Geboren werden ist einfach, Wachsen ist einfach, auch Verdursten ist einfach.« Dann zitierte er ein arabisches Sprichwort: »Die Wüste gehört allen. Du wirst ihr willkommen sein!«

Die Sonne war noch nicht über den Horizont geklettert, als die Männer meiner Ambulanz sich im Zentrum des Biwaks aufstellten, um wie jeden Morgen die Erkrankten zu visitieren und registrieren. Die Schlange der Wartenden wuchs schnell an. Statt der üblichen vierzig, fünfzig Soldaten standen diesmal bei Tagesanbruch mehr als fünfhundert vor uns. Die Masse der Neuerkrankungen beunruhigte auch General Bon.

»Was bedeutet das?«, fragte er mich knapp.

»Bürger General, die Ophthalmie wird bald alle befallen haben. Sie breitet sich rasch aus, wovon Sie sich selbst überzeugen können. Gestatten Sie mir?«

Ich nahm seinen Kopf in meine Hände und zog mit meinen Daumen seine unteren Augenlider etwas herunter. »Auch Ihre Augen zeigen den Beginn einer Entzündung!«

»Das kümmert mich nicht!«, sagte er heroisch, als wäre er gefeit. Dann brüllte er die wartenden Männer an: »In einer halben Stunde ist Abmarsch! Bonaparte hat uns heute Nacht eingeholt und ist uns schon voraus. Bevor die Sonne im Zenit steht, werden wir in Damanhur sein. Dort hat der Chefchirurg alle Zeit der Welt, sich um eure Wehwehchen zu kümmern.«

Die Soldaten grollten, als würden sie sich im nächsten Moment an Bon vergreifen. Zwei, drei wurden verrückt und wälzten sich im Sand. Zunächst konnte ich es nicht glauben, dass uns der Oberbefehlshaber des Nachts und während des Sturmes überholt haben sollte. Er musste demnach mit den reitenden Jägern seiner Leibwache die Distanz, die uns Tage gekostet hatte, in weniger als zwanzig Stunden bewältigt haben.

Angesichts der desolaten Situation hieß ich Bons Entscheidung gut. Er musste seine Division auf Trab halten, musste die Disziplin erzwingen. Die Wüste würde sich bald wieder in einen Glutofen verwandeln. Die Symptome und Diagnosen waren auch bei fast allen Neuerkrankten gleich: Anschwellung der Augenlider, des Bindegewebes, manchmal der Häute des Augapfels, mit heftigem örtlichen Schmerz, den die Kranken Sandkörnern in den Augen zuschrieben, der jedoch in Wirklichkeit durch die geschwollenen Gefäße verursacht wurde. Dazu die Unfähigkeit, das Licht zu ertragen.

Diesen ersten Anzeichen würden bald heftige Kopfschmerzen, Schwindel und Schlaflosigkeit folgen. Die abgesonderte Tränenflüssigkeit war danach scharf, reizte Augenlider und Tränenpunkte. Mit der Zunahme derselben verbanden sich häufig Fieber und manchmal selbst Irrereden. Am dritten oder vierten Tag hatte die Krankheit meist den höchsten Grad erreicht. Doch der Ausgang der Erkrankung verlief ganz unterschiedlich, was sich aber erst ab dem sechsten bis neunten Tage beurteilen ließ.

Nach rund sechzig Visitationen brachen wir ab. Der Tag war gekommen, an dem wir Damanhur endlich erreichen sollten. Die Aussicht darauf würde Bons Division ein letztes Mal vorwärts treiben.

Ich wandte mich in Richtung Süden. Sie war unbewusst zur Richtung des Heils, des Lebens geworden. Ich rief beherzt in den Morgenhimmel: »Vorwärts zum Brunnen, dem ewig wasserreichen Brunnen!«

Antoine erwiderte selig: »Welch ein Bild des Lebens in dieser Weltgegend!«

Ich versuchte Speichel zu bilden, konnte aber nicht spucken. Eine kleistrige Masse verklebte meine Lippen. Sie trocknete rasch ein und ließ sich nur schwer wieder lösen. Mein Schlund war offen, aber schon hart und schmerzhaft. Von da an begriff ich, wieso ein Todgeweihter sich aus seiner letzten Stunde noch ein Stückchen Menschenleben zu machen versucht.

Alle Schätze der Pharaonen waren nichts, waren unbedeutend angesichts des Palmenhains, der Damanhur umgab. Hinter dem Grün ragten schlanke Minarette in den blauen Himmel.

»Ein Wunder! Ein Wunder!«, rief Pierre begeistert. Hölzerne Schöpfräder vergossen pausenlos Wasser in kleine Bewässerungskanäle. Eine Luftspiegelung war diesmal ausgeschlossen. Wir zitterten vor Wonne.

»Gott, die Wüste ist doch bewohnt!«, rief Pierre und sank vor Dankbarkeit auf die Knie. Jubel brach aus. Es gab kein Halten mehr. Auch ich rannte los, legte mich auf den Rücken, direkt unter eines der Schöpfräder, öffnete meinen Mund und trank. Wasser, Wasser … »Durch dich kehren alle Kräfte zurück«, sprach ich selbst zu mir.

Es war einer jener Momente in dem ich mich restlos glücklich fühlte. Noch eine Stunde zuvor war auch ich innerlich verzweifelt. Ein unbeschreiblich einfaches Glück. Ich hatte keinen Feind mehr auf dieser Welt …

VI

El-Ramanijeh am Nil,
10. Juli 1798

Die Leiden wiederholten und verschlimmerten sich auf dem Marsch zum Nil. Es gab nur einen Ausweg: marschieren und, wenn nötig, siegen. Mit zugeklebten Augen, aufgesprungenen Lippen, auf der Haut die juckenden wollenen Uniformen, mit leeren Bäuchen und mit quälendem Durst schwand jegliche Hoffnung auf eine Besserung. Die Verluste durch Krankheiten und Freitod stiegen rapide an. Demoralisierend wirkten sich auf das Heer die täglichen Ermordungen der Nachzügler durch die Mamelucken aus. Ihre Anführer stellten sich nicht zum Kampf. Sie alle folgten offenbar den Befehlen Murad-Beys, der in Kairo residierte.

Als wir das Biwak von Damanhur verließen, wäre der Feldzug für mich und meine Ambulanz fast tödlich ausgegangen. Die Ambulanz und der Gepäcktross marschierten in der Mitte, als sich die etwa sechshundert feindlichen Reiter endlich zum Angriff entschlossen. Sie stürzten sich auf unseren Tross. Desaix bildete diesmal die Nachhut. Er verkürzte eilends die eingenommenen Abstände und kommandierte beim Angriff der Reiterhorden: »Bataillonsweise rechts und links zum Karree einschwenken! Feuer aus zwei Gliedern!«

Nur das schnelle Manöver rettete uns vor dem sicheren Verderben. Wir besaßen nur zweihundert vom Marsch durch die Wüste erschöpfte und halbkranke Reiter. Die Mamelucken hingegen hatten ein Reiterkorps, das mit den besten Londoner Gewehren, Pistolen und den besten Säbeln des Orients bewaffnet war und vielleicht auch die besten Pferde des Kontinents ritt. Doch sie wurden aus der kompakten Formation heraus mit einem entsetzlichen Gewehrfeuer eingedeckt. Erschrocken mussten sie feststellen, dass unsere geschwächte, doch disziplinierte Infanterie jeder Reiterattacke gewachsen war. Bei einer Gefechtslinie bestand die Gefahr, dass sie von einer Kavallerieattacke durchstoßen werden konnte oder durch eine Attacke in die Flanke in ihrer ganzen Länge aufgerollt wurde. Daher hatte Desaix ein Karree bilden lassen. In der Regel widerstand solch eine geschlossene Formation jedem Kavallerieangriff. Vor allem dann, wenn das Feuer so geführt wurde, dass ununterbrochen geschossen werden konnte. Es war für die Reiter unmöglich, in das Karree einzudringen und es zu sprengen, da sie auf jeder Seite einer Bajonettmauer gegenüberstanden.

Bei diesem Gefecht hatte Desaix' Division zwar einundzwanzig Verletzte zu beklagen, doch nur vier Männer dabei verloren. Die Gehunfähigen wurden wieder mühsam gestützt, manchmal getragen und die Schwerverwundeten im Kastenwagen transportiert. Weitere Transportwagen meiner Fliegenden Ambulanzen, einschließlich der Pferdebespannung, würden erst am Nil zu uns stoßen. Vier der fünf Infanteriedivisionen unter dem Befehl der Generäle Desaix, Reynier, Vial und Bon waren mit uns und Bonaparte auf dem Weg zum Nil. Ebenso die Reserve, in einer Stärke von 2600 Mann, unter dem Befehl von Brigadegeneral Murat und zwei Brigaden Kavallerie zu Fuß, jede 1500 Mann stark. Der Großteil der Ausrüstung sollte mit einer Flottille unter Konteradmiral Perrée nilaufwärts gebracht werden. Darunter Sättel für die Kavalleristen, dazu Pulver und Kugeln für Artillerie und Gewehre. Ebenfalls Verbandsmaterialien und eine komplette Lazarettausstattung, sowie Lebensmittel. General Dugua folgte mit seiner Division Perrées Barken auf dem Wasser, indem er auf dem linken Nilufer marschierte. Desgenettes mit seinen Männern war ihm als Ambulanz zugeteilt.

Die Mameluckenreiter verfolgten uns im sicheren Abstand, konnten allerdings jederzeit wieder eine Attacke reiten. Unser Sieg stand zwar nie in Zweifel, doch was ihn erschwerte, waren andere Momente.

Vor allem war da die Enttäuschung, die sich allenthalben breit machte. Die lang genährten Vorstellungen vom Paradies und den

Reichtümern des Orients brachen in jenen Tagen endgültig zusammen. Die Soldaten murrten ständig, drohten mit Umkehr und verhöhnten die mitmarschierenden Gelehrten, denen sie an allem die Schuld gaben.

Bonaparte ritt auf einem weißen arabischen Hengst voran. Er sah seine Soldaten niedersinken, sah ihre Leiden und blickte ab und an in die Gesichter seiner Generäle. Darin konnte er alle Gemütszustände ablesen. Sein eigenes Gesicht war unbewegt, ausdruckslos, geradezu maskenhaft starr. Pierre, der neben mir ging, zeigte ungesehen auf Bonaparte: »Nun weiß ich endlich, warum das Direktorium ihn nach Ägypten ziehen ließ.«

»Die Antwort kann ich mir denken.« Sand knirschte in meinem Mund. Plötzlich sog ich die Luft tief ein. »Riechst du es auch?«

»Ja, ich rieche Feuchtigkeit«, erwiderte Pierre hoffnungsfroh.

Mit einem Mal wich auch die Lethargie aus den endlosen Reihen der sich dahinschleppenden Soldaten. Alles geriet in Bewegung. Ich zeigte schräg nach vorn und rief: »Dort vorn, in der Senke, dort fließt er!«

Da war er! Gesäumt von zwei dunkelgrünen, üppig bewachsenen Uferbändern, floss er graublau dahin. Die tausendfache Kraft der Sonne pulsierte auf seiner Oberfläche. Im alten Ägypten hieß der Nil Hapi, was gleichzeitig auch der Name des Flussgottes war. Für mich war dieser Gott der Inbegriff der Erlösung, der Gnade und der Hoffnung.

Hütten aus ungebrannten Lehmziegeln, umgeben von Dattelpalmen und reifen Melonenfeldern, lagen aneinander gereiht entlang des Stromes. Ein kleiner Junge am Nil-Ufer schleppte mit seinem Vater Salz in Säcken zum Einpökeln der Fische. Das Strahlen seiner Augen wich einem Entsetzen, als die anrückende Menschenwalze den Boden erzittern ließ. Tausende Infanteristen stürmten in einem ohrenbetäubenden Gejohle die kleine Anhöhe herunter, den Fluten des Nils entgegen. Bonaparte sah stoisch zu, wie sich seine Generäle und das aufgelöste Heer samt Uniform und Waffen in die Nilfluten stürzten.

Sofort sah ich mich um. »Erst die Verwundeten! Das ist ein Befehl!«, schrie ich heiser mit erzürnter Stimme, als einige meiner Wundchirurgen ebenfalls zu laufen begannen. Bonaparte blickte stumm herüber. Mein Stab fügte sich ohne Murren. Wir brachten die Verletzten ans Ufer, damit auch sie sich erfrischen konnten. Ein Teil meines Stabes blieb zur Bewachung der Ausrüstung zurück, während ich die Übrigen bis zur Ablösung in den Nil entließ. Kurz darauf sahen wir erste Leichen schwimmen, die von der Strömung abgetrieben wurden.

»Verdammt, wir hätten das verhindern müssen!«

»Niemand hätte dies verhindern können!«, sagte Antoine, der bei mir geblieben war.

Trauer und Unzufriedenheit mischten sich in mir. »Die Erschöpften sind erlöst. Doch sie hätten gerettet werden können.«

Antoine erwiderte in Gedanken vertieft: »Viele Tote hat der Nil mit sich genommen; seine Flut ist ein Grab, und unsere Toten werden dort unten langsam zur Flut.«

Kurz darauf stürmten ganze Brigaden die Melonenfelder. Mit Sorge, jedoch völlig machtlos, sah ich dem Treiben zu. Bertholett, unser Chemiker, der ebenfalls abgewartet hatte, trat an mich heran und hob triumphierend ein Reagenzglas hoch. »Mich interessiert die Qualität des Nilwassers. Die Analyse wird die Nützlichkeit unserer Reise dokumentieren. Kommen Sie mit, mein verehrter Larrey?«

Die Nützlichkeit der Wasserqualität vom Nil erschien mir im gleichen Moment angesichts der schlichten, herben und widrigen Wahrheiten, die wir zur Kenntnis nehmen mussten, so fremd und unangemessen wie nur irgendwas. »Natürlich!«, erwiderte ich befremdet.

Als wir hinabliefen, um uns zusammen in die Fluten zu stürzen, kamen uns die ersten Soldaten entgegen, deren Bäuche sich den Rundungen der Wassermelonen angeglichen hatten. Als ich dann endlich in den Wassern des Stromes trieb, schöpfte ich Kraft für die kommenden Stunden und Tage, die nichts Gutes ahnen ließen.

Doch was war gut, was böse? Was Bonapartes Feldzug anging, konnte ich bis zu jenem Tage nichts Gutes ausmachen. Für mich und meine Ambulanzen sollte jedoch der Vers aus dem Sonnengesangs Echnatons Wahrheit erlangen: *Wenn du fünfhundert Menschen Gutes tust und nur ein einziger von ihnen es anerkennt, war deine Mühe nicht vergeblich.*

VII

Kobrakit, 13. Juli 1798

Am Abend war eine Ruhmestat vollbracht. Ibrahim-Bey und Murad-Bey waren von Kairo aufgebrochen, um uns entgegenzutreten. Rund achttausend gefährliche Mameluckenreiter, zweitausend Janitscharen zu Fuß und rund sechzig Schiffe auf dem Nil hatten uns gegenübergestanden und uns erste Gefechte geliefert. Jede Division bildete ein Viereck. Das Gepäck und auch meine Fliegende Ambulanz befanden sich in der Mitte, während die Artillerie in den Zwischenräumen der Bataillone in Stellung gebracht war. Die Angriffe prallten an den gebildeten Karrees blutig ab, aus deren kompakten Formationen ein vernichtendes Gewehrfeuer abgegeben wurde. Obendrein wurde die Flottille auf dem Nil vollständig vernichtet.

Meine Ambulanzen waren komplett im Einsatz. Mein Freund René Desgenettes war mit der Division Dugua zu uns gestoßen. Wir versorgten die Verletzten im Sande. »Wie viele Tote und Verwundete?«, rief Junot vom Pferd zu mir herunter.

»Etwa vierhundert Tote und dreihundertachtzig Verletzte.«

Bonaparte, der »Vater des Feuers«, wie er inzwischen von den Mamelucken ehrfurchtsvoll genannt wurde, forderte von mir die genauen Verlustzahlen. Ich selbst befand mich im Zentrum bei der Division Dugua, wie auch unser Oberbefehlshaber. Als einige Mamelucken von der Flanke her angriffen und sich in der Hoffnung, die hintere Seite des Karrees offen zu finden, zwischen die Vierecke warfen, blieben im dichten, doppelten Gewehrfeuer mehr als sechzig Reiter im Sand liegen. Kurz darauf sah ich Dugua, wie er begann, mit seinen Offizieren die toten Mamelucken zu plündern. Seine Soldaten folgten dem Beispiel.

Als ich einen verletzten Araber bergen ließ, um ihn zu versorgen, traute ich meinen Augen nicht. Anscheinend hatten sie die Gewohnheit, ihr Gold im Gürtel zu tragen, wenn sie in die Schlacht zogen. Außerdem besaßen das Zaumzeug, die Sättel auf ihren Pferden, Kleider und Waffen einen beachtlichen Wert, da sie teilweise mit Edelsteinen und Goldfäden durchwirkt waren …

Dugua, der seine Satteltaschen mit den geraubten Schätzen voll stopfte, rief: »Ein Land, das so reiche Verteidiger hat, kann doch nicht so erbärmlich sein, wie wir noch vor Stunden geglaubt haben.«

Brigadegeneral Zayonchek, ein Pole, dem man sein hohes Alter von mehr als sechzig Jahren nicht ansah, und ein glühender Verehrer Bonapartes, erwiderte: »Ich wusste es doch. Unser Oberbefehlshaber hat Recht gehabt.«

Wir waren an diesem Tag rund dreißig Kilometer marschiert. Das Wetter war sehr heiß gewesen, und das Gefecht hatte die Armee vollständig ermüdet. Die Zahl der Erkrankten und Verletzten war inzwischen auf über eintausend angestiegen. Der »Tross der tausend Leiden« war nicht mehr zu übersehen …

VIII

Wardan, 17. Juli 1798

Adjutant Junot trat an mich heran: »Bonaparte hat mir befohlen, Sie zu holen.« Ich folgte ihm auf dem Fuße und trat in das enge Zelt des Oberbefehlshabers ein. Alle fünf Divisionsgeneräle und drei von Bonapartes Adjutanten hielten Kriegsrat. Mit einem Fingerzeig deutete er auf den Platz, an dem ich zu stehen hatte. Eingepfercht wie in einem Abstellraum standen wir Bonaparte gegenüber, während er das halbe Zelt für seine Bewegungsfreiheit nutzte.

Seine Stirn verdüsterte sich, schneidend wirkte seine Stimme: »Das Heer kommt zu langsam voran. Fünfzehn Kilometer gestern, knapp zwanzig heute. Ich verstehe das Jammern meiner Soldaten, aber nicht das Lamentieren meiner Generäle!«

Die Anwesenden, bis auf mich und Desaix, senkten ihre Augen, da sie diesen Verdammungsblick Bonapartes nicht ertragen konnten.

Desaix zeigte Mut und erwiderte: »Zwei Wochen lang nur Märsche. Die ungeheure Hitze, die elenden Hütten, das schlammige Wasser …«

Bonaparte schnitt ihm das Wort ab: »Natürlich! Aus ihren Worten klingt die Sehnsucht nach den Bequemlichkeiten der italienischen Paläste und Landhäuser. Ägypten ist nun mal nicht die Lombardei!«

Desaix blieb ruhig: »Bürger General, wir ertragen die Not und das Elend unserer Soldaten genauso wie Sie. Doch nichts kann sie beruhigen.«

»Und? Was schlagt ihr zur Aufmunterung eurer Brigaden vor?«

»Was wir dringend benötigen, sind schattige Ruhequartiere und ein wenig Ordnung in der Versorgung.«

Bonaparte schlug mit der Faust auf den Kartentisch: »Das werden wir in Kairo bekommen! Doch erst, wenn Murad-Bey sich uns auf dem Schlachtfeld stellt und wir ihn vernichtend schlagen. Dann werden wir alle Reichtümer Kairos auf dem silbernen Tablett serviert bekommen.« Daraufhin neigte er sich über die Karte, die einen vergrößerten Ausschnitt der Deltaspitze des Nils zeigte. Unweit davon waren auf dem rechten Nilufer Kairo, auf dem linken Giseh und etwas westlich davon, in einer Entfernung von ungefähr acht Kilometern, die Pyramiden eingezeichnet. Er breitete seine Arme aus, als umgreife er sein Territorium. Dann deutete er mit seinem ausgestreckten Finger auf die Pyramiden. Dieser Finger, das hatte ich schon längst herausgefunden, wusste alles besser: »Nach den neuesten Meldungen unserer arabischen Späher ziehen die Beys an dieser Stelle Kanonen zusammen, außerdem Reiterkorps von mindestens zwölftausend Mamelucken und mehreren tausend Beduinen zu Pferde. Überdies ein beachtliches Milizaufgebot aus Kairo.«

Bon atmete befreit durch: »Endlich! Wir werden sie dort stellen und besiegen!«

»Wann treffen die Lebensmittel ein?«, fragte Reynier dazwischen.

»Morgen erwarten wir die Flottille. Der Mangel wird ein Ende haben!«, erwiderte Dugua.

Nicht nur in meinen Augen, sondern vor allem auch nach dem Urteil der Gelehrten und Wissenschaftler in unseren Reihen hatte Bonaparte den Zeitpunkt der Eroberung Ägyptens völlig falsch gewählt. Der Nil hatte im Juli seinen tiefsten Wasserstand erreicht. Im Winter, wenn er die Ufer überfluten konnte, würde das Getreide gleich neben den Biwaks zu ernten sein. An Handmühlen und Backöfen gab es keinen Mangel. Doch diese nackte, eintönige, traurige Erde nahm einem jegliche Vorstellung von einem fruchtbaren Ufer. Desgleichen war vermutet worden, Ägypten sei ein pferdereiches Land, was dazu führte, dass von uns insgesamt nur dreihundert Pferde mitgenommen wurden. Der beträchtliche Bedarf des Heeres sollte sich aus dem Lande heraus decken.

Bonaparte wandte sich plötzlich an mich: »Wie steht es mit den Kranken und Verletzten?«

Augenblicklich war es still geworden. Jedermann wusste, dass ein wesentlicher Grund für den langsamen Vormarsch darin lag, dass sie alle mitgenommen wurden. Nebenbei hatte ich den Generälen sogar eine weitere Abteilung abgetrotzt, die sich um die Nachzügler kümmerte und sie im Ernstfall auch beschützen musste. Reynier und Bon rebellierten zwar dagegen, da sie sich übergangen fühlten, doch Bonaparte hatte ihren Protest im Keim erstickt. Bei den Soldaten dagegen wuchs mein Ansehen, da sie täglich sehen konnten, wie wir uns um jeden Einzelnen kümmerten. Schließlich konnte schon in der nächsten Stunde jeden das gleiche Schicksal ereilen. René und ich hatten uns schon die Tage zuvor darüber Gedanken gemacht und eine Lösung für das wachsende Problem gefunden.

Ich trat vor, sodass ich im Zentrum des Halbkreises stand. »Bürger General, wir schlagen vor, dass die Verwundeten und Gehunfähigen per Schiff nilaufwärts nach Kairo transportiert werden. Das Heer und unsere Ambulanzen würden dadurch entscheidend entlastet.«

Bonapartes Gesicht hellte sich auf. Die Generäle nickten zustimmend. Ich hatte meinen Part erfüllt. Beim Verlassen des Zeltes fragte mich Bonaparte: »Wie viele müssen auf dem Nil transportiert werden?«

Meine Antwort kam prompt: »Rund zweihundert Erblindete, dazu vierhundert Erschöpfte und einhundertfünfzig Schwerverletzte. Davon werden wir aber noch heute Nacht einige den Fluten des Nils übergeben müssen.«

Bonaparte trat mit mir vor das Zelt. »Sie mögen es als ein Zeichen meines Vertrauens ansehen, Larrey!«, sagte er langsam, »Ihre Ambulanzen bekommen von mir alles, was sie brauchen. Wohlgemerkt alles – vorausgesetzt, ich bin dazu in der Lage!«

Als ich mich vom Zelt entfernte, hörte ich, wie er seine Generäle abstrafte. Er wetterte: »… die Verantwortung vor Frankreich, vor der Weltgeschichte übernehme ich … Von Ihnen verlange ich nichts als Gehorsam!«

Ich eilte zu den Lehmhäusern. Drei vom Wundbrand infizierte

Männer und einen jungen Tambour von dreizehn Jahren hatten wir in eine Scheune verlegt, die für unsere Zwecke ausgeräumt und als Sammelstelle notdürftig hergerichtet worden war. Der Anblick der Sterbenden in ihrem Todeskampf sollte dem Heer, weil Gift für die Moral, verborgen bleiben.

Zwei der vier Männer hatten vor sieben Tagen in El-Ramanijeh Schusswunden im Armgelenk davongetragen. Der dritte hatte seit vier Tagen eine Hiebverletzung am Oberarm, und Marcel, der Tambourjunge aus Lyon, erlitt zur gleichen Zeit eine leichte Schusswunde am rechten Schenkel. Die kühlen und feuchten Nächte begünstigten ohne Zweifel den Tetanus. Obwohl die Verletzungen zu unterschiedlichen Zeitpunkten erfolgten und die Wunden in gutem Zustand waren, hatte der Wundstarrkrampf bei allen vieren den Status der Erdrosselung erreicht.

Der Todeskampf Marcels ging uns allen zu Herzen. Den Anfang machte ein allgemeines Übelbefinden, eine Art Unruhe, die sich des jungen Körpers bemächtigte. Seine Augen bewegten sich kaum, lagen tief in den Höhlen, das Gesicht entfärbte sich, der Mund schon verzerrt, während die Starre im Gebiet der Kaumuskeln begann und rasch in eine Kieferklemme überging. Der Kopf drehte sich unwillkürlich zur Seite hin. Die Kaumuskeln fühlten sich bretthart an. Gleichzeitig breitete sich die Starre in den Muskeln rund um die Eintrittspforte der Kugel aus. Konnte der Eiter noch vor zwei Tagen aus dem Schusskanal ungehindert ablaufen, so verschwand er nun gänzlich. Das Fleisch schwoll an, wurde trocken und wie marmoriert. Die Erscheinung war von stechenden Schmerzen begleitet, die sich schon bei einem leichten Luftzug verstärkten. Danach wurden im Allgemeinen etappenweise weitere Muskelgruppen von der Starre ergriffen: die Schlundmuskulatur, die des Nackens, des Rückens, des Bauches, der Extremitäten sowie des Brustkorbs. Bei Marcel wurden die Bauch- und Brustmuskeln befallen. Der Emprosthonus beugte den Rumpf stark nach vorn, trieb die Eingeweide ins Becken und in die Hüfthöhlung. Seine Beine waren steif und gewaltsam zu den Schenkeln herangezogen. Ebenfalls waren seine Arme an den Körper herangezogen. Die Atmung war kurz und mühsam, der Körper stets mit Schweiß bedeckt. Die Funktion des Gehirns blieb bis zum letzten Augenblick seines

Lebens ungetrübt, sodass der unglückliche Junge seinen Tod bei vollem Bewusstsein näher rücken sah. Am Ende nahm die Steifheit noch zu, seine Speicheldrüsen pressten einen weißlichen, schäumenden Schleim aus dem Munde, und er schluckte ununterbrochen. Wenig später röchelte er nur noch, und kurz darauf trat der Erstickungstod ein …

Der Tod des Jungen ging mir auch deshalb so nahe, da selbst bei schlimmeren Verwundungen, bei denen wir innerhalb der ersten zwölf Stunden Amputationen durchführten, kein Einziger dem Tetanus erlag. Wiederum wurde ich in meiner Auffassung bestärkt, dass die Amputation, sogleich gemacht, das sicherste Mittel war, den Wundstarrkrampf zu verhindern, wenn er von einer Verwundung ausging, die in den Extremitäten ihren Sitz hatte.

IX

Bei den Pyramiden – Giseh – Kairo, 21. Juli 1798

Die Sehnsucht, der Wüste endgültig zu entrinnen, mobilisierte unsere letzten Kräfte. »Ihr sollt wissen, dass unsere Leiden noch nicht vorbei sind. Wir haben noch Kämpfe zu absolvieren, Siege zu erringen und Wüsten zu durchqueren. Und dann werden wir nach Kairo gelangen und so viel Brot haben, wie wir nur wollen.«

Die Worte Bonapartes wiederholte ich für meine Chirurgen und Helfer wie die Offiziere für ihre Soldaten. Das Wort »Brot«, war nur Synonym für die Instinkte niedrigsten Ranges. Die Soldaten verdoppelten ihre Anstrengungen nur deshalb, weil Bonaparte den grellen Widerschein von Plünderung, Beute und Ausschweifungen über Kairo leuchten ließ. Daraufhin setzte sich die Armee morgens zwei Uhr in Marsch, um ihren Durst nach Niederwerfung und Triumph zu stillen.

Da der Nil in den letzten Wochen bis auf Höhe unseres Vormarsches freigekämpft worden war, spürten wir eine fühlbare Verbesserung der Versorgung des Heeres. Auch meine Transportkisten mit all den darin verpackten Verbandsmaterialien waren inzwischen nachgekommen. Ich war sehr zufrieden, denn je näher wir Kairo kamen, umso mehr sprachen alle Anzeichen dafür, dass Murad-Bey sich endlich der alles entscheidenden Schlacht stellen würde. Bei dem zu erwartenden heftigen Zusammenprall der Armeen in der Stärke von jeweils zwanzigtausend Mann mussten wir mit tausenden Blessierten rechnen.

Im Glauben an den Sieg, aus Liebe zu Frankreich und unseren

Idealen sowie in der Hoffnung auf eine gesunde Rückkehr hatten wir in den letzten Tagen rastlos dafür gesorgt, unsere Fliegenden Ambulanzen auf die große Schlacht vorzubereiten. Auf Befehl Bonapartes hatte man für die Kastenwagen der Ambulanzen arabische Pferde requiriert, die robuster waren und die Hitze besser vertrugen als unsere mitgeführten Maultiere. Ergänzend dazu hatte ich befohlen, alle vorhandenen Marschranzen mit Verbandsmaterialien aufzufüllen. Wir waren bereit, Menschen zu retten. Jeder Soldat sollte das Gefühl haben, dass er nicht auf dem Schlachtfeld zurückbleiben würde.

»Wir können nicht sterben, wenn wir auch verwundet werden. Larrey ist unter uns!«, rief ein Husar aus der Brigade Lannes lauthals seinen Kameraden zu. Die Brigade zählte zur Division Dugua, der ich wiederum zugeteilt worden war und mit der auch Bonaparte und sein Stab in die Schlacht zogen. Hinter uns befanden sich die Divisionen Desaix, in der René Desgenettes seine Ambulanz führte, und Raynier. Querab, links von uns, die Division Bon und vor uns als Spitze die Division Vial. Unsere Kolonnen marschierten also im Zentrum des Heeres. Unabhängig davon, wie die Bewegung der Division während der Schlacht sein würde, der Hauptsammelplatz aller Schwerverwundeten würde bei meinem Stab sein.

Als die Morgendämmerung die ersten Konturen der Umgebung erkennen ließ, drang plötzlich aus südlicher Richtung tausendfaches Freudengeschrei an mein Ohr. Der Jubel kam von den Männern der direkt vor uns marschierenden Division Vial.

Kuriere auf schnellen arabischen Pferden, die zwischen den marschierenden Kolonnen Verbindung hielten und Bonapartes Befehle übermittelten, meldeten die Minarette Kairos in Sichtweite. Wenig später wiederholte sich das Freudengeheul auch in unseren Reihen. Endlich sahen die Männer etwas, was sie bislang nie so recht hatten glauben können: In dieser gottverlassenen Gegend gab es tatsächlich eine große Stadt, eine reiche und verheißungsvolle dazu. Ihr galt alle Aufmerksamkeit, dorthin lohnte es sich hinzukommen. Endlich!

Die kräftezehrenden Märsche unter der afrikanischen Sonne hatten in meinen Augen die revolutionären Gefühle, den Patriotismus und die Treue zu den republikanischen Prinzipien bei unseren

Soldaten schon längst verlöschen lassen. Sogar Bonaparte hatte das zehnjährige Jubiläum der Erstürmung der Bastille am 14. Juli vergessen und den revolutionären Feiertag in einer Flut von Anordnungen versenkt.

Gegen neun Uhr meldeten Kuriere dem Oberbefehlshaber die Ausdehnung und Aufstellung der Schlachtlinien des Feindes. Da ich, wie befohlen, immer in Bonapartes Nähe zu sein hatte, konnte ich mir aufgrund der eintreffenden Meldungen ein genaues Bild von der Entwicklung der Schlacht machen.

Kuriere galoppierten heran und schrien lauthals ihre gemachten Beobachtungen: »Rechter Flügel: etwa zwanzigtausend Mann Janitscharen, Araber und Milizen aus Kairo!«

Der nächste Reiter rief: »Verschanztes Lager vor dem Dorf Embabeh! Mit mehr als sechzig Kanonen bestückt!«

Zwei Kuriere meldeten gleichzeitig: »Zentrum und linker Flügel: Reiterkorps gesichtet. Etwa zwölftausend Mamelucken, Agas und Scheichs! Jeder Reiter hat drei bis vier Mann zu Fuß bei sich!«

Ein weiterer Reiter brüllte aufgeregt: »Äußerster linker Flügel: etwa achttausend berittene Beduinen!«

Vier Späher hatten offensichtlich die gesamte Länge der gegnerischen Schlachtlinie abgeritten, denn sie meldeten übereinstimmend: »Ausdehnung der Reiterei vom Nil bis zu den Pyramiden mindestens zehn Kilometer!«

Pausenlos trafen Meldungen ein, die Bonaparte ruhig entgegennahm und die ihn veranlassten, seinerseits Kurierreiter loszuschicken, um Instruktionen an seine Divisionsgeneräle zu übermitteln.

Danach formierten sich die Divisionen in Kolonnen, um bei Bedarf sofort die gleiche Schlachtordnung einnehmen zu können, wie sie sich in dem Gefecht bei Kobrakit so sehr bewährt hatte.

»Dugua!«, rief Bonaparte seinem Divisionsgeneral zu, »wir erkunden die Stärke des verschanzten Lagers von Embabeh.«

Was ich sah, war beeindruckend. Auf dem gegenüberliegenden rechten Nilufer, nördlich von Bulak, hatte Ibrahim-Bey mit seinen Horden Stellung bezogen. Beide Ufer waren mit Zelten übersät. Auf dem Ostufer lärmten Fakire und Mystiker mit Trommeln, Pfeifen, Zimbeln, schwenkten Fahnen und vollführten Tänze. Als sie uns erblickten, warfen sie sich auf den Boden und erhoben die Hände, als wollten sie vom Himmel Beistand erflehen.

Vom befestigten Lager Embabeh auf unserer Seite des Ufers bis hinunter nach Kairo konnte der Nil die gegnerische Flottille kaum fassen. Als unsere Späher näher kamen, sahen sie, dass die Kanonen, die das befestigte Lager schützen sollten, auf unbeweglichen Schiffslafetten lagen. Sie meldeten, dass die Infanterie und Milizen aufgrund ihrer schlechten Ordnung schnell aus ihren einfachen Gräben zu werfen und in den Nil zu jagen wären. Dagegen zeigten die ersten Geplänkel mit feindlichen Reiterkorps die flammende Kampfeslust der Mamelucken.

Desaix marschierte währenddessen mit seiner Division an dem verschanzten Lager vorbei. Mit einem Rechtsschwenk in Richtung der Pyramiden bewegte er sich direkt auf das Zentrum der Mamelucken zu. Ihre Linie sollte auf Befehl Bonapartes durchbrochen werden, um sie im Rücken zu umfassen. Reynier, Vial, Bon und wir folgten ihm zunächst im gleichen Abstand.

»Schneidet sie von ihrem Fluchtweg nach Oberägypten ab!«, rief Bonaparte Reynier zu, den er noch einmal kurz zu sich befohlen hatte. Danach rückte das Heer gut eine halbe Stunde lang diszipliniert, in bester Ordnung und im tiefsten Schweigen vor.

Staunend, als würden sich die Dinge um uns herum völlig ändern, marschierten wir titanischen Bauwerken entgegen. Eine weite Sandebene breitete sich majestätisch vor den Pyramiden aus. Ich fühlte mich in eine Zeit versetzt, als ein Gott an diesem Ort persönlich eingegriffen haben musste. Mir war, als würden ihre Spitzen verkünden: Ihr geht dem Tod entgegen, wohin auch immer ihr eure Schritte wendet. Ihr seid die Sterblichen!

Ich kletterte auf den Bock des Kastenwagens und reckte meinen Hals. Zwei Kilometer entfernt stand uns ein unüberschaubares Heer an Reitern gegenüber, das sich wie ein gewaltiger Riegel vor die Pyramiden geschoben hatte. Dort, wo Desaix ihnen am nächsten war, wirbelten plötzlich riesige Wolkenbänke von Staub empor. Murad-Bey hatte Desaix' Absicht erkannt. Wie ein Blitz warf sich das reitende Elitekorps auf Desaix und Reynier und umzingelte diese. Obwohl die ersten Gefechte in einiger Entfernung stattfanden, war ich mir sicher, dass der Formationswechsel von der

Kolonnenformation zum Karree den Soldaten in Fleisch und Blut übergegangen war. Gut gedrillt, wie die Italienarmee nun einmal war, vollzog sich der Wechsel trotz der erlittenen Strapazen und der Gefechtsbelastung wie von selbst. Wundärzte und Helfer befanden sich mit ihren Transportwagen in jenem Moment immer in der Mitte des Karrees.

Dugua ließ die Kolonnen halten. Bonaparte stand im gleichen Moment in seinen Steigbügeln, hob seine rechte Hand, zeigte auf die Grabgebäude und rief: »Soldaten! Von diesen Pyramiden blicken vierzig Jahrhunderte auf euch herab!« Jubelgeschrei aus sechstausend Kehlen brandete auf.

Gewehr und Kanonensalven erschütterten die Luft, als ob Bonapartes Worte damit mehr Gewicht erhalten sollten. Ein heftiger Nordwestwind kam auf und wirbelte von den Sanddünen dichte Wolken von Staub auf. Da wir ihn im Rücken hatten, trieben die Staubwolken auf den Feind zu. Die Welt wurde dunkel vor Pulverschmauch und aufgewirbeltem Sand.

Dugua erhielt den Befehl, sich zwischen den Nil und die Division Desaix zu schieben, um die Mamelucken und Araber vom Fluss und vom Lager Embabeh abzuschneiden. Mit dieser Bewegung gelangten wir ebenfalls in den Rücken der Angreifer. Murad-Bey hatte auch dieses Manöver offenbar durchschaut und wollte durch eine wilde und mutige Attacke verhindern, dass wir die Finesse vollenden konnten. Mehr als fünftausend Reiter flogen heran. Doch das Viereck der Division war wiederum schnell gebildet und die Artillerie wirksam in Stellung gebracht. Sie bestand meist aus Vierpfünder-Rohren, da diese in der Hitze und in dem schweren Gelände leichter zu bewegen waren als Acht- und Zwölfpfünder. Der Kartätschenbereich lag bei rund dreihundert Metern. Eine solche Kartätsche bestand aus einem geteerten Leinensack, der dem Kaliber des Geschützes entsprach. Er war gefüllt mit Gewehrkugeln und Eisenstücken. Beim Austritt des Geschosses platzte die Hülle, und die Metallstücke flogen in einer tödlichen Garbe den galoppierenden Pferden entgegen. Versuche auf dem Schussfeld des Arsenals zu Toulon hatten ergeben, dass auf einer Distanz von dreihundertsechzig Meter fast die Hälfte der Kugeln und Metallstücke ihr Ziel traf.

Ich befand mich mit meinem Tross wiederum in der Mitte des Karrees, ebenso Bonaparte mit seinem Stab. Eine knappe Stunde lang sprengten die Mamelucken todesmutig zwischen den Karrees hin und her. Hatten sie ihre Gewehre abgeschossen, so griffen sie zu den Pistolen, derer sie mehrere bei sich trugen, und zuletzt zu den beiden Säbeln. Die Zügel der Pferde im Mund, in jeder Hand einen Säbel, warfen sie sich am Ende in unsere Reihen und teilten noch sterbend rechts und links Schläge aus, die ihre Wirkung nicht verfehlten.

Die Ohren wurden taub durch das ununterbrochene Knallen der Schüsse. Die südliche Linie war dem Anprall des Feindes stärker ausgesetzt als die nördliche. Manchmal gelang es einem Mameluckenreiter noch im Todessturz, Muskete und Pistole aus nächster Nähe abzufeuern, was auf unserer Seite immer wieder Tote und Verletzte forderte. Aus Verzweiflung und Wut versuchten bald hier, bald da Reiter in die Karrees einzubrechen, was jedes Mal mit ihrem Tod besiegelt wurde. Gerade im Zwischenraum, der die Divisionen trennte, erwartete sie ein doppeltes Sperrfeuer. Selbst die Fliehenden wurden von uns mit Gewehr- und Kartätschenfeuer geradezu überschüttet.

Der mörderische Kampf dauerte eine knappe Stunde, bis sich allmählich die unvermeidliche Niederlage der Mamelucken abzuzeichnen begann. Mit Respekt vor der Hartnäckigkeit der Angreifer sagte Bonaparte: »So viel Mut hat man noch nie gesehen!«

Inzwischen zählte ich sechsundzwanzig Blessierte, die wir in das Innere des Karrees brachten, wo wir sie auch während der Vorwärtsbewegung versorgten.

Unerwartet traf eine Vierpfünder-Kanonenkugel den siebzehnjährigen Tambour Jean Gravel an der rechten Schulter. Eine Batterie war von den Mamelucken hinter einem Sandhügel in Stellung gebracht und von uns unerkannt geblieben. Meine Oberwundärzte bargen ihn ins Zentrum. Hilfswundarzt Roussel schnitt rasch die restlichen Teile seiner Uniformjacke ab. In ihrer parabolischen Flugbahn hatte die Kugel den vorderen Teil seiner Schulter gestreift und war an der gerundeten Fläche abgeglitten. Seine elastische Haut gab dem Druck nach und zerriss erst beim Ursprung des Acromions, der beginnenden Schulterwölbung. Die Wunde war grässlich und außergewöhnlich schmerzhaft. Der Kopf des Oberarms, der damit verbundene Teil des Schlüsselbeins, das Acromion und der *Processus coracoideus*, der Rabenschnabelfortsatz, waren zerschmettert und ein großer Teil des Deltamuskels desorganisiert. So schlimm auch sein Zustand war, so hatte ich dennoch Hoffnung, den jungen Mann zu retten. Wir legten ihn zum Abtransport in einen der Kastenwagen meiner Fliegenden Ambulanz. Ich nahm die Karte und entschied mich für Giseh. Dort wollte ich ihn spätestens in ein, zwei Stunden operieren …

Die feindliche Batterie war inzwischen durch unsere Kanoniere zerstört worden. Das Gemetzel ebbte ab. Tapfer waren die Mamelucken an der Feuermauer unserer Karrees verblutet. Die verbliebene Reiterei, die das befestigte Lager Embabeh verteidigte, wurde in unserem Rücken durch Divisionsgeneral Bon geworfen. Als sie versuchte, nach Giseh zu entkommen, wurde sie von uns mit aufgepflanzten Bajonetten und einem Kugelhagel empfangen. Der einzige Ausweg, der ihnen blieb, war der Nil. Seine Fluten verschlangen mehrere hundert Reiter. Keinem einzigen gelang es, das rettende Ufer zu erreichen.

Die arabische Infanterie löste sich daraufhin auf und suchte sich schwimmend oder zum Teil auf Nilbooten zu retten. Murad-Bey versuchte noch zweimal, die Verbindung zu seinem Lager herzustellen, um der Besatzung den Rückzug zu ermöglichen. Doch all seine Angriffe scheiterten. Fünfzig Geschütze, vierhundert Kamele, beladen mit Teppichen, Porzellan, Silbersachen, dazu Prunkzelte, ihre Pferde, ihre Sklaven sowie die gesamte Feldausrüstung des Lagers fielen uns in die Hände. Murad-Bey war vernichtend geschlagen. Er selbst floh nach Giseh, raffte in seinem Landschloss das Nötigste zusammen und zog kurz darauf mit seiner Leibwache nach Oberägypten.

Mehr als dreitausend Mamelucken waren gefallen, davon mindestens zweitausend Männer seiner Elitekavallerie. Nur die Schreie der Verwundeten störten in der imposanten Kulisse. Allerschönste Rüstungen bedeckten das Schlachtfeld, gleißend in der Nachmittagssonne. Die ganz mit Gold, blutigem Kaschmir und Seide übersäte Ebene gab Bonaparte seinen siegreichen Divisionen preis. Andere fischten mit ihren Bajonetten Mameluckenleichen aus dem

Nil, um sich ihren Reichtum zu sichern. Die Soldaten machten unermessliche Beute, denn die Mamelucken trugen alles, was sie an Gold, Silber und Edelsteinen besaßen, bei sich. Nun war mir klar, warum die Mamelucken so große Tapferkeit an den Tag legten. Sie verteidigten neben ihrem Leben ja ihr Vermögen; denn es befand sich keiner unter ihnen, bei dem unsere Soldaten nicht drei-, vier- ja sogar fünfhundert Louisdor gefunden hätten.

Das ist der Sieg. Das von Napoléon versprochene »Brot« war gebacken!

Inzwischen standen wir querab von Giseh. Ich rief meine Unterwundärzte Lachome, André und Valet sowie meine ersten Hilfswundärzte Roussel, Mougin, Valet und Celliers zu mir. »Sucht das Schlachtfeld nach Verwundeten ab.«

Celliers sah mich erstaunt an: »Meinen Sie die Mamelucken?«

»Ich meine verwundete Menschen, die dort draußen langsam verbluten, wenn Sie noch lange warten.«

Wenig später trugen die Helfer Celliers auch einen Mameluck in das Karree, der, nach seinem teuren Schmuck zu urteilen, einer der vielen reichen Beys gewesen sein musste. Er hatte einen tödlichen Bauchschuss. Die verantwortliche Kugel steckte wohl im zweiten Lendenwirbel. Auf dem Weg dorthin hatte sie die Bauchdecke, den Colon ascendens und offensichtlich auch die Aorta abdominalis zerrissen. Die Wunde war durch Kot stark verschmutzt. Ich verband ihn und konnte durch eine bequeme Lagerung und durch Stillung des Durstes seine Situation ein wenig erleichtern. Bevor er starb streifte er mit letzter Kraft einen kostbaren Ring von seinem Finger und gab ihn mir aus Dankbarkeit mit den Worten: »Ich brauche ihn nicht mehr, bewahren Sie ihn sorgfältig.«

Als die Nacht hereinbrach, nahmen wir in Giseh zusammen mit Bonaparte und seinem Stab in Murad-Beys luxuriösem Landschloss Quartier. Dort erfuhren wir, dass auch das Mameluckenheer auf dem östlichen Ufer geschlagen war. Ibrahim-Bey, der Pascha und die Emire waren geflohen, und ihre Kämpfer und Untertanen strömten nach Kairo hinein. Auch in Giseh weinten und schluchzten die Menschen und flehten Gott an, sie vor den Übeln des schrecklichen Tages zu bewahren. Die Frauen schrien, so laut sie konnten, von den flachen Dächern ihrer Häuser herab. Der

Nil war vom Feuerschein der brennenden Mameluckenschiffe in ein gespenstisches Licht getaucht. Im Widerschein der Feuersbrunst sahen wir die Spitzen der Pyramiden in der Ferne. Die Zeit drängte. In Eile richteten wir in einem der Nebengebäude ein Lazarett ein, um die anstehenden Operationen durchführen zu können. Wir arbeiteten insgesamt an sechs behelfsmäßigen Tischen.

Noch nie sah ich so fürchterliche Schusswunden. Die Flintenkugeln der Mamelucken und der Araber hatten einen eisernen oder kupfernen Stiel, den man beim Gießen derselben gleich mit eingeschmolzen hatte. Der Stift ragte meist zwei oder drei Zentimeter aus der Kugel heraus. Oft diente er dazu, zwei Kugeln miteinander zu verbinden, sodass daraus eine Art Stangenkugel wurde. Die Oberfläche des Geschosses war angeraut und sein Gewicht erheblich größer als das unserer einfachen, runden Flintenkugeln. Im Flug wirbelte das Projektil um seine eigene Achse und verursachte infolge dieser Eigenart grauenvolle Fleischwunden.

Das Entfernen forderte unser ganzes chirurgisches Können, denn der Stiel zermalmte die weichen Teile, zerriss die Gefäße, reizte die Nerven und keilte sich ein, wenn er sich den Weg in ein Gelenk bahnte. Wir mussten die inneren Flächen der Löffelzangen mit rauen Punkten versehen, um ein Abgleiten beim Herausziehen zu vermeiden.

Die Folgen dieser Schussverletzungen waren verschieden, aber immer schlimmer als die von unseren Kugeln verursachten Wunden. Die zerfetzten Gefäße erforderten ausgedehnte Blutstillungen. Demzufolge mussten wir tiefe Einschnitte machen, um den Blutfluss zu unterbinden. Ferner waren wir gezwungen, Nervenstränge zu trennen, da die teuflischen Geschosse heftige Schmerzen verursachten. Dies erforderte zudem hohe Dosen von Opium.

Während meine Unter- und Hilfschirurgen Lachome, André und Valet sowie Roussel, Mougin, Valet und Celliers vollauf damit beschäftigt waren, Soldaten mit Hieb- und Schusswunden zu versorgen, kümmerten sich meine Oberwundärzte Bouquin, Lamartin, Masclet und Asselini mit ihren Helfern um die Schwerverletzten. Bonaparte besuchte spät abends unsere Ambulanz und zollte allen Achtung und Anerkennung für die blutige Arbeit.

Ich selbst kümmerte mich um den jungen Jean Gravel, dessen Verwundung doch nicht so schwer war, wie dies anfangs geschienen hatte. Eine zweite genauere Untersuchung ergab, dass die Gefäße, Nerven, Flechsen der Achselhöhle unverletzt geblieben waren. Mit Hilfe einiger Einschnitte brachte ich relativ leicht das Acromion, die Extremität des Schlüsselbeins, heraus, das völlig aus seiner natürlichen Lage gebracht war. Schwieriger war dagegen das Herausziehen des Gelenkkopfes, den die Flechsen fest in die Gelenkhöhle hineingezogen hatten. Ich war dankbar, dass keine weiteren Schwierigkeiten die Operation erschwerten, die der Siebzehnjährige standhaft ertrug.

Die ersten fünf Tage nach dem Eingriff waren für Jean Gravel die schlimmsten. Doch nach der Ausbildung einer ausgedehnten Geschwulst, die begleitet wurde von heftigen Schmerzen, Rötung und Brennen der Haut, Fieber und Schlaflosigkeit, folgte eine gute und reichliche Eiterung. Endlich ging die Geschwulst zurück, Ruhe und Schlaf kehrten wieder. Infolge der Zertrümmerung isolierte sich zwar der brandige Teil des Armknochens, so wie später auch die Spina des Schulterbeins und dessen Gelenkhöhle, dennoch vernarbten die Wunden bald, und der Arm vereinigte sich mit der Schulter durch eine nach und nach herbeigeführte Näherung der Kompartimente. Ich hatte mir schon während der Operation vorgenommen, alles dafür zu tun, dass der junge Bursche rasch nach Frankreich zurückkehren konnte.

Es war schon weit nach Mitternacht, als mich mein Oberwundarzt Lamartin bat, an seinen Operationstisch zu treten, um ihm Rat zu geben. Der zweiundzwanzigjährige Kanonier Després aus Clermont-Ferrand war von einer kleinen Kanonenkugel von etwa einem Pfund dergestalt getroffen worden, dass sie ihm die vordere Seite des Schienbeins zerriss. Sie nahm dabei eine schiefe Linie und streifte noch den oberen und äußeren Teil der Wade, sodass die Haut vom Knöchel bis hoch zum Knie im Ganzen weggerissen wurde. Die Integumente der Wade zeigten Spuren der Kugel, einige Muskelpartien waren zerrissen und gequetscht, der Knochen erschien zerschmettert, doch ohne erkennbare Veränderung seiner Lage. Die Wucht des Streifschusses musste dennoch sehr groß gewesen sein, da das Bein des Kanoniers völlig zerfetzt, der Puls klein und sein Fuß eiskalt war.

Lamartin fragte mich ohne Umschweife: »Kann das Glied erhalten werden?«

Der Kanonier blickte mich ebenfalls fragend an. »Ich erinnere mich an einen ähnlichen Fall in Spanien«, erwiderte ich Lamartin, sodass der Verletzte es hören konnte. »Der Oberwundarzt von Figueras entschied sich damals in gleicher Situation für ein Abwarten. Noch in selbiger Nacht kam der kalte Brand über das ganze Bein des Soldaten, und einen Tag später war er tot.«

»Also amputieren?«

Ich klopfte ihm auf die Schulter: »So ist es, Lamartin, wenn Després damit einverstanden ist!«

Der Kanonier zögerte einen Moment. Eine heftige Schmerzattacke ließ seinen ganzen Körper vibrieren. »Nehmen Sie es ab!«, keuchte er schließlich.

Gegen drei Uhr morgens trat ich völlig erschöpft in den Park, um mir im Schloss eine Schlafgelegenheit zu suchen, als mir Junot entgegenkam. Bonapartes Adjutant zeigte statt Siegesfreude Betroffenheit. Wortfetzen Bonapartes drangen durch ein offenes Fenster an unsere Ohren. Seine Stimme überschlug sich: »Joséphine … Sie hat mich betrogen! Und ich bin tausende Meilen entfernt … Das ist Ihre Schuld! Sie hätten es mir sagen müssen!«

»Was ist passiert?«, fragte ich Junot.

Er hob den Arm und zeigte mit seinem Daumen rückwärts. »Bourrienne ist jetzt bei ihm. Bonaparte ist außer sich. Die Eifersucht quält ihn. Er wollte alles von mir wissen, was ich über Joséphine und ihre Eskapaden weiß. Ich habe ihm daher die Liebhaber seiner Frau aufgezählt.«

»Aufgezählt?«, fragte ich ungläubig zurück. Junot nickte. »War das klug?«

»Ich denke schon. An diesem Siegesabend ist es Zeit, der Wahrheit ins Auge zu sehen.«

»Ja, die Wahrheit …« Im gleichen Moment war ich in Gedanken bei meiner Frau Charlotte. Wo war sie gerade? Was tat sie im gleichen Augenblick? Wie stand es mit ihrer Treue?

Junot sagte noch im Fortgehen: »Keine Frau darf einen Sieger wie ihn betrügen.«

Und ich sagte stumm zu mir: »Eine Frau, die du hüten musst, ist des Hütens nicht mehr wert.«

Als ich mich dem Portal näherte, entdeckte ich im Fackelschein einen Weinstock, der sich entlang der Mauer rankte. Er war über und über mit dicken Trauben behangen. Ich hielt Lese, blieb im Freien und sank in einer rosenüberwachsenen Laube in einen traumlosen Schlaf.

X

Kairo, 24. Juli 1798

Es war ein wunderbar schöner Morgen, ein Morgen, wie er nur am Nil geboren werden kann. Die Zeit der großen Überschwemmungen war gekommen. Sie verwandelte das Land in ein riesiges Meer, aus dem nur die Dörfer und Dämme emporschauten. Sobald der Nilpegel wieder sank, hinterließ er eine neue Erdschicht, die das Land gleichmäßig überzog und aus der sehr schnell wieder eine reiche Flora zu sprießen begann. Der Nil teilte das Jahr in Überschwemmungszeit, Saatzeit und Erntezeit und bestimmte damit den Lebensrhythmus Ägyptens.

Durch die jährlich einsetzende Überschwemmung des Landes wurde der Nil den Ägyptern zum Geheimnis, Glück und Schrecken zugleich. Die Fluten konnten gewaltig sein. So hörte ich, dass in Oberägypten Flutwellen von vierzehn Metern Höhe gemessen wurden, die in Memphis immerhin noch eine Höhe von rund acht Metern erreichten, um dann endlich über ein Delta ins Meer zu fließen.

Der Nebel begann sich zu heben, und die Reste, die noch über dem Fluss lagen, verwandelten die über die arabische Wüste flutenden Sonnenstrahlen in einen durchsichtigen, goldflimmernden Schleier.

Drei Tage nach dem Sieg bei den Pyramiden zog ich nach Kairo, nach *Al-Qahira*, in die Stadt der Geschichten aus Tausendundeiner Nacht. Mit mir kamen auch der Tross der Kranken, Operierten und Gehunfähigen und mein Stab. Kein Transport der Leiden oder des Elends, wie man hätte vermuten können. Die Verwundeten der

Division Dugua waren von uns in Giseh gut versorgt worden, und bis auf Jean Gravel befanden sich alle auf dem Weg der Besserung. Schon einen Tag nach der Schlacht hielt Bonaparte meinen Bericht in Händen. Wir hatten in den fünf Divisionen insgesamt dreihundertelf Tote zu beklagen und rund zweihundertsechzig Schwerverletzte zu versorgen, darunter einundzwanzig Mamelucken. Am selben Morgen händigte mir Bonaparte völlig überraschend eine Anweisung auf die Summe von zwölfhundert Livres aus, die die Regierung in Paris an meine Frau auszuzahlen hatte. Auch wurde meine chirurgische Arbeit lobend in Bonapartes Schlachtenbericht erwähnt, der an das Direktorium nach Paris ging. Gut gelaunt meinte Junot zu mir: »Der Honigsammler der Siege findet nicht nur seine Arbeit gut, sondern auch Ihre. Bürger Larrey, Sie können stolz darauf sein.«

Gleich erschien alles wieder in einem anderen Licht. Wir hatten spielend von Unterägypten Besitz ergriffen, waren die Herren der wichtigsten Häfen des Landes. Es gab keinen ernsthaften Feind mehr zu bekämpfen, und unser Heer konnte die Straße nach Suez, dem wichtigsten Hafen Ägyptens am Roten Meer, benutzen, wann immer es unserem Feldherrn gefiel.

Ich fragte Junot: »Wie geht es weiter?«

»Wir werden ein zweites Heer nach Ägypten überführen. Mit einem stattlichen ägyptischen Hilfkorps könnten wir schon Ende des Jahres nach Indien aufbrechen und die Briten aus dem Land jagen.« Ich war mir sicher, dass Bonaparte die Pläne zur Eroberung Indiens schon in der Tasche hatte.

Lebensfreude keimte auf, die Strapazen und Toten waren verdrängt. Der Kaffee wurde aus vergoldeten Tassen getrunken und von Sklaven serviert. Wir fingen an, an den Glanz von Tausendundeiner Nacht zu glauben …

Edelste arabische Hengste, die wir in großer Zahl bei den Pyramiden eingefangen hatten, bescherten uns eine wohltuende Beweglichkeit. Würdig und eindrucksvoll ritten wir daher der Metropole der Welt in Allahs Garten entgegen. Unser Ziel war zunächst das Kloster St. Mercurius im koptischen Viertel Masr al Adima – die arabische Bezeichnung für Alt-Kairo. Es lag direkt gegenüber von Giseh auf der östlichen Seite des Nilufers, das wir über die

Insel Roda erreichten. Die uns bekannten Einrichtungen sowohl im Kloster St. Mercurius als auch die Hochzeitshalle nahe dem Kloster St. Georg hatten wir schon in Alexandria als geeignet für unsere Hospitäler angesehen. Dort traf ich auch wieder mit René zusammen, der zwei Tage früher mit der Division Vial über den Nil gesetzt war und alle Vorbereitungen für unsere Ankunft getroffen hatte.

Das Hospitalwesen für das gesamte Heer sollte auf Befehl Bonapartes so rasch wie möglich organisiert werden. Da er bestimmt hatte, Giseh zum Hauptquartier zu machen, schlug ich vor, das Lazarett ebenfalls in Giseh und die Hospitäler in Bulak, Masr al Adima und Kairo einzurichten. Daraufhin erwiderte Bonaparte: »Sie haben freie Hand!« Inzwischen verlegten wir die Blessierten in die bestehenden Einrichtungen von Alt-Kairo und auch nach Kairo selbst.

Als ich auf dem östlichen Nilufer wieder im Sattel saß, erblickte ich im Nordosten auf einem Felsenplateau die mächtige Al-Qalaa, die Zitadelle von Kairo. Voran und nördlich der Festung befanden sich Paläste, Moscheen und Mausoleen, so weit das Auge reichte. Jedes Stadtviertel hatte seine Moschee, und nirgendwo sonst ragte eine solche Anzahl von Minaretten in den Himmel, ertönte von so vielen Türmen der Ruf des Muezzins, der vom Wind bis weit in das Umland getragen wurde.

Wenig später bogen wir in die verwinkelten, staubigen Gassen von Masr al Adima ein. Von einem Torturm wehte die Trikolore. Reizvoll war die unterschiedliche Architektur kunstvoll verzierter Stadthäuser, die wir passierten. Dort die Häuser der begüterten griechischen Händler, da die reich geschmückten Bauwerke arabischer Karawansereien und Arkaden der Basare. Das zentrale Element einer jeden islamischen Stadt war das Quartier. In Kairo zählte man dreiundfünfzig dieser Quartiere, in denen seit Jahrhunderten Araber, Türken, Griechen, Berber oder auch Europäer lebten. Entsprechend bunt stellte ich mir das Treiben darin vor. Doch das Leben schien aus den Gassen geflohen zu sein.

Zum gleichen Zeitpunkt wurden wir Zeugen eines ungewöhnlichen Zusammentreffens. Eine Karawane von Kamelen, Pferden, Maultieren und Eseln, beladen mit Hab und Gut, zog gerade südwärts aus der Stadt fort, während Gruppen von Menschen zu Fuß, aus gleicher Richtung kommend, sich mühsam zurück in die Stadt schleppten. Frauen, Männer, Kinder und auch die Alten waren fast nackt. Sie schienen ausgeraubt worden zu sein. Ihnen war offenbar nur das belassen worden, womit sie ihre Blöße bedecken konnten. Eine aufgeregte Diskussion entspann sich zwischen den Ankömmlingen und einigen Begleitern des Trecks. Andere interessierte dies augenscheinlich nicht, und sie zogen wortlos weiter. Die meisten waren nur mit sich selbst beschäftigt.

Das Rätsel der halbnackten Menschen klärte sich schnell auf. Ohne genaues Ziel hatte sich ein Teil der Mameluckenbevölkerung aus Angst vor der Rache unserer Soldaten gleich in der ersten Nacht in die Wüste abgesetzt. Wer keinen Schutz hatte und sich nicht wehren konnte, wurde von Beduinen und Fellachen gnadenlos ausgeraubt. Die Schätze und Reichtümer, die in jener Nacht aus Kairo entfernt wurden, sollen ein Mehrfaches dessen wert gewesen sein, was zurückgeblieben war.

Eine andere Karawane wiederum war uns in den Morgenstunden auf dem Weg von Giseh nach Kairo entgegengekommen. Die wenigen vornehmen Bewohner Kairos, die den Mut gehabt hatten zu bleiben, waren auf dem Weg zu Bonaparte gewesen, um ihm ihre Unterwerfung zu bekunden.

Doch trotz des Endes der Kämpfe und der äußerlichen Ruhe hatten sich nun offenbar Teile der arabischen Bevölkerung zur Flucht aus der Stadt entschlossen. Neben mir ritten Antoine und Pierre. »Mich würde interessieren, warum die Menschen jetzt noch aus der Stadt flüchten?«

Antoine zeigte auf eine Gruppe Araber: »Ich frage einfach die Menschen dort vorn.«

Er stieg ab, doch als er näher kam, flüchteten die Männer in ihre Häuser. Erst im dritten Anlauf gelang es ihm, mit dreien ins Gespräch zu kommen. Antoine sprach elegant, fließend und eindrucksvoll Arabisch und Türkisch. Als er mit den Männern zu reden begann, wich die Angst aus ihren Gesichtern. Doch plötzlich schrie einer von ihnen, gestikulierte wie wild, sodass ich um Antoines Gesundheit fürchtete. Mittendrin zog der Mann aus seinem Kaftan ein zerknülltes Papier, warf es auf den Boden und trampelte wütend darauf herum. Antoine hob es auf und versuchte den Tobenden zu beruhigen. Als ihm dies nicht gelang, kam er zurück und reichte mir den zerknüllten Zettel. »Hier! Der Aufruf Bonapartes an die Bevölkerung Kairos. Niemand glaubt mehr an das, was darauf steht.«

Der Handzettel war zweisprachig gehalten und entsprach dem Entwurf, wie ich ihn in Giseh gesehen hatte. Einen Tag nach der Schlacht bei den Pyramiden war bei Tagesanbruch die Division Vial, auf Befehl Bonapartes, über den Nil gesetzt und in Kairo eingezogen, während Brigadegeneral Dupuy die Zitadelle besetzte. Vial hatte ihn gleichzeitig zum Stadtkommandanten von Al-Qahira ernannt, worauf Dupuy noch am selben Tag an allen öffentlichen Gebäuden folgenden Aufruf anschlagen ließ.

Einwohner von Kairo!

Ihr habt wohl getan, gegen mich nicht die Waffen zu ergreifen. Ich bin gekommen, um die Kaste der Mamelucken auszurotten, um Handel und Gewerbe der Eingeborenen zu beschützen. Wer Furcht hat, möge sich beruhigen; wer sich entfernt hat, möge zurückkehren. Gottesdienst und Gebete sollen wie bisher stattfinden, ich will nichts daran ändern. Fürchtet nichts für eure Familien, eure Häuser und euer Eigentum und besonders nichts für die Lehre des Propheten, die ich selbst achte und ehre. Da zur Aufrechterhaltung der öffentlichen Ruhe und Ordnung Polizei notwendig ist, so übertrage ich diese Funktion einem aus sieben Personen bestehenden Diwan, der sich in der El-Azahr-Moschee versammeln soll. Zwei seiner Mitglieder sollen sich stets beim Platzkommandanten …

Der Rest des Textes war unlesbar.

Antoine fuhr fort: »Die Paläste der beiden Beys und eine Anzahl von Häusern der Emire wurden inzwischen geplündert, was die angesehensten Efendis und Würdenträger nötigte, die Stadt zu verlassen. Ich glaube, das hat die Furcht der einfachen Bürger gesteigert.«

Pierre fragte seinen Freund: »Warum war der Mann so wütend?«

»Weil sich unsere Soldaten an ihren Frauen schadlos halten. Die

Frau von dem aufgebrachten Mann wurde gleich von dreien unserer Soldaten vergewaltigt.«

Sofort verspürte ich ein dumpfes Gefühl in der Magengrube, denn ich erinnerte mich im selben Moment an das Gespräch mit Bernard Banville vor sechs Jahren im Pariser Kaffeehaus Procope, als er die Tat der Vergewaltigung mit dem Satz umschrieb: »Vor allem Frauen, deren Körper unter die männliche Autorität gezwungen worden sind.«

Ich hatte seinerzeit Augen und Ohren vor der Wahrheit verschlossen, doch mein Tun von damals erwies sich jetzt schon als die längste Lüge in meinem Dasein. In der Wüste bei Damanhur, als ich entsetzlichen Durst litt, war mir plötzlich bewusst geworden, dass ich die Strapazen und Widrigkeiten insgeheim als eine Art Buße ansah für das, was ich in der Vergangenheit an Schuld auf mich geladen hatte. Durst, Hitze und Kälte waren bei weitem nicht so quälend wie mein Gewissen …

Kaum waren wir einige Häuser weiter, als sich hinter uns mehr als fünfzig Araber zusammenrotteten und Worte schrien, die ich in jenen Tagen noch nicht verstand. »Was brüllen die Leute da?«

Pierre übersetzte: »›Es gibt keinen Gott außer Gott! Gott ist am größten!‹ Dazwischen Verse aus dem Koran.«

Ich versuchte das Geschilderte abzumildern: »Vergewaltigungen und Plünderungen sind aufs strengste verboten. Das sind sicher nur einzelne Übergriffe. Sie werden hart bestraft! Sagt das den Menschen!«

Pierre und Antoine schickten sich an, ihre Pferde zu wenden, doch die Versammlung stob auseinander.

»Feiglinge!«, kam es über meine Lippen. Doch wir wussten auch so, dass sich keiner dieser Männer von unserem Papier hatte täuschen lassen, trotz der Versprechen zugunsten ihrer Religion. War nicht unser Heer gerade durch Gier und Beutegelüste zum Sieg getrieben worden? In der angeblichen Stunde der Befreiung erlitt das ägyptische Volk das Schicksal der Besiegten. Ich glaubte zwar, dass Bonaparte wusste, was er tat, aber nicht, welche Folgen seine Taten auf lange Sicht haben würden.

Kurz darauf ritten wir durch den Torbogen des Klosters St. Mercurius, wo mich zu meiner Freude René Desgenettes begrüßte.

»Mein lieber Jean-Dominique!«, begann er zu schwärmen. »Hier gibt es einfach alles: gutes Essen, einwandfreie Getränke, trockene, luftige Räume und saubere Verbände. Überhaupt alles, was unser abgekämpftes Heer nötig hat. Die Kranken und Verwundeten sind hier bei den Kopten außerdem vortrefflich untergebracht!«

Neben seinen medizinischen Aufgaben kümmerte sich René um die Hygiene und sollte durch rechtzeitiges Einleiten von Maßnahmen den Ausbruch von Epidemien in den besetzten Städten, insbesondere in den Lazaretten und Hospitälern, verhindern.

Ich nahm René zur Seite und sagte leise: »In den Gemäuern von Gizeh grassiert die Diarrhöe. Die Verwundeten werden dadurch geschwächt.«

»Verbiete ihnen, Nilwasser zu trinken und den übermäßigen Genuss von Melonen«, flüsterte er zurück.

»Das mit dem Nil kann nicht sein. Ich selbst habe das Wasser gekostet. Außerdem steigen die arabischen Schiffsknechte seelenruhig hinein, waschen sich und trinken es täglich aus der hohlen Hand.«

»Mag sein, doch wir sind vielleicht etwas empfindlich dagegen.«

»Ich werde das Nilwasser von Bertholett untersuchen lassen. Sag, wie sieht es bei Vial aus?«

René lächelte: »Die Dinge kommen in Bewegung. Heute schon nehmen zwei Feldbäckereien und eine Schlachterei nach Pariser Vorbild ihren Betrieb auf. Morgen früh hast du frisches Brot auf dem Teller und übermorgen alle Soldaten auch. Übrigens, Kaffee mit Zucker besorg ich dir selbst.«

Daraufhin erwiderte ich: »Dann stifte ich Weintrauben, Eier und Speck!«

Als wir zusammen das Kloster und seine Einrichtungen besichtigt hatten, meinte René: »Die Wochen waren äußerst strapaziös für dich und mich. Wir sollten uns ein wenig in einem ägyptischen Bad entspannen und verwöhnen lassen. Was hältst du davon?«

Ich ahnte, auf was René anspielte, und erwiderte: »Ja, jede Stadt hat ihre Poesie, in der sie sich ausdrückt. Immer nur Wüste, Uniformen, Hahnenfedern, Verbände und Blut – es ist wirklich genug. Ich komme mit! Lass uns die Poesie von Kairo entdecken!«

XI

Kairo, 1. August 1798

Von allen Orten, die ich in meinem Leben bisher aufgesucht hatte, zeigte Kairo die stärksten Gegensätze. Das Aufeinanderprallen von Überfluss und Not, Herrlichkeit und Schmutz, Luxus und Armut überraschte und ergriff mich und nahm mich zugleich für sich ein. Dagegen stand das Heer in seiner ganzen Hässlichkeit und Macht, explosiv wie das Pulver, bereit, beim geringsten Funken in die Luft zu gehen. Von solcherart Funken gab es drei: Gold, Vergnügen und Frauen.

Ägypten bedeutete der Masse unserer Soldaten nichts, ebenso wenig wie der Ruhm ihrer Siege, aber Frauen alles! Die ausgehungerte Begierde verursachte manchmal schon Symptome, die an Irrsinn grenzten, und der Mangel an Gelegenheiten verschärfte die Gereiztheit untereinander. Selbst die geplünderten Schätze waren wertlos, wenn es für sie keine Frauen zu kaufen gab. Vor allem dort, wo es unmöglich war: in Giseh und Bulak, wo die Mehrheit der Soldaten biwakieren musste.

Überhaupt wurde »die Muslima« immer nur als exotisches Luxusgeschöpf gehandelt, und die Fantasie der Soldaten war beflügelt von Bildern eines ausschweifenden Haremslebens. Die meisten verstiegen sich zu der Vorstellung, in den türkischen Bädern würden auf Diwanen sanfte Frauen und Bauchtänzerinnen sehnsüchtig auf die Ankunft der »Franken« warten. Nur die Androhung und Anwendung drakonischer Strafen hielt daher die Disziplin in Kairo aufrecht. Übergriffe auf Haremsdamen in den verlassenen Palästen der Mamelucken-Beys wurden sogar mit dem Tod geahndet. Das galt selbst für Offiziere. Ohne Ausnahme hatten alle die Waren zu bezahlen, die sie in den Basaren erstanden. Seither reduzierten sich die Plünderungen und Vergewaltigungen von einem Tag auf den anderen erheblich.

In meinem Stab spielte sich das Ganze in sublimierter Form ab. Die Jagd nach erotischen Abenteuern ließ sogar die sonst gepflegten Rivalitäten unter meinen Chirurgen in den Hintergrund treten. René Desgenettes war ein Meister im Aufspüren von Gelegenheiten. Er kannte die Orte, wusste, wo die Seele heraustreten und sich an schönen Frauen ergötzten konnte. Ohne Zwang zwar, doch immer für Geld. Selbst jene, die in diesen heißen Tagen an der Herrschaft des Willens über die Triebe festhielten, waren nicht imstande, sich solchen Gelegenheiten zu verschließen. Und so nahm ich bereitwillig Renés Angebot an, den konfiszierten Palast eines reichen Mamelucken-Beys zu besuchen. Trotz meiner Gefühle für Charlotte, für die Mutter meines Kindes – denn mein Sohn musste zu diesem Zeitpunkt bereits geboren sein –, war ich unfähig, dem geöffneten Tor zu sinnlichen Freuden einen Riegel vorzuschieben.

Das Palais stand unter der Aufsicht und dem Schutz Generals Vials und besaß in seinen Mauern ein türkisches Bad, einen Hammam, was soviel wie »Wärmen«, bedeutete. Ich hatte schon gehört, dass der Palast herrlich anzusehen war, doch auf diese gleißend weiße, marmorglatte Reinheit war ich nicht vorbereitet. Das Gebäude war vollkommen frei in der Landschaft erbaut, was für die Überwachung der Getreidefelder entlang des Nils von Vorteil war. Vollkommene Proportionen und feine Steinmetzarbeiten an der Doppelturmfassade beglückten das Auge; das Mittelschiff mit Säulen und einer kleinen Arkade wirkte ungewöhnlich prachtvoll. An den Wänden bildeten junges Weinlaub und Geißblatt grüne Inseln, die sich am filigranen Marmordekor der Mauer ausbreiteten. Angesichts der vielen Stadtteile Kairos, in denen die Armut aus den Ritzen der Häuser kroch, hatte sich der General eine wahre Perle herausgefischt.

Das Palais war bewacht. Einer der arabischen Diener führte mich durch einen kunstvoll gepflegten Garten. Mir war, als schritte ich in das Reich der Götter und Mysterien.

Unter dem hufeisenförmigen Eingangsportal empfing mich René. Sein Mundwinkel zuckte nach oben. René lachte immer schief. »Willkommen, lieber Freund! Willkommen am Ort der Glückseligkeit!«

»Danke für deine Einladung!«

»Gefällt es dir?«

»Ich bin überwältigt.«

»Tritt ein!«

Entlang kühler marmorverkleideter Gänge, in deren Nischen vergoldete Ornamente glänzten, wich die glühende Hitze des frühen Nachmittags von mir. Das Halbdunkel gab einem das Gefühl der Geborgenheit. Kurz darauf gelangten wir in den rückwärtigen Teil des Palastes, wo der Hammam an das Hauptgebäude grenzte. Als wir wiederum durch einen kunstvoll verzierten Bogen schritten, blieb René stehen und sagte zu mir bedeutungsvoll: »Wir betreten einen magischen Ort, an dem Kranke gerettet werden, die man bereits verloren glaubt.«

Als er weiterging, blieb ich stehen. »Einen Augenblick, bitte!« Ein in Marmor gemeißelter arabischer Schriftzug zog meine Aufmerksamkeit auf sich. Ich zeigte nach oben und fragte unseren Diener. »Was steht dort oben geschrieben?«

Sein Blick folgte meiner Hand. Dann sagte er respektvoll: »Stummer Arzt!«

Verdutzt sah ich René in die Augen: »Ein Arzt, der ohne ein einziges Wort auskommt?«

»Ja, ein magischer Kollege!«, erwiderte René.

»Na denn, freuen wir uns auf seine Bekanntschaft.«

Wenig später betraten wir den *beit-al harara*, das Herzstück der Anlage. Der Wärmeraum, wie René ihn bezeichnete, wurde von einer auf Säulen ruhenden azurblauen Kuppel gekrönt, in der eine Menge kleiner, runder und sternförmiger Öffnungen eingelassen war, durch die Lichtstrahlen fielen. Sie verliehen dem Halbdunkel einen Zauber, dessen weiche Schatten alle Mühsal des Lebens von einem abfallen ließen. Alles schien für das Heil der Seele ausgedacht zu sein.

Eine tonnenschwere achteckige Marmorplatte, »Nabelstein« genannt, ruhte auf einem großen Sockel. Sie war im Zentrum, direkt unter der Kuppel eingemessen. Wir waren nicht allein. Ein Mann lag auf dem gewärmten Marmor und ließ sich von einer jungen schwarzen Frau, die bis auf einen Lendenschurz nackt war, den Rücken massieren. Sein Kopf war zur Seite gedreht, sodass ich sein Gesicht nicht erkennen konnte.

»Bonjour!«

»Bonjour, Bürger Larrey!«, erwiderte der Mann meinen Gruß, ohne aufzusehen. Fragend blickte ich zu René.

Dieser flüsterte: »Später, komm mit! Wir nehmen erst ein Bad.«

Der Hammam bestand aus einer Folge von ineinander übergehenden Räumen, deren Grundriss die Form eines Kreuzes hatte. Jeder dieser Räume war mit weißen, grau geäderten Marmorplatten ausgekleidet. Nachdem wir von einem weiteren Diener im *maslak* entkleidet wurden, begaben wir uns in einen dampferfüllten Raum. Aus einem goldenen Speier, der zu einem mit Fayencen verkleideten Brunnen gehörte, entwich ein heißer Wasserstrahl, durch den der Dampf erzeugt und gespeist wurde.

»Wer ist der Mann auf dem Nabelstein?«, fragte ich René neugierig.

»Unser Gönner!«

»Vial?«

»Ja, Vial. Er freut sich sehr, dass du gekommen bist.«

Ein französischer Brigadegeneral tut nichts umsonst, ging es mir durch den Kopf. Ich fragte daher René erneut: »Kennst du den Grund seiner Freude?«

Seine Antwort war vieldeutig: »Ich bin sicher, er wird ihn dir verraten.«

Ohne weiter darauf einzugehen, sah ich mich um. In der Mitte des Raumes befand sich ein Schwimmbecken, der *maghtas*, an dessen Stirnseite sich eine mit feinem Gitterwerk durchbrochene Wand befand.

René deutete darauf und sagte: »Bevor wir in das Wasser tauchen, sollten wir wählen.«

Kaum hatten wir uns dem Gitter genähert, als von der anderen Seite Frauengekicher an mein Ohr drang. Der Trennung der Geschlechter war vom Baustil her, wie in jedem islamischen Haus, auch hier Rechnung getragen worden. Doch Vial hatte kurzerhand ein edles Établissement nach Pariser Vorbild daraus gemacht. Meine verborgenen, vergessenen, verdrängten Sehnsüchte sahen sich plötzlich mit der Realität des Weiblichen konfrontiert. Ich zählte acht junge Grazien, deren feine Gazekleider vom Dampf so durchfeuchtet waren, dass man ihre weiblichen Formen durchschimmern sah. Der unerwartete Anblick solch unbekümmerter Schönheiten ließ mein Herz rascher schlagen. Einige der hübschen Frauen streckten sich auf Marmorbänken, flüsterten und kicherten miteinander, labten sich an Naschwerk und tranken Fruchtsäfte. Andere waren dabei, sich zu pflegen, und gossen Essenzen auf Haare, Gesicht und Hände.

René flüsterte: »Vials Sklavinnen.«

»Du meinst, sie gehörten einst dem Bey des Palastes.«

»Ja, natürlich. Jetzt hat sich Vial alles unter den Nagel gerissen.«

»Ich frage mich, wie viele Mamelucken er dafür ausrauben musste.«

»Darüber möchte ich nicht spekulieren. Vial ist jedenfalls großzügig.«

»Sind die Frauen gesund?«

»Ich bürge dafür. Welche gefällt dir?«

»Alle!«, gab ich atemlos zurück.

»Das glaub ich dir gern ...«

Meine Wahl fiel auf eine wunderschöne, wohlproportionierte Frau, deren kastanienbraunes Haar ihr bis zur Hüfte reichte. »Wie ist der Name der jungen Schönen, die sich gerade ihr Haar bürsten lässt.«

»Das ist Pothyne! Sie ist wirklich die hübscheste.«

»Und du? Welche Frau erwählst du dir?«

»Ich mag Agathoklea. Das ist die Schwarzhaarige gleich neben ihr. Sie ist die erfahrenste.«

Daraufhin winkte René den Diener zu sich und gab ihm unsere Wünsche bekannt. Stumm verneigte sich dieser und entschwand.

An mich gerichtet meinte er: »Mein Gefährte der Nacktheit, ich lasse dich jetzt allein bei deinem Vergnügen. Du bist hier ungestört, solange du die Wonnen der Lust mit Pothyne genießt.«

Als René gegangen war, tauchte ich in das Wasserbecken ein, durchschwamm das reine, klare Wasser mit einigen kräftigen Zügen und tauchte wieder auf. Ein Augenblick des Einsseins mit mir selbst. Ich rollte mich auf den Rücken, schloss die Augen, breitete meine Arme aus, fühlte mich schwebend und schwerelos. Wohlige Wärme durchdrang meinen Körper. Langsam fühlte ich, wie die Anspannung der letzten Wochen aus allen Gliedern wich. Das Bad war ein wahrer Jungbrunnen. Das Ganze versetzte mich in eine unaussprechliche Euphorie, die mir das Gefühl vermittelte, ein Teil des Elements zu sein …

Als ich irgendwann meine Augen öffnete, stand Pothyne am Beckenrand. Feine Züge prägten ihr Gesicht. Sie war wohl halb Europäerin, halb Orientalin und glich einem Gewächs, das man in einem äußerst fruchtbaren Erdboden gepflanzt hatte. Wunderschöne Hände, schmale Füße, rundliche, volle Formen, ohne zur Fülle zu neigen. Samtene Haut, die zum Streicheln einlud. Ein dünnes Seidenband vor ihren Brüsten hielt einen durchsichtigen, fließenden Schleier zusammen. Sie zeigte sich, und dennoch wirkte sie verhüllt. Sie hätte es mit den hübschesten Pariser Göttinnen aufnehmen können. Als sie lächelte und ihre Hand nach mir ausstreckte, entdeckte ich neckische Grübchen an ihren Wangen, und zwischen ihren geöffneten, korallrot geschminkten Lippen blitzten makellos glänzende Zähne.

Ich schwamm zu den Stufen und entstieg dem Bad. Wahrlich, ich hatte keine Ahnung, wohin mich das alles führen sollte. Pothyne geleitete mich wieder in das *maslak*. Danach drückte sie mich sanft auf die gewärmte Marmorbank und rieb mich trocken. Betörender Duft entströmte ihrem hüftlangen Haar. Ihre Anmut nahm mich gefangen. Ihre erste Berührung war das Wunderbarste seit langem. Das leichte Kribbeln auf der Haut, der sanfte Druck ihrer Finger …

Schließlich lag ich auf dem Bauch, während sie mich zu massieren begann.

Pothyne ließ ihre Hände in kreisenden Bewegungen über meinen Rücken gleiten. Mit ihren Daumen regulierte sie den Druck auf die verspannten Muskelstränge. Jede kleinste Zuckung, jede meiner Bewegungen wurde von ihr sofort gebührend erwidert. Sie lenkte mich, und ich ließ es geschehen. Kostbar geschliffene Gläser, gefüllt mit Wein und frischen Fruchtsäften, waren gebracht worden, an denen ich mich zwischendurch labte.

Es war, als hätte Pothyne nicht nur zwei Hände, sondern zehn, die überall zugleich waren. Ich hielt die Augen geschlossen und konzentrierte mich ganz auf das entspannende Tun. Erst die Schultern, dann meine Beine, und schließlich war meine ganze Mitte vor ihren Händen nicht mehr sicher. Man konnte sich gar nicht vorstellen, wie viel Kraft hinter so zwei kleinen Händen stecken konnte. Aber ebenso kam bei ihr die Sanftheit nicht zu kurz. Sie legte nicht nur Kraft in ihre Bewegungen, sondern auch ihr ganzes Empfinden, tat es mit Gefühl und mit abgestufter Intensität. Sie wusste einfach, was mir gut tat, ohne dass ich eine einzige Andeutung machte. Sie war die Herrscherin über jeden Fingerbreit meiner Haut.

Ich seufzte unwillkürlich. Diese Hände, diese göttlichen Hände! Ein Gefühl kochte unerbittlich in mir hoch, das sich nicht unterdrücken ließ: Begehren! Ich konnte es selbst nicht glauben. Unsere Wunschvorstellungen über den Orient, in Alexandria oder Giseh, waren immer von einer erotischen Beziehung zu einer fremden, schönen, verschleierten und geheimnisvollen Frau gekrönt gewesen, die uns bei Tag mit Blicken einer Verheißung umwarb, welche sie bei Nacht erfüllte. Ja, ich begehrte diese Frau, nach den langen Wochen der Enthaltsamkeit. Ich wollte sie spüren, sie fühlen, ihre Haut liebkosen …

Unbemerkt beugte sie sich zu mir herab und setzte am Ende ihrer Massage einen zärtlichen Kuss zwischen meine Schulterblätter. Durch eine Geste deutete sie an, dass ich mich auf den Rücken drehen sollte. Als ich es tat, war sie plötzlich verschwunden. Ich wartete. »Bei Zeus … was tut sie nur so lange!«

Plötzlich war das Bad erfüllt von einem orientalischen Flötenspiel. Rhythmisches Trommeln setzte ein. Ich richtete mich auf. Ein Schleierwirbel aus Purpur und Amarant, aus Kadmiumgelb, Meergrün und Kobaltblau. Das Haar kunstvoll hochgesteckt, begann sie im Rhythmus der Melodie sich sanft auf den Zehen zu schaukeln. Verzückt und leidenschaftlich ließ sie ihre Hüften kreisen. Mit ihren Tanzbewegungen schlug sie zugleich das Verzeichnis meines vielfältigen Begehrens auf und fügte gleichzeitig eine ganze Reihe neuer Wünsche hinzu. Allmählich beschleunigten sich ihre Bewegungen. Erst ihr Haupt, dann die Brüste und endlich der ganze Körper. Mittendrin glitt der Schleier über ihre Schultern zu Boden. Immer verführerischer wurde das Zucken ihres Bauches, das Kreisen der Hüften, die Verheißung der Schenkel. Am Ende setzte sie sich mit gespreizten Beinen auf meinen Schoß, sodass ich sie wollüstig in meine Arme schloss. Endlich gab sie sich meinem Verlangen hin. Die Zeit der Enthaltsamkeit war zu Ende, das Tor zum Garten war aufgetan, in dem Leidenschaft und Sinnlichkeiten endlich wieder Bedeutung erlangten …

Ich erwachte nach einem aufwühlenden Traum. Ich hatte von Charlotte, meiner Frau, geträumt; sie hatte unser Kind verloren. Meine Gemütsverfassung war daher nicht die beste. Zuerst wusste ich nicht, wo ich mich befand, da es inzwischen dunkel geworden war. Doch schlagartig kehrte die Erinnerung zurück. Ich war froh über die Illusion meines Traumes, doch er hatte mich missmutig gestimmt. Skrupel krochen plötzlich in mir hoch.

Der fahle Schein einer brennenden Öllampe erzeugte eine Stimmung wie in einem Mausoleum. Ich glühte plötzlich wie Feuer und wollte so schnell wie möglich den Ort der Glückseligkeit verlassen. Ich kleidete mich rasch an, trat auf den Gang hinaus und rief: »René!«

Doch statt René kam einer der Diener herangeeilt. »Sag mir, wie spät ist es?«

»Zwischen Mitternacht und ein Uhr morgens. Ich soll Euch zu General Vial führen. Er erwartet Euch.«

Kurz darauf betrat ich das Atrium des Palastes. Etliche Öllampen reflektierten über weiße Marmormauern ein strahlendes Licht. Die Luft im Innenraum war zu dieser Stunde angenehm warm. Brigadegeneral Vial saß an einer gedeckten Tafel, bot mir mit einer ausholenden Geste einen Platz an und beobachtete mich aufmerksam. Zum ersten Mal saß ich ihm allein gegenüber. Einem Mann, von dem sein Vorgesetzter, Divisionsgeneral Menou, sagte, er sei eine unheimliche Kreuzung zwischen einem Säugling und einem Greis, halb Narr und halb Held. Dazu egoistisch, kaltblütig, wachsam und verschlagen. Menou hatte nicht ganz Unrecht. Wären die

Spiegel des Palastes lebendig gewesen, sie hätten sich allesamt verhängt, um sein Gesicht nicht widerspiegeln zu müssen.

Sein Blick war lauernd. »Und? Nicht zufrieden mit Pothyne? War irgendetwas nicht so, wie es sein sollte?«

»Nein. Es war so, wie ich es mir gewünscht habe. Ihrer Großzügigkeit gebührt Dank.«

Ungebremst polterte er los: »Dank? Ach was! Bürger Larrey, ich kann Ihnen jeden Tag neue Frauen verschaffen. Ich denke, Sie sind mit mir einer Meinung. Die Abwechslung macht den packendsten Reiz der Liebe aus.«

»Ich weiß nicht …«

»Aber ich! Ich weiß es! Seht nur, nach unserem kollektiven Unglück, das uns hierher verschlagen hat, bin ich, alles zusammengerechnet, keine fünf Tage hier in diesem Marmorbruch gewesen. Fünf Tage Zerstreuung. Fünf ganze Tage nur!«

Amüsiert erwiderte ich: »Immerhin fünf Tage Abwechslung!«

»Immerhin? Das ist kein Ersatz für das, was wir hier durchmachen. Sie haben wohl noch nichts mitbekommen von den tausend Streitigkeiten, den endlosen Zänkereien und dem Gezeter in der Armee. Aber ihr Gelehrten und Ärzte seid sowieso etwas Besonderes. Ohren habt ihr nur, wenn es um Säulen, Pyramiden, Gräber, Mumien, um irgendwelchen Statuen, Errichtung von Hospitälern oder um die Nichtigkeit einer Konstruktionsverbesserung von Backöfen in der Wüste geht. Ich kann die Begeisterung für diese gottverlassene Welt nicht verstehen. Eure Brut hat offensichtlich mehr Einfluss als wir Generäle. Ich glaube schon, der Feldzug dient mehr der Wissenschaft als den Schätzen Indiens. Ali Bounaberdis, wie die Ägypter unseren Oberbefehlshaber längs des Nils verhöhnen, kümmert sich um die Erforschung der Bestandteile des Nilschlamms schon mehr als um die Belange seiner Generäle. Jedenfalls hat man uns Offiziere mitsamt unseren Soldaten von Anfang an betrogen!«

Für den Moment war ich erstaunt, welche Lust er am Wort fand. Mir kamen nur Zweifel, ob es Dichtung oder Wahrheit war; denn bis auf wenige Ausnahmen befanden sich fast alle Gelehrten noch in Alexandria. Es stimmte zwar, dass die Soldaten unsere Forscher nicht besonders schätzten, doch die Mitglieder der Kommission für

Künste und Wissenschaften, der auch ich angehörte, würden schon in den nächsten Tagen nach Kairo kommen, um daran zu arbeiten, das Los der Soldaten und auch der Bevölkerung zu verbessern.

Ich erinnerte mich lebhaft an den ersten Marsch nach Alexandria, als ein Offizier den hämischen Befehl gab: »Esel und Wissenschaftler in die Mitte nehmen!«, um beide Gattungen zu schützen. Doch ich war mir sicher, die Animositäten zwischen den Gruppen würden auch in Kairo bald einer Anerkennung weichen. So fragte ich ruhig: »Wer hat Sie um was betrogen?«

»Entweder Bonaparte und das Direktorium wussten, dass hier außer Sand, Hunger, Hitze, Durst und Krankheiten nichts für Frankreich zu holen ist. Wenn ja, dann hat man uns hintergangen und reingelegt. Oder Bonaparte wusste wirklich nichts und glaubte an die Verheißung, dass die befreiten Ägypter ihn bis nach Indien tragen würden. Dann wurde er vom Direktorium übertölpelt.«

Ohne ihm offen beizupflichten, konnte ich seinen Worten eine gewisse Logik nicht absprechen. Tatsächlich wurden wir nirgendwo als Befreier umjubelt, obwohl Bonaparte auf der ORIENT diese Freudenkulisse bei fast allen seinen abendlichen Plaudereien heraufbeschworen hatte. Stattdessen sagte ich: »Sie führen eine scharfe Klinge.«

»Ich verwette meinen Platz im Himmel, sollte ich mich irren. Unser Oberbefehlshaber will ein zweiter Caesar sein, und er sucht ewigen Ruhm.«

»Haben wir nicht bei den Pyramiden glorreich gesiegt?«

»Wir? Nein, natürlich hat *er* gesiegt, und in Paris wird man glauben, er sei schon auf dem Weg nach Indien, um dort die Engländer zu verjagen. Die Berichte an das Direktorium werden doch schamlos manipuliert. Es wird getrickst, ausgelassen und geschönt. Doch die Wahrheit wird verschwiegen. Wer schreibt denn schon, dass unweit von hier die Beduinen warten, um jeden von uns, der sich dorthin verirrt, zu kastrieren. Wer berichtet nach Paris, dass wir zwar gesiegt haben, aber niemand es wagen kann, zum Pinkeln allein an den Nil zu gehen?«

Ich versuchte Vial zu mäßigen: »Wir stehen doch erst am Anfang. Ich habe gehört, dass Pläne vorbereitet werden, um ein neues Heer nach Ägypten zu überführen …«

Vial fiel mir ins Wort: »Und wenn noch ein, zwei weitere Armeen hierher kämen, nie und nimmer würden wir die Wüste beherrschen!«

»Wie soll es nach Ihrer Meinung denn weitergehen?«

Vial zeigte auf mich, als ob sein Finger mich durchbohren wollte: »Das ist der Grund, warum ich froh bin, dass Sie meiner Einladung gefolgt sind, Bürger Larrey. Ich benötige Ihre spezielle Hilfe, damit es mit *mir* weitergeht.«

»Was kann ich für Sie tun?«

Er stand auf, ging an der Stirnseite der Tafel mehrmals auf und ab, blieb wieder stehen und blickte hinauf in die Schwärze des Nachthimmels. »Ich verzichte großzügig auf die versprochenen Hängematten aus Gold, gewirkt von Isis und Osiris. Ich will zurück nach Paris. Umgehend! Und Sie können mir dabei helfen.«

»Wie das?«, fragte ich erstaunt.

In hartem Ton erwiderte er: »Für mich gibt es nur noch zwei Arten von Kämpfern in diesem gottverlassenen Land. Jene, die schon gestorben sind, und jene, die noch sterben müssen!« Dann trat er an meinen Stuhl heran, stützte sich auf die Lehne und kam mir unerträglich nahe. »Ohne mich! Ich bin krank, mein lieber Larrey. Sehr krank! So krank, dass ich mit dem nächsten Blessiertentransport zurück nach Alexandria reisen werde, um mich auf eines der Kriegsschiffe zu begeben, das mich zurück nach Frankreich bringen wird. Sie werden mir das bescheinigen und es, wenn nötig, auch gegenüber Bonaparte vertreten.« Daraufhin senkte er seinen Kopf direkt an mein Ohr. »Ich werde Sie dafür reich machen. So reich, dass Sie sich einen Palast in Paris leisten können. Also, dichten Sie mir eine Erkrankung an, die so überzeugend ist, dass niemand meiner Rückkehr nach Frankreich ernsthaft widersprechen kann.«

Was er von mir verlangte, war ungeheuerlich. Ich versuchte ihm die Absurdität seines Vorschlages vor Augen zu führen. »Bürger Vial, stellen Sie sich vor, die gleiche Idee verfolge ich auch. Meine Frau hat mir in diesen Wochen ein Kind geboren, das seinen Vater sehen will. Außerdem bin ich überzeugt davon, dass meine Arbeit in den Pariser Hospitälern mehr Nutzen stiftet als hier in Kairo, wo ich meine Kunst an Verwundete vergeude. Wissen Sie was? Ich komme einfach mit.«

»Wollen Sie mir einen Affen aufbinden?«, Sein Ton färbte sich drohend.

»Nein, wenn es wirklich ernst gemeint ist, so …«

»Ernst? Es ist mir verdammt ernst damit! Und kommen Sie mir mit keinen Ausflüchten. Ich weiß, dass auf den Krankenlisten für den Rücktransport nach Alexandria Namen von Männern stehen, die ihren gewonnenen Reichtum gern mit Chirurgen Ihrer Division geteilt haben. Ich werde also in guter Gesellschaft sein.«

Was Vial andeutete, verschlug mir den Atem. René und ich hatten zwar bei Bonaparte durchgesetzt, dass alle Schwerverwundeten registriert, daraufhin nach Alexandria und von dort zurück nach Frankreich gebracht wurden. Die Entscheidung darüber traf ein Kollegium von mindestens fünf Ärzten. Es ging streng und gerecht zu. Niemals hatten wir uns gefällig gezeigt und bestechen lassen. Bestürzt sagte ich: »Das glaube ich nicht!«

»Ob Sie es glauben oder nicht, spielt keine Rolle. Aber ich meine es ernst.«

Eine Minute verging in finsterem Schweigen. »Sie haben mich richtig verstanden?«, insistierte Vial.

Ich erhob mich und sagte ebenfalls im harten Ton: »Es ist eine Frechheit! Ich will den Beweis von Ihnen! Für mich verfolgen Sie nur einen Plan. Doch merken Sie sich: Ich lasse mich von Ihnen weder bestechen noch überrumpeln, noch in etwas hineinziehen, was …«

»Genug!«, schrie er in die Nacht und klatschte die rechte Faust zornig in seine linke offene Hand. »Bürger Larrey, Sie sind ein Träumer! Merken Sie denn nicht, wie sich sogar Ihre Hilfschirurgen bemühen, sich aus der Falle Ägypten zu retten?«

»Jeder trägt seine Ängste mit sich.«

»Ängste nennt ihr das? Die Moral Ihrer Chirurgen und die meiner Soldaten hat sich schon in der ersten Nacht während des Marsches auf Alexandria völlig verändert. Spätestens während unseres Zuges durch die Wüste nach Damanhur wollten fast alle zurück nach Frankreich. Die Adler Frankreichs sind zu Spatzen geworden. Und da wollen Sie die Ausnahme sein? Gestehen Sie doch endlich ein, dass auch Sie einem Irrtum gefolgt sind.«

»Meine Moral verbietet es mir jedenfalls, Ihren Vorschlag anzunehmen und die von Ihnen gemachten Beschuldigungen durchgehen zu lassen.«

»Ihre Selbstgerechtigkeit ist mir widerlich. In der ganzen Armee sind Sie wohl der Einzige, der verzweifeln wird, wenn einmal der Frieden ausgerufen wird, und sei es nur für kurze Zeit. Dann gibt es nämlich mit Ihrem Skalpell nichts mehr zu schneiden!«

»Ich lasse mich durch Ihre Grobheiten nicht beleidigen. Ich verlange Beweise.«

»Ich glaube nicht, dass es eines Beweises bedarf. Ich nenne Ihnen eine Tatsache, gegen die Sie sich vehement wehren. Suchen Sie die Beweise selbst in der Wirklichkeit da draußen. Doch eines will ich Ihnen noch sagen: Ich weiß, dass Sie den angebotenen Reichtum in Frankreich nötig hätten. Ich kenne Ihre Verhältnisse; sie sind nicht rosig, aber besser, als ein Chirurg mit Ihrem Einkommen es sich leisten könnte. Also spielen Sie hier nicht den Moralisten.«

Ich fühlte mich wie vom Donner gerührt. Was deutete Vial damit an? War es Zufall? Oder wusste er wirklich etwas? Der Mann vor mir blieb undurchschaubar. So brachte ich das Gespräch zu Ende: »Für Sie ist Moral ein Maulkorb, den Sie sich selbst noch umhängen. Für mich ist sie Tochter des Gewissens. Und seien Sie versichert: Ich bin mit mir darüber im Reinen!«

Es war wohl in der dritten Morgenstunde des neuen Tages, als ich den Mamelucken-Palast verließ. Meine Eskorte wartete. Ich blickte noch einmal zurück auf das weiße Gebäude, in dem sich in Wirklichkeit ein dunkler Sündenpfuhl verbarg.

In einem hatte Vial aber richtig vermutet. Ich machte keine Ausnahme. Auch ich wälzte schon lange den Gedanken in mir, Bonaparte um meine Rückkehr zu Frau und Kind zu bitten. Auf den Wegen durch Ägypten sah ich jeden Tag, wie sich die Erben freuten.

XII

Es-Salihijeh, 13. August 1798

Der Generalstab hatte vor Tagen erfahren, dass sich Ibrahim Bey mit Resten seiner Reiterei und mit einem Teil seiner geretteten Schätze, nordöstlich von Kairo, in Belbes, festgesetzt hatte. Bonaparte gedachte selbst gegen ihn zu marschieren. Die Beweglichkeit meiner Fliegenden Ambulanz wurde zum ersten Mal durch Kamele gewährleistet, über deren Höcker links und rechts, wie bei einer Waage, Tragekästen gehängt waren, in denen je zwei Verwundete ausgestreckt liegen konnten. Über Sanddünen und Steinwüsten ließen sich die Verwundeten damit wesentlich besser befördern als mit Pferden und Kastenwagen. Kamele transportierten für uns auch Verbandsmaterialien, Wasser und Verpflegung.

Es kam zu einem einstündigen Reitergefecht nördlich von Belbes, bei Es-Salihijeh, zwischen unserer immer noch schlecht berittenen Kavallerie und den zahlenmäßig weit überlegenen Mamelucken. Da die Infanterie nicht rechtzeitig ins Gefecht gebracht werden konnte, mussten wir relativ hohe Verluste hinnehmen. Mehr als sechzig Tote und Verwundete waren zu beklagen. Dabei hatten wir noch Glück. Überraschend brach Ibrahim Bey den Kampf ab, da er fürchtete, Beduinen würden in seinem Rücken seine eigene Karawane angreifen, um sie zu plündern.

Kaum war das Gefecht beendet, wurde der Generalstab zusammengerufen, um zu entscheiden, ob man dem Flüchtenden nachsetzen sollte, der sich in Richtung Syrien davongemacht hatte. Der Umstand schenkte uns eine willkommene Atempause, da wir mangels fester Behausungen die Verwundeten buchstäblich im Sand versorgen mussten. Schnell ließ ich mitgeführte Zelte aufstellen. Unweit unseres Wüstenlazaretts hatte auch Bonaparte seine Stabszelte aufstellen lassen, worin er mit seinen Offizieren lebhaft diskutierte. Für einen Moment beobachtete ich, wie von Nordwesten fünf Kurierreiter heranpreschten. Gleichzeitig meldete mir mein Oberwundarzt Lamartin, dass sich südöstlich von unserem Sammelplatz eine Kamelkarawane mit Verletzten näherte.

Unser Grundsatz, größtmöglichen Nutzen für möglichst viele zu stiften, zwang mich bei einer großen Zahl gleichzeitig Hilfebedürftiger das Sichtungsverfahren durchzuführen. Eine Verantwortung, die ich an niemanden delegieren konnte. Für mich gaben nicht Rang und Stellung in der Armee den Ausschlag, sondern allein der Grad der Verletzung und die Überlebenschancen des einzelnen Soldaten. Nichts zeigte besser die Verantwortung für Leben und Tod als der Entschluss zu einer solchen Auslese.

Das Reitergefecht verursachte bei weitem mehr Hieb- und Stich- als Schusswunden. Mehrere der Verwundeten hatten durch Säbelhiebe Gliedmaßen verloren. In einem der geflochtenen Transportkörbe saß ein übel zugerichteter Soldat. Der Mann hieß Peter Fath und kam vom 22. Chasseurregiment. Während des Gefechts bekam er von einem Mameluckenreiter einen Säbelhieb ab, der ihm die Haut ab der *Protuberantia occipitalis externa*, dem Hinterhauptbein, wegnahm und den äußeren *Musculus extensor* vom Kopf bis auf den sechsten Halswirbel spaltete, dessen dornförmiger Fortsatz obendrein noch abgehauen war. Es bildete sich ein ungeheurer Fleischlappen, der umgestülpt auf seiner Schulter lag. Das Kinn abgestützt auf der Brust, den Kopf mit beiden Händen festhaltend, wurde er im Korb des Kamels ins Zelt getragen. Der Mann hatte noch Glück im Unglück gehabt, da der entstandene Hautlappen durch den Hieb nicht gänzlich abgetrennt worden war.

Lamartin zeigte sich von der Wunde beeindruckt. »So etwas … Nein, so was habe ich noch nie gesehen!«

»Das sieht schlimmer aus, als es ist«, sagte ich zu ihm, während meine Aufmerksamkeit gleich dem nächsten Blessierten galt. Er kauerte ebenfalls noch im Transportkorb. Sein Uniformrock war von Blut durchtränkt und von Fliegen geradezu umschwärmt. Aus seinem linken Ärmel tropfte stetig Blut. Als man ihn herauszuheben versuchte, schien er einem heftigen Blutsturz zu erliegen. Dabei quoll Blut aus seiner linken Schulter und aus dem Mund. Ich fragte meinen Helfer, der das Kamel führte: »Wie heißt er?«

»Destré, vom siebten Husarenregiment.«

»Ihn zuerst!«, befahl ich Lamartin und meinem Hilfswundarzt Roussel.

Während meiner Zeit in der Armee hatte ich eine große Anzahl Soldaten durch Blutsturz sterben sehen. Meist waren Säbelstiche oder Gewehrkugeln die Ursache, wenn sie bis in die Lunge eingedrungen waren. Der Zustand der Männer war oft entmutigend für die anderen Blessierten. Es war daher das Beste, diese Verwundeten zu isolieren, um anderen den schrecklichen Anblick der Hämorrhagie – Blut, welches im hellen, schaumigen Zustand ausgehustet wurde – zu ersparen. Es waren Momente, in denen zugleich das Leben entfloh.

Seit Ambrosius Paré hatten alle Kollegen, die über Brustwunden schrieben und an Universitäten lehrten, empfohlen, ja nicht die eindringende Wunde zu schließen, um einer Ergießung des Blutes in die Brusthöhle zuvorzukommen. Ja, sie rieten im Gegenteil, die Wunde zu erweitern, um das Blut abzuleiten. Meine Erfahrung im Feld dagegen lehrte mich, die Wunde zunächst so schnell wie möglich zu verschließen, es sei denn, die Blutung war Folge einer Verletzung der Interkostalarterie. In diesem Falle blieb nichts anderes übrig, als die Wunde zu erweitern, um die Arterie zu unterbinden. Der lebensbedrohliche Charakter der Verletzung zeigte sich immer dann, wenn der Verschluss der Wunde oder die Unterbrechung des arteriellen Flusses unterblieb. Dagegen ließ nach erfolgter Schließung die Hämorraghie aus den verletzten Lungengefäßen meist rasch nach.

Der Grund für den Erfolg dieser Maßnahme war einleuchtend. Die ins Bronchialsystem eingeatmete Luft trat dort aus, wo sie am wenigsten Widerstand fand. Man kann also leicht begreifen, dass sie durch die Wunde entwich, umso eher, je größer deren Durchmesser war. Außerdem verhinderte die Luft, die sich den Weg durch den Wundkanal suchte, jede Annäherung der Wundränder, förderte zudem die Ausdehnung der Lungenbläschen, welche den Umlauf des Blutes in den Arterien schwächten und den Rückfluss in die Venen hätte beschleunigen können. Wollte man also abzuwarten, unterhielt man durch Untätigkeit unwillkürlich die Hämorraghie bis hin zum Tode der Verletzten. Durch Einbringen von Röhrchen, Streifen und anderen Fremdkörpern konnte man die Situation nur verschlimmern. Ich war überzeugt davon, dass unsere Erfahrungen ein Umdenken in der Behandlung von derartigen Lungenverletzungen erforderten.

Ich untersuchte Destré selbst. Ich traute meinen Augen nicht. Erst als wir ihm die zerfetzte Uniform vom Leibe geschnitten hatten, zählte ich sieben tiefe Säbelhiebe. Zwei an den Schultern, die die Muskeln nebst einem Teil des Knochens gespalten hatten, und eine Reihe Hiebe auf dem Rücken, wo zwei Dornfortsätze der Wirbelsäule abgeschlagen waren. Wie ich vermutete, hatte er eine Schussverletzung der Brust. Die Kugel war zwischen der fünften und sechsten Rippe durch die Brust bis in die Lunge eingedrungen, wie ich mit dem Finger sondieren konnte. Bei jedem Atemzug quoll rotes schaumiges Blut aus dem Stichkanal. Der Blessierte wollte ersticken, hatte Angst, war ab und an ohnmächtig. Bleiches Gesicht, gebrochene Augen, kaum bemerkbarer Puls, kalte Extremitäten – kurz, sein Dasein schien mir jeden Augenblick enden zu müssen. Wenn ich ihn vor dem Tode retten konnte, dann nur, wenn es mir gelang, die Blutung aus der Lunge zu stoppen.

Ich ließ ihn vorsichtig auf die Seite legen, um das in der Brust verhaltene Blut auszuleeren. Dann eilte ich, die Wunde zu verschließen, die Ränder durch Klebepflaster und Binden zu vereinen. Danach begann ich unter Mithilfe von Lamartin, die Hiebverletzungen an Schulter und Rücken zu versorgen. Ich war mir selbst nicht sicher, ob Destré von seinen Wunden genesen würde. Es käme einem Wunder gleich. Ein schonender Transport, Erholung, eine weitere sorgfältige Behandlung sowie Diät und Ruhe waren in seinem Fall dringend erforderlich.

Später, als man den Nackenverletzten mitsamt dem Tragekorb brachte, trat ich für einen Moment vor das Zelt und blickte hinüber zum Generalstab, der sich in einem Zelt, dessen Eingang von einem orientalischen Baldachin geziert wurde, beriet. Bestürzung in den Gesichtern der Offiziere verhieß nichts Gutes. Irgendetwas Schlimmes musste passiert sein. Es fiel mir schwer in diesem Moment, meine Neugier zügeln zu müssen. Doch jede Minute, in der wir uns in Ruhe auf unsere Arbeit konzentrieren konnten, war unbezahlbar. Jederzeit konnte sich die Situation rings um uns ändern, sodass wir gezwungen waren, uns schnell anzupassen. Mit einem unguten Gefühl trat ich wieder in das Zelt.

Als der Chasseur ausgestreckt auf dem Bauch lag, sagte ich zu Lamartin und unseren Helfern: »Nähen wir ihm seine Kapuze wieder an!«

Daraufhin besah ich mir die Wundränder genauer und war wiederum erstaunt über die Schärfe der Damaszenerklingen. Ein gepflegtes, scharfes Bistoury konnte nicht glatter schneiden. Mithilfe einer Anzahl gut gesetzter Nähte und eines vereinigenden Verbandes erzielten wir eine fast perfekte Deckung dieser großen Wunde.

Als die gefährlichsten Verletzungen versorgt waren, konnte ich Lamartin, Vigny und Lachome das improvisierte Feldlazarett überlassen. Ich wischte mir das Blut von den Händen. Mit einem Ohr hatte ich fortwährend aufgebrachte Stimmen unweit unserer Zelte gehört. Schließlich trieb mich meine innere Unruhe hinüber zum Generalstab. Ich wollte Gewissheit.

Es war das Zelt Marmonts, einer der ältesten Waffengefährten Bonapartes. In Reihen standen sie im Halbkreis um unseren Oberbefehlshaber, der seine Hände auf einem Tisch abgestützt hatte. Brigadegeneral Leclerc war der Erste, der mich kommen sah. Mit ernster Miene blickte er mich an. Ich fragte ihn frei heraus: »Was ist passiert?«

»Wir sind gefangen! Admiral Nelson hat unsere Flotte in der Bucht von Abukir vernichtet.«

»Unsere Flotte? Vernichtet?«

»Ja, und das schon vor fast zwei Wochen.«

Ich war durch die Hiobsbotschaft wie vom Donner gerührt: Abgeschnitten! Verbindungslos! Eine Katastrophe! Sofort wälzten sich Fragen wie Lawinen durch meinen Kopf: Wird es jemals ein Zurück nach Frankreich geben? Ein Zurück zu Charlotte und zu meinem Kind? Was wird aus der Armee, was aus meinen Männern? Was geschieht mit dem Heer der Verletzten in Kairo und Alexandria?

Bonaparte hatte die Worte Leclercs gehört und richtete sich auf.

Er blickte verbittert in die Runde. »Admiral Brueys ist auf der explodierenden ORIENT umgekommen, und er tat recht daran!«

Die ganze Szenerie erinnerte mich an die Zusammenkunft der Offiziere kurz vor der Eroberung von Toulon, im Quartier, das damals der neu ernannte General Dugommier für sich genommen hatte. Wie an jenem Tag ging Bonaparte auch diesmal mit großen Schritten vor seinen Offizieren auf und ab. Die Anspannung war ihm anzusehen, ebenfalls die Energie, die sich in ihm aufzustauen begann. Es wurde absolut still unter dem Baldachin. Nur das Stöhnen der Verletzten drang bis zu uns herüber.

Dann blieb er stehen und begann mit ruhiger Stimme, aber im entschlossenen Ton: »Nun, meine Herren, sind wir also verpflichtet, große Dinge zu tun!« Daraufhin blieb er in der Mitte stehen, und es schien, als wippte er auf seinen Zehenspitzen. »Und wir werden sie tun! Wir werden ein Reich gründen. Meere, die wir nicht beherrschen, schneiden uns von unserer Heimat ab, aber kein Meer trennt uns von Afrika und Asien.« Seine Augen suchten wieder und wieder den Blickkontakt zu seinen Generälen. Doch fast alle hielten ihre Köpfe gesenkt. »Wir sind zahlreich!«, rief er beschwörend. »Es fehlt uns weder an Männern, noch mangelt es an Kugeln und Pulver. Notfalls stellen wir alles selber her. Vielleicht sind wir bestimmt, das Aussehen des Orients zu verändern und unsere Namen denjenigen zur Seite zu stellen, die die alte und die mittelalterliche Geschichte mit der größten Auszeichnung unserem Gedächtnis einprägt.«

Mit diesen Worten zeigte Bonaparte in meinen Augen die Wirklichkeit seiner Macht mittels Beherrschung und Kontrolle des Scheins. Er schaffte es zwar nicht, die Wirklichkeit damit auszugleichen oder vergessen zu machen. Doch die Fähigkeit, sich den Schein dienstbar zu machen, wurde im gleichen Moment zu seiner entscheidenden Begabung, da sie uns half, an den neuen Realitäten nicht gänzlich zu verzweifeln.

Ich war mir sicher, dass ihn der Verlust der Flotte weit härter getroffen hatte, als er uns merken ließ. Obwohl mich die Sorge um die Heimkehr deprimierte, fühlte ich mich meinen chirurgischen Divisionen gegenüber ebenso in die Pflicht genommen, meinen Teil der Arbeit am »Schein« aufzunehmen.

Ich sagte ihnen, dass die Reste der Flotte ausreichen würden, um uns jederzeit nach Frankreich zu bringen. Doch auch meine Männer senkten ihre Köpfe. Ich befahl daher, noch am gleichen Tag alle Verwundeten in die festen Mauern der Moschee von Es-Salihijeh zu transportieren. Auf einem Kamel reitend, führte ich die Transportkarawane der Verwundeten an. Gedanken über die Sühne rissen wieder die selbst geschlagene Wunde auf. Ich hatte mit meinen Männern heute mehr als zwanzig Leben gerettet. Vielleicht war ja das alles noch nicht genug …

XIII

Kairo – Suez,
September – Dezember 1798

Es gab keinen einzigen Morgen, an dem ich nicht mit Unruhe erwachte. Tausend unvorhergesehene Bedenken waren aufs Neue in mir geweckt. Dreimal verwünschte ich den Tag der Niederlage von Abukir, der nicht nur mich in einen Abgrund von Zweifeln gestoßen hatte. Gestern, heute, morgen – wir waren unwiderruflich in die Wüste der Ungewissheit gezogen. Meine Männer begannen Ägypten zu hassen. Wir wollten am liebsten klar Schiff machen, doch es gab keinen Anker zu lichten. Was fingen die Gottheiten nur mit der Flut von Flüchen an?

Die Rache über die Demütigung unserer Flotte durch die Engländer bekam in den ersten Tagen vor allem die arabische Bevölkerung zu spüren. Ihre heimliche Freude über unsere Niederlage war nicht zu übersehen. Die Nachricht hatte sich ohne unser Wissen schon vorher ausgebreitet, und in den Basaren sprachen die Leute mit Häme darüber. Einige Offiziere ärgerte dies derart, dass sie ein Exempel an zwei Seifenhändlern statuieren wollten, die, wie viele andere auch, mit der Nachricht den Nil heraufgekommen waren. Sie wollten ihnen kurzerhand die Zungen abschneiden lassen. Erst die Schlichtung eines Scheichs und die Zahlung von zweihundert französischen Rial hielten sie von ihrem Vorhaben ab.

Mit der Vernichtung der Toulonflotte war immerhin der Kopf der Schlange zertreten, der Gerüchte und Verdächtigungen streute. Angeblich hätten wir durch Bestechung Krankheiten attestiert, durch die eine sofortige Rückführung nach Frankreich ermöglicht werden sollte. Auch wenn Bonaparte dem keine Bedeutung beigemessen hatte, so gab es doch eine ganze Reihe von Offizieren, die mir meine Erfolge neideten. Und so wuchs unter den Soldaten gerade in jenen Tagen das Ansehen meiner Wundärzte von Tag zu Tag.

Unabhängig davon hatte unser Oberbefehlshaber die schlechte Moral im Offizierskorps des Heeres erkannt. Er tat, was in seinen Kräften stand, um die Laune zu verbessern und das Leben seiner Offiziere und Soldaten in Kairo angenehmer zu gestalten. Seitdem spielten an Nachmittagen Musikkapellen, und zur abendlichen Zerstreuung konnten wir Konzertsäle, Schaubühnen und Kaffeehäuser aufsuchen.

Zu Beginn der vierten Augustwoche reiste endlich der Tross der verbliebenen einhundertdreißig Gelehrten nach Kairo, die teils in Alexandria, teils in Rosette ausgeharrt hatten. Sie wurden nach Nasrieh befohlen, einem Vorort von Kairo, und nahmen Quartier in dem Palast, der Quassim Bey gehörte. Schon wenige Tage nach ihrer Ankunft wurde dort nach dem Vorbild der Pariser Akademien das Ägyptische Institut gegründet. Einen Tag später fand die erste Sitzung im Hauptraum des Palastes statt, in dem der Harem des Beys einstmals untergebracht war. Die wissenschaftlichen Abteilungen Mathematik, Physik, Volkswirtschaft sowie die Abteilungen Literatur und Kunst nahmen unverzüglich ihre Arbeiten auf. Ihr gewählter Präsident war der Mathematiker Gaspard Monge und der Vizepräsident kein anderer als Bonaparte selbst. In den Sitzungen herrschte vollkommene Gleichheit; selbst der Oberbefehlshaber war hier nichts weiter als Bürger Bonaparte.

Das Arbeitsprogramm war umfangreich, konzentrierte sich aber zunächst auf das Wohlergehen des Heeres und der Bevölkerung. Von der Reinigung des Nilwassers über Hygienevorschriften bis hin zum Auffinden eines Ersatzes für den Hopfen spannten sich die Aufgabengebiete. Danach schlossen sich zahlreiche Aufgaben an, die die Erforschung Ägyptens zum Ziel hatte. Ein besonderes Augenmerk warfen die Gelehrten und Ingenieure auf die Erforschung des Verlaufs des alten Pharaonenkanals, der einst das Rote Meer mit dem Mittelmeer verbunden haben sollte.

Das Fachgebiet Chirurgie und Medizin wurde der Abteilung Physik angegliedert. Zusammen mit René und Bruant hatte ich darin den Vorsitz. Im Mittelpunkt unserer Aufgabe stand die Erforschung der Ursachen der Augenkrankheit und der Pest. Hilfreich für unsere Arbeit waren das neu eingerichtete chemische Laboratorium, das Physikalienkabinett und die umfangreiche Bibliothek. Meine Aufzeichnungen während dieser Zeit sollten zusammen mit allen anderen Forschungsergebnissen meiner Kollegen in einem großen Werk veröffentlicht werden, das den Namen *Description de l'Egypte* erhalten sollte …

Mitte September hatte der Nil seinen optimalen Wasserpegel erreicht. Unser Oberbefehlshaber ordnete daher an, dass die Menschen Kairos wie immer mit geschmückten Schiffen hinausfahren sollten bis zum Nilometer, wie sie das in jedem Jahr zu tun pflegten, um die gesegneten Fluten mit einem Fest zu feiern. Bonaparte lud daher die Scheichs, Mitglieder des Diwans und des Rates auf den Nil ein, um Frieden und Einigkeit zu demonstrieren. Mit Trommeln und Pfeifen vorneweg ging es vom Hause Elfi Beys am Esbekijehplatz, wo Bonaparte Quartier bezogen hatte, ab zum Nil. Doch die Bewohner Kairos zeigten sich eher zurückhaltend. Nur die Christen – ob Kopten, Syrer oder Orthodoxe – und die Franken mit ihren Frauen feierten ausgelassen.

Wie mir unser mitgereister Gelehrter erzählte, wurde der Nil aufgrund seines geheimnisvollen Wesens im Altertum als Gott angesehen. Er besaß zwar keinen Tempel und keine Kultriten wie die anderen Götter, aber Hymnen wurden ihm gesungen, die deutlich den Dank an den Nahrungsbringer ausdrückten. Schon seit jeher hatten die dem Nil zu Ehren begangenen Feste im ägyptischen Kalender eine hohe Bedeutung. Die Feierlichkeiten wurden abgehalten, wenn das Wasser – etwa um die Sommersonnenwende – zu steigen begann. Im gleichen Verhältnis, in dem der Fluss das Land überflutete, um dort seinen unschätzbar wertvollen Schlamm abzulagern, nahm auch die Freude der Festteilnehmer zu. Die Menschen freuten sich und warteten gemeinsam auf das große Ereignis. Ein sehr verbreiteter Hymnus aus der Zeit der Pharaonen rühmte den Fluss:

Preis dir, o Nil, der herauskommt aus der Erde
und herbeikommt, um Ägypten zu ernähren.
Mit verborgenem Wesen, eine Dunkelheit am Tage …

Der die Fluren bewässert …
Der die Wüste tränkt, die fern vom Wasser ist …
Der Nahrung bringt und reich an Speisen ist,
Der alles Gute schafft …
Der Kraut für die Herden schafft und jedem
Gotte Schlachtopfer gibt …
Der die Speicher füllt und die Scheunen weit macht,
Der den Armen etwas gibt.
Der Bäume wachsen lässt nach jedem Wunsch,
und man hat keinen Mangel daran.
Man fängt an für dich auf der Harfe zu spielen,
und man singt dir mit der Hand.
Flutet der Nil, so opfert man dir
mit Weihrauch, Ochsen und Rindern und
Vögeln auf der Flamme,
Der du den Menschen von seinem Vieh leben lässt
und sein Vieh von der Flur.
Du grünst, du grünst, o Nil, du grünst.

Schon im August, nach meiner Rückkehr von Es-Salihijeh, hatte ich damit begonnen, die Hospitäler nach unseren Vorstellungen durchzuorganisieren. Der Tagesdienst für Mediziner und Chirurgen glich dem in den Hospitälern Frankreichs. Die tägliche Arbeit half die Gedanken an unsere Isolation in Ägypten mitsamt ihren Folgen zu verdrängen. So trieb ich meinen Plan, eine chirurgische Schule für junge Wundärzte zu gründen, mit Ausdauer voran. Die Operationstechniken mussten aufgrund der Erfahrungen vervollkommnet werden. Ferner war es notwendig, den Austausch der von meinen Ärzten gesammelten Beobachtungen zu lenken. Eine dringende Maßnahme, da sich die Kranken in den Hospitälern und Lazaretten zu drängen begannen.

Bonaparte mochte noch so viel bei seinen Generälen über das gesunde Klima Ägyptens schwadronieren, die zunehmende Zahl von wahren Kranken lieferte ihm jeden Tag ein grausames Dementi. Der Mangel an Medikamenten, Seife, Wechselwäsche und gesunder Nahrung und die Gefahren durch das schöne Geschlecht ließen überdies die Sorge über einen möglichen Seuchenausbruch wachsen. Viele hatten sich auf dem Sklavenmarkt mit Frauen jeden Alters versorgt. Die Jagd nach dem weiblichen Vergnügen beherrschte den Alltag der Soldaten. Tanz- und Spielsäle im französischen Stil waren allerdings nur die Tünche über einer brüchigen Fassade. Die Truppenstärke der Armee wurde von Tag zu Tag kleiner.

Mein und Renés Blick auf die Misere der Soldaten war unverstellt. Unser Beharrungsvermögen ließ Bonaparte unseren Vorschlag endlich gutheißen, neben der Renovierung des Moristan, dem größten Hospital Kairos, ein neues Krankenhaus auf der Nilinsel Roda einzurichten. Die meisten Hilfshospitäler in der Stadt hatten wir in Nähe des Zentrums eingerichtet, wo sich Lärm und Schmutz oft als unerträglich erwiesen. Obwohl wir anordneten, dass die Straßen gefegt, besprengt und von Abfällen und Schmutz rein gehalten werden sollten, war der Effekt nicht zufriedenstellend. Unser Elan wurde aber durch die Korruption des Oberzahlmeisters des Heeres verzögert. Erst auf die Drohung, ich würde mich deswegen direkt an Bonaparte wenden, kam er seinen Pflichten uns gegenüber nach.

Zugleich füllte uns die schwer zu therapierende Augenkrankheit überraschend schnell die Hospitäler. Bemerkenswert war die Tatsache, dass Soldaten der Division Desaix massenhaft davon betroffen waren. Während der Verfolgung von Murad Bey nach Oberägypten waren sie nilaufwärts auf Schiffen kaserniert. Ich hegte daher einen Verdacht, der eng mit den Nilfluten verknüpft war. Ab Mitte Juli überflutete der Nil das Land. Nach dem Verdunsten des Wassers blieb ein schwarzer Schlamm zurück, der allen notwendigen Dünger enthielt, der dem Boden die große Fruchtbarkeit verlieh und gute Ernten ermöglichte. Da die Augen vom Staub tränten, der die Luft wie feines Pulver durchsetzte, war das feuchte Milieu vielleicht eine weitere Ursache für die gehäuft auftretende Augenkrankheit in der Division Desaix.

Jeder Fünfte, der davon befallen war und nach Kairo kam, war schon erblindet. Desgenettes und sein Medizinerkollegium waren ratlos. René bat darum, mich der Sache ebenfalls anzunehmen, da wir in der Division Bon, während des Vormarsches auf Kairo, mit der Erkrankung konfrontiert waren.

Bei allen Soldaten, die wir aufnahmen, war sie schon weit fortgeschritten. Der Grund lag darin, dass sie erst zehn, zwölf Tage nach Ausbruch der Erkrankung in Kairo angekommen waren. In etlichen Fällen eiterten schon die Ränder der Augenlider, die inneren Flächen und ihre Kommissuren. Die Geschwüre setzten sich auf der Konjunktiva fort, ergriffen die durchsichtige Hornhaut und zerlöcherten auch sie. Manchmal war auch die Hornhaut geplatzt, ohne vorhergegangene Eiterung. Dieses Zerreißen erfolgte in den ersten vierundzwanzig Stunden. Durch die Öffnung drang ein Teil der Iris heraus und bildete die unter dem Namen Staphylom bekannte Ausstülpung am Auge. Der Blick der Soldaten war damit meist verdunkelt. Gewöhnlich aber nahm das Staphylom allmählich ab, kehrte in die vordere Augenkammer zurück, und damit nahmen auch die Membranen ihre vorige Lage wieder ein. Nur manchmal blieb ein Teil davon außen, der sich dann in der Spalte der Öffnung einklemmte. Das Gebilde nahm oft einen krebsartigen Charakter an. Wenn das Staphylom zurücktrat, schloss sich die Öffnung der Cornea wieder, indem ihre Ränder sich einander näherten und eine vertiefte, lichtundurchlässige Narbe zurückließen. Manchmal begannen die Häute auch zu eitern, bis das ganze Auge unbrauchbar wurde.

Die vornehmlichsten Ursachen des Übels waren die brennende Hitze am Tage und die Reflektion des Sonnenlichts durch den hellen Sand. Beides ermüdete die Augen und reizte die empfindlichen Teile. Verstärkt wurde der Reiz durch Staub- und Sandkörner, die unter die Augenlider drangen. Dazu gesellten sich oft noch ein Übermaß an geistigen Getränken und der ausschweifende Genuss der Liebe. Hinzu kam die Folge der schnellen Übergänge von der Hitze des Tages zur Kälte der Nacht. Obendrein noch die feuchten Nächte während des Biwakierens. Blonde fielen der Erkrankung schneller anheim als Brünette. Ebenso sah ich das rechte Auge öfter erkrankt als das linke. Ohne Zweifel entsprang dies aus der Gewohnheit, mit dem linken Auge zu blinzeln, wenn man in starkes Licht blickte, während man sich mit dem rechten umso mehr anstrengte.

Die Geschwüre der Augenlider wurden mit trocknenden und mäßig ätzenden Mitteln behandelt. Die Paste ließ ich von unseren

Chefapothekern Boeyer und Royer anrühren. Die besten Erfolge erzielten wir mit folgender Rezeptur.

Man nehme:

1 Livre uselle Cerat aus dem reinsten Baum- oder Mandelöl.
4 Gros rotes gepulvertes Quecksilber-Präzipitat
4 Gros präparierte Tutie
4 Gros Kampher in Eidotter aufgelöst
8 Gros Cochenillenteig
6 Gros orientalischer Safran

Um der Erkrankung vorzubeugen, erstellte ich zusammen mit René Maßregeln, die ich von Antoine und Pierre notieren, vervielfältigen und in der Armee verteilen ließ.

Darin war festgehalten, dass der unmittelbare Blick in die Sonne und das Eindringen von Sand und Staub in die Augen zu vermeiden sei. In der Nacht sollte jedermann von Kopf bis Fuß gut zugedeckt sein. Um die Augen sollte eine Binde getragen werden, und feuchte, sumpfige Orte waren so weit wie möglich zu meiden. Außerdem empfahlen wir die regelmäßige Reinigung des Körpers durch ein Bad, doch sollte man sich so oft wie möglich die Augen und den ganzen Kopf mit warmem Wasser und Weinessig waschen. Übermäßiger Genuss des Weins, schwer verdauliche Speisen und Ausschweifungen mit dem schönen Geschlecht waren zu meiden …

Letzteres war keinesfalls eine Schikane, denn traf die Entzündung Soldaten, die zusätzlich noch das venerische Gift in sich trugen, so zeigten sich alle Symptome schneller und waren gleichzeitig stärker ausgeprägt.

Ein völlig anderer, dafür außergewöhnlicher Fall wurde mir von Antoine vorgestellt. Ein verzweifelter Grieche aus Kairo brachte seine Tochter von sechzehn Jahren ins Hospital. Antoine hatte sie befragt und schilderte mir, was er als Anamnese erhoben hatte.

»Vor zwei Jahren erkrankte sie, wobei die Lider des rechten Auges sich lange Zeit verschlossen zeigten. Nach und nach gingen sie ein wenig auf, aber das obere Augenlid kann sie seither nicht mehr öffnen. Sie fühlt große Pein, wenn sich das Auge darunter bewegt.«

Ich ließ sie sich auf einen Stuhl setzen, der mit einer Kopfstütze versehen war, und besah mir das Auge. »Sieh dir das an!«, sagte ich zu Antoine. »Das obere Augenlid ist mit einer durchsichtigen Hornhaut verbunden!«

»Seltsam, der häutige Auswuchs hat wohl die Verwachsung bewirkt.«

Eine eingehende Untersuchung ergab, dass dieses Häutchen senkrecht vor das Auge in Gestalt eines Dreiecks gewachsen war und inzwischen die Fläche von einem Zentimeter in der Länge wie in der Breite einnahm.

Ich ging in die Hocke, sodass ich mich mit ihr in Augenhöhe befand. »Sag ihr, dass sie ihre Augen bewegen soll.«

Antoine übersetzte, und ich beobachtete ihre Augen. Das Mädchen konnte nicht anders, als mit dem Kopf den Bewegungen ihres Augapfels zu folgen. Das Häutchen entsprang an der inneren Fläche des Augenlides und hing mit der Hornhaut so stark zusammen, dass ihre Mimik erstarrt war.

Die Patientin sagte etwas. Antoine übersetzte wiederum: »Sie sagt, sie will alle Schmerzen ertragen, wenn du sie nur von dieser Pein erlösen würdest.«

Ich ließ daraufhin ihren Kopf fixieren und schob zwischen die Membrane und den Augapfel eine kleine hohle Sonde, in deren Rinne die Schneide eines sehr kleinen Skalpells eingelegt werden konnte. Während Antoine das Augenlid mit einer Pinzette fixierte, schnitt ich die Hautfalte an der Cornea durch. Danach trennte ich mit dem gleichen Instrument das Häutchen vom Augenlid ab. Die kleinen Überreste auf der Hornhaut nahm ich ebenfalls vorsichtig weg. Mit etwas Charpie und Bleiwasser verband ich das Auge. Es blieb ein mattweißes Fell, durchwachsen mit einigen Blutgefäßen, zurück, das nach und nach verschwand, sodass das Mädchen, als ich Kairo verließ, wieder Gegenstände erfassen und unterscheiden konnte wie mit dem gesunden Auge.

Ihr Vater küsste mir zum Dank die Hände: »Allah segne dich und sende dir Gnade und Leben. Dein Weg möge zum Paradiese führen.«

Das Mädchen hatte noch Glück gehabt im Gegensatz zu den vielen hundert erkrankten Männern in der Armee. Doch langsam wurden wir Herr der Plage, denn wir hatten dafür gesorgt, dass die Soldaten rechtzeitig zur Behandlung zu uns kamen. Diejenigen, die dieser Aufforderung folgten, wurden mit wenigen Ausnahmen wiederhergestellt.

René hatte währenddessen über Informanten aus dem Basar erfahren, dass die Pest in den Küstenstädten ausgebrochen sei. Ich setzte Pierre und Antoine auf die Fährte. Als sie die Information bestätigt bekamen, sah sich René zum Handeln gezwungen.

Es war der 16. Oktober, als wir uns morgens trafen, um Vorsorge zu treffen. »Was willst du tun?«, fragte ich ihn.

»Gestern habe ich einen Toten gesehen, der unter den Achselhöhlen und an den Leisten Geschwüre hatte. Sie verscharrten ihn nahe seiner Wohnstätte. Die Gruben sind nicht einmal halb so tief wie auf unseren Friedhöfen. Ich werde daher als Erstes veranlassen, dass die Gräber sehr tief geschaufelt und die Toten ab sofort vor allem außerhalb Kairos beigesetzt werden.«

Ich sagte: »Lass seine Kleider, Wäsche und sein Bett verbrennen und die täglichen Gebrauchsgegenstände des Verstorbenen säubern. Zudem würde ich die Wohnung ausräuchern und desinfizieren lassen.«

René hatte wieder sein schiefes Lächeln parat. »Darauf bin ich auch schon gekommen, Jean-Dominique! Ich werde das sofort veranlassen. Die Scheichs in den Vierteln werden wir zur Kontrolle dieser Maßnahme verpflichten. Außerdem sollten wir in jedem Quartier mindestens eine Frau und zwei Männer bestellen, die täglich kontrollieren, ob in ihrem Viertel Fälle von bösem Fieber aufgetreten sind. Außerdem muss die Fäulnis aus den Mauern Kairos verschwinden!«

Ich hatte noch einen Einfall und sagte: »Übrigens, kein Grab sollte dort angelegt werden, wo der Nil das Gelände überfluten kann.«

René nickte zustimmend. »Wir sollten uns überlegen, was wir zu unserem Schutz noch anordnen könnten.«

Ich antwortete: »Das Problem in der Geschichte war schon immer, dass der Ausbruch der Pest zu spät erkannt wurde.«

»Da hast du Recht! Also, was tun?«

»Wir müssen fordern, dass uns jeder in der Stadt gemeldet wird, der unerwartet erkrankt. Wir haben genug junge Ärzte in unserem Stall, die inzwischen hinreichend geschult sind, um die ersten Anzeichen einer Pesterkrankung zu erkennen. Wir werden sie hinschicken, damit sie herauszufinden, ob es sich in der Tat um die Pest handelt.«

Die Anordnungen wurden von uns erlassen, von Bonaparte unterstützt und von der Bevölkerung Kairos befolgt. Nur wenige widersetzten sich, was ihnen aber nichts half, da die Macht des Gesetzes und der Waffen auf unserer Seite war.

An einem Samstagnachmittag in der Mitte des Monats Oktober kam Antoine zu mir, der wie üblich seine Runde durch die Basare gemacht hatte.

»Einige Turbanträger hetzen die Bevölkerung gegen uns auf.«

»Das ist nichts Neues«, erwiderte ich kurz.

»Diesmal scheinen sie Erfolg zu haben. Die Menschen sind aufgebracht über die neue Steuer für Haus- und Grundbesitz. Außerdem wehren sie sich vehement gegen unsere Listen, auf denen wir sie erfassen.«

»Die Steuer ist nicht ungerecht.« Und beschwichtigend meinte ich: »Morgen wird sich alles wieder beruhigt haben.«

»Es ist nicht allein wegen der Steuer.«

»Was ist es denn?«

»Sie sagen, wir hätten zu wenig Respekt vor ihnen. Wir würden ihre Lebensart vergiften und ihre Söhne töten. Glaub mir, diesmal kocht es wirklich in den Gassen, und die Mamelucken schüren die Revolte. Wir sollten uns vorsehen.«

»Niemand wird es wagen, sich gegen uns zu stellen.«

Am anderen Tag musste ich mich eines Besseren belehren lassen. Antoine hatte richtig vermutet. Plötzlich holten große Teile der Bevölkerung aus dem Husainija-Viertel und den Außenquartieren ihre verborgenen Waffen hervor. Die Muslime kamen aus allen Ecken herbei, rotteten sich zusammen, und bald waren es Tausende, die gewaltig schrien: »Gott schenke den Sieg dem Volk des Islam!«

Der Pöbel ließ sich nicht lenken, plünderte Geschäfte, errichtete Barrikaden.

Dupuy, der Stadtkommandant, kam zwar mit seinen Reitern, doch in den engen Gassen war er bald eingekesselt und wurde schwer verwundet, während die meisten Reiter seiner Eskorte niedergemetzelt wurden. Berauscht von diesem Erfolg, griffen die Aufständischen die Behausungen unserer Offiziere, unsere Hospitäler und vor allem auch die großen Häuser an, in denen unsere Generäle, die Gelehrten und Mitglieder unseres Ägyptischen Instituts untergebracht waren. Doch das reichte ihnen nicht. Die aufgestachelte Menge stürmte auch noch das reiche Gawanija-Viertel und plünderte die Häuser der syrischen und griechischen Christen, schändete Frauen und Mädchen darin und wütete gleichermaßen in den Häusern der reichen Muslime, die in unmittelbarer Nachbarschaft lagen.

Lamartin, Zinck und Pierre riefen mich um Hilfe. Sie hatten miterlebt, wie der Stadtkommandant verletzt worden war. Ich eilte an den Ort, wühlte mich unerschrocken durch einen Haufen aufgebrachter Araber bis zur Stelle, an der Dupuy zu Boden gesunken war. Er hatte einen Lanzenstich auf der linken Seite unterhalb des Rippenbogens erhalten, der tief eingedrungen war. Er lag in seinem eigenen Blut. Ich verband ihn zwar, doch ich konnte die inneren Blutungen auf der Straße nicht stoppen.

»Zu General Junot!«, befahl ich meinen Helfern. Junots Haus lag zwar in unmittelbarer Nähe, doch der Verwundete war nicht zu retten. Sein Puls beschleunigte, raste, was ich an seiner Halsschlagader ablesen konnte. Dann wurde er immer schwächer, bis er schließlich ganz verschwand. Dupuy, der erste französische Stadtkommandant Kairos, war tot.

Pierre, den ich in das Zentrum Kairos geschickt hatte, um nach den Hospitälern zu sehen, kam zurück und schrie in heller Empörung: »Hospital Nummer zehn ist verwüstet!«

Als ich dort ankam, stockte mir der Atem. Auf der Schwelle des Hauses lagen meine Chirurgen Mogin und Roussel. Erschlagen, als sie versuchten, das Hospital gegen die Aufrührer zu verteidigen.

Bonaparte ließ nach den Scheichs rufen, doch diese zögerten und warteten ab. Dagegen zögerte der Oberbefehlshaber keine weitere Sekunde. Die Antwort unserer Artillerie auf diesen Aufstand dauerte über zwölf Stunden. Die inzwischen ausgeklügelte

Befestigung Kairos erlaubte unseren Batterien, jeden Winkel der Stadt mit Kugeln zu bestreichen. Sprenggeschosse fielen auf die aufständischen Wohnquartiere wie Regentropfen. Die Grundmauern der Moscheen erzitterten durch die andauernde Kanonade und ließen die Ohren der Menschen taub werden.

Die Einwohner versuchten aus den Suks zu entkommen und verbargen sich in jeder Ritze. Eine Flut von Aufrührern flüchtete sich in die Azhar-Moschee, wo sie sich sicher glaubten. Sie riefen und flehten um ihr Leben: »Frieden vor diesen Schmerzen! Du, voll verborgener Güte, nimm dir unsere Rettung zu Herzen.«

Angesichts des Leids und der Verwüstungen besannen sich die Scheichs, ritten endlich zu Bonaparte und baten um Beendigung der Kanonade. Als er sie für ihr spätes Erscheinen abkanzelte, entschuldigten sie sich demütig. Unser Oberbefehlshaber war klug genug, die Entschuldigung anzunehmen und den Befehl zu erlassen, die Beschießung Kairos einzustellen.

Als die Sonne unterging, verstummten zwar die Kanonen, doch mein Herz fand keine Ruhe. In gleicher Nacht versorgten wir rund einhundert verletzte Soldaten und Muslime, doch vor meinem inneren Auge sah ich immer wieder die Bilder meiner beiden erschlagenen Chirurgen.

Am späten Nachmittag des nächsten Tages erfuhren wir, dass unsere Soldaten die aufständischen Stadtviertel in einer Art durchkämmt hatten, als wären sie die Sendlinge des Satans. Durch jenen Aufstand war die Stimmung gegen uns völlig umgeschlagen, da von uns fast alles erniedrigt wurde, was vorher als unantastbar galt. So drangen unsere Soldaten auf das Gelände der Azhar-Moschee vor und entweihten das Areal. Sie ritten hinein, banden ihre Pferde an die Wand, zerstörten die Wohnquartiere, zerbrachen Fenster und plünderten, was sie fanden – Geräte, Gefäße, wertvolle arabische Mosaiken, anvertraute Schätze der Gläubigen in Schränken und Kästen. Sie zerfetzten Schriften und Koranmanuskripte, zertraten sie mit Füßen und urinierten darauf.

Willkür herrschte in den Suks. Unsere Soldaten zogen zu Tausenden durch die Quartiere, um nach den Aufrührern zu suchen, was allerdings meist nur ein Vorwand war. Die Losung des Tages hieß: Durchsuchung und Plünderung! Wer sich dagegen stellte, war schnell umgebracht. Die Christen rächten sich ihrerseits an den Muslimen. Kairo versank in Gewalt. Erst das Gnadengesuch aller Scheichs, mit der Bitte um Vergebung, ließ unseren Oberbefehlshaber handeln. Nach einer weiteren Woche zog wieder Recht und Ordnung ein. Die Zahl der Hingemetzelten, die der Nilstrom in jenen Tagen weggeschwemmt hatte, war gewaltig. Niemand hat je die Toten gezählt, es müssen aber Tausende gewesen sein.

Nach der Ermordung meiner beiden Chirurgen sah ich in der Errichtung eines neuen Hospitals auf der befestigten Nilinsel Roda die einzig wirksame Lösung, um uns in Zukunft gegen Übergriffe, Lärm und Unsauberkeit zu schützen. Als ich bei Bonaparte zum Rapport erschien und ihm gleichzeitig die Nachricht über den Tod seines hochgeschätzten Adjutanten Sulkowski überbrachte, schäumte er vor Wut und brüllte: »Ich habe die Nase voll von Rousseau! Der wilde Mensch ist ein Hund!«

Der Plan »Roda« wurde genehmigt und unverzüglich in die Tat umgesetzt. Im Januar, nach meiner Rückkehr von der Suez-Expedition, bei der wir den alten Pharaonenkanal und die Quellen Moses in der Nähe der Tornberge fanden, nahmen wir die ersten Kranken dort auf. Am gleichen Tag erhielt ich die Nachricht aus Alexandria, dass dort die Pest ausgebrochen sei. Erst zweifelte ich daran, doch was man mir erzählt hatte, stimmte. Mich befiel ein Unbehagen, das ich schon in Suez spürte, als ich dort den ersten Pestkranken sterben sah. Bonaparte hatte mir damals befohlen, die Beobachtung für mich zu behalten, da die Soldaten nicht beunruhigt werden sollten.

Ab diesem Zeitpunkt war diese Expedition für mich keine Expedition mehr, sondern eine einzige Krankheit …

XIV

Jaffa – St. Jean d'Acre,
März 1799

Am 10. März verdunkelte sich südwestlich von Jaffa der Himmel. Die Todesschreie waren verstummt. Hinter Sanddünen stieg fetter, stinkender Qualm in den Himmel. Er war so dick, dass man ihn mit einem Messer hätte schneiden können. Um die Mittagszeit begann die Hölle des dritten Tages und hielt ohne Unterbrechung zwei Stunden an. Hiernach verlor für mich alles andere seine Bedeutung. Es war eine Vergeltung, eine widerliche Notwendigkeit, die offenbar Himmel und Hölle gemeinsam beschlossen hatten. Achthundert Ermordete waren es in den ersten beiden Tagen und rund sechshundert am Tag darauf. Der Rest von mehr als eintausend gefangenen Türken der eroberten Festung von Jaffa hatte noch auf seine Exekution gewartet. Wir schlachteten sie hin, obwohl sie kapituliert und die Waffen niedergelegt hatten. Vor Panik ergriffen, versuchten die Todgeweihten wie Hasen im Zickzacklauf in Richtung Strand zu flüchten, warfen sich nieder, gruben wie wild mit den Händen im Sand und versuchten so dem Tod zu entkommen. Der ganze Strand war voller Szenen wie dieser. Schließlich warfen sich Hunderte in die Wellen, um dem beginnenden Massaker zu entrinnen. Wer nicht darin ertrank, wurde schwimmend erschossen, und wo die Kugeln fehlten, mit dem Bajonett erstochen. Die Brandung des Meeres färbte sich blutrot. Die hellen Gestade wurden zum Schlachthaus.

Wir kämpften unter Bonapartes persönlicher Führung in der neu formierten Syrienarmee gegen den türkischen Gouverneur Achmed-Pascha, den wir wegen seiner Grausamkeit Djezzar, den

Schlächter, nannten. Er machte keine Gefangenen, und wenn, dann ließ er sie grausam bis zum Tode foltern. Neben der Entmannung war seine Spezialität das Häuten. Die Unglückseligen verbluteten nicht, sondern verdursteten qualvoll, da ihre Körperflüssigkeiten austraten. Bis der erlösende Tod eintrat, hatten die Opfer unsägliche Schmerzen auszustehen.

Unsere vier Divisionsgeneräle Lannes, Kléber, Bon und Reynier brannten daher auf eine gründliche Abrechnung mit den türkischen Barbaren und asiatischen Despoten, da sie sogar unsere Parlamentäre enthauptet hatten. Zudem waren die von uns großmütig freigelassenen türkischen Gefangenen der Garnison von Kalaat-El-Arisch, entgegen den Abmachungen, nach Syrien zurückgekehrt, um die Truppen von Djezzar zu verstärken. Wie auch immer, ich war gegen eine Aufrechnung der Grausamkeiten und gegen diese Art von Vergeltung.

In Wirklichkeit ging es allerdings längst um das eigene Überleben der Syrienarmee – einem Heer von zehntausend Mann Infanterie, achthundert Mann Kavallerie, die Murat befehligte, eintausenddreihundert Artilleristen unter Dommartin, vierhundertvierzig Kundschaftern, dreihundertsiebzig Pionieren unter Cafarelli, neunzig Kamelreitern, sechshundert Guiden sowie einhundertfünfzig Wundärzten und Medizinern samt Helfern, die von René als Chefmediziner und von mir als Chefchirurg angeführt wurden. Zudem war auch unser Chefapotheker Royer mit nach Syrien marschiert.

Mir war zwar klar, dass diese Armee dreitausend wortbrüchige gefangene Türken weder bewachen noch austauschen oder gar ernähren konnte. Sie hätten unseren Vormarsch auf St. Jean d'Acre oder unseren Rückzug nach Ägypten behindert und somit die Beweglichkeit des Heeres erheblich eingeschränkt. Ebenso wenig konnte Bonaparte sie nach Ägypten zurückschicken, da dem Heer allein zur Bewachung wenigstens eintausend Mann entzogen worden wären. Doch sie hatten sich uns ergeben. Statt eine humane Lösung herbeizuführen, entzündete man einen Scheiterhaufen. Dreitausend Leichen verkohlten in den Dünen, und in Jaffa roch es bestialisch nach verbranntem Menschenfleisch.

Die Eroberung Jaffas bescherte uns rund zweihundertfünfzig

Verwundete, die wir inzwischen operiert und verbunden hatten. Unter den Blessierten waren wieder einige, bei denen wir pestverdächtige Erscheinungen beobachtet hatten. Ich war gerade dabei, zusammen mit René die verdächtigen Fälle aus dem Hospital zu verlegen, um sie in zwei ausgewählten Häusern außerhalb der Stadt zu isolieren, als wir vom Massaker erfuhren. Es war der dritte Tag!

René setzte sich auf einen Stuhl, schlug die Hände vors Gesicht und murmelte vor Entsetzen: »Was hat er nur getan? Was hat er nur getan?«

»Unseliges! Widerwärtiges! Abstoßendes!«, antwortete ich. »Dieses Massaker ist durch nichts gerechtfertigt. Er mordet nicht nur die Türken, sondern auch unsere höchsten Prinzipien.«

René war außer sich: »Ja, begreift er denn nicht, dass er ihnen jetzt das Recht gibt, mit allen Mitteln zurückzuschlagen? «

Antoine zeigte sich ebenfalls fassungslos. »Wir siegen nicht mehr, sondern vernichten den Feind nur noch, um uns selbst zu retten.«

Ich fühlte, wie mir die Ziele meiner Arbeit in Palästina langsam entglitten. »Du denkst das eine und tust das andere«, sagte ich mir stumm. »Leben zu retten und zu erhalten, das ist dein Leitgedanke. Aber vor dem Scheiterhaufen der Hingemetzelten sind das nur noch leere Worte.«

René stand auf. Im gleichen Moment kam Oberhilfschirurg Boussenard herein. Er war scharf geritten und vom kalten Regen völlig durchnässt. Ich hatte ihm die Aufsicht über das zweite Lazarett übertragen, das wir zu Beginn der Belagerung in einem Dorf vor Jaffa eingerichtet hatten. Er trat an mich heran und flüsterte mir zu: »Jean-Dominique, es lässt sich nicht mehr verheimlichen. Wir haben im zweiten Hospital sieben neue Fälle festgestellt. Davon sind drei vor einer Stunde verstorben.«

Ich blickte zu René. Er hatte mitbekommen, was Boussenard mir geflüstert hatte, und wusste sofort, wie schnell und gefährlich sich die Lage damit zugespitzt hatte. Die Zahl der Pesttoten pro Tag war damit auf fünfzehn gestiegen.

Bislang durfte das Wort »Pest« auf Befehl Bonapartes in unseren Reihen nicht ausgesprochen werden, da er glaubte, das Heer würde dadurch unnötig beunruhigt. Der Ausbruch der Seuche konnte in der Tat für die Moral höchst gefährlich sein, da sich Panik immer rasend schnell breit macht. Unsere Armee würde davon nicht ausgenommen und ihr Untergang unausweichlich sein.

Wir mussten daher schnell und richtig handeln. Es galt, die Ausbreitung der Krankheit zu verhindern. Die Bevölkerung Jaffas war schon von der Pest geplagt worden, bevor die Stadt von uns eingenommen wurde, und nun war die Seuche, wie befürchtet, auch in unseren Reihen ausgebrochen. Trotz aller Vorsichtsmaßnahmen! Ich war davon überzeugt: Hätten wir unsere Soldaten sofort über den wahren Charakter des Übels aufgeklärt, wären die Anordnungen besser befolgt worden. Ab sofort wollte ich für Klarheit sorgen. Auch bei Bonaparte!

Ich befahl meinen Oberwundärzten Zinck, Renauld und Latil, mich zu begleiten. Wir nahmen Pferde und wechselten in das zweite Hospital. Es regnete immer noch. Auf dem Weg dorthin meinte René: »Auch wenn es nass, kalt und zugig ist, die Soldaten sollten besser die Stadt meiden und außerhalb der Mauern biwakieren.«

»Auf jeden Fall! Aber erst werden wir ihnen sagen, dass die Pest ausgebrochen ist. Dann werden sie von selbst Kontakte mit den Einwohnern Jaffas strikt vermeiden, ohne dass wir uns groß dafür ins Zeug legen müssen. Doch lass uns erst sehen, ob sich der Verdacht wirklich bestätigt.«

Ich befahl das Haus und alle darin befindlichen Räume sofort zu lüften. Dann traten wir ein. Die Toten waren bis auf einen inzwischen außerhalb des Gebäudes verbracht worden. Gleichzeitig waren Helfer dabei, die Räume zu leeren, in denen sie gelegen hatten. Kurz darauf sah ich an den noch Lebenden, was ich vermutet hatte. Sie zeigten Geschwülste, Bubonen genannt, an Weichen, Achselhöhlen und an den Gelenken. Und bei allen zogen wir türkische »Andenken«, Quellen des Seuchengiftes in Gestalt von Pelzen, Kopfbedeckungen und Kleinodien, unter Betten und Gepäck hervor, die sie bei der Einnahme Jaffas offenbar Pestkranken abgenommen hatten.

»Verdammt noch mal!«, fluchte René. »Hatte ich nicht angeordnet, dass nichts, aber auch gar nichts aus Jaffa mitgenommen werden darf?«

Natürlich war Jaffa von unseren Soldaten geplündert worden, und Beute war wie immer reichlich gewesen, doch diesmal auch tödlich. Ich wandte mich an meine Begleiter und befahl: »Kleider, Gegenstände, alles sofort verbrennen!«

Daraufhin nahm ich einen der Erkrankten in Augenschein. Er zeigte Symptome der Unruhe, die ihn nicht einen Augenblick an einem Fleck verweilen ließen. Alles war ihm gleichgültig geworden. Der Appetit war geschwunden, nur Wein und Kaffee wurden von ihm angenommen. Sein Atem ging schwer. Eine allgemeine Schwäche hatte ihn überfallen. Hinzu kamen dumpfes Kopfweh, Schmerzen in den Gliedern und in vorhandenen Narben. Dazu gesellten sich Koliken, Kälteschauer über den ganzen Körper, besonders in den unteren Extremitäten. Sein Gesicht war entfärbt, seine Augen waren matt, tränten, waren ohne Ausdruck. Die Exkretionen waren ausgeblieben, er ekelte sich vor sich selbst und erbrach sich regelmäßig. Anfangs mit schleimiger, später mit galliger Flüssigkeit.

Da das Fieber bereits vor einigen Stunden aufgetreten war, war der Puls beschleunigt. Die Haut brannte ihm, und aus den Poren trat klebriger Schweiß. Kopfschmerzen nahmen rasend schnell an Stärke zu, erregten Schwindel; seine Augen blickten wild umher. Seine Stimme wurde schwach …

Ein Kamerad neben ihm begann unaufhörlich zu seufzen, derweil von Zeit zu Zeit unwillkürliche Zuckungen im Gesicht und an den Extremitäten auftraten. Der Dritte redete aufgrund des Fiebers irre, was sich während der kurzen Zeit meiner Untersuchung bis zur Raserei steigerte. Sein Schicksal war besiegelt. Der Mann, schon einem wandelnden Toten gleich, brauchte nicht mehr als eine barmherzige Hand, um die Stunden zu überstehen.

Boussenard berichtete: »Einer lief heute Morgen noch kurz vor seinem Tod aus dem Haus und ging hinunter zum Fluss. Dort stand er bis zum Nabel im Wasser, schlug heftigst um sich und kehrte wenig später wieder zurück.«

Ich zeigte auf den Toten, den man gerade hinaustrug. »Was war mit diesem hier?«

»Er war schon sehr schwach und fiebrig, als er hierher gebracht wurde. Er verstarb nach wenigen Stunden.«

Auch hier fand ich meine Beobachtungen wieder bestätigt. Die

Dauer des Fiebers richtete sich nach der individuellen Stärke des Kranken. Manchmal endet das Leben, wie bei jenem, schon nach einigen Stunden, manchmal dauert es ein oder zwei Tage, selten jedoch bis zum fünften Tag.

Als wir in das Hospital vor Jaffa zurückkehrten, umdrängten uns die Soldaten, unzufrieden, enttäuscht und verängstigt. Kaum waren wir aus dem Sattel, prasselten Fragen auf mich nieder: »Bürger Larrey! Warum dürfen wir nicht in die Häuser? Warum müssen wir uns im Freien den Arsch abfrieren?«

Bedrohliche Parolen drangen an mein Ohr. Einer schrie: »Die Pest ist ausgebrochen!« Ein anderer: »Wir werden in diesem Scheißland alle an der Pest krepieren!« Dazwischen: »Zurück nach Kairo! Was suchen wir hier eigentlich noch!«

»Palästina ist das Land der Massaker und der Pest!«

»Retten wir unser Leben!«

»Zurück nach Frankreich!«

Die Nacht brach herein.

Am Morgen des 11. März stand ich mit René in Bonapartes Zelt. Er wirkte ausgelaugt, sein Körper war steif vor Kälte. Er hatte Bourienne etwas diktiert. Mit einer stummen Geste schickte er ihn vor das Zelt.

»Was gibt es?«

René antwortete: »Die Pest beginnt zu wüten! Die Armee …«

»Erzählen Sie mir nichts von der Armee!«, unterbrach er ihn gereizt. »Erzählen Sie mir, was Sie dagegen unternehmen!«

Wir schilderten ihm die Maßnahmen, die aktuelle Situation und das, was in unseren Augen noch zu tun war, damit eine Katastrophe vermieden werden konnte.

Sofort hatte Bonaparte die große, unmittelbare Gefahr erkannt. Mit schneidender Stimme sagte er: »Es gelten die gleichen Anordnungen wie in Kairo. Niemand wird ihnen zuwiderhandeln. Meine Befehle werden befolgt. Jeder, der ihnen nicht gehorcht, wird exekutiert. Ohne Ausnahme!«

Wir waren zufrieden. Im Kern galten nun auch in der Armee ab sofort die Maßregeln, wie wir sie für die Bevölkerung in Kairo durchgesetzt hatten.

Gleich den Scheichs in den Quartieren musste jeder Offizier

melden, wenn ein Soldat in seiner Einheit Fieber bekam und verdächtige Schwellungen am Körper zeigte. Unsere Ärzte führten unabhängig davon tägliche Kontrollen im Heer durch. Schon bei Verdacht einer Erkrankung war jedermann sofort zu isolieren. Bei Unterlassung sollte das mit dem Tode bestraft werden. Strengste Bestrafung erwartete außerdem all jene, die Leichen plünderten oder in Häuser eindrangen, in denen Pestkranke lagen, oder deren Kleider und Habseligkeiten an sich nahmen. Ebenfalls alle, die sich den allgemeinen Hygienevorschriften widersetzten.

Daraufhin überraschte Bonaparte mich mit der Frage: »Was tun Sie selbst, um sich vor der Seuche zu schützen?«

»Ich vermeide einen zu langen Aufenthalt in schlecht gelüfteten Räumen, dazu die Ausdünstungen der Leichen oder der Sterbenden. Ich vermeide jede unnötige Berührung von verdächtigen Personen und das Betasten großer Hautareale. Außerdem empfiehlt sich größte körperliche Reinlichkeit unter Verwendung von Weinessig. Dazu häufiger Wechsel der Wäsche und Kleider, Schlaf an trockenen und gut gelüfteten Orten und die Einnahme von brechreizenden Mitteln nach den geringsten verdächtigen Anzeichen. So wäre es klug, wenn auch Sie immer ein Stück Brechweinstein bei sich führen würden. Ich warne vor unmäßigem Gebrauch geistiger Getränke, von Fleisch und Milchprodukten. Dagegen empfiehlt sich starker Kaffee und ein Trank von Salbei in nüchternem Zustand am Morgen.«

Bonaparte sah mich staunend an, da ihm klar war, dass einige der genannten Maßnahmen im Felde schlichtweg undurchführbar waren. Besonders der Punkt: »Häufiger Wechsel der Wäsche und Kleider …«

Plötzlich nahm er seinen Degen und sagte: »Gehen wir zu den Pestkranken!«

Ich erschrak, doch gleichzeitig wusste ich, dass keine Macht der Welt imstande gewesen wäre, ihn von seinem Vorhaben abzubringen. General Bon und Reynier waren gezwungen, sich uns anzuschließen. Bourienne sah mich an, als würde er mich dafür auf die Guillotine wünschen. Als Zeichen meiner Ohnmacht schüttelte ich stumm den Kopf. Als wir das Pestlazarett betraten, versuchte Bourienne unseren Oberbefehlshaber noch einmal davon abzuhalten, in die Nähe der Erkrankten zu geraten. Er tat dabei so, als würde Bonaparte mit dem nächsten Schritt den Vorhof des Todes betreten. Doch vergeblich.

Er befahl René: »Bürger Desgenettes, führen Sie mich zu den Kranken!«

Dieser führte ihn in einen größeren Bettensaal. Die ersten Pestkranken, die den Oberbefehlshaber erblickten, blieben bei seinem Erscheinen apathisch, andere rissen die Augen auf, als ob ein Wunder geschehen wäre. Sein Stab im Hintergrund zeigte sich fassungslos, als er in einem kleinen Nebenraum verschwand. René war vor Angst wie gelähmt und rief: »Halt! Nicht dort hinein!«

Bonaparte scherte sich nicht darum, sondern hob eine Pestleiche auf, die man gerade dort abgelegt hatte, und trug sie mit stoischer Miene an seinen Offizieren vorbei, hinaus in den Vorhof. Die Aktion war in meinen Augen mehr als töricht, doch psychologisch berechnend. Die vor allen Augen demonstrierte Nichtachtung der Ansteckungsgefahr sollte wohl die Macht des Übels in der Seele der Betroffenen bannen. Doch darauf kam es dem Oberbefehlshaber sicher nicht an. Er zielte mit seinem Auftritt auf die Moral der Offiziere und auf die Kampfkraft der Soldaten, die, von Neugier getrieben, vor das Lazarett geströmt waren. Die Aura des Wunders umgab ihn plötzlich, und zugleich war auch das Charisma eines unerschrockenen Helden für die Armee enthüllt.

René flüsterte mir ins Ohr: *»Le Roi te touche, Dieu te guérisse.«*

»Ja, nur Gott allein wird heilen!«, flüsterte ich zurück.

Als Bonaparte an meiner Seite das Lazarett verließ, sagte er mit gedämpfter Stimme: »Bringt mir sofort Brechweinstein und einen Sud von Salbei ins Zelt!«

Ich zupfte ihn unauffällig am Ärmel und sprach zu ihm in gleicher Lautstärke, sodass kein anderer es hören konnte. »Hier hinein! Waschen Sie sich sofort die Hände mit Weinessig! Und vergessen Sie nicht, die Uniform verbrennen zu lassen!«

XV

St. Jean d'Acre, März – Mai 1799

Bonaparte drängte zum Angriff auf St. Jean d'Acre. Da genügend Reittiere zur Verfügung standen, nahmen wir unsere Verwundeten mit, während die Pestkranken unter der Obhut von mehreren Medizinern aus der Division Desgenettes in Jaffa zurückgelassen wurden. Nach meiner Überzeugung wurde dadurch die Gefahr einer weiteren Ausbreitung der Pest im Heer sehr verringert. Daher begrüßte ich einen Weitermarsch sehr. Doch ich hatte die Gottesgeißel unterschätzt. Sie blieb ein tödlicher Begleiter.

Der Marsch nach St. Jean d'Acre erwies sich als eine einzige Tortur. Die schlechten Wege, das steile Gebirge und die sumpfigen Täler erschöpften die Truppe schnell, zumal wir ohne Verpflegung marschierten. Überdies hatte die Division Lannes einige Scharmützel mit feindlich gesinnten Nablusiern, die zu Djezzars Reiterhorden gehörten, zu überstehen. Ihre überfallartigen Angriffe bescherten uns zusätzlich fünfundfünfzig Verletzte. Eine Zahl, der wir ohne Probleme Herr geworden wären. Doch auf dem beschwerlichen Marsch in unwirtlichem Gelände und ständig bedroht durch einen heimtückischen Feind war an einen Halt nicht zu denken.

Zum Schrecken aller, die davon etwas mitbekamen, starben obendrein auf dem Marsch noch sieben Soldaten auf eine äußerst schnelle und Grauen erregende Weise an der Pest. Diese Tatsache war gerade für mich und René sehr belastend, da wir ohne Kenntnisse der Situation vor Ort sofort Maßnahmen zur Isolierung aller Pestverdächtigen würden einleiten müssen.

Am 19. März waren wir vor den Mauern angelangt. Das Hauptquartier schlug Bonaparte etwa zwei Kilometer vom Meeresufer entfernt auf, während das Heer sein Lager auf dem Abhang des Turonberges bezog.

Wir atmeten auf. Südlich der Stadt waren wir auf gemauerte Pferdeställe gestoßen, die Djezzar-Pascha errichten ließ. Die Stallungen wurden von unseren Helfern in großer Eile für unsere Bedürfnisse hergerichtet. René und ich sahen in diesen Mauern die einzige Möglichkeit, Kranke und Verwundete vernünftig zu versorgen und vor schlechter Witterung zu schützen. Außerdem waren wir durch einen tief eingeschnittenen Bach und einen Meeresarm durch Ausfälle der Belagerten gesichert. Von einem Hospital konnte man aber nicht sprechen, da es uns inzwischen an vielem mangelte. Unter anderem an Medikamenten und Weinessig.

Ungeachtet dessen führten wir am gleichen Tage noch zwei Amputationen durch. Die Verwundeten lagen auf Binsen, meistens ohne Decken und ohne Bettgerätschaften. Wir entschlossen uns, Pestverdächtige im Kloster Karmel zu isolieren und zur Sicherheit im Schloss zu Chafa Amr ein zusätzliches Ausweichquartier einzurichten. Außerdem standen in angelegten Laufgräben Wundärzte bereit, um den Verwundeten sofort erste Hilfe leisten zu können. Sie wechselten sich im Acht-Stunden-Zyklus ab, während ich mir vornahm, sie während des Sturmes auf die Mauern von St. Jean d'Acre durchgehend selbst zu führen.

Die Festung lag an der Bucht nördlich gegenüber von Haifa. Von drei Seiten umspült, bot sie den Anblick einer Halbinsel. Davor befand sich eine schier endlose Ebene, die beim Weißen Vorgebirge und den Hügeln von Saron begann und am Berg Karmel endete. Sie war durch Regengüsse überschwemmt und bildete ein stehendes Gewässer. Das stehende Wasser faulte, sodass wir Mühe hatten zu atmen. In der Hitze des Sommers würde die Brühe das Ausbrechen von zusätzlichen Seuchen begünstigen. Trotz aller Warnungen tranken viele Soldaten davon, was schon in der ersten Nacht zu heftigen Koliken, hartnäckigen Diarrhöen und Fieberschüben führte. Wir kappten daher den Aquädukt, der reines Bergwasser nach St. Jean d'Acre hineinführte, und konnten somit die Armee und unsere Kranken ausreichend versorgen. Der trockene

Teil der Ebene und das Gebirge zeichneten sich dagegen dadurch aus, dass sowohl tropische als auch unsere heimischen Gewächse dort prächtig gediehen. Die Umgebung der Festung versorgte das Heer schon ab dem zweiten Tag ausreichend durch ihre Ölbäume, fetten Wiesen, Kornfelder, Gemüse- und Obstgärten. Unsere Kavallerie- und Infanteriefeldwachen schützten dieses für unsere Verpflegung so wichtige Areal.

Blau spannte sich der Morgenhimmel über die weite Landschaft. Ich war schon vor Sonnenaufgang auf den Beinen, um Momente der Stille und des Alleinseins zu genießen. Wenig später kamen Zinck, Lamartin und Antoine aus dem Lazarett. Keiner sprach ein Wort, als sie mich unbewegt sitzen sahen. Jeder schien mit sich selbst beschäftigt. Nach einer Weile kam auch René. Er hielt auf mich zu, streckte sich in den Morgenhimmel und rief: »Welch ein Land! Das Land der Phönizier, Juden, Römer und der Kreuzritter. Nun auch unser Land!«

Ich musste schmunzeln und erwiderte spöttisch: »Schönes, fremdes erobertes Land. Ich frage mich nur, für wie lange?«

René gesellte sich zu mir. »Ich glaube, Jean-Dominique, wir bleiben hier nicht ewig. Wir gehören einfach nicht hierher. Wenn ich es recht bedenke, so schrieb hier nicht das Leben, sondern der Tod schon immer für die Eroberer die Geschichte.«

»Ja, und heute wird er daran gehen, den Gang unserer Geschichte zu schreiben.«

René seufzte: »Du magst Recht haben. Unsere Ernte in diesem Teil der Erde wird nie zur Reife gelangen.« Daraufhin blickte er verklärt hinüber auf die Silhouette von St. Jean d'Acre und sprach mit offenem Empfinden: »Mich treibt nur noch ein Gedanke: die unbezwingliche Sehnsucht nach daheim. Ob im Fels, Sand, im Sumpf oder hier im Garten Eden, ich spüre, wir sind verlassen. Die Götter mögen uns Siege schenken, und doch fühle ich mich trotz der Schlachtentriumphe einsamer und einsamer.«

Nie war René, der sonst sehr verhalten war, Ähnliches über die Lippen gekommen. Ich legte meine Hand auf seine Schulter und sagte: »Ich verrate dir etwas.« Ich zeigte hinüber auf St. Jean d'Acre. »Dort drüben an den Mauern werden wir unseren Feldzug in Ägypten beenden.«

»Wie meinst du das?«

»Ganz einfach: Bonaparte will zurück nach Frankreich.«

René sah mich ungläubig an. »Woher willst du wissen …?«

»Wissen? Nein, es ist ein Gefühl, aber glaube mir, es trügt nicht. Mit dem heutigen Morgen beginnt ein denkwürdiger Tag für uns, und ich spüre, er wird uns hart prüfen. Aber am Ende, René, steht für dich wie für mich die Rückkehr nach Paris.«

Statt eines Hahnenschreis rollte der Donner eines abgefeuerten Geschützes als Morgengruß heran. Die Erstürmung von St. Jean d'Acre hatte begonnen, und wie ich in meinen Aufzeichnungen notierte: *Sollten wir scheitern, wird alles rascher gehen …*

Es war der 24. März, an dem der Befehl zur Erstürmung der Stadt an die Generäle erging. Auf dem linken Flügel hatte die Division Reynier, auf dem rechten die Division Kléber Aufstellung genommen, und im Zentrum standen die Divisionen Lannes und Bon. Ich begab mich in die Gräben zu meiner Ambulanz. Die türkischen Kanonen bestrichen unsere Positionen mit einer nie erlebten Präzision. Djezzar der Schlächter konnte auf die Unterstützung der Engländer zählen. Die englischen Linienschiffe TIGER und THESEUS lagen seit zwei Tagen in der Bucht vor Anker. Bonaparte hatte erfahren, dass Kommodore Sir Sydney Smith, sein Gegenspieler bei der Rückeroberung von Toulon 1794, in den Mauern von St. Jean d'Acre weilte. Die englischen Linienschiffe hatten offenbar unsere Schiffe gekapert, die mit der schweren Artillerie aus Alexandria erwartet wurden. Ebenso befand sich ein gewisser Louis Edmond le Picard de Phélipeaux, ein royalistischer Agent, in den Mauern der Stadt, der zwar mit Bonaparte gemeinsam die Militärschule absolviert hatte, doch schon damals sein erbitterter Gegner gewesen war. Er besaß die gleichen Kenntnisse der Artillerie, und Bonaparte erkannte schon nach der ersten Salve, dass er es war, der die Batterien der Türken auf den Mauern befehligte.

Schon nach wenigen Augenblicken des Artilleriefeuers wurde ein Offizier der 18. Halbbrigade namens Bonhomme mit einer ungeheuren Verwundung des rechten Oberschenkels, Folge des verirrten Bruchstücks einer Kanonenkugel, von uns aus einem der verzweigten Gräben herausgeholt. Die Muskeln des Schenkels waren in großem Umfang zerfetzt, teils weggenommen. Die Arterie und Vene *femoralis* waren sechs Zoll unter ihrem Ursprung abgerissen, der Schenkel selbst bis zum großen Trochanter zerschmettert. Er hatte viel Blut verloren und litt trotz bedrohlicher Schwächezeichen heftige Schmerzen. Er schrie ohne Unterlass.

Die Erfahrung lehrte mich, dass nach allen großen Verwundungen kurz darauf rasende Schmerzen auftraten, die mit heftigen Konvulsionen einhergingen, worauf bald der Tod eintrat. Eile war daher geboten, die zerschmetterten Knochen und die zerfetzten Muskeln wegzunehmen, damit eine Wunde entstand, die so einfach wie möglich zu schließen war.

Mochte eine Operation so grausam sein, wie sie wollte, in den Händen des Wundarztes wurde sie zur Wohltat, wenn der Verwundete die Tage, in denen sein Leben in Gefahr war, überstand. Wie schon Hippokrates sagte: *Ad extremos morbos extrema remedia exquisite optima!* Je größer die Todesgefahr, desto schneller und kraftvoller müssen die Maßregeln dagegen sein. Unter solchen Umständen tut der Heilkünstler seine Schuldigkeit und denkt nicht an seinen Ruf. Nach erfolgter Operation wurde der Verletzte meist ruhig und wollte am liebsten die Hand segnen, die ihm Erleichterung gebracht hatte.

An einen Transport Bonhommes in das Lazarett war aufgrund der Schwere seiner Verwundung nicht mehr zu denken. Ohne die sofortige Unterbindung der verletzten Arterien, unter gleichzeitiger Abnahme des Schenkels aus dem Hüftgelenk, würde er nur noch wenige Minuten zu leben haben. Ich war mir zwar bewusst, dass mein Eingriff das Äußerste und Gewaltsamste war, was die Wundchirurgie bieten konnte, doch dies war seine einzige Chance, am Leben zu bleiben.

Mit mir waren Zinck und Valet, meine talentierten Wundärzte, sowie meine geübten Helfer Baptist und David im Einsatz. Beide Helfer waren Riesen von Statur und von Natur aus mit Händen ausgestattet, die mit der Kraft von Schraubstöcken zupacken konnten. Baptist war, bevor er zu mir kam, Gehilfe eines Pariser Staatsanwalts gewesen. Er hatte mir schon assistiert, als wir im Val de Gráce die Exartikulation des Hüftgelenks im Seziersaal erst an Tieren, dann an Leichen übten. Auf seine Fingerkompression konnte ich mich verlassen; er beherrschte damit jede Blutung. David war ich in einem der Lazarette in Mailand begegnet, wo mir sein geschicktes Zufassen während des Amputierens ins Auge sprang. Er lernte schnell, bewunderte meine Schnelligkeit beim Operieren und wünschte sich ein Leben als chirurgischer Helfer. Sein Vater war Bauer, und so war er aus Geldmangel zu Fuß von Mailand nach Toulon gekommen, um mir nach Ägypten zu folgen.

Wir legten den schwer verwundeten Offizier außerhalb der Gefahrenzone horizontal auf einen Schanzkorb, wobei sein Gesäß am unteren Ende auflag, sodass ich mich zwischen seine beiden gespreizten Schenkel stellen konnte. Baptist stand hinter ihm, um ihn auf den Schanzkorb zu fixieren, während David die Schenkelarterie dort, wo sie aus dem Becken trat, fest zusammendrückte, was den weiteren Blutverlust stoppen half. Zinck stand rechts von mir und hielt Bonhommes linken Schenkel umklammert, und Antoine stand bereit, mir zu assistieren. Ich hatte mir schon damals in Paris das Muster einer schnellen Methode ausgearbeitet, die mir den Erfolg einer Exartikulation im Hüftgelenk sichern sollte. Ohne sichere Beherrschung dieser Technik hätte ich diese Operation gemieden.

»Bist du bereit!«, schrie ich Bonhomme an.

Mit schmerzverzerrtem Gesicht nickte er zum Zeichen seines Einverständnisses. Schnelligkeit, Genauigkeit der Schnittführung und das präzise Unterbinden der arteriellen Gefäße waren nun letzter Garant für sein Überleben.

Auf ein Zeichen von mir packten die Hände meiner Helfer zu. Zügig schnitt ich die Integumente, die äußere Haut der Weiche, auf den Stamm der großen Schenkelgefäße ein, die ich freilegte. Ich bemerkte noch, wie sich Bonhommes Hände im Moment des ersten Schnitts im Geflecht des Schanzkorbes einkrallten, während ein kehliger, erstickender Schrei aus seinem Munde seine vorangegangene Lamentation beendete. Als ich die Nervenbahn, die oben auflag, isoliert hatte, trennte ich sie durch und führte zwischen deren Ast und der *Arteria femoralis* eine gekrümmte, elastische Nadel durch, sodass ich Arterie und Vene zu fassen bekam und sie gemeinsam unterband. Dabei achtete ich darauf, die Ligatur unmittelbar unter dem *Ligamento poupartii* zu machen, also über dem Ursprung der gemeinschaftlichen Muskelschlagader, da ohne diese Maßregel eine tödliche Blutung provoziert würde. David, der bis dahin mit seinem Daumen Arterie und Vene abgedrückt hatte, konnte nun den Druck vorsichtig wegnehmen. Die Blutung war gestoppt.

All dies war in Sekundenschnelle geschehen. Ich legte die Enden der Fäden, mit denen ich die Ligaturen der Gefäße vorgenommen hatte, mit Vorsicht weg, während mir Antoine ein gerades Messer reichte. Damit fuhr ich perpendikulär, also senkrecht, zwischen den Flechsen, die sich an den kleinen Trochanter hefteten, und der Basis des Halses vom Schenkel durch, sodass die Spitze am hinteren Teil herauskam. Indem ich nun das Messer nach innen und unten hin richtete, schnitt ich in einem Zug die Muskelschichten durch, welche den inneren Fleischlappen bilden sollten, den man nicht zu groß lassen durfte. Ich ließ den Lappen durch Zinck gegen die Schamteile ziehen. Die Knochenverbindungen des Hüftgelenks mit dem Becken, die *Capsula articularis* und das *Ligamentum iliofemorale* zeigten sich.

Äste der *Arteria obduratoria* und der *Arteria pudenda* hatte ich dabei zerschnitten, die nun schnell hintereinander weg unterbunden werden mussten. Dies geschah auch bei den kleinsten Arterien, um nachfolgenden Blutungen vorzubeugen. Danach reichte ein einziger Zug meines Bistourys, der das Kapselband des Hüftgelenks zerschnitt und damit die Gelenkkapsel öffnete. Meine Wundärzte starrten auf die riesige Wunde. Noch nie hatten sie Derartiges gesehen. Sie erlebten und lernten, wie leicht es war, es mit demselben Bistoury zu durchschneiden. Durch ein einfaches Auswärtsziehen des Schenkels konnte ich nun den Gelenkkopf fast gleichzeitig aus der Pfanne entfernen. Ehrfurcht und Ungläubigkeit mischten sich in den Gesichtern meiner Helfer.

Daraufhin nahm ich nun ein kleines, gerades Messer, um den äußeren und hinteren Fleischlappen zu bilden. Ich brachte die Schneide zwischen den knochigen Rand der Gelenkhöhle und den großen Trochanter ein, damit eine nach unten und auswärts gehende Trennung der Lappen zustande kam. Ich blieb bei dem Schnitt mit dem Trochanter fast waagerecht und gab dem Lappen eine gerundete Form. Valet tamponierte die Öffnung weiterer kleinerer Arterien, die ich ebenfalls nach und nach unterband. Als sich die Wundränder glatt und sauber darstellten, brachte ich die Lappen durch graduierte Kompressen, die in roten Wein getaucht waren, und einen gut zusammenhaltenden Verband in Berührung. Da sie beide regulär waren, erzielte ich eine genaue Vereinigung und konnte sie auch leicht darin erhalten.

Die gesamte Prozedur dauerte weniger als vier Minuten, wobei ich für die eigentliche Operation, das Trennen der Weichteile, Bilden der Lappen, Öffnen des Gelenkes und Herausbringen des Gelenkkopfes aus der Pfanne keine dreißig Sekunden benötigt hatte. Die meiste Zeit innerhalb der vier Minuten beanspruchte die Unterbindung der Gefäße, die allerdings für den Operierten sehr schmerzhaft war. Die einzig humane Handlungsweise war daher in der Schnelligkeit meiner Operation zu sehen.

Bonhomme hatte die schwere Operation überstanden. Er hatte die Augen geschlossen und atmete normal. Die Bewunderung darüber konnte ich bei meinen Wundärzten und Helfern in deren Augen ablesen.

Ich ließ ihn in das Lazarett bringen, während wir uns bereit hielten für den Sturm auf die Festung. Unsere Breschenbatterien unterhielten das Artilleriefeuer den ganzen Tag über, ohne eine sichtbare Wirkung zu erzielen.

Als ich mich wieder in das Lazarett begab, visitierte ich Bonhomme. Er hatte den übrigen Tag bis in die Nacht hinein in Ruhe zugebracht, wie man es sich nur wünschen konnte. Ich ließ ihm mehrmals einen antispasmodischen Trank reichen und sorgte dafür, dass er dünne Fleischbrühe und etwas Wein erhielt. Die Nacht verlief ruhig. Den folgenden Tag war der Verband von einer rötlichen Feuchtigkeit durchdrungen, doch der Stumpf zeigte keine Schwellung, und Bonhomme verspürte darin keine Spannung und auch keinen Schmerz. Die darauf folgende Nacht verlief ebenfalls ruhig. Am dritten Tag nahm ich die oberen Teile des Verbandes ab, um einen neuen anzulegen. Insgesamt machte sein Zustand deutliche Fortschritte. Die Exkretionen bereiteten keine Mühe, der Offizier verlangte zu essen, und so erlaubte ich abends und mittags eine Reispotage.

Nachts vom dritten zum vierten Tage zeigte sich eine leichte Fieberentwicklung mit Klopfen am Stumpf, worauf viel Wundsekret abging, was seinen Schlaf aber nicht beeinträchtigte. Des Morgens bei meiner Untersuchung sah ich, dass die Lappen bereits zur Hälfte vereint waren. An den Rändern vorn und hinten war ein Zwischenraum von etwa vier Linien, wohin ich die Fäden der unterbundenen Gefäße gelegt hatte. Der Verband wurde nun regelmäßig erneuert. Am fünften Tag war alles im bestmöglichen Zustand, die übliche Eiterung der noch zwei übrigen kleinen Wunden am Arm und Rücken war in Gang gekommen und entsprach der normalen Wundheilung. Am sechsten Tag war der Zustand des Offiziers ebenfalls noch gut und versprach eine vollständige Genesung.

Doch die Überfüllung des Lazaretts, die Unmöglichkeit, wenigstens die Schwer- von den Leichtverwundeten zu trennen, waren Ursache für den unglücklichen Ausgang, der in der folgenden Nacht eintrat, ohne dass unsere beengte Lage mir erlaubt hätte, dem zuvorzukommen.

Ein Soldat, in dessen Zelt die Pest glimmte, wurde in dem Augenblick, als er aus dem Lager in das Lazarett am Berg Karmel isoliert werden sollte, von einer Kanonenkugel getroffen. Pestkrank wie er war, wurde er als Verletzter, ohne mein Wissen, in den Saal der Verwundeten gelegt. Ausgerechnet hier steckte er nun den Offizier an, mit dem er auf derselben Strohmatte lag, was sich in der Nacht vom sechsten zum siebten Tage zeigte. Den Morgen darauf war der Stumpf vom Brand ergriffen, der so schnell Fortschritte machte, dass der Tod all die guten Hoffnungen vernichtete, die ich noch am Abend vorher gehabt hatte. Kurz bevor er starb, hauchte Bonhomme die Worte: »Meine Tage waren schneller als Läufer. Sie flohen, ehe sie das Glück geschaut.«

Die Belagerung dauerte an, ein Sturm folgte dem anderen. Doch nicht genug damit: Im April kamen noch Gefechte bei Nazareth, an der Jakobsbrücke und am Berg Tabor hinzu. Wir hatten einige hundert Verwundete zu beklagen, die ich im Konvent zum Heiligen Land unterbrachte, wo wir ein gutes Hospital fanden. Die Aufsicht bekam der Oberwundarzt Millios, dessen Ambulanz zur Division Kléber gehörte.

Die Verluste, die wir erlitten, konnten nicht ersetzt werden, während die Türken über See und den offenen Hafen von St. Jean d'Acre immer wieder Verstärkung erhielten. Sogar die Generäle Lannes, Bon und Cafarelli wurden verwundet, wobei Letzterer an seinen Verwundungen starb. Die Strapazen der Belagerung, der fruchtlose Ansturm auf die Mauern, die Lawine der Verletzten, das Wüten der Pest steigerten das Leid im Heer von Tag zu Tag. Im Lazarett fanden wir kaum noch Augenblicke der Ruhe. Allein der ständige Wechsel zwischen Laufgräben und Lazaretten, dazu die tägliche Besichtigung der Divisionen, wo wir fast so viele Kranke und Blessierte hatten wie in allen drei Lazaretten zusammen, raubten uns die letzten Kraftreserven.

Kaum war ich gegen Mittag zurück im Lazarett, um zwei Unterarme zu amputieren, wurde ich dringend zur Hauptbatterie gerufen. Unter einem Regen von Flinten- und Kanonenkugeln eilte ich zu Hilfe. Arrighi, Adjutant von General Berthier, hatte dort einen Flintenschuss abbekommen, der ihm eine Verletzung am Hals zufügte, die ein Überleben fast unmöglich erscheinen ließ.

Die Kugel durchschlug die *Carotis externa*, genau dort, wo sie sich von der *interna* trennt und sich in der *Parotis* verliert. Pellissier, ein Artillerieoffizier, hatte geistesgegenwärtig sofort seine Finger auf die Öffnung gedrückt, um die fontänenartige Blutung zu stoppen. Das Einzige, was ich tun konnte, war, einen Kompressionsverband anzulegen, der zu meiner eigenen Verwunderung die Arterienblutung stoppen half und den Offizier vor dem sicheren Tod bewahrte.

So leisteten wir Hilfe Tag und Nacht. Wer nicht die Verwundeten versorgte, schlief auf dem Fußboden, gleich neben den Operierten. Aber wir schliefen so gut wie nie. Organisieren, Operieren, Trösten und Beruhigen hieß es zu jeder Minute. Überdies hieß es den Mangel verwalten, der inzwischen mehr über Leben und Tod entschied als unsere Kunst.

Der Mangel an geeigneten Verbandsmaterialien lehrte uns aber auch eine Erfahrung, die wir unter normalen Verhältnissen in dieser Art nie gemacht hätten. Die meisten Wunden heilten trotz Mangel an Arzneimitteln, frischen Verbänden und trotz der gesundheitswidrigen Verhältnisse ohne dramatische Zwischenfälle bis zur Vernarbung. Während der Phase der Eiterung wurden die Blessierten von den Würmern der blauen, in Syrien so gewöhnlichen Fliegen gepeinigt. Sie legten ihre Eier in die Wunden oder in die Verbände, wobei die warme Jahreszeit, die feuchte Atmosphäre und die mindere Qualität der Verbandsstoffe die Eiablage ungemein begünstigten. Wenn man Verbandsstoffe bekam, waren sie statt aus Leinen aus Baumwolle. Das Einzige, was sich in Ägypten und Syrien auftreiben ließ.

Die Larven verursachten ein quälendes Jucken und nötigten uns, die Verbände drei- bis viermal am Tage zu wechseln. Die Entwicklung der Insekten ging binnen zwei Stunden so schnell vor sich, dass sie von Tagesanbruch bis zum Morgen schon die Dicke eines jungen Hühnerfederkiels hatten. Wir applizierten daher auf jeden Verband einen Sud aus Rauke und Salbei, der einen Teil der Larven abtötete, doch sie nie vollständig beseitigen konnte. Es fehlte schlichtweg an Mitteln, die Fliegen abzuhalten, um ihnen das Ablegen ihrer Eier unmöglich zu machen.

Wenn auch die Larven noch so lästig und quälend für unsere Verwundeten waren, so konnten wir doch eindeutig erkennen, dass die Vernarbung der Wunden dadurch beschleunigt wurde. Die Larven verzehrten die Krusten und beschleunigten damit das Abfallen derselben vom erneuerten, gesunden Zellgewebe.

Am Ende der Belagerung zählten wir zweitausend Verletzte, wovon die meisten schwere, doppelte, dreifache Wunden erhalten hatten. In rund siebzig Fällen waren wir gezwungen zu amputieren, wobei zwei Exartikulationen im Hüftgelenk erforderlich waren. Von sechs Exartikulationen des Arms aus dem Schultergelenk starben zwei Soldaten an den Sekundärfolgen der Kugeltreffer, während die vier anderen vollkommen genasen.

Unsere Syrienarmee war nach rund sechzig Tagen regelrecht ausgeblutet. Soldaten begannen offen gegen Offiziere und Bonaparte zu murren, und sogar einige Brigadegeneräle waren nahe daran, ihm den Gehorsam zu verweigern.

Bonaparte fragte mich am Vortag des einberufenen Kriegsrates: »Könnten wir die Pest eindämmen, wenn wir die Festung erobern würden?«

Ich erwiderte kurz und bündig: »Innerhalb der Festung ist ihr kaum beizukommen. Die Erfahrung lehrt uns: Der Aufenthalt hinter Pestmauern bedingt weit mehr Opfer als in luftigen Zelten davor.«

Schließlich sah er selbst die Nutzlosigkeit weiteren Blutvergießens ein, und am 17. Mai wurde im Kriegsrat, dem ich beiwohnte, beschlossen, die Belagerung von St. Jean d'Acre aufzugeben.

An die Armee wurde am gleichen Tag folgender Tagesbefehl erlassen:

Soldaten!

Ihr habt die Wüste, die Afrika von Asien trennt, schneller durchzogen als ein arabisches Pferd. Die Armee, die heranmarschierte, um in Ägypten einzufallen, ist vernichtet. In eure Hände fielen ihr General, ihre ganze Feldausrüstung, ihr Gepäck, ihre Wasserschläuche, ihre Kamele. Ihr habt alle Festungen eingenommen, welche die Brunnen der Wüste beherrschten. Am Berg Tabor habt ihr die ungeheure Zahl von Menschen auseinander gejagt, die wie eine dichte Wolke aus allen Teilen Asiens gekommen waren, um, wie sie hofften, Ägypten plündern zu können. Die dreißig Schiffe, die ihr vor zwölf Tagen in den Hafen von St. Jean d'Acre einlaufen saht, trugen die Armee, die Alexandria belagern sollte; da sie .jedoch zunächst nach St. Jean d'Acre eilen musste, fand sie ein klägliches Ende; eine Anzahl ihrer Fahnen werden euren siegreichen Einzug in Kairo verherrlichen. Nachdem wir mit einer Hand voll Leute drei Monate lang im Herzen von Syrien Krieg geführt, vierzig Feldgeschütze und fünfzig Fahnen erobert, sechstausend Mann gefangen genommen, die Festungswerke von Gaza, Jaffa, Haifa und St. Jean d'Acre dem Erdboden gleich gemacht haben, werden wir nach Ägypten zurückkehren: Die vorgerückte Jahreszeit ruft mich dorthin. Noch einige Tage, und ihr hattet Hoffnung, den Pascha selbst in seinem eigenen Palast gefangen nehmen zu können. Aber in dieser Jahreszeit kann die Einnahme von St. Jean d'Acre den Verlust mehrerer Tage nicht aufwiegen. Außerdem brauche ich meine Tapferen, die ich dabei hätte verlieren müssen, heute notwendiger für wichtigere Unternehmungen.

Soldaten !

Neue Strapazen und Gefahren stehen uns bevor. Nachdem wir dem Morgenland die Macht genommen haben, in diesem Feldzug etwas gegen uns auszurichten, werden wir vielleicht den

Angriff eines Teiles des Abendlandes abzuwehren haben. Ihr werdet dabei neue Gelegenheit finden, Ruhm zu erwerben; und wenn bei diesen unaufhörlichen Kämpfen jeder Tag durch den Tod eines Tapferen bezeichnet wird, so müssen neue Tapfere an seine Stelle treten und die Reihen jener kleinen Heldenschar füllen, die in der Gefahr alle anderen mit fortreißt und den Sieg erzwingt!

Als ich die Zeilen las, erkannte ich, wie Bonaparte den wahren Zustand der Armee hinter seinen Worten verschleierte. Die Bilanzierung der Siege ließ in Wahrheit keinen einzigen Gewinn erkennen. Unsere Lazarette waren die Orte der Wahrheit in diesem Feldzug; hier wurde Bilanz geführt über das Töten und Sterben. Kein Wort vom Auftritt Murats, der den Mut hatte, ihm an den Kopf zu werfen: »Sie sind der Henker Ihrer Soldaten. Sie müssen schon sehr stur und sehr blind sein, um nicht zu sehen, dass Sie d'Acre niemals nehmen können.«

Mit Bourrienne, mit dem ich mich nach der Versammlung zusammensetzte, um den Rücktransport der Verletzten zu organisieren, verband mich inzwischen eine aufrichtige Freundschaft. Ich hatte seine Offenheit schätzen gelernt und er meine Verschwiegenheit.

Ich fragte ihn rundheraus: »Was ist der wahre Grund für die Aufhebung der Belagerung?«

»Bonaparte ist kein Mann der Defensive. Er muss Angreifer sein. Hier aber brauchte es Geduld. Die hatte er nicht. Statt methodisch Schritt für Schritt vorzugehen und auf die schweren Kanonen zu warten, befahl er, wie Sie ja selbst erleben konnten, Angriff auf Angriff.«

»Das war sicher ein Fehler. Doch gibt es nicht noch andere Gründe?«

»Warum fragen Sie?«

»Weil ich noch etwas anderes vermute.«

Bourrienne tat interessiert: »So? Was denn?«

»Frankreich!«

»Oh! Frankreich!«, wiederholte er pathetisch. Daraufhin machte er eine vielsagende Pause. Schließlich meinte er nach einer Weile der Stille: »Sie vermuten richtig.«

»Dacht ich 's mir.«

»Gegen Frankreich hat sich inzwischen eine neue Koalition gebildet, aus Russland und Österreich. Sie wird Frankreich den Krieg erklären. Außerdem haben wir von englischen und türkischen Gefangenen, die von Rhodos gekommen sind, erfahren, dass ein französisches Heer unter General Macdonald, einem treuen Anhänger Bonapartes, in Neapel einmarschiert ist. Ich denke, wir haben damit eine ganz neue politische und militärische Lage in Europa. Unser Oberbefehlshaber wird dort gebraucht. Jedenfalls mehr als hier in der Wüste.«

Ich nickte und gab mich damit fürs Erste zufrieden. Dann kam ich auf den wichtigsten Punkt zu sprechen: »Wir haben rund zweitausend Verletzte zu transportieren.«

»Einschließlich der Pestkranken?«

»Einschließlich!«

Bourrienne strich sich über das Kinn. »Wie viele davon werden in den nächsten Tagen sterben?«

Hinter Bourriennes Frage erkannte ich den kalten, grausamen Geist unseres Oberbefehlshabers. »Ich glaube nicht, dass ich Ihre Frage verstanden habe. Es tut mir Leid.«

Mein Gegenüber wand sich. Eine scharf gespannte Sekunde, in der er sich offenbar überlegte, ob er den entscheidenden Schuss abgeben sollte. Bourrienne aber hatte gar keine Wahl. Er schoss auf Befehl: »Wir können nicht alle zurücktransportieren bis Kairo.«

Ich sah ihn wortlos an und blieb stumm.

Bourrienne blickte starr vor sich auf den Kartentisch. »Wir sollten all denen, die nur noch einige Tage zu leben haben, Opium geben, damit sie ihrem Leben selbst ein Ende setzen können. Ihr wisst, was die Türken mit ihnen machen werden, sollten sie ihnen noch lebend in die Hände fallen. Royer hat den Auftrag, das Opium zu verteilen.«

Seine Worte strichen mir wie die Klinge eines kalten Messers über den Rücken. »Wer hat sich denn das ausgedacht?«

»Das ist ein Befehl Bonapartes!«

Ich raffte das Papier vor mir zusammen. Im gleichen Moment war mir klar, dass ich eine Sache zur Sprache bringen musste, die schon lange in mir schwelte. Ich hatte schon zu Beginn der Belagerung feststellen müssen, dass unser Heeresapotheker Royer einen schwer wiegenden Betrug an der Armee und an unserer Arbeit begangen hatte. Statt Verbandsstoffen und medizinischen Materials hatte er Weine und Liköre für seinen eigenen Gebrauch auf die Kamele laden lassen. Weder Opium noch Laudanum waren in ausreichenden Mengen von ihm mitgenommen worden, worunter vor allem die Operierten litten. Ausgerechnet dieser Betrüger war nun auserkoren, nicht vorhandenes Opium zu verteilen.

Ich stand auf und sagte: »Diesen Befehl nehme ich nur von Bonaparte entgegen.«

Für mich war das ein gefährlicher Moment, eine schlechte Komödie, die auf Brettern gespielt werden sollte, die auf ein Pulverfass gelegt waren. Ich wurde sofort in sein Zelt vorgelassen. Berthier war bei ihm. Ich ignorierte seine Anwesenheit und fragte Bonaparte direkt nach seinen Befehlen.

Er wiederholte, was Bourrienne mir gesagt hatte. Über meine scharfe Ablehnung geriet Bonaparte in Zorn. »Wollen Sie die Pest mit durch die Wüste schleppen? Wo bleiben Ihre Grundsätze? Wie steht es mit der Isolierung? Ich habe mich wohl ständig verhört? Hätte ich die Pest am Hals, würde ich darauf bestehen, mit mir das Gleiche zu tun!«

»General, Sie hätten keine Chance! Ich würde Sie mitnehmen«, versetzte ich trocken.

Er reagierte auffahrend: »Muss ich denn jetzt auch noch Narren belehren?«

»Wenn ich nur einem Pestkranken auf dieser Welt dieses zynische Schicksal ersparen kann, will ich Narrenkönig sein.«

Bonaparte brüllte: »Raus aus meinem Zelt!«

»Ich gehe erst, wenn Sie Ihren Befehl revidieren!«

Weiß im Gesicht wollte er sich an Berthier wenden, der aber fluchtartig das Zelt verlassen hatte. Ich nutzte die Chance und trat erneut vor Bonaparte hin, um ihm direkt in die Augen zu sehen. »Wenn Sie Ihren Befehl ausführen lassen, haben Sie Ihre eigene Mission verraten. Hier vor St. Jean d'Acre würden Sie Ihre moralische Kraft für immer verlieren. Djezzar hätte Sie damit vor aller Augen besiegt. «

Bonaparte wich meinem Blick aus und trat zur Seite. Ich nahm meinen ganzen Mut zusammen und stellte ihn noch einmal: »Und … Sie müssten jedem, dem Sie das Opium geben, in die Augen sehen, denn niemand wird Ihnen diese Verwerflichkeit abnehmen. Niemand! Doch diese Erniedrigung bleibt Ihnen erspart. Es gibt kein Opium zu verteilen!«

»Wer behauptet dass?«

»Royer hat statt Opium und Verbandmaterial Weine und Liköre auf seinen Kamelen transportiert. Noch mal: Es gibt kein Opium!«

Bonaparte verlor die Fassung: »Wenn das wahr ist, lasse ich ihn augenblicklich erschießen!«

»Was ist mit Ihrem Befehl?«, beharrte ich.

»Machen Sie doch, was Sie wollen! Sehen Sie zu, wie Sie das hinkriegen.«

»Im Namen Frankreichs: Nur Sie und ich können das ›hinkriegen‹! Und im Namen all derer, die trotz Pest nie ihr Leben wegwerfen würden, sage ich Danke! «

»Raus mit Ihnen!« Die Worte klangen fast versöhnlich.

Schon kurz nach meinem Disput mit unserem Oberbefehlshaber arbeitete ich mit Bourrienne plötzlich Hand in Hand. Neugierig wie er war, fragte er mich: »Was haben Sie mit unserem Oberbefehlshaber nur gemacht?«

»Am besten, Sie fragen ihn selbst.«

Wir hatten gut sechs Tage Zeit, Verwundete, Kranke und Gefangene mitsamt dem Gepäck unbemerkt vom Feind nach Jaffa zu schaffen. Pierre, Lamartin und Zinck waren von mir außerdem beauftragt worden, die Lazarette von Nazareth, Gaza, Ramleh und Kalaat-El-Arisch aufzulösen und die Verwundeten und Kranken nach Kairo bringen zu lassen.

Mit René plante ich die sofortige Auflösung der drei Lazarette von St. Jean d'Arcre. Ich nahm die Liste zur Hand, die Pierre und Antoine zusammen mit den Oberwundärzten für jede Division erstellt hatten. »Wir haben zweitausendfünfhundert Verwundete. Davon rund achthundert Leichtverletzte.«

René meinte: »Wenn ein Leichtverletzter laufen kann, soll er mit seiner Division ziehen.«

»Einverstanden! Bleiben noch eintausendsiebenhundert. Darunter neunzig Amputierte.«

René überlegte einen Moment: »Was hältst du davon, wenn wir versuchen, darüber mit den Engländern zu verhandeln? Wenn es klappt, könnten wir sie über See nach Damietta und Alexandria zurückschicken.«

»Daran habe ich auch schon gedacht, doch das kannst du getrost vergessen. Der Plan besteht doch darin, dass wir für den Rücktransport Zeit gewinnen. Die Aufhebung der Belagerung soll der Feind nicht merken. Ich schlage vor, alle Gehunfähigen trotzdem auf Schiffen zurückzuführen. Auch wenn der englische Kommodore die Schiffe kapern sollte, Schwerverletzte sind für niemanden eine lohnende Prise. Engländer handeln auf See anders als die Türken. Im Falle einer Kaperung wird Smith froh sein, wenn er sie wieder los sein wird.«

»Und was machen wir mit den restlichen achthundert?«

»Wir werden ihnen das Schicksal nicht ersparen können, mit uns durch die Wüste zu ziehen. Das gilt auch für den verletzten General Lannes und die beiden Adjutanten Bonapartes. Wir werden keinen von ihnen bevorzugen.«

Am 18. Mai, morgens um zwei Uhr, kurz vor der Evakuierung, versammelten sich die Oberwundärzte aus allen fünf Divisionen vor dem Lazarett. René und ich gaben bekannt, dass alle Kranken und Verwundeten mitgenommen werden sollten. Wie geplant wurden eintausendfünfhundert mit Schiffen nach Ägypten zurücktransportiert, und rund achthundert gingen mit mir und René durch die Wüste. Bonaparte hatte angeordnet, dass alle Pferde, die sich in der Armee befanden, auch seine eigenen, für den Transport der Verwundeten zu verwenden seien. Alle Einheiten gaben ihre Pferde ab.

Die Evakuierung konnte beginnen Das Heer der Verletzten trat den Rückzug an. Das nächste Ziel hieß Jaffa.

XVI

El-Arisch – Es-Salihijeh – Kairo, Juni 1799

Wir marschierten auch des Nachts. An Schlaf mochte keiner denken, denn die Kälte laugte den Körper mehr aus als die Hitze der Sonne. Selbst Bonaparte und sein Generalsstab erlaubten sich keine Ausnahme. Sie legten ebenfalls weite Strecken zu Fuß zurück, sodass wir ihre Pferde für den Transport der Frischoperierten nutzen konnten. Wir hätten sie sonst schon in Haifa zurücklassen müssen. Für alle anderen fertigten wir aus Zweigen und Stöcken Tragbahren, damit sie nach El-Arisch gebracht werden konnten, wo sie wenigstens vor den türkischen Verfolgern in Sicherheit waren.

Wir marschierten mit nur kurzen Erholungspausen, um nicht noch von den Türken eingeholt zu werden. Die unerträgliche, zermürbende Hitze schien Haut und Knochen förmlich zu schmelzen. Nur mit Mühe schleppten wir unsere Füße über den heißen Sand, über Geröllebenen und ausgedörrte, rissige Wüstenpfade. Todgeweihte krochen kraftlos weiter, denn wer zurückblieb, kam um. Über den Dahinsiechenden zogen riesige Vögel mit langen kahlen Hälsen und scharfen Schnäbeln ihre Kreise. Es waren Aasgeier. Sie warteten geduldig und wurden reich belohnt. Bald fürchteten wir die schrillen Kehllaute dieser schrecklichen Vögel mehr als die unerwartet am Horizont auf ihren Pferden auftauchenden Mamelucken.

Schrecklicher Hunger, unsägliche Hitze, Durst und fehlende Wundpflege steigerten das Leid, weshalb meine Wundchirurgen ständig gefordert waren, das Siechtum wenigstens etwas zu mildern. Doch statt edler Gefühle herrschten oft Selbstsucht und Gleichgültigkeit. Manch einer, der für das Tragen Verwundeter von diesen sogar Geld bekommen hatte, ließ Mensch und Bahre im Stich. Amputierte jammerten, Pestkranke versicherten mit schwacher Stimme, sie seien nicht infiziert, sondern nur verwundet, und rissen sich, um zu überzeugen, die Verbände ab. Nachts leuchteten am Horizont kleine Städte und Dörfer und Weiler wie Fackeln. Arabische Brandstifter, Plünderer umgaben uns, die nichts anderes verfolgten, als unseren Rückzug zu einer Katastrophe werden zu lassen.

Das einzig Positive war die rasche Wundheilung, die in dem warmen Klima wesentlich schneller vonstatten ging als in Europa. Trotz dieser Tatsache quälten wir uns jeden Kilometer ab, um das »Gelobte Land« Palästina endlich hinter uns zu lassen. Die meisten Toten hatten wir unter den Pestkranken zu beklagen und unter jenen Verwundeten, die sich mit der Krankheit angesteckt hatten. Ein Wunder, dass die übrigen, zum Teil schwer an Kopf, Brust und Unterleib Versehrten oder gar mehrerer Glieder Beraubten einen Marsch von sechzig Stunden durch die Wüste überlebten. Vielleicht war es die Freude über die Rückkehr nach Ägypten und das Wissen um die Annehmlichkeiten, die in Kairo auf uns warteten und das Ende der Leiden bedeuteten. Vor allem aber keimte in den Herzen die Hoffnung auf baldige Heimkehr in die geliebte Heimat.

Man schrieb den 2. Juni, als André Anglaret, Chasseur zu Fuß, in den Wüstensand sank. Im Delirium zählte er unaufhörlich Himmelsrichtungen auf, repetierte die arabischen Worte *rmel*, *fech-fech* und *nebka* für die unterschiedlichen Sandarten und wiederholte die Namen der Orte, mit und ohne Wasser, durch die wir gekommen waren. Sein Freund Frédéric winkte mich herbei. Ich beugte mich über ihn. Der Tod hatte ihn schon berührt. Mit letzter Kraft hauchte er: »Ich kann nicht mehr!« Dann starb er. Cäsarea, Jaffa, Gaza, El-Arisch – eine einzige Strecke des Grauens. In den Häfen verbrachten wir die Schwerverletzten auf die wenigen uns zur Verfügung stehenden Schiffe, um sie auf dem Seeweg nach Damiette bringen zu lassen.

Unser größtes Problem war der Mangel an Transportmitteln.

Die wenigen Pferde, die noch vorhanden waren, waren keine große Hilfe für uns. Dies stellte die Verwundeten vor die grausame Alternative, entweder in den Küstenorten zu bleiben, fernab von Kairo und auf unbestimmte Zeit, oder aber sie gingen das Risiko ein, sich ein weiteres Mal in die volle Abhängigkeit ihrer Kameraden zu begeben. Die drohende Gefahr, in der Wüste zurückgelassen zu werden und dort zu verhungern, zu verdursten oder von den Arabern bestialisch ermordet zu werden, war allgegenwärtig. Zwischen Haifa und El-Arisch mussten notgedrungen einige Gehunfähige ihrem Schicksal überlassen werden. Manch einer richtete sich selbst oder wurde auf Wunsch von seinem Kameraden erschossen. Niemand konnte voraussehen, was noch kommen würde.

Als wir die Sandebene zwischen der Römerbrücke und Es-Salihijeh erreichten, begann ein wahres Martyrium. Viele Soldaten waren bereit gewesen, ihre verletzten Kameraden rund zweihundert Kilometer zu Fuß nach Es-Salihijeh zu tragen, doch jetzt verließ sie die Kraft. Links und rechts des Wüstenweges sahen wir Gebeine von Menschen und Tieren aus dem Sand ragen, die wir bei Einbruch der Nacht zu Scheiterhaufen aufschichteten, um uns an dem Feuer zu erwärmen. Ein eher symbolisches Feuer in dieser gottverlassenen Gegend. Aber an diesen Feuerstellen sammelten wir uns wieder. Die Ersten und die Letzten. Und wir erzählten uns die Zukunft. Sie hieß Rückkehr nach Kairo und Frankreich.

Zu Beginn des neuen Tages begann der Khamsin zu toben. Ein Sandsturm, der fünfzig Tage anhalten konnte, benannt nach dem arabischen Wort für fünfzig. Er dörrte einem das Fleisch auf den Rippen und blies die letzten Reserven aus Knochen und Gedärm. Die Pferde erstickten nach kurzer Zeit. Puderiger, staubmehlartiger Sand drang in Poren, Augen, Nase, Mund und Lungen, warf einen erbarmungslos auf sich selbst zurück, verstärkte die Vereinsamung und gebar wirre Phantasien. Antoine teilte plötzlich das Ödland in Kreise und Linien, in Länge und Breite ein, vergab Buchstaben und Zahlen, dazu saldierte er jeden Schritt, und fünf davon ergaben eine erschreckende Bilanz des Verlustes. Er ließ seine wirren Gedanken sprudeln, trieb sie an wie einen Kreisel mit der Peitsche.

Die wirkliche Wüste war ein unwegsames Territorium, von sich kreuzenden Pfaden durchzogen, die vom Wind überweht wurden. Unser Weg war zwar ausgetreten gewesen, doch nun reichte die Sicht nicht weiter als für den nächsten Schritt. Der Sand war unten, oben, vorn und hinten. Wohin? Welche Richtung nehmen? Wo waren die anderen? Die Richtung hätte mit dem Kompass bestimmt werden können. Doch für einen Einzelnen ergab das keinen Sinn. Die Orientierung ging verloren. Rufe der Verzweiflung blieben ungehört. Da, wo die Wüste sich hinter gigantischen Wolken von Staub verbarg, wurde sie grenzenlos, gewann an Weite und an Schrecken, wurde zu einer einzigen namenlosen Bedrohung.

Ich quälte mich voran. Direkt hinter mir ging Pierre. Müdigkeit machte mich apathisch. Mehr als ich mir selbst eingestehen wollte, schwanden meine Kräfte. Erst brannten die Beine, als würde mit jedem Schritt eine Muskelfaser durchtrennt. Dann spürte ich sie nicht mehr. Es war ein folgenschwerer Fehler gewesen, als ich mich in El-Arisch dafür entschieden hatte, mich ohne jegliche Erholungspause auf den Weg nach Es-Salihijeh zu machen. Nun zahlte ich möglicherweise einen tödlichen Preis dafür, dass ich die Strecke seit dem Rückzug von St. Jean d'Acre ausschließlich zu Fuß marschiert, keiner Anstrengung aus dem Weg gegangen war und jede Notlage tatkräftig angepackt hatte.

Baida war die arabische Bezeichnung für Wüste, und *ibada* bedeutete in dieser Sprache so viel wie »Auslöschung«. *Baida* stand daher für Durst, der das Leben auslöschte. Durst war eine Flamme, die unaufhörlich in der Kehle brannte. Ich spürte, wie sie mir den Gaumen räucherte, den Zungengrund schwarz verschmorte, das Schlucken unmöglich machte, das Hirn langsam auf den Siedepunkt brachte. Für einen Moment versenkte ich mich in die Geschichte meiner Familie. Wie von selbst holte ich aus der Brusttasche, direkt über meinem Herzen meinen Glücksbringer, der mich unverwundbar machte. »Vater ...!«

Ich blickte auf mein Thermometer. Es zeigte sechsundvierzig Grad. Mein Harn war dickflüssig und fast bräunlich geworden. Ich war nahe daran, ihn zu trinken, wie es viele der Soldaten taten, die mit uns marschierten. Das gesüßte Wasser, das wir mitführten, verstärkte noch das Durstgefühl. Ich hörte das Blut in meinen Ohren kochen. Ich senkte meinen Blick und richtete ihn starr auf die erkennbare Fläche vor meinen Füßen. Es muss Mittag gewesen sein; die Sonne hatte ihre Strahlen mit dem Senkblei über meinem Kopf ausgerichtet. Ich suchte meinen Schatten, doch ich schien ihn verloren zu haben. Meine Haut hatte begonnen sich blau zu verfärben. Ich spürte, wie mich die Kraft verließ. Ich wollte mich weder der Ohnmacht überlassen, noch war ich auf der Suche nach dem Sinn meines Lebens. Was ich mir plötzlich herbeisehnte, war die Hand meiner Frau, die Hand meines Sohnes, die ich noch nie berührt hatte. Ein trockener Hustenanfall, der mir die Luftröhre abschnürte, raubte mir die Besinnung. Mir wurde schwarz vor Augen …

Als ich sie wieder aufschlug, nahm ich mit Verzögerung etwas Weißes über mir wahr. Man hatte ein Tuch als Sonnenschutz knapp über meinem Gesicht gespannt. Als man es wegnahm, sah ich einen blauen Himmel über mir. Die Gegenwart kehrte nur langsam zurück. In der Stille nach dem Sturm lag ich rötlich überpudert von Staub auf einer Bahre. Eine Weile später meinte ich hoch über mir einen Falken kreisen zu sehen. Vielleicht war es Seth, den die Ägypter als Kriegsgott verehrten. Ich versuchte meinen Willen mit den Bewegungen meines Köpers zu koordinieren, um mich zu orientieren. Meine Zunge war dick geschwollen. Ich weiß nicht, ob Pierre mich verstand. Jedenfalls versuchte ich zu sagen: »Wo? Wo … bin ich?«

Pierre reichte mir eine Stange Kandis. Er hatte sie in eine Schale Tee eingetaucht und mir zu lutschen gegeben. War ich in das Paradies eingetreten? Pierre erzählte mir mit leiser Stimme, was in den Abendstunden des gestrigen Tages passiert war. Eine Karawane von arabischen Händlern kreuzte unseren Weg in jenem Moment, als der Khamsin eine Pause eingelegt hatte. Sie war auf dem Weg nach Damiette. Während der Suez-Expedition vor einem halben Jahr hatte Bonaparte nicht nur ihren Anführer vor dem Überfall mörderischer Mamelucken gerettet, sondern auch noch verhindert, dass dessen Karawane ausgeplündert wurde. Pierre, Antoine, Lamartine und ich hatten an jenem Tag seine verletzten Leibwächter behandelt, und – Gott sei's gedankt – sie hatten uns wiedererkannt. Mein Leben und das vieler anderer wurden dadurch gerettet. Trotzdem vermissten wir mehr als ein

Drittel unserer Männer. Das Einzige, was blieb, war die Hoffnung, dass sie uns vorausgeeilt waren.

Ich hatte Mühe, mein Gleichgewicht wiederzufinden, doch in der folgenden Nacht war ich so weit hergestellt, dass ich ohne zu taumeln marschieren konnte.

Kurz vor Es-Salihijeh zogen wir an einer Reihe von Tümpeln vorüber, die voll von kleinen Insekten und Blutegeln waren. Unsere Soldaten, wie so oft vom Durst gepeinigt, warfen sich der Länge nach an den Rand der Teiche, und ohne an eine Gefahr zu denken, tranken sie begierig das trübe Wasser. Mehrere Männer empfanden schon kurz darauf die Stiche der verschluckten Blutegel. Eine ursprüngliche Waffe aus dem therapeutischen Arsenal wurde so zum quälenden Schlundegel herabgewürdigt.

Die ersten Symptome waren ein schmerzhaftes Prickeln im hinteren Rachen, ein wiederkehrendes Husten mit blutigem Speichelauswurf und einer zunehmenden Neigung zum Erbrechen. Geschwülste, die sich rasant entwickelten, erschwerten das Schlucken und das Luftholen. Der Husten nahm im Verhältnis der Berührungen zu, die der Blutegel mit seinem Schwanzende auf den Kehldeckel oder an den Rändern der Stimmritze machte. Begleitet war das Husten durch verstärktes Blutspucken, das die Betroffenen zusehends schwächte.

Endlich im Lazarett von Es-Salihijeh angekommen, untersuchte ich einen Soldaten von der sechsundneunzigsten Halbbrigade. Als ich ihm die Zunge mit einem Spatel niederdrückte, entdeckte ich den Blutegel, dessen Schwanz sich am Eingang der Kehle zeigte. Er hatte schon die Dicke eines kleinen Fingers. Ich versuchte ihn mit einer Pinzette zu greifen, doch bei der ersten Berührung zog er sich hinter den Gaumen empor. Es blieb mir nichts anderes übrig, als sein Herabkommen abzuwarten. Als dies geschah, gelang es mir, ihn mit einer Polypenzange, die in ihrer Länge gekrümmt war, mit dem ersten Griff herauszureißen. Es folgte eine leichte Hämorrhagie, doch nach vier Tagen war der Soldat vollkommen wiederhergestellt.

Schlimmer traf es Brigadegeneral Latour Maubourg vom 22sten Chasseurregiment zu Pferde. Er hatte gleich zwei Egel verschluckt, die ihn arg quälten und schwächten. Das Husten und Blutspeien dauerte schon einige Tage an, als er mich visitierte. Einer der Egel, prall und strotzend von der Blutmahlzeit, hatte sich im hinteren Gaumen festgesetzt. Der zweite hatte sich in der Nasenhöhle angesiedelt. Ich machte es wie die arabischen Hufschmiede bei ihren Pferden, die man an den gleichen Teichen zur Tränke geführt hatte und deren Nüstern von Egeln befallen waren. Ich applizierte Salzwasser in die Nase, worauf sich der Egel leicht entfernen ließ. Weitere Soldaten plagten sich arg, da die Egel zum Teil in den Ösophagus gewandert waren. Weinessig, Wasser, mit Salpeter versetzt, aber auch Tabak- und Zwiebelsud führten dazu, dass die Quälgeister sich zusammenzogen und abfielen.

All diese Ereignisse nötigten mich, einen Erlass herauszugeben, der unsere Truppen darauf verpflichtete, Wasser aus Tümpeln vor dem Trinken durch eine dicke Leinwand zu filtern.

In den Gärten von Es-Salihijeh erholten wir uns langsam, aber stetig. Fern von den Stätten der Verwüstungen, des Schmutzes und des Todes beschenkte uns die Oase mit einem Blumen- und Blütenflor. Immergrüne, gigantisch alte Sykomoren und dunkelblättrige Akazien bildeten mit ihren ausgedehnten Kronen ein zusammenhängendes Dach, das die Sonne kaum durchdringen konnte. In geringer Entfernung glitzerte der Wasserspiegel eines Seitenarmes des Nils, der sich in dem riesigen Mündungsdelta seinen eigenen Weg zum Mittelmeer gebahnt hatte. Entlang seiner Ufer gab es wunderschöne Landhäuser und einige palastähnliche Bauten, die wir als Lazarette eingerichtet hatten und als Unterkünfte nutzten. Ringsum reihten sich abwechselnd mit reicher Vegetation Palmwälder aneinander, die sich östlich von uns bis zur Wüste hin ausdehnten. Sie lagen dort zwischen den angewehten Hügeln wie ausgestreute Buketts auf dem gelben Sand. Nach Norden breiteten sich Getreidefelder und eine Kleeflur aus, während sich im Südwesten eine Ebene weit in den Süden erstreckte, deren milde Pracht aus Bambussträuchern, Zitronen- und Dattelbäumen und Orangenhainen das Herz entzückte. Brot, Milch, Butter, Käse, Eier, Gemüse und Geflügel gab es im Mündungsdelta des Nils wieder in Hülle und Fülle. Selbst Schlachtfleisch von Kamelen, aus dem wir eine wohlschmeckende, kräftigende Bouillon zubereiteten.

Doch Momente der Beschaulichkeit blieben kostbar, da während der ganzen Tage und Nächte Soldaten in allen nur denkbaren Stadien des Elends aus der Wüste angetaumelt kamen. Vier Tage nach uns traf schließlich Bonapartes Hauptheer mit dem Tross der Gefangenen und den erbeuteten Fahnen in Es-Salihijeh ein.

Schiere Hektik brach aus. Kurierreiter kamen aus allen Himmelsrichtungen und wurden am selben Tag mit neuen Botschaften und Befehlen wieder nach Kairo, Alexandria und El-Arisch weitergeschickt. Mir wurde ein Schreiben zur Kenntnis gebracht, das Bonaparte an Dugua, seinen Stellvertreter in Kairo, gerichtet hatte. Er führte insgesamt fünfzehn Punkte an, die ihn bewogen hatten, die Belagerung St. Jean d'Acre aufzugeben, um nach Kairo zurückzukehren. Das Siegesbulletin war eine einzige Verdrehung der Tatsachen. Interessant war für mich Punkt drei, unter dem er ausführte, ... dass die Pest das Heer befallen hatte, an der täglich fünfzig bis sechzig Soldaten starben. Die Zahl der Pesttoten war frei erfunden. Anfangs waren es wenige, am Ende der Belagerung und auf dem Rückmarsch zählten wir einige hundert Tote pro Tag. Der genaue Zählappell in den Divisionen stand noch aus. Er allein würde die echten Verluste wiedergeben. Doch wie immer würde Bonaparte sich vorbehalten, die Zahlen nach seinem Gutdünken zu interpretieren; denn er allein besaß die Macht darüber, was am Ende das Direktorium in Paris und die Welt glauben sollte.

Außerdem befahl er in seinem Schreiben, dass eine Abordnung des Diwans, der Scheichs von Kairo, Ober- und Unterägyptens, ihm entgegenziehen sollte, um das Heer bei seinem Einmarsch in Kairo zu begleiten. Gleichfalls erwartete er eine stattliche Abordnung der Division Dugua und ordnete an, dafür zu sorgen, dass sein Einzug in Kairo zu einem Triumphzug werde.

René traf am 7. Juni, aus Damiette kommend, in Es-Salihijeh ein. Er berichtete, dass trotz aller Vorkehrungen in der Hafenstadt die Pest unter den Menschen wütete. Soldaten und Schwerverletzte, die auf engen Transportschiffen dorthin gebracht wurden, schleppten sie ein. Unser Lazarett war dagegen bislang pestfrei geblieben. Alle, die sich infiziert hatten, waren während des Marsches durch die Wüste gestorben.

Desgenettes fragte mich: »Nehmen wir die Verletzten mit nach Kairo?«

Ohne zu zögern, erwiderte ich: »Ich werde darauf bestehen.«

Noch am gleichen Tag, als der Befehl zum Aufbruch nach Kairo gegeben wurde, ließ ich mich bei Bonaparte melden. Die Audienz fiel kurz aus. Als ich mein Anliegen vorbrachte, erwiderte er knapp: »Ausgeschlossen!«

Es fiel mir schwer zu schweigen. Soldaten mit Verbänden, Gehbehinderte und Amputierte passten Bonaparte offensichtlich nicht in seinen triumphal geplanten Einzug nach Kairo. Vielleicht wäre ja der Respekt verloren gegangen, wenn sichtbar geworden wäre, dass auch wir verwundbar waren. Ich begann eine tiefe Abneigung gegen die Vorstellung zu entwickeln, dass nur der Unverwundete oder Wiedergenesene am Ende die Unbesiegbarkeit aller Welt vor Augen führen sollte. Aber ich spürte an Bonapartes unterdrücktem Zorn, dass mein Ansinnen keinen Platz in seinen Vorstellungen besaß. Er konnte gegenüber der Wahrheit kein Zugeständnis machen.

Der Gipfel der Hybris war erreicht, da von meinen chirurgisch-medizinischen Divisionen erwartet wurde, alles zu tun, um eine Quarantäne für das Heer vor dem Einzug in Kairo zu vermeiden.

René und ich waren drauf und dran gegen diese Anordnung offen zu protestieren. Denn niemand konnte eine Garantie dafür geben, dass so die Pest nicht nach Kairo eingeschleppt wurde.

»Warum diese Eile? Kannst du dir darauf einen Reim machen?«, fragte mich René.

»O ja!«

»Sag schon! Warum?«

»Das Gewicht des Pendels zieht ihn zurück. Kairo ist nur mehr ein Wort, eine Initiative, ein Antrieb. Aber die entscheidende Kraft, die ihn zieht, ist die Macht. Sie liegt nicht mehr in Ägypten. Nicht in Indien. Nirgendwo in diesem Teil der Erde. Er muss sie sich woanders holen. Schon bald …«

»Davon habe ich auch gehört, doch ich kann mir nicht vorstellen, dass wir einfach so aufbrechen werden. Wo ist unsere Flotte? Ein geordneter Rückzug aus Ägypten dauert doch Monate.«

»Ich meinte nicht die Armee. Ich meinte Bonaparte!«

René runzelte die Stirn: »Du glaubst doch nicht, er geht ohne uns?«

»Selbst im Generalstab wird über Details gerätselt, doch ich bin mir sicher.«

»Was macht dich denn so sicher?«

»Wir hatten doch genug Zeit, ihn zu beobachten. Was will Bonaparte? Will er Vorbild sein? Will er ein Werk schaffen? Will er Glück erwerben? Vielleicht Größe? Oder Ruhm und Macht?«

»Eher das Letztere.«

»Ja, das Letztere. Und nur das! Aber sein Ruhm und seine Macht werden hier in dieser Gegend eher schwinden als wachsen. Sein Traum ist vor den Mauern von St. Jean d'Acre zerbrochen.«

»Nicht an den Türken, sondern an den Engländern!«, warf René ein.

»Das mag sein, doch es ist ohne Belang. Von Belang ist, dass er uns das Unglaublichste abverlangt hat. Und das Heer ist am Ende. Du kannst mir glauben: Hätte er die Festung genommen und danach den Weitermarsch nach Konstantinopel befohlen, hätte man ihm den Gehorsam verweigert. Und das wusste er nur allzu genau.«

René strich sich über das Kinn: »So besehen magst du Recht behalten. Er muss wohl aufbrechen, zurück nach Frankreich ...«

»Und wir brechen jetzt ebenfalls auf – nach Kairo!«

Ohne mir das Einverständnis der Stabsabteilung zu sichern, befahl ich, alle Verwundeten in das Landschloss von Murad-Bey nach Giseh zu transportieren, da ich sie dort unter meiner Kontrolle besser pflegen lassen konnte.

Am 15. Juni, in Matarieh, kurz vor Kairo, hatten wir »große Wäsche« für die Armee angeordnet. Uniformen, Kleidungsstücke aller Art und Leibwäsche von Soldaten, von der wir annahmen, dass sie eventuell hätten verseucht sein können, wurden verbrannt. Jeder Soldat wurde im nackten Zustand von uns in Augenschein genommen. Insgesamt isolierten wir zur Sicherheit mehr als einhundert Soldaten, die unter Aufsicht nach Es-Salihijeh zurückgebracht wurden.

General Dugua war uns mit einer Brigade und einem Tross mit neuen Uniformen und Wäsche entgegengekommen. Die neuen Waffenröcke kaschierten allerdings nur wenig die Strapazen der vergangenen Monate, von denen die tiefen Furchen in unseren Gesichtern zeugten.

Am 14. Juni, dem Tag des Einzuges, erwarteten uns im Morgengrauen in guter Ordnung berittene arabische Offiziere, Muftis auf Maultieren, wie sie der Prophet mit Vorliebe bestieg, die Odiaken, alle Janitscharenkorps und die Agas der Tag- und Nachtpolizei Kairos. Sie begrüßten uns mit Trommeln, Pfeifen, türkischen Posaunen und syrischen Pauken.

El-Bekry, El-Schergâuy, El-Sadat, El-Mahdi und El-Sauy, die Scheichs von Kairo, erwiesen uns durch ihre Anwesenheit die Ehre und ritten hinter Bonaparte, während die Häupter der Kaufleute, der koptische Patriarch sowie die Träger der erbeuteten Fahnen vorneweg zogen. Den Schluss bildeten die griechischen Hilfstruppen. Die gesamte Armee marschierte in einem gewaltigen Zug durch das Tor Bab el Nasr, das Tor des Sieges, in Kairo ein. Die Straßen waren mit Palmzweigen bedeckt. Eine ungeheure Menschenmenge hielt die Straßen besetzt und bildete Spalier bis zum Ezbekieh-Platz. Dort nahm ich neben dem Generalstab meinen Platz ein. Bonaparte stand auf einem Podest in einer Haltung, als ob er frei von jeglicher Niederlage wäre. Seine Pose strafte die Mitglieder des Diwans, die das Gerücht gestreut hatten, er habe in Syrien den Tod gefunden, Lügen. Mit den Sätzen »Gott hat mir eine furchtbare Macht verliehen! Mein Schwert ist lang und kennt keinerlei Schwäche!« hatte er einmal mehr den Lügnern das Maul gestopft.

Ich war mir aber sicher, dass zu jener Stunde allen Scheichs Bonapartes Schlappe bei St. Jean d'Acre bekannt war. Schmachvoll ertrugen sie das Schauspiel. Den brüchigen Frieden ebenso. Doch ein schmachvoller Friede war noch immer der Ursprung eines neuen Krieges gewesen.

Als die Soldaten mit martialischem Gehabe an uns vorbeidefilierten, hätte ich gern die Gedanken unseres Oberbefehlshabers gelesen, um zu wissen, was ihn in diesen Stunden bewegte. Wieder und wieder sah ich in die Gesichter der Männer, die an uns vorbeizogen. Sie waren nicht mehr dieselben wie vor drei Monaten. Nicht nur ihre Gesichtszüge hatten sich verändert. Ihre Seelen auch.

XVII

Giseh – Abukir – Kairo,
Juli – August 1799

Ich kauerte mich nieder. Finsternis ringsum. Abgrundtiefe Finsternis. Eine Sekunde lang galt die Aufmerksamkeit einem langen mächtigen Ton in meinem Kopf, der in dieser Schwärze entstand. Einsamkeit umgab mich. Die Leere eines Grabes. Eines Pharaonengrabes, im Zentrum der Pyramide. Ein Moment der Meditation. Ruhe und Kraft flossen aus dem Stein. Viertausend Jahre. Ich fühlte mich klein wie ein Staubkorn angesichts dieser Zeitspanne, die mir wie ein Teil der Ewigkeit erschien.

Ruhe. Würde ich jemals Seelenruhe finden? Ich hielt Zwiesprache mit mir. Dachte an ein arabisches Sprichwort: »Seelenruhe bekommt man, wenn man aufhört zu hoffen.«

Ja, Hoffnung war eine zweite Seele, ging es mir durch den Kopf. Eine narrende, eine wahnhafte – Cheops' Hoffnung trog, durch das gigantische Monument auf immer unantastbar zu sein. Seine Macht, seine Größe, selbst die kolossalen Massen gestapelter Steinquader, die auf seinen Befehl aufeinander getürmt worden waren, nichts davon war ein Garant dafür, dass die Totenreise das gewünschte Ende fand …

Ich kroch wieder ins Freie. Meinen Glauben auf ein baldiges Wiedersehen mit Charlotte und meinem Kind ließ ich im Pharaonengrab zurück.

Ich lebte im Ungewissen. Private Briefe kamen nur selten bis nach Kairo durch. Genauso wenig wusste ich, ob sie die meinen erhalten hatte.

Als ich wieder im gleißenden Licht stand, nahm ich mir vor,

nicht mehr auf die Hoffnung zu setzen. Nur noch auf das Glück und meine eigenen bescheidenen Kräfte.

Ich wäre mit dem Tag nicht zufrieden gewesen, hätte ich nicht die Spitze der Pyramide erklommen. Als ich oben angekommen war, ritzte ich meinen Namen in den Abschlussstein. In luftiger Höhe genoss ich das grandiose Panorama.

Unterhalb der Cheopspyramide leuchtete das weiße Spalier der Zelte unserer Armee herauf, die dort in der Ebene seit zwei Wochen hart exerzierte. Ich war zu den Pyramiden befohlen worden, da wir unsere Ambulanzen, entsprechend den Veränderungen in den Divisionen, neu zu gruppieren hatten.

Murad Bey, der Mameluckenführer, gab sich immer noch nicht geschlagen und drängte von Oberägypten wieder in den Norden. Wie ein Dompteur hatte Bonaparte erreicht, dass Disziplin in der Orientarmee wieder Fuß fasste. Es wurde auch höchste Zeit, das Heer in den Griff zu bekommen, denn neben dem sich ausbreitenden Ungehorsam grassierten aufgrund der Ausschweifungen auch Geschlechtskrankheiten unter unseren Soldaten. Sowohl die Armee als auch die Bevölkerung Kairos litten sehr darunter.

Wogegen ich allerdings protestierte, war der Umstand, dass ägyptische und griechische Henker inzwischen mehr zur Eindämmung der Seuche beitrugen als unsere Kunst. Ihr Mittel wirkte mörderisch. Die Henker waren Moslems, und die islamischen Gesetze erlaubten es ihnen, Prostituierte gnadenlos im Nil zu ertränken. Der Koran untersagte die Beziehung zwischen einer moslemischen Frau und einem Ungläubigen, und so war ihr Tod in den Augen der Moslems gerecht. In den Augen der infizierten Soldaten ebenso. Stadtkommandant Dugua hatte Anweisung erhalten, nichts dagegen zu unternehmen.

Doch nicht genug der Ungerechtigkeiten, auch die zahllosen Gefangenen des Syrienfeldzuges wurden in der Zitadelle heimlich umgebracht. Lautlos! Geköpft, wie ich hörte, um unsere Kugeln nicht zu vergeuden.

Als ich dies erfuhr, sah ich meine Kunst zerrinnen. Unter schwierigsten Verhältnissen taten wir alles, um Leben zu retten und zu erhalten. Auch das des Feindes. Das Morden in der Zitadelle führte all diese Bemühungen ad absurdum.

René, der sich genauso betroffen fühlte, meinte: »Wir können nur tun, was in unserer Macht steht. Wir sind frei von Schuld.«

Ich wagte ihm nicht zu gestehen, dass ich mich keineswegs frei davon fühlte. Denn als er das Wort Schuld aussprach, kehrten wieder bestimmte Augenblicke der Vergangenheit in meine Erinnerung zurück. Eine zwangsläufige Wiederkehr, unwillkürlich, plötzlich und ungebrochen. Das unauslöschliche Geschehnis in Paris. Eine Frau auf dem Stuhl und ein weißer Arm, der unter einem Tuch hervorglitt. Dann die junge, anziehende Frau, die sich in Madame Talliens Salon Jacqueline nannte. Die Erinnerung kam wie eine Flutwelle und war genauso schnell wieder verschwunden. Zurück blieb in mir jedes Mal eine Glut, die mich fühlen ließ, wie gut es meiner Seele tat, das Leben unserer Soldaten zu retten – und das der Feinde ebenso …

Ich erwiderte daraufhin: »Jeder trägt Schuld, der nicht verhindert, dass Menschen sterben. Ob er will oder nicht.«

Auch die Offiziere waren nach wie vor zutiefst unzufrieden, wenn auch aus anderen Gründen, und gaben dies Bonaparte bei jeder sich bietenden Gelegenheit zu verstehen. Sogar General Kléber hatte sich über ihn lustig gemacht, indem er Karikaturen zeichnete und dafür sorgte, dass sie unter die Leute kamen. Gleichzeitig wollten die Gerüchte um seine bevorstehende Rückfahrt nach Frankreich nicht verstummen. Nur wann? Das wusste wohl nur er allein.

Kaum war ich von der Spitze der Cheopspyramide herabgestiegen, als eine Gruppe von Reitern in das Zeltdorf galoppierte. Ihre Gesichter waren von der Sonne verbrannt. Als sie sich den Staub von ihren Uniformen klopften, erkannten wir, dass es Kurierreiter waren. Wir schrieben den 14. Juli. Sie kamen aus Alexandria und hatten schlechte Nachrichten.

Wie Fontänen schossen daraufhin die Gerüchte in den Himmel: »Die Engländer sind gelandet!«

»Nein! Eine englisch-türkische Flotte hat Alexandria genommen!«

»Tausende türkische Soldaten sind bei Abukir an Land gegangen …!«

»Türken und Engländer ziehen nilaufwärts …!«

Zusammen mit dem Generalstab wurde ich in Bonapartes Zelt gerufen. Während wir geschlossen eintraten, diktierte er immer noch Befehle. Die Aura der Souveränität umgab ihn wieder. Zunächst trug er die Lage vor. Die Türken hatten tatsächlich bei Abukir ein Heer an Land gesetzt.

»Ihr endgültiger Untergang!«, wie Bonaparte meinte.

Er schmückte und stützte die Beweisführungen, die zum Sieg führen sollten, mit historischen Ereignissen, malte die materiellen wie auch die ideellen Kräfte der Divisionen in den schönsten Farben und zog anschließend mit kaltem Kalkül die politischen Folgerungen. Es war wieder einmal ein starker, mit Sinn für große Wirkungen inszenierter Auftritt. Sein Eifer, gemischt mit Freude auf das Kommende, übertrug sich von selbst sofort auf seine Offiziere.

Wie von fern vernahm ich im gewohnten Kurzstil seine Befehle: »Eilmärsche! Sammeln bei El-Ramanijeh! Vorstoß nach Abukir! Zusätzliche Lazarette einrichten!«

Mein Stab kam am 19. Juli in El-Ramanijeh an, und fünf Tage später bezogen wir, etwa eine Stunde vom türkischen Lager entfernt, Aufstellung. Diesmal war eine Schlacht und keine Belagerung zu erwarten. Aufgrund der gemachten Erfahrungen ließ ich unseren Hauptverbandsplatz weiter nach vorn verlegen, damit die Transportwege für die Verwundeten so kurz wie möglich blieben. Dahinter hatten wir zwei zusätzliche Lazarette zur Aufnahme und Versorgung von rund sechshundert Verletzten eingerichtet. Zerlegbare Tragbahren, Verbandsmaterialien, Wein, Branntwein, Essig und Wasser waren in ausreichenden Mengen herangeschafft worden. Außerdem hatte ich dafür gesorgt, dass in der Nähe des Hafens kleine Transportschiffe bereit lagen, die dem späteren Abtransport der Verwundeten in die Hospitäler von Alexandria dienen sollten.

Die Lage war schnell aufgeklärt. Zwanzigtausend Türken und Janitscharen hatten sich unter dem Kommando von Mustafa Pascha entlang des Ufers von Abukir eingegraben. Auf dem Scheichberg, auf dem Brunnenberg, auf dem Wesirberg und in den Häusern der Vorstadt. Abukir, das mit dem Fort zum Meer hin die Reede schützte, lag am nordöstlichsten Zipfel einer Halbinsel. Die Ausdehnung der Schlachtlinie würde an dieser Stelle keine achthundert Meter betragen. Dahinter, auf offener See, sah man den Mastenwald der alliierten Kriegsflotte unter dem Kommando von Sir Sidney Smith.

Unser Oberbefehlshaber brannte geradezu auf diese Schlacht. Aufschluss gab mir eine Unterredung zwischen Bonaparte und Murat, die ich am Abend vor der Bataille unbeabsichtigt mitbekam. Wie so oft vor einem zu erwartenden großen Blutbad, konnte ich nur mit Unterbrechungen schlafen. Manchmal sah ich in dem kurzen Schlaf die »unbekannte« Frau. Jacqueline. Spätestens wenn ich im Traum wieder in der Gasse zwischen Saint-Germain-des-Prés und dem Quai Malaquais angekommen war und die herabfallende Hand mit den weißen Flecken sich in mein Bewusstsein schob, wachte ich auf.

So auch in jener Nacht. Ich verließ mein Zelt, um mir die Füße zu vertreten. Kein Mond schien, doch der Himmel war sternenklar. Kein einziges Feuer brannte vor den Biwakplätzen der Soldaten. Das umgebende Gelände war schwarz. Es gab nur eine Lichtquelle in dieser Finsternis, und so hielt ich unwillkürlich darauf zu. So gelangte ich in die Nähe des Stabszeltes, auf dessen Stoffbahnen zwei Männer im Schein der Öllampe riesige Schatten warfen. An den Stimmen erkannte ich Bonaparte und Murat.

Dann traten die beiden plötzlich aus dem Zelt heraus, und ihre Stimmen wehten zu mir herüber.

»… diese Schlacht wird das Schicksal der Welt entscheiden!« Es war die beschwörende Stimme Bonapartes.

»Zumindest das Schicksal der Armee«, erwiderte Murat.

»Der Welt!«, bellte Bonaparte ungeduldig zurück.

Die Unterhaltung führte bald nur noch ein Einziger.

»Alles Geschehen läuft doch am Ende trotz unendlicher Wirrungen immer wieder mit der Rationalität eines Schachspiels ab!«

Murat erwiderte: »Der Ruhm von Männern wie Alexander oder Caesar kam nicht selten daher, dass sie Methoden und Ziele jenseits aller Vernunft verfolgten und beizeiten sogar das Brett mitsamt den Figuren umstießen.«

»Wir werden die Türken mitsamt den Engländern matt setzen. Diesmal schaffen wir 's. Dieser Sieg wird alles entscheiden!«

Wenn in mir je eine Vermutung keimte, so hatte ich nun Gewissheit. Bonaparte benötigte noch einmal einen glänzenden Sieg, der alles das überstrahlen sollte, was sich an Leiden, blutigen Ereignissen und Ungerechtigkeiten in den Köpfen der Menschen eingegraben hatte. Nur eines zählte: das glorreiche Denkmal seiner Taten in Ägypten. Ich sah empor zu den Sternen. In ein paar Stunden würden sie verblassen, und über uns würde wieder der Feuerball erglühen. Und erneut würden wir nach Luft schnappen wie aufgespießte Käfer.

Der Tag brach an. Das Heer stand bereit. In der Stille des Morgens hörte ich tausendfache Atemzüge. In der aufgehenden Sonne gleißten Bajonette, Kugeltaschen und Augen. Unsere Fliegenden Ambulanzen waren gleich an drei Punkten entlang der Schlachtlinie verteilt. Ich befand mich mit meiner in der Nähe der Kavallerie Murats, etwa eintausend Reiter, die das Zentrum besetzten. Die Brigade Destaing bildete den linken, die Division Lannes den rechten Flügel. Hinter uns befand sich die Division Lanusse sowie die Truppe der Guiden, während Brigandegeneral Davout die Verbindung nach Alexandria sicherte.

Die Schlacht begann mit einem Duell der Batterien, das sich über zwei Stunden hinzog. Danach erfolgte der Angriff. Unsere bewegliche Artillerie und der vehemente Vorstoß Murats führten dazu, dass seine Division die erste feindliche Linie geradezu überrannte. Die beiden Höhen wurden genommen, der Feind ins Meer getrieben. Die Schlacht hatte erst eine Stunde gedauert, und schon waren achttausend Türken vom Schlachtfeld verschwunden. Rund fünftausend waren ertrunken, fast zweitausend getötet, und mehr als eintausend hatten sich ergeben. Der zweiten türkischen Schlachtlinie erging es nicht viel anders. Auch sie wurden geworfen und ebenfalls in das Meer getrieben.

Die Niederlage war für die Türken vernichtend. Wer den Kugeln entkam, flüchtete zur Reede hin, stürzte sich in die Fluten und versuchte die rettenden Schiffe schwimmend zu erreichen. Bald sah man nichts als Turbane auf den Wellen tanzen. Tausende Leichen färbten den Strand rot. Murat wurde vom Wesir Mustafa Pascha durch einen Pistolenschuss am Kopf verwundet, doch er selbst brachte ihm durch einen Säbelhieb eine schwere Wunde bei. Kommodore Sidney Smith wäre beinahe gefangen genommen worden, konnte sich aber gerade noch in seine Schaluppe retten.

Wieder einmal hatte die Schnelligkeit, mit der Bonaparte handelte, den Ausschlag gegeben. Unser Oberbefehlshaber hatte mit dem Angriff nicht gewartet und sogar auf das Eintreffen der Division Kléber aus Kairo verzichtet. Als dieser auf dem Schlachtfeld eintraf, war der Sieg für uns schon vollständig gewesen. Während die Türken fast ihr ganzes Heer verloren, darunter zehn- bis elftausend Ertrunkene, zählten wir zweihundertzwanzig Tote und rund siebenhundertfünfzig Verwundete.

Die Verwundeten wurden so schnell wie möglich zum zentralen Hauptverbandsplatz gebracht, wo ich alle notwendigen Operationen vornehmen ließ. Ich sah mir zusammen mit Zinck und Pierre jeden Verletzten an und legte die Dringlichkeit seiner Versorgung fest. Wir hatten gelernt, an der Art der Verletzungen die Waffen zu unterscheiden, die sie rissen. Es waren wie immer Entscheidungen über Leben und Tod. Von den Schwerverwundeten überstanden mehr als einhundert den Tag nicht. Ich sah aufgeschlitzte Bäuche, zerfetzte Glieder, sah offene Schädel und Männer, die keine Gesichter mehr hatten. Die Waffen schlugen grauenhafte Wunden. Sie verwandelten Menschen in blutendes, brüllendes Fleisch. Am Ende stellten sich vierzig Fälle ein, die zur Amputation drängten. Sie wurden sofort vorgenommen. Gereinigt vom ehemals störenden Zweifel beherrschten meine eingeübten Operationsstäbe ihre Handgriffe inzwischen wie im Schlaf.

Bonaparte, der in meine Nähe kam, schwärmte gegenüber seinen Offizieren: »Das war eine der schönsten Schlachten, die ich je gesehen habe.« Dann sah er die Verstümmelten und fügte hinzu: »Und zugleich einer der schrecklichsten Anblicke.«

Kléber, der sarkastische General, trat vor und streckte die Hand aus. »General, Sie sind groß wie die Welt, aber die Welt ist nicht groß genug für Sie.« Daraufhin ließ sich unser Oberbefehlshaber zu meinem Erstaunen von Kléber umarmen.

Angesichts der Verwundeten und Toten stieg Zorn in mir hoch. Am liebsten hätte ich ihnen zugerufen: Noch ein solcher Sieg, und wir sind endgültig verloren!

Dem günstigen Schlachtverlauf, dem begrenzten Terrain, der

großen Zahl verfügbarer Wundchirurgen und der Schnelligkeit unseres Transportsystems war es zu verdanken, dass jeder Soldat schon eine Viertelstunde nach seiner Verwundung behandelt und verbunden werden konnte. Die Transportfähigen brachte man mit Tragbahren auf die bereitliegenden Barken, mit denen sie außerhalb der Sicht der feindlichen Flotte sofort nach Alexandria befördert wurden.

General Murat wurde gerade in dem Augenblick blessiert, als er sich den Sieg an seine Fahne heftete. Eine Kugel ging quer durch seinen Mund. Sie durchschlug seine Wange in der Höhe des Winkels der rechten Kinnlade und trat auf der linken Seite des Halses, am Ansatz des *Musculus sternocleidomastoideus*, wieder aus. Die Kugel hatte einen Teil des *Musculus masseter* und Zweige der Gesichtsnerven weggenommen, jedoch die Drosselader verschont. Murat konnte in den ersten Stunden kaum schlucken und hatte zeitweise seine Stimme verloren. Doch er hatte großes Glück im Unglück, denn die Kugel hätte ihm den sicheren Tod bringen oder sein Gesicht furchtbar verstümmeln können. Ich verband ihn auf dem Schlachtfeld und behandelte ihn selbst bis zum Abmarsch nach Kairo.

Schwierig und langwierig gestalteten sich dagegen die Operationen von Bauch-, Darm- und Harnblasenverletzungen. Wir hatten gleich mehrere Fälle besonderer Art zu verzeichnen. Einen denkwürdigen Fall einer Harnblasenverletzung bekam ich durch den siebenundzwanzig Jahre alten Korporal Davis von der 9ten Halbbrigade zu Gesicht. Die Kugel schlug ihm durch die rechte Hinterbacke ins Becken, fuhr durch den Grund der Blase und trat in der Gegend, wo man die Steinoperation macht, aus der Blase wieder aus. Durch eine Drehung der Kugel nach rechts, nahm sie einen Teil des *Musculus pectineus* weg, und trat in der rechten Weiche beim *Ligamento poupartii*, einem Leistenband, wieder aus. Zum Glück durchtrennte das Geschoss nicht die Schenkelgefäße. Der schnelle Abgang des Urins durch die untere Wundöffnung, und der unwillkürliche Abgang des Kotes, versicherten mich der Verletzung der Harnblase und des Afters. Seine Schmerzen waren rasend, sein Verhalten äußerst unruhig. Er warf sich hin und her und litt unter einem quälenden Stuhlzwang. Zuerst erweiterte ich die äußere Wunde, entfernte Gewebetrümmer und brachte eine elastische Sonde in die Blase, um der Ergießung des Harns in die Wunde vorzubeugen.

Diese Art der Behandlung von Wunden brachte uns allen einen Zugewinn an unschätzbarer Erfahrung. Im ersten Moment der Verletzung sickerte Urin durch das entstandene Leck in das umgebende Zellgewebe. Daher mussten Schnitte in das Gewebe gemacht werden, damit ein Abfluss stattfinden konnte. Doch in den ersten vierundzwanzig Stunden ging durch die Wunde der Harnblase kaum noch Urin ab. Ursache war eine Geschwulst, die sofort an den Rändern der Wunde entstand. Das Einsickern des Urins in die Umgebung wurde durch diese Geschwulst und die nachfolgende Krustenbildung verhindert, welche den gesamten Durchmesser der Wunde verschloss. Erst beim Abfall der Schorfe kam es zu einem fast immer tödlich endenden Abfluss in das Gewebe. Es war also von größter Wichtigkeit, dass in der Blase eine elastische, den Kanal der Harnröhre genau ausfüllende Sonde gelegt wurde, die dies verhinderte. Spätestens am dritten Tag musste die Sonde gewechselt werden, um eine Inkrustation derselben zu verhindern.

In den Mastdarm legte ich eine mit Serrat bestrichene Wieke ein. Danach deckte ich die Wunde mit Kompressen ab. Anschließend ließ ich den Verletzten sofort in das Hospital nach Alexandria bringen. Die ersten Tage verliefen geradezu dramatisch. Korporal Davis litt unsäglich. Trotz der hautnahen grässlichen Schicksale rings um mich herum wuchs er mir durch seine stille Art, mit der er sein Leiden ertrug, ans Herz. Durch die Wunde ging zwar wenig Urin ab, doch die nekrotisierenden und verkrusteten Ränder mussten immer wieder aufgeweicht und blutig gemacht werden. Als aber vom neunten bis zehnten Tag die Schorfe abfielen, schwanden auch die Krankheitszeichen. Die Einschussverletzung an der Hinterbacke heilte zuerst, später der Ausschusskanal in der Weiche. Dank einer genauen und unter der Assistenz meines Schülers Zinck geleiteten Wundversorgung begann langsam die Genesung. Die Heilung gelang vollkommen, ohne unwillkürlichen Harn- oder Kotabgang …

Die letzten Verwundeten waren versorgt und zum Abtransport nach Alexandria bereit. Unter ihnen befand sich auch Brigadegeneral Fugières. In jenem Augenblick kam Bonaparte in Begleitung von Berthier zu unserem Hauptverbandsplatz und sprach dem Manne Mut zu. Dieser nahm seinen Degen und reichte ihn Bonaparte: »Nehmt meinen Degen zur Erinnerung an diesen glorreichen Sieg!«

Zu meiner Überraschung nahm er den Degen und sagte: »Ich nehme ihn an, aber nur, um ihn demjenigen zu geben, der Ihnen das Leben retten wird.«

Daraufhin überreichte er mir den Degen und beauftragte Berthier, auf die Klinge meinen, seinen Namen und das Datum der Schlacht von Abukir ritzen zu lassen.

Die Tage darauf in Alexandria kümmerten wir uns wiederum Tag und Nacht um die Genesung der Blessierten. Während der Reise stromaufwärts auf dem Nil war ich zusammen mit General Kléber in einem Boot. Offen und zynisch wurde von einem Paket jüngster Zeitungen erzählt, das Sir Sidney Smith, der auf seinem Linienschiff Blockadedienst schob, Bonaparte zugespielt habe. Darunter waren Journale aus Frankfurt und London. Die Schlagzeilen kündeten von der Niederlage der Franzosen in Italien unter Scherer und der Auflösung der cisalpinischen Republik, die sich im Wesentlichen aus der Lombardei, Venezien und Teilen der Emilia-Romagna zusammensetzte.

Kléber breitete eine Zeitung aus und höhnte: »Seht an! Der glorreich geschlagene Smith hat die Macht, unserem Däumling die Heimreise zu verbieten! Das beste Geburtstagsgeschenk für unseren Oberbefehlshaber.« Bonaparte war an jenem 15. August dreißig Jahre alt geworden.

Zurück in Kairo, wurde ein großes Siegesfest anberaumt. Während das Fest noch im vollen Gange war, nahm Bonaparte mich beiseite und sagte mir, dass ich mich für eine wichtige Sache bereithalten sollte. Gegen Mitternacht gab mir Bourrienne das Zeichen, ihm zu folgen. Er führte mich in einen Nebenraum, in dem bereits Berthier, Lannes, Lavalette, Marmont, Murat, Bessieres und Berthollet warteten. Kurz darauf führte Bourrienne nacheinander noch Denon, Andréossy, Monge, Gantheaume und Duroc herein. Die Blüte der Armee, die Feurigen und Treuen waren zusammen mit den Gelehrten versammelt. Wir schienen komplett zu sein, während der Rest der Generäle im Palast ausgelassen weiterfeierte.

Wenig später betrat durch eine Nebentür Bonaparte mit seinen Adjutanten und mit Raza Rustan, jenem Mameluck, der ihm von Sultan El Bekri geschenkt wurde, den Raum. Bonapartes Gestalt wirkte gestrafft, und sein triumphierender Blick ging reihum. Die Hände hinter dem Rücken verschränkt, begann er auf den Zehenspitzen zu wippen. Dann brach endlich der Blitz aus der dunklen Wolke der Gerüchte:

»Meine Herren! Ich bin entschlossen, nach Frankreich zurückzukehren, und ich gedenke Sie mitzunehmen. Der Stand der Dinge in Europa nötigt mich, diesen großen Entschluss zu fassen. Unsere Armeen sind im Nachteil, und Gott weiß, bis wohin die Feinde nicht schon gedrungen sind. Italien ist verloren, und der Lohn so vieler Anstrengungen, so vielen vergossenen Blutes ist dahin. Aber was vermögen auch diese Unfähigen, die an der Spitze der Geschäfte stehen? Alles ist Unwissenheit, Unverstand oder Korruption bei ihnen. Ich, ich allein habe die Last getragen und durch fortwährende Erfolge dieser Regierung Bestand verliehen, die sich ohne mich niemals emporgebracht und behauptet hätte. Als ich mich entfernte, musste alles zusammenstürzen. Warten wir nicht ab, bis die Zerstörung vollendet ist. Man wird in Frankreich die Kunde von meiner Heimkehr zugleich mit der Nachricht von der Vernichtung der türkischen Armee bei Abukir erhalten. Meine Gegenwart wird die Geister erheben, den Truppen das verlorene Selbstvertrauen und den gutgesinnten Bürgern die Hoffnung auf eine glückliche Zukunft wiedergeben. Überdies muss man zur rechten Zeit zu wagen verstehen: Wer nichts wagt, der hat auch keine Aussicht, etwas zu gewinnen!«

Die Worte »… und ich gedenke Sie mitzunehmen …« hallten in mir nach wie ein mehrfaches Echo. Ich sah nur noch strahlende Gesichter um mich herum. Der Oberbefehlshaber wurde gleich von seinen Generälen bedrängt. Jeder wollte ihm vor Dankbarkeit die Hand schütteln. Duroc sah ich auf Knien.

»Vive Bonaparte! Vive la République!«, skandierten einige, bis Bourrienne sie zur Ruhe und Schweigsamkeit verpflichtete.

Im ersten Moment lief auch mir ein Schauer des Glücks den

Rücken herunter. Nach Hause! Charlotte, das Kind …! Paris! Leb wohl Kairo! Leb wohl Nil, Pest und Tod! Am liebsten hätte ich die Fenster und Türen meines Bewusstseins geschlossen, damit wieder Platz würde für Glück, Heiterkeit und Zweisamkeit, für Schöneres und Besseres.

In Wirklichkeit war ich trunken vor Verzweiflung.

In Gedanken schritt ich die lange Reihe der Verletzten ab. Sah Augen auf mich gerichtet, die Hilfe erflehten; sah die glücklichen Augen der Geretteten; sah verzweifelte Augen, Augen die den Tod herbeisehnten. Ich sah ausgestreckte Hände, die Trost verlangten, Mitgefühl und Zuspruch …

Das Ehrgefühl, bei meinen Chirurgen und Helfern zu bleiben, die meiner Führung anvertraut worden waren und mir mit Blut und Mut gedient hatten, machte sich mächtig breit. Ich wusste, alles andere käme einem Verrat gleich. Es würde wehtun und nie aufhören wehzutun. Aber ich konnte und wollte meiner Verantwortlichkeit nicht ausweichen.

Ich ging auf Bonaparte zu. »Bürger General!«

Erwartungsvoll sah er mich an. »Nun, Meister der schneidenden Zunft?«

»Ich danke Ihnen für Ihr Angebot. Doch ich kann es nicht annehmen. Mein Ehrgefühl gegenüber meinen Männern lässt eine alleinige Rückkehr nach Frankreich nicht zu. Da ich mich von dieser Verantwortung nicht frei machen kann, habe ich mich entschieden, bei meinen Ambulanzen zu bleiben.«

Bonaparte wich meinem Blick aus und sah auf den Boden. Dann bemerkte er knapp: »Bürger Larrey, ich respektiere Ihre Entscheidung!«

Er wandte sich abrupt von mir ab und winkte Bourrienne zu sich, dem er etwas zuflüsterte. Dieser kam auf mich zu und verpflichtete mich zur Geheimhaltung. Bonapartes Fluchtpläne sollten vor allen verheimlicht werden.

Mitternacht war vorbei, und wir schrieben den 18. August. Lange stand ich an einem der Fenster und blickte hinunter auf den Esbekieh-Platz. Das Terrain war blank wie ein Teller. Ich hing meinen Gedanken nach, verlor jedes Zeitgefühl. Zweifel krochen in mir hoch. Hatte ich die sichere Heimkehr verspielt, wie ein Spieler der seinen letzten Louisdor auf den Roulettetisch warf. »Wir sind in Ägypten erledigt!«, sagte ich stumm zu mir.

Der Aufmarsch von Bonapartes berittenen Guiden riss mich aus meinen Gedanken. Dreihundert Männer der Elite-Leibwache eskortierten Bonaparte und seine Getreuen. Zu einer Inspektionsreise in das Delta, wie es offiziell hieß.

Als der letzte Reiter um die Ecke bog, spürte ich, dass dies nicht das letzte Mal gewesen war, dass ich Napoléon Bonaparte nachgeblickt hatte. Ich war wie sein Schatten. Mein Schicksal war mit dem seinen verknüpft. Es war nur ein Gefühl, mehr nicht. Aber ich wusste, dass dies noch nicht das Ende war.

XVIII

Alexandria – Toulon,
Oktober – November 1801

In der Morgendämmerung des 16. Oktober stieg ich auf den Sockel der Pompejus-Säule und nahm eine Position ein, in der ich bequem nach Osten blicken konnte. Zum ersten Mal, dass ich von meiner allmorgendlichen Pflicht befreit war, zu dieser Zeit Hospitäler visitieren zu müssen. Neben dem alten Leuchtturm von Alexandria würde die Sonne bald am Horizont des Meeres auftauchen. Daher nahm ich mir ausreichend Zeit, um ihren Aufgang keinesfalls zu verpassen. Ich wollte, dass sich für mich an diesem würdigen Ort der Kreis meines Lebensabschnittes in Ägypten schloss.

Vor mehr als drei Jahren hatte ich an gleicher Stelle im Gegenlicht der gleißenden Morgensonne den hohen Außenwall von Alexandria erblickt – ein fremdes, abweisendes, schwarzes, drohendes Gemäuer. Ab jener Zeit hatte ich mich vehement gegen die wachsende Überzeugung gestemmt, dass der Kriegsdienst des Menschen Los auf Erden sei. Doch nun, vor dem letzten Sonnenaufgang meiner Jahre in Ägypten, wirkte plötzlich alles friedlich und vertraut.

Das Schwierigste in den vergangenen zwei Jahren war gewesen, Geduld zu bewahren. Wir waren von allem abgeschnitten. Bis vor drei Monaten hatte uns in Ägypten kein einziger Brief aus der Heimat erreicht. Es kam einem Wunder gleich, als ein englischer Offizier uns die Post einer gekaperten Fregatte aushändigte; denn darunter befand sich auch ein Brief von Charlotte, den sie mir eineinhalb Jahre zuvor geschrieben hatte. Das Pergament hatte Feuchtigkeit gezogen, sodass die Schrift teilweise verwischt war. Kein Mensch war in der Nähe, als ich vorsichtig das Siegel brach.

Ich las die ersten Sätze gleich dreimal und fühlte mich plötzlich enttäuscht. Im Herzen hatte ich immer an einen Sohn geglaubt; für ihn hatte ich meine Aufzeichnungen niedergeschrieben, um ihm in Zukunft ein Vorbild zu sein. Nun entnahm ich ihren Zeilen, dass uns inzwischen eine Tochter geboren worden war. Sie trug den Namen Isaure …

Alles andere erschien mir danach belanglos. Charlotte schrieb, dass sie Toulouse verlassen habe und nach Paris zurückgekehrt sei. Gründe nannte sie nicht. Sie schrieb, dass es ihr bei ihrer Familie gut gehe und das Leben in Paris ihr wieder Freude machen würde. Vergeblich suchte ich zwischen den Belanglosigkeiten ihrer Botschaften nach liebevollen Worten. Ich vermisste die Goldprobe ihres Gefühls, ein zärtliches Wort – einen Beweis ihrer Liebe zu mir. Stattdessen schrieb sie am Ende, dass sie ein Ende meiner abenteuerlichen Existenz herbeiwünsche und sich nach Sorglosigkeit und Stetigkeit sehne.

Was war los mit ihr? Kein Wort über meine Briefe. Offensichtlich hatte sie keinen einzigen davon erhalten. Im Gegenzug war ja auch nur ein einziger nach Kairo gelangt. Natürlich musste sie darüber genauso enttäuscht gewesen sein, wie ich es meinerseits war, doch inzwischen mussten Briefe von mir angekommen sein. Durch einen gefangen genommenen Engländer erfuhren wir, dass die Fregatte MURION einen sicheren Kurs gesteuert und Bonaparte am 9. November 1799 bei Fréjus wieder französischen Boden betreten hatte. Die Fregatte hatte Säcke mit Briefen an Bord …

Als der Horizont sich aufhellte und die Silhouette Alexandrias sich scharf abzeichnete, stopfte ich mir ein Pfeifchen. Der Tabak roch nach Feigen und Honig und war von bester Qualität. Ich hatte ihn von dem englischen Oberbefehlshaber Sir John Hely-Hutchinson geschenkt bekommen, der uns Ende August zur Übergabe und Räumung Alexandrias gezwungen hatte. Unsere chirurgische Kunst beeindruckte auch den Feind, was dazu führte, dass mich Sir Hutchinson nach unserer Kapitulation in die Kommission berief, in der die Bedingungen für den Rücktransport der Kranken und

Verwundeten nach Frankreich festgelegt wurden. Alle Blessierten, sofern sie transportfähig waren, erhielten daraufhin einen Platz auf englischen Schiffen, um nach Frankreich gebracht zu werden.

Rückblickend betrachtet war schon in den ersten Stunden nach unserer Landung der Glaube an einen friedlichen Einzug in Ägypten widerlegt. Die von Bonaparte erwartete Freude der Araber über die Befreiung vom Joch der Mamelucken sollte uns über alle Sorgen und Misslichkeiten des Daseins in diesem Land hinwegheben. Aber frühmorgens, nach nur einer halben Nacht, war unsere Euphorie, die jeden hätte beflügeln sollen, mit Begeisterung das Blut für die Ideen Bonapartes zu verspritzen, weggefegt gewesen. Am Endpunkt sollte unsere Macht in diesem Teil der Erde triumphieren, doch stattdessen war sie vergangen und erloschen.

Dieser Morgen, drei Jahre danach, war für mich daher kein großer weltbewegender Augenblick, der mir Tränen in die Augen trieb, sondern ein Moment, der mir bewusst machte, dass dieser Feldzug für uns überwiegend Krankheiten, Verluste und Entbehrungen bereitgehalten hatte. Die ungezählten Toten und Verstümmelten auf allen Seiten waren einer Idee geopfert worden, die wenig durchdacht und daher kaum in Erfolge umzusetzen gewesen war.

Dagegen hatten sich meine Chirurgen mit einer Verantwortung behauptet, die grenzenlos war und die keinen Unterschied zwischen Türken, Mamelucken, Arabern oder Engländern kannte. Was sich seit Bonapartes Flucht aus Ägypten für unser Überleben als umso wichtiger erwies.

Erst achtundvierzig Stunden später hatte der auserkorene Nachfolger Kléber Kenntnis von Bonapartes Flucht nach Frankreich erhalten. Gerade als ich den Palast in Kairo betrat, überreichte General Menou das Paket mit Bonapartes Instruktionen dem neuen Oberbefehlshaber mit den Worten: »Bonaparte befiehlt, dass Sie das Oberkommando der Armee übernehmen.« Und mit Häme in der Stimme fuhr er fort: »Unsere Freunde Berthier, Lannes, Murat, Adréossy und Marmont sind eingeladen worden, ihn nach Frankreich zu begleiten. Ägypten gehört nun uns allein!«

»Tja, Pech!«, erwiderte Kléber sarkastisch, nahm das Paket an sich und zog sich ohne ein weiteres Wort zurück. Er war um seine

Aufgabe nicht zu beneiden. Bonapartes Abschiedzeilen an das Heer waren kurz, dürftig und ohne den feurigen Geist, den man von ihm gewohnt war.

Die Nachrichten aus Europa ließen mich entscheiden, nach Frankreich zurückzukehren. Ich überlasse General Kléber den Oberbefehl. Das Heer wird bald von mir Nachrichten erhalten. Gegenwärtig kann ich nicht mehr sagen. Es kostet mich viel Überwindung, die Soldaten zu verlassen, an denen ich so hänge. Es wird aber nur vorübergehend sein. Der General, den ich ihnen lasse, besitzt das Vertrauen der Regierung und das meinige.

Bonaparte.

Danach triumphierte eine Art Galeeren-Solidarität über die persönlichen Empfindlichkeiten und ermunterte uns zu guten Beziehungen untereinander.

Ich hatte in dem neuen Oberkommandierenden einen Mann, der sich um unsere Belange kümmerte und sich dafür einsetzte. Ich hoffte vor allem, dass nach der siegreichen Schlacht von Abukir eine Phase des Friedens eintreten würde. Doch das war ein Trugschluss. Wir waren gerade damit beschäftigt, einen Invalidentransport nach Frankreich zusammenzustellen, als Ende des Jahres 1799 die Nachricht in Kairo eintraf, dass sich eine große türkische Armee von El-Arisch aus nach Ägypten in Marsch gesetzt habe. Noch waren wir voller Hoffnung, dass ein weiterer Waffengang verhindert werden könne, da Ende Januar nach zähen Verhandlungen mit den Engländern und Türken eine Konvention geschlossen worden war. Ägypten sollte von uns geräumt werden, und dafür sollten wir einen ehrenvollen Abzug erhaten. Doch dann erhielt der englische Admiral Keith eine Anweisung seiner Regierung, dass wir alle als Kriegsgefangene zu behandeln seien.

Kléber las die englische Depesche und brüllte los: »Die Welt muss wirklich zum Teufel gehen, wenn so etwas möglich ist!« Aber sein Zorn spielte keine Rolle mehr. Da wir nicht kapitulieren wollten, bedeutete dies erneut Krieg und für meine Ambulanzen neue Arbeit auf dem Schlachtfeld.

Im März 1800 kam es zur Schlacht bei Heliopolis, die wir zwar gewannen, doch zu einer energischen Verfolgung der Türken reichten die Kräfte nicht aus. Weit über einhundert Verwundete hatten wir zu versorgen. Hinzu kam ein erneuter Aufstand in Kairo, den wir erst nach sechsunddreißig mörderischen Tagen niederwerfen konnten.

Danach brach in der Stadt und in der Armee das Gelbfieber aus. Zudem traten Fälle von Lepra und Elephantiasis auf. Es gab kaum jemanden in der Armee, der nicht von irgendeiner landesüblichen Krankheit betroffen gewesen wäre, und sei es auch nur vorübergehend. Wir zählten bald genauso viele Tote durch Krankheiten wie auf den Schlachtfeldern. Und noch einmal die gleiche Zahl an Toten wäre zu beklagen gewesen, wenn nicht unsere Kunst dies verhindert hätte.

Die blutigen Ereignisse in Ägypten hatten in den islamischen Ländern das Begehren geweckt, gegen uns einen heiligen Krieg zu führen.

»Wer ist als Nächster dran?«, fragte mich Desgenettes, als General Kléber im Juni des gleichen Jahres von einem fanatischen Attentäter aus Aleppo erdolcht wurde.

Ich erwiderte: »Das kann niemand wissen.«

»Ich weiß es genau!«, schrie Réne plötzlich. »Ich weiß es!«

Er packte mich beim Arm und zog mich ans Fenster: »Siehst du die Araber dort draußen?«

»Natürlich!«

»Jeder von uns kann der Nächste sein! Jeder dort draußen trägt einen Dolch, und irgendwann drehst du einem von dieser Sorte den Rücken zu …«

»Schon gut … schon gut …«, versuchte ich Réne zu beruhigen.

»Verdammt! Wann hauen wir hier endlich ab?«

»Du und ich, wir kommen nach Frankreich. Wir sind Mediziner, und der Feind wird bereit sein, für uns eine Ausnahme zu machen.« Aber dies war nur eine Hoffnung, und darum glaubte ich nicht wirklich daran.

Man richtete den Mörder Klébers nach Landessitte. Ich hatte Leichenschau zu halten und war entsetzt über das Verfahren, aber auch über die Kaltblütigkeit, mit der der Verurteilte sein schreckliches Los ertrug. Dieser musste sich die rechte Hand bis auf die Knochen verbrennen lassen. Danach wurde er gepfählt. Er überlebte diese Tortur noch vier Stunden, obwohl der Pfahl seinen Körper vom Unterleib bis zum Hals durchdrang. Wir sezierten danach seinen Leichnam, um die inneren Verletzungen einer Pfählung zu studieren ...

Nachfolger Klébers wurde General Menou. Obwohl für die Führung des Heeres wenig geeignet, kümmerte sich Menou wenigstens mit Eifer um die Hospitäler. Da zunächst die Situation in und um Kairo herum ruhig blieb, nutzte ich die Gelegenheit, Verbesserungen in den Krankenhäusern zu veranlassen. Die Wochen darauf inspizierte ich alle vorhandenen Militärhospitäler zwischen Giseh und Alexandria, kontrollierte die Arbeit des chirurgischen Dienstes, kümmerte mich um die Ausbildung der jungen Mediziner und trainierte mit meinen Hilfschirurgen und Helfern an Leichen die Schnelligkeit verschiedener Amputationstechniken.

Zunehmend kam es zum freien Verkehr zwischen den Frauen des Landes und unseren lüsternen, weibstollen Soldaten. Die Syphilis begann zu grassieren. Ich schlug die Einrichtung eines Zivillazaretts vor, in dem die Prostituierten behandelt werden sollten. Mein Vorschlag wurde vom Stadtkommandanten unterstützt, und so ließen wir ein großes Haus herrichten, in das man alle Frauen einlieferte, von denen man annahm, dass sie Verkehr mit unseren Soldaten pflegten. Diejenigen, die sich als gesund erwiesen, wurden entlassen, Frauen mit Verdacht auf eine Infektion da behalten und isoliert. Desgleichen verfuhren wir mit infizierten Soldaten.

Fast schien es, als beruhige sich die militärische Situation, doch in Wirklichkeit lauerten unsere Feinde in allen Himmelsrichtungen darauf, uns den Todesstoß zu versetzen. Der Großwesir stand erneut vor den Pforten Ägyptens, eine türkisch-englische Flotte blockierte von Norden her den Hafen von Alexandria, im Westen und Osten lauerten Araber und Mamelucken, und von Süden zog eine britisch-indische Hilfstruppe von siebentausend Mann gegen Kairo.

Als die Engländer landeten, befand ich mich in Alexandria. Innerhalb von vierundzwanzig Stunden teilte ich meine Oberwundärzte den Divisionen zu und dirigierte deren Marschorder. Mein Stab war inzwischen genügend gedrillt, sodass Schlagworte ausreichten, um sie zum Handeln zu bewegen: »Bouquin, Verbandsstoffe! Zinck, leichte Tragkörbe! Lamartine, Bettgestelle! Masclet, Marschranzen! Asselini, Hauptverbandsplatz einrichten! Und Bouquin, Instrumentenkästen!«

Am 21. März begannen die Auseinandersetzungen auf der Landbrücke zwischen Mariotis-See und Mittelmeer. In drei Tagen verloren wir dreitausendfünfhundert Mann. So viel wie nie zuvor. Die meisten Schwerverwundeten wurden binnen kurzer Zeit auf dem Schlachtfeld operiert und verbunden. Dabei geriet ich selbst in größte Bedrängnis, als eine englische Kavallerieattacke über uns hinwegfegte. Mit einem Verwundeten auf dem Rücken flüchtete ich in ein Kapernfeld, um unsere Leben zu retten. Eintausendneunhundert Verwundete versorgten wir auf dem Hauptverbandsplatz, die wir später auf achtzehn Hospitäler verteilten. Die Verwundungen waren zum Teil sehr schwer und machten große und schwierige Operationen nötig. Herbe Schicksale zerrten an den Nerven.

Von meinem Hilfschirurgen Franck wurde ich an ein Feldbett gerufen. General Lanusse war darauf gebettet. Eine Kanonenkugel hatte ihm das rechte Knie zerschmettert. Die Patella war verschwunden, Femur und Tibia auseinander gerissen, Arterien und Nervenbahnen darin zerfetzt, der Schenkel weit hinauf zerschmettert, die Blutung stark.

»Ich rate Ihnen zur augenblicklichen Amputation!«

»Nein! Ich will diesen unglücklichen Tag nicht überleben!«, presste er zwischen den Zähnen hervor. Es war seine Entscheidung. Ich übte nie Zwang aus. Nach fünf Stunden ließ er mich durch seine Freunde rufen. Es wäre sehr dringlich! Von heftigsten Schmerzen gemartert, verlangte er nun die Abnahme des Beines.

Die Spannung der Haut oberhalb des brandig gewordenen Teils war inzwischen sehr ausgeprägt. Der Schluckreflex, als Anzeichen einer beginnenden Blutvergiftung, hatte sich bei ihm schon eingestellt. Durch die Wegnahme des Gliedes konnte ich jedoch wenigstens seinen Schmerz lindern und die qualvolle Unruhe in ihm beseitigen. In weniger als drei Minuten war die Operation gemacht. Sie schenkte ihm die Ruhe, die ich erwartet hatte, aber seine Kräfte waren völlig erschöpft. General Lanusse starb in der Nacht, ohne zu leiden.

Ein weiterer Fall war dazu angetan, das Gemüt zu bewegen. Korporal Louis Vauté von der 88sten Linien-Halbbrigade war von einer Kanonenkugel im Gesicht getroffen worden, die ihm fast den ganzen Unterkiefer und etwa drei viertel des Oberkiefers weggenommen hatte. Dadurch war eine furchtbare Wunde entstanden, mit einem Substanzverlust vom zweiten rechten Backenzahn an bis zum Gelenkköpfchen des Unterkiefers. Ebenfalls fehlten beide Kinnbackenbeine. Das Jochbein der rechten Seite war zerschmettert, das Auge auf der gleichen Seite zerplatzt. Die Zunge war zur Hälfte abgerissen, der Rachen und die hintere Nasenöffnung gänzlich entblößt. Haut und deckendes Gewebe der Hals- und Wangenmuskeln waren derart abgeledert, dass die Drosselader freilag. Eine solch furchtbare und ungeheuerliche Wunde hatte auch ich noch nie zu Gesicht bekommen.

Ich fand den Unglücklichen in einem Winkel eines unserer Hospitäler, wo ihn seine Kameraden abgelegt hatten, im Glauben, er sei tot. In der Tat war sein Puls kaum zu fühlen und sein Körper kalt und ohne eine Spur von Bewegung. Sofortige Hilfe war geboten. Zwei Tage hatte der Mann nichts getrunken und gegessen. Meine erste Maßnahme zielte daher darauf ab, ihm eine Schlundsonde in die Speiseröhre einzuführen. Die Prozedur gelang, und so konnte er einige Tassen Bouillon und etwas Wein zu sich nehmen. Seine Kräfte kehrten wieder, so dass er sich bald im Bett aufrichten konnte und wir uns durch Handzeichen verständigen konnten. Die Wunde wurde von mir zunächst penibel gereinigt, jeder Fremdkörper weggenommen, die zerquetschten Fleischfetzen wurden weggeschnitten und mehrere dadurch geöffnete Gefäße unterbunden. Im nächsten Schritt wurden die sauberen Ränder der Fleischlappen blutig gemacht und einander genähert, so gut es ging. Die Kunst lag darin, dass trotz des erheblichen Substanzverlustes der verbliebene Rest in eine ansprechende anatomische Struktur gebracht wurde und mit Hilfe einiger Nähte darin erhalten blieb. Dasselbe geschah auch mit den beiden Teilen der Zunge.

Endlich konnte ich die verbliebene Wundhöhle mit einem großen Stück gefensterter Leinwand, die ich in warmen Wein getaucht hatte, abdecken. Mit feiner Charpie und einigen Kompressen legte ich einen vereinigenden Verband an.

So wenig Hoffnung ich auch hatte, das Leben des Armen zu erhalten, so setzte ich doch die Ernährung und Wundversorgung mit größter Sorgfalt fort. Mit einem Trichter, der auf einer elastischen Sonde aufgesetzt war, ließ ich ihm alle drei Stunden etwas Bouillon und einige Esslöffel Wein einflößen und den Verband, wegen des vielen Speichels und des abgehenden Wundsekrets, ständig erneuern.

Die Behandlung hatte unerwarteten Erfolg. Von Tag zu Tag machte der Korporal Fortschritte. Die erwartete Eiterung stellte sich ein. Sie war gut. Später lösten sich die Schorfe. Die Ränder der ungeheuren Wunde begannen sich zu nähern. Nachdem wir ihn etwa zwei Wochen mit Hilfe der Sonde ernährt hatten, war er imstande, Flüssiges und Bouillon erst mit einem Saugkännchen, danach gar mit einem Löffel zu sich zu nehmen. Die von mir angenäherten und verbundenen Fleischlappen vereinten sich ziemlich schnell, und fünfunddreißig Tage nach seiner schrecklichen Verwundung konnte Vauté mit uns die Rückreise nach Frankreich antreten.

Abgesehen von den langwierigen Fällen hatten wir uns nach insgesamt zehn Tagen und Nächten ununterbrochenen Operierens einigermaßen Luft verschafft.

Unsere Macht brach unterdessen zusammen. Ein Ort nach dem anderen musste geräumt werden, und eine Kapitulation schloss sich an die andere. Am 27. Juni 1801 wurde die Kapitulation Kairos unterzeichnet. Immerhin war es uns gestattet, mit Kriegsehren, also mit Waffen und Gepäck und mit allem, was wir persönlich besaßen, abzuziehen. Doch der schwerste Schlag der Engländer wurde gegen das Ägyptische Institut geführt. Wir erhielten Befehl, die aufgetürmten Schätze an die Briten abzugeben. Die umfassende Ausbeute unserer Expeditionen, einschließlich des wissenschaftlichen Materials, ging in ihre Hände über. Nur die persönlichen Aufzeichnungen blieben unangetastet. In meinem Fall füllten sie zwei ganze Seekisten …

Ich hörte dem Geschwätz der fetten Krähen zu und sah hinüber zum alten Hafen. Ein orangeroter Feuerball schälte sich langsam über dem Horizont heraus. Er übergoss das ganze Land mit seinem Licht und spottete über Mensch und Tier, die dort mehr litten als lebten. Mir schenkte das Licht an jenem Morgen ein Gefühl, als wäre ich neugeboren. Erinnerungen an die beneidenswerten Momente in Kairo schoben sich in mein Bewusstsein. Wenige Male war ich mit Antoine durch das griechische Viertel Kairos gestreift. Dort begegneten wir einem Türken, der auf seiner Fidel spielte und aussah wie Dschingis-Khan. Wir saßen zusammen und tranken. Antoine rief spätestens nach dem dritten Glas: »Hier begrabe ich meine Jugend und meine Träume. Ich liebe ein Weib, ein schönes, ein großartiges Weib – spiel auf, Türke, spiel mir den Schmerz von der Seele. Das gehört zu dieser Musik, das Weh und das Saufen.«

Ich erinnerte mich an den prächtigen Hammam und an Pothyne, die ich regelmäßig aufsuchte, wenn ich in Kairo war. Sie war mir Muse in der Fremde und in meiner Einsamkeit als Mann. Manchmal ist es notwendig, seine Fantasien auszuleben, um Lebenskraft daraus zu schöpfen, damit man nicht in Verbitterung und Verzweiflung fällt. Manchmal sperrt man sogar die Wirklichkeit aus. Die Wüste wird zu einem Garten Eden, es gibt Schlachtfelder, auf denen sich die Feinde die Hände reichen, und Spitäler, in denen die Betten leer bleiben.

Ich streckte mich, sah hinauf zur Spitze der Säule, sprang in meinen Gedanken nach Paris und suchte in meinen Erinnerungen das Gesicht Charlottes. Ich konnte es noch gar nicht begreifen, dass ich zurückkehren konnte. Durchsetzt von Inspiration und Vorstellungskraft versuchte ich mir ein Bild von unserer Tochter zu machen. Sorge mischte sich mit Freude. Wie mochte es meiner Familie in den vergangenen Jahren ergangen sein? Warum der Wechsel von Toulouse nach Paris? Für einen Moment schloss ich die Augen. Mir war, als hörte ich ihre panischen Worte, die sie damals in der stürmischen Nacht von Toulon zu mir sprach: »Nein! Nicht schon heute …«

Vielleicht hatte sie ja meinen letzten Brief erhalten, in dem ich meine Rückkehr für den Herbst angekündigt hatte. Vor drei Monaten hatte ich drei Briefe mit gleichlautendem Text auf unterschiedlichen Seglern nach Paris gesandt. Den ersten gab ich einem Venezianer mit, der nach Marseille segelte, den zweiten dem Kapitän eines griechischen Seglers, und den dritten steckte ein englischer Kapitän ein, der mit einem Teil unserer Verletzten Toulon ansteuern wollte. Insgeheim hoffte ich sehr, dass Charlotte wirklich auf mich warten würde, wenn ich den Boden Frankreichs wieder betrat.

Bei dem Gedanken an die Heimat kehrten auch die Erinnerungen der letzten Jahre in Paris wieder zurück. Sie wurzelten in mir wie Unkraut in der Erde. So sehr sich mein Gewissen vor Beginn des Ägyptenfeldzuges mit Bernard Banville, unserem florierenden Abtreibungsgeschäft und Thérèse beschäftigt hatte, verlor ich mich nicht darin, sondern hielt mich an den gefassten Gedanken, nur noch auf das Glück und auf meine ärztliche Kunst zu vertrauen. Mit leidenschaftlicher Kraft folgte ich daher dem dornigen Weg, der mir half, mein Gewissen zu beruhigen.

Geschützdonner rollte heran. Das Zeichen, dass die Transportschiffe bereit waren, die Anker zu lichten. Unweit der Pompejus-Säule sah ich griechische Popen in Brokatgewändern, die sich einem kleinen Friedhof näherten. Es war ein armseliger Friedhof. Jeden Morgen sangen sie für unsere Toten, die aus den Spitälern dorthin gebracht worden waren. Wie tausend andere würden ihre Gebeine auf ewig in Ägypten ruhen.

Ich sprang vom Sockel. Es stand mir nicht zu, eine Bilanz zu ziehen. Ich wusste nur eines: Ich hatte das Beste in meinen Männern geweckt, was sie auch in schwierigsten Situationen beflügelte, das Leben unserer Verwundeten zu erhalten. Alle zusammen hatten wir großen Anteil an der Linderung von Schmerzen, von Todesängsten und Verzweiflung. Am Ende des Weges hatten wir erreicht, dass alle Verletzten bis auf die, die zunächst nicht transportfähig waren, nach Frankreich gebracht wurden. Zwölf Schiffe waren schon nach Marseille abgesegelt. René war vor mir auf die Reise gegangen. Ebenfalls hatte ich meine Adjutanten bis auf Antoine mit den ersten Transportern nach Marseille geschickt. Nun war das Gros der restlichen Armee mitsamt den Verwundeten an Bord englischer Transportschiffe gebracht, um Kurs nach Toulon zu nehmen.

Ich lief hinunter zum alten Hafen von Alexandria und ließ mich zusammen mit dem General Menou zur englischen Fregatte Di-

ANA rudern. An einer an der Gaffel befestigten Flaggleine wehte stolz die englische Kriegsflagge. Eine neue Macht herrschte in Ägypten.

Menou sagte: »Genau das hat uns gefehlt! Eine starke Marine!«

Die Distanz vom Kai zur Fregatte war zwar kurz, doch für den General war sie in Anbetracht seines Scheiterns das erste Glied in einer endlosen Kette von Rechtfertigungen. Als wir an der Steuerbordseite der Fregatte längsseits gingen, seufzte er: »Bürger Larrey, wie wird man unser Versagen behandeln?«

Seine provokante Frage hatte mich überrascht. Daher zögerte ich mit meiner Antwort. »Kugeln und Splitter lassen sich herausschneiden. Mit der Ehre ist es allerdings aussichtslos. Man behält sie. Krank oder gesund.«

»Dann wäre es besser gewesen, ich hätte meinen Tod auf dem Schlachtfeld gefunden.«

Ich blickte zur Reling empor. Dort standen englische Offiziere und warteten auf unseren geschlagenen Oberbefehlshaber.

Ich verzichtete auf jegliche diplomatische Attitüde: »Hören Sie auf zu jammern. Dies ist eines französischen Generals unwürdig. Das einzige Mittel, das eines Tages Ihre Ehre wiederherstellen kann, ist die nächste Chance auf dem Schlachtfeld. Nutzen Sie diese! Sie werden sie sicher bekommen.«

Trotzig erwiderte er: »Sind Sie denn nicht enttäuscht über dieses Ende?«

»Ja! Sehr sogar!«

»Und sind Sie nicht auch der Meinung, an meiner Stelle müsste jetzt Bonaparte stehen?«

Ich lachte, kurz und bitter. »Mit Verlaub, er würde nie hier stehen, wo Sie jetzt zu stehen haben.«

Menou verschlug es die Sprache. Bevor er etwas erwidern konnte, sagte ich im Befehlston: »Rauf an Deck!«

Als wir an Deck standen, waren Mannschaften und Offiziere bis auf den Wachoffizier plötzlich verschwunden. Menou höhnte: »Die feigen Engländer glauben tatsächlich, ich hätte die Pest am Hals.«

Tatsächlich galt er, wie sich herausstellen sollte, bei den Engländern als pestverdächtig. Ich hatte genug Erfahrung mit dieser

Krankheit, darum wusste ich, dass seine Blässe einfach auf feiger Angst beruhte.

Der Wachoffizier wies uns im gebührenden Abstand eine Kajüte im Heck der Fregatte zu. Ein Eklat musste im letzten Moment um jeden Preis verhindert werden.

Ich trieb Menou zur Eile an: »Unter Deck, General!«

Wäre er tatsächlich pestverdächtig gewesen, hätte ich alles darangesetzt, dass er in Ägypten geblieben wäre. Als wir auf See waren, klärte ich den Kapitän über Menous Gesundheitszustand auf und konnte somit seine Sorge um Schiff und Mannschaft nachhaltig zerstreuen.

Als die Sonne tief im Westen stand, kam ich an Deck und ging zum Bug der Fregatte, die in frischer Brise schnelle Fahrt machte. Der Kurs führte uns entlang der nordafrikanischen Küste. Ich sah hinüber. Ein Land des Glücks hatten wir erwartet. Doch wir schritten durch das Tal der Zweifel, sahen in Krater der Enttäuschungen, Gipfel der Siege und blickten in Schluchten von Niederlagen.

»Land des Vergessens!«, rief ich gegen den Wind. Ich sog die Luft tief ein. Ein Schauer lief mir den Rücken hinunter. Mir war, als würde ich schnell wie eine Seeschwalbe über die Wellen gleiten. Nichts konnte mich aufhalten. Am liebsten wäre ich am Bug stehen geblieben, bis zu jenem Tag, an dem wir die französische Küste zu Gesicht bekamen.

XIX

Toulon – Marseille,
November – Dezember 1801

Licht erfüllte die Wanzenkammer, wie ich meine Kajüte im Heck der Diana getauft hatte, bis in den letzten Winkel. Die Fregatte tanzte unruhig auf den Wellen. Ich begab mich auf das Kampanjedeck. Oben war es nicht mehr so blendend hell. Ein Offizier nach dem anderen kam herauf. Alle sahen stumm in die gleiche Richtung. Jeder war im Inneren aufgewühlt und mit seinen Gedanken beschäftigt.

Unsere Soldaten standen schon dicht gedrängt in der Kuhl an der Reling. Die Fregatte lag hoch am Wind. Gischt fegte über die Decksplanken.

Die See war im Herbst meiner Rückkehr genauso rau wie damals im Frühling 1789, als ich Frankreich verlassen hatte. Doch diesmal blieb ich steuerbords an der Reling stehen und erspähte durch die Gischt zum ersten Mal nach mehr als drei Jahren die Konturen der Küste Frankreichs.

»Land in Sicht!«, meldete im gleichen Augenblick der Matrose von der Mars des Großmastes. Ergriffen starrten alle Steuerbordbug voraus. Jubel brandete unter den Soldaten auf. Nach und nach kamen auch die letzten unserer Blessierten an Deck, um den bewegenden Moment nicht zu verpassen, und wer nicht gehen konnte, wurde von seinen Kameraden an Deck getragen.

Menou war ebenfalls auf das Kampanjedeck gekommen und trat an meine Seite.

»Haben Sie ein Kreuz?«, fragte er mich unerwartet.

Ich verstand seine Frage nicht. »Wozu?«

»Ich hätte gern eines geküsst! Haben wir nicht zusammen das Kreuz durch die Wüsten Ägyptens getragen?«

Nicht jetzt!, hätte ich ihm am liebsten wütend geantwortet. Seine Affektiertheiten waren nicht mehr zu ertragen. Ich sagte daher schroff: »Ich brauche keins!« Daraufhin wandte ich mich von ihm ab, ging zum Heck und stellte mich dort an das Schanzkleid. Der General blieb auf dem Kampanjedeck zurück.

Ich hatte Mühe, die Wirklichkeit zu erfassen. Eine Lawine von durchlebten Gefahren, Grausamkeiten und Entbehrungen wälzte sich von meiner Seele.

Etwas Neues begann in mir wach zu werden mit dieser Ankunft, ein Gefühl, das ich vorher nie gekannt hatte. Es war das Erwachen des Glücks, bald den Boden Frankreichs zu berühren, mein Weib in die Arme schließen zu können und zum ersten Mal in die Augen meines Kindes zu blicken.

Als wir in die Bucht von Toulon hineinglitten, ließ der englische Kapitän Salut schießen.

Wenig später, als wir auf Reede vor Anker lagen, war die englische Fregatte bald von unseren Kurierbooten, Proviant- und Transportschiffen umschwärmt. Sie waren bereit, uns an Land zu bringen.

Menou stand plötzlich wieder neben mir und deutete auf die Signalflagge am Mast des Bootes der Hafenadmiralität: »Was bedeutet das?«

»Verdammter Mist!«, entfuhr es mir. An der Flagge konnte ich ablesen, dass wir erst in Quarantäne gehalten werden sollten.

Menou fragte nach: »Welcher Mist?«

»Vier Wochen Isolation, bevor wir nach Paris weiterreisen dürfen!«

Menou ereiferte sich: »Ich werde dagegen protestieren!«

Ich ignorierte ihn, war er doch der Grund dafür gewesen, dass wir unter Quarantäne gestellt werden mussten.

Der Abschied vom Kapitän der DIANA und seinen Offizieren war kühl und distanziert, wie während der gesamten Überfahrt. Für ihn waren wir Gefangene, die man als notwendiges Übel ehrenvoll zu behandeln hatte. Dann verließen wir über das Fallreep die englische Fregatte und setzten mittels eines der Transportboote über.

»Wohin fahren wir?«, fragte ich den Matrosen am Ruder der Schaluppe.

»Nach St. Mandrier-sur-Mer!«

Ich sah betrübt hinüber zur südlich gelegenen Halbinsel, denn mit dieser Maßregel war entschieden, dass es erst nach Wochen zu einem Wiedersehen mit Charlotte und unserem Töchterlein kommen würde.

Charlottes Briefe, die inzwischen auf St. Mandrier eingetroffen waren, bestätigten meine Vermutung. Angesichts der Quarantäne und der Reisestrapazen hatte sie sich entschieden, meine Ankunft in Paris abzuwarten. Sie konnte zwar gegen die angeordnete Quarantäne nichts unternehmen, doch ich war über ihr Fernbleiben tief enttäuscht.

Der Inhalt ihrer Briefe bewies mir zudem eine unerwartete Entfremdung, die sich eingestellt hatte. Meist schrieb sie über die Extravaganzen der Pariser Salons und über die neuesten Moden, doch kaum etwas über unsere Tochter, das neue Heim und vor allem nie über ihre Gefühle. Der Gedanke, dass ein Liebhaber möglicherweise meinen Platz eingenommen hatte, machte sich in meinem Kopf breit. Ich schrieb ihr dagegen, dass ich mich überglücklich fühle, bald nach Paris weiterreisen zu können, um sie endlich in meine Arme schließen zu können …

Erfreulich war ein Dekret des Kriegsministers Berthier, in welchem er seine höchste Anerkennung über meine Verdienste während des Feldzuges in Ägypten Ausdruck verlieh. Außerdem teilte er mir mit, dass Charlotte, als ein Zeichen der nationalen Dankbarkeit, die Summe von 15 000 Francs ausgehändigt worden sei.

Die Hitze Ägyptens war in den milden Tagen und Nächten auf St. Mandrier-sur-Mer rasch vergessen. Ich genoss den Duft der Herbstblätter und die regenfeuchte Luft. Unsere Verletzten waren bald völlig auskuriert. Korporal Louis Vauté war inzwischen gesund und dick geworden. Mein Antrag, ihm einen Platz im kaiserlichen Invalidenhaus anzubieten, wurde stattgegeben. Ein Kunstschmied in Paris erklärte sich bereit, ihm eine silberne Maske anzupassen, um die zurückgebliebene breite Öffnung zu bedecken …

Das Auge erfrischte sich an neuen Bildern, die erschöpfte Seele genoss die Tage des Müßiggangs. Vorbei waren die Widrigkeiten, die uns unablässig gequält hatten. Doch mein Hirn und meine Hand wollten nicht müßig ruhen, und so waren die Tage bald angefüllt mit der Erstellung meines Feldzugberichtes und dem Studium alter und neuer Journale, die aus Paris eingetroffen waren.

An einem Sonntagvormittag las ich zusammen mit Antoine vor dem Kamin begierig im »Moniteur« die Neuigkeiten von einst. Ein hervorstechendes Ereignis, über das wir in Ägypten nur Bruchstückhaftes erfahren hatten, war der Staatsstreich Napoléons. Gestützt auf die Bajonette der Grenadiere Murats, hatte er vor zwei Jahren, am 18. Brumaire im Jahre VIII der Revolution, das Direktorium gestürzt und den Rat der Alten und den Rat der Fünfhundert beseitigt. Die Macht war damit in die Hände des Militärs übergegangen. Die neue Verfassung, eine Schöpfung Napoléons, hatte ihn in einem Absatz des Artikels 39 zum »Ersten Konsul« ernannt ...

Aus einem anderen Journal entnahm ich Details über die Schlacht von Marengo und über den Sieg Moreaus bei Hohenlinden. Aus einem weiteren Leitartikel wiederum erfuhr ich, dass ein erneutes Mordkomplott gegen Bonaparte gerade noch verhindert worden war. Seit Bonaparte die Macht an sich gerissen hatte, schwirrte es offenbar nur so von Komplotten. Ein Bombenattentat war zum Glück ohne Folgen geblieben. Nun hatte man in Paris erneut ein mit Eisenringen verstärktes Pulverfass, voll gestopft mit dickköpfigen Nägeln, Glas- und Eisensplittern, gefunden. Man war sich sicher, dass mit dieser Bombe Château Malmaison, die neue noble Herberge Joséphines und Bonapartes, in die Luft gejagt werden sollte. Umgekehrt tat Bonaparte anscheinend alles, um die Nation zu einen. Am 23. September, so las ich, hatte er die sterblichen Überreste von Marschall Turenne, der in einer Schlacht zwischen französischen und den kaiserlichen Truppen Deutschlands 1675 in Sasbach ums Leben kam und seitdem größte nationale Verehrung genoss, unter der Kuppel des Invalidendoms aufbahren lassen. Alte Generäle sowie die Konsulargarde gaben ihm ein festliches Geleit. Am folgenden Tag wurde auf dem Victoire-Platz der Grundstein für ein Denkmal zu Ehren von Desaix und Kléber gelegt. Beide waren am selben Tag und zur gleichen Stunde gestorben. Der eine in Marengo, der andere in Kairo ...

Während diese Art von Meldungen für mich nur von mäßigem Interesse war, entflammte mich geradezu ein Artikel im Mercure de France. Geschrieben hatte ihn der Literat Louis de Fontanes.

Ich fragte Antoine, der die Zeitung vor mir in der Hand gehabt hatte: »Hast du das gelesen?«

»Den Artikel von Fontanes?«

»Ja, den meine ich. Was sagst du dazu?«

»Bonaparte wird er gefallen haben.«

»Gefallen? Vor Wut geschäumt haben wird er!«

»Wieso denn das?«

»Fontanes Vergleich zwischen Cäsar und Cromwell kann man gelten lassen. Aber der Vergleich zwischen Monk und Bonaparte?«

»Ist doch in Ordnung ...«

»Keineswegs! Bonaparte sieht sich in einer Reihe mit Karl Martell oder Karl dem Großen. Monk bekämpfte unter Cromwell die Könige und verhalf ihnen später wieder zur Macht. Ich meine, Fontanes enthüllt damit einige Absichten unseres Ersten Konsuls.«

»Oder er verschleiert sie.«

»Wie meinst du das?«

»Wie ich Bonaparte einschätze, sichert er sich eher selbst den Thron, als das er einen anderen darauf Platz nehmen lässt.«

Ich sprang auf: »Verdammt! Du könntest Recht behalten. Er würde es wirklich nur für sich selbst tun.«

Nach Abschluss der Quarantäne begab ich mich nach Marseille, wo sich die gesamte Orientarmee noch einmal versammelt hatte. Dort traf ich auch wieder mit René und meinen Chirurgen und Helfern der anderen Divisionsambulanzen zusammen. Ich war überwältigt vom Empfang durch die freudetrunkenen Soldaten. Inzwischen hatte es sich herumgesprochen, dass ich damals das Angebot Bonapartes, mit ihm zu segeln, abgelehnt hatte und stattdessen bei meinen Ambulanzen und den Verletzten geblieben war.

Der Jubel wollte nicht enden. René winkte meine chirurgischen Helfer heran. Zu mir sagte er: »Deine Entscheidung, in Ägypten bei den Verwundeten zu bleiben, wirft einen dunklen Schatten auf die Ehre Bonapartes.« Dann rief er laut: »Tragt ihn auf euren Schultern! Er hat es verdient!«

Wie ein Feldherr nach einer siegreichen Schlacht nahm ich die Ovationen entgegen. Es war einer der schönsten Augenblicke in meinem Leben, da ich rührende Beweise von Freundschaft und Dankbarkeit entgegennehmen durfte. In diesem Augenblick schwand erstmals das lauernde Dunkel in meinem Herzen und machte einer überwältigenden, lichten Freude Platz.

Wenn auch nur für kurze Zeit.

5

Marschall Soult

Paris – Austerlitz – Wien –
Jena – Berlin –
Preußisch-Eylau – Paris

1802–1807

I

Arc de Triomphe,
15. Dezember 1840, 11.00 Uhr

Der prächtige Katafalk mit den sterblichen Überresten des Kaisers näherte sich dem Arc de Triomphe. Genau in jenem Moment, als der Leichenwagen unter dem gewaltigen Torbogen hielt, feuerten zwei Batterien des 3. und 4. Artillerieregiments einundzwanzig Salutschüsse. Kaum war der Geschützdonner verhallt, als eine Gruppe »Stelzfüße« in prächtig herausgeputzten Uniformen heranhumpelte. Für Jean-Dominique sah es aus, als hätte man greise Waisenkinder mitten auf der Straße ausgesetzt, doch er fühlte, dass ihre Herzen aufgepeitscht waren.

Einer von ihnen rief: »Hut ab! Hier nahen die Schatten der Nacht, die Reste der alten Kolonnen, die Männer, die Frankreich Ruhm gebracht, in dem sich noch die Enkel sonnen!«

Sie führten kaiserliche Adlerstandarten und eine erbeutete russische Fahne mit sich, die sie ehrfurchtsvoll dem Sarkophag entgegenneigten. Larrey kannte die versehrten Männer. Sie gehörten zu einer Veteranengruppe der Armeen Soults und Augereaus. Im gleichen Moment begannen sie das Schlachtlied *La victoire* anzustimmen. Zuerst war es kaum vernehmbar, doch plötzlich sprang der Gesang wie ein Funke auf die Abordnungen alter kaiserlicher Regimenter über, die entlang der Champs-Élysées ein endloses, doppelreihiges Spalier bildeten. Daraufhin riefen Tausende: *»Vive la République!«*

Unweit des Triumphbogens stimmte eine Gruppe junger Arbeiter, zum Entsetzen der adeligen Bürger und Beamten, in eisiger Kälte das provokante Lied an: *»Ah ça ira, ça ira, ça ira, Les aristocrates à la lanterne!«*

Die Veteranen wurden von Ordnungskräften abgedrängt. Noch im Zurückweichen flackerte in ihren Augen das Feuer der Begeisterung für den Kaiser, wie in jenen Tagen, als sie glaubten, auf dem Schlachtfeld bei Preußisch-Eylau die Forderung ihrer Jugend einlösen zu müssen: »Ein Mann und ein Sieg!« Sie waren jung und gehörten zu einem Jahrgang, der erst 1808 für den Kriegsdienst hätte ausgehoben werden sollen, doch der Kaiser brauchte frisches Blut für die endgültige Niederwerfung Europas.

Da Jean-Dominique das Invalidenhaus viele Jahre hindurch chirurgisch betreute, kannte er jeden Einzelnen mit Namen. Die Männer lebten seit mehr als dreiunddreißig Jahren dort. Alle hatten in der Vergangenheit versucht, im normalen Leben wieder Tritt zu fassen. Sie hatten um Frauen geworben, doch diese hatten sich meist versagt. Einer hatte versucht, ein eigenes Haus zu bauen, aber man hatte es gepfändet. Viele versuchten sich in Geschäften, doch sie misslangen. Wenige hatten den Mut, für ein Amt zu kandidieren, doch man hatte sie nicht gewählt. Niemand kümmerte sich um sie. Sie blieben immer unter sich. So hielten sie untereinander jahrzehntelang die Erinnerungen wach. Vor allem die Erinnerung an ihren Schicksalstag. Er sollte ein Triumphtag für sie werden: die Schlacht bei Preußisch-Eylau. Es war der 7. Februar 1807.

Larrey erkannte den Chasseur Richard, dem er damals seinen rechten Arm im Schultergelenk hatte amputieren müssen. Und das bei Frost im Schneegestöber. Die Vergangenheit wurde mit einem Male Gegenwart. Auch in Larreys Gedächtnis hatte sich die Schlacht von Preußisch-Eylau tief eingebrannt wie keine andere. Nie war ihm ein Tag schrecklicher erschienen, nie sein Gemüt so bewegt gewesen. Mehr als sechzigtausend Tote blieben auf der Walstatt. Davon dreißigtausend Franzosen und etwa sechsundzwanzigtausend Russen. Zusätzlich gab es Tausende Verletzte, die verbluteten, die unter unvorstellbaren Qualen litten, die in Frost und Schnee umkamen.

An jenem Tag verstarb auch der junge Marcel, damals einer der jüngsten Adjutanten im Stab von Marschall Soult. Er hätte, das wusste Jean-Dominique nur zu genau, jederzeit gerettet werden können. Doch sein Tod wurde um den Preis einer verletzten Eitelkeit bewusst herbeigeführt. Der Hass auf seinen Mörder saß seitdem tief. Die Tragödie war der Gipfelpunkt einer Vorgeschichte, die nach seiner Rückkehr aus Ägypten im Frühjahr 1802 ihren Anfang nahm.

In diesen ersten Monaten brachte er seine Erinnerungen zu Papier und verfasste wissenschaftliche Arbeiten über die Chirurgie im Krieg. Belebte alte und knüpfte neue Kontakte und begann an der École de médecine für Studenten Vorlesungen zu halten. Im April des gleichen Jahres passierte dann das, was ihn in seinen Träumen bis nach Ägypten verfolgt hatte: Er begegnete wieder der jungen, hübschen Thérèse und ihrem Zwillingsbruder Marcel. Doch sie war in Begleitung ihres angetrauten Mannes: Divisionsgeneral Soult.

II

Erinnerungen Jean-Dominique Larreys, Januar 1802

Im Januar 1802 war ich wieder in Paris, und meine Heimkehr glich einem Sturz in den Mahlstrom. Zunächst war ich wolkenlos glücklich, meiner inneren Stimme gefolgt zu sein, die mich drängte, den kürzesten Weg nach Paris einzuschlagen, um möglichst schnell zu meiner Familie zu kommen. Mit meiner Entscheidung hatte ich allerdings die Order des Kriegsministers ignoriert, am 25. Januar auf dem Bellecour-Platz vor dem Ersten Konsul Napoléon vorbeizumarschieren.

Für diese Parade hatte er die Reste der Orientarmee nach Lyon befohlen. Im Anschluss daran sollte ich der Vergabe von Ehrungen und Auszeichnungen beiwohnen. Ich glaubte jedoch, mir die Heerschau schenken zu können, und machte mich entbehrlich.

Die Nacht senkte sich über Paris, als ich mit meiner Kutsche in die Rue du Montparnasse einbog. Charlotte hatte westlich des Jardin du Luxembourg ein neues Domizil für uns gekauft. Mir war völlig unklar, wie sie das finanzieren konnte. In der Straße, vor einem respektablen Haus, erwartete eine große Menschenansammlung meine Ankunft.

Schon in Marseille hatte man mir gesagt, dass ich in Paris bereits ein bekannter Mann sei. Dutzende Berichte über meine chirurgischen Taten in Ägypten waren mittlerweile in den Pariser Zeitungen erschienen. Man hatte mit Geheilten und Amputierten der Orientarmee gesprochen, die längst vor mir in Paris angekommen waren. Sie waren Zeugen meiner ärztlichen Kunst und lebende Beweise ungewöhnlicher Heilungen. Bei den Männern der Armee war ich, nicht zuletzt wegen meiner Entscheidung, bei ihnen zu bleiben, der »Ägypter«!

Familienmitglieder, zahlreiche Freunde aus dem Val de Grâce, eine unübersehbare Anzahl ehemals verwundeter Soldaten, mit und ohne Stelzfüße, und eine große Anzahl Neugieriger waren gekommen, um mir einen festlichen Empfang zu bereiten. Ich schüttelte Hunderte Hände und hatte Mühe, mich bis zur Haustür durchzuwühlen.

Endlich! Meine Frau, Jahre hindurch entfernt wie der Polarstern, erwartete mich mit unserer Tochter auf dem Arm am Eingang. Ich schloss sie unter dem Jubel der Menge in meine Arme. Mein sehnlichster Wunsch allerdings, mit ihr und unserer Tochter an jenem Abend meine gesunde Heimkehr allein feiern zu können, scheiterte. Charlotte hatte meine Ankunft in Paris zu einem, wie sie es nannte, »unvergesslichen gesellschaftlichen Ereignis« hochstilisiert.

Es war nicht nur die Müdigkeit meines Körpers, auch die der Seele. »Ich will meine Ruhe!«, hätte ich am liebsten gerufen. Meine Tochter Isaure wurde von einem Kindermädchen gleich zu Bett gebracht, sodass mir das Wichtigste an diesem Abend schon entzogen war. Im Empfangssalon lagen überall die neuesten Journale aus, die darüber berichteten, wie Frau Charlotte Elisabethe Leroux, Tochter des Finanzministers unter Louis XVI, meine Heimkehr vorbereitete. Charlotte war umgeben von einer Gesellschaft, die nicht die meine war. Die wenigen Worte und Blicke, die wir austauschten, waren ernüchternd. Ich spürte, ich war fremd.

Dafür waren zu meinem Erstaunen ihre Eltern zur Begrüßung gekommen. Monsieur Leroux hielt nicht damit zurück, dass er es war, der seiner Tochter das Haus finanziert hatte, damit sie in Paris endlich standesgemäß leben konnte. Ich konnte es kaum glauben: Hatte sein Pendel früher in Richtung des aristokratischen Blutes und des Geldes ausgeschlagen, so schwang es nun in Richtung der Republik und des Ersten Konsuls. Ihn interessierten weniger meine Erlebnisse, Taten, Erfahrungen, Erkenntnisse und Auszeichnungen in Ägypten, sondern vielmehr mein Kontakt und Zugang zu Napoléon Bonaparte. Seine Fragen prasselten auf mich nieder: »Wie oft hast du mit Bonaparte gesprochen? Wie hat er den Sieg bei den Pyramiden errungen? Wann siehst du ihn wieder? Gibt es Einladungen? Was plant er? Kannst du für mich einen Kontakt herstellen?«

Was für ein Maskenwechsel. Die Kanonade seiner Fragen zielte in eine einzige Richtung: Wie nahe war ich in Ägypten an Napoléon herangekommen? Er zeigte mir überraschend deutlich, ohne Rücksicht auf Stolz und Eitelkeit zu nehmen, dass er glaubte, über mich bei Napoléon Fuß fassen zu können. Seine Rückkehr in die Politik schien ihm nur noch eine Frage der Zeit zu sein. Mich widerte es an, wie er versuchte, auf allen Treppen wieder emporzukriechen. Unverschämterweise ließ er am Ende noch durchblicken, dass ich für ihn Mittel zum Zweck sein könnte, er selbst aber letztlich über genügend Kontakte und Einfluss verfüge, um in der Sache gegebenenfalls auch allein voranzukommen.

Es hatte sich viel verändert in den Jahren meiner Abwesenheit. Auch in der Sprache. Man redete sich nicht mehr mit Bürger, sondern mit Herr an, und statt Citoyenne benutzte man wieder die Bezeichnung Madame …

Die totale Preisgabe meines eigenen Werts und meiner Liebe erfuhr ich in den Morgenstunden, als das Haus noch voll von Gästen war und ich Charlotte zärtlich zuflüsterte: »Die Stunde ist gekommen, um den Gästen endlich Adieu zu sagen. Komm, wir ziehen uns zurück. Ich sehne mich so nach dir …«

»Wo denkst du hin?«, tat sie aufgebracht. »Erst lade ich die Gäste zur Feier deiner Rückkehr ein, und nun soll ich sie aus dem Hause werfen?«

Daraufhin posaunte sie in die Runde, sodass es jeder hören konnte: »Mein armer Mann. Was hat er nur in Ägypten durchgemacht! Jean-Dominique ist noch ganz erschöpft von den vielen Kämpfen, den Pyramiden, dem Nil und der Wüste!«

Mehr belustigend als verständnisvoll kamen Antworten aus den Reihen der Gäste: »Ja, wir sollten ihm die Ruhe gönnen!«

»Der Mann hat es sich wahrlich verdient, das Bett aufzusuchen!«

»Wie man sieht, nimmt Bonaparte seine Männer hart ran!«

»Blödes Volk!«, zischte ich aus sicherer Distanz. Ich war kurz davor, meinem Ärger Luft zu machen. Darauf Charlotte gönnerhaft: »Geh du nur zu Bett, ich kümmere mich schon um deine Gäste!«

Ihr Tonfall ärgerte mich maßlos. Ich fühlte mich plötzlich wie ein Eindringling, der in dieser fröhlichen Gesellschaft nur störte. Verärgert wandte ich mich ab. In solchen Momenten kroch wieder das Gefühl in mir hoch, dass die letzte Zitadelle ihres Herzens für mich auf ewig uneinnehmbar bleiben würde. Doch es kam noch schlimmer: Als ich vor dem Treppenaufgang stand, um mich zu orientieren, kam Charlotte lachend hinter mir her. Auf meine Frage »Wo befindet sich unser Schlafzimmer?« erhielt ich eine Antwort, die hart wie ein Beil mit einem Hieb alle meine Erwartungen an eine gemeinsame Nacht an der Wurzel zerschlug.

»Wir haben zwei Schlafzimmer. Eines für dich oben links, das andere, geradeaus, für mich und unsere Tochter. Wir müssen uns erst wieder an dich gewöhnen. Aber du hast dir eine ruhige Nacht verdient. Schlaf dich erst einmal richtig aus.«

Mir stockte der Atem, der Herzschlag setzte aus. Ausruhen, leben, genießen und glücklich sein – alles zusammen schien unerreichbar. Trotz Ärger und Enttäuschung sank ich alsbald in einen wohltätigen Schlummer.

Erst am frühen Nachmittag des neuen Tages reagierte ich auf das Klopfen an meiner Tür und fühlte trotzdem das Bedürfnis weiterzuschlafen. Doch der Duft von Kaffee lockte mich aus meinem Bett. Die Normalität schien in das Haus Larrey einzuziehen. Endlich konnte ich die kleine Isaure ausgiebig an mein Herz drücken. Die ersten ungestörten Blicke, die ersten Berührungen gerieten zu bewegenden Augenblicken.

Erst danach drängte es mich, unser neues Haus in Augenschein zu nehmen. Ohne Frage, es war behaglich und im Detail reich ausgestattet. Charlotte verriet mir während des Kaffees, dass ihr Vater das Haus von einem Bankrotteur für rund fünfzigtausend Francs erstanden habe. Eine günstige Gelegenheit, wie sie meinte. Die antiken Möbel hatte sie dazu bekommen. Außerdem war mir nicht entgangen, dass sich Charlotte plötzlich mit anspruchsvollen Toilettesachen ausgestattet hatte. Ich fragte sie: »Woher rührt auf einmal die Großzügigkeit deines Vaters?«

»Er liebt seine Tochter und möchte, dass sie in Paris leben kann und nicht fernab in Toulouse.«

»Warum bist du nicht in Toulouse bei meinem Onkel geblieben?«

»Toulouse!«, kam es verächtlich zurück. »Dort in der Provinz wäre ich eingegangen! Wenn nicht vor Langeweile, dann an der Nichtigkeit der Menschen, die mich umgaben. Glaub mir, es ging einfach nicht mehr.«

Sie lehnte sich auf dem Stuhl zurück, breitete die Arme aus und sagte triumphierend: »Paris und das Haus passen wie ein gut sitzender Handschuh.«

»Ich verstehe ...«

»Ohne meinen Vater hätte ich mir das alles hier nicht leisten können.« Und fast theatralisch fügte sie hinzu: »Und es ist ja auch zu deinem Besten.«

Den Gedanken, ein Haus in Paris zu kaufen, hätte ich nach wirtschaftlichen Erwägungen frühestens in drei Jahren ernsthaft ins Auge fassen können. Doch selbst dann wären fünfzigtausend Livres für meine Einkommensverhältnisse ein viel zu hoher Preis gewesen. Vielleicht hätte ich zu diesem Zweck auch einige Mamelucken-Leichen fleddern sollen, denn bis auf den Ring des Beys, ein Ehrenschwert und die einmalige Zahlung von fünfzehntausend Francs brachte ich keine Reichtümer aus Ägypten mit. Trotz der quälenden finanziellen Engpässe in der Vergangenheit verspürte ich seltsamerweise kein Bedürfnis, an Geld zu denken. Ich wandte mich wieder an Charlotte: »Ist das alles hier geschenkt?«

»Wo denkst du hin? Wir werden das Geld meinem Vater zumindest teilweise zurückzahlen.«

»Was heißt teilweise?«

»Mach dir darüber jetzt keine Gedanken. Vater meint, es wäre für uns wichtig, dass du dir, entsprechend deiner Verdienste in Ägypten, eine einträgliche Position anbieten lässt. Er meint, du hättest Chancen, der Leibarzt des Ersten Konsuls zu werden.«

»Was dein Vater so alles meint ...«

»Sei nicht ungerecht. Er kümmert sich um uns und ist, wie du siehst, äußerst großzügig.«

Um nicht schon am ersten Tag einen Streit vom Zaun zu brechen, vermied ich es, Charlotte meine Meinung über die vermeintliche Großzügigkeit ihres Vaters zu sagen. Er sah, wie die Linie meiner Karriere nach oben zeigte. Obendrein tat er anscheinend alles, sich der neuen Epoche anzupassen, um so einen Zipfel der Macht zu erhaschen. Die gute Stimmung im Hause war mir in diesem Moment jedoch wichtiger, und so sprang ich über meinen Schatten: »Sei versichert, ich werde ihm meinen Dank aussprechen.«

Charlottes Gesicht hellte sich auf: »Das wird ihn freuen.«

Ich kam mir vor wie Jakob, der seiner Frau Rahel diente. Ich gebe zu, dass meine Liebe zu Charlotte im Inneren voller Widersprüche war. Erst in der Nacht darauf gab sie mir Gelegenheit, sie mit erneuter Leidenschaft zu lieben, was sie als einen schuldigen Tribut großmütig entgegennahm. Spätestens in jener Nacht erkannte ich, dass sie zu einer großen leidenschaftlichen Liebe, die vor allem durch eine unbegrenzte Hingabefähigkeit geprägt ist, keinesfalls fähig war. Trotzdem blieb sie für mich meine Frau und die Mutter meines Kindes.

Nach Jahren der Entbehrungen genoss ich unser neues Heim und ließ es mir gut gehen wie nie zuvor in meinem Leben. Meine Vitalität war durch die Feldzüge in Ägypten angeschlagen, doch die Wochen der Quarantäne in Toulon und die wenigen Tage in Paris reichten mir, um meine alte Robustheit wiederzuerlangen. Ich hatte mir zwar vorgenommen, die Sichtung der Post, Einladungen zu Festivitäten, Besuche und Treffen mit Kollegen rigoros zurückzustellen, doch die Absicht war nicht durchzuhalten. Die Monomanie der Arbeit, diese Urkraft, die ich in mir spürte, erfasste mich unwiderstehlich. Ich lenkte meine Unruhe auf das Geistige, auf das Schöpferische. Ich wollte meine Gedanken ordnen, wollte das Erlebte zu Papier bringen …

Das Schönste an unserem Haus in der Rue du Montparnasse war die Ruhe und die Lage meines Arbeitszimmers, das einen weichen Teppich, einen Kamin und bequeme Möbel aufwies und dessen Decke und Wände mit hellgelben Stuckaturen geschmückt waren. Die Fenster bestanden aus großen blanken Glasscheiben, sodass ich den kleinen Garten am rückwärtigen Teil des Hauses nach allen Seiten überblicken konnte. An meinen Schreibtisch, in der angenehmen Atmosphäre des Zimmers, begann ich mit Eifer das Werk *Relation chirurgicale de l'armée d'Orient* zu schreiben. Der ersten chirurgischen Abhandlung darin gab ich den Titel: *Mémoire sur les amputations des membres, à la suite des coups de feu*, Erinnerungen über die Amputationen nach Schussverletzungen und Wundbrand. Nach einer Weile der Rückbesinnung an die Überlebenden und Toten schrieb ich auf die erste Seite den Satz: *Dolens natura moram non patitur.* Die leidende Natur duldet keinen Aufschub.

Nun hob es an, das neue, das erfüllte, das friedliche, das sorglose Leben. In jenen Tagen glaubte ich fest daran …

III

Paris – Château de Malmaison,
April 1802

Charlotte schob mir die Zeitung über den Tisch und trommelte mit dem Zeigefinger auf eine der Schlagzeilen. Ich las: »Doktor Jean-Nicolas Corvisart, Leibarzt von Napoléon«. »Warum nicht du? Wir alle haben geglaubt, du wirst es werden.«

»Mich überrascht das nicht.«

»Vater wird darüber sehr enttäuscht sein.«

»Das ist mir ziemlich egal! Sag ihm, die Pflichten als Leibarzt Napoléons wären mir zu gering.«

»Die Pflichten? Wie steht es mit dem Einfluss? Dem Renommee? Dem Geld?«

Ich musste lächeln: »Sicher, dass würde viele Eitelkeiten in der Familie befriedigen. Aber Bonapartes Gesundheit, sein Herz, sein Kreislauf, seine Leber und seine Nieren sind für Frankreich von größerer Wichtigkeit. Corvisart ist daher die beste Wahl. Und berichte deinem Vater: Sollte der Erste Konsul auf dem Schlachtfeld verwundet werden, dann werde ich ihm den Verband anlegen. Darauf kann er sich doch wirklich etwas einbilden.«

Charlotte Gesichtszüge wurden starr. Daraufhin stand sie wortlos auf und ging hinaus.

Leibarzt Napoléons zu sein wäre für mich wie auch für viele meiner Kollegen ein außerordentlicher Aufstieg gewesen. War ich bei Bonaparte in Ungnade gefallen? Ein Brief, den ich nach meiner Rückkehr von Bourrienne erhalten hatte, legte dergleichen nahe. Der Erste Konsul, so teilte er mit, verübelte mir mein Fernbleiben bei der Parade nach meiner Rückkehr aus Ägypten in Lyon. Am

Ende seines Schreibens hatte er jedoch angekündigt, dass in Kürze eine Einladung in das Château de Malmaison folgen würde.

Also schrieb ich zurück und bat um eine Unterredung. Bourrienne gewährte sie mir in den Tuilerien.

Er selbst sei von Bonaparte beauftragt worden, so sagte er, einen »Arzt« vorzuschlagen. Ein »Chirurg« kam für ihn nicht infrage. Als Gardechirurg und Inspekteur des Sanitätswesens der Armee, so versicherte er, wäre ich gerade nach dem Ägyptenfeldzug für die Armee unersetzlich.

Das klang zwar einleuchtend, stellte mich aber nicht zufrieden.

»Bürger Larrey«, beschwor mich Bourrienne, »wie ich Sie als Chefchirurg erlebt habe, wäre Ihnen das Korsett der ärztlichen Aufsicht als Leibarzt ohnehin bald zu eng geworden. Ich sehe Sie noch in der Wüste, wie Sie im Sand Amputationen vornahmen. Wem verdanken Sie diese Begnadung?«

»Monsieur Bourrienne, ich habe niemals den Quellen dieser Bestimmung nachgespürt, sie sind in mir, ich nutze sie! Doch zurück zu dem Korsett, von dem Sie sprachen. Gewiss, es wäre mir zu eng geschnürt.«

»Ich bin dennoch froh, dass Sie mich darauf angesprochen haben, denn es gibt mir die Gelegenheit Ihnen zu versichern, dass Sie für den Ersten Konsul auf dem Schlachtfeld unentbehrlich sind. Gestatten Sie mir eine Feststellung?«

»Bitte!«

»Sie taugen nicht zum Höfling.«

Daraufhin wollte ich Bourrienne aus der Reserve locken: »Wollen Sie damit sagen, dass ich Bonaparte zu oft auf die Füße getreten bin?«

Bourrienne wurde ernst. »Ich will es so sagen: Der Leibarzt Larrey hätte unendlich weniger Zukunft und Ruhm vor sich als der Generalchirurg Larrey.«

Mein Gegenüber war von jedermann geschätzt für seine sanfte Verbindlichkeit und seinen brillanten Geist. Zudem gab er Informationen in einer Art preis, als wären es Medikamente, die einen kräftigen sollten. Ich hatte den Wink mit dem »Generalchirurgen« verstanden und war mehr als zufrieden.

Bourrienne stand auf. »Trotz allem hoffen wir, dass der Friedensvertrag hält, den wir gerade mit den Engländern geschlossen haben.«

Ich erwiderte: »Wenn ich richtig rechne, wäre das seit acht Jahren das erste Mal, dass Frankreich mit keinem Land mehr Krieg führt.«

Bourrienne nickte zustimmend. Als wir uns verabschiedeten, sagte er: »Der Erste Konsul und seine Gattin bitten Sie, zusammen mit Ihrer Frau nach Malmaison zu kommen. Wir sehen uns dort am 5. April.«

Ich verließ die Tuilerien wie auf Wolken. Malmaison! Was für eine Geste des Ersten Konsuls! Ein alter Platz, Mala-mansio, im 6. Jahrhundert zum ersten Mal als königliche Villa eines Sohnes von Chlodwig I. erwähnt und nun die Privatresidenz der Bonapartes. In diesem Camelot der Republik ging es weniger offiziell zu als im Louvre oder in den Tuilerien. Es ist daher nicht verwunderlich, dass eine Einladung nach Malmaison für alle die, die in den Genuss kamen, als eine besondere Auszeichnung betrachtet wurde. Charlotte konnte ihre Begeisterung darüber kaum zügeln, und in den Nächten fand sie vor Aufregung kaum noch Schlaf.

Kurz vor der Abfahrt nach Malmaison versah ich das erste vollständige Exemplar meiner Mémoire sur les amputations des membres mit einer Widmung: Für den Ersten Konsul Frankreichs, Napoléon Bonaparte! Unsere Kutsche hielt im Park von Malmaison. Wir betraten das satte Grün der Wiese und gingen zu Fuß weiter. Das frische Grün der jungen Triebe betörte das Auge. Charlotte rief begeistert: »Sieh nur die vielen Rosensträucher und dort die Schwäne!«

Wie wahr! Mit den exotischen Bäumen, seltenen Pflanzen und Gewächshäusern hatte die Herrin dieses Schlosses einen Garten der Stille, einen Hain des Glücks geschaffen. Ich erwiderte: »Hier findet der Erste Konsul sicher erholsame Ruhe.«

Charlotte geriet ins Schwärmen: »Das hier ist mehr! Dies ist der Ort seiner Liebe, seines Glücks. Das sehe ich, das spüre ich.«

Ich ließ die weitläufigen Rasenflächen, das Schloss und den Park auf mich wirken. Es gab für mich nur wenige Orte auf dieser Welt, deren Magie ich spürte und die mich wie in einer Umarmung festhielten. Charlotte ging es ebenso. Sie wollte gar nicht weitergehen, denn die Verzauberung war für sie viel zu süß und zu allmächtig, gerade so, als würde ein guter Geist seinen Gast im Park zum Bleiben bitten.

Diener warteten auf uns am Eingang und geleiteten uns zum Empfangssalon. Hallen, Gänge und Salons waren überflutet mit dem strahlenden Licht der Sonne.

Joséphine, Napoléon und seine Schwester Pauline empfingen uns an der Schwelle. Wir wurden gemeldet: »Monsieur Jean-Dominique Larrey in Begleitung von Madame Charlotte!«

Seit jener Siegesfeier in Kairo hatte ich Bonaparte nicht mehr gesehen. Erst forschte er in meinem Gesicht, dann verkündete er gegenüber den Damen martialisch: »Das ist mein Chefchirurg, der einem das Bein in weniger als zwanzig Sekunden amputiert. Bevor man den Schmerz richtig mitbekommt, ist es schon passiert.«

Joséphine überging Bonapartes Worte. Sie reichte mir ihre Hand und sagte: »Ich bewundere Ihre Kunst, doch Ihre Augen verraten mir die ständige Nähe von Tod und Grausamkeit. Ich freue mich, Ihnen in Malmaison Augenblicke des Friedens schenken zu dürfen. Seien Sie willkommen.«

Ich verneigte mich. »Ihre Einladung ist eine große Ehre für uns.« Daraufhin überreichte ich Napoléon das ihm gewidmete Exemplar meiner chirurgischen Abhandlung mit den Worten: »Für Sie, als Dank für die großartige Unterstützung beim Rücktransport unserer Verletzten von Syrien nach Kairo.«

Bonaparte zeigte sich gerührt. Er antwortete: »Es lag nur an Ihnen und Ihrer Überzeugungskraft. Sie werden auch in Zukunft mit meiner Unterstützung rechnen können.«

Daraufhin sagte er zu seiner Schwester Pauline, sie solle meine Frau in den Salon begleiten. Bonaparte nahm mich zur Seite. Sein Ton war plötzlich ernst: »Sie hätten einen großen Moment verdient gehabt. In Lyon haben Sie ihn verpasst! Ich verzeihe Ihnen Ihr Fernbleiben, doch ich bestehe in Zukunft auf Ihrer Präsenz.« Daraufhin lächelte er konziliant. »Wenn es sein müsste, auch liegend auf einer Bahre!«

Damit war diese Sache endlich ausgestanden, und er entließ mich in den Salon. Dort begrüßten wir General Andoche Junot, erster Adjutant und Befehlshaber von Paris, der mit seiner Frau

Laure gekommen war. Ich kannte ihn seit der Erstürmung Toulons vor neun Jahren. Er hatte von seiner ersten Verwundung eine auffällige Narbe zwischen den Augen zurückbehalten. Der gut aussehende, große blonde Bursche hatte sich damals bei Napoléon freiwillig gemeldet und eine Festungsmauer erklettert, wo er einen geheimen Einstieg fand. Danach stellte er sich dem Oberkommandierenden als Sekretär zur Verfügung und brachte mit schöner Schrift den diktierten Text schnell und sauber zu Papier, wobei er als Pult meist ein Kanonenrohr benutzte. Die Engländer nahmen ihn gefangen, doch später ließ ihn Napoléon gegen zehn britische Kapitäne austauschen.

Anschließend wurden wir mit General Adolphe-Edouard Mortier, Befehlshaber des ersten Militärbezirks, bekannt gemacht, der ebenfalls in Begleitung seiner Frau gekommen war. Ein Mann von imposanter Statur, mit einem Gardemaß von knapp zwei Metern. Er war Altersgenosse von Bonaparte und stammte aus gutbürgerlichen Kreisen. Während uns der Mameluck Rustan, Bonapartes Mitbringsel aus Ägypten, auf einem silbernen Tablett Schaumwein kredenzte, betrat der Maler Pierre-Jean David d'Angers den Salon, Schöpfer des Gemäldes: Bonaparte bei der Überquerung des Sankt Bernhard. David hatte sich Bonaparte angedient und verstand es, ihm zu gefallen. Kein anderer hätte den kleinen kämpfenden Korsen gegenüber den gigantischen Bergriesen so wirksam in Szene zu setzen gewusst wie er. Indem er Bonapartes Sieg über die Natur darstellte, deutete er auch gleichzeitig den Sieg über den Feind an. Dass der Feldherr dabei einen zahmen Maulesel anstelle eines sich aufbäumenden Pferdes geritten hatte, musste ja keiner wissen. Das wäre dieser Art von Historienmalerei nur abträglich gewesen. Die Legende sollte darin leben, nicht die Wirklichkeit.

Kurz darauf trat René Desgenettes mit seiner Frau Hélène ein. Wir hatten uns in Marseille getroffen und vor Lyon wieder getrennt. Er hatte ebenfalls wegen seiner Verdienste in Ägypten die Ehre einer Einladung nach Malmaison erhalten.

Während wir uns begrüßten, hatte sich ein Gespräch zwischen Junot und Mortier entwickelt, das meine Aufmerksamkeit anzog. Auf die Frage Junots, was Mortier von den Kommentaren über Bonapartes Sekretär Bourienne hielt, hörte ich diesen erwidern: »Ein

Verbot der Verbreitung von Indiskretionen aus dem Umfeld des Ersten Konsuls sollte man gegenüber den Zeitungen verhängen! Bourrienne nutzt seine Kontakte zu den Zeitungsschreibern doch nur, um sich für den Rausschmiss zu rächen und vor allem seine Bereicherung zu rechtfertigen.«

Rausschmiss? Bereicherung? Ich war erstaunt. Da ich Bourrienne für untadelig gehalten hatte, fragte ich dazwischen: »Was wirft man ihm denn vor?«

Junot antwortete, ohne zu zögern: »Er arbeitete hinter dem Rücken des Ersten Konsuls mit korrupten Armeelieferanten, den Brüdern Coulon, zusammen. Diese haben mehrere hunderttausend Francs erhalten, lieferten aber die bestellten Ausrüstungen für die Kavallerie nicht, da sie vorsätzlich in Konkurs gingen. Den entscheidenden Hinweis gab uns Bernard Banville, den wir als Lieferanten der Armee sehr schätzen. Bourrienne konnte man überführen, da er Geld von Coulon kassierte. Die Schweinerei dabei ist, dass die Zeitungen daraufhin schrieben, dass jeder General und jeder Adjutant Bonapartes sich auf gleiche Art und Weise bereichern würde.«

Die Verquickung Banvilles in diese Angelegenheit ließ mich an der Darstellung Junots zweifeln. Ich war versucht, den ganzen Vorfall zu hinterfragen. Doch angelockt von Junots lauter Stimme trat Bonaparte hinzu. Der Erste Konsul schäumte: »Wenn ich die Presse am lockeren Zügel halte, werde ich keine drei Monate an der Macht bleiben!«

Daraufhin zählte Junot die politischen Blätter auf, die durch ein Dekret Bonapartes inzwischen verboten worden waren. Ich hörte nur halb zu; meine Gedanken kreisten nach wie vor um Banville und Bourienne. Bernard hatte seine Ziele während meiner Zeit in Ägypten wohl mit Eifer verfolgt und musste im Kriegsministerium Einfluss gewonnen haben. Ich war erstaunt über seinen Erfolg und doch skeptisch, was seinen guten Leumund anbetraf, den er sich als Lieferant offensichtlich in der Armee erworben hatte.

Plötzlich vernahm ich eine Frauenstimme. Sofort erinnerte ich mich. Ich kannte diese Stimme. Mein Herz schlug schneller.

Der Diener am Eingang kündete die Gäste an: »Divisionsgeneral Nicolas Jean-de-Dieu Soult in Begleitung von Madame Thérèse! Madame Jeanne Marie Tallien in Begleitung von Adjutant Marcel Sorel!«

Mir stockte der Atem. Thérèse? Jacqueline, das war der Name, der sich in meine Erinnerung eingebrannt hatte. So hatte sie sich im Salon vom Madame Tallien genannt. Aber nein, das konnte kein Zufall sein. Nein, diese Stimme hätte ich unter Tausenden wiedererkannt.

Unbemerkt von Charlotte spähte ich zum Saloneingang. Dort sah ich sie stehen. Die Silhouette einer griechischen Marmorskulptur. Kühl mochte sie auf manche wirken – kalt gelassen hatte sie kaum jemanden. Neben ihr, steif, eckig und frostig, augenscheinlich ihr Mann, General Soult. Er schien Blei im Kreuz zu haben. Sein Teint hatte die Kupferfarbe der Soldaten, die aus sonnenreichen Gegenden zurückgekehrt waren. Im gleichen Moment erinnerte ich mich an die Worte des alten Augereau, kurz vor meiner Abreise nach Toulon. Damals, als ich ihm seinen vagabundierenden Knorpel aus dem Kniegelenk herausholte, hatte er angedeutet, dass Jacqueline – nein, Thérèse, das war ihr wirklicher Name: Thérèse! – eine Verbindung zu Nicolas Jean-de-Dieu Soult nachgesagt wurde.

Die junge Frau stand mit dem Rücken zu mir. Ihr gegenüber plauderte Madame Tallien mit Joséphine. Sie schmückte sich an jenem Nachmittag mit dem Adjutanten Marcel. Ich erkannte in dem jungen Mann den Zwillingsbruder, der damals seine Schwester, zusammen mit Bernard, in das Palais du Luxembourg begleitet hatte. Bemerkenswert, dass er es trotz seines jugendlichen Alters schon zum persönlichen Adjutant von General Soult gebracht hatte.

In meinem Kopf jagte ein Gedanke den nächsten: Thérèse. Warum war sie am gleichen Tag nach Malmaison gekommen? Was wusste sie inzwischen über mich und meine gemeinsame Zeit mit Bernard? Was wusste Madame Tallien? Hatte Bernard von meiner Einladung nach Malmaison erfahren? Wie stand es mit den familiären Verbindungen zu Bernard? Hatte Bernard ihr gegenüber geplaudert? Wusste sie, wer damals in dem Haus in der düsteren Gasse zwischen Saint-Germain-des-Prés und dem Quai Malaquais die Abtreibung an ihr vorgenommen hatte? Hatte sie mich wirklich noch einmal im Salon von Madame Tallien treffen wollen, wie mir Augereau sagte? Würde sie es jetzt noch wollen?

Mir fehlten alle Antworten. Auch die Zusammenhänge lagen für mich an jenem Nachmittag noch im tiefsten Dunkel. Zum weiteren Grübeln blieb mir keine Zeit. Schon betraten die Ankömmlinge den Salon. Thérèses außergewöhnliche Schönheit zog die Blicke der Gäste an wie ein Magnet. Neben dem General in seiner steifen Uniform war sie die reinste Poesie.

Madame Tallien und Thérèse lachten schallend. Joséphine hatte ihnen etwas zugeflüstert. Untergehakt kamen die Damen direkt auf uns zu. Der Schwung dieser weiblichen Begeisterung übertrug sich auf die versammelten Gäste und verscheuchte die förmliche Höflichkeit, während meine Anspannung wuchs. Schon stand Thérèse vor mir. Mein Puls beschleunigte nochmals, als man uns gegenseitig vorstellte. Kein Zeichen der Überraschung war an ihr zu bemerken. Sie hatte seit dem letzten Zusammentreffen in Madame Talliens Salon an Selbstsicherheit und Ausstrahlung gewonnen. Thérèse maß mit einem Blick Charlotte, reichte mir in der Haltung einer Aristokratin ihre behandschuhte Hand und sagte mit heller, unverwechselbarer Stimme: »Doktor Larrey, ich bin sehr erfreut, Sie wieder zu sehen. Ich bin gerührt von Ihren aufopfernden Taten in Ägypten, von denen ganz Paris spricht.«

Nach einem Augenblick des Schweigens sagte ich geradeheraus: »Madame, viele meiner Chirurgen haben sich genauso aufgeopfert.«

Ohne darauf einzugehen, fuhr sie fort: »Mein Onkel Bernard erzählte mir von Ihren schwierigen Zeiten hier in Paris.« Sie machte eine ausholende Geste. »Vieles hat sich, wie man sieht, für Sie in den wenigen Jahren gewandelt. Ein interessantes Leben, das Sie führen. Darüber hätte ich gerne aus Ihrem Munde etwas mehr erfahren.«

Ihre Anspielungen waren für mich eindeutig. Ich konnte und wollte in dieser Situation nicht darauf eingehen. Ruhig erwiderte ich: »Madame Soult, Wandlung ist das Geheimnis der Welt …«

»Das klingt sehr mystisch. Ich erwarte, dass Sie mir etwas mehr darüber verraten.«

Madame Tallien platzte dazwischen: »Wie schön, das lässt sich in unserem Salon leicht arrangieren! Wir wären erfreut, wenn Sie uns wieder besuchen kämen.«

Ich zögerte mit einer Erwiderung. Ein Eklat schien unvermeidbar. Charlotte versteinerte neben mir. Ich spürte, wie sie um ihre Fassung rang. Soult, der die Szene mit der Aufmerksamkeit eines Strategen verfolgt hatte, lächelte gequält. Bonaparte, der den amüsierten Beobachter spielte, hob den Zeigefinger: »Ja, auch bei den schwersten Prüfungen ist mein Chefchirurg ruhig geblieben und hat sein Leben nicht geachtet.«

Die Situation schien gerettet. Ich griff den Gedanken auf: »Wie wahr. Ich konnte dem Tod oft die Sense aus der Hand nehmen.« Dann blickte ich Thérèse in die Augen. »Vielleicht nicht oft genug. Doch ein Tag lehrte den anderen.«

Sie senkte den Blick. Im gleichen Augenblick war ich mir sicher, dass sie über den Kreis der Gäste, die nach Malmaison gekommen waren, Kenntnis gehabt haben musste.

Charlotte ignorierte Thérèse absichtlich, als sie sich direkt gegenüberstanden. Schließlich ging Thérèse zu Mortier, während General Soult an mich herantrat und mir zynisch verkündete: »Bürger Larrey, bei den amputierten Soldaten sind Sie wahrhaftig beliebt. Doch wie beglückend und ehrenvoll ist es dagegen, für das Vaterland zu sterben!«

Ich ließ mich von ihm nicht provozieren und erwiderte lächelnd: »Wie Recht Sie doch haben. Doch ich lebe lieber ehrenvoll für Frankreich.«

Meine Antwort irritierte ihn. Unbeholfen versuchte er einzulenken: »Erfreulich sind doch die Anstrengungen für alle, die erfolgreich im Felde stehen.«

»Ich nehme an, das gilt für Sie ganz besonders.«

Wieder geriet er ins Stocken. Bonaparte machte sich einen Spaß daraus und schlug ihm auf die Schulter. »General, ich würde vorsichtig sein. Larrey hat eine Zunge, die ist so scharf wie sein Skalpell. Gleich verlieren Sie eines Ihrer Glieder!« Schallendes Gelächter erfüllte den Salon.

Bonaparte, der Soult offenbar sehr schätzte, wurde militärisch scharf: »Masséna berichtete mir über seinen Stab in Italien, dass die, die sich anfangs um ihn versammelten, die kläglichsten Köpfe, die armseligsten Geister, die erbärmlichsten Tröpfe in einem Umkreis von zwanzig Kilometern waren. Bis auf eine einzige Ausnahme! Die

Ausnahme, so sagte er mir, war General Soult. Er sei einer der wenigen, dem er die Führung von dreißigtausend Mann anvertrauen würde. Ich auch!«

Die Damen klatschten Applaus. Bonaparte wäre nicht Bonaparte gewesen, wenn er nicht etwas Zweideutiges nachgeschoben hätte. Er blickte zu Joséphine, zwinkerte und sagte süffisant: »Doch erst das Glück an der Seite seiner hübschen Frau begünstigte seinen Ehrgeiz. Seitdem kommt es meinem Divisionsgeneral schwer an, seinen Fuß auf der Sprosse der Leiter zu halten, auf der er zur Größe emporsteigen wird.«

Daraufhin deutete er ohne Umschweife auf mich und sagte: »Ich möchte nun, dass wir das Glas auf Bürger Larrey, Chefchirurg meiner Orientarmee, erheben.« Er wartete einen Moment und trieb mit seinem Schweigen die Spannung in die Höhe. Plötzlich verkündete er feierlich: »Dieser Mann ist in Ägypten in felsenfester Treue bis zuletzt bei meinen geliebten Soldaten geblieben. Eine Tugend, die ich über alles stelle! Jeder Offizier der Armee kann sich daran ein Beispiel nehmen!« Daraufhin trat er nah an mich heran, drückte mir die Hand und fixierte meine Augen: »Ich ernenne Sie hiermit zum Chefchirurgen der Konsulargarde und ihrer Hospitäler. Aufgrund Ihrer bemerkenswerten Verdienste in der Orientarmee und in Anerkennung Ihrer Leistungen werden Sie Mitglied in der von mir ins Leben gerufenen Ehrenlegion!«

Hochrufe und Beifall brandeten auf. Bonaparte winkte Junot heran. Dieser reichte ihm eine goldene Dose. Die Stimmen verstummten. »Als weiteres Zeichen meiner Anerkennung Ihrer außergewöhnlichen Leistungen überreiche ich Ihnen diese Dose.«

Ich nahm sie entgegen und entdeckte Bonapartes Portrait auf dem Deckel. Sie war schwerer, als ich erwartet hatte. Als ich vergeblich versuchte, sie zu öffnen, reichte mir der Erste Konsul einen kleinen goldenen Schlüssel: »Auch der Inhalt wird Sie erfreuen!« Ich nahm das Geschenk mit Dank entgegen, stieß mit allen Gästen an und genoss die Bewunderung um mich herum.

Damit war auch gegenüber Soult das Eis für einen Moment gebrochen. Als ich mit ihm Belanglosigkeiten austauschte, registrierte ich den leeren Blick seiner Augen. Ich hatte den Eindruck, dass er Malmaison am liebsten gemieden hätte.

Als Thérèse mit René und seiner Frau Hélène ins Gespräch kam, bemerkte ich, dass Soult sie immer wieder mit heimlichen Seitenblicken beobachtete. Auch mir fiel es schwer, meine Blicke von ihr abzuwenden. Sie besaß die Linienfeinheit der antiken Schönheit, an der man sich einfach nicht satt sehen konnte. Sie trug nach der neuen Mode ein Barett mit Puffen aus rotem Samt. Dieser Kopfputz erinnerte mich an Abbildungen alter Gemälde. Doch hier erhöhte er die Anziehung ihrer außergewöhnlichen Schönheit. Unter dem Barett quollen üppige blonde Haare hervor, deren schimmernde Locken vom Licht vergoldet waren. Ihr Caraco, eng geschnitten und faltig genäht, trug sie hochgeschnürt, sodass ihr Busen zur Geltung kam. Der halb offene Ausschnitt zog die Blicke der anwesenden Männer an.

Auch Bonaparte zeigte unverhohlen seine Sympathie für Thérèse. Auf einmal wandte er sich an alle Frauen im Salon: »Meine Damen! Ist es denn für Sie nicht die größte Errungenschaft, dass seit dem Sturz des Direktoriums in diesem Frühling wieder die wahren Farben Ihrer Kleider offen ausgesprochen werden können.«

Er sprach damit das Verbot an, das während der Revolutionsjahre jedermann untersagte, Namen von bestimmten Kleiderfarben auszusprechen, die als konterrevolutionär eingestuft worden waren.

Madame Tallien schwang das Glas über ihrem Kopf: »O ja! *Caca Dauphin* und *vomissement de la reine*, statt *à la républicaine* oder *à l'égalité*!«

Junot rief dazwischen: »Wer das ab heute vergisst, hat das Recht verwirkt, nach Malmaison zurückzukommen.«

Das Feuer der Unterhaltung setzte sich fort, in der jeder versucht war, sich mit Witz und Tiefe ins rechte Licht zu setzen. Alle pflegten Eitelkeiten, als ob sie selbst ihre einzigen Zuhörer wären. Die kontroversen Themen der Politik ergossen sich in wortreichen und leidenschaftlichen Trivialitäten. Ein spitzes Wort gab das andere. Madame Tallien und Thérèse zeigten darin ihr größtes Talent. Die fein geschliffenen Anzüglichkeiten waren leicht wie Pfeile, schwirrten schnell und gingen in die Tiefe. Der tolerante Geist mied an jenem Nachmittag Malmaison.

Als Charlotte und ich für einen kurzen Moment ungestört waren, peitschte sie mit ihrem langen Handschuh, den sie abgestreift hatte, ihre noch angezogene Hand und zischte mich an: »Ich erwarte eine Antwort von dir! Was hattest du mit diesen Salonpuppen zu schaffen?«

Ich griff zur Lüge und sagte: »Nichts!«

»Lüge nicht!«

»Das tu ich nicht.«

»Erzähl mir nichts! Du hattest eine Affäre, während ich mich in Toulouse befand.«

»Nein!«

Charlotte drehte sich wütend um und verließ den Salon.

Joséphine hatte den Disput zwischen uns mitbekommen und folgte meiner Frau nach draußen. Thérèse hatte uns wohl auch beobachtet, denn kaum waren beide den Blicken entschwunden, als sie auf mich zusteuerte. Während sie tief durchatmete, hoben sich ihre Brüste. Hastig sagte sie: »Monsieur Larrey. Ich muss Sie sprechen. Nächste Woche! Sie wissen, wo Sie mich finden. Es ist dringend!« Daraufhin wandte sie sich ab und zeigte sich wieder als beherrschte Dame. Ihr Verhalten war voller Rätsel.

Auch ich wollte nach Charlotte sehen, aber Bonaparte hielt mich davon ab. »Stören Sie die Frauen nicht. Sie sind ein Roman in zehn Bänden und haben sich zurückgezogen, um ein neues Kapitel zu schreiben, auf dessen Inhalt Sie und ich keinen Einfluss haben.«

Ich nickte.

Dann sagte er gut gelaunt: »Im Übrigen hat Madame Soult ein Auge auf Sie geworfen. Sie sollten aber nicht der Versuchung unterliegen, das Strumpfband dieser aufregend hübschen Frau zu lösen.«

Ich spielte mit und erwiderte: »Dem Ersten Konsul und schönen Frauen gegenüber mache ich keine falschen Versprechungen ...«

»Das glaub ich Ihnen aufs Wort.«

Die Gespräche begannen zu langweilen; auch Marcel zeigte sich, im Gegensatz zu seiner Zwillingsschwester, zurückhaltend. Wie Thérèse sah er außergewöhnlich gut aus, schlank und hoch gewachsen, die griechische Stirn und Nase zum Verwechseln ähnlich. Sogar die Haarfarbe stimmte mit der seiner Zwillingsschwester überein. Sein Lächeln ebenso. Doch der harte Zug um seinen Mund zeugte davon, dass er als Adjutant des Generals schon bittere Erfahrungen gemacht hatte. Ein junger Mann, der noch den edlen Glauben in sich trug, den ein älterer Illusion nennt.

Während ich auf Charlotte wartete, hielt ich mich an der großen Auswahl edler Schnäpse, Weine, Punschbowlen, Kaffee und Gebäck schadlos. Kaum zu glauben, welche Gedanken noch vor wenigen Monaten mein Gehirn gemartert hatten. Verbannt die Bilder des Grauens. Satans Fackel war gelöscht. Eine Fackel, die oft mit ihrem Höllenschein höhnte, wenn ich wieder einen Soldaten vor dem Tod rettete. Ich schüttete ein Glas Wein durch meine Kehle und rief dem verdutzt dreinblickenden David zu: »Vorbei! Vorbei! Endlich vorbei!«

Obwohl ich mich prächtig amüsierte, kreisten meine Gedanken weiter um Thérèse. Bereits in Ägypten hatte ich mich dazu entschlossen, den Salon von Madame Tallien aufzusuchen; denn seit ich wusste, wer sie war, verstärkte sich mein Wunsch, sie wiederzusehen. Das Wann und Wie ließ sich jedoch nicht vorausdenken. Doch nun war alles anders gekommen …

Als ich hinter Soult auf René zusteuerte, hörte ich den General missgelaunt zu Thérèse sagen: »Ist das etwa die Gesellschaft, in der du dich wohl fühlst? Ist das die Welt, die ich mit dir erobern soll?«

Thérèses Antwort hörte ich nicht. Doch das Benehmen ihres Mannes, sein Gesichtsausdruck, seine Art zu gestikulieren, alles deutete daraufhin, dass der General zum Aufbruch drängte.

Ich stieß mit René noch einmal auf unsere glückliche Heimkehr an. Dabei behielt ich Junot im Auge. Ich hatte mir für ihn eine Frage aufgespart wie den letzten Schluck Wasser für den großen Durst. Ich setzte eine geschäftige Miene auf und fragte: »Mein lieber Junot, Sie können mir doch sicher helfen, meinen alten Freund Bernard wieder zu treffen.«

»Welchen Bernard?«

»Na, Bernard Banville, den Sie als Armeelieferant so schätzen.«

»Ach ja, Banville. Er kommt fast jeden Montag in das Kriegsministerium. Dort können Sie ihn sicher treffen.«

»Natürlich! Das Kriegsministerium. Darauf hätte ich auch selbst kommen können. Haben Sie Dank!«

Ich war zufrieden. Unterdessen kam Joséphine mit Charlotte zurück. Charlotte hatte ein Lächeln aufgesetzt und zeigte sich mir gegenüber versöhnlich. Sie hatte sich mit Joséphine wohl gut verstanden. War erst einmal die Scheu, die der Respekt verursachte, überwunden, so verbrachte man unterhaltsame Stunden mit ihr. Joséphines Strenge war jedoch bekannt, wenn es darum ging, eine neue Dame in ihren Kreis einzuführen. Sie hatte das Bewusstsein ihrer Größe und ihrer Macht inzwischen derart kultiviert, dass es mehr als reinen Glücks bedurfte, den persönlichen Zugang eröffnet zu bekommen. Ich konnte in jenem Moment nicht abschätzen, ob Charlotte diesen gefunden hatte. Sie blickte in Richtung der Sitzgruppe, wo Thérèse und Soult Platz genommen hatten. Entschlossen sagte sie: »Ich möchte gehen!«

Insgeheim hatte ich darauf gehofft. Die Nähe zu Thérèse war brisant. Also stimmte ich zu. Als wir wortlos in der Kutsche saßen, öffnete ich mit dem Schlüsse die goldene Dose. Ich entnahm ihr ein eng zusammengerolltes Bündel von Geldscheinen. Es waren genau sechstausend Livres. Stolz zeigte ich das Bündel Charlotte. Sie warf einen Blick darauf und sagte ohne einen Funken der Anerkennung: »Schön, dann können wir meinem Vater ja die erste Rate für das Haus übergeben.«

Ich zuckte mit den Schultern. Am liebsten hätte ich ihr gesagt, dass mir das Geld dafür zu schade sei. Stattdessen entgegnete ich: »Keine schlechte Idee.« Es gab einen Grund für mein Einverständnis, den ich nicht erwähnte: Ich wollte um jeden Preis ihr Misstrauen, was Thérèse anbetraf, zerstreuen.

Ich versank in mich und kehrte gedanklich zurück in den Salon. Ich war mir nicht sicher, wie weit die Tentakel von Bernard oder Madame Tallien reichten. Das Entscheidende aber war: Was wusste Thérèse wirklich?

Ich würde es herausfinden.

IV

Paris, Juli 1802

Dreihundert Studenten beanspruchten eine Menge Platz. Sie litten unter der Wärme und Enge des Auditoriums, hatten sich gar um die Plätze gerauft, denn keiner wollte die Vorlesung von Le chirurgien de maître versäumen. Verehrt von seinen Studenten, berühmt in Paris und geschätzt über die Grenzen Frankreichs hinaus, war Larreys Name in aller Munde. Kein Wunder, dass seine Arbeiten über Kriegschirurgie und Amputationen schnell in alle Sprachen des Kontinents übersetzt wurden.

Jean-Dominique war kein Riese, wie man annehmen müsste. Er war ein Gigant an Fähigkeit, nicht an Körpergröße. In seiner Statur ähnelte er eher dem Kaiser. Napoléon war natürlich der populärste Mann in Frankreich, aber Larrey war der populärste Mann in der Armee. Ein Mann mit eindringlicher Gestikulation, die im Hörsaal der Universität wie am Seziertisch wirkte, als müsste er einen Elefanten durch einen viel zu kleinen Torbogen dirigieren. »Hier«, die Rechte fuhr aus und stand im Neunzig-Grad-Winkel zum Körper, »die unversehrte Schulter. Dort«, die Linke ging hoch, er stand da wie gekreuzigt, »das zerfetzte Armgelenk …«

Geschmeidig in seinen Bewegungen und wohlproportioniert, gehörte er mit seinen fünfunddreißig Jahren gleichwohl zu den ansehnlichsten Männern der Garde. Sein kräftig gemeißelter Kopf ruhte auf starken Schultern. Seine Gesichtzüge waren ausdrucksvoll und beweglich, und seine dunklen Augen verrieten unter der mächtigen Stirn beständige Wachsamkeit. Im Augenblick der Spannung wirkten sie durchdringend, milde im Zustand der Ruhe.

Der Mund war sympathisch gezeichnet, und ein feines, etwas rätselhaftes, aber stets wohlwollendes Lächeln umspielte ihn. Sein Kolorit trug die Spuren der atmosphärischen Einflüsse, denen er in den verschiedensten Himmelsgegenden ausgesetzt gewesen war. Es wurde malerisch gehoben von einer Fülle dichten, schwarzen Haares, das in Locken über seinen Nacken bis auf die Schultern fiel. Sein Elan, seine Kompetenz, seine lebendigen Fallschilderungen in Anwesenheit genesener Soldaten, dies alles riss seine Zuhörer mit und machte seine Vorlesungen zu einem eindrucksvollen Erlebnis. Man hatte den Eindruck, dass er nicht lehrte, sondern mit seinen Studenten die neuen Erkenntnisse der operativen Chirurgie geradezu feierte.

Die Sympathien vieler waren auf seiner Seite, doch nahm auch die Zahl der Neider in der Fakultät von Tag zu Tag zu. Das chirurgische Fach war in zwei Lager gespalten: Die einen befürworteten Larreys Ansichten, die anderen bekämpften sie. Vor allem die eitlen Berühmtheiten von ehedem befehdeten ihn mit Strömen von Tinte, mit Witzworten, die wie Dolchstiche wirkten, mit scharfen Verleumdungen, mit beleidigenden Spitznamen. Je stichhaltiger die Rivalen widerlegt wurden, umso giftiger war ihre Reaktion.

Besonders hart war der Widerstand auch deshalb, da Larrey forderte, dass die verdienten Chirurgen der Orientarmee bei Stellenbesetzungen in den Hospitälern zuerst Berücksichtigung finden sollten. Während seine Thesen triumphierten, tobte die Schlacht hinter den Kulissen. Mit der Rückendeckung der Ministerien konnte er fast alle seine Favoriten platzieren, wodurch seine Position gefestigt wurde und sein Einfluss in den Hospitälern stetig wuchs. Dafür war das Haus in der Rue du Montparnasse inzwischen zum Treffpunkt der »Orientchirurgen« geworden – zum Leidwesen Charlottes.

Wovon Charlotte allerdings noch keine Kenntnis hatte, war ein Befehl des Kriegsministeriums, den ihr Mann seit zwei Tagen in seiner Tasche trug. Napoléon verfügte darin, dass er sich als Generalinspekteur des Sanitätswesens zur Invasionsarmee nach Boulogne zu begeben habe. Die Ambulanzen in der Armee seien nach bewährtem Muster aufzustellen. Offenbar stand ein gewaltiger Angriff auf England bevor.

Der Termin der Abreise stand fest. Drei Wochen blieben ihm noch. Drei Wochen, um zu verhindern, dass etwas außer Kontrolle geraten, und sich zum Nachteil seines kometenhaften Aufstiegs auswirken konnte. Drei kostbare Wochen. Sommerwochen in Paris …

Während der Vorlesung an jenem Vormittag im Juli deutete nichts darauf hin, dass Jean-Dominique sich in Gedanken schon auf den Nachmittag konzentrierte. Er genoss noch den Augenblick, als er seinen Studenten Korporal Louis Vauté von der 88sten Linien-Halbbrigade vorstellte, dem eine Kanonenkugel bei Abukir das halbe Gesicht weggerissen hatte. Vauté trug jetzt eine Silbermaske und war inzwischen selbst zur lebenden Legende geworden. Am Ende der Vorlesung applaudierten die Studenten stehend. Jean-Dominique wirkte ruhig und ausgeglichen, doch in Wahrheit hatte er mit wachsender Unruhe ständig die Uhr im Visier gehabt. An diesem Tag konnte er sich einfach nicht leisten, die Zeit zu vergessen.

Niemand aus seiner näheren Umgebung wusste von seinen Plänen für den weiteren Verlauf des Tages. Das Treffen war im Verborgenen und mit größter Sorgfalt vorbereitet worden. Die Umstände zwangen ihn dazu, denn Charlotte wachte mit Argusaugen sowohl über alle Ausgaben als auch über seine außerhäuslichen Aktivitäten. Sie war seine Wärterin, die Herrin seiner Zeit. Manchmal empfand er das Haus in der Rue du Montparnasse als sein Gefängnis. Doch er entkam, wann immer er es wollte. Das Ganze war erprobt. Meist kam er früher als angekündigt zurück, wodurch ein einmaliges Zuspätkommen nicht dazu angetan war, den Argwohn Charlottes zu wecken. Er hatte auch schon nachts das Haus verlassen, ohne dass es bemerkt wurde. Die getrennten Schlafzimmer machten es möglich. Er brauchte nur eine Viertelstunde zu warten. Dann schlich er sich hinunter in sein Arbeitszimmer, hielt inne, horchte, hörte keinen Laut, öffnete die Tür zum kleinen Garten und verschwand in die Nacht. Manchmal ging er auch hinab, nur um zu arbeiten, was ebenso unbemerkt geblieben war. Unter seinem eigenen Dach führte er fast ein Doppelleben …

Nur Antoine besaß sein Vertrauen. Er besorgte den Austausch von versiegelten Briefen zwischen Thérèse und ihm, in denen immer nur Tage und Treffpunkte vorgeschlagen waren, die jedoch nie einen Namensaufdruck trugen oder gar unterzeichnet waren. Jean-Dominique hatte am Ende den Nachmittag festgelegt. Ein Nachmittag, an dem auch Madame Tallien außerhalb von Paris weilen und Charlotte zum zweiten Mal einer Einladung nach Malmaison folgen würde.

Verführt vom Erfolg des Vormittags, sah er die kommenden Stunden wie in einem goldenen Traum.

V

Paris, Juli 1802

Gewitterschwüle lag über Paris. Nur der Fahrtwind fächelte schwach durch die offenen Fenster der Kutsche ins Innere. Ein Nachmittag, an dem man sich am besten nackt auszog, von Kopf bis Fuß wusch und sich auf einem Bett, mit kühlendem Leinentuch bezogen, still ausruhte.

Larrey ließ die Kutsche auf dem La Butte Montmartre anhalten. Den kleinen Umweg über die Anhöhe hatte er absichtlich gewählt, da er die letzte Strecke bis zur Rue de Montholon zu Fuß gehen wollte. Sein Blick schweifte über das Pariser Häusermeer durch milchige Luft nach Westen. Für den Augenblick genoss er die Luftbewegung. Tief sog er den Hauch in seine Lungen und fühlte sich erquickt.

Während der Kutschfahrt hatte sich für ihn die Zeit aufgehoben. Zwei völlig verschiedene Augenblicke seines Lebens sah er plötzlich miteinander verknüpft. Das Blut von Thérèse im Moment der Abtreibung und das spritzende Blut eines verletzten Soldaten, das er unterband. Beide Erlebnisse waren auf einmal gleichzeitig präsent …

Endloses Grübeln war die Folge: Würde nicht ganz Paris sich das Maul darüber zerreißen, wenn etwas aus seiner Vergangenheit ans Licht käme? Wie sehr wäre seine Stellung in der Klinik und in der Armee gefährdet? Beweise gab es zwar nicht, doch darauf würde es gar nicht ankommen. Klatsch, Tratsch und Enthüllungen, das war es, was die Menschen interessierte. Und das allein würde ausreichen, um ihn zu vernichten. Trotz der brütenden

Hitze hatte er sein Vorhaben plötzlich wie durch eine dünne Eisschicht betrachtet.

Was aber war für Thérèse so dringend?

Vielleicht war es gar ein Fehler, überhaupt noch einmal an die Vergangenheit zu rühren. Doch ihr Auftritt und ihre Andeutungen in Malmaison waren unmissverständlich gewesen. Sie wusste etwas. Aber wie viel konnte sie wissen? Was hatte Bernard ihr erzählt über das florierende Abtreibungsgeschäft von damals? Er musste es in Erfahrung bringen. Umso mehr, da in ihm das Misstrauen nagte, Bernard könnte sich selbst von jeder Schuld reingewaschen haben.

Hoffnungen, Vermutungen und Zweifel hatten sich während der Kutschfahrt gemischt. Vielleicht war es auch der Reiz des Unbekannten gewesen, der ihn in ein plötzliches Wechselbad der Gefühle stürzen ließ. Die Wahrheit wollte er sich jedoch nicht eingestehen. Er war wie ein Vogel, der losflog, weil er spürte, dass es gut für ihn war, loszufliegen. Kein Mensch verliebt sich aufgrund reiflicher Überlegungen oder danach, ob die Umstände passen … Er hatte sich verliebt. In Thérèse.

Und hatte Bonaparte nicht gesagt, sie hätte ein Auge auf ihn geworfen?

Larrey zückte seine Taschenuhr. »Eine Stunde noch …« Ein warmer, angenehmer Wind kam auf. Er würde das Laufen im Schatten der Häuserzeilen ein wenig erträglicher machen.

Den Montmartrehügel hinter sich lassend, überquerte er vornehme, bald saubere, bald schmutzige, angesehene oder auch finstere Straßen, in denen oft Menschen ungestraft umgebracht wurden. Der Chirurg der Garde wanderte gern durch große Städte, wie er es in Mailand, Kairo, Alexandria oder auch in Marseille getan hatte. Straßen besaßen für ihn erkennbare Eigenschaften und zauberten ihm bestimmte Stimmungen in den Kopf. Unerträgliche Straßen, die er schnell entlang eilte; Straßen, in denen er jederzeit gern seinen Wohnsitz genommen hätte; dunkle, verwinkelte Gassen, die er nie betreten würde. Vorbei an gähnenden Türen, die sich quietschend in den Angeln drehten, vorbei an ungezählten Frauen und Männern, von denen jede und jeder auf sechs Fuß im Quadrat lebten. Gern wäre er stehen geblieben, doch er konnte nicht an jedem malerischen Winkel ein paar Minuten verschwenden, angesichts des Uhrzeigers, der zur Pünktlichkeit mahnte.

Kurz vor seinem Ziel passierte er die bronzene Brunnenskulptur eines Delfins, aus dessen Maul kein Tropfen Wasser kam. Der Anblick des trockenen Brunnens und die Schwüle machten ihn durstig.

Er bog um die Ecke, in die Rue de Montholon, und näherte sich dem Haus, das Thérèse mit den Einnahmen aus Madame Talliens Etablissement erworben hatte.

Die Straße, in der es lag, bot sich ihm schwatzhaft, geschäftig und vulgär dar. Erst bei Mondlicht, um zwei Uhr morgens, würde er sie vielleicht schön finden. Die sparsame Fassadengliederung mit Simsen und Pilastern, einer lisenenartigen Quaderfügung zwischen den Fenstern und angedeuteten Rustikalsockeln erinnerte an italienische Vorbilder.

Was Larrey nicht wissen konnte, war, dass dieses Viertel in naher Zukunft saniert werden sollte. Für Thérèse war das Haus somit auch ein Spekulationsobjekt. Was er ebenfalls nicht ahnte, war die Tatsache, dass für Thérèse, die noch vor wenigen Jahren keinerlei Vermögen besaß, der Traum von einer finanziellen Unabhängigkeit in greifbare Nähe gerückt war. Sie war auf dem Weg zur Frau des »großen Stils«, der es ihr erlaubte, ihr Leben selbst zu gestalten.

Die glückliche Fügung war Madame Tallien zu verdanken. Sie pflegte eine enge Verbindung zu Joséphine, von der auch Thérèse profitierte. Napoléon hatte Soult gleich nach seiner Rückkehr aus Ägypten zur Rechenschaft gezogen. Zur Welt der Generäle gehörte nach Auffassung des Ersten Konsuls eine »saubere« Uniform. Soult blieb keine andere Wahl. Die Eheschließung mit Thérèse entsprach daher einem reinen Zweckbündnis. Mit der ausgehandelten Leibrente sah sich Thérèse zwar finanziell abgesichert, dessen ungeachtet wollte sie aber in eigener Regie die Mittel für ihre absolute Unabhängigkeit beschaffen. Der Garant zur Erreichung ihrer ehrgeizigen Ziele war ihr Onkel Banville. Sie hatte sich seit längerem an dessen Geschäften mit hohen Summen beteiligt. Dieser wiederum benötigte für weitere Geschäfte mit der Armee dringend die Unterstützung und Einflussnahme seines alten Freundes aus vergangenen Tagen. Auch davon hatte Jean-Dominique nicht den blassesten Schimmer.

Was er auch nicht ahnte: Thérèse hatte im Salon von Madame einem Gespräch zwischen Bourrienne und General Berthier gelauscht, welches ihre Bewunderung für Larrey weckte. Adjutant und General waren gerade in Paris angekommen und genossen ihre Wiederkehr aus Ägypten in vollen Zügen. Berthier wusste genau, was er zu sagen hatte, als Bourrienne den Namen Larrey erwähnte. »Er ist der Einzige, dem ich Respekt zolle. Wir sitzen hier von schönen Frauen umringt, und er hockt freiwillig in der Sandwüste, ohne zu wissen, ob er je zurückkehren wird.«

»Ja, was für eine Selbstlosigkeit!«, hatte Bourrienne ihm beigepflichtet.

Berthier daraufhin: »Ich kann es immer noch nicht fassen. Da schlägt dieser Mann das Angebot Bonapartes, nach Frankreich zurückzukehren, in den Wind und bleibt bei seinen Verletzten, statt mit uns zu kommen. Möglich, dass dieser Held inzwischen von der Pest hingerafft worden ist.«

Darauf Bourrienne: »Im Vertrauen: Bonaparte hatte an der Entscheidung Larreys schwer zu kauen. Ließ doch der Verbleib seines Chefchirurgen bei der Orientarmee unseren Oberbefehlshaber wie einen Feigling, ja, wie einen Verräter aussehen. Larreys Ehre strahlt, während sie auf Napoléons Glanz einen Schatten wirft.« Er erhob daraufhin sein Glas: »Tot oder noch am Leben – er hat sich ein Denkmal der Ehre gesetzt. Auf seine gesunde Rückkehr!«

Jean-Dominique überquerte die Straße. In einem der Fenster im ersten Stock stand eine Vase mit gelben Rosen auf dem Sims. Das Zeichen dafür, dass Thérèse im Hause war.

Ein Kammermädchen öffnete die Tür, die in das Eingangsportal eingelassen war. Larrey trat ein. Angenehme Kühle umgab ihn. Als Garderobe diente eine Vorhalle, in der mit Samt überzogene Sessel zum Sitzen einluden. Das Zimmermädchen ging über Marmorfliesen voraus bis zur Treppe. Allein stieg er nach oben. Sein Pulsschlag beschleunigte sich. Er wandte sich nach rechts und blickte durch eine offen stehende Flügeltür in einen mit schweren Vorhängen abgedunkelten Salon. Erst als sich sein Auge an das Dämmerlicht gewöhnt hatte, erkannte er Einzelheiten. Für einen Augenblick sah er eine Silhouette vor einer schmalen Lichtfläche.

»Treten Sie ein!«, hörte er die helle Stimme sagen.

Thérèse saß wie eine Göttin in einem bequemen Sessel. Warme Bahnen aus Sonnenlicht malten einen magischen Saum auf ihre blonden Locken, ihr ebenmäßiges Profil und ihre Schultern. Das Licht fiel wie eine Trennwand zwischen sie. Sie trug wieder eines jener hauchdünnen Musselinkleider mit hoher Taille und sehr viel nackter Haut wie damals im Palais Royal. An jenem Tag war es weiß gewesen, diesmal war es rosé. Eher ein errötendes Weiß. Sie hatte sich exakt so hingesetzt, dass der schmale Strahl, der durch die Vorhänge des Salons fiel, gerade noch ihr übergeschlagenes Knie beleuchtete, sodass es aussah, als wäre es entblößt. Eine Pose, so verführerisch wie unnahbar, vornehm und verrucht zugleich.

Ein Blumenmeer umrahmte sie. Auf dem Kartentisch, den zwei Konsoltischen, auf dem Ecktisch, dem Schachtisch, den Nipptischchen – überall Blumen. »Vasen mit Blumen flößen Vertrauen ein. Gut für die Atmosphäre eines Salons. Was für eine Inszenierung! Gelernt ist gelernt«, ging es Jean-Dominique stumm durch den Kopf. Er konnte sich schwer vorstellen, dass dieser Zauber allein um seinetwillen geschah.

Auf weichen Teppichen trat er auf Thérèse zu. Der erste Blick in ihre Augen besagte, dass sie den Augenblick auskostete.

»Willkommen, Monsieur Larrey!«

»Madame Soult, ich bin beglückt, Sie zu sehen. Ein schöner Tag. Leider viel zu schwül.«

»Für manche«, erwiderte sie. Larrey sah den Glanz in ihren Augen und nahm die dargebotene Hand. Für einen winzigen Moment zögerte er. Es war die Hand! Er küsste sie. Sie bot ihm einen gepolsterten Stuhl an. »Nehmen Sie Platz.«

»Danke!«

Thérèse machte eine Geste in den Raum hinein und sagte entwaffnend: »Sie müssen denken, aus mir wäre eine raffinierte Salonpuppe geworden.«

Larrey hatte wirklich den Eindruck, sie könne Gedanken lesen. Libertinen konnten in Gesichtern schneller lesen als Männer, und Thérèse hatte diese Kunst an den Orten der Geselligkeit ohne Zweifel erlernt.

»Es ist lange her, seit wir uns bei Madame Tallien sahen. Seitdem haben Sie einen geachteten General an Ihrer Seite.«

»Darf ich Ihnen Kaffee oder Tee anbieten?«, fragte sie lächelnd.

»Tee, bitte.«

Als das Zimmermädchen den Auftrag entgegennahm, war er umso erstaunter, als sie auf seine Bemerkung zurückkam: »Mein Mann ist mit mir verheiratet und auch nicht!«

Ihre Offenheit war verblüffend. Larrey blickte irritiert. »Ja, natürlich.«

Thérèse lachte: »Natürlich ist das nicht!«

Sie beugte sich langsam vor. Heraus aus dem Lichtschein, hinein in das Halbdunkel des Raumes. Ihre Augen zeigten den Anflug von Berechnung: »Ich kann Ihre Neugier verstehen. Natürlich denken Sie an meinen Ehemann.«

Larrey musste schlucken. Mit dem Tempo hatte er nicht gerechnet. Auch er beugte sich unwillkürlich nach vorn: »Ja, ich habe mich seit Malmaison immer wieder gefragt, warum Sie mich so dringend sehen wollen?«

Ihr Blick hätte durch Mauern gehen können. »Es gibt nur einen einzigen Grund, Monsieur Larrey. Oder darf ich Jean-Dominique sagen?«

»Bitte sehr!«

Sie nahm unerwartet seine Hand. »Für Sie bin ich Thérèse!« Eine Pause entstand. Ein leichtes Zittern der Lippen. Larrey spürte, dass sie etwas gestehen wollte. »Jean-Dominique, ich verehre Sie! Ich verachte die endlose Prozession von selbst ernannten Helden, die durch die Salons ziehen. Sie aber überzeugen durch Taten.« Ihre Augen suchten die seinen. »Sie müssen mir von Ägypten erzählen.«

Er nahm ihr Bekenntnis zu seinem eigenen Erstaunen mit Gelassenheit entgegen. Er beobachtete sie einfach nur. Ein natürlicher Reflex des Chirurgen. War das die Wahrheit? Oder war es ein Text, den sie geprobt hatte? Durch den Sonnenstrahl hindurch streckte er seine zweite Hand nach ihr aus. Im gleichen Moment ließ sie seine Hand los, sank in den Sessel zurück und flüsterte, als wollte sie nicht ertappt werden: »Der Tee!« Das Zimmermädchen war gekommen und stellte das Tablett auf den blumenfreien Salontisch.

Das Kammermädchen verließ den Salon. Thérèse trank genüsslich aus ihrer Tasse und fragte beiläufig: »Wohin wird der Chefchirurg der Garde dem Ersten Konsul demnächst folgen?«

»Ich habe keine Order.«

Ihre Augen fingen an zu strahlen. »Dann haben wir noch viel Zeit für Ägypten.«

Larrey blickte verdutzt. »Wir?«

»Keine Sorge, ich habe diese Verbindung mit General Soult so gewollt. Sie aber, Sie, Jean-Dominique, treten erneut unerwartet in mein Leben.«

Larrey schwieg.

Thérèse beobachtete ihren Gast über den Tassenrand hinweg: »Sie wollen also die ganze Geschichte hören?«

Larrey hatte nichts dergleichen gesagt. Nicht einmal andeutungsweise genickt. Thérèse stand auf, drehte ihm ihren Rücken zu und ging mit einem leichten Schwung in den Hüften auf und ab. Die Versuchung wandelte leibhaftig vor ihm. Die Chemise, jene hauchfeine Hülle nach Vorbild der Römerinnen, war gegen das Licht fast durchsichtig. Die Rundungen von Taille, Po und Beinen brachten seine Gefühle in Wallung. Das ewig Weibliche in seiner schönsten Form: distanziert, erotisch – und unwiderstehlich.

Larrey trank seinen Tee, während sie, mit dem Rücken zu ihm gewandt, sprach: »Vielleicht ist es auch meine Schuld gewesen. Ich hätte mich von ihm nie ausführen lassen dürfen. Nicht einmal auf einen Spaziergang. Der falsche Ort zur falschen Zeit. Verstehen Sie, was ich meine?«

»Nicht ganz, wenn ich ehrlich bin.«

Thérèse kam mit wiegenden Schritten zurück. Sie stützte ihre Arme auf dem Rückenpolster ihres Sessels ab. Ihre wohlgeformten Brüste drängten aus dem knappen Tuch. »Sie wissen mehr, als Sie zugeben. Es ehrt Sie, wenn Sie Bernard decken. Ich weiß aber, dass er Ihnen von meinem Unglück erzählt hat. Damals, als Sie mit ihm noch eng befreundet waren. Erinnern Sie sich?«

»Ja, ich erinnere mich«, sage Larrey leise. Dagegen wand er sich innerlich. Also doch! Bernard, dieser Schwätzer!

Sie ging um den Sessel herum, ließ sich darin nieder und sagte: »Obwohl ich es nie zeigte, war ich zerbrechlich wie Glas. Soult hat mir Gewalt angetan. Aber Erbarmen! Es gab Hilfe, Gerechtigkeit und Genugtuung.« Ihre Brüste hoben und senkten sich bei jedem Satz.

»Kann man einen solchen Mann überhaupt heiraten?«

»Meine Seele war eine ganze Weile in einem Käfig gefangen. Als ich aber erkannt hatte, dass ich mein Schicksal beeinflussen kann, wollte ich nicht mehr nur Opfer sein. Ich habe mich schnell von allem befreit. Meine Genugtuung – er bleibt mein Schänder, aber er muss mit mir leben!«

Larrey war fassungslos.

»Soult ist von mir abhängig. Bonaparte hätte ihm seinen Generalsrang aberkannt, wenn er seine Maßregelung nicht befolgt hätte. Keine Karriere! Armee adieu!«

»Wie hatte Bonaparte überhaupt davon Kenntnis bekommen?«

Die Antwort kam prompt: »Malmaison! Den Rest können Sie sich denken.«

»Und der General hat das alles akzeptiert, war damit einverstanden?«

»Er hatte keine andere Wahl.«

Larrey hielt den Augenblick für gekommen, nach Bernard zu fragen: »Wie geht es übrigens Ihrem Onkel?«

»Ich habe ihn lange nicht gesehen. Er steckt tief in Geschäften und ist sehr erfolgreich. Er meidet die heuchlerische Gesellschaft. Ich glaube manchmal, er ist nur noch für die Armee da.«

»Ich habe ihn im Kriegsministerium mehrmals verpasst. Wo befindet er sich eigentlich?«

Thérèse stand auf und ging auf die Salontür zu. Er konnte ihr Gesicht nicht sehen, als sie antwortete: »Zurzeit ist er in England.«

Larrey war überrascht: »England? Was macht er dort?«

»Er knüpft Verbindungen. Geschäftliche. Der Friede von Amiens kam für ihn gerade richtig.«

»Wann erwarten Sie Ihren Onkel zurück?«

»Im Frühsommer nächsten Jahres. Wenn er zurückkehrt, kann ich ja ein Treffen arrangieren, ohne dass ich in Erscheinung trete.«

Larrey nahm seinen ganzen Mut zusammen und rief in den Raum hinein: »Was wissen Sie über meine Zeit mit Bernard, als wir noch enge Freunde waren?«

»In seinen Augen sind Sie ein bescheidener Held. Ein tugendhafter noch dazu. Ich weiß nur soviel, dass Bernard zusammen mit

Ihnen und anderen den wirklich in Not geratenen Frauen geholfen hat.« Sie klatschte in die Hände: »Bravo! Ich weiß, was das für Frauen bedeutet.«

Larrey war immer noch nicht klüger, ob sie etwas von seiner Rolle in der ganzen Sache wusste, aber er fühlte sich erleichtert. Thérèse hatte nicht eine einzige Andeutung gemacht. Vielleicht war es doch besser, dem dunklen Punkt in seinem Leben nicht weiter nachzuspüren.

Die Salontür fiel ins Schloss. Daraufhin Thérèse: »Doch wenn Sie Bernard irgendwann einmal treffen sollten, dann müssen Sie nicht unbedingt von uns sprechen. Das würde ihn nur irritieren.«

»Ich vermute, unsere Wege werden sich in den nächsten Monaten sicher nicht kreuzen.«

»So genau weiß man das nie!«

Sie schritt wie eine Tempelpriesterin quer durch den Salon, hin zu den Vorhängen und zog sie dicht. Larreys Augen begleiteten sie. Ein seltsamer Blick. Als hätte er sie eine Sekunde lang nackt gesehen.

Ihr Gang, ihre Bewegung – eine einzige Freude, ein Altar der Weiblichkeit, vor dem man bedingungslos knien würde, ging es ihm durch den Kopf. Dann kam sie langsam auf ihn zu und blickte ihn entwaffnend an. Wie selbstverständlich trat sie hinter seinen Stuhl und fasste behutsam in sein langes Haar, bis ihre Fingerspitzen seine Kopfhaut berührten.

Sie beugte sich hinab. Er fühlte ihr Haar an seiner Wange. Thérèse flüsterte: »In einer sinnlichen Nacht rufen wir die himmlischen Mächte an, werfen uns hin und her wie ein Barsch am Angelhaken und verlangen nach diesen wenigen kostbaren Sekunden der Lust. Ist es nicht so?«

Larrey fühlte, dass er die Grenze überschreiten würde, und erwiderte: »Ja, warum nicht auch am Tage?«

Sie nahm ihn bei der Hand und führte ihn zu der halbrunden Chaiselongue, die sich vor dem Kamin in den Raum erstreckte wie eine reich verzierte Zunge, wie der schmale Bug eines halb versandeten Bootes.

Sie drückte ihn sanft darauf nieder. Sie kniete sich neben ihn. Den Blick immer auf ihn gerichtet, schob sie ihre Hand unter seine kurze Weste, und ihre Finger streichelten seine noch vom Hemd bedeckte Brust. Beide atmeten schneller. Sie nestelte an seiner Weste und zog das Hemd über seinen Kopf. Langsam löste sie sich von ihm, stand auf und ließ die Chemise über die Schulter herabgleiten. Wieder kniete sie sich auf die Chaiselongue.

Jean-Dominique begegnete ihrem ruhigen Blick, betrachtete ihr blondes hochgestecktes Haar, ihre lustvollen Rundungen. Alles war noch halb verborgen, und doch schon halb entblößt. Sie trug ein Amulett um ihren Hals, das wie ein Senkblei um ihre halb nackten Brüste schwang. Er beobachtete sie mit großer Lust. Bald hatte sie ihn von seiner knielangen Hose befreit. Er hätte sich nicht nackter fühlen können. Lebendig und begehrlich stand sie vor ihm, wie noch nie eine andere Frau in seinem Leben. Sie zeigte sich ohne falsche Scham. Eine einzige Quelle der Sinnlichkeit.

Er empfand ihre Selbstsicherheit als eine mysteriöse, doch beneidenswerte Eigenschaft. Sie flüsterte schamlos mit ihm, fragte nach seinen Träumen. Dann legten sich zwei Hände auf seine Lenden. Ihre Lippen waren unwiderstehlich. Jean-Dominique schloss die Augen. Die Konturen des Raumes verschwammen …

Das Fallenlassen, ein befreiender Schrei – er war es selbst. Jean-Dominique genoss den Nachhall des seligen Glücks. Er nahm Thérèses Gesicht in beide Hände, zog sie zu sich hoch, um endlich an ihre Lippen zu kommen, und verschloss sie mit den seinen. Sie hatte ihm die Zärtlichkeiten geschenkt, die er lange, lange Zeit entbehrt hatte. Locken schmiegten sich aneinander, ihre Hand fasste in sein Haar …

Als mit der Dämmerung ein heftiges Gewitter loslegte, wussten sie genug, um das Glück ihrer Harmonie zu ermessen. Beide hatten sich das geschenkt, wonach sie sich sehnten. Sie spürten, welche Melodie, welcher Rhythmus oder welche Liebkosung ihnen die ersehnte Erfüllung schenken würde. Nun bestätigte jeder Atemzug das Gleichgewicht der Zuneigung. Dazu paarten sich Geist und Poesie. Eine letzte Umarmung …

»Du bist das Paradies«, sagte Jean-Dominique. »Es fällt mir schwer, es zu verlassen.«

»Keine Eile, Liebster. Vor Mitternacht werden in Malmaison die Kerzen nicht gelöscht.«

»Woher willst du das wissen?«

Thérèse stupste ihn an der Nase: »Frauen haben ihre Geheimnisse. Sagen wir einfach: Ich habe dafür Sorge getragen, dass wir genügend Zeit haben. Zeit für alles, was uns in den Sinn kommen könnte.«

»Du verblüffst mich.«

Während sie sich im Bad erfrischten, sagte sie: »Ich habe uns etwas zum Essen herrichten lassen.«

Als sie in den Salon zurückkehrten, war aufgetischt. Thérèse nahm ihm gegenüber Platz. Sie erhob das Weinglas und sagte: »Wenn wir zusammen essen, benutzen wir nicht nur die Sinne, sondern auch die Lust an allem Lebendigen. Ich wünsche mir, dass wir immer Hingabe füreinander empfinden. So tiefrot wie dieser Wein …«

Erst kurz vor Mitternacht verließ Larrey das Haus in der Rue de Montholon. Er war Thérèses Zauber erlegen. Seine Gefühle wurden von ihr in einer Art erwidert, wie er es sich selbst in seinen Träumen niemals vorgestellt hatte.

Thérèse dagegen hatte ein Problem, das ihr Kopfzerbrechen bereitete. Denn die Aufrichtigkeit ihrer Gefühle stand im Widerstreit mit anderen Interessen, ja, mit dem eigentlichen Grund, aus dem sie Jean-Dominique zu diesem Stelldichein gebeten hatte. Auch sie ahnte, dass sich hier eine geheime, leidenschaftliche Beziehung anbahnte, die weit über eine Romanze hinausgehen würde. Sie musste sich etwas einfallen lassen.

Bernard kam am anderen Tag gegen zehn, um sich bei Thérèse vor seiner Abreise nach London fünfzigtausend Francs abzuholen, die sie bereit war, in das England-Geschäft einzubringen. Er nahm das Geld, rieb sich das Kinn, überlegte und fragte schließlich: »Wie lief es mit Jean-Dominique?«

»Er kam wie verabredet zum Tee. Es war nicht ganz einfach, etwas aus ihm herauszubekommen.«

»Erzähle es mir!«

»Das Wichtigste zuerst: Die Garde ist nirgendwo hinbefohlen. Der Frieden hält.«

»Bleibt er in Paris?«

»Ja, er schreibt an seinen Erinnerungen über Ägypten. Hält Vorlesungen.«

Bernard zog die Augenbrauen hoch. »Oh! Da bleibt euch ja viel Zeit. Sag, was hast du über mich erzählt?«

»Nur so viel, dass du mit der Armee beschäftigst bist. Außerdem, dass du schon in England seist. Wie besprochen, bot ich ihm an, nach deiner Rückkehr ein Treffen zwischen euch zu arrangieren.«

»Und?«

»Dazu hat er sich nicht direkt geäußert. Warten wir ab. Wenn es so weit ist, dann werde ich ihn schon dazu bringen.«

»Wie seid ihr verblieben?«

»Er wird wiederkommen.«

»Wann?«

»Bald.«

»Und? Hast du ihn an der Angel?«

»Onkel Bernard! Keine Einzelheiten!«

Er hob die Schulter: »Ganz normale Neugierde.«

»Beherrsche sie.«

Bernard wechselte das Thema: »Halte mich auf dem Laufenden. Ich will wissen, was im Salon, in Malmaison oder in Saint Cloud über die politische Entwicklung zwischen England und Frankreich gesprochen wird. Achte besonders auf die Gespräche der russischen, preußischen und österreichischen Gesandten. Bring alles in Erfahrung, was wichtig ist für unser investiertes Geld.« In bester Laune fuhr er fort: »Wenn der Friede nur drei oder vier Jahre hält, wird der Handel zwischen England und Frankreich erblühen.« Daraufhin überreichte er Thérèse eine Tasche. »Hier drin sind alle wichtigen Verträge und eine Aufstellungen unserer Forderungen. Bewahre sie auf, bis ich wieder zurück bin.«

Banville verließ am Tag darauf Paris, um von Dieppe aus nach England überzusetzen. Sein erster Brief traf am 15. August in Paris ein. Thérèse erkannte ihn schon an der vertrauten Handschrift. Noch bevor sie zu lesen begann, hatte sie das Gefühl, dass es ernste Probleme gab.

Sie behielt Recht. Aus seinen Zeilen ging hervor, dass sich die englischen Kaufleute seinen Plänen und Angeboten gegenüber sehr reserviert verhielten. Niemand hatte die Umwälzungen in Frankreich wirklich akzeptiert. Die englischen Zeitungen warfen

Napoléon trotz des bestehenden Friedensvertrages unentwegt vor, Eroberungspläne gegen England zu schmieden. Er schrieb, ein englischer Regierungsbeamter habe ihm gesagt: »Euer Konsul will Karl dem Großen nacheifern und Frankreich um jeden Preis das Gefühl nationaler Größe vermitteln. Dazu will er England die Zügel anlegen und seinen Einfluss zurückdrängen. Unter diesen Umständen wird kein einziger Kaufmann sein Geld riskieren und kein Eigner sein Handelsschiff.«

Am gleichen Tag, als sie diese Zeilen las, wurden in allen Kirchen der Republik Napoléons dreiunddreißigster Geburtstag und das Konsulat auf Lebenszeit gefeiert. Eine Anordnung des Ersten Konsuls, die dazu beitragen sollte, das Konkordat zu beleben, um Frankreich so in aller Form mit der Religion auszusöhnen. Alte Feindschaften sollten begraben und Parteien verschmolzen werden, damit es nicht länger Jakobiner und Royalisten, Katholiken und Atheisten, Vorrevolutionäre und Nachrevolutionäre gäbe …

Von Thérèse und ihrem Mann General Soult wurde erwartet, dass sie am Tedeum in Notre-Dame teilnahmen. Am Ende der Feier sah sie Larrey und einige Generäle auf dem Domvorplatz diskutieren. Als sich Soult und Thérèse der Gruppe näherten, hörten sie schon von weitem die Stimme von Augereau, der voller Wut sagte: »Das Einzige, was bei dieser Feierlichkeit noch fehlt, sind die Million Tote, die fielen, um diesen Unsinn loszuwerden.«

Augereau war ein unversöhnlicher Jakobiner geblieben, dem Soult zutraute, dass er sich eines Tages offen gegen Bonaparte stellen würde. In seiner Nähe gesehen zu werden konnte daher als konspirativ angesehen werden. Schnell wandte er sich ab, um verschiedene Staatsräte, Abgeordnete und Minister zu begrüßen. Er trennte sich von Thérèse, da er noch wichtige Angelegenheiten zu erledigen hatte.

Am Abend tanzte Thérèse ohne ihn in Malmaison, und nach dem Ball traf sie sich erneut mit Jean-Dominique in ihrem Haus in der Rue de Montholon.

VI

Paris, Mai 1803

Gewöhnlich kam Banville gegen Mittag. Überraschend daher für Thérèse, dass er sich gleich um zwei Stunden verfrühte. Sie hatte ihn noch in den Tuilerien vermutet. Für ihn als Armeelieferanten standen an jenem Tag außerordentliche Entscheidungen an. Doch die politischen Ereignisse stellten die Tagesordnung auf den Kopf. Sein Ausharren dort lohnte nicht, denn die Kommissionen der Finanzen, des Krieges und der Marine hatten Gewichtigeres zu entscheiden. Erklärungen vereinzelter Kommissionsmitglieder waren lau und mit geheuchelter Ruhe vorgebracht. Das Schwierigste für Banville dabei war, die Geduld zu bewahren. Geduld musste auch Thérèse bewahren, denn ihr investiertes Kapital war durch das Desaster ihres Onkels in England erheblich geschrumpft. Die Verluste mussten ausgeglichen werden. Und das konnte nur gelingen, wenn dieser an die ersehnten Armeeaufträge herankam.

Als Bernard den Salon in der Rue de Montholon betrat, spürte Thérèse sofort, dass wieder etwas schief gegangen war. Statt einer Begrüßung knurrte er: »Die erhofften Dekrete lassen auf sich warten.«

Bernard hatte auf die Vergabe neuer Armeeaufträge gehofft. Ebenfalls auf eine Teilbegleichung seiner aufgelaufenen Forderungen. Doch nichts von alledem war geschehen. Die Sorgen um sein investiertes Geld raubten ihm den Schlaf. Kein Wunder, dass er sich übel gelaunt zeigte.

Thérèse fragte: »Warum hat man sich vertagt? Was ist passiert?«

Resigniert antwortete er: »Politische Ereignisse haben alles auf den Kopf gestellt. Dadurch hat man Entscheidungen aufgeschoben.«

Thérèse zeigte sich besorgt: »Welche Ereignisse?«

»Der Friedensvertrag mit England ist null und nichtig. Man hat uns den Krieg erklärt. Napoléon hat daraufhin alle Einfuhren der Briten gestoppt. Die Häfen sind für englische Schiffe geschlossen. General Mortier ist in Hannover eingerückt, und Neapel, Tarent und Brindisi sind von uns wieder besetzt worden. England wird sich das nicht gefallen lassen.«

Nervös geworden, schritt Thérèse auf und ab. »Und was heißt das jetzt für uns?«

Bernard polterte los: »Gottverdammt! Nichts ist verhandelt worden. Weder die Bezahlung schon erfolgter Lieferungen noch ob in Zukunft endlich Vorschüsse gewährt werden. Und das Fatalste daran ist, dass die Gläubiger jetzt auf sofortige Bezahlung drängen werden. Wenn sich die Herren nicht bald entscheiden, sind wir bankrott.«

Die Aussage war für Thérèse nicht neu. Sie hatte das schon öfter gehört, aber an jenem Morgen klang es doch beunruhigend aus seinem Munde. Ihr Onkel war immer schon Risiken eingegangen und hatte nie einen ernsthaften Einbruch seiner Geschäfte erlebt.

Trotz der drohenden Krise versuchte sie die Ruhe zu bewahren. »Komm, mach dich nicht verrückt. Deine Gläubiger wissen, dass sie ihr Geld bekommen werden. Dein Renommee als Armeelieferant ist gut. Vielleicht wird schon morgen darüber verhandelt.«

»Wenn ich das wüsste, wäre mir wohler.«

»Ich nehme an, ein drohender Krieg mit England ist das Beste, was uns passieren kann?«

»Natürlich. Es wird auch bestellt und geliefert. Nur ich bin diesmal nicht mit Aufträgen gesegnet.«

»Was können wir tun?«

Bernard kannte die Zusammensetzung der Armeen an der Ozeanküste. Die Aufstellung erstreckte sich entlang der Küste von Hannover bis Brest. Sie bestand aus sieben Korps, sechs Divisionen schwerer Kavallerie und einer Division der Garde. Zusammen ergab das eine Armee von insgesamt einhundertneunzigtausend

Mann! Und Thérèses Mann, General Soult, befehligte das vierte Korps bei Boulogne. Dort lag ebenfalls die Garde. Was lag näher, als den Hebel dort anzusetzen.

»Was wir tun können?«, wiederholte Bernard die Frage von Thérèse. »Ganz einfach! Uns würde die Belieferung einer einzigen lächerlichen Division deines Mannes reichen.«

»Hör zu, Bernard, ich kann ihn nicht in unsere Geschäfte hineinziehen. Ist dir das endlich klar?«

Bernard nickte. Tee wurde gebracht. Thérèse sagte: »Ich weiß, wir benötigen das Geld jetzt! Nicht erst, wenn die Kanonen sprechen.«

Bernard sah sich im Salon um. Er trank einen Schluck Tee und begann einige Einzelheiten zu erzählen, die sie noch nicht kannte. »Wir wären fein raus gewesen, wenn nicht Holland von Napoléon genötigt worden wäre, unser Besatzungsheer von achtzehntausend Mann zu versorgen. Alle Lieferungen dorthin sind gestoppt worden. Aber gerade auf dieses Geschäft hatte ich gesetzt.« Seine Wangen röteten sich. »Es ist zum Haareraufen! Die Geschäfte laufen ohne mich. Aufträge von über einer Million Francs gehen uns durch die Lappen.«

Schweigend saßen sie für einen Moment da. Jeder berechnete stumm seinen Anteil. Bernard würde zweihundertdreißigtausend einstreichen, und davon verblieben noch für jeden rund einhunderttausend Francs. Nicht schlecht für eine einzige Lieferung von Zaumzeug, Ledergeschirr, Hafer und Transportwagen. Doch ohne Auftrag keine Lieferung und ohne Lieferung kein Geld.

»Wie beurteilen deine Freunde die Situation?«, fragte sie Bernard.

Bernard entgegnete grimmig: »Freunde? Wo? Habe ich noch welche?«

»Nimm meinetwegen die Bestechlichen.«

»Das ich nicht lache! Bourrienne hat man fortgejagt, Barras hat abkassiert und bleibt unauffindbar. Dabei schuldet er mir noch ein Vermögen. Ich vermute, er hat sich das Geld, das für Lieferungen nach Ägypten bestimmt war, mit Talleyrand geteilt, bevor er seinen Rücktritt unterschrieb.«

»Was ist mit Berthier, dem Kriegsminister?«

Bernard machte noch ein grimmigeres Gesicht: »Schwer einzuschätzen. Ich sammle Informationen über ihn, bringe so viel wie möglich in Erfahrung. Er scheint sein Doppelleben sehr diskret zu führen.«

»Wenn es so ist, dann müssen wir uns eingestehen, dass die alte Garde der Bestechlichen verbannt ist und an deren Stelle nach und nach ehrenwerte Männer aus dem Ministerium der Talente treten.«

»Du vermutest wohl richtig.«

Damit hatte Thérèse das Gespräch auf Personen gelenkt, die unter dem Ersten Konsul auffallend an Macht und Einfluss gewonnen hatten. Dieser hatte inzwischen tatsächlich eine glänzende Vereinigung kluger Köpfe um sich geschart, mit erstklassigen Befähigungen im zivilen wie im militärischen Bereich. Joséphine bezeichnete Thérèse gegenüber diese Elite als Bonapartes Ministère des talents. Aus den vielen Diskussionen und Kontroversen, die in Madame Talliens Salon darüber geführt wurden, hatte sie sich ein genaues Bild machen können.

»Das sollte uns nicht entmutigen, Onkel Bernard. Wilde Spekulationen, riskante Finanzoperationen, abenteuerliche Bestechungen – was bleibt schon davon übrig? Anerkannte Wissenschaftler mit Einfluss wie Berthollet oder Monge geben dort die Richtung an. Auch Berthier ist für uns wichtig. An diese Leute müssen wir rankommen.«

Bernard grübelte einen Moment. Dann fragte er unvermittelt: »Wie geht es eigentlich dem Chirurg der Garde, unserem Mitglied der Ehrenlegion?«

»Er ist mit der Garde nach Boulogne befohlen.«

»Ist er schon unterwegs?«

»Soviel ich weiß, soll er in zwei Wochen bei der Garde sein.«

»Gott sei Dank! Dann bleibt uns ja noch Zeit.«

»Ich kann mir vorstellen, an was du denkst.«

Bernard erwiderte nichts darauf, sondern schlürfte seinen Tee. Wenig später sagte er nachdenklich: »Berthollet, Monge, Berthier, alles Ägypter! Ich habe es gewusst: Er ist der richtige Mann für unsere Zwecke.«

Thérèse glaubte nicht an eine Alchimistenkunst, die vorgaukelte, aus allem Gold machen zu können. »Der richtige Mann, ja. Aber für unsere Zwecke? Wie ich ihn einschätze, wirst du es schwer haben, ihn zu überreden.«

Nach Bernards Vorstellungen sollte der Chirurg der Garde sich dafür einsetzen, dass die von ihm erstellten Materiallisten allein aus seinen Magazinen bedient würden. Nur Bernard allein wäre in der Lage, die geforderten Qualitäten zu liefern. Jedenfalls sollte es so aussehen. Er glaubte, dass sein Freund der Verlockung einer großzügigen Beteiligung an dem geplanten Geschäft nicht widerstehen würde.

Bernard wischte daher Thérèse' Einwand weg: »Tatsache ist: Ein imposantes Korps ist in Boulogne zusammengezogen worden, das vortrefflich ausgerüstet wird, damit es erfolgreich nach England übersetzen kann. Tatsache ist auch, dass dieses Korps und vor allem die Garde mit Larreys neuer Ambulance volante ausgestattet wird. Kastenwagen, Pferde, Tragbahren, Verbandsmaterialien, Arzneimittel und ein chirurgisches Instrumentarium im Wert von Millionen von Francs werden nach seinen Vorgaben dafür vom Kriegministerium bestellt. Und noch eines ist für mich Tatsache: Jeder Mensch hat seinen Preis! Auch mein Freund Jean-Dominique.«

Als er geendet hatte, war für Thérèse klar: Jean-Dominique würde sich ihrem Onkel auf diese Art und Weise nie ausliefern. Sie überlegte: »Und was ist, wenn sein Preis unbezahlbar ist?«

Bernards Instinkt war untrüglich – besonders was Thérèses Einwände anbelangte. »Wenn wir es nicht mit Geld erreichen, dann eben mit einer wohlkalkulierten Erpressung. Die Situation lässt uns keine andere Wahl.« Er nahm Thérèses Kopf in beide Hände. »Das wird ihm wehtun! Nicht dir!« Daraufhin wurde seine Stimme leise, doch dafür eindringlich: »Es ist wichtig, dass du unser Ziel nicht aus den Augen verlierst. Bleib wach und träum nicht!«

Als er sie wieder losgelassen hatte, erwiderte sie: »Danke für den guten Rat. Sonst noch was?«

»Ja. Ein klarer Kopf, ein verlockendes Angebot, wenn nötig ein wenig Druck, und du wirst sehen, das Ganze läuft in unsere Richtung. Arrangiere das Treffen mit ihm für Montagnachmittag. Ich muss ihn noch vor seiner Abreise aus Paris sprechen.«

Thérèse gefiel dieses Vorgehen überhaupt nicht. Doch sie wusste, irgendwann kam der Moment, da würde Bernard sich nicht mehr aufhalten lassen. Ihr Onkel wollte das Geschäft seines Lebens – um jeden Preis. Er würde nicht davor zurückschrecken, Jean-Dominique in einen echten Skandal zu verwickeln, so dass man ihn mit Schimpf und Schande aus der Armee und aus allen Hospitälern jagen würde.

Als sich ihr Onkel verabschiedete, traf sie sein schneller, harter Blick in einer Art, als ob er ihn jahrelang geübt hätte. »Er ist unsere Chance, Thérèse. Wir müssen sie nutzen!«

Als er das Haus verlassen hatte, schwor sie sich, die Katastrophe zu verhindern. Das Einzige, was sie dabei erschreckte, war der Gedanke, dass auch ihr Leben aus den Fugen geraten könnte und sie dorthin zurückkehren müsste, wo sie einmal hergekommen war …

VII

Paris, Mai 1803

Thérèse beherrschte das wunderbarste aller Spiele, vergleichbar an Spannung mit dem des Roulettes oder des Eros. Sie liebte diese Sekunden, in denen das Spiel der Entscheidung zurollte. In solchen Momenten spürte sie, dass man Ereignisse beschleunigen oder hemmen und doch eben aus diesem Wissen heraus beherrschen konnte. Meist gewann sie das Spiel. So auch diesmal. Larrey war zwar zur Gardedivision an den Kanal nach Boulogne befohlen, doch trotz seiner knapp bemessenen Tage, die ihm in Paris noch blieben, hatte er auf ihr Drängen hin die Einladung Banvilles angenommen.

Jean-Dominique tat dies nur aus Liebe zu Thérèse. Sein Interesse an einer Begegnung mit Bernard Banville war weitgehend geschwunden. Thérèse hatte ihn jedoch inständig darum gebeten, Bernard aufzusuchen. Und so hatte er nachgegeben. Er fühlte sich aber gedrängt, war nervös und voller Ungeduld. Was hatte er von diesem Treffen zu erwarten? Steckte etwa mehr dahinter als die angebliche Freude Bernards über ein Wiedersehen mit ihm? Ein mögliches Aufreißen alter Wunden konnte zu diesem Zeitpunkt nur schädlich sein.

Auch machte er sich Sorgen wegen der wachsenden Probleme mit Charlotte. Sie beschwerte sich über seine häufigen Reisen, die ihn angeblich von Paris fern hielten. Die meisten Tage davon verbrachte er allerdings mit Thérèse. Hinzu kam die Order, sich zur Gardedivision nach Boulogne zu begeben, was Charlotte ebenso bitter beklagte. Am liebsten hätte er kehrtgemacht.

Der Tag war heiß. Im Westen von Paris stand eine rabenschwarze Gewitterwand. »Mach schnell und bring es hinter dich!«, sagte er zu sich selbst. Aufkeimende Zweifel an Thérèses Aufrichtigkeit versuchte er sofort aus seinem Kopf zu verbannen. Dennoch fühlte er sich unsicher. Verschwörungen waren an der Tagesordnung. Auf dem Weg zu Banvilles Haus in der Rue Rivoli, wo sie sich Punkt fünf treffen wollten, konnte er diesen Gedanken einfach nicht loswerden.

Ein Diener öffnete. Bevor er noch seinen Namen nannte, verkündete der Lakai: »Monsieur Banville erwartet Sie in der Bibliothek.«

Hinter der schlichten Fassade des Hauses verbarg sich ein luxuriöses Stadtpalais. Die Eingangshalle war über zwei Stockwerke hoch und mit einer Galerie versehen, deren Wände mit einer Sammlung von Gemälden behängt waren. Larrey verstand nicht viel von Malerei, doch auf den ersten Blick schienen Meisterwerke darunter zu sein. Panik befiehl ihn bei dem Gedanken, sein Gastgeber könnte ihm Bild für Bild vorführen und langwierige Erklärungen dazu abgeben. Der Weg zur Bibliothek führte vorbei an Vitrinen mit Porzellan, florentinischen Sitzmöbeln, Kommoden und Sekretären. Alles wirkte hingestellt und unbenutzt.

Der Diener öffnete eine schwere Holztür. Dahinter tat sich ein imposanter Raum auf. Ringsum hüteten verglaste Schränke Bücher, die auf Leser warteten. Dieser aufgesetzte Berg von Bildung und Reichtum war Larrey zuwider. Wo waren die Tage geblieben, als sie in Toulouse in ihrer Mansarde mühsam die Sous zusammenkratzten, um sie für kleine Eitelkeiten auszugeben. Hinter ihm schloss sich die Tür. Er war allein.

Die Spannung wuchs. Er hatte das unbestimmte Gefühl, dass er beobachtet wurde. Die Stille quälte ihn. Schon wollte er die Bibliothek verlassen, als sich eine geheime Schranktür zu drehen begann.

Bernard betrat lächelnd die Bibliothek. Mit ausgebreiteten Armen schritt er auf seinen Gast zu: »Jean-Dominique! Was für eine Überraschung. Was für ein Glanz und was für eine Ehre, den berühmtesten Chirurgen der Republik unter meinem Dach zu wissen.« Daraufhin betrachtete er ihn demonstrativ von oben bis unten: »Ich danke dem Himmel, dass du heil geblieben bist.«

Irritiert von Bernards Überschwänglichkeit lächelte Larrey gequält zurück. Ihm genügte ein einziger Blick. Aus dem einstigen Jagdhund war ein Hamster geworden. Bernards ehemals schlanke Figur hatte an Umfang enorm zugenommen. Über der blanken Stirn türmte sich eine ungepflegte Mähne, und das weiche, breit zerfließende Gesicht darunter vermittelte nur den Eindruck einer vergnüglichen, lebensgenießerischen Gesundheit. Der zähe, muskulöse Stiernacken, die Schultern, breit wie die eines Lastenträgers, ließen etwas von der Massivität, von der Wucht seines Wesens erahnen. Unbefangen betrachtet und mit einer blauen Schürze um den Leib hätte er einen gutmütigen, jovialen Gastwirt abgegeben, der hinter der Theke eines Bistros in Südfrankreich sein Dasein genoss.

Larrey blickte sich um. »Wie ich sehe, sind wir aus dem Gröbsten raus.«

Bernard legte seinen Arm um Jean-Dominiques Schultern und wies zur Tür. »Komm, wir machen es uns im Salon gemütlich.«

Larrey zögerte. »Es tut mir wirklich Leid, Bernard, aber meine Zeit ist knapp.«

Aufgeräumt entgegnete der Gastgeber: »Für ein Gläschen wird es doch reichen.«

»Natürlich. Dafür immer.«

Auf dem Weg in den Salon durch die Galerie sagte Larrey anerkennend: »Ich freue mich, dass es dir gut geht.«

»Ja und nein! Du kannst es nicht sehen, doch für mich ist momentan Fastenzeit. Die Geschäfte laufen nicht mehr wie früher. Vieles hat sich geändert. Aber was erzähle ich dir.«

Sein Eingeständnis verblüffte Larrey. Der Salon, den sie betraten, war prunkvoll mit goldenem Damast ausgeschlagen, als empfinge Bernard hier die große Gesellschaft von Paris. Lautstark fuhr dieser fort: »Aber genau deshalb freue ich mich, dass du gekommen bist.« Dann zwinkerte er mit dem Auge: »Vielleicht können wir ja an alte Zeiten anknüpfen. Setz dich! Es gibt Profitables zu besprechen.«

Larrey gewann den Eindruck, als wiederhole sich die Geschichte.

Wie vor Jahren im Kaffee Procope zündete sich Bernard die Pfeife an, zog mehrmals kräftig an ihr und blies eine süß duftende, weiße Wolke über Larreys Kopf hinweg. Larrey hätte schwören können, dass Bernard sogar die gleichen Worte wählte wie damals: »Dein und mein Problem besteht doch darin, dass wir ein Leben führen, für das wir uns regelrecht aufopfern …«

Im selben Moment war Larrey bewusst, dass Bernard ihm etwas vorspielte. Er hätte es wissen müssen. So wenig wie ein Trinker vom Trunk, Spieler vom Spiel und der Wilddieb von der Jagd konnte Bernard von seinen Geschäften lassen. Doch die Zeiten der Gemeinsamkeiten waren endgültig vorbei. Egal was er anbieten würde, er, Jean-Dominique, würde sich für Bernard niemals mehr benutzen lassen.

Dieser bemerkte die zunehmende Ungeduld seines Gastes, doch er übersah sie geflissentlich. Der Diener brachte Champagner. Bevor sie auf das Wiedersehen anstießen, sagte Bernard: »Ich ahne, was in dir vorgeht. Du glaubst, dass ich dieses Treffen mit dir nur deshalb in die Wege geleitet habe, um zu versuchen, dich vor meinen Karren zu spannen.«

Larrey schüttelte den Kopf. »Ich will dir sagen, was ich denke. Ich denke, wir sollten darauf anstoßen, dass jeder für sich seinen Weg gefunden hat. Dies feststellen zu können hat den Besuch gelohnt. Über alle Kränkungen, Bitternisse, Glück und Freuden der Vergangenheit hinweg will ich mit dir das Glas auf eine gute Zukunft erheben. Deshalb bin ich zu dir gekommen.«

Bernard zeigte sein breitestes Lächeln, und als ob es keinen Widerstand gäbe, erwiderte er: »Ja! Auf gute gemeinsame Geschäfte in der Zukunft!« Daraufhin hob er sein Glas, um anzustoßen.

Larrey trank nicht, sondern setzte sein Glas ab. »Was willst du von mir?«

Bernard hob beschwichtigend die Hand und sagte in versöhnlichem Ton. »Ich gebe zu, ich hatte schon den Gedanken, das Angenehme mit dem Nützlichen zu verbinden. Doch es ist nichts Ehrenrühriges, was ich von dir will. Mein Ruf als Lieferant der Armee ist ausgezeichnet. Doch scheint er von den neuen Kommissionen, Ministern, Professoren, Generälen und Adjutanten noch nicht zur Kenntnis genommen worden zu sein. Ich bin sicher, du wirst mich darin unterstützen, dass sich dies bald ändern wird. Verstehe: Ich möchte nur, dass ich als Armeelieferant auch bei der Belieferung der Ambulanzen der Garde Napoléons berücksichtigt werde. Um der alten Freundschaft willen.«

Das klang alles so überzeugend, so vernünftig, dass es schwer fiel, dafür ein Gegenargument zu finden. Wenn diese Worte nicht aus Bernards Mund gekommen wären und wenn nicht der alte Schatten ihrer gemeinsamen Vergangenheit auf ihnen gelegen hätte, dann hätte Larrey vielleicht nicht gewusst, was er hätte erwidern sollen. Doch ihm war klar, wenn er sich einmal auf einen solchen Handel einließe, dann hätte Bernard leichtes Spiel. Vielleicht würde die Qualität der ersten Lieferungen noch hervorragend sein, die zweite ausreichend, und was wäre dann mit der dritten, vierten? Die Geister, die dann losgelassen wären, würden nie mehr Frieden geben.

Also sagte er nur: »Es tut mir Leid, Bernard. Mein eigener Marschranzen ist voll von Problemen, die ich zu lösen habe. Doch wie dir bekannt sein dürfte, gibt es eine neue Reglementierung der Armeebelieferung. Ein guter Ruf in Ehren, doch was zählt, sind Preis und Qualität. Kalkuliere und gib dein Angebot in den Tuilerien ab. Das ist der sicherste Weg, um wieder ins Geschäft zu kommen.«

Bernard schlürfte genüsslich seinen Champagner. Seine Stimme war kaum hörbar, seine Augen weiteten sich beschwörend. »Der Krieg macht uns groß. In Ägypten und Marengo hat unser Erster Konsul mit dreißigtausend Mann gesiegt. Bei Boulogne, wo man dich hinkommandiert, werden es schon gut fünfzigtausend sein. Sei versichert, bald denken wir nur noch in Regimentern, in Korps und in Armeen. Hunderttausende, eine halbe Million Soldaten werden in Zukunft aufgestellt.«

»Ich weiß nicht, woher deine Vorstellung rührt. Frankreich fühlt sich zwar bedroht, aber es befindet sich immer noch im Frieden.«

Bernard überhörte den Einwand, erhob sich stattdessen und sagte kühl: »Überleg dir, was das für mich als Armeelieferant bedeutet. Nur wenn ich Waren liefere, kann ich meine Zuverlässigkeit und auch meine Redlichkeit beweisen. Und wenn die alte

Verbundenheit zwischen Freunden, wie wir es sind, als Grund nicht ausreicht, so sollst du wissen, dass auch für dich etwas dabei herausspringen würde. Zehn Prozent vom Auftragsvolumen. Zehn Prozent für dich, ist das nichts?«

Larrey hob abwehrend die Hände. »Bernard, ich werde …«

Aber Bernard ließ ihn nicht ausreden: »Prüfe die chirurgischen Instrumente! Meine Verbandsstoffe! Die Marschranzen! Traggestelle! Prüfe alles genauestens! Morgen schon werde ich eine Warensendung nach Boulogne transportieren lassen. Und glaube mir, die Qualität wird besser sein als alles, was du bisher für die Verwundeten Frankreichs zur Verfügung hattest.« Daraufhin hob er das Glas und rief donnernd: »Es lebe die Republik, es lebe Frankreich, es lebe der Erste Konsul, seine Kriege, unsere Freundschaft, die Geschäfte und Gewinne!«

Larrey ließ sein Glas unberührt. Es gab nichts mehr zu sagen. Er stand auf und deutete zur Tür. »Die Zeit drängt.«

Hass kochte in Bernard hoch. Auf diese Art wollte er sich nicht abservieren lassen. Aber er zügelte seine Wut und sagte gepresst: »Du drängst die Zeit unnötig. Sei versichert, du wirst mein Angebot noch zu schätzen wissen. Zehn Prozent gehören dir. Zehn Prozent von jeder Lieferung an die Garde!«

»Nein! Ich lasse mich von dir da nicht hineinziehen. Unsere Wege haben sich ein letztes Mal gekreuzt.«

»Überleg es dir. Ich gebe dir bis morgen für deine Entscheidung.«

»Meine Entscheidung? Die bekommst du sofort: Nein!«

Als Larrey den Türgriff berührte, trat Bernard heran und legte seine Hand auf die seine. Sein Atem roch unangenehm. »Thérèse habe ich nichts von damals erzählt. Und unser Erster Konsul hält dich immer noch für einen Ehrenmann. Zwing mich nicht, Mittel einzusetzen, die für dich sehr unangenehm sein könnten.«

Larrey zog seine Hand weg, packte ihn am Revers seiner Jacke und sah ihm in die Augen: »Das wirst du nicht wagen, Bernard. Du hängst genauso in der Sache von damals drin wie ich. Du selbst stündest schneller am Pranger, als du denkst.«

Bernard befreite sich langsam von seinem Griff. »Versteh doch. Ich habe nichts zu verlieren. Ich brauche deine Unterstützung.

Und ich weiß, ich werde sie bekommen, denn du hast keine andere Wahl. Und denk dran: zehn Prozent! Überleg es dir.«

Larrey holte tief Luft, als wollte er etwas erwidern, sagte aber nichts. Dann wandte er sich um, ließ Bernard einfach stehen und ging hinaus.

Bernard ballte die Hand zur Faust. Er war überzeugt, mit Larrey den passenden Schlüssel in der Hand zu haben, mit dem er das Tor für sich aufsperren würde, um zum größten Armeelieferanten Frankreichs aufzusteigen. Und er hatte nicht die Absicht, diese Chance ungenutzt zu lassen.

VIII

Paris, 1.–2. Dezember 1804

Vor zwei Tagen war Larrey von der Kanalküste nach Paris zurückgekehrt. Er kam aus der Stadt Boulogne, die sich in ein riesiges Heerlager verwandelt hatte, in dem das Geld für Kriegsmaterial genauso versickerte wie der Wein in den durstigen Kehlen der Soldaten. Einer Stadt, in der es am wenigsten sittsam zuging und doch die meisten Moralisten gab und wo sich obendrein Spione wie Ameisen herumtrieben. Das englische Parlament hatte gerade einen Sonderkredit von zweieinhalb Millionen Pfund Sterling für »kontinentale Zwecke« beschließen lassen. Kein Wunder, dass man damit Tausende Menschen bezahlen konnte, die dafür ihre Augen, Ohren und Seelen an England verkauften …

Bekanntestes, wenn auch vermutlich unschuldiges Opfer der unermüdlichen Jagd nach Agenten, Attentätern und Verrätern wurde der Herzog von Enghien, Sohn des Prinzen von Condé, der aus Ettenheim in Baden entführt und im März in Vincennes hingerichtet wurde. Zorn und Entsetzen über diese Willkür war nicht nur im Volk, sondern auch in den Reihen der Offiziere festzustellen. »Das ist mehr als ein Verbrechen, das ist ein Fehler«, wurde ein Ausspruch des Polizeiministers Fouché kolportiert. Dieser Mord besiegelte die tödliche Feindschaft zwischen Bourbonen und Napoléon.

Ungeachtet dessen hatten Larrey und sein Stab die Ambulanzen der Garde und des vierten Korps nach den Erkenntnissen aus dem Ägyptenfeldzug neu organisiert und durch groß angelegte Übungen einsatzbereit gemacht. Erfreulich war für ihn der Umstand, dass er die meisten Chirurgen der Orientarmee wieder hatte um sich scharen können.

Die Invasion Britanniens wurde indessen am Kanal mit gigantischen Land- und Küstenmanövern vorangetrieben. Der Sprung über den Kanal war freilich bislang gescheitert – weniger an der mächtigen englischen Blockadeflotte als an widrigen Winden, tosender Brandung und hohen Wellen.

Larrey hatte in der letzten Stabsbesprechung einen Napoléon erlebt, der versuchte, seinen Enthusiasmus und seine Entschlossenheit auf die Generäle zu übertragen. Beschwörend, als ob der Tag des Sieges angebrochen wäre, sagte er: »Zwischen Etaples, Boulogne, Wimereux und Ambleteuse verfügen wir über eintausendachthundert Kanonenboote, Schaluppen und Kähne, die einhundertzwanzigtausend Männer und zehntausend Pferde transportieren können. Wenn wir die Meerenge sechs Stunden beherrschen, dann beherrschen wir die Welt.«

Der Tag war noch nicht gekommen. Durch den harten Drill der Einschiffungs- und Landungsübungen beklagte man in den vergangenen Monaten schon mehr als einhundert Todesopfer. Das Meer gehorchte weder der Logik der Menschen noch dem Willen der Befehlshaber …

Nun saß Larrey endlich zu Hause im bequemen Lesestuhl, um sich von den Strapazen zu erholen. Ihm gegenüber hatte es sich Charlotte bequem gemacht. Nach Monaten der Abwesenheit bemühte sie sich, ihrem Mann jeden Wunsch zu erfüllen. Sie war von Stolz erfüllt, seit er von der École de médecin mit seinen Thesen über die Amputationen zum ersten »Docteur en chirurgie« promoviert, danach als einer der Ersten in die Ehrenlegion aufgenommen und wenig später in den Offiziersrang erhoben worden war. Im Juli hatte er aus der Hand Napoléons in der Kirche des Hôtel des Invalides das Kreuz der Ehrenlegion erhalten. Wenige Tage darauf erfolgte dann noch die Ernennung zum Inspecteur général du service de santé des armées.

Jean-Dominique studierte gerade das Senatus Consultum, die gedruckten Empfehlungen des Senats, um sich rasch über die politischen Neuerungen ins Bild zu setzen. Vieles hatte er natürlich auch im Lager von Boulogne erfahren, doch nun las er es schwarz auf weiß. Bald hatte er gefunden, wonach er suchte. Die Verlautbarung vom 18. Mai 1804:

Erster Titel.

Art. 1. Die Regierung der Republik wird einem Kaiser anvertraut, der den Titel «Kaiser der Franzosen» annimmt.

Die Gerechtigkeit wird im Namen des Kaisers verwaltet durch Beamte, die er einsetzt.

Art. 2. Napoléon Bonaparte ist Kaiser der Franzosen

Der zweite Titel handelte von der Zuerkennung der Erblichkeit. Er überflog ihn und die weiteren Artikel, bis seine Aufmerksamkeit von Titel sechs wieder gefesselt wurde.

Sechster Titel.
Von den Großbeamten des Reiches

Art. 48. Dazu gehören:

a) die Marschälle des Reiches, deren Anzahl nie über 16 sein darf, diejenigen Marschälle aber nicht mitgerechnet, welche Senatoren sind;

b) acht Inspektoren und Generalobersten der Artillerie, des Ingenieurkorps, der Kavallerie und des Seewesens;

c) die Zivilgroßbeamten der Krone, welche der Kaiser festsetzen wird.

Als Marschälle des Reiches (mit der Anrede »Monseigneur«) wurden am 19. Mai 1804 ernannt: Berthier, Murat, Moncey, Jourdan, Massena, Augereau, Bernadotte, Soult, Brune, Lannes, Mortier, Ney, Davoust, Bessieres. Danach wurden noch ernannt: Kellermann, Lefebvre, Perignon, Serrurier.

Art. 49. Die Großbeamten können nicht abgesetzt werden.

Art. 50. Jeder Großbeamte führt in einem Wahlkorps den Vorsitz.

Art. 51. Wenn auf Befehl des Kaisers, oder aus anderer Ursache, der Inhaber eines Erzamtes, oder ein Großbeamter, sein Amt niederlegt, so behält er dennoch Titel, Rang, Vorrechte und die Hälfte seines Gehalts. Er verliert diese nur durch ein Urteil des kaiserlichen Obergerichtshofes.

»Soult hat es geschafft. Ein würdiger Marschall«, kommentierte er beiläufig.

Charlotte griff seine Bemerkung auf. »Wie kann man sich darüber nur begeistern? Unlängst habe ich über Ney gelesen, dass seine leidenschaftliche Überzeugung die wäre, jeder Soldat solle auf dem Schlachtfeld sterben, und dass Männer, die in ihren Betten sterben, für ihn keine wahren Soldaten seien.«

Jean-Dominique entgegnete: »Ney – Verzeihung: Monseigneur Ney –, Marschall hin oder her, er bleibt ein Verrückter. Für ihn gibt es nur einen Gott, den Schlachtengott. Und wenn diese Gottheit ihm den Sieg verleiht, so dankt er es ihr in sanfter Stille nach dem Sturm auf dem Schlachtfeld mit einer Art Tedeum.«

»Von welcher Art ist dieses Tedeum?«, fragte sie wissbegierig.

»Musketenfeuer und Kanonensalven! Dafür macht er sich nichts aus Geld oder Ehrgeiz. Soult ist da aus einem ganz anderen Holz geschnitzt.«

Charlotte legte ihr Buch beiseite und fragte lauernd: »Aus welchem Holz ist denn der zwangsvermählte Marschall, über dessen Frau in Malmaison bis hinunter in die Pariser Salons die tollsten Gerüchte verbreitet werden?«

Ihre Bemerkung traf Jean-Dominique unerwartet. Wollte sie damit etwas andeuten? Er versuchte, sich nichts anmerken zu lassen. »Ruhm ist ihm wichtig«, erklärte er. »Zum Beispiel plante er ein riesiges Denkmal in Boulogne und ließ sich vom Kaiser große Mengen von Bronze für Flachreliefs geben. Er versprach ihm, die gleiche Menge an Metall dem Feind in der ersten Schlacht in Form von Bronzekanonen abzunehmen. Seine Beliebtheit bei Offizieren und Mannschaften sank aber rapide, als diese später mitbekamen, dass ihnen jeden Monat eine Tageslöhnung abgezogen werden sollte, um die Kosten jenes Monuments zu begleichen. Ein entrüsteter Oberst sagte über Soult: ›Wenn Ruhm sich so leicht einsammeln ließe wie Geld, dann wäre unser Marschall der größte Mann der Welt.‹«

Charlotte lachte herzlich. Neugierig geworden, fragte sie: »Ihr wart ja zusammen in Boulogne. Wie hat er denn seine Ernennung aufgenommen?«

»Er hatte an jenem Tag fast zwölf Stunden Korpsmanöver hinter sich, als die Listen schon unter den Offizieren herumgereicht wurden. Eine gewaltige Woge von Anerkennung, Neid, Empörung und aufrichtiger Freude schwappte durch die Offiziersmesse. Als ihm ein Divisionsgeneral zur Ernennung gratulierte, sagte er trocken: ›Einer von vierzehn!‹ Und als Soult zum ersten Mal in seiner Marschallsuniform erschien, bemerkte sein Adjutant Marcel anerkennend: ›Das ist aber ein schöner Rock!‹ Daraufhin Soult: ›Das muss er wohl sein, ich habe schließlich fünfunddreißig Jahre daran genäht.‹«

Charlotte amüsierte auch diese Geschichte. »Ist Marcel nicht der Bruder seiner Frau Thérèse?«

»Ja, wir sind ihnen in Malmaison begegnet. Inzwischen ist aus Marcel Sorel ein richtiger Mann geworden.«

Sie hätte gern noch einiges mehr erfahren, doch ihr Mann vertiefte sich wieder in den Senatsbeschluss. Jedenfalls tat er so. In seinen Gedanken war er bei Thérèse. Fast vier Monate war es her, dass sie sich das letzte Mal getroffen hatten. Eine halbe Ewigkeit für ihn. Erst durch die Trennung spürte er die ganze Tiefe seiner Empfindungen für sie. Vor dem Hintergrund der Lehrjahre des Krieges erschien ihm diese Verbindung umso wertvoller. Manchmal stellte er sich vor, nichts anderes mehr zu tun, als Freude mit ihr zu erleben, zu tanzen, sich auszuleben, sich seinen Phantasien hinzugeben, rauschhaft eins zu sein mit ihr. Die heuchlerischen Vorstellungen von Sittlichkeit und Prüderie, welche die bürgerliche Gesellschaft propagierte, waren für ihn schon längst keines Gedankens mehr wert. Auch wenn sich die überkommenen Werte damit ins Gegenteil verkehrten, für ihn heiligte die Ehe nicht die Liebe, sondern die wahre Liebe heiligte sich durch sich selbst, wo immer sie auch aufblühte. Und er war überzeugt, Thérèse dachte und fühlte ebenso wie er.

Vor zwei Wochen hatte er ihren letzten Brief erhalten. Sie schrieb, dass sie ihm etwas mitzuteilen habe, was sie dem Papier nicht anvertrauen wollte. Was konnte es nur sein? Natürlich hatte er sich darüber oft den Kopf zerbrochen. Im gleichen Augenblick dachte er auch an die Dreistigkeiten Bernards. Mitte des Jahres hatte dieser die Stirn gehabt, Larrey ein weiteres Ultimatum zu setzen. Sollte er nicht bis Ende des Jahres Aufträge von der Garde erhalten, so würde er Jean-Dominiques Vergangenheit öffentlich machen. Er wusste nicht, ob ihn die Drohung amüsieren oder beunruhigen sollte. Aber ihm wäre lieber, sie ein für alle Male beseitigen zu können. Sollte er sich vielleicht direkt an den Kaiser wenden?

Larrey erinnerte sich an die Worte Napoléons, bevor dieser ihm das Kreuz der Ehrenlegion im Invalidendom verlieh. Der Kaiser erschien auf einem prachtvollen Pferd, dessen Satteldecke über und über mit Gold bestickt war. Er wirkte unnahbar, als er durch das Mittelschiff schritt und im Presbyterium Platz nahm. An den beiden Längsseiten der Kirche befanden sich stufenweise Bänke, auf denen die Auserwählten saßen. Der Kurienkardinal las aus dem Evangelium, dann sprach der Kanzler der Ehrenlegion, schließlich Napoléon: »Kommandanten, Offiziere, Bürger und Soldaten. Ihr schwört auf eure Ehre, euch dem Dienst des Kaiserreichs zu widmen, der Bewahrung aller seiner Territorien, der Verteidigung des Kaisers, der Gesetze der Republik und der Eigentumsverhältnisse, die sie geschaffen hat, und mit allen Mitteln dafür zu kämpfen, dass Gerechtigkeit, Vernunft und Gesetze jeden Versuch zur Wiederherstellung eines feudalen Regimes verhindern.«

Als sein Name aufgerufen wurde, trat er vor den Kaiser. Dieser sprach zu ihm: »Empfange dies Kreuz von deinem Kaiser als Anerkennung für die Rettung vieler Soldaten durch deine Kunst, für deine vorbildliche Haltung in der Orientarmee und für bewiesene Tapferkeit im Dienste des Vaterlandes.«

Ja, darauf würde er sich berufen: Dienst am Vaterland, Gerechtigkeit, Vernunft und Gesetze …

Kanonendonner zerriss seine Gedanken. Diesmal kündete er nicht von einer blutigen Schlacht, sondern von der Würde des folgenden Tages. Zur Konzentration fehlte plötzlich die Ruhe. Der Lärm von Musikkorps drang von den Straßen herauf.

Larrey trat ans Fenster, und Charlotte gesellte sich zu ihm. Es war dunkel geworden. Durch die Eisblumen hindurch sahen sie bengalische Feuer von den Hügeln der Stadt. Die Theater von Paris, so war zu lesen, spielten die Nacht hindurch kostenlos. Bis Mitternacht donnerten zu jeder vollen Stunde Artilleriesalven über Paris. Kein Zweifel, die Krönungsfeierlichkeiten hatten begonnen.

Napoléon, der zusätzlich eine religiöse Legitimation verlangte, hatte Papst Pius VII. zu einer Zeremonie überreden können, die in Form einer dreiteiligen Kaiserkrönung – Salbung nach traditionellem Ritual, Selbstkrönung, Eid auf die Verfassung – in Notre-Dame stattfinden sollte. Mit dem Empire sollte ein neues Zeitalter beginnen. Jedenfalls beschwor man ein solches.

Doch wo man noch alles dem Augenblick opferte, bedeutete dem Volk von Paris ein Kaisertitel nichts, der Ruhm wenig und Geld alles! Aber das konnte sich schnell ändern. Larrey sah die Krönung Napoléons zum Kaiser, trotz des erfolgreich durchgeführten Volksplebiszits, zwiespältig. Dieses fortwährende Verlangen nach allem, was erreichbar schien, war nach seiner Auffassung unnötig. Vor allem die zukünftige prunkvolle Hofhaltung war ihm ein Dorn im Auge. Das Zeremoniell sah vor, alle Angelegenheiten des Hofes in den Traditionen des Ancien Régime, nach Ségurs Etiquette du Palais Impérial, zu regeln. Alles war darin festgelegt. Nicht nur die Anrede des Kaisers mit Sire, sondern auch die Art der Kleiderordnung, die Einnahme der Mahlzeiten, bis hin zum Repräsentationsgeschirr und der Präsenz napoleonischer Adler und Bienen.

Durch seine Stellung in der Garde hatte Larrey Napoléons Gewohnheiten intensiver beobachten können als in Ägypten. Längst hatte er begriffen, dass nur im Vorwärtsschreiten dem Kaiser die Kräfte wuchsen. So malte er sich, in seinem bequemen Polster sitzend, aus, wie Bonaparte zur gleichen Stunde den Versuch unternahm, noch einmal alles nachzukontrollieren, zu inspizieren und wie er sich über den letzten Stand der Vorbereitungen Bericht geben ließ. Gewiss nahm er auch noch Besserungen bei der Zusammensetzung des Festzuges vor, veränderte zu später Stunde die Sitzordnung der Gäste im Kirchenschiff und mokierte sich womöglich über den fehlenden Glanz der Uniformen mancher Würdenträger. Macht, so lehrte diese Kaiserkrönung, war vor allem eine Sache des Anscheins.

Am liebsten wäre Larrey der Krönung fern geblieben. Doch als Chefchirurg der Garde war er zur Anwesenheit verpflichtet. Außerdem hatte er versprochen, dass sich Lyon nicht mehr wiederholen würde.

Larrey vertiefte sich wieder in den Stapel von Zeitschriften, während sich Charlotte zur Ruhe begab. Seine Gedanken drehten sich um den morgigen Tag. Er würde nach der Krönung auf jeden Fall Thérèse treffen. Besser wäre es, so seine Überlegung, er könnte Notre-Dame unauffällig verlassen. Nur wie?

Die Zeremonie würde gegen zehn Uhr beginnen. Dreieinhalb Stunden waren dafür eingeplant. Doch was hieß das schon ...

Je länger er darüber nachdachte, umso mehr kam er zu der Überzeugung, dass Thérèse nichts anderes übrig bleiben würde, als geduldig auf ihn zu warten.

Der Festtag brach an. Es war Sonntag, der 2. Dezember 1804. Bei frostklarem Wetter machte sich Larrey um acht Uhr mit der Kutsche auf den Weg. Seit sieben Uhr marschierten die verschiedenen Abordnungen sternförmig auf Notre-Dame zu. Das Gedränge in den Straßen nahm von Minute zu Minute zu. Mühsam näherte sich seine Kutsche der Île de la Cité.

Der Platz vor der Kathedrale war für alle Karossen gesperrt, die nicht zum Gefolge des Papstes, des Kaisers oder des Erzkanzlers des Heiligen Römischen Reiches gehörten. Das konnte Jean-Dominique nicht beeindrucken, da er jederzeit Zutritt zum Hôtel-Dieu hatte, dessen Gebäude sich schräg gegenüber der Kathedrale befand. War nicht sogar der Papst im Falle eines Unglücks auf seine Kunst angewiesen? Die Kontrolleure ließen ihn wie erwartet passieren. Ein Fußmarsch in der Kälte blieb ihm erspart.

Larrey erkannte Notre-Dame nicht mehr wieder. Ein großer Teil der Kirchenfassade war mit einem riesigen Triumphbogen verkleidet. Im Dekor wimmelte es von goldenen Bienen. Das eigentliche Wappentier Napoléons, der Adler, prangte in der zentralen Mitte und verdeckte das ganze westliche Rosettenfenster. An zwei der vier Säulen des Bogens waren Bilder Chlodwigs und Karls des Großen, der Begründer der ältesten Dynastie Frankreichs, aufgehängt. Festlich, doch zweckentfremdet wirkte diese Staffage.

Notre-Dame, während der Revolution geplündert, später als Weinlager genutzt und unter Napoléon wieder restauriert, verhüllte ihr Antlitz hinter einem Schwarm von Bienen, einem riesigen, kampfeslustig dreinblickenden, schwarzen Adler und Bildern von toten Königen.

Die Seitenportale der Kathedrale waren geöffnet. Das Volk fand seine Richtung. Links und rechts im Gedränge murmelte man davon, dass das Zeremoniell bis in die Nachtstunden hinein dauern würde. Viele hatten daher Körbe mit Proviant zur Krönung mitgebracht. Türwächter, gekleidet in feudaler Livree, versuchten der Masse Herr zu werden. Neun Francs kostete der Eintritt. Die Menschen zahlten ergeben.

Für Larrey und die meisten der sechzig hohen Generäle waren keine besonderen Plätze zugewiesen worden. Man hatte sich aber darauf verständigt, im linken Seitenschiff, kurz vor dem nördlichen Querhaus, Aufstellung zu nehmen.

Gerade als sich Jean-Dominique zur bezeichneten Stelle durchgekämpft hatte, empfing ihn ein unziemliches Durcheinander: ein Streit zwischen weltlicher und geistiger Macht. Marschall Masséna schubste kurzerhand einen selbstzufriedenen kleinen Priester von dessen Sitz, worin ihm gleich Marschall Soult und die übrigen achtundfünfzig Kriegshelden folgten. Die entsetzte Geistlichkeit wich ohne Gegenwehr. Sarkastisch wandte sich Marschall Soult an Larrey: »Gab es Verletzte? Wo bleibt die Ambulance volante?«

Larrey nahm die Bemerkung gelassen hin. Seine innere Genugtuung reichte ihm, denn er pflegte in seinen Gedanken liebevoll die Vorstellung, wie er Thérèse schon in wenigen Stunden wieder in seinen Armen halten würde. Er blieb daher stehen und überließ seinen Stuhl einem anderen. So würde es auch nicht auffallen, sollte er frühzeitig die Kathedrale durch das nördliche Portal des Querschiffes verlassen.

Zu beiden Seiten des Ganges hatte man die Honoratioren des Staates auf Tribünen verteilt. Die Fundamente des geordneten und gegliederten Frankreich warteten auf die Spitze ihrer Pyramide. Die Tribünen im Altarraum hatte man für die Gruppe der Diplomaten reserviert, unter ihnen die Gesandten Österreichs, Italiens, Spaniens, der Türkei und der Vereinigten Staaten von Amerika.

Ihre Anwesenheit, so wollte es Napoléon, erhob seine Krönung in den Rang eines Weltereignisses.

Mit dem Geläut der Glocken verstummten die Menschen. Umgeben von einer Ehrengarde schritt Pius VII., ein kleiner bleicher Mann, unter einem Baldachin durch eine Doppelreihe von Bischöfen, Erzbischöfen und Kardinälen den Mittelgang entlang. Zwei ausgewählte Kardinäle trugen die Säume seines Chorrocks. Larrey sah von Seiner Heiligkeit nur die Tiara, den Hauch seines Atems in der frostigen Luft und die segnende Hand. Während ein Doppelorchester von mehr als vierhundert Musikern das Tu es Petrus spielte, schritt der Papst zum Altar. Eine Kompanie von Kardinälen und Bischöfen bildete Reihen, um die Stola Seiner Heiligkeit zu küssen.

Der erste Teil des päpstlichen Rituals war damit beendet. Man wartete. In der Kathedrale war es kalt wie in einer Gruft. Seine Heiligkeit betete mit geschlossenen Augen. Es war zehn Uhr dreißig.

Endlich, gegen Mittag, wurde das mittlere Portal der Kathedrale geöffnet. Unter den Klängen des Orchesters betraten der Kaiser und die Kaiserin in einem Rausch aus Purpur und Weiß die Kathedrale. Die Menschen reckten ihre froststeifen Hälse, um das Paar bis zum Altarraum verfolgen zu können.

Auf dem Kopf eine goldene Lorbeerkrone, hielt Napoléon die Elfenbeinhand, das Symbol der Justizgewalt, in seiner Hand. Die Brüder des Kaisers hatten ihre steifen Hände in die Zipfel des hermelingefütterten Krönungsmantels gekrallt, seine Schwestern trugen die Schleppe der Kaiserin.

Als der festliche Zug das Querschiff kreuzte, sah Larrey, dass dem Krönungspaar die große Schar der Familie Napoléons folgte. Er hatte sie alle zu Prinzen und Prinzessinnen ernannt. Hinter den Angehörigen Napoléons schritt eine Gruppe von Marschällen. Kellermann trug die Krone auf einem Kissen, Berthier den Reichsapfel, Lefèbvre das Schwert und Pérignon das Zepter. Es folgten der Erzbischof von Paris, der Oberzeremonienmeister Ségur, dem man die Leitung der Feierlichkeiten übertragen hatte, sowie die Marschälle Murat, Bernadotte und Berthier. Sie trugen auf Kissen die Insignien der Kaiserin.

Unter der Masse der nachfolgenden Würdenträger entdeckte Larrey noch Coulaincourt, den Großstallmeister, Eugène de Beauharnais und unübersehbar, in ordengeschmückter roter Robe, den Außenminister Talleyrand. Ihm war die Ehre erwiesen worden, den Korb für den Kaisermantel tragen zu dürfen.

Das Gewicht der Roben zeigte seine Tücken. Als Kaiser und Kaiserin zur Altarebene emporstiegen, hatten sie Mühe, ihr Gleichgewicht zu wahren. Der Papst umarmte Napoléon, während dieser kurz niederkniete, um ein Gebet zu sprechen.

Die Krönungszeremonie begann. Nach Salbung von Stirn, Armen und Händen des Kaisers und der Kaiserin nach dem Vorbild der Bischofsweihe, segnete der Papst auch Krone, Schwert, Zepter und die übrigen Insignien der Macht. Aus der Distanz heraus konnte Larrey die Handlungen im Altarraum nur erahnen, doch die plötzliche Stille und die stocksteife Haltung der Menschen auf den Galerien deuteten darauf hin, dass die Zeremonie ihrem Höhepunkt entgegentrieb.

Sichtbar für alle stiegen Kaiser und die Kaiserin die letzten Stufen zum Altar empor. Der Papst nahm die Krone. Nachdem sich Bonaparte das Schwert umgegürtet hatte, betrachtete er für einen langen Moment das majestätischste Symbol der Macht. Den Menschen stockte der Atem. Souverän nahm Bonaparte dem Papst die Kaiserkrone aus der Hand, triumphierend hob er sie empor und setzte sie sich aufs Haupt. Im nächsten Moment wandte er sich der knienden Joséphine zu, nahm die Krone der Kaiserin vom Altar und krönte sie mit feierlicher Geste.

Die Insignien der Macht waren vereint. Larrey murmelte im gleichen Moment: »Jetzt nur noch die Messe und die Eidesformel.« Er hatte sich entschlossen, danach die Kathedrale zu verlassen.

Der Moment war gekommen. Der Kaiser trug vor, was er selbst ersonnen hatte. Es waren die meistgelesenen Sätze in der Republik. Nun sprach er sie mit der Krone auf dem Haupt: »Ich schwöre, die Integrität des Territoriums der Republik zu wahren, für die Erhaltung der Gesetze über das Konkordat und die Glaubensfreiheit zu sorgen sowie für den Respekt der Gleichheit der Rechte, die politischen und der bürgerlichen Freiheiten und die Unwiderruflichkeit des Verkaufs von Nationalgütern. Ich schwöre, Steuern und Abgaben nur auf der Grundlage von Gesetzen zu erheben, die Einrichtung der Ehrenlegion zu bewahren und einzig im Interesse des französischen Volkes, für sein Glück und seinen Ruhm, zu regieren.«

Als ein Herold der Armee verkündete: »Der sehr glorreiche und sehr erhabene Kaiser Napoléon, Kaiser der Franzosen, ist geweiht und inthronisiert!«, verließ Larrey Notre-Dame.

Schneetreiben hatte eingesetzt, als er um drei Uhr nachmittags in der Rue de Montholon aus der Kutsche stieg. Auf dem Fenstersims, wo sonst im Sommer die Rosen standen, brannten diesmal Kerzen. Larrey nahm sie als ein Zeichen für die Glut und die innige Freude, mit der seine Geliebte auf ihn wartete.

Inzwischen hatte er einen eigenen Schlüssel für das Palais. Er legte seinen Mantel ab und klopfte sich den Schnee von den Stiefeln. Thérèse empfing ihn auf halber Treppe, die zu ihrem privaten Salon hinaufführte. Der Flamme seines Gefühls folgend, schloss er sie wortlos in seine Arme. Sie hielt ihn ebenfalls fest umklammert, bis der Rhythmus ihres Atems sich dem seinen angeglichen hatte. Dann nahm sie ihn bei der Hand und führte ihn in den Salon, der von mattem Kerzenschein erleuchtet war. Das Licht spiegelte sich in den kristallenen Lüstern und im Tafelgeschirr. Im Kamin knisterte das Feuer. Der Tisch war gedeckt, die Speisen warm gehalten, der Champagner gekühlt.

Larrey konnte nicht anders, er musste Thérèse wiederum in die Arme nehmen. »Danke! Danke für diesen Empfang«, flüsterte er glückselig.

»Ich liebe dich wie nie zuvor«, gab sie mit leiser Stimme zurück. »Komm!«

Das Essen und der Champagner waren vergessen. Thérèse zog ihn in das Schlafgemach.

Geistige Wollust wie sinnliche Seligkeit, Thérèse war für ihn die Priesterin der Nacht, die das Liebesfeuer immer von neuem anfachte. Sie verströmte ihr Liebesgefühl wie eine feurige Lohe und kostete jeden Höhepunkt, den ihren wie den seinen, aus. Schließlich fühlten sie sich, dem Tage angemessen, gegenseitig gekrönt.

Sie brachte ihre Lippen nahe an sein Ohr und hauchte: »Jean-Dominique! Du bist mein Kaiser.«

»Du bist die Kaiserin. Die Flamme meiner Liebe schlug schon in mein eigenes Herz zurück und drohte mich zu verbrennen.«

Ihre Hände glitten an ihm herab. »Und? Ist sie gelöscht?«

»Die Flamme ja, nicht die Glut.«

»So soll es sein, Liebster.«

Er fühlte ihr blondes Haar. »Du besitzt das schönste Haar, das man sich denken kann – weich wie Seide.«

»Es gehört dir. Alles an mir gehört dir. Dir ganz allein.« Daraufhin drehte sie sich auf den Rücken, blickte zur Decke und fragte: »Erzähl mir, wie war es in Notre-Dame?«

Jean-Dominique beugte sich über sie und zeichnete mit seinem Finger die Linien ihrer Lippen nach. »Gewaltig. Bombastisch. Perfekt inszeniert. Und doch – der Anfang vom Ende. Dem Ende der Revolution zumindest. Doch reden wir nicht von Politik. Du wolltest mir etwas mitteilen, was du dem Papier nicht anvertrauen konntest. Sag …«

Thérèse legte ihrerseits den Finger auf seine Lippen. »Warte. Ich hole Gläser und Champagner.« Sie kniete sich ihm gegenüber aufs Bett, goss ein und reichte Jean-Dominique ein Glas. »Erst stoßen wir an!«

»Du spannst mich auf die Folter.«

»Auf uns!«, erwiderte sie und stieß an. Nachdem sie getrunken hatten, sah sie ihn groß an. Ihre Augen leuchteten. »Ich trage ein Kind unter meinem Herzen. Unser Kind!«

Larrey vergaß seinen Champagner zu schlucken. Er konnte in jenem Moment keinen klaren Gedanken fassen. Zu vieles stürzte in seinem Kopf über- und durcheinander. »Du meinst wirklich …?«

»Ich meine nicht, ich bin sicher!«

Er nahm ihr das Glas aus der Hand, stellte es ab und nahm sie in seine Arme. »Das ist wundervoll.« Dann küsste er sie zärtlich. Er konnte in den ersten Minuten nicht viel sagen. Zu stark waren seine Gefühle, eine Mischung aus Befangenheit und Begeisterung.

Doch nach und nach sprachen sie über die Zukunft und darüber, wie das Kind ihr Leben beeinflussen würde. Unweigerlich kam dabei die Sprache auf Soult.

Jean-Dominique fragte: »Was wirst du ihm sagen?«

»Sagen? Er wird es sehen. Und er wird sich seine Gedanken machen. Aber seine Ehre und Würde gehen ihm über alles. Außerdem ist er gerade zum Marschall erhoben worden. Ich denke, er wird es hinnehmen.«

»Wird er dir denn glauben?«

»Welch eine Frage, Liebster.« Daraufhin nahm sie seine Hand und zog ihn hoch. »Komm, ich bin hungrig.«

Während sie schlemmten, kamen sie auf Bernard zu sprechen. Er hatte auch Thérèse den Fehdehandschuh hingeworfen. Als sie ihr investiertes Geld zurückverlangt habe, sei es zum Eklat gekommen. Sie bangte um ihre einhunderttausend Franc. Jean-Dominique berichtete, dass er einen neuen Besteckkasten für Armeechirurgen zusammengestellt hatte, mit dem alle Chirurgen in den Ambulanzen einheitlich ausgerüstet werden sollten. Er versprach zu helfen, indem er die Verbindung zur Instrumentenmanufaktur René Laennec herstellen wollte, deren Werkstatt aus einer traditionsreichen Silberschmiede hervorgegangen war. Warum sollte der Auftrag nicht durch Thérèses Hände gehen, nachdem sich die Situation zwischen ihnen grundlegend geändert hatte? Sie kuschelten sich eng auf die Chaiselongue, schenkten noch ein Glas Champagner ein und plauschten über andere Dinge, die sie bewegten.

Er erzählte ihr von Banvilles Erpressungsversuch und davon, wie er ihn endlich in die Schranken weisen wollte. Sie bestärkte ihn in seiner Absicht, Napoléon zu bitten, den Erpresser und Verleumder mundtot zu machen. Zudem einigten sie sich darauf, einen letzten Versuch zu machen, Bernard zum Einlenken zu bewegen.

Als sie sich weit nach Mitternacht trennten, sagte Thérèse wehmütig »Du kommst immer von weit her. Ich frage mich, wohin dich der Kaiser demnächst mitnehmen wird?«

»Napoléon ist wie ein Meer ohne Strand. Aber ich verspreche dir, ich werde mir einen Strand aufschütten, damit ich immer vor Anker gehen kann.«

IX

Paris, 6. Dezember 1804

Die Falle war gestellt. Des Kaisers Polizeiminister Joseph Fouché war angewiesen, die Angelegenheit im Sinne Larreys aus der Welt zu schaffen. Als Larrey das Procope betrat, entdeckte er Banville an einem Tisch in der Mitte. Es war fast so wie damals, in den alten Zeiten der Revolution, abgesehen davon, dass Bernard an Umfang zugelegt hatte – nochmals beträchtlich, wie es Larrey erschien, verglichen mit ihrem letzten Treffen. Und noch einiges andere hatte sich geändert. Sei es drum. Einen letzten Versuch würde er noch machen. Das war er sich selbst, seiner eigenen Vergangenheit schuldig. Und wenn dieser Versuch scheitern sollte, dann würde er mit den Folgen zu leben wissen.

In jenem Moment erkannte Banville seinen Gefährten aus vergangenen Jahren. Seine Augen wurden schmal, sonst aber zeigte er keine Reaktion. Jean-Dominique ging auf ihn zu und nahm Platz.

Bernards feistes Gesicht verriet keine Spur von Wut, Genugtuung oder irgendeinem anderen Gefühl. Ohne Umschweife begann er zu reden. »Ich habe gewusst, dass du einlenken würdest. Wie groß ist der Auftrag, den du mir mitgebracht hast?«

Larrey lächelte verbindlich. »Ich fürchte, das wird warten müssen.«

»Ich bin nicht willens, länger zu warten.«

»Bitte, Bernard«, sagte Larrey und sah ihm ins Gesicht. »Ich bin gekommen, um dir vorzuschlagen, unter unsere Vergangenheit endgültig einen Strich zu ziehen.«

Bernard lehnte sich zurück und höhnte. »Hör mir zu, Doktor Larrey, Generalchirurg der Garde des Kaisers und Mitglied der Ehrenlegion.« Daraufhin beugte er sich vor, was ihn wie eine Schildkröte aussehen ließ, die ihren Kopf aus dem Panzer schob. »An deinen Händen klebt viel Blut. Das Blut ungeborener, unschuldiger Kinder. Nach dem Bekanntwerden deiner Verbrechen kannst du ja versuchen, ein ehrliches, anständiges Leben weiterzuführen. Das wird mein Schlussstrich unter unsere Vergangenheit sein, solltest du nicht endlich zur Vernunft kommen. Meine Geduld ist am Ende.«

Larrey nickte bedächtig. Bernard hatte sich in seinen Augen ein für alle Mal für die Brigandage, den erpresserischen Raub an staatlichen Geldern, entschieden. Ohne eine Sekunde zu zögern, sagte Jean-Dominique hart: »Gut, Bernard. Dann ist das das Ende.«

Larrey gab das vereinbarte Zeichen. Antoine und zwei Gendarmen erhoben sich vom Nebentisch. Unsicher geworden blickte Bernard hinter sich und scharrte mit den Füßen unter dem Tisch. »Schon gut, schon gut …«, versuchte er zu beschwichtigen.

Die Männer traten an den Tisch. Die beiden Gendarmen in ziviler Kleidung legten ihre Hand auf Bernards Schulter. Jean-Dominique stand auf, zeigte mit dem Finger auf ihn und sagte in einem Ton, so dass es die Gäste ringsum hören konnten: »Dieser Mann ist Bernard Banville! Er ist ein skrupelloser Erpresser, der sich an der französischen Republik und deren Armeen bereichern will. Tun Sie Ihre Pflicht.«

Bernards Gesichtsausdruck wechselte von Verblüffung zu ärgerlichem Begreifen. »Was soll das? So war das nicht gemeint …«, versuchte er seinen Kopf aus der Schlinge zu ziehen.

»Halt's Maul, du elender Erpresser!«, brüllte Larrey ihn an. Sowohl Bernard als auch Antoine verschlug es die Sprache. Die Gendarmen rissen ihn hoch. Stühle flogen um, und Geschirr fiel zu Boden. Mit brachialer Gewalt stieß man Bernard zum Ausgang. Die Menschen im Café sprangen auf und gafften ihnen neugierig nach. Bernard schrie: »Ich bin unschuldig! Ich bin unschuldig …«

Larrey gab Anweisung: »Bringen Sie ihn zu meiner Kutsche.«

Während die Gendarmen warteten, stiegen Bernard, Antoine und Jean-Dominique in das Innere der Kutsche. Obwohl die Luft frostig war, hatte Bernard Schweißperlen auf der Stirn. Ohne zu zögern, legte Antoine ein kleines Brett über seine Knie und legte darauf ein vorgefertigtes Schriftstück. In der anderen Hand hielt er Federkiel und Tinte.

»Unterschreib!«, sagte Larrey. »Dies ist deine einzige Chance!«

Bernard las. Sein Gesicht blieb ausdruckslos. Als er begriffen hatte, wurden seine Gesten immer fahriger, bis sie fast verzweifelt wirkten. »Ich …«, keuchte er. »Ich – ich kann mich doch nicht selbst bezichtigen.«

»Du kannst! Entweder jetzt oder nie mehr. Deine Unterschrift bedeutet einige Monate Kerker, deine Weigerung Kerker für den Rest deines Lebens.«

Antoine wedelte mit dem Federkiel vor seinen Augen. Bernard zögerte.

Larrey sagte: »Antoine, zerreiß das Pergament. Monsieur Banville hat sich für ein Leben im Kerker entschieden.« Gerade als er den Kutschenverschlag öffnen wollte, um nach den Gendarmen zu rufen, nahm Bernard Antoine den Federkiel aus der Hand und unterschrieb hastig das Pergament. Antoine trocknete es bedächtig, Jean-Dominique nahm es an sich, ohne darüber Genugtuung oder Befriedigung zu zeigen. Dann rief er die Gendarmen. »Sie können ihn jetzt mitnehmen.«

Ein schiefes Lächeln zuckte um Bernards blutleere Lippen. »Warum bringst du mich in eine solche Situation?«

»Suche die Verantwortung bei dir selbst. Zeit dafür hast du jetzt genügend.«

Als Larrey mit Antoine allein in der Kutsche saß, fragte dieser: »Fühlst du am Ende nicht etwas Mitleid mit ihm?«

»Nein. Nicht das geringste. Bernard hat erkannt, dass er nur so mit dem Leben davonkommt. Bei der politischen Tragweite dieser Angelegenheit wäre es zu einem der schnellsten Prozesse der jüngeren Geschichte gekommen, und in wenigen Wochen hätte man ihn hingerichtet.«

»Na, da kann er ja von Glück reden«, erwiderte Antoine ironisch.

Bernard hatte fünf Punkte unterschrieben. Er bestätigte, seine erpresserischen Absichten Larrey gegenüber aus Habgier vorgenommen zu haben, und seine Anschuldigungen hinsichtlich der

Frauen in Not widerrief er als eine absichtliche Verleumdung. Obendrein erklärte er sich bereit, als Wiedergutmachung dem Haus der Invaliden einhunderttausend Franc zu stiften.

Antoine fragte: »Wie bist du eigentlich auf den Dreh gekommen?«

»Durch des Kaisers Anweisung habe ich zum ersten Mal in das Medusenhaupt der Macht gesehen.«

»Wie bitte?«

»Ich meine den Polizeiminister.«

»Fouché?«

»Ja. Wer ihm einmal ins Gesicht geblickt hat, weiß, von was ich spreche. Ein kluger, unheimlich arbeitsamer Mann. Er hatte mit drei Sätzen das Szenario für Bernards Ausschaltung entworfen und riet mir zu dem Treffen mit Bernard im Procope. Den Rest kennst du.«

»Wird das Banville für den Rest seines Lebens vor weiteren Dummheiten schützen?«

Larrey atmete tief durch: »Ich hoffe es für ihn.«

Aber er war sich klar darüber, dass Bernard ihm diese Sache nie vergessen oder gar vergeben würde.

X

Austerlitz, 2. Dezember 1805

Dichte Nebelschwaden zogen über Austerlitz. Das unschuldige Weiß versteckte unter seiner Decke auch das Flüsschen Littawa, die Satschan-Teiche und den träge dahinfließenden Goldbach. Zwischen Brünn und Austerlitz ragten Hügelkuppen aus dem weißen Meer. Klein wie Inseln – still und unberührt, der Entwicklung eines gewaltigen Dramas widersprechend. Sie gehörten zur Hochebene von Pratzen. Kaiser Napoléon hatte genau dieses Plateau für das blutige Schauspiel ausgewählt. Wie ein Fuchs war er Tage zuvor durch das Gelände geschnürt, und mit jeder Stunde seiner Erkundungen reifte sein Plan. Der russische Bär würde direkt in seine Falle tappen.

Mitternacht war gerade vorüber – mondlos, nebelig, feucht und kalt. Der erste Jahrestag von Napoléons Kaiserkrönung brach an. Ruhelos hatte er die Nacht hindurch im Schein der Fackeln die Stellungen seiner vier Korps, der Reservedivisionen und seiner Kaiserlichen Garden inspiziert. Mehr als siebzigtausend Mann warteten auf seinen Angriffsbefehl. Trotz der Finsternis hatte er das Geländedreieck im Kopf, in dem sich die Schlacht entscheiden würde. Die nördliche Waagrechte bildete die Straße nach Olmütz, von dort Richtung Südwest der Fluss Littawa, und die westliche Begrenzung bildete der Goldbach. Die südliche Spitze zeigte auf den Ort Tellnitz mit seinen Teichen und Sumpfgebieten. Im Zentrum seines gedachten Dreiecks: die schneebedeckten Pratzener Höhen.

Kurz nach Mitternacht besuchte der Kaiser das IV. Korps von

Marschall Soult. Mit vierundzwanzigtausend Mann und fünfunddreißig Kanonen war Soults Korps der stärkste Trumpf in der Hand seines Kaisers. Zusammen mit ihm besuchten sie die Vorposten. Soults persönlicher Adjutant Marcel Sorel ritt als einer der Fackelträger voran. Der Kaiser nahm seine Dose mit Schnupftabak aus dem grauen Mantel und nahm trotz der Zügel geschickt eine Prise. Ein gutes Zeichen. Je öfter er es tat, desto besser stand das Wetterglas seiner Laune. Daraufhin brachte er sein Pferd zum Stehen: »Soult! Sie eröffnen morgen den Ball!«

Dieser salutierte: »Sire, ich wünsche mir Glück dazu!«

Der Kaiser insistierte: »Wie viel Zeit brauchen Sie, um auf die Hochebene zu kommen?«

»Zwanzig Minuten, Sire!«

Der oberste Schlachtenlenker zeigte sich zufrieden und griff wiederum in die Dose. Dann sagte er: »General Kutusow wird in wenigen Stunden beginnen, unseren vermeintlich schwachen rechten Flügel anzugreifen. Seine Hauptmacht wird daher von den Pratzener Höhen hinab nach Süden schwenken. Er wird in meine Falle laufen!«

»Wo befindet sich Davout mit seinem Korps?«, fragte Soult, der sich Sorgen um den rechten Flügel machte.

»Er hat einen Gewaltmarsch hinter sich und wird, wie vorgesehen, bei Sonnenaufgang direkt in die Schlacht eingreifen. Kutusow ahnt nichts davon.«

Napoléon hatte einen Köder für Kaiser Alexander und Kaiser Franz II. ausgelegt. Er hatte eine Woche zuvor bei der Koalition um einen Waffenstillstand nachsuchen lassen und somit Schwäche vorgetäuscht. Außerdem ließ er vorgelagerte Stellungen nach Westen zurücknehmen, und das in ungeordneter Weise, was die russisch-österreichische Armee zum Vorrücken verleiten sollte. Um die Täuschung perfekt zu machen, ließ er auch noch die strategisch wichtigen Pratzener Höhen räumen. Russische Soldatenkolonnen besetzten sofort das Plateau.

Soult wusste, dass Napoléon immer anstrebte, den Feind auf dem Schlachtfeld zu überraschen. Schon beim Aufmarsch konzentrierte er die Masse seiner Truppen meist auf einem Flügel, damit der Feind mit großer Übermacht in der Flanke gefasst, von seiner

Basis abgeschnitten und vernichtet werden konnte. Die gleiche Taktik würden auch die Alliierten verfolgen. Da der Kaiser auch seinen rechten Flügel zurückgenommen hatte, war die Verlockung für den Zar umso größer, ihn zu umgehen. Dementsprechend würde er seine Mitte schwächen. Daher entschloss sich Napoléon diesmal zu einer Massierung seines Zentrums, also zu einem Durchbruch durch die feindlichen Reihen. Dieser Durchbruch sollte über die Höhen von Pratzen erfolgen, Stoßrichtung Austerlitz. Soult war als Napoléons Speerspitze auserkoren.

Bonaparte hielt sein Pferd an, stieg ab und durchwanderte im grauen Überrock, dessen Schöße von vielen Biwakfeuern versengt waren, in nebeliger Finsternis Soults Hauptlager. Mehr als acht Tage hatten die Männer auf freiem Felde im Biwak geschlafen. Gestern hatte es noch dazu wie aus Kübeln geschüttet, später schneite es. Außerdem hatten die Männer mehrere Gewaltmärsche in den Beinen, keiner davon weniger als fünfzig Kilometer. Doch das konnte das Heer nicht entmutigen. Als einige Kanoniere ihn erkannten, entzündeten sie strohumwickelte Fichtenstäbe. Freudenfeuer der Soldaten, die den Krönungstag Napoléons zu feiern begannen. Bald strahlte das Lager wie am hellen Tage. Mit spontanem Spiel der Regimentskapellen und tosenden Hochrufen ließen sich Kaiser und Marschall feiern. Als sie sich zurückzogen, zeigte der Kaiser mit seiner kleinen, behandschuhten Hand zum Feind hinüber. »Morgen wird Kutusows Armee in meine Falle gehen!«

Als Soult wieder allein war, sagte er zu seinem Divisionsgeneral Saint-Hilaire: »Vorwärts werden wir die Last nicht spüren. Siege nehmen die Last.« Saint-Hilaire erwiderte: »Ja, Siege machen den Marschranzen leichter.«

Daraufhin Soult: »Der Kaiser schleppt einen besonders schweren durch die Nacht.«

Etwa zur gleichen Zeit ritt Larrey mit seinen Oberwundärzten Lamartin, Lachome, André und Valet zur Windmühle von Paleny.

Er hatte mit seinem Stab drei seiner Generalambulanzen inspiziert. Sie waren für die Bergung von Verwundeten der ersten, zweiten und dritten Linie der kämpfenden Armee verantwortlich. Im Laufe der Nacht würde er sich durch seine Adjutanten noch über die Einsatzbereitschaft der Fliegenden Ambulanzen in den Divisionen berichten lassen. In Abwesenheit seines Kollegen Percy, der noch in Wien weilte, war er mit der Generalinspektion des gesamten Sanitätswesens der Armee beauftragt worden. In den Klöstern von Brünn und in weiteren großen Häusern der Stadt hatte er in der Nacht vorher noch die letzten Maßnahmen für die Aufnahme der Schwerverletzten getroffen. Es war zu erwarten, dass etwa einhundertsechzigtausend Soldaten in den Morgenstunden aufeinander prallen würden.

Aus östlicher Richtung hörten sie Pferdegetrappel und vereinzelte Gewehrschüsse. Larrey rief Lamartin zu. »Hörst du ’s? Der Krieg beginnt zu atmen.«

Dieser antwortete: »Er atmet immer. Er hat nur die Luft angehalten.«

Die Umgebung rings um die Kapelle, in der Larrey die Zentralambulanz hatte einrichten lassen, war von unzähligen Biwakfeuern erleuchtet. Sie befand sich genau im Rücken des Zentrums von Soults Korps. Die Kapelle war als erster Versorgungs- und Sammelplatz für alle Verwundeten bestimmt worden. Nach der Erstversorgung an diesem Ort war vorgesehen, die Verletzten mit Fliegenden Ambulanzen in die Hospitäler von Brünn zu bringen. Unweit der Kapelle hatte man Gruben ausgehoben. In ihnen würde man die amputierten Glieder entsorgen.

Sie saßen ab und betraten den großen Betraum, der völlig ausgeräumt, gesäubert, mit geschrubbten stabilen Tischen und allen nötigen medizinisch-chirurgischen Gerätschaften ausgestattet worden war. Die Kapelle würde ihnen in wenigen Stunden als Operationssaal dienen. Die Hilfschirurgen unter Aufsicht von Antoine waren gerade beschäftigt, die neuen Besteckkästen auf ihre Sortierung mit Messern, Skalpellen, Meißeln, Leitsonden, Hohlsonden, Spateln, Zangen, Sägen, Nadelhaltern, Nadeln, Pinzetten, Arterienklemmen, Scheren und Nahtmaterialien hin zu überprüfen. Ein Hilfschirurg betrachtete zwei neue wuchtige Muskelhaken und setzte einen davon an seinem Oberschenkel an. »Wenn die Krankheit die Oberhand über unsere Heilmittel gewinnt, muss das Glied amputiert werden!« Daraufhin hob er schulmeisterlich den Finger: »Aulus Cornelius Celsus in der Zeit um Christi Geburt!«

»Das wäre zu spät! Das würde viele das Leben kosten«, erwiderte Lamartin, der sich dazugesellte.

Antoine berichtete Larrey, dass er in den letzten Stunden alle Grifftechniken zur Abklemmung von Venen und Arterien habe üben lassen. Besonders die der Arm- und Beinarterien. Larrey nutzte die Gelegenheit, um seine Chirurgen noch einmal auf seine bewährten Thesen einzuschwören. »Männer! Unser Ergebnis wird umso besser sein, je früher wir amputieren. Wenn nötig, sogar direkt auf dem Schlachtfeld. Auf diese Weise ist die Wunde noch betäubt vom Aufschlag des Geschosses, und die Infektion hat keine Möglichkeit, schon vor der Operation einzusetzen. Ich verlange eine sichere und schnelle Schnittführung, sorgsame Durchführung der Ligaturen und Säuberung der Wunden. Die Humanität gegenüber den Verletzten liegt in unserer Genauigkeit und Schnelligkeit!«

Daraufhin machte er eine längere Pause. Ein untrügliches Zeichen dafür, dass der Generalchirurg noch wichtige Befehle bekannt geben würde. Man hatte sich nicht getäuscht: »Männer! Unsere Pflichten: Kein einziger Verletzter bleibt auf dem Schlachtfeld liegen! Wir werden sie auch im Kugelhagel bergen. Höhere Dienstgrade werden keinesfalls bevorzugt behandelt. Schwerverletzte zuerst! Wir machen keinen Unterschied zwischen Freund und Feind. Das Schlachtfeld wird nach dem Sieg von uns und unseren Hilfstruppen baldmöglichst nach Überlebenden abgesucht. Ich erwarte, dass jeder seine Pflicht erfüllt!«

Manch ein Punkt war schlichtweg nicht erfüllbar. Die Ambulanzen konnten nicht überall sein. Die Ausdehnung des Schlachtfeldes von Nord nach Süd war beträchtlich. Die Transportwege für die Verletzten zogen sich dadurch in die Länge. Er hatte den Kaiser um weitere vierhundert Helfer gebeten, doch dieser hatte mit der Begründung abgelehnt: »Wir wollen eine Schlacht liefern. Daher müssen wir alle unsere Kräfte sammeln. Ein einziges Bataillon entscheidet manchmal die Schlacht! Doch wenn die Schlacht begonnen hat, werde ich neu entscheiden. Jedenfalls können Sie mit meiner Unterstützung rechnen!«

Larrey akzeptierte die Entscheidung. Aber seinen Ambulanzen gegenüber wollte er das Prinzip nie infrage gestellt sehen.

Kanonenschläge aus südlicher Richtung, Nähe der Fasanerie und des Schlosses Sokolnitz, kündeten vom Beginn der Schlacht. Der Kaiser stand auf seinem Beobachtungshügel Zuran, gegenüber der Pratzener Höhe. Die Marschälle Berthier, Bernadotte, Davout, Soult, Lannes, Murat und Bessieres waren bei ihm. Die letzten Entscheidungen wurden getroffen. Nach kurzer Zeit sprengten die Marschälle zu ihren Korps.

Stabschef Berthier blieb mit den Adjutanten beim Kaiser. Der Kaiser beobachtete das Geschehen durch sein Fernrohr. »Das ist ein jämmerliches Vorgehen!«, rief er freudig Berthier zu und klatschte in die Hände. »Sie marschieren in die Falle! Sie liefern sich aus! Vor morgen Abend ist diese Armee mein!«

Zu Beginn der siebten Morgenstunde beobachtete Larrey von der Mühle aus den Abmarsch von Soults Regimentern. Darunter tausende Veteranen mit ihren Bärenmützen. Was für Kerle! Dazwischen, auf Bataillonsebene eingeteilt, ritten seine Chirurgen. In Sichtweite der Kolonnen rollten zehn Kastenwagen der Ambulance volante, und am Ende marschierte der Spielmannszug. Auf Befehl des Kaisers ging es diesmal mit klingendem Spiel in die Schlacht. Sollte die Garde eingesetzt werden, die hinter dem Beobachtungshügel Napoléons in Reserve lag, würde er mitten drin sein.

Der Nebel verbarg den Alliierten den Aufmarsch der napoleonischen Armee, so dass deren Linien im Morgengrauen in südlicher Richtung fast ins Leere marschierten. Zur gleichen Stunde sah der Generalchirurg durch die Nebelschwaden einen wolkenlosen Himmel über sich, und wenig später beobachtete er, wie im Osten über Austerlitz eine strahlende Sonne aufging. Die schneebedeckten Flächen blendeten das Auge. Über das wellenförmige Gelände hinauf zum Pratzener Plateau wogten die Regimenter wie ein bewegtes Meer.

Sein Stab war vor der Mühle versammelt und beobachtete das Schauspiel. Antoine sah nachdenklich auf die Hügelkette und sagte: »Ich frage mich, wie viele von dort oben nicht mehr zurückkommen werden?«

»Viel zu viele«, erwiderte Larrey. »Doch wer es bis zu unserer Mühle schafft, der sollte gerettet sein.«

In der Ferne verhallte die Musik und wurde ersetzt durch Geschützdonner, der aus südlicher Richtung zu hören war. Zwischen dem Grollen hörte man Gewehrsalven und tausendfaches, kehliges Kampfgeschrei. Kein Zweifel: Die Blutarbeit der Bajonette hatte begonnen. Nebelbänke wurden durch Pulverdampf ersetzt, der sich wie ein Leichentuch über die Landschaft legte.

»Bald wird es Arbeit geben«, stellte Lamartin lakonisch fest.

Eine oft gemachte Beobachtung würde sich auch am heutigen Tage wiederholen: Schmerzen wurden von Soldaten meist tapfer ertragen. Doch jede Amputation trieb den Männern häufig Tränen in die Augen. Der unumkehrbare Verlust eines Körperteils war für sie verbunden mit einer Minderung ihrer Lebenskraft. Schlimmer noch. Viele meinten, ihr Schicksal wäre eine Gottesstrafe. Daraufhin sanken wiederholt »ganze Kerle« in abgrundtiefe Teilnahmslosigkeit.

Der Nebel löste sich schnell auf. Die Wintersonne wärmte ein wenig Larreys kalte Glieder. Napoléon konnte im gleichen Moment von seinem Hügel aus beobachten, wie die Kolonnen der Alliierten sich zur rechten Seite hinab ins Tal ergossen, um seinen rechten Flügel massiv anzugreifen, während sich die Pratzener Hochfläche immer mehr von feindlichen Truppen leerte. Die Falle war zugeschnappt. Der Kaiser hatte nicht übertrieben. In ihrer stärksten Position, wo es die Russen und Österreicher am wenigstens erwarteten, traf sie nun durch Soults Divisionen der Hauptstoß.

Larrey und sein Chirurgenstab blickten in südliche Richtung. Gespannte Erwartung ließ sie verstummen. Plötzlich rief jemand: »Die ersten Verletzten werden gebracht!« Sieben Kastenwagen der Ambulance volante jagten heran.

Ein Hilfschirurg rief dazwischen: »Jetzt kommen Wundbrand und Tod – die ärgsten Feinde!«

Die ersten achtzehn Schwerverletzten wurden in die Mühle getragen. Hunderte würden an jenem Tage noch folgen. Die Entscheidung »Wer zuerst?« war kaum möglich. Jeder von den Soldaten war in seinem Zustand der Erste! Durch die Vorauswahl der mitreitenden Chirurgen konnte man sicher gehen, dass jeder, der hier ankam, sofort der dringenden chirurgischen Versorgung bedurfte.

Die ersten Verwundeten gehörten zum korsischen Schützenbataillon, das bei Tellnitz am Satschaner Teich der russischen Kanonade und dem Ansturm von fünfzigtausend Alliierten standgehalten hatte, bevor Marschall Davout mit seinem Korps den Vorstoß der Russen zum Stehen brachte.

Die Welle der Transporte schwoll schon in der ersten Stunde bedrohlich an. Mehr als fünfhundert Schwerverwundete, die ohne eine Amputation dem Tode geweiht gewesen wären, kamen in der Mühle unter das Skalpell. Darunter befanden sich vierzig Russen und Österreicher. Die Schlacht war auf ganzer Linie entbrannt. Die Nachrichten der Adjutanten über die Entwicklung auf den Schlachtfeldern summierten sich bis elf Uhr auf rund sechstausend weitere Verletzte. Die Mehrzahl davon wurde an Ort und Stelle versorgt.

Die Ambulanzen leisteten Schwerstarbeit. Inzwischen war auch Percy bei der Kapelle eingetroffen. Er war mit Davout direkt aus Wien gekommen. Jede schnelle und sichere Hand war höchst willkommen.

Gegen Mittag schien die Schlacht zugunsten der Franzosen entschieden. Larrey exartikulierte gerade den zerschossenen Oberarm eines Offiziers der Kavallerie im Schultergelenk, als gleichzeitig Kuriere den Befehlshügel Napoléons hinaufgaloppierten. Soult hatte sie geschickt. Von Austerlitz und Krenowitz, so die Nachricht, rückte die kaiserliche Garde des Zaren an. Zehntausend Mann unter Befehl von Großfürst Konstantin Pawlowitsch, dem Bruder des Zaren. Ein Infanteriebataillon, das Soult ihnen entgegenwarf, wurde vom Schlachtfeld hinweggefegt. Wie die französische war auch die Garde des Zaren die Elite des russischen Heeres. In ihr dienten vornehmlich Söhne des russischen Hochadels.

Napoléon dachte auf einmal an Trafalgar. Nur die gewonnene Schlacht würde jene moralische Niederlage seiner Flotte auslöschen, die ihr Nelson vor sechs Wochen beigebracht hatte. Er rammte seinen Stiefelabsatz in den Matsch. »Kaiser Alexanders letzte Reserve!« Dann gab er Befehl: »Die Garde!«

Das Treffen der Garden konnte den Ausgang der Schlacht nicht mehr beeinflussen. Doch darauf kam es gar nicht an. Da es um ein tödliches Treffen zweier Eliteeinheiten ging, war das Kräftemessen eine Frage der Ehre.

Larrey und eine Auswahl bester Chirurgen der Ersten Klasse folgten der Garde. Die Kapelle, an ihrer Spitze ein alter Troupier von mindestens sechzig Jahren, spielte das beliebteste Soldatenlied der Garde.

On va leur percer le flanc,
Ran, ran, ran, rantanplan, tirelire,
Rantanplan tirelire en plan!
On va leur percer le flanc,
Que nous allons rire!
Ran, tan plan tirelire,
Que nous allons rire!

Dazu wirbelten die Tamboure ihre Stöcke, als wollten sie die Kalbfelle einschlagen.

Das Hauen und Stechen der Garden begann auf dem linken Flügel. Die Attacken der übermächtigen russischen Reiterei vernichtete an dieser Stelle fast ein ganzes Bataillon.

Larrey warf sich mitten ins Schlachtengetümmel. Wundärzte und Helfer folgten seinem Beispiel. Bis auf unvorhersehbare Zufälle konnten die Chirurgen sicher sein, ihre Hilfe den Verletzten gegenüber unangefochten leisten zu können. Zu ihrer Selbstverteidigung trugen sie daher nur einen Säbel an einer schwarzen Bandlier. Die Helfer hatten einen auffälligen roten, wollenen Gürtel um den Leib. Im Notfall konnten zwei Männer damit auch einen Verletzten transportieren. In einer mitgeführten schwarzen Maroquintasche waren die nötigsten Instrumente. In zwei ledernen Satteltaschen waren der Instrumentenkasten, zwei Schüsseln, Becher und Verbandsmaterial verstaut. Krankenwärter zu Fuß führten zudem in einem ledernen Sack, der mehrfach unterteilt war, zusätzliches Verbandsmaterial mit sich, um den Wundärzten im Notfall aushelfen zu können. Waren sie zu Pferde, so hatten sie den Mantelsack am Sattel derart befestigt, dass man ihn öffnen konnte, ohne ihn abschnallen zu müssen. Gleich hinter der Linie folgten sechs vierrädrige und sechs zweirädrige Ambulanzen der Garde. Neben dem Transport von Verwundeten dienten sie auch zur Mitführung von Tragbahren, Wasser, Arzneimitteln und weiterem Verbandmaterial.

Larrey näherte sich dem dichten Gewühl von Männern, die erbittert um ihr nacktes Überleben kämpften. Mehr als achthundert Tote und Verwundete lagen dicht an dicht. Die bunten Stoffe von russischen, österreichischen und französischen Uniformen hatten sich blutrot eingefärbt. Das Grauen starrte ihn an. Zur Unkenntlichkeit zerrissene Leiber, verblutende Leiber, stumm dasitzende Leiber, übereinander liegende Leiber, in den Boden gestampfte Leiber, vor Schmerzen sich krümmende und um Hilfe schreiende Leiber. Dazwischen das Wiehern verendender Pferde. An diesem Platz waren keine Leichtblessierten zurückgeblieben. Wer konnte, hatte versucht, sich selbst zu retten, und war hinter die Linien gegangen, gekrochen oder davongerobbt.

Der Blutverlust bedeutete die größte Gefahr für alle, die noch am Leben waren. Rasche Gefäßabbindungen, wo immer möglich, waren daher oberstes Gebot. Nachdem die Helfer die Verwundungen der Verletzten freigelegt hatten, indem sie Hosenbeine, Ärmel und Uniformteile auf- und abschnitten, wurden in großer Eile Kompressen angelegt. Gleichzeitig wurde durch diese Maßregelung sichtbar, wer noch transportfähig war und wer an Ort und Stelle operiert werden musste.

Über dreißig Amputationen mussten an Ort und Stelle vorgenommen werden. In sieben Fällen sogar Arme und Beine gleichzeitig. Trotz eines übermenschlichen Einsatzes waren mehr als vierhundert Soldaten nicht mehr zu retten. Sie verbluteten alle auf der eng begrenzten Walstatt.

Währenddessen tobte die Schlacht der Garden ihrem brutalen Ende entgegen. Der Kaiser ließ General Rapp mit seinen Jägern zu Pferde und Eskadronen von Mameluckenreitern los, die von Ägypten nach Frankreich mitgekommen waren. Sie waren so gute Reiter, dass sie im Kampf mit ihren Pferden eins zu sein schienen. Wie unter den Pyramiden so auch bei Austerlitz: Mit ihren Krummsäbeln trennten sie die Köpfe mit einem Hieb vom Rumpf, und ihre scharfen Steigbügel benutzten sie, um grässliche Wunden zu schneiden. Verstärkt wurden sie durch die schwarzen Reiter, die Grenadiere zu Pferde. Mit unvorstellbarer Wucht prallten Tausende auf die russische Garde und brachten sie ins Wanken. Bald herrschte ein unbeschreibliches Getümmel. Die Reihen der russischen Garde wurden zerschlagen und retteten sich in der Flucht. Hunderte Adelssöhne waren auf dem Schlachtfeld geblieben. Eilig verließen die Herrscher Russlands und Österreichs ihren Feldherrnhügel. Die Ehre gebührte Napoléon und dem Tod …

Marschall Soults Bataillone schwenkten wie ein riesiger Türflügel nach Süden und setzten zur endgültigen Vernichtung der Alliierten an. Diese versuchten über die gefrorenen Seen zu entkommen. Das Eis brach unter dem gezielten Beschuss der französischen Artillerie. Der Kaiser griff zur Tabaksdose. Die Niederlage des Feindes war vollständig.

Die Sonne von Austerlitz begann rasch unterzugehen. Die Wintertage waren kurz. Larrey zückte sein Thermometer. Die Temperatur war schon unter den Gefrierpunkt gesunken. Die Masse an Verwundeten war noch nicht geborgen. Sollten noch Stunden vergehen, erwartete die verwundeten, hilflosen Männer ein grausames Ende. Die meisten würden jämmerlich in der kalten Dezembernacht erfrieren.

Larrey handelte. Zusammen mit Percy ritt er in der Dämmerung zu Marschall Soult, der bei der Kapelle des heiligen Antonius ein riesiges Siegesfeuer entfachen ließ. Umringt von seinen Offizieren und Soldaten begannen sie den Triumph ihres Korps zu feiern. Soults Adjutant Marcel stand unmittelbar neben ihm. Sein rechter Ärmel war blutig. Offensichtlich war auch er verwundet worden.

Percy und Larrey waren scharf geritten. Sie blieben im Sattel. Larrey rief: »Monseigneur Soult! Wir benötigen dringend Ihre Hilfe.«

Stolz und im Ton herausfordernd erwiderte er: »Hilfe? Durch mich?«

»Auf den Schlachtfeldern liegen noch Tausende Verletzte. Die Nacht bricht herein. Wir benötigen zweihundert Infanteristen und einhundert Mann Kavallerie, um das Gelände rasch absuchen zu können, sonst erfrieren unsere tapferen Männer.«

Dröhnend kam die Antwort: »Warum sollte ich der Fliegenden Ambulanz auch noch zum Sieg verhelfen?« Schallendes Gelächter seiner schon angetrunkenen Offiziere begleitete seine Worte.

Larrey war entsetzt: »Geben Sie mir die geforderten Männer!

Dort draußen erfrieren sonst diejenigen, die Ihnen den Triumph ermöglicht haben.«

»Ja! Viele meiner besten Männer sind tot. Für die Errettung von Russen und Österreichern habe ich nichts übrig.« Die Hälfte der Offiziere und Soldaten klatschte bei seinen Worten in die Hände. Marcel rührte keine Hand.

Legrand, einer seiner Divisionsgeneräle, pflichtete seinem Marschall bei. »Ich sah, wie Ihre Wundärzte unsere Feinde abtransportierten und dafür meine Männer liegen ließen!«

»Sehen Sie!«, rief Soult triumphierend, »Konzentrieren Sie sich auf unsere Verwundeten, dann retten Sie die Richtigen, bevor die Nacht hereinbricht!«

Larrey konnte seine Wut nicht zügeln. Bissig rief er: »Monseigneur Soult! Ich werde die Männer von Ihnen bekommen!«

Er gab dem Pferd die Sporen und ritt zu Napoléon, der sich noch in der Nähe von Tellnitz befand. Er hatte die Artillerie selbst befehligt, die das Eis der Satschaner Teiche und des Melnitzer Sees zum Bersten brachte.

Als Larrey ihm das Erlebte schilderte, gab der Kaiser, ohne zu zögern, seinem Stabschef Berthier Order: »Schreiben Sie! Marschall Soult hat auf meinen Befehl hin sofort dreihundert Infanteristen und hundert Mann Kavallerie für die Bergung der Verwundeten an Dr. Jean-Dominique Larrey, Chefchirurg der Garde, abzustellen.«

Soult schluckte diese Kröte. Dafür steigerte sich sein Neid und sein Hass auf Larrey.

Die Verwundeten wurden die Nacht hindurch auf dem weit ausgedehnten Schlachtfeld aufgelesen. Es hatte zu regnen und zu graupeln begonnen. Im Morgengrauen des 3. Dezember ritt Larrey völlig erschöpft noch einmal über die Schlachtfelder. Die Augen brannten ihm vom Wind, der Kälte und dem scharfen Reiten. Um sechs Uhr morgens, von Brünn kommend, ritt er in der Dunkelheit mit fünfzig Dragonern, die ihm Marschall Davout zusätzlich zur Verfügung gestellt hatte, entlang der Straße nach Ölmütz. Hinter ihnen waren noch zehn Fliegende Ambulanzen mitgekommen. Lannes und Murat hatten hier die Truppen des russischen Generals Bagration vernichtet. Berge von Leichen lagen in den Gräben. Vierundzwanzig verwundete französische und sechs russische Soldaten konnten, wenn auch mit erheblichen Erfrierungen, noch gerettet werden.

Kurz vor Austerlitz kam ihnen plötzlich eine stattliche Anzahl Reiter entgegen. Larrey konnte es nicht glauben. Es war die kaiserliche Eskorte. Napoléon fand nach dem Sieg keinen Schlaf. Larrey erkannte in jenem Augenblick, wie ähnlich sie sich waren. Was Genauigkeit, Hartnäckigkeit und Durchsetzungsvermögen betraf, hätten sie sich die Hände reichen können. Der Kaiser lenkte sein Pferd an die Seite Larreys und fragte ihn leise. »Im Vertrauen: Wie viele Tote und Verwundete haben Sie inzwischen gezählt?«

»Sire, die Verluste dieser Schlacht sind gewaltig. Die beiden Heere haben insgesamt weit über fünfzehntausend Soldaten verloren.«

»Während nur eines kurzen Wintertages …«, erwiderte der Kaiser.

»Die Zahl unserer Toten beträgt mehr als dreitausend. Bei den Verwundeten wird die Zahl auf rund zehntausend ansteigen.«

»Wie ist die Lage der Verwundeten?«

»Brünn ist inzwischen zum Bersten überbelegt. Die russischen Verletzten haben wir in Kirchen und in umliegenden Dörfern unterbringen müssen. Die Verletzten der Garde liegen im Hospital der barmherzigen Brüder.«

»Mit wie vielen Toten rechnen Sie?«

»Sire, ich rechne mit weiteren tausend Toten in den nächsten drei Tagen. Was ich jedoch mehr fürchte als jede Schlacht sind Seuchen. Nässe, Kälte und der Wind könnten einen Ausbruch beschleunigen.«

»Ich ahne, was Sie denken.«

»Die Enge und die Unsauberkeit bringen das Übel. Sire, wir haben in Ägypten genauso viele Soldaten in den Schlachten verloren wie durch Epidemien. Das könnte sich hier jederzeit wiederholen.«

Im Fackelschein sah Larrey die dunkel geränderten Augen Bonapartes aufblitzen: »Als Kaiser und Feldherr kann ich diesen Vergleich nicht akzeptieren. In ihm kommt mir der Sieg zu kurz!

Stemmen Sie sich gegen die Seuchen, so gut Sie können.« Daraufhin verabschiedete sich der Kaiser mit den Worten: »Larrey! Der Dank des Kaiserreichs ist Ihnen gewiss. Wir werden das nicht vergessen.«

Ihm fiel auf, dass der Kaiser zum ersten Mal das Wort »Republik« vermieden hatte.

Der Generalchirurg hatte die Situation in den Hospitälern von Brünn richtig eingeschätzt. Zwei- bis dreihundert Soldaten starben täglich an Schwäche, Auszehrung und ihren Verletzungen. Doch die Katastrophe bahnte sich am dritten Tage nach der Schlacht an.

Percy und Larrey hatten gerade das Krankenlager von drei Russen in der Kirche von St. Jakob visitiert. Percy nahm Larrey zur Seite und flüsterte: »Typhus contagiosus nosocomialis!« Er hatte die Symptome richtig gedeutet. Das Fleckfieber war in Brünn ausgebrochen. Eine tödliche Bedrohung für alle Soldaten, nicht nur in den Hospitälern. Eine Evakuierung oder Isolierung der Verletzten war nicht mehr möglich. Die Seuche griff rasend schnell um sich. Am schnellsten wurden die Amputierten befallen.

Es begann mit drückenden Kopfschmerzen und unregelmäßigem Schaudern, besonders in den Stümpfen der verbliebenen Extremitäten. Fieberschübe traten auf. Die Wunden, deren Eiterung nachließ, bekamen eine Art von Hospitalbrand, der schnell voranschritt. Man erkannte ihn am aschgrauen Eiter, der dick und klebrig wurde und ekelhaft roch. Die Wundränder schwollen an und nahmen eine schwärzliche Farbe an. In der Folge stellten sich Epigastrien ein, ein schmerzhaftes Zusammenziehen der Oberbauchgegend, dazu gesellten sich Erbrechen, gänzliches Zurückhalten des Urins und ein vermehrter Abgang eines schwärzlich, stinkenden Kotes. Die Zunge war im Mittelpunkt schwarz, am Rande trocken und rot, das Zahnfleisch nebst den Zähnen mit einem schwärzlichen, klebrigen Überzug bedeckt. Der Erkrankte fiel in eine Art Betäubung, einen Zustand gänzlicher Unempfindlichkeit. Die Gesichtszüge entstellten sich auf eine entsetzliche Art und ließen auch das ungeübteste Auge die Veränderung des Siechen erkennen. In der letzten Periode nahmen alle Wunden einen brandigen Charakter an und verbreiteten weit umher einen üblen Gestank.

Das Ende nahte schnell. Der Puls setzte aus, das Irrereden ging manchmal in Raserei über und wurde von heftigen Konvulsionen begleitet. Der Leib schwoll auf, die Krämpfe nahmen zu, schnell schwanden die Kräfte. Der Tod trat plötzlich ein.

Die Ansteckungsgefahr war in dieser Phase am größten. Selbst die Ärzte mussten sich vor der Seuche fürchten. Es dauerte oft nicht lange, dann hatten die Verwundeten eines Saales alle dieselben Symptome. Und das Übel pflanzte sich fort. Erst die Hospitäler, dann die Bürgerhäuser. Auch der Transport der Kranken durch Ortschaften trug zur Ausbreitung der Seuche bei. Entlang der Transportstraßen reichte sie bald bis nach Wien und an die Grenzen Frankreichs.

Nur die Blessierten der Garde, die Larrey in das Hospital der barmherzigen Brüder hatte bringen lassen, blieben von der Epidemie verschont. Das Kloster lag weit ab von den anderen Hospitälern, ebenso von den volkreichen Vierteln der Stadt. Es besaß gute Luft, viele Fenster, und es wurde streng auf Reinlichkeit geachtet. Seine Gesundheitsbeamten und die Krankenwärter des Feldlazaretts verrichteten sorgfältig ihren Dienst, so dass die Seuche sich nicht ausbreiten konnte. Maßregeln die in den überfüllten Hospitälern aufgrund der Enge, der Überbelegung und der mangelnden Reinlichkeit nie eingehalten werden konnten. Die Katastrophe war dort nicht einzudämmen.

Im Kloster hatte Larrey auch die Ambulanz für die Offiziere und Adjutanten eingerichtet, die an diesem Ort ihre leichten Blessuren behandeln lassen konnten. Am zweiten Tag nach der Schlacht kam Marcel zu Larrey. Eine Kugel hatte ihn am Unterarm gestreift. Die Wunde war schorfig und wurde von Larrey gereinigt, blutig gemacht und verbunden. Als er Marcels Arm und seine Hand betrachtete, entdeckte er die gleichen Pigmentflecke wie bei seiner Zwillingsschwester Thérèse.

Von Marschall Berthier, der mit Marcel oft zu tun hatte, hörte er nur Vorteilhaftes, als er sich über den Zwillingsbruder von Thérèse erkundigte. Berthier berichtete: »Sein Umgang ist still und ernst. Er vermeidet jeden Schein von Wichtigkeit, den ich bei vielen jungen Adjutanten erschreckend finde. Er mag vielen kalt erscheinen, doch gegenüber denen, welchen er half, und denen, die von ihm abhingen, war er es nie. Er scherzt selten. Doch seine Freundlichkeit mildert seinen Ernst. Er ist wahrheitsliebend und unbestochen von Eitelkeiten wie kaum einer in unseren Stäben. Seine Zuverlässigkeit und Verschwiegenheit sind Gold wert. Die Frauen fliegen auf ihn. Soult kann sich glücklich schätzen, ihn in seinem Stab zu haben.«

Marcels Gesichtszüge glichen denen von Thérèse, obwohl sie unterschiedlichen Geschlechts waren. Auch das Blond der Haare und die Farbe der Augen waren ohne Unterschied …

Völlig überraschend fragte er am Ende der Behandlung Larrey: »Hast du Nachricht von meiner Schwester?«

»Nein …« Ein wenig irritiert stellte Larrey eine Gegenfrage: »Warum?«

»Es geht ihr nicht gut. Ich spüre es. In der Vergangenheit sprachen wir zur gleichen Zeit den gleichen Gedanken aus, schrieben uns zur gleichen Zeit Briefe und wollten dasselbe Problem bereden. Wir hatten sonderbare Träume mit fast dem gleichen Inhalt. So gesehen sind das keine zufälligen Ereignisse.«

Eingedenk dessen, was er erzählte, erübrigte sich Larreys Frage über Marcels Kenntnis seiner Beziehung zu Thérèse.

»Was vermutest du?«

»Etwas Bedrohliches. Äußerst Bedrohliches. Etwas, was meine Schwester, dich, mich und auch den Marschall betrifft!«

Larrey wusste darauf nichts zu sagen. Marcel gab ihm Rätsel auf. Dafür hatte er hundert Fragen, die er nicht stellen konnte. Manchmal sagte er sich, dass sein Leben erst beginnen würde, wenn er diese Maskerade beenden würde. Marcel rief Erinnerungen wach, denen er am liebsten schnell nachgegeben hätte. Gerade nach diesen schrecklichen Tagen. Doch er wollte das Geheimnis mit Thérèse bewahren, selbst wenn Bruchstücke davon schon ans Licht zu kommen drohten. Er sehnte sich im gleichen Moment nach ihr und ihrem gemeinsamen Sohn Jean-Pascal, der ihnen im Juni des vergangenen Jahres geboren wurde.

»Du wirst wohl nie nervös!«

»Marcel! Ich bin Chirurg. Da darf man seine Schwächen nicht zeigen. Wenn ich einen Fehler mache, kann ich kein Mitleid erwarten. Ein Ausrutscher meiner Hand, ein Moment der Ablenkung, und ein Mensch kann sterben. Alle erwarten von mir, dass ich mich wie Gott verhalte: Unfehlbar!« Kaum hatte er geendet, als ihn eine Frage drückte. »Was denkt dein Marschall über mich?«

»Er bewundert deinen Einfluss beim Kaiser, aber er hasst sie auch dafür.«

»Wann zieht dein Korps ab?«

»Wir kehren so schnell wie möglich nach Paris zurück. Unser Sieg ist vollständig.«

Sieg! Kam damit auch der Frieden? Die Frage erübrigte sich, solange der Kaiser Krieg führte – und ein Ende dessen war noch nicht abzusehen.

XI

Jena – Berlin, Oktober 1806

Eine Kutsche und zwei schwarz gestrichene, vierrädrige Ambulanzwagen rollten Bayreuth entgegen. Larreys kleiner Tross wurde eskortiert von einer Kompanie Jäger zu Pferd der Kaiserlichen Garde. Bei Sonnenuntergang war er von der Kutsche in einen der gut gefederten Ambulanzwagen umgestiegen, um es sich in ihm bequem zu machen.

Er kannte keinen regelmäßigen Schlaf. Schon gar nicht auf Reisen. Sich nach dem Rhythmus der Vögel, der Felder und des Sonnenstandes zu richten blieb für ihn eine unerreichbare Vorstellung. Nur ab und zu gelang es ihm, das Versinken in den Schlaf als ein lustvolles Geschehen zu empfinden. Eher kämpfte er gegen den Schlaf, wurde von ihm eingeholt oder überwältigt. So hatte er das Einschlafen oft als eine unwiderstehliche, dem Willen überlegene Macht erfahren.

Dafür war ihm auch jenes triumphale Erwachen fremd geworden, bei dem man sich wie neugeboren fühlt, wo die Vergangenheit kein Gewicht besitzt und die Freuden des Tages einen unbeschwert aus dem Bett locken. Es war lange her, dass er sich an ein solches Erwachen erinnern konnte …

Bei Sonnenaufgang würde sich sein Tross dem Korps von Marschall Soult anschließen und spätestens ab Coburg wieder den kaiserlichen Garden. Die Heere Frankreichs waren wieder in Marsch gesetzt worden. Der Kaiser, aus Paris kommend, wollte die Armee gegen die Preußen führen.

Ein besonderer Auftrag Bonapartes hatte Larrey in Wien festgehalten. Gardegeneral Morland war bei dem Reiterangriff auf die russische Garde bei Austerlitz zu Tode gekommen. Napoléon hatte angeordnet, dass Larrey den Leichnam des Generals kunstgerecht einbalsamieren sollte, damit man ihn nach Paris überführen konnte. Larrey hatte diese Kunst in Ägypten studieren können und auch dort angewandt. So war er mit der Leiche Morlands im Rumfass nach Wien gereist statt mit der Garde nach Paris.

Obwohl er seine Familie und vor allem seine geliebte Thérèse gern gesehen hätte, war Wien eine willkommene Ruhepause, die ihm sogar den Luxus erlaubt hatte, einen Morgen lang im Bett zu faulenzen …

Er streckte seine steifen Glieder im Ambulanzwagen aus. Im flackernden Licht der Öllampe las er zum dritten Mal einen Brief von Thérèse. Er hatte ihn in Wien, kurz vor seiner Abreise, durch einen Kurier in Empfang genommen und konnte sich an ihren Zeilen nicht satt lesen. Sie schrieb ihm prickelnde Zärtlichkeiten, auch dass sie ihn sehr vermisse, und fragte, wann er denn endlich nach Paris zurückkehren würde. Einen weiteren Brief hatte er von seiner Frau Charlotte erhalten, die ihm über drei Seiten berichtete, was sich während seiner Abwesenheit in Paris, Malmaison und zu Hause mit Tochter Isaure ereignet hatte.

Nebenbei verspeiste er eine Schale Obst, knabberte an süßem Wiener Gebäck und leerte nach und nach eine köstliche Flasche Wein. Das Schaukeln des Verwundeten-Transportwagens störte ihn nicht. Der gefederte Wagen dämpfte fast jede Unebenheit, sodass sich darin auch vortrefflich speisen ließ.

Larrey hatte keinen direkten Befehl in der Tasche. Die Dispositionen zur Versorgung der Verwundeten lagen diesmal in den Händen seines Kollegen Pierre François Percy.

Percy war ein Nacheiferer, wenn er nicht sogar zu einem Rivalen Larreys geworden war. Er neidete ihm seine Erfolge. Zwar hatte Percy schon früher über die Idee einer mobilen Ambulanz auf den Schlachtfeldern nachgegrübelt, doch Larrey hatte diese Idee nicht nur umgesetzt, sondern auch im Felde vervollkommnet. Außerdem konnte der Rivale nicht gut mit verwundeten Soldaten umgehen, war ruppig zu den Menschen, die er behandelte, und daher im Heer lange nicht so beliebt wie Larrey.

Am 12. Oktober stieß er bei Coburg auf das Korps von Marschall Soult. Beim Biwakieren begegnete er wieder Marcel. Seine Verletzung von Austerlitz war völlig ausgeheilt. Er lud Marcel zu sich in die Kutsche ein, um das Wiedersehen zu begießen. Larrey fragte: »Bist du in Paris gewesen?«

»Nein«, antwortete dieser einsilbig.

Jean-Dominique fiel auf, dass sich Marcels Gemütszustand verändert hatte. Bei ihrer letzten Begegnung platzte er geradezu vor Tatendrang, doch diesmal schien er von Schwermut geplagt. »Was ist mit dir?«

Nach einigem Zögern antwortete Marcel: »Wie es scheint, habe ich ein unlösbares Rätsel vor mir.«

»Vielleicht kann ich es lösen?«

»Kaum.«

»Wenn ich etwas tun kann, sag es!«

»Du kannst nichts tun.« Marcel machte eine bedeutsame Pause. Dann sagte er resignierend: »Ich hoffe, dass ich dieses Leben nur vorübergehend führen muss.«

Larrey erschrak, wenn er daran dachte, wie viele seiner jungen Chirurgen ebenso dachten wie Marcel. Sie alle glaubten, spätestens nach der ersten großen Schlacht, dem ersten großen Sterben, dass die Jahre in der Armee nur vorübergehend sein würden. In Wahrheit aber starben die meisten von ihnen auf dem Schlachtfeld, verließen die Armee als Versehrte oder schieden erst dann aus, wenn sie keinen Zahn mehr im Mund und kein Haar mehr auf dem Kopf hatten.

Larrey versuchte ihn aufzuheitern: »Vielleicht klappt es mit Paris ja schon nächste Woche. Ich vermisse die Stadt auch sehr. Vielleicht reisen wir ja zusammen. Darauf sollten wir trinken.«

Marcel hob nachdenklich sein Glas. »Ehrlich gesagt – ich habe wenig Hoffnung …«

Larrey versuchte die Unterhaltung auf einen anderen Punkt zu bringen. »Hast du Nachricht von Thérèse?«

»Sie schreibt mir regelmäßig. Dir auch?«

»Ja. Den letzten Brief von ihr habe ich in Wien erhalten.«

Nach drei Flaschen Wein fragte Larrey Marcel noch einmal nach den Gründen seiner Niedergeschlagenheit.

Angesäuselt erwiderte dieser: »Jean-Dominique, es hat nichts auf sich … Ich werde das schon enträtseln … Dafür habe ich jetzt keine Zeit … Später werde ich mir alles überlegen …«

Doch dieses »Später« sollte nie kommen. Hätte Larrey geahnt, in welcher Bedrängnis Marcel sich befand, hätte er sofort gehandelt. Am Morgen, als Larrey aus seinem Ambulanzwagen kroch, sah er noch, wie sich Marcel in den Sattel schwang. »Wohin?«, rief er ihm zu.

Marcel ritt an ihm vorüber: »Überall dorthin, wo der Tod auf mich lauert!« Daraufhin gab er dem Pferd die Sporen und sprengte in Richtung Jena davon.

Sorgenvoll blickte Larrey dem jungen Mann nach. Er hatte ihm ein Rätsel hinterlassen …

Am gleichen Tag schloss sich Larrey wieder der Garde an und zog mit der Elite des Kriegshandwerks in Richtung Jena. Sie kamen nachts an. Die Stadt war stockdunkel. Die Einwohner waren geflohen. Larrey biwakierte mit der Garde und dem Kaiser auf dem Plateau des Landgrafenberges.

Das preußische Königspaar war offensichtlich dem Wahn erlegen, einen Sieg gegen Napoléons schlacht- und sieggewohnte Divisionen erringen zu können. Mit einem zum Teil treulosen Söldnerheer und den zur Schlacht gezwungenen Divisionen aus Sachsen war dies eine einzige Tollkühnheit. Daran änderte auch die Tatsache nichts, dass sie rund einhundertzwanzigtausend Soldaten gegen Napoléon ins Feld schickten.

Ungeachtet des fehlenden Kommandos kontrollierte Jean-Dominique die Ausrüstung der Ambulanzen der Garde. Besonders die der Transportwagen und der Feldapotheken. Alles wurde peinlichst nachgesehen. Und da, wo er etwas nicht in Ordnung fand, war er hart und streng. Die Gesundheitsbeamten, Lazarettaufseher und Wundchirurgen hatten deshalb größten Respekt vor ihm, aber sie liebten ihn auch …

Zwanzig Soldaten pro Gardekompanie machten sich gegen Mitternacht in die Stadt auf, um Lebensmittel für das Regiment aufzutreiben. In den Kellern fanden sie reiche Beute und kamen mit viel Wein und Zucker zurück. In kurzer Zeit bereiteten sie in den Kesseln einen herrlichen Glühwein, und manch ein Grenadier versteckte eine zusätzliche Flasche Wein unter seiner Bärenmütze.

Beim Glühwein erzählte Caulaincourt, wie der Kurierreiter Leutnant Marbot, aus Berlin kommend, in den Tuilerien eintraf, das Ultimatum des preußischen Königs in der Tasche. Abgrundtiefer Hass auf Napoléon, so schilderte es Marbot, hatte die preußische Bevölkerung erfasst, und er selbst wäre beinahe vom Pöbel tätlich angegriffen worden. Außerdem hatte er dem Kaiser berichtet, wie die preußischen Gardegendarmen ihre Klingen provozierend auf den Steinstufen des französischen Gesandtschaftspalais in Berlin gewetzt hatten. Napoléons zornige Antwort darauf: »Diese unverschämten Prahlhänse sollen bald schmecken, dass unsere Waffen besser geschliffen sind!«

»Was hatte der Preußenkönig denn gefordert?«, fragte Larrey.

»Friedrich Wilhelm forderte, dass sich die Große Armee noch vor dem 8. Oktober hinter den Rhein zurückzuziehen habe. Bisher hatte er sich aus jeder Auseinandersetzung mit Napoléon herausgehalten, nun ließ er sich aber zu diesem Ultimatum hinreißen: Er fordert den Abzug unserer Truppen aus Süddeutschland! Dieser Preußenkönig ist einer der größten Holzköpfe, der je eine Krone getragen hat.«

»Wie hat der Kaiser darauf reagiert?«

»Er hat getobt: Wofür hält sich dieser preußische König? Glaubt er denn wirklich, mit uns so umspringen zu können? Er kann mich am 8. Oktober auf dem Schlachtfeld treffen!«

»Und, hat er seinen Entschluss sofort in die Tat umgesetzt?«

»Ja, er zögerte keine einzige Stunde. Im Vertrauen: Der Kaiser nahm diese Herausforderung mit Freuden an, denn er hatte nicht gehofft, so rasch einen Grund zu finden, nun auch Preußen anzugreifen. Der preußische Gesandte in Paris wurde mit einer offiziellen Antwort hingehalten. Ich glaube, er hat erst vom Entschluss des Kaisers erfahren, als dieser schon in Würzburg war. Selbst dem Senat hat Napoléon übrigens auch keine Mitteilung über seine Abreise zur Armee gemacht.« Caulaincourt hob seinen Becher Glühwein. »Auf unseren Sieg!«

»Ja, auf einen raschen Sieg!«

Es kam, wie es kommen musste. Die Schlacht begann im Morgengrauen und war um zwei Uhr nachmittags zugunsten des Kaisers entschieden. Die preußische Armee war vernichtend geschlagen.

Wie immer breitete sich der Frieden zuerst auf der Walstatt aus. Die Fliegenden Ambulanzen versorgten die Verwundeten. Zwischen Lützeroda und Closewitz suchte Larrey mit Lamartin und vier kräftigen Helfern das Schlachtfeld zusätzlich nach Schwerverwundeten ab, bestens ausgerüstet, um notfalls direkt auf dem Schlachtfeld operieren zu können. Das V. Korps der Franzosen unter Marschall Lannes hatte schon gegen neun Uhr an der Stelle, an der sie sich befanden, die preußisch-sächsischen Truppen unter dem Kommando des Grafen von Tauentzien vernichtend geschlagen.

Unweit von Lützeroda begegneten sie inmitten gefallener Soldaten einem jungen preußischen Feldscher, der sich um einen verletzten Soldaten mühte. Einer seiner beiden Helfer winkte. Einem Soldaten war das linke Bein bis zum Oberschenkel abgerissen. Er litt ungeheure Schmerzen. Der Feldscher versuchte verzweifelt die starke Blutung zu stoppen, indem er mit seinem zweiten Helfer die Schenkelarterie des Unglücklichen da abpresste, wo sie aus dem Becken trat.

Der junge Arzt fragte Larrey: »Haben Sie eine Arterienklemme für einen preußischen Soldaten?« Er sprach die Worte in jenem Französisch, das die preußische Hofaristokratie pflegte. Larrey öffnete seinen Besteckkasten und reichte sie ihm. Obwohl in der Handhabung geschickt, bekam der preußische Arzt die Arterie in dem blutigen Brei des zerfetzten Beinstumpfes nicht zu fassen.

Larrey sah die Notwendigkeit einer sofortigen Exstirpation des Schenkels im Hüftgelenk, um dem Soldaten das Leben zu retten. Der Soldat war bei Bewusstsein. Er willigte in die Amputation ein, doch der preußische Feldscher sah sich außerstande, diesen Eingriff vorzunehmen. Er bat Larrey die Operation auszuführen.

Sie erinnerte ihn an den Fall Bonhommes vor St. Jean Acre während des Syrienfeldzuges. Der Eingriff war der gleiche. Mit Hilfe seiner eingeübten Männer hatte er damals in vier Minuten den Schenkel des Soldaten exstirpiert. Der Verletzte, der mit großem Mute die Operation ausgehalten hatte, wurde mit der Fliegenden Ambulanz zum Sammelplatz gefahren, von wo er später in das Lazarett nach Weimar gebracht wurde.

Für Larrey war dies ein Beispiel dafür, dass sich Menschen in größter Not gegenseitig halfen, auch wenn die meisten in jenen Zeiten nichts anderes kannten als Töten und Morden.

Dr. Johann Friedrich Tscharner, preußischer Feldscher, verbeugte sich ehrerbietig, als Larrey ihm seinen Namen nannte. Vereint im gemeinsamen Leitgedanken: Der Mensch hat ein Recht auf Menschlichkeit, versorgten sie die Stunden darauf rund neunzig verletzte Franzosen, Preußen und Sachsen mit grässlichen Kopf-, Brust- und Bauchwunden. Insgesamt mussten sie einundzwanzig Soldaten amputieren, um ihr Leben zu retten. Larrey erkannte dabei Tscharners gute chirurgische Technik. Umgekehrt galt Tscharners Bewunderung besonders der Präzision und der Schnelligkeit seines französischen Kollegen.

Die Tage darauf waren für den jungen preußischen Feldscher niederschmetternd. Wie bekannt wurde, hatte die totale Desorganisation des preußischen Generalstabs und der Truppenführung zwei Fünftel der preußischen Armee erst gar nicht zum Einsatz kommen lassen. In zwei Schlachten verlor sie jeweils ein Drittel der Soldaten. Es kam zur planlosen Flucht der preußischen Korps.

Larrey hatte Marcel zwar nicht mehr gesehen, doch wusste er von dem Oberwundarzt des Korps von Soult, dass er unversehrt geblieben war. Marschall Soult hatte einmal mehr den wichtigsten Etappensieg errungen. Er hatte seine Truppen in Richtung auf den Haupt-Kampfschauplatz Vierzehnheiligen geführt. Die Preußen unter General Hohenlohe waren schon nach knapp zwei Stunden geschlagen. Seine Flucht verursachte eine wilde Panik unter den Soldaten. Alle versuchten am Ende dem Gemetzel zu entkommen und flüchteten entlang der Straße nach Weimar.

Am Abend am Biwakfeuer erzählte Tscharner, was er in den Tagen vor der Schlacht erlebt hatte: »Es war nicht zu verkennen«, begann er. »Wir waren desorganisiert und ohne richtige Führung. Schwerfälligkeit und pedantisches Befehlsgehabe der hohen Offiziere verrieten Unsicherheiten. Ich befürchtete, dass unser unentschlossener General das Korps direkt in den Untergang führen würde.«

Larrey fragte: »Wo waren Sie am Vorabend der Schlacht?«

»Ich marschierte mit dem 14. Korps. Als wir auf den Lehnstädter Höhen bei Weimar angekommen waren, erwartete jedermann, dass es zu einer Austeilung von Lebensmitteln kommen würde. Aber unsere Erwartungen wurden enttäuscht. Der quälende Hunger schürte die Unzufriedenheit. Ich selbst besaß nicht ein einziges Stückchen Brot, und das Wenige, was die Marketender herbeischleppten, war nur für teures Geld zu haben. Jeder glaubte daran, dass sich dieser Zustand spätestens am Morgen darauf verbessern würde. Doch man täuschte und betrog sich selbst. Ich hörte schon den Kanonendonner aus Richtung Jena, als sich unser General nach langem, unbegreiflichem Zögern endlich mit unserem Korps in Marsch setzte. Er und General Hohenlohe waren in vollkommener Sorglosigkeit. Sie glaubten, eure Hauptmacht befände sich bei Auerstedt. Daher kamen wir zu spät. Je weiter wir vorrückten, je mehr füllte sich die Chaussee mit zurückkehrenden Verwundeten und zerstreuten Truppen aller Gattungen. Alles, was ich sah, trug unverkennbar den Stempel der Auflösung und der wilden Flucht. Es waren die Truppen von General Hohenlohe!«

Larrey wurde klar, das die Schlacht mit Fehlern auf beiden Seiten begonnen hatte. Napoléon nahm an, er habe die Hauptstreitkräfte des Gegners vor sich, während Hohenlohe dagegen überzeugt war, dass er nur zweitrangige Einheiten der französischen Armee vor sich hatte. Als der Nebel sich hob, erkannte Hohenlohe seinen Fehler. Doch es war zu spät. Die Armee wurde völlig zerschlagen.

Die Schlacht war wie so oft gewonnen, nicht aber der Krieg. Denn anders als in Austerlitz nahm Napoléon die Verfolgung der versprengten Truppen des Feindes auf.

Gegen Mittag des darauf folgenden Tages erhielt die Garde Befehl, nach Berlin zu marschieren. Larrey bot seinem neuen Freund an, sich den Kaiserlichen als Wundchirurg anzuschließen. Johann Friedrich Tscharner nahm das Angebot an.

Während des Marsches erzählten sich Larrey und Tscharner, was sie in ihrem Leben bisher erlebt hatten. Johann Friedrich stammte genauso wenig aus einer traditionsreichen Medizinerfamilie wie Jean-Dominique. In dem recht bescheidenen Milieu kleiner Berliner

Geschäftsleute, in das er hineingeboren wurde, hatte man kein Interesse für das Geschäft der »Barbiere«. In Bezug auf seine Herkunft war Tscharner zunächst auffällig zurückhaltend und erzählte nichts aus seinen Jugendjahren. Mit Absicht bewahrte er Stillschweigen über diesen Abschnitt seines Lebens. Später in Paris, sie waren inzwischen enge Freunde geworden, sprach er eines Abends über seine illegitime Abstammung. Tscharners Eltern hatten in Berlin-Spandau einen bescheidenen Steingut- und Porzellanladen. Der angetraute Mann seiner Mutter hatte die legitime Geburt »seines« Sohnes nie angezweifelt. Man arrangierte sich. Tscharners Pate und gleichzeitiger leiblicher Vater war ein Bankier. Er finanzierte auf diese Weise die höhere Schulbildung seine »Patenkindes«. Der Vater zu Hause hätte nicht die Mittel dazu gehabt …

So kam es, dass Johann Friedrich sich am Collegium medicochirurgicum in Berlin die höheren Weihen eines preußischen Wundarztes erwarb.

Zehn Tage nach seinen Siegen bei Jena und Auerstedt standen sie mit Napoléon und seiner Garde vor Berlin. Die Festung Spandau wurde kampflos übergeben. Am 25. Oktober marschierten französische Truppen in Berlin ein. Napoléon, die Garde mit Larrey und Tscharner, erreichten Preußens Hauptstadt zwei Tage später.

In den Straßen hörte man, dass Friedrich Wilhelm III. mit Königin Luise und dem Hofstaat über Küstrin nach Memel geflohen sei. Die Berliner Schnauze machte daraus: »Unser Dämel ist in Memel.«

Tscharner, der sich in der Stadt umgehört hatte, berichtete: »Fast alle Berliner Aristokraten, Beamte und Militärs haben offenbar fluchtartig die Stadt verlassen. Die preußischen Beamten sind von Panik ergriffen.«

Larrey antwortete: »Wir werden ihnen nichts tun. Der Kaiser sieht in der Bevölkerung eher treue Verbündete als Feinde Frankreichs.«

»Da können Sie reden, was Sie wollen. Die Menschen haben Angst. Nackte Angst. Alles, was einem preußischen Adler gleicht, wird abgenommen, sogar die Briefträger reißen sich ihre Messingschilder vom Arm.«

Larrey amüsierte sich darüber. »Sie können sicher sein, unser

Kaiser wird auch die Berliner Briefträger verschonen. Sie werden ihm ans Herz wachsen, sobald sie ihm einen Brief von Joséphine überbringen.«

Am Tag darauf erfuhren wir, dass auf einer Kunstausstellung, die der Ausbruch des Krieges unterbrochen hatte, Büsten des Königs und des Zaren in großer Eile versteckt wurden. Als Ersatz sollten stattdessen schnell noch einige Zeichnungen von Napoléon angefertigt werden.

Napoléon zog am 27. Oktober noch einmal symbolisch durch das Brandenburger Tor. In der warmen nachmittäglichen Herbstsonne ritt der Kaiser vor seiner Armee über die Straße Unter den Linden. Der herrliche Boulevard, gesäumt von einer Doppelreihe Linden und Platanen, die Eleganz der edlen Bauten, das Brandenburger Tor mit seinem herrlichen Viergespann darauf bildeten eine prachtvolle Kulisse für den kaiserlichen Triumphzug. Die Kaiseradler auf den Bannern flatterten im Wind. Am Brandenburger Tor nahm der Kaiser feierlich die Schlüssel der Hauptstadt entgegen. Die preußische Armee war zerschlagen und der altpreußische Staat der Hohenzollern zusammengebrochen.

Larrey traf nach der Parade Marschall Augereau, der sich in bester Laune zeigte. Als ihm Tscharner einen glänzenden Sieg bescheinigte, erwiderte der Marschall: »Wissen Sie, ich befürchte, die Triumphe, die wir feiern, lassen uns den Frieden vergessen.« Dann wandte er sich in seiner unverkennbar bissig-ironischen Art an Jean-Dominique: »Mein lieber Larrey, ich glaube langsam, dass wir Paris nicht eher wiedersehen, bevor wir nicht siegreich von einem Feldzug aus China zurückgekehrt sind.«

»Ich wünschte mir auch«, sagte Larrey, »Napoléon könnte seine Energien auf den Frieden wenden.«

Einige Tage danach wurde die Quadriga auf dem Brandenburger Tor auf Befehl Napoléons entfernt und als Kriegsbeute nach Paris gebracht.

Auf den Straßen und Plätzen herrschte indessen ein buntes Treiben. Für kleine Preise verkauften die Sieger ihre mitgebrachte Beute. Bier und Branntwein flossen in Strömen, die Stimmung bei den Soldaten wie bei der Bevölkerung ließ mehr an ein Volksfest denken als an die erste Begegnung von Siegern und Besiegten.

Aber auch Errungenschaften der Französischen Revolution kamen mit dem Kaiser nach Berlin. In Eile wurde die erste bürgerliche Selbstverwaltung Berlins, das »Comité administratif«, ins Leben gerufen. Auch eine Bürgergarde, »Garde bourgeoise de Berlin«, wurde rasch aufgestellt.

Während seines Aufenthalts in Berlin hatte Larrey das Privileg erhalten, im Schloss Charlottenburg, in der Nähe seines Kaisers, Quartier beziehen zu dürfen. Von dort aus startete er seine Exkursionen durch die Stadt. Tscharner zeigte seinem französischen Kollegen mit Begeisterung das anatomische Theater. Larrey hatte schon in Paris davon gehört. Unstreitig gehörte es in Europa zu den vorzüglichsten und berühmtesten Sammlungen. Über zweihundert Leichen wurden jährlich dazu verwendet, um den schon ansehnlichen Vorrat an anatomischen Präparaten und Skeletten aufzustocken. Sogar zwei Skelette der großen Soldaten von König Friedrichs Garde-Regiment konnte er bestaunen. Danach besuchten sie noch die Gruft des alten Fritz in Potsdam. In Sanssouci nahm Jean-Dominique den Armsessel, in welchem König Friedrich gestorben war, in Augenschein, sowie das Zimmer, welches Voltaire bewohnt hatte. Besonders freute er sich über eine Einladung, die er vom angesehenen Akademiker und Forscher Alexander Freiherr von Humboldt erhielt, mit dem er einen längeren Gedankenaustausch über die Medizin in Paris und über Naturphänomene und die Geographie der Erde führte.

Ende Oktober hatte Larrey seine ersten Briefe an seine Frau und Thérèse nach Paris geschrieben, worin er über die Geschehnisse berichtete. Anfang November erhielt er von Thérèse ein Antwortschreiben:

Mein über alles geliebter Jean-Dominique!

Mein erster Gedanke am Morgen bist du. Dich wieder zu sehen ist mein einziger Wunsch. Nicht wahr, du kehrst zurück? Du versprichst es mir? Wenn nicht bald, dann reise ich zu dir. Du fehlst mir unendlich. Wir haben einen wunderschönen Sohn. Du kannst stolz auf ihn sein. Wie wir auch auf dich!

Doch ungeachtet meiner großen Liebe zu dir bin ich in großer Sorge um Marcel. Ich bitte dich flehentlich, kümmere dich um ihn. Sein letzter Brief versetzte mich in Panik. Trotz der Entfernung spüre ich schon lange, dass jemand nach seinem Leben trachtet. Marcel nannte keinen Namen, doch er hofft täglich, sich der Nähe des Marschalls entziehen zu können.

Wenn ich meine Hand auf mein Herz lege, dann weißt du, dass es nur mit dir und Marcel beschäftigt ist. Bitte hilf meinem Bruder! Ich würde es nicht überleben, ihn zu verlieren.
Ich ahne Schreckliches. Du musst es schaffen, dass er zur Garde versetzt wird.

Ich gehöre dir, ich liebe dich sehr, du bist mein Leben!

Thérèse

Er las den letzten Absatz noch einmal und war genauso bestürzt wie beim ersten Mal. Er grübelte über dem Text, konnte aber über die Hintergründe nur spekulieren. »... Marcel nannte keinen Namen ... keinen Namen ...«, räsonierte er. Er konnte Marcel nicht verstehen. Warum schwieg er so beharrlich? Schließlich war Thérèse doch seine Zwillingsschwester!

Marcel war für ihn nicht greifbar, da Soult die Reste von Blüchers Korps durch Mecklenburg jagte. Er nahm sich vor, sofort mit Caulaincourt über Marcels Versetzung zu sprechen. Larrey hatte beim kaiserlichen Generalstab des Hofes noch nie etwas für sich persönlich erbeten. Daher glaubte er, dass es ein Leichtes sei, Marcel von seinem Marschall wegzueisen.

Im Schloss Charlottenburg hatte er nur wenige Meter zu gehen. Caulaincourt empfing Larrey am nächsten Tag ohne große Umstände.

»Was bewegt den Kaiserlichen Generalchirurgen?«

»Mich bewegt das Schicksal eines Adjutanten von Marschall Soult«, antwortete Larrey.

»Um welchen handelt es sich?«

»Marcel Sorel!«

Caulaincourt überlegte einen Moment, dann meinte er: »Ein fähiger junger Offizier! Was ist mit ihm?«

»Ich bitte Sie um Unterstützung meines Wunsches.«

»Wenn ich ihn erfüllen kann.«

»Versetzen Sie ihn zur Garde.«

»Aus welchem Grund?«

»Eine persönliche Sache, die für den fähigen jungen Offizier zum Verhängnis werden könnte.«

»Zwischen ihm und seinem Marschall?«

»So ist es.«

Caulaincourt erinnerte sich, das Marcel Sorel der Lieblingsadjutant Soults war. »Ich verstehe Ihre Bitte nicht. Adjutant und Marschall befinden sich nach meiner Einschätzung im besten Einvernehmen.«

»Sicher war das so. Doch das hat sich radikal geändert.«

»Dann sollte der Adjutant für sich selbst sprechen.«

»Sorel würde nie von sich aus diesen Schritt wagen.«

»General! Ihr Wunsch ist nicht erfüllbar. Ich bedaure dies zutiefst.«

»Nennen Sie mir die Gründe.«

»Sorel ist Offizier. Er muss für sich allein sprechen. Aber auch dann ist nicht sicher, ob der Kaiser dem Ansinnen zustimmen würde. Der Marschall besitzt das Machtwort. Es steht über allem. Soult müsste einem Wechsel erst zustimmen. Ich bedaure!«

»Dann vergessen Sie die Angelegenheit. Ich werde mit Sorel sprechen, sobald sich eine Möglichkeit dazu ergibt.«

»Das könnte schwierig werden. Ich bekam heute Morgen die Nachricht, dass Blücher in Richtung Lübeck flüchtet. Soult wird ihn zwar spätestens dort aufgerieben haben, doch …«

»Wird Soults Korps danach in Berlin erwartet?«, unterbrach ihn Larrey.

»Ja, er wird sich hier eine Atempause gönnen. Doch das wird mir und Ihnen nichts nützen.«

»Wie das?«

»Da wir schon in den nächsten Tagen nach Osten marschieren werden.«

Im gleichen Moment dachte Larrey an die Worte Augereaus. »Wohin und gegen wen?«

Caulaincourt zeigte nach Osten: »Erst nach Posen, dann nach

Warschau und wenn nötig auch noch weiter. Das hängt vom Zaren ab.«

Das Gerücht grassierte in Berlin, dass die Russen die Weichsel überschritten hätten und in Warschau eingerückt seien. Keine Gerüchte waren die Hoffnungen der Soldaten. Sie hofften auf Frieden, hofften auf ein Ende der Gewaltmärsche, der Biwaks, des Hungers und der Schlachten …

Am 25. November ritt Larrey mit seinen Ambulanzen durch Posen, und am 1. Dezember erreichte er mit der Garde Warschau. Gleich in der ersten Woche marschierten sie durch eisigen, knietiefen, glitschigen Morast. Die Kavallerie konnte bei diesen Verhältnissen keine Attacke reiten, und die Artillerie versank im Schlamm. Danach fegte eine klirrende Kälte über die Weiten. Die Tage waren ein einziger eisiger Hauch. Er kostete viele Soldaten das Leben. Die in Nebel gehüllten riesigen Flächen waren leer und dehnten sich ins Endlose.

Larrey erinnerte sich an Soults Worte von Austerlitz. »Besser der Tod als Siechtum und besser die ewige Ruhe als ständiges Leiden.«

Wohl dem Manne, der die eigene Seele retten konnte und dessen Hoffen nie aufgehört hatte …

XII

Erinnerungen Jean-Dominique Larreys, Preussisch-Eylau, 8.–17. Februar 1807

Das Grauen hat einen Namen: Preußisch-Eylau. Unseren fünfundvierzigtausend Soldaten standen siebzigtausend russische gegenüber. Dazu eine zaristische Artillerie, die der unseren an Kanonen um das Doppelte überlegen war. Unentrinnbares Schicksal für gut sechsunddreißigtausend Soldaten auf beiden Seiten.

Unentrinnbar schien auch der Tod von Marcel Sorel. In Wahrheit war er herbeigeführt aus Rache! Sein Sterben hinterließ eine Wunde in meiner Seele. Sein Verlust schmerzte sehr. So kam es, dass ich lange Zeit hindurch, wenn ich nachts aufwachte und an Eylau dachte, nur diesen einen von tiefer Dunkelheit umlagerten Ausschnitt sah. Als hätte Eylau nur aus dieser zugigen Scheune bestanden, und als sei es dort immer und ewig drei Uhr nachmittags gewesen. Jene Stunde, in der mir Tscharner berichtete, was er beobachtet hatte …

Nie war mir ein Tag so schrecklich, nie war mein Gemüt so bewegt gewesen. Meine Vorstellungskraft über das, was auf dem Schlachtfeld passierte, versagte, da sie unmäßig von den Ereignissen überspannt wurde, die ich in den Bretterverschlägen meines unzulänglichen Lazaretts erlebte. In den ersten vierundzwanzig Stunden der Schlacht war ich selbst gezwungen, mehr als zweihundert Amputationen von Gliedmaßen der oberen und unteren Extremitäten vorzunehmen. Es fällt mir schwer, das Erlebte wiederzugeben, die Empfindungen hervorzuzerren aus den dunkelsten Regionen meiner selbst.

In der Tat erscheint es mir so, als ob damals mein geistiges Sein vom physischen getrennt war. Das Wesen in mir, das jene chirurgischen Eingriffe vornahm, war unempfindlich gegenüber Frost, Hunger und Erschöpfung. Vielleicht, weil es so viele Leben zu retten versuchte wie möglich, vielleicht auch, weil es immer wieder sein Gewissen reinwaschen wollte.

Einige Häuser von Eylau waren in Brand geschossen worden. Die Garde und das Korps von Marschall Soult sicherten das Städtchen, den Windmühlenhügel auf der linken und das Dorf Rothenen auf der rechten Seite, während die Korps von Augereau und Murat den linken und rechten Flügel bildeten.

Die Bedingungen, unter denen die zu erwartende Schlacht geschlagen werden sollte, waren mehr als hart. Uns mangelte es erheblich an Proviant. Seit dem Aufbruch aus dem Warschauer Winterlager waren große Teile des Heeres daher verstärkt auf Plünderungszügen unterwegs. Schlimm war es zu erleben, wie wir uns in den ärmlichen Landstrichen immer mehr zu Dieben und Marodeuren entwickelten. Für die Marschälle gab es in dieser Gegend weder Geld noch Kunstgegenstände zu rauben, was die Unlust und Gereiztheit steigerte. Das zerschlagene Polen war nicht reich wie Italien. Das verarmte Land dämpfte zwar die Erwartungen der hohen Offiziere, nicht jedoch ihre Gier nach Geld, Silber, Kristall, Gemälde bis hin zu seltenen Büchern. Doch am Ende mussten sie froh sein, wenn ihre Kundschafter in den Wäldern die Verstecke polnischer Bauern aushoben, um wenigstens an Kartoffeln und Schweinespeck zu kommen …

Eylau war die Nacht zuvor schon hart umkämpft gewesen, sodass ich gezwungen war, sofort einen Sammelpunkt für unsere Verwundeten festzulegen. Das Einzige, was blieb, waren diese erbärmlichen Scheunen entlang der Straße. Sie waren himmelwärts offen. Die Russen hatten die Strohdächer an ihre Pferde verfüttert, sodass ich die Verwundeten auf beschneite Spreu legen lassen musste. Obendrein waren die Februarnächte bitterkalt. Mein Thermometer zeigte 14° Réaumur. Da es in den Feldscheunen auch zu eng war, mussten die auf Bahren herangebrachten Verwundeten ohne Schutz vor der eisigen Witterung auf dem schneebedeckten Boden liegen bleiben.

Ein Dragoner vom sechsten Regiment litt entsetzlich unter

einer Wunde am linken vorderen Schulterteil. Der Deltamuskel war weg, der Kopf des Oberarms zerschmettert, der Plexus brachialis zerrissen, was ihm heftigste Schmerzen bereitete. Trotz der schrecklichen Kälte hatte ich noch genug Gefühl in meinen Händen, ihm den Arm abzunehmen. Der Operierte war nach dem Eingriff völlig ruhig gestellt und schlief in seinen Mantel gehüllt sofort ein.

Gegen neun Uhr vormittags setzte ein heftiger Schneesturm ein. Während wir die Verwundeten der vergangenen Stunden unter den extremen Bedingungen so gut wie möglich versorgten, vernahmen wir den Donner einer gewaltigen Kanonade.

Der tobende Schneesturm machte uns an jenem Vormittag das Operieren unmöglich. Die Sicht auf dem Schlachtfeld war miserabel, wodurch ein Gemetzel ohnegleichen entbrannte. Blutiges Opfer waren vor allem die Regimenter meines Freundes Augereau. Der Marschall hatte sich morgens fiebergeschüttelt und entgegen meinem Rat aufs Pferd binden lassen, um seine Regimenter gegen die Russen zu führen.

Kurz danach trat ein, was ich und keiner meiner Wundärzte bisher erlebt hatten. Kolonnen von Verwundeten wankten heran. Wenige wurden getragen, viele schleppten sich selbst oder krochen auf allen vieren mit letzter Willenskraft zu unseren Scheunen. Wir wurden geradezu von Verletzten überschwemmt.

Ein junger Offizier von der leichten Infanterie lag auf dem Tisch. Ein Geschossteil hatte ihm ebenfalls die linke Schulter zerschmettert. Ein Teil des Gelenkkopfes hatte sich unter dem *Musculus pectoralis major* verkrochen, wodurch die Operation schwieriger wurde und dadurch länger dauerte. Ich musste das verkeilte Knochenstück, das noch von der Flechse des *Musculus subscapularis* gehalten wurden, losschneiden. Danach zog ich das Knochenstück heraus, ohne die Schlagader dabei zu verletzen, die durch das scharfkantige Fragment höchst gefährdet war. Die Operation gelang trotz der Widrigkeiten, die mich umgaben.

Mittendrin hörte ich eine Stimme vom Eingang her: »Ich habe daheim in Courbevoie drei Paar Stiefel; die halten nun doppelt so lange …!«

Ich traute meinen Augen nicht. Ein Soldat, gestützt auf zwei

Gewehre, die ihm als Krücken dienten, humpelte herein. Er hatte sich die Fleischfetzen unterhalb des Knies, Reste seines Unterschenkels, selbst abgeschnitten und tat so, als ob nichts geschehen wäre. Kaum hatte er seinen Satz beendet, verlor er das Bewusstsein.

Das Elend war grenzenlos. Der frisch gefallene Schnee färbte sich, vom Blut durchtränkt, rot. Die Spur des Grauens führte direkt zu unseren Scheunen. Ich hatte zwanzig Ambulanzgruppen allein für die Garde zur Verfügung. Jede mit zwei Chirurgen und vier Helfern besetzt. Doch ich hätte das Vielfache gebraucht, um der Flut von Verletzten wirksam begegnen zu können. Nur einem geringen Teil konnte sofort geholfen werden.

Pierre, mein chirurgischer Adjutant, der zu den Ambulanzen des Korps von Marschall Augereau Verbindung gehalten hatte, schleppte zwei blessierte Offiziere heran. Er war Zeuge der blutigsten Prüfung geworden, die die napoleonischen Divisionen je erlitten hatten, und sah aus, als ob er in den vergangenen Stunden um zehn Jahre gealtert wäre. Mit dunklen Augenringen stand er fassungslos vor mir. Während ich einem Chasseurcorporal den linken Unterschenkel abnahm, weil ihm eine Kanonenkugel das Knie zerschmettert hatte, fragte ich: »Was ist passiert?«

»Von Augereaus Regimentern sind nur noch wenige übrig«, keuchte er.

Pierre war kein Mann der Übertreibungen. Ich sah ihn ungläubig an.

Pierre fuhr fort: »Nördlich von hier marschierten wir im dichten Schneegestöber. Geblendet vom Schnee verlor Desjardins Division die Richtung und rückte zu weit an die russischen Batterien heran. Der Himmel riss für einen Moment auf. Unsere Kolonnen standen da wie auf einem Präsentierteller. Die russische Artillerie musste nicht einmal zielen. Mindestens siebzig Kanonen standen im Halbkreis und schossen gegen uns einen grauenhaften Kartätschenhagel. Jeder Schuss traf …« Seine Stimme versagte. »Wir marschierten direkt ins Verderben …«

Das war die verbriefte Sicherheit, dass es noch schlimmer kommen würde. Ich fragte Pierre: »Wie viele sind es?«

»Die Division von Desjardins flog in Fetzen auseinander. Um

den Rest von Augereaus Korps sieht es nicht gut aus. Sie werden im Moment wahrscheinlich endgültig aufgerieben.«

Im gleichen Moment wurde mir bewusst, dass die Sicherheit unseres Standortes allein von Soults Korps abhängen würde, das Eylau besetzt hielt.

»Wo befindet sich der Kaiser?«

»Er befindet sich mit der Garde in der Nähe des Friedhofs.«

Der Schlachtenlärm rückte hörbar näher. Pierre lauschte …

»Pierre!«, schrie ich meinen Adjutanten an. »Kümmere dich um den Soldaten dort. Er verblutet!«

Pierre entnahm seinem Koffer eilig die nötigen Instrumente, um die Amputation des Oberschenkels an dem Soldaten vorzunehmen. Obwohl die Helfer auf gefrorenem Boden seine Beinarterie abpressten, war die Blutung aufgrund der ausgedehnten Weichteilverletzung nicht beherrschbar.

Wir operierten trotz Eis und Schnee wie die Besessenen. Die abgenommenen Gliedmaßen wurden hinter der Scheune gestapelt. Sie gefroren im Nu und bekamen die Härte von Eichenholz.

Nun trat ein, was Pierre und ich befürchtet hatten. Wie eine plötzlich hervorbrechende Sturmflut schwoll der Strom der Verletzten an. Ein ununterbrochenes Stöhnen und Rufen nach mir begann: *»A moi, mon cher Larrey!« – »Secourez moi, monsieur l'inspecteur général!« – »Docteur, docteur, au secours!«* Zu mir, mein teurer Larrey! Helfen Sie mir, Herr Generalinspektor! Doktor, Doktor, zur Hilfe!

Herzzerreißende Schreckenszenen spielen sich ab. Ein Gardejäger, dessen Beine zerschlagen waren, robbte im Todeskampf mit beiden Armen bis zum Eingang des Lazaretts, bevor er seiner Verwundung erlag. Andere schrien um ihr Leben: »Ich bin an der Reihe! Ich sterbe vor Frost und Schmerz!« Der Mensch wurde zum Tier.

Andere beteten laut zu ihrem Gott. Einer schrie: »Mein Gott ist ein echter Gott und deiner bloß ein Götzenbild. Ich komme vor dir!«

Es waren einfach zu viele, die unserer Hilfe bedurften. Die Temperatur sank weiter. Die Kälte war so klirrend, dass meine jungen Chirurgen die Instrumente nicht halten konnten. Sie versuchten ihre Hände alle halbe Stunde zu erwärmen. Trotz der unendlichen Schwierigkeiten innerhalb des zugigen Stadels und der harten Witterung feuerte ich sie an: »Jeder da draußen ist es wert, gerettet zu werden. Ein großer Tag für euch! Tausende tapfere Kameraden brauchen eure Hilfe! Ihr seid die einzige Hoffnung für die Rettung ihres Lebens!«

Ich wunderte mich selbst über meine Ausdauer und besonders über meine Schnelligkeit beim Operieren. Offenbar konnte ich mich der Kälte besser anpassen als die anderen. Sicher war ich in meiner Jugendzeit durch die eisigen Temperaturen der Pyrenäenwinter abgehärtet. Einige große Operationen wie die Abnahme des Arms im Schultergelenk hatte ich in noch nicht einmal zwei Minuten gemacht.

Aber Schnelligkeit allein half nicht. Obwohl wir zügig operierten, verbluteten und erfroren uns trotzdem Hunderte. Viele entleibten sich selbst, andere flehten ihre Kameraden an, sie zu erlösen. Erinnerungen an Syrien wurden wach. Gegen Mittag warteten fast dreitausend Verletzte auf dringende Behandlung. Die gewaltige Flut der Sterbenden berührte mich, griff nach meiner Kehle. Meinen Männern trieb es die Tränen in die Augen.

Wie ein langsamer, zäher, aber unwiderstehlicher Dämon rückte der Schlachtenlärm näher und näher. Wir waren in jenen Stunden ohne Orientierung über den Verlauf der Bataille. Nur die Masse der Verwundeten ließ auf einen Fortgang des grässlichen Gemetzels schließen.

Plötzlich schrie mein Lazarettaufseher: »Die Tartaren kommen!«

Panik brach aus. Die Situation schien außer Kontrolle zu geraten. Ich beeilte mich, die begonnene Amputation zu beenden. Nebenher sah ich, dass alles, was noch laufen konnte, die Flucht ergriff. Sogar schwer Verwundete und frisch Operierte versuchten wegzukommen. Unter denen, die sich nicht bewegen konnten, machten sich Schrecken und Verzweiflung breit. Auch sie wollten flüchten, um einem möglichen Abschlachten durch den Feind zu entgehen. Mein Stab war höchst beunruhigt und wartete auf meine Entscheidung. Doch es wäre schändlich gewesen, eine wilde, unorganisierte Flucht zu unterstützen.

»Haltet sie auf!«, befahl ich meinen Männern, ohne zu zögern. Dann ging ich selbst vor die Scheune und schrie aus Leibeskräften: »Es gibt keinen Grund, vor dem Feind zu flüchten! Bleibt, wo ihr seid! Niemand muss um sein Leben fürchten!«

Ein Unbekannter schrie: »Murats Kavallerie wird die Russen das Fürchten lehren! Denkt an Austerlitz!«

Kurz darauf bestätigte Antoine, dass Murat in einer ungestümen Gegenattacke den russischen Angriff im dicksten Schneegestöber gestoppt hatte. Sofort ließ ich die Nachricht durch meine Helfer verkünden. Ein Aufatmen ging durch die Masse der Verwundeten.

Männer meines Trosses hatten inzwischen Pferdefleisch herangeschleppt. Es gab auf dem Schlachtfeld Unmengen davon. Der plötzliche Überfluss von Bouillon, die daraus gebrüht wurde, wirkte Wunder. Soldaten, die dazu in der Lage waren, halfen das Kesselfeuer zu unterhalten.

Nun, da miserables Wetter herrschte und es nichts zu nagen und zu beißen gab, dort wo Branntwein inzwischen zur besten Medizin erkoren wurde, erinnerten sich die gedienten Grenadiere plötzlich gern an die Sonne Ägyptens.

Die schlechte Versorgung der Armee hatte ihre Ursache in der Kriegsführung des Kaisers. Seine Korps sollten beweglich, sollten überall zugleich sein. Sie sollten den Feind blitzschnell überfallen und ebenso schnell wieder verschwinden. So sollte die Effektivität gleichsam aus der Schnelligkeit der Bewegung gezogen werden. Schnelligkeit war aber nur durch die teilweise Abschaffung des Trosses zu erzielen. Das Heer musste daher aus dem Lande leben. Nur hatten die Russen schon vor uns daraus gelebt, und die Gebiete zwischen Warschau und Königsberg waren geschunden und längst geplündert …

Ich musste an die Worte Rousseaus denken: Das Elend besteht nicht im Mangel der Dinge, schrieb er, sondern im Verlangen danach. Ich glaube, Rousseau hat nie wirkliches Elend gesehen.

Der Pferdebouillon verdankten wir es also, dass wieder Ruhe einkehrte, die es uns ermöglichte, die dringenden Operationen fortzuführen.

Etwa um drei Uhr nachmittags, Pierre hatte gerade den

verletzten Augereau versorgt, tauchte unerwartet mein Freund Tscharner in der Scheune auf. Seine Uniform war ebenso mit Blut besudelt wie die meine. Als einer der besten Wundchirurgen war er von mir dem Korps von Soult zugeteilt worden.

Mit versteinertem Gesicht trat er an mich heran. »Ich muss dich sprechen. Sofort!«

Ich wischte mir das Blut von den Händen und zog mich mit ihm in den letzten Winkel der Scheune zurück. Ich blickte in seine geröteten Augen. »Erzähl!«

»Marcel ist tot!«

Ich hielt den Atem an. Ungläubig sah ich ihn an. Ich dachte in jenem Moment an Thérèse. »Wie ist es passiert?«

»Ich stand direkt daneben. Glaub mir. Er hat ihn umgebracht!«, sagte Tscharner fast tonlos.

»Umgebracht? Wer?«

»Soult!«

»Soult? Marcel – seinen eigenen Adjutanten?«

Johann Friedrich fuhr unbeirrt fort: »Marcel lag mit beiden Beinen eingeklemmt unter einem Pferd. Der Pferdekadaver war mit einem umgestürzten Protzwagen der Artillerie verkeilt. Marcel lebte, als ich ihn fand. Er schien unverletzt. Ich wollte ihn sofort aus seiner Situation befreien. In der Nähe musste sich der Marschall mit seiner Leibwache aufgehalten haben. Plötzlich war er hinter mir. Vom Pferd herunter befahl er mir, mich sofort um seinen Oberst Silbermann zu kümmern. Dieser lag tödlich verwundet nur wenige Meter von Marcel entfernt im Schnee.« Johann Friedrich holte tief Luft.

»Weiter!«, drängte ich ihn.

»Silbermann war schon tot. Ich hatte es zuvor bereits festgestellt. Völlig ungewöhnlich war, dass Soult in meine Pflichten eingriff. Er brüllte, ich soll mich um seinen schwer verletzten Oberst kümmern, statt um so eine Lappalie.«

»Und? Was hat du gemacht?«

»Ich schrie zurück: Silbermann ist tot! Sofort wollte Soults Leibgarde mir helfen, Marcel aus seiner misslichen Lage zu befreien, doch er hielt sie ab. Gerade als ich mich mühte, den gefrorenen Pferdekadaver etwas anzuheben, um Marcel herauszuziehen, pfiffen Kugeln um uns herum. Soult ließ seinen Gaul auf der Hinterhand emporsteigen. Ich konnte gerade noch zur Seite springen. Der Vorderhuf des Pferdes zertrümmerte Marcels Kopf. Er war sofort tot.«

Ich konnte es kaum glauben: »War es ein Unglück?«

»Nein! Es war Mord. Pure Absicht.«

»Bist du dir sicher, was du sagst?«

»Ja! Ich schwöre es bei der Seele meiner Mutter!«

»Findest du die Stelle wieder?«

»Der Schnee hat inzwischen alles zugeweht, doch ich habe mir die Stelle gut eingeprägt.« Johann Friedrich umarmte mich. »Ich weiß, dass Marcel dir ans Herz gewachsen war.« Dann nahm er mich bei den Schultern, blickte mich an und sagte im Brustton der Überzeugung: »Jean-Dominique, er wird nicht ungeschoren davonkommen.«

»Danke, dass du gekommen bist! Sobald ich hier Luft habe, sehen wir uns die Stelle gemeinsam an.«

Der nächste Verwundete war schon auf dem Tisch zur Amputation aufgelegt worden. Seine beiden Unterarme waren verstümmelt und sein linker Fuß zerquetscht. Ich wandte mich an Johann Friedrich: »Hilf uns. Hier bist du von größerem Nutzen.«

Langsam, unter einem düsteren Winterhimmel, schlief die Schlacht wie ein Erfrierender ein, gebettet auf Schnee und Blut. Nachts gegen zehn Uhr kam Napoléon mit Duroc, Berthier und Murat, um die Verwundeten meiner Ambulanz zu besuchen, unter denen sich auch Marschall Augereau befand. Als er mich in der Scheune am Operationstisch im Fackelschein und unter freiem Himmel entdeckte, weiteten sich seine Augen vor Entsetzen. Der Kaiser starrte erst durch die Dachlatten in die schwarze Nacht, dann auf den Boden. Der gefrorene Lehmboden konnte das Blut nicht aufnehmen. Es floss auch nicht ab …

»Larrey! Ich verlange, dass man den Verletzten hilft. Allen!«

Ich fixierte des Kaisers Augen. Er wusste nur zu gut um seine eigenen Fehler. Nur ein Teil dessen war bereit gestellt worden, was ich in Warschau angefordert hatte. Die Garde konnte durch mich gerade noch versorgt werden. Doch in den übrigen Divisionen und Regimentern fehlte es diesmal aufgrund des übereilten

Abmarsches an allem. Die daraus erwachsene Barbarei hatte er allein zu verantworten.

»Lassen Sie alle Verletzten einsammeln!«, wiederholte er, wie zu seiner eigenen Rechtfertigung. »Wie viele Helfer benötigen Sie?«

In diesem Moment hätte ich ihm am liebsten seine Stimmbänder durchtrennt. »Zweihundertfünfzig Oberwundärzte, einhundert Wundärzte und fünfhundert ausgebildete Helfer! Dazu viertausend Betten in einem ordentlichen Lazarett!«, schleuderte ich ihm entgegen. Duroc, Berthier und Murat senkten betreten ihre Köpfe. Der Kaiser verließ wortlos die zugige Scheune.

Im Fackelschein operierten wir bis kurz nach Mitternacht. Ich verrichtete meine Arbeit wie in Trance. Die übrige Nacht verbrachten wir auf gefrorenem Boden rings ums Feuer des biwakierenden Lazaretts. Völlig erschöpft versuchte ich Schlaf zu finden. Es gelang mir nicht. Die Schreie von Verwundeten in der Dunkelheit gingen mir durch Mark und Bein. Das Kreuz der Machtlosigkeit lastete auf meiner Seele. Ich hatte scharenweise Verletzte zugrunde gehen sehen, weil wir sie nicht rechtzeitig hatten versorgen können.

Das verheerende Gemetzel, die traurigen Umstände der Schlacht, die schreckliche Kälte, die viel zu geringe Anzahl von Wundchirurgen und das Fehlen eines ordentlichen Lazaretts waren die Ursache dafür.

Schleier von Rauch verklärten den Lichtschein der Biwakfeuer. Schon längst hatte ich die Erfahrung gemacht, dass Tod und Vergessen zusammengehören. Ebenso, dass man genauso wenig direkt vom Elend ins Glück fliehen konnte. Ich würde meine Zeit brauchen, um Abstand von den Ereignissen zu gewinnen.

Ich sah den über dem Feuer tanzenden Schneeflocken zu und versuchte an Paris zu denken, an den warmen Kamin bei Thérèse, an die molligen Decken und an all die Zärtlichkeiten, die sie mir schenkte. Ein Ort der Liebe, an dem sich die Tragik der Schlacht schneller vergessen ließe.

Dann kreisten meine Gedanken wieder um den Tod von Marcel. Sein mysteriöses Ende versetzte mich erneut in Unruhe und verdrängte die Empfindung einer bewussten Trauer. Ich begann unentwegt über Tscharners Schilderungen zu grübeln. Johann Friedrich war ein guter Beobachter. Seine Zuverlässigkeit stand für mich außerhalb jeden Zweifels.

Aber unabhängig davon musste ich mir Gewissheit über den Hergang verschaffen, musste wissen, aus welchem Beweggrund Soult Marcel getötet hatte. Ich erinnerte mich an Marcels Worte. Er hatte mir schon in Warschau erzählt, dass Soult ihn aus unerklärlichen Gründen ständig schikanieren würde. Was hatte das Verhalten des Marschalls gegenüber seinem Adjutanten seit Austerlitz derart verändert? Ein Verdacht begann in mir zu keimen. Ob es irgendetwas mit Thérèse zu tun hatte? Hatte Marcel sterben müssen, weil er ihr Zwillingsbruder war? Aber das ergab keinen Sinn. Und wenn dem so war, wer oder was hatte Soults Hass bis hin zum Mord geschürt?

Fragen über Fragen und keinerlei Beweis. Das Einzige, was ich in der Hand hatte, war Tscharners Aussage. Und außerdem war er Preuße und kein Franzose. Wem würde man eher Glauben schenken, ihm oder dem Marschall? Nein, um den Marschall vor ein Ehrengericht bringen zu können, brauchte ich Beweise …

Das Grübeln brachte mich endgültig um den Schlaf. Ich setzte mich direkt an eines der Feuer, um mir die steifen Glieder zu wärmen. Mit Anbruch des Tages nahmen wir unsere medizinische Arbeit aufs Neue auf. Wir dehnten die Versorgung nun auch auf die russischen Gefangenen aus.

Gegen neun Uhr vormittags erhielten wir die Nachricht, dass die Russen sich zurückzögen. Marschall Ney war mit seinem Korps noch zu Beginn der Nacht in Eylau auf dem Schlachtfeld erschienen. Das war unsere Rettung. Ich ging zu Johann Friedrich und sagte nur: »Gehen wir!«

Am Friedhof, dessen Gräber von Kanonenkugeln aufgerissen waren, mischten sich die Knochen mit den Leichen der Soldaten, die hart gefroren zu Hunderten an der Mauer entlang gestapelt waren. Tscharner wies in Richtung Serpallen.

Bald stießen wir auf schauerlich überschneite Hügel. Gefrorene, bizarr aussehende Leichenberge, so weit das Auge reichte. Dazwischen Pferdekadaver und zerschossene Batterien. In unmittelbarer Nähe die ersten Marodeure, die die Hügel durchwühlten und die Leichen plünderten.

»Verbrechen und Ehrenhaftigkeit haben eines gemeinsam: Ihr Lohn ist ungleich verteilt«, sagte ich zu Johann Friedrich.

Tscharner wies nach Nordosten: »Dort drüben!«

»Hatte Soult mit seinem Korps nicht die Mitte zu halten?«

Johann Friedrich erwiderte: »Das hatte er. Aber nachdem Augereaus Korps aufgehört hatte zu existieren, musste er die Verbindung zu den Resten seines linken Flügels herstellen. Er hatte Marcel mit Befehlen mehrmals hin und her geschickt. Bei dem Gemetzel, das hier stattfand, grenzt es an ein Wunder, dass er überhaupt noch lebte.«

»Marcel hatte eben Fortüne.«

»Ja, deswegen musste Soult wohl das vollenden, was der Feind nicht fertig brachte.«

Johann Friedrich orientierte sich erneut und übernahm die Führung. Nachdem wir über ungezählte Tote, zertrümmerte Munitionswagen, zerbrochene Räder, zerschossene Protzen und Pferdekadaver geklettert waren, zeigte er auf eine Stelle: »Hier muss es sein.«

Ein Pferdekadaver lag auf dem Rücken. Rasch hatten wir den Schnee beseitigt. Ein Schädel kam zum Vorschein. Stirn und Schädeldach waren zertrümmert. Es war der Kopf von Marcel …

Zahllose Deichseln und Tragestangen ragten im Gelände wie Speere in den Himmel. Ich holte zwei davon, die uns als Hebelstangen dienten. Nach einigem Hin und Her gelang es uns, den gefrorenen Leichnam unter dem Pferd hervorzuzerren. Ich besah mir den zertrümmerten Schädel genauer. Kein Zweifel, es musste ein Hufschlag gewesen sein.

Johann Friedrich stellte die Szene noch einmal dar. »Soult hat sein Pferd gezielt herangeführt. Geradeaus, wie du siehst, versperrten ihm das Feld von Leichen und das zerschossene Gerät den Weg. Außerdem konnte er bequem rückwärts ausweichen, was er danach auch tat.«

Ich besah die Stelle noch einmal und prägte sie mir ein. Dann sagte ich zu Johann Friedrich: »Ich nehme an, du hast dir die Frage gestellt, aus welchem Grund Soult das getan haben mag.«

Johann Friedrich zog die Brauen hoch. »Ja«, sagte er, »das ist die Frage: Warum?«

Wir wussten beide, dass man Soult auf diese Art und Weise nie als Mörder würde entlarven können. Außerdem war es keine Seltenheit, dass mörderische Absichten, aus welchen Motiven auch immer, auf dem Schlachtfeld ungestraft in die Tat umgesetzt wurden.

Ich ballte die Hand zur Faust. »Ich glaube, dass wir auf das Warum hier keine Antwort bekommen werden. Wir werden warten müssen, bis ich wieder in Paris bin.«

»Du hast mir in Berlin etwas erzählt, woran ich mich erinnere: Marcel war doch der Bruder von Soults Frau, nicht wahr?«

»Ja, Thérèse und Marcel waren Zwillinge.«

»Vielleicht hat es damit etwas zu tun.«

Tscharners Vermutung zielte in die gleiche Richtung wie meine. Unter Freunden hatten wir uns auch über die manchmal verschlungenen Wege des Lebens ausgetauscht.

Nach einer Weile sagte ich: »Thérèse die Nachricht vom Tod ihres Bruders zu überbringen wird für mich schwerer sein als alle Operationen auf dem Schlachtfeld.«

Wir trugen Marcel zum Friedhof nach Eylau. Seine persönlichen Dinge nahm ich an mich. Darunter ein Amulett aus Emaille. Darauf befand sich ein Abbild von Thérèse. Als wir Marcel in ein frisch ausgehobenes Massengrab ablegen ließen, sagte Johann Friedrich: »Versprich mir, dass du nichts überstürzen wirst! Wähle den richtigen Zeitpunkt.«

»Hab keine Angst! Seine Rache wird ihn selbst richten.«

Der Tag offenbarte das ganze Ausmaß der Tragödie. Noch am Vormittag bestimmte ich in Eylau ein festes Gebäude, in dem ich umgehend die schwersten Schenkel- und Beinamputierten unterbringen ließ. Außerdem die Soldaten, die lebensgefährliche Brust- und Kopfwunden aufwiesen. Absolut unmöglich war es aber, für alle unsere Verwundeten und die des Feindes in der kleinen Stadt Quartier zu finden. Nun rächte es sich bitter, dass für die Versorgung des Heeres nichts, aber auch gar nichts organisiert war. Da es an allem mangelte und das ausgeraubte Land nichts mehr hergab, wuchs die Not von Stunde zu Stunde.

Wahnsinnig vor Hunger, Schmerzen und Verzweiflung irrten Verletzte im Gelände umher, in der Hoffnung, auf Erbarmen zu stoßen. Sogar dem Kaiser streckten sie ihre verstümmelten Hände entgegen, um Hilfe zu erflehen. Er stand ihnen hilflos gegenüber. Als Schreie ertönten: »Es lebe der Friede! Brot und Frieden! Es lebe Frankreich und der Friede!«, verzog der Kaiser gequält das Gesicht. Als er aber sah, das Soldaten des 43. Linienregiments Trauerflore an ihre Adlerstandarten geheftet hatten, rief er erzürnt: »Niemals will ich meine Fahnen in Trauer sehen!«

Das Wetter schlug um. Die Schneeschmelze setzte ein, und über Eylau begann sich Verwesungsgeruch auszubreiten. Bei seinem zweiten Besuch bei den Verwundeten der Garde erinnerte ich Napoléon an die Erfahrungen bei der Aufhebung der Belagerung von St. Acre.

»Sire, eine schnelle Evakuierung rettet mehr Leben, als die Hoffnung zu hegen, dass keine Seuchen ausbrechen werden. Der Lage nach zu urteilen, käme auch in kürzester Zeit der Hungertod über uns.« Der Kaiser schluckte die versteckte Kritik.

»Sie erhalten alles, was Sie für den Transport benötigen. Sie können auch über meine Kutsche verfügen.«

Wiederum machte ich die Erfahrung, dass sich Napoléon nach der Schlacht mit größter Tatkraft um die Probleme der Verwundeten kümmerte. Alsbald wurden die entsprechenden Befehle erteilt. Nicht weniger als siebentausend Verwundete aus unseren Reihen und rund fünftausend Russen waren zu evakuieren. Ich ließ sofort alle vorhandenen Wagen und Schlitten requirieren. Allerdings konnte ich nicht umhin, Caulaincourt darum zu bitten, Marschall Soult herbeizuzitieren.

Ich sah ihm in die Augen. Ein ausdrucksloser Blick, der kein Gefühl verriet. Ich konnte die Bedrohung fühlen, die von ihm ausging. Es war, als ob ich einer Viper ins Auge sähe.

»Befehl des Kaisers: Stellen Sie zwanzig Munitionswagen mit Gespann für den Abtransport der Verwundeten der Garde bereit. Dazu eine Eskorte von fünfzig Husaren und zweihundert Infanteristen.«

Caulaincourt reichte ihm den ausgefertigten Befehl. Der Marschall verzog keine Miene, sondern nahm ihn gelassen entgegen.

Plötzlich ritt mich der Teufel. »Wir haben gestern Sorel, Ihren Adjutanten, tot geborgen. Ich werde mir erlauben, nach meiner Rückkehr seiner Schwester mein Beileid auszudrücken.«

Kaltschnäuzig erwiderte er: »Besser der Tod als Siechtum und besser die ewige Ruhe als ein Leben in Angst! Tun Sie es daher nicht mit falscher Zunge.« Ohne eine Erwiderung abzuwarten, verließ er uns. Ich sah noch, wie er das Papier zerknüllte, in den Dreck warf und mit seinem Stiefel darauf trat.

»Tun Sie es nicht mit falscher Zunge ...«, sprach ich seine Worte innerlich nach.

Der geordnete Abmarsch der Leichtblessierten der Garde erfolgte binnen vierundzwanzig Stunden. Für die Verwundeten der übrigen Armeeteile sorgte Percy mit seinem Stab. Das Zusammenwirken aller eingespannten Dienste funktionierte vortrefflich. Parallel schickte ich Antoine zusammen mit einer Eskorte nach Warschau zu meinem Lazarettaufseher Paulet. Ich befahl ihm, das Schloss Inowraklaw zur Aufnahme der Verwundeten der Garde vorzubereiten. In Warschau waren einundzwanzig Spitäler zur Aufnahme hergerichtet worden, weitere in Elbing, Marienburg, Marienwerder, Neuenburg, Dirschau, Bromberg und in anderen kleinen Orten.

Die Transporte wurden schonend durchgeführt. Jeder Zug war von einer ausreichenden Anzahl Medizinern, Krankenwärtern und Husaren begleitet, um alle notwendigen Hilfen leisten zu können. Streu und Suppe wurden für die Blessierten auf allen Etappenorten von den vorausgeschickten Husaren bereitgehalten.

Die Erfahrung zeigte, wenn man nach der Schlacht versuchte, die Verwundeten in großer Anzahl in einem einzigen Hospital oder an einem einzigen Ort unterzubringen, überwogen die Nachteile den Nutzen bei weitem. Hospitalbrand, Exkretionen, Unruhe und Furcht der Kranken, die ständig über ihren Zustand lamentierten, waren einer raschen Genesung besonders abträglich. Verwundete, die ohne Unterbrechung über den erlittenen Verlust nachdachten und sich gegenseitig traurig machten, trugen mehr zur Mortalität bei als ein Rücktransport von Ort zu Ort.

Dagegen sah ich in einer raschen Verteilung der Verwundeten nur Vorteile. Bewegung, die während der Beförderung stattfand, unterhielt das Spiel der Organe. Alle Muskeln waren in Bewegung, der Umlauf der Säfte wurde beschleunigt, die Ausscheidung verbessert, und die Eiterungen in den Wunden gingen zurück. Der

Schorf löste sich bei der vermehrten Bewegung, und die Wunden reinigten sich dadurch besser. Die Luft ist stets reiner als die in voll belegten, meist dunklen Gebäuden. Die Bewegung der Verwundeten in der freien Luft war minder schädlich als die vermeintliche Ruhe in den Sälen, die meistens den Fehler hatten, dass sie zu wenig gelüftet wurden. Das menschliche Elend verblasste außerdem in dem Maße, je weiter man sich von dem Ort des erlittenen Schicksals entfernte.

Am 16. Februar kam Antoine aus Warschau zurück nach Eylau und berichtete über den erfolgreichen Abschluss der Evakuierung. Bis auf wenige Ausnahmen hatten alle Verwundeten den Transport überlebt.

Johann Friedrich, der neben mir stand, sagte: »Wir können stolz sein. Die Pessimisten und Gegner, die ein Massensterben vorausgesagt haben, sind widerlegt!«

Einen Tag später zog ich mit dem Generalstab aus Eylau ab. Der Kaiser sah, dass ich keinen Degen trug. Russen hatten ihn mir zusammen mit wertvollen Instrumentenkästen weggenommen. Ich erklärte ihm den Verlust. Sogleich nahm er seinen und überreichte ihn mir mit den Worten: »Hier ist der Meinige. Nehmen Sie ihn als Anerkennung für die Dienste, die Sie mir in Eylau geleistet haben!«

Ich ließ mich mit meinem Pferd etwas zurückfallen. Mit geschlossenen Augen ritt ich ein Stück nebenher. Preußisch-Eylau! Marschall Soult und der Mord an Marcel! Wunden die stechend wehtaten. Kein heilsamer Schmerz, glühend und lind, so wie Wunden brennen, ehe sie für immer vernarben.

In jenem Moment ahnte ich noch nicht, dass ich lange, sehr lange darauf würde warten müssen …

6

Chefchirurg der Großen Armee

*Paris – Wilna –
Smolensk – Borodino – Moskau –
Beresina – Paris*

1807/1812/1813

I

Esplanade des Invalides,
15. Dezember 1840, 14.00 Uhr

Der Katafalk hielt für einen kurzen Moment zwischen zwölf Triumphsäulen, die man gleich hinter dem Arc de Triomphe aufgerichtet hatte. Geschmückt mit allegorischen Statuen symbolisierten sie die Siege des Kaisers. Larrey blickte zu Tscharner: »Was ist davon geblieben? Wir hatten nie einen Vorteil von den Trümmern der besiegten Völker.«

Tscharner pflichtete ihm bei: »Seine vielen Siege, so ruhmvoll sie gewesen sein mögen, verdecken in dieser Stunde die Wahrheit über den Gang der Geschichte.«

Der Trauerzug setzte sich wieder in Bewegung. Larrey deutete auf den Katafalk. »Vergeben wir denen, die ihn wieder auf den Feldherrnhügel stellen wollen.«

Sein Freund antwortete: »Lassen wir ihm seinen letzten Auftritt. Das Stück ist heute endgültig zu Ende, seine Rolle ausgespielt. Anschein und Inhalt des Stücks, mein lieber Jean-Dominique, werden nie übereinstimmen.«

Entlang der Champs-Élysées rollte der Katafalk in dicke Flocken gehüllt majestätisch dem Herzen von Paris entgegen. Die steilen Tribünen entlang der Prachtstraße vermittelten die Illusion eines riesigen Amphiteaters. Militäreinheiten, revolutionäre Fraktionen, Bonapartisten, Veteranenvereinigungen, Napoléon-Cliquen und Familien skandierten unaufhörlich seinen Namen. Dabei hoben sie die Daumen wie das Volk im Kolosseum, als wollten sie ihrem ruhmreichsten Gladiator zeigen, dass er seiner Wiederauferstehung entgegenrollte.

Nur wenige blickten stumm und ehrfürchtig, schlugen das Kreuz über ihrer Brust.

Larrey erblickte ungezählte martialisch anmutende Adlerstandarten, die des Kaisers letzten Weg säumten. Das Schneetreiben überzog sie mit dem Weiß der Unschuld. Wie damals während des Rückzugs aus Moskau, als sich mit der einsetzenden Kälte das beispiellose Leiden zu verschärfen begann. Es war der 7. November 1812. Er musste erleben, wie die Adler vor Verzweiflung, Krankheit, Hunger und Erschöpfung reihenweise in den Schnee geworfen wurden. Die einst stolzen Träger hassten plötzlich dieses heilige Symbol der Tapferkeit, obwohl vom Kaiser an das Regiment verliehen.

Russland! Nie war Larrey in einen Krieg mit mehr Vorbehalten gezogen als in diesen. Spätestens nach der Schlacht von Borodino wusste er, dass Stolz und Ehrgeiz des Kaisers Untergang sein würden.

Larrey malte sich aus, wie es wäre, wenn die Verhungerten, Erfrorenen, Füsilierten, Zerfetzten, Geschundenen, Hingerichteten und an Seuchen zugrunde gegangenen Menschen ein gigantisches Spalier bilden würden. Doch er war überzeugt davon, dass die meisten von ihnen angesichts dieser triumphalen Rückkehr wiederum die Augen vor der Wahrheit verschließen würden. Wahrlich, viele wären erneut bereit, todesmutig für den heiligen Irrtum ihres Herzens zu sterben!

Der Zug näherte sich dem Pont de la Concorde. Vor der Brücke ragten achteckige Triumphsäulen empor, die auf ihren Kapitellen vergoldete Adler trugen. Auf der Brücke passierte der Zug Statuen der platonischen Tugenden: Gerechtigkeit, Frömmigkeit, Weisheit, Tapferkeit und Besonnenheit. Darauf folgten Aristoteles' theoretische und ethische Tugenden: Wissenschaft, Kunst, Freigiebigkeit, Großherzigkeit, Freundschaft, Wahrhaftigkeit, Milde, Gewandtheit, Tapferkeit, Einsicht und Vernunft.

Jean-Dominique erinnerte sich an die schwierigen Tage, als er nach dem Friedensschluss von Tilsit im Oktober nach Paris zurückkehrte. Kurz vor der Schlacht bei Austerlitz hatte Thérèse den ersten düsteren Brief von ihrem Zwillingsbruder erhalten. Marcel berichtete darin das erste Mal über die Gereiztheit und Veränderungen im Stab ihres Mannes. Nach Austerlitz schrieb er ihr über das große Glück, noch am Leben zu sein. Als Kurierreiter und Beobachter musste er sich mehrmals durch feindliche Linien schlagen. Jeder Befehl von Soult war für ihn ein lebensgefährlicher Einsatz. Den letzten Brief von Marcel erhielt sie nach der Schlacht bei Jena. Seine Zeilen ließen aus der Vermutung Gewissheit werden. Ihr Mann musste durch Banville erfahren haben, was sie und Jean-Dominique verband. Und vielleicht noch mehr.

In ihrem Antwortbrief riet sie Marcel zur Desertion und sofortigen Flucht nach Paris. So schrieb sie an Jean-Dominique mit der Bitte, seinen ganzen Einfluss geltend zu machen, damit Marcel zur Garde versetzt würde. Danach wurde es still um ihn. Ihre Briefe nach der Schlacht von Preußisch-Eylau blieben unbeantwortet.

Quälende Wochen der Ungewissheit vergingen. Als ein verzweifelter Brief von Thérèse in Osterode eintraf, wo die Garde ihr Winterquartier bezogen hatte, aus dem ihre Unwissenheit über Marcels Schicksal hervorging, konnte er nicht anders, als sie brieflich vom Tod ihres Bruders zu benachrichtigen, ohne näher auf die Umstände einzugehen.

Seine Verbindung zu Charlotte, Thérèse, Soult, Banville und Marcel hatte sich zu einem einzigen wirren Knoten verwickelt, der mit Mitteln der Vernunft nicht mehr zu lösen war. Vielleicht war er überhaupt nicht mehr lösbar – es sei denn, es gelänge ihm, jenen gordischen Knoten mit einem Schwerthieb zu durchtrennen …

II

Paris, Oktober 1807

Nach der Schlacht von Preußisch-Eylau wurde Larrey das Kommandantenkreuz der Ehrenlegion verliehen. Damit wurde er zugleich in den Rang eines Generals erhoben. Eine Anerkennung für die Rettung der zahllosen Verwundeten vor dem sicheren Tod und die mustergültige Evakuierung der Verwundeten in die rückwärtigen Lazarette. Doch an eine Heimkehr nach Paris war auch diesmal nicht zu denken. Das russische Heer war nicht vernichtet worden. Im Frühjahr folgte eine weitere Auseinandersetzung.

Nach der Schlacht bei Friedland am 14. Juni 1807 und dem Friedensschluss von Tilsit verbrachte er einige Wochen in Königsberg. Danach reiste er zusammen mit Johann Friedrich, Antoine und Pierre über Jena nach Frankreich zurück. Die Universität Jena ernannte ihn zum Doktor der Medizin, nachdem er dort seine operativen Thesen zur Notwendigkeit von Amputationen nach Schussverletzungen vorgetragen hatte. Im Oktober des gleichen Jahres kehrte er endlich nach Paris zurück.

Dichte, bunt beblätterte Kletterpflanzen bedeckten die Wände seines Hauses wie in einer malerischen Theaterkulisse. Niemand schien ihn zu erwarten, obwohl er sein Kommen brieflich angekündigt hatte. Seltsam, wie wenig Bindung er zu diesem Haus entwickelt hatte, ging es ihm durch den Kopf. Schon seit Jahren war die Rue du Montparnasse seine einzige Adresse, aber nicht sein Zuhause wie Baudéan in den Pyrenäen.

Jean-Dominique nahm sich Zeit, das Haus zu betreten. Er sah um die Ecke in den Garten. Der Herbstwind verwirbelte die Blätter. Er blickte hinauf in den ersten Stock. Das Fenster von Charlottes Schlafzimmer war halb geöffnet, und die weißen Vorhänge bewegten sich anmutig mit dem Windhauch. Er ging zurück zum Eingang. Er war versucht, das Glockenseil zu ziehen, doch dann drückte er den Türgriff. Die Tür war offen. Er betrat das Treppenhaus, vermied es aber, nach Charlotte und seiner Tochter zu rufen. Wie einfach war es doch, in dieses Haus hineinzukommen, ging es ihm durch den Kopf, als er die Stufen erklomm. Beim großen Spiegel blieb er stehen, um sich kurz zu betrachten. Seine braun gegerbten Wangen wirkten schmal, die Statur drahtig. Die Haare, sorgfältig gepflegt und durch die Sonne etwas aufgehellt, fielen ihm dicht gelockt bis über die vergoldeten Spiegel seiner Generalsuniform. Er trat etwas näher heran. Die Spuren der durchlebten Schlachten und Schicksale hatten neue Falten an Stirn, Nasenflügeln und Kinn aufgeworfen und die alten vertieft. ›Wo sind die Jahre nur geblieben?‹, fragte er sich stumm. Er lauschte zur Tür hin. Eine helle Kinderstimme drang an sein Ohr. Kein Zweifel, es war die Stimme seiner neunjährigen Tochter Isaure.

Jean-Dominique klopfte an die Tür. Die Tür flog auf. Vater und Tochter blickten sich an. Isaure war eine kleine Prinzessin geworden. Ein kurzer Moment des Staunens, dann schrie sie vor Freude: »Papa, papa, mon cher papa est en arrière!!!«

Minutenlang drehten sie sich vor Freude im Kreis. Atemlos geworden, begann sich Isaure nach und nach zu beruhigen. Charlotte war von ihrem Gobelinsofa aufgestanden. »Ich habe dich kommen hören. Ich wusste, das konntest nur du sein.«

Sie gingen aufeinander zu und umarmten sich. Isaure schmiegte sich an das Bein ihres Vaters, und Jean-Dominique umfasste sie alle: »Bei meinem Leben und bei meiner Ehre«, sagte er, »ich habe mich noch nie so gefreut, nach Hause zu kommen.«

Die Tage danach verbrachte er mit seiner Familie, ohne sich im Geringsten um die Aufarbeitung der Post und der zwei Depeschen des Kriegsministeriums zu kümmern, die inzwischen eingegangen waren. Das Einzige, worauf er sich stürzte, war die Auswertung seiner Notizen und Aufzeichnungen. Außerdem erwartete er einen Besuch von Antoine. Er hatte ihn beauftragt, Thérèse ein Schreiben zu überreichen, in dem er um eine Verabredung bat.

Die Tage vergingen, ohne Antwort. Jean-Dominique konnte seine Unruhe nur mühsam verbergen. Eine Woche später erschien Antoine endlich. Als sie ungestört waren, sagte er nur drei Worte. »Morgen um elf.«

In der Nacht konnte Jean-Dominique keinen Schlaf finden. Seine aufgewühlten Gedanken gaben ihm keine Ruhe. Er stand auf, zündete die Öllampe an und setzte sich mit seiner Nachtjacke in den Lehnsessel, um die Dämmerung des neuen Tages zu erwarten.

Er wollte unbedingt in Erfahrung bringen, was Thérèse über den Tod von Marcel wusste und ob ihr Mann Absichten gegen ihn verfolgte. Natürlich brannte er auch darauf, sie und ihren gemeinsamen Sohn zu sehen.

Der wirre Knoten, zu dem sich seine Gefühle verflochten hatten, drückte, schnürte ihm langsam, aber stetig die Luft ab. So wollte und konnte er nicht weiterleben …

Während der ruhigen Tage hatte er Charlotte in ihrem Tun beobachtet, aber keinerlei Misstrauen bei ihr festgestellt. Trotz getrennter Schlafzimmer durchlebten sie eine unbeschwerte Phase. Die Tage waren ohne Spannungen und ohne jene seelische Kälte, die meist dann sofort einzog, sobald Charlotte Wind davon bekam, dass ein neuer Feldzug bevorstand. Sie bestand sogar darauf, dass er ihr ausführlich von seinen Erlebnissen erzählte. Umgekehrt erfuhr er von ihr, dass sie in Malmaison Kenntnis vom Tod Marcels bekommen hatte. Jean-Dominique sagte nichts dazu.

Pünktlich um elf Uhr betrat er Thérèses Haus in der Rue de Montholon. Die Atmosphäre des Hauses hatte sich verändert. Jean-Dominique konnte nicht sagen, woran es lag, doch er spürte es deutlich. Thérèse stand oben am Ende der Treppe. Sie war dunkel gekleidet und hatte an Gewicht verloren. Spuren des Schwermuts hatten ihr Gesicht gezeichnet. »Endlich, Jean-Dominique!«, begrüßte sie ihn.

Als er oben war, nahm er sie in den Arm. Sie weinte. Gemeinsam gingen sie in den Salon und setzten sich nebeneinander vor den Kamin. Jean-Dominique trocknete ihr die Tränen. Als sie sich gefasst hatte, sah sie ihm in die Augen: »Bevor du etwas erzählst, muss ich dir eine Frage stellen. Eine Frage, die für mich, mein Leben und für meine Trauer um Marcel wichtig ist. Bitte sag mir die Wahrheit: Wer hat Marcel auf dem Gewissen?«

»Dein Mann.«

»Was hat er getan?«

Mit Worten schilderte Jean-Dominique den Ablauf des Geschehens, wie es ihm Tscharner berichtet hatte. Ferner vom nächsten Morgen, als er sich mit ihm aufmachte, um Marcel auf dem Schlachtfeld zu suchen. Er blickte Thérèse in die Augen: »Wir werden deinem Mann den Mord nie nachweisen und ihn auch nie zur Rechenschaft ziehen können.«

Thérèse verbarg ihr Gesicht hinter ihren Händen. Jean-Dominique legte zum Trost seinen Arm um ihre Schulter und drückte sie an sich. Nach einer Weile fragte Thérèse: »Hat es sich so zugetragen? Wie zuverlässig ist dein Freund?«

»Mein heiliges Ehrenwort! So ist es gewesen. Für Johann Friedrich gab es keinen Grund, die Wahrheit zu verbergen.«

Thérèse schluchzte: »Ich hätte es wissen müssen, dass sich Nicolas an Marcel rächen würde. Ich hätte es Marcel sagen müssen.«

Nachdem sie sich etwas beruhigt hatte, sagte Jean-Dominique: »Du hättest nichts daran geändert. Ich habe versucht, Marcel zur Garde versetzen zu lassen. Es ist mir nicht gelungen. Aber … du meinst, es hätte mit uns zu tun? Dass es seine Rache an dir war?«

Sie nickte. Dann berichtete sie über den heftigen Streit, den sie mit Banville gehabt hatte. Er schnaufte seinerzeit vor Wut, als er in Thérèses Haus stürmte. In seiner Verbitterung bedrängte er sie, um von ihr Geld zu erpressen. Sie schmetterte Bernards Forderungen ab und verlangte stattdessen ihr geliehenes Geld zurück.

Bernard brüllte: »Hau doch ab zu deinem Chirurgen! Du glaubst wohl, du bist frei, nicht wahr? Weil du lebst wie eine Hure! Ich werde deinem Mann schon stecken, mit wem du ihn seit Jahren betrügst. Werde ihm sagen, von wem der Balg ist, den du ihm untergeschoben hast!«

Zwei Hausknechte traten wie gerufen in die Tür. Auf einen Wink hin warfen sie Bernard kurzerhand aus dem Haus. Noch im Treppenhaus schrie er sich vor Wut die Seele aus dem Leib: »Du Hure! Du wirst schon sehen, was du davon hast. Dafür werde ich sorgen!«

Thérèse ertrug seine Tirade, doch seine folgenden Worte ließen ihr das Blut in den Adern gefrieren. Hohl dröhnte seine Stimme in der Eingangshalle: »Und wenn du glaubst, du wärst vor ihm sicher, du und dein Generalchirurg: Dein Mann wird schon Wege finden, euch das Leben schwer zu machen. Er wird dir so einen Schlag versetzen, dass es dir ewig Leid tun wird.« Danach fiel das Eingangsportal mit einem dumpfen Schlag ins Schloss.

Jean-Dominique stellte fest: »Bernard konnte wohl nur noch seinen niedrigsten Instinkten folgen.«

»Genauso wie mein Mann.« Mit Bitterkeit in der Stimme fuhr sie fort: »Nicolas ist nur noch eine Kreatur des Krieges, der Kriege seines Kaisers. Er eilt mit ihm von Sieg zu Sieg. Seine einzige Sorge ist, sein Korps könnte den Schliff verlieren.«

»Was hat dein Mann zum Tod Marcels gesagt?«

»Er hat kalt lächelnd auf meine Frage geantwortet: ›Einen Marschall Soult betrügt man nicht!‹ Seitdem weidete er sich daran, mich leiden zu sehen.«

»Dieses Schwein!«, zischte Jean-Dominique. »Und was ist mit unserem Sohn?«, fragte er besorgt.

»Es geht ihm gut. Wenn Nicolas etwas ahnt – und Bernard hat ihm bestimmt davon erzählt –, so will er es wohl nicht wahrhaben. Das würde seine Ehre nicht ertragen.« Daraufhin nahm sie Jean-Dominiques Hand und sagte flehentlich. »Er hat mir gedroht, dass ich Pascal nie wieder sehen dürfe. Ich nehme diese Drohung ernst. Jean-Dominique, unser Sohn muss unser Geheimnis bleiben. Versprich es mir! Ich würde sterben, wenn dem Kind etwas passiert.«

»Ich werde nichts tun, was dich und ihn gefährden könnte.«

Thérèse stand auf und ging nervös auf und ab. »Nicolas hat auch damit gedroht, dass er dich vernichten wird.«

Jean-Dominique stand auf und ging zum Fenster. »Ich fürchte ihn nicht. Trotzdem werde ich mich vorsehen.«

Sie trat an ihn heran und legte ihre Hände auf seine Schultern. »Pass auf! Er wird versuchen, den Kaiser gegen dich einzunehmen.«

»Wenn es deinem Mann um die Ehre geht, dann sollte er offen gegen mich kämpfen.«

»Nein, das ist nicht seine Art. Er weiß inzwischen, dass Tscharner dein Freund ist. Er ahnt, dass du die Wahrheit kennst. Außerdem haben sich Rangordnung und sämtliche Regeln zwischen euch geändert.«

»Wie meinst du das?«

»Deine Rolle als Chefchirurg der Garde, so habe ich es von zwei Generälen im Salon gehört, ist gewichtiger, als alle erwartet hatten. Der Kaiser erfüllt dir auf dem Schlachtfeld offenbar jeden Wunsch, wenn es um die Verwundeten geht. Während Marschälle und Generäle die Bedingungen des Kaisers nach Befehl und Gehorsam erfüllen, darfst du offenbar tun und lassen, was du willst. Mein Mann musste dir nach der Schlacht bei Austerlitz sogar klein beigeben, wie ich gehört habe.«

»Der Kaiser weiß, dass die Soldaten ihm überallhin folgen werden, wenn sie vor der Schlacht wissen, dass wir sie nicht im Stich lassen, wenn sie verwundet werden. Das ist für ihn ein wichtiger Punkt seiner Strategie. Die Generäle und Marschälle kümmert dergleichen nicht. Nach der Schlacht machen sie lieber Plünderungszüge durch das Land, als sich um ihre Verletzten zu kümmern. Weimar wurde systematisch bis auf die letzten Pretiosen geplündert, bevor der Dichter Goethe unserem Kaiser das Versprechen abrang, dagegen einzuschreiten. Inzwischen verbluteten Hunderte auf den Schlachtfeldern, da Transportwagen der Verwundeten für die gestohlenen Schätze benutzt wurden. Am liebsten hätte dein Mann auch noch die Ambulance volante für seine Raubzüge konfisziert. Ich aber machte bei Austerlitz keinen Unterschied zwischen verletzten Franzosen, Preußen oder Russen, was ihm vor allen Dingen missfiel. Daher verweigerte er mir die Unterstützung bei der Bergung der Verwundeten. Er selbst hatte gerade begonnen, seinen Sieg zu feiern. Ich störte ihn einfach mit meiner Forderung um Unterstützung.«

»Aber der Sieg wurde doch nur durch seine tapferen Männer möglich.«

»Die Toten verschweigt man am besten oder halbiert sie von der Anzahl her. Forderungen der Soldaten nach rascher Hilfe bei Verwundungen werden von ihm als Impertinenz angesehen. Das Sterben für den Kaiser sei die Pflicht des Soldaten, so sagte er, und

Versehrte sind für ihn nur Ausschuss an Menschenmaterial. Amputierte kann man in der Schlacht nicht mehr einsetzen.«

»Warum verpflichtet der Kaiser nicht einfach seine Marschälle von vornherein zur Hilfe?«

»Der Kaiser ist nur an sich selbst interessiert, an seiner Macht und an seinem Ruhm. Fordere ich Unterstützung, bekomme ich sie, soweit es ihm in seine Pläne passt. Seinen Marschällen aber sagt er: ›Der Tod bedeutet nichts, aber besiegt und ohne Ruhm zu leben heißt, jeden Tag zu sterben!‹ Elend, Siechtum und Seuchen schmälern den Ruhm. Bei den Siegesparaden durch Kairo oder Berlin hatten Stelzfüße in den Reihen nichts zu suchen.«

»Sei stolz darauf, was du für die Verwundeten geleistet hast.«

»Sogar die Rückführung von Verwundeten nach Warschau und die Evakuierung wegen der grassierenden Seuche habe ich dem Kaiser abringen müssen. Heute erzählt er jedem gern, dass er seine Kutsche dafür hergab, damit Verletzte von Preußisch-Eylau nach Inowraclaw evakuiert werden konnten. Ich glaube, er erkennt zwar die Bedeutung dieser Maßnahmen für seine Garde, aber im Heer wird immer noch viel zu wenig für Verwundete und Kranke getan.«

»Immerhin haben sie dich und deine Ambulanzen.«

Jean-Dominique seufzte. »Früher habe ich immer geglaubt, die Rettung vieler könnte den Tod einzelner aufwiegen. Aber noch immer liegt der Schatten des Todes über allem, was ich tue, und nun auch der Schatten des Mordes an Marcel. Ich weiß nicht, ob es einen Gott gibt, der über alles richtet, aber eines Tages wird man auch deinen Mann zur Rechenschaft ziehen.«

»Das wird Marcel auch nicht wieder lebendig machen.«

Jean-Dominique lenkte das Gespräch auf die Zukunft. »Was soll nun aus uns werden?«

Thérèse ließ sich mit der Antwort Zeit. »Mein Liebster, ich habe lange über uns und über das, was geschehen ist, nachgedacht. Mein Mann sieht durch mich seine Ehre beschmutzt. Er hat mir deutlich gesagt, dass er einer Trennung nie zustimmen wird. Er verlangt aber von mir, dass ich die Beziehung zu dir sofort abbreche. Die Vorstellung, dass gerade du es bist, der seine Frau liebt, macht ihn wahnsinnig. Wie wir erleben mussten, ist er bereit, bis zum Äußersten zu gehen. Ich sehe ihn zwar kaum noch, doch sein Einfluss auf mein Leben ist ständig spürbar. Nachdem das mit Marcel passiert ist, traue ich ihm alles zu.«

Daraufhin machte sie eine längere Pause. Schließlich atmete sie tief durch und sagte: »Ich habe einen vernichtenden Schlag auf mein Herz erhalten. So grausam der Gedanke auch ist: Ich weiß, dass es für uns keine gemeinsame Zukunft mehr geben kann.«

Jean-Dominique schwieg. Etwas Passendes darauf zu erwidern fiel ihm unendlich schwer. Schließlich sagte er. »Die Vernunft rät, Abstand von unserer Liebe zu nehmen …«

»Und? Rät sie uns richtig?«

»Was immer dein Mann gegen mich in der Hand hat, er wird sich damit unweigerlich selbst schaden. Doch ich kann weder dich noch unseren Sohn vor ihm schützen. Um Schlimmeres zu vermeiden, sage ich ja.«

Sie gingen wieder vor den Kamin. Er schloss sie behutsam in den Arm, während sie ihre Hände flach auf seine Brust legte. Dann trafen sich ihre Augen. Thérèse sagte: »Begonnen hat unsere Liebe zu einem Zeitpunkt und unter Bedingungen, die von anderen bestimmt wurden. Enden wird sie auf eine Weise und zu einer Stunde, die wir bestimmen.«

Jean-Dominique flüsterte ihr ins Ohr: »Wenn es möglich ist, ein ganzes Leben an einem einzigen Tag zu leben, dann war es der Tag, als wir uns hier in diesem Salon zum ersten Mal liebten …«

Als sie sich bald darauf trennten, sagte Thérèse: »Nimm dich in Acht. Mein Mann hat viele Handlanger zur Verfügung, die für ihn den Schmutz beseitigen. Ich glaube, ein neuer Feldzug steht bevor. Ihr werdet euch irgendwann begegnen, vielleicht in Spanien.« Thérèse schlang ihre Arme um seinen Hals: »Ich werde dich immer lieben! Vergiss mich nicht.«

Zurückgekehrt in seine Kutsche, hätte er am liebsten zum Säbel gegriffen. Einen Arm hätte er hergegeben, ein Bein – so wie viele, die nur durch ein solches Opfer am Leben geblieben waren. Doch diese Wunde konnte kein Eisen heilen. Der Abschied von Thérèse hatte ihn mitten ins Herz getroffen.

Seine Gedanken kreisten um Soult. Was verfolgte er? Nach Austerlitz und Eylau hatte ihn der Kaiser an die Spitze seiner Marschälle gestellt. Er war der Einzige, mit dem der Kaiser über militärische Entscheidungen diskutierte. Vermochte Soult des Kaisers Haltung ihm gegenüber zu ändern? Larrey fasste den Entschluss, bei passender Gelegenheit bei Napoléon vorzufühlen.

Gegen Mitternacht schlug er über seiner Brust das Kreuz. Er hatte Charlotte seine Verbindung zu Thérèse eingestanden. Als er glaubhaft versicherte, dass er sich von seiner Geliebten getrennt hatte, wirkte sie erleichtert. Seinem Gewissen ging es nun besser.

Was Charlotte ihm nicht verriet, war die Tatsache, dass sie vor gut einem Jahr einen anonymen Brief erhalten hatte, dass Jean-Dominique sie betrügen würde. Bei ihren Nachforschungen war sie schnell auf Thérèse gestoßen. Das ahnungsvolle dumpfe Gefühl, das nie gewagt hatte, Gedanke und Verdacht zu werden, hatte sich nun zu einem klaren Zusammenhang verbunden. Sie empfand tiefe Verbitterung. Trotz der Offenheit ihres Mannes glaubte sie in jener Stunde, ihm nie verzeihen zu können …

III

Erinnerungen Jean-Dominique Larreys, Paris, 12. Februar 1812

Es musste irgendwo in der weiten Welt einen Ort geben, an dem ich unerreichbar wäre. Ein Ort ohne Uniformen, Hahnenfedern, Bärenmützen und Säbel, ohne Dekrete und eine Stätte des Friedens. Dahin sehnte ich mich in jenem Moment, als ich den Erlass überflog, der mich zum Chirurgien en chef de la Grande Armée ernannte und mich gleichzeitig nach Mainz befahl.

»Ich will nicht!«, rief ich und warf das Papier auf den Boden. Aufgeschreckt erschien Charlotte in meinem Arbeitszimmer. »Was willst du nicht?«

Widerwillig hob ich den Brief wieder auf und reichte ihn ihr. Charlotte schlug sich an den Kopf. »O Gott! Da bleiben uns ja keine zehn Tage. Ich dachte, die Zeit in der Armee wäre für dich zu Ende?«

»Das dachte ich auch. Aber wie du siehst, erinnert man sich meines Namens. Ich existiere noch für sie.«

Charlotte klammerte sich an mich: »Ich habe Angst. Wo mag er diesmal Krieg führen?«

»Augereau würde sagen, in Indien oder China. Vielleicht geht es diesmal doch über den Kanal. Ehrlich gesagt, ich weiß es nicht.«

»Gibt es keine Aufgabe in der Armee für dich in Paris?«

Ich hob meine Hände: »Ich kann mich dem Ruf nicht entziehen. Ich würde immer im Geiste die Schreie der Verwundeten auf dem Schlachtfeld hören und mir dabei denken, sie rufen nach mir.«

Sie sah mich an: »Auch in Paris gibt es viele, die deiner Hilfe bedürfen.«

»Glaube mir, tief in meinem Herzen will ich es nicht, und doch werde ich mit der Großen Armee marschieren, wohin auch immer sie der Kaiser befehlen mag. Es ist mein Schicksal.«

In den letzten zwei Ruhejahren hatte ich die ersten Bände meiner Erinnerungen vollendet und immer mehr in dem Glauben gelebt, dass die Armee in Zukunft ohne mich auskommen würde. Als Baron hatte ich zwar regelmäßige Verpflichtungen bei Hofe, nahm öfter an der Tafel des Kaisers Platz, erhielt weitere Ehrungen, kümmerte mich als Chefchirurg der Garde um Verbesserungen im Sanitätswesen, aber ein weiterer Feldzug war für mich in weite Ferne gerückt.

Erst wagte ich gar nicht daran zu denken, alles das wieder erleben zu müssen, von dem ich gehofft hatte endlich Abstand gewonnen zu haben. Wie sehr würde ich meine Kinder vermissen? Isaure, die mich jeden Morgen fragte: »Wie hast du geschlafen, Papa?« Und unseren Sohn Félix Hippolyte, den Charlotte am 18. September 1808 gebar, gerade in jenen Monaten als ich den Feldzug in Spanien mitmachte …

Ich schloss die Augen. Sah mich, wie ich mir den Uniformrock zuknöpfte, meinen Säbel anlegte, meinen Instrumentenkoffer prüfte, meine Ambulanzen inspizierte, das Verladen meiner persönlichen Bagage beaufsichtigte, die letzten Befehle und Aufträge übermitteln ließ und schließlich mein Pferd bestieg. Dann hörte ich das eintönige Stampfen von Tausenden Füßen, sah die endlosen Kolonnen, wie sie sich in Bewegung setzten, ohne genau zu wissen wohin. Zu Beginn der Schlacht würde ich wieder mit all meinen Sinnen erspüren, dass etwas Unausweichliches, etwas Entscheidendes herannahte, was die Feierlichkeit einer Totenmesse an sich hatte.

Im Rückblick besehen, war diese Zeit eine rühmliche Ausnahme gewesen, denn kaum dass ich damals von Königsberg heimgekehrt war, wurde ich knappe drei Monate später, am 11. Februar 1808, schon wieder nach Madrid befohlen. Thérèse hatte Recht behalten. Ihr Mann, nun auch Herzog von Dalmatien, war ebenso mit seinem Korps nach Spanien befohlen. Der Kaiser nahm mich mit, da wieder einmal Ruhr und Typhus im Heer grassierten.

Die Order hatte auch etwas Gutes. Meine Reise führte mich anfänglich über Toulouse, wo ich meinen Onkel aufsuchte, und nach Baudéan, wo ich noch einmal meine alte Mutter sah.

Dagegen entwickelten sich die anschließenden Feldzüge in Spanien zu einer einzigen Strapaze. Die Lazarette waren wahre Höhlen des Jammers. An Orten, wo mein Einfluss und meine Kontrolle fehlten, regierte die persönliche Bereicherung. Kranke lagen auf faulem Stroh neben Leichen. Die Grenadiere fürchteten nichts mehr, als verwundet oder krank ins Hospital zu müssen. Die Kämpfe um Madrid, Burgos und der Übergang über das Guadarama-Gebirge bei furchtbarer Kälte sowie einige eisige Flussdurchquerungen verlangten auch mir gesundheitlich alles ab. Bei Coruña wurde die englische Armee geschlagen. Die kranken und verwundeten Engländer, die der Armee des Generals Moore angehörten, brachte ich in Valladolid im dortigen Lazarett unter. Als Typhus ausbrach, warf auch mich die Seuche auf das Krankenbett. Zehn Tage kämpfte ich ums Überleben. Mit der beginnenden Rekonvaleszenz reiste ich sofort über Burgos nach Paris, wo ich völlig erschöpft ankam.

Nur wenige Wochen waren mir im Schoße meiner Familie vergönnt. Gesundheitlich noch nicht wieder hergestellt, wurde ich zum Quartier der Garde in Mainz befohlen, wohin ich zusammen mit meinem Stab, darunter Johann Friedrich, Pierre und Antoine, am 22. April 1809 abreiste. Von Mainz ging es direkt nach Wien.

Die Schlacht bei Aspern wurde am 22. Mai geschlagen. Marschall Lannes, einem meiner engen Weggefährten, wurde durch eine Kanonenkugel das linke Knie zerschmettert. Die Arteria poplitea war abgerissen. Der Blutverlust schwächte ihn enorm. Ich zog zwei meiner Chirurgenkollegen zu Rate und amputierte das Bein noch auf dem Schlachtfeld. Danach brachten wir ihn auf die Donauinsel Lobau. Wider Erwarten überstand er alles gut. Der Kaiser erschien mehrmals, um den engen Weggefährten seines Beistands zu versichern. Doch der Tetanus und der Typhus brachten ihm am neunten Tage nach der Amputation den Tod. Napoléon kam kurz vor seinem Ableben. Lannes letzte Worte waren: »Beendet den Krieg, Sire. Es ist jedermanns Wunsch …«

Ich balsamierte seinen Leichnam in Schönbrunn ein, sodass man ihn nach Straßburg überführen konnte, wo er im Keller der

Bürgermeisterei verblieb. Wie ich hörte, kam seine Frau nach Straßburg und sank in Ohnmacht, da sie über das lebendige Aussehen seines Leichnams aufs Heftigste erschrak.

Vom Tetanus betroffen waren auffällig viele junge Soldaten mit Verwundungen der Scharniergelenke oder mit tiefen Zerfleischungen der Weichteile. Desgleichen war zu beobachten, dass im Gegensatz zu Eylau, wo die grimmige Kälte fortwährend anhielt und kein Einziger von der Garde dem Tetanus unterlag, in Aspern das Gegenteil eintrat. Ich führte dies auf die schwankenden Tag- und Nachttemperaturen zurück, die in meinen Augen den Tetanus förderten.

Am 4. und 5. Juli kam es zur Schlacht bei Wagram. Über fünfhundert Verwundete, zum Teil mit furchtbaren Zerschmetterungen der Extremitäten, wurden in das Lazarett gebracht. Zwei Gardisten konnte ich erst nach der siebten Stunde das Bein im Hüftgelenk exartikulieren. Ihre Rettung wäre möglich gewesen, wenn ich sie sofort hätte operieren können. Die Exartikulation im Schultergelenk hatte ich bei Aspern und Wagram bei insgesamt vierzehn Soldaten vorgenommen, wovon zwölf vollständig geheilt wurden. Der dreizehnte stürzte sich einige Tage nach der Operation aus dem Fenster, da er sich ohne Arm dem Leben nicht mehr stellen wollte. Der vierzehnte war mehrfach schwer verletzt worden und erlag seinen Verwundungen einen Tag nach seiner Operation.

Während der Friedensverhandlungen war das französische Hauptquartier in Wien und Schönbrunn untergebracht. Ich nutzte die Zeit und hielt Vorträge für die Chirurgen der Armee und der Stadt Wien. Zudem besichtigte ich die Wiener Militär-Akademie und das Josephinum, dessen medizinische Einrichtungen ich als vorbildlich empfand.

Vor meiner Rückreise nach Paris erhielt ich dann vom Kaiser den Titel eines Barons und eine jährliche Dotation von fünftausend Francs verliehen. Gemessen an den Herzogtümern, die der Kaiser an seine Marschälle verlieh, fiel meine Gratifikation äußerst bescheiden aus. Unter anderem erhielt Soult den Titel eines Herzogs von Dalmatien, der zugleich mit sechshunderttausend Francs prämiert war. Dagegen bekam ein Soldat aus seinem Korps, der Arm oder Bein im Feldzug verloren hatte, gerade einmal fünfhundert Francs im Jahr.

Am Ende besorgte ich noch die Evakuierung der Verwundeten und Kranken. Darunter immerhin noch über einhundert Soldaten, die durch Kanonenkugeln erheblich verletzt waren, aber wiederhergestellt werden konnten. Als dies erledigt war, reiste ich am 18. November nach Paris, wo ich im Dezember ankam und meine Familie wieder in die Arme schließen konnte …

Ich nahm das Dekret aus Charlottes Hand, steckte es in die Brusttasche meiner Uniformjacke und machte mich in gleicher Stunde auf den Weg ins Kriegsministerium. Bei meinen Erkundigungen über die Befehle der Großen Armee wurde ich an die Situation vor dem Ägyptenfeldzug erinnert. Wiederum hüllte man sich in Schweigen. Weder das Ziel des Feldzuges wurde mir bekannt gegeben noch die Stärke der Armee und schon gar nicht, wie es um die medizinisch-chirurgische Ausrüstung der Korps, Divisionen und Regimenter bestellt war. Ich erfuhr nur Bruchstückhaftes über eine gewaltige Kriegsrüstung, die schon im November des vergangenen Jahres angelaufen sei. In meiner Unkenntnis war ich nicht allein. Offenbar hatte der Kaiser nur wenige Marschälle in die Planungen einbezogen. Obwohl ich ihm und der neuen Kaiserin Marie-Lousie in St. Cloud oft begegnet war, hatte er mich diesmal nicht ins Vertrauen gezogen. Der Mantel des Schweigens, der über allem lag, bedeutete nichts Gutes. Das Gerücht, das in den Straßen und Plätzen von Paris wucherte, raunte von Russland.

Als meine Aufmerksamkeit am Place Vendôme auf fünf Gepäckwagen einer Gruppe von Gardeoffizieren gelenkt wurde, erinnerte ich mich an eine lautstarke Unterredung zwischen dem Kaiser und seinem Polizeiminister Fouché, die ich in St. Cloud mitbekam. Marschall Davout, Oberbefehlshaber in Deutschland, hatte Berichte seiner Spione direkt an den Kaiser geschickt. Über eintausend Handelsschiffe, getarnt mit schwedischer, portugiesischer, spanischer und amerikanischer Flagge, eskortiert von zwanzig englischen Kriegsschiffen, waren in St. Petersburg eingelaufen, um dort ihre Waren zu löschen. Fouché konnte nicht umhin, die Nachricht als zutreffend zu bestätigen. Daraufhin tobte der Kaiser: »Krieg und Frieden liegen in der Hand Russlands!«

Sofort hagelten Anweisungen auf Fouché nieder, die mir zeigten, dass der Kaiser seine Macht unablässig dehnte und spannte.

Fast hätte er von Fouché verlangt, er solle ihm berichten, was der Zar zu Mittag bei Tisch gegessen hatte.

Caulaincourt hatte bei gleicher Gelegenheit etwas gesagt, was für mich von großer Bedeutung war. Bernard war in Paris unauffindbar. Antoines Nachforschungen waren ohne Erfolg geblieben. Erst als Caulaincourt erzählte, dass der bestechliche Bourrienne, den der Kaiser nach Hamburg abgeschoben hatte, inzwischen Millionen mit dem Verkauf von Einfuhrgenehmigungen für englische Waren verdiente, setzte er mich unbeabsichtigt ins Bild. Einer der wichtigsten Partner bei den illegalen Vergaben von Einfuhrgenehmigungen, so sagte er, sei ein gewisser Banville, ein ehemaliger Lieferant der Armee. Der Kaiser hatte Fouché beauftragt, die Verräter der Kontinentalsperre, die zudem das Wohl des Reiches massiv missachteten, mit allen Mitteln unschädlich zu machen …

Am Tag meiner Abreise nach Mainz, dem militärischen Knotenpunkt allerersten Ranges, hatte ich noch keine Vorstellung von der unerhörten Anstrengung, die mir abgefordert werden sollte, bis an die Grenzen meiner seelischen und körperlichen Belastbarkeit – und manchmal darüber hinaus …

IV

Thorn, 22. Juni 1812

Es war Montag, fünf Uhr morgens. An Schlaf war nicht zu denken. Zusammen mit meinem Stab und sechzehn Oberwundärzten hatte ich über einem Problem gebrütet, das sich als unlösbar herausstellte.

In Unkenntnis der Größe der Armee waren in Berlin nur sechs Fliegende Ambulanzen aufgestellt worden. Jede ausreichend für ein Korps mit durchschnittlich vier Divisionen. Über den Njemen nach Russland hinein marschierten aber in den nächsten Tagen elf Armeekorps mit insgesamt dreiunddreißig Divisionen, vier Reserve-Kavalleriekorps, dazu siebzehn Kavallerie-Brigaden, ein österreichisches Hilfskorps mit fünfunddreißigtausend Mann und unsere Garde, die allein über vierzigtausend Mann stark war.

Damit waren mindestens neun Korps ohne Ambulanzen! Eine Lücke, die nicht zu schließen war. Ein Armeekorps hatte in der Regel drei bis vier Divisionen. Ein fliegendes Lazarett entsprach den Notwendigkeiten eines Armeekorps und in seiner kleinsten Einheit denen einer Division.

Die Divisionseinheit einer Fliegenden Ambulanz umfasste in der Regel einhundertzwanzig Mann. Sie bestand nach wie vor aus einem Oberwundarzt, zwei Oberhilfschirurgen, zwölf Unterhilfschirurgen, zwei Apothekern sowie zwölf Krankenwärtern zu Pferde und fünfundzwanzig zu Fuß. Hinzu kamen noch rund dreißig Personen mit unterschiedlichen Aufgaben, vom Quartiermeister bis hin zum Schmied und Sattler. Jede Ambulanzeinheit verfügte über zwölf leichte und vier schwere Wagen.

Unsere Pflichten und Aufgaben würden sich mit der mangelhaften Ausrüstung, der geringen Zahl von Chirurgen und Hilfskräften nie und nimmer erfüllen lassen. Die Versorgung der Divisionen, die nach Russland marschierten, überstieg unsere Möglichkeiten bei weitem. Auch war ich mit der Qualifikation der Unterhilfschirurgen unzufrieden, obwohl ich sie Tag und Nacht an Leichen die wichtigsten Eingriffe zu Übungszwecken wiederholen ließ. Viele zogen das erste Mal in die Schlacht. Darunter befanden sich unter französischem Befehl auch Niederländer, Westfalen, Polen, Bayern, Sachsen, Österreicher, Preußen, Kroaten, Dalmatiner, Schweizer, Italiener, Portugiesen und sogar Spanier. Eine Ambulanz der vierzehn Nationen.

Die Heeresverwaltung war von mir wegen der mangelhaften medizinischen Ausrüstung und der herrschenden Unzulänglichkeiten deshalb in den letzten Wochen aufs Heftigste kritisiert worden. Generalstabschef Marschall Berthier hatte von mir den aktuellen Status der Ambulanzen übermittelt bekommen. Berthier hatte meinen Bericht dem Kaiser überbracht. Darin hatte ich ihm aufgrund der Erfahrung der letzten Schlachten ein Desaster vorausgesagt. Sollten Seuchen ausbrechen, was zu befürchten war, so würde der Kaiser aufgrund der schlechten Versorgungslage und der fehlenden Lazarette mit dem Ausfall von mehr als zweihunderttausend Soldaten rechnen müssen.

Niederschmetternd war für mich auch die Tatsache, dass sich, gemessen an der gewaltigen Zahl von Soldaten, ein katastrophaler Mangel an Verbandsstoffen zeigte. Keinesfalls war alles bereit gestellt worden, was durch die Heeresleitung in Paris geordert worden war. Paris war jedoch zu weit weg, um die Verantwortlichen zur Rechenschaft zu ziehen. Das Verbandsmaterial reichte für vielleicht gerade einmal zwanzigtausend Soldaten. Meine Erfahrung der letzten Feldzüge lehrte, dass bei fünf- bis zehntausend Verwundungen ein- bis zweitausend große Operationen erforderlich sein würden. Dies bedeutete, dass unsere Bestände bereits nach der ersten Schlacht aufgebraucht wären. Selbst dann, wenn nur ein Bruchteil der Großen Armee im Feuer stehen würde.

Mutig schlug ich dem Kaiser in meinem Bericht vor, dass ein

weiterer Vormarsch erst dann ins Auge gefasst werden sollte, wenn diese Mängel behoben seien …

Wir brüteten weiterhin über Bestandslisten und versuchten die Fliegenden Ambulanzen neu zu gruppieren. Mein Freund René Desgenettes, inzwischen ebenfalls zum Baron ernannt, rieb sich die Augen und wetterte: »Sechshunderttausend Mann! So etwas hat die Welt noch nie gesehen! Wie kann man uns so in die Irre führen? Jean-Dominique, ich sehe keine Möglichkeit, diese Armee medizinisch effizient zu versorgen!«

»Wir können wohl nur nach einer Lösung suchen, die das Schlimmste verhindern hilft«, versuchte ich noch einmal einen Anlauf.

»Ja, aber wie? Rund sechzigtausend haben sich allein gestern krank gemeldet. Was wollen wir da noch verhindern?«

Ich war nicht erstaunt über die gigantische Zahl der Kranken. Sie alle waren Opfer der forcierten Märsche. Die erfolgreichen Bewegungs- und Angriffskriege, die unser Kaiser geführt hatte, beruhten auf dem schnellen Marschtempo, mit allen gesundheitlichen Risiken für die Soldaten.

»Wer am schnellsten und am längsten marschieren kann«, meinte Johann Friedrich süffisant, »gewinnt meist die Schlacht.«

René erwiderte ernst: »Dies gelang vorzüglich in Italien, wo ein Überfluss an Hilfsquellen vorhanden war. In Ägypten, mitten durch die Wüstengebiete, wurde es schon zu einer Frage von Leben und Tod.«

»In Spanien war es ebenso«, pflichtete ich ihm bei und fuhr fort: »Berthier hat mir verraten, dass der Kaiser, wenn nötig, bis nach Moskau vorstoßen will.«

Antoine bemerkte: »Dazwischen liegt ein unendlich weites Land. Wenn ich an Preußisch-Eylau denke, dann ist das nichts im Vergleich zu dem, was uns dort erwartet.«

René erwiderte: »Wir alle machen uns schuldig, wenn wir dem Kaiser nicht entgegentreten.« Aus den Reihen der Chirurgen erntete er einhellige Zustimmung.

»René, das wissen auch die Marschälle, aber niemand traut sich, Napoléon die Wahrheit zu sagen.«

Im gleichen Moment erschien Generalstabschef Marschall

Berthier in meinem Stabszelt. Er reichte mir ein Schreiben: »Die Proklamation des Kaisers an die Große Armee! Um neun Uhr Treffen in seinem Zelt!«

Obwohl inzwischen alle wussten, dass Russland das Ziel der Großen Armee war, brach der Kaiser erst jetzt offiziell sein Schweigen. Ich las vor:

Soldaten! Der zweite polnische Feldzug hat angefangen. Der erste hat bei Friedland und Tilsit geendet. Bei Tilsit schwor Russland Frankreich ewige Freundschaft und England Krieg. Heute bricht es seinen Eid! Es weigert sich, für seine seltsame Haltung eine Erklärung zu geben, bevor die französischen Adler nicht über den Rhein zurückgegangen wären, wodurch wir unsere Verbündeten den Feinden preisgeben würden. Russland wird durch das Geschick in den Abgrund gezogen, sein Schicksal wird sich erfüllen. Ja, meint es denn, wir seien entartet? Sind wir denn nicht mehr die Soldaten von Austerlitz? Es stellt uns zwischen Unehre und Krieg: Die Wahl kann nicht zweifelhaft sein. Vorwärts also! Wir werden den Njemen überschreiten und den Krieg in Feindesland tragen. Der zweite polnische Feldzug wird so ruhmreich für die französischen Waffen sein wie der erste. Aber der Friede, den wir schließen werden, wird in sich die Garantie tragen, dass es ein für alle Mal mit dem unseligen Einfluss zu Ende ist, den Russland seit fünfzig Jahren auf die Geschicke Europas ausgeübt hat.

Napoléon.

Ich sah in die müden Augen der Männer. »Lassen wir uns davon nicht beeindrucken. Der Kaiser versammelte die größte Armee der Welt um sich und wird sie morgen in ungeahntem Tempo nach Russland hineinjagen.«

Pierre, der still geworden war, sagte vorausahnend: »Die wenigsten Männer werden durch Feindeshand sterben …«

»Feindeshand …«, überlegte ich einen Moment. Plötzlich hatte ich eine Eingebung: »Antoine, zeig uns noch einmal die Karte!«

Er rollte sie aus. »Wie verläuft der logische Weg bis Moskau?«

Antoine nahm einen dünnen Stab und zeigte auf rot markierte Wege: »Wir werden mit der Hauptmacht entlang der Route Kowno, Wilna, Witebsk, Smolensk, Wjasma und Borodino nach Moskau ziehen.«

»Da wir mit mehr Kranken als Verletzten zu rechnen haben, sind diese Städte geeignet als feste Standorte für unsere Lazarette. An diesen Punkten lassen wir je eine Fliegende Ambulanz zurück. Die Rückführung der Kampfunfähigen läuft dann über diese Städte.«

Johann Friedrich rieb sich skeptisch das Kinn: »Was wird der Kaiser dazu sagen, wenn wir die Ambulanzen zurücklassen?«

»Nichts! Er weiß es noch nicht. Da wir aber mit großen Ausfällen rechnen müssen, wird sich die Hauptmacht sehr schnell verdünnen. Wer weiß, wie viele Soldaten ab Smolensk oder Wjasma noch mitmarschieren. Wir können es abwarten. Ich sehe nur Vorteile, wenn unsere Ambulanzen entlang der Strecke verteilt sind.«

»Du hast Recht. Wenn die Not beginnt, wird deine Lösung den Beifall aller finden«, stimmte mir Johann Friedrich zu.

»Wir werden demzufolge von Stadt zu Stadt entscheiden, wer bleibt und wer mit der Armee weiterzieht. Das oberste Gebot wird sein, alles dafür zu tun, dass die Kranken und Verletzten so schnell wie möglich zurücktransportiert werden. Wenn sie immer in Bewegung bleiben, ersparen wir ihnen den Schmutz und das Ungeziefer der Hospitäler, dazu Typhus, Ruhr, Wundfieber und was sie noch alles befallen mag.« Daraufhin wandte ich mich an René, Antoine und Johann Friedrich: »Ihr kommt mit zum Kaiser!«

Neun Marschälle und sechs Generäle, darunter meine Freunde Davout, Augereau und Bessieres, waren zu Versammlung erschienen. Marschall Soult befand sich mit seinem Korps in Spanien.

Napoléon fegte jeden Einwand vom Tisch. Mir schien, als hätte er jede Zahl im Kopf. Beschwerden der Marschälle über Engpässe beim Proviant für die Soldaten und beim Futter für die Pferde widerlegte er mit gigantischen Mengenangaben: »Was wollen Sie?«, donnerte er los. »Wir haben gewaltige Vorratsmengen angehäuft. Sobald wir uns in Marsch gesetzt haben, werden sie nach vorn gebracht. Für diesen Versorgungstreck stehen fünfundzwanzigtausend Fuhrwagen mit Zugochsen bereit. Munitionswagen, Schmiede, Transportwagen für Kranke noch gar nicht mitgerechnet! Wir bewegen damit siebentausend Tonnen täglich! Die Sommermonate bescheren uns außerdem grüne Wiesen und reifes Korn im Feindesland. Kein einziges Pferd wird verhungern!«

Nach und nach verstummte die Kritik. Marschälle und Generäle resignierten.

Als die Sitzung beendet war, gab mir der Kaiser zu verstehen, dass er uns im kleinen Kreis sprechen wollte. Er wandte sich an mich: »General Larrey! Ich habe Ihren Bericht gelesen. Machen wir es kurz. Es wird darauf ankommen, den Feind so schnell wie möglich zu stellen und zu vernichten. Das wird vielleicht schon in den nächsten Tagen der Fall sein. Mit unserer gewaltigen Übermacht zwingen wir die russischen Heere zur schnellen Kapitulation. Es wird daher weniger Verletzte und Verwundete geben, als Sie es vielleicht annehmen. Ihre Fliegenden Ambulanzen und Verbandsmaterialen werden somit ausreichen.«

Als er geendet hatte, stand ich auf: »Sire, ich muss davon ausgehen, was uns die Erfahrung der letzten Schlachten gelehrt hat. Alles andere wäre nicht zu verantworten. Demnach wird es zur Katastrophe kommen, wenn wir …«

»Sie haben mir nicht zugehört!«, unterbrach er mich barsch. »Muss sich denn der Kaiser immerfort wiederholen?«

»Sire! Mit Verlaub: Sechzigtausend Kranke stehen heute Morgen Schlange vor unseren Zelten. Und wir haben noch keinen einzigen Schuss abgegeben!«

»Die Welt hat auch noch nie zuvor so eine Armee gesehen. Dem sollten Sie und Ihre Ärzte Rechnung tragen!«

Ich wusste, dass der Kaiser abergläubisch war. Er mochte keine schlechten Prophezeiungen. In jenem Moment schienen mir einige davon angebracht: »Sire! In Eylau war die Zahl derer, die an ihren Wunden starben, ebenso groß wie die der Gefallenen, aber beide wurden bei weitem übertroffen durch die Zahl der Opfer, die wir durch Seuchen verloren haben. Mit dieser Erkenntnis habe ich die Pflicht, Sie auf das drohende Unheil hinzuweisen. Die Vorzeichen für diesen Feldzug stehen nicht gut! Wenn Sie jetzt schon den Kranken und Verletzten ihre Unterstützung versagen, wird das

Unheil schneller heraufziehen als der Sieg, den wir uns alle wünschen.«

»General Larrey – es reicht. Was verlangen Sie?«

»Wir brauchen fünfzig robuste Transportpferde, zwanzig Fuhrwerke und Kutscher, damit wir aus den Magazinen das Nötigste heranschaffen können.«

Der Kaiser beendete die Zusammenkunft: »Bedient euch aus meinem Tross! Berthier wird euch unterstützen.«

Berthier kam kurz darauf zu mir. »Ihr bekommt von mir, was ihr gefordert habt. Doch nicht aus dem Tross des Kaisers. Ich habe veranlasst, dass alles direkt aus den Magazinen nachgeliefert wird.«

In seinen Augen konnte ich lesen, dass es kein Unwille war, der ihn so reden ließ, sondern dass er selbst mit Problemen zu kämpfen hatte. »Die Entfernungen zeigen schon jetzt ihre Tücken. Habe ich Recht, Marschall?«

»Wohl wahr! Diese Armee ist schwer zu kommandieren.«

Das Hauptquartier Napoléons wurde eilig abgebrochen. Eine Zeltstadt, für die zweiundfünfzig Wagen und über siebenhundert Pferde zur Verfügung standen. Mir und meinen getreuen Freunden fehlte es im Hauptquartier an nichts. Sehr zu meinem Kummer, wenn ich an die Soldaten dachte. Vor Tagen ging der Befehl an das Heer, dass jedes Reiterregiment eine Schwadron und jedes Infanterieregiment ein Bataillon auf Requisition abzustellen habe. Jeder Soldat sollte sich mit Lebensmitteln versorgen, die ihn sechzehn Tage ernähren könnten. Offiziell wurde damit das Signal zur Plünderung gegeben. Obwohl mir Berthier erzählte, dass große und reichhaltige Proviantmagazine von Danzig aus in verschiedene Depots verbracht worden waren, hegte ich keinerlei Illusion über die herrschende Knappheit. Das gewaltige Heer musste sich bereits zu Beginn des Marsches nach Moskau aus dem Lande ernähren.

Gleichzeitig mit dem Hauptquartier brach eine Heeresmasse zum Njemen auf, wie sie die Welt in ihrer Größe bis dahin nicht gesehen hatte. Rund eine halbe Million Mann, eintausendzweihundert Geschütze und einhundertfünfzigtausend Pferde.

»Aufgesessen! Fertig zum Abmarsch!«, erging tausendfach der Befehl. Das Ziel war, den Feind so schnell wie möglich stellen. Am

23. Juni stand ich mit Napoléons Stab am Ufer des Njemen. Es war schon dunkel geworden, als ich von einem aufgeregten Adjutanten zum Kaiser gerufen wurde. Er war vom Pferd abgeworfen worden, als dieses vor einem aufgeschreckten Hasen scheute. Zum Glück blieb er unverletzt. Hinter mir hörte ich eine Stimme: »Ein Römer würde umkehren. Das ist ein schlimmes Omen!«

Zurückgekehrt ins Hauptquartier sah ich im Schein der Öllampen das Gesicht des Kaisers. Es war aschfahl.

V

Kowno – Wilna, 24.–28. Juni 1812

Beim Brückenschlag über den Njemen verletzten sich einige Soldaten. Ich brachte sie im Hospital von Kowno unter, das unseren Ansprüchen genügte. Nach gründlicher Reinigung, Sanierung und Ausstattung der Betten- und Operationssäle hatten wir es zügig in einen soliden Zustand versetzt. Der Zukunft nicht trauend, ließ ich kurzerhand zwei Oberwundärzte, fünf Oberhilfschirurgen, zehn Unterhilfschirurgen und fünf Hilfspersonen zurück. Sie hatten die Aufgabe, ankommende Verletzte zu versorgen und sie sobald wie möglich weiter nach Warschau zu evakuieren. Außerdem hatten sie Order, Versorgungsmagazine anzulegen und für den Nachschub unserer Ambulanzen zu sorgen.

Der Kastenwagen Ambulance № 1 holperte über eine miserable Straße Wilna entgegen. Er war gut ausgepolstert, und so hatte ich es mir mit Johann Friedrich darin bequem gemacht.

Schwüle Hitze quälte Mensch und Tier. Der Vormarsch wurde, wie erwartet, mit Eile betrieben. Marschleistungen von bis zu achtzig Kilometern pro Tag wurden den Soldaten abverlangt. Die Folge war, dass wegen des scharfen Tempos die Verpflegungskolonnen nicht nachkamen. Die Truppen murrten. Jeder musste sich mit dem begnügen, was er mit sich führte. Tausende blieben vor Erschöpfung zurück. Als wir zu Beginn des Marsches nach Wilna eine Herde von Kühen überholten, die dem Heer nachgeführt werden sollte, löste sich ein ganzes Bataillon aus der Marschkolonne. Soldaten rissen ihr Kochgeschirr aus dem Marschgepäck, um die Herde zu melken. Eine Begebenheit, die uns mit ihrer Komik amüsierte und uns zugleich erschreckte. Zeigte das Erlebte doch die Not, mit der unsere Soldaten zu kämpfen hatten.

Matt zogen die endlosen Heereskolonnen in der Hitze auf staubiger Straße dahin. In den Morgenstunden waren wir aufgebrochen, und erst gegen Mitternacht ließen wir unsere müden Körper in einem namenlosen, abgebrannten Dorf niedersinken. Aus dem Korps der Veteranen, der alten Garde, auf die Napoléon in der Schlacht am meisten baute, war ein Heer von Unzufriedenen geworden. Drückende Hitze, unerträglicher Staub und Schwärme von Mücken machten allen zu schaffen. Von Hunger und Durst geplagt, sank die Moral von Stunde zu Stunde. Marschall Bessieres, der ein Gardekorps befehligte, berichtete mir noch in der Nacht, dass manch eine Division ihrer Auflösung entgegeneilte.

Kaum dass ich ein Auge zugetan hatte, wurde ich zu Divisionsgeneral Zayoncheck gerufen. Er war mit Abstand der Methusalem in der Armee. Ein unverwüstliches Raubein, dem das hohe Alter nichts anzuhaben schien. Ich war dem inzwischen siebenundsiebzig Jahre alten, schlohweißen polnischen General mehrmals in Ägypten begegnet. Man hatte etwa dreißig seiner jungen Soldaten, halbtot auf der Strasse und in Gräben liegend, entdeckt und sie zur biwakierenden Truppe geschleppt. Die Hälfte von ihnen starb, bevor wir ankamen.

Die Ursache dafür war schnell ausgemacht: ein billiger, giftiger Fusel. Während ältere Soldaten nur ihren Rausch ausschliefen, wurde der übermäßige Genuss den jungen Menschen zum Verhängnis. Ohne Muskelspannung, betäubt, die Augen halb offen, glanzlos, tränend, dämmerten sie dem ewigen Schlaf entgegen. Wer sich noch erbrach, war meist zu retten. Wir fanden noch einige Flaschen von dem Teufelszeug. Zayoncheck kannte das Destillat aus jener Gegend. Man setzte dem Schnaps, der aus Getreide gewonnen wurde, noch Pflanzenstoffe aus der Klasse der betäubenden Mittel zu. Der General nahm einen kräftigen Schluck aus der Flasche, wischte sich mit dem Handrücken den Bart und rief ungeniert: »Nichts für junge Franzosen! Begrabt die Grünschnäbel!«

Kaum war ich mit meinen Männern zurück, als ein Unwetter losbrach. Der Donner rollte mit mächtigen Schlägen. Die Schwüle des Tages wurde in Minutenschnelle durch Sturm und Gewitter weggeblasen. Sintflutartiger Regen, gemischt mit Hagel, ersetzte die stickige Hitze durch eisige Kälte. Im Nu waren die Männer völlig durchweicht und suchten zitternd vor Kälte Schutz und Unterschlupf. Einige meiner Leute verkrochen sich in die Gepäckwagen und zogen sich eine Zeltbahn über den Kopf.

Am anderen Morgen weckte mich panikartiges Geschrei und das Wiehern zahlloser Pferde. Mit steifen Gliedern stieg ich aus unserem Ambulanzwagen. Was ich sah, war furchteinflößend. Drei von unseren Pferden lagen mit dick aufgetriebenen Leibern tot am Boden. Einige meiner Fuhrleute versuchten die anderen Pferde zu beruhigen. Ich zeigte fragend auf die Kadaver. Einer rief: »Sie haben unreifen Roggen und nasses Gras gefressen!«

Die noch lebenden Pferde scheuten wild vor Schmerzen. Todesmutig versuchten meine Fuhrleute die Pferde einzuspannen, um ihnen Bewegung zu verschaffen. Hätten sie nicht so gehandelt, wären alle unsere Pferde jämmerlich krepiert.

Unsere Strecke führte gegen Nachmittag am Biwakplatz der Kavallerie vorbei. »Großer Gott! Sieh nur!«, rief Johann Friedrich. Ich blickte aus dem Verschlag. Wolken von Fliegen umkreisten ungezählte Kadaver. Das ganze Feld war übersät mit toten Pferden. Wir stiegen aus. Der Gestank in der zurückgekehrten Hitze war unerträglich. Ein Kavallerieoffizier hatte den Auftrag, mit seiner Schwadron den Schaden festzustellen. Ich fragte ihn: »Wie viele mögen es sein?«

»Ich denke, gut zehntausend Pferde sind uns verreckt.«

»In einer einzigen Nacht?«

»Ja, so etwas habe ich auf keinem Schlachtfeld gesehen. Weder bei Austerlitz noch bei Eylau! Wir werden hundert Geschütze zurücklassen müssen.«

Zwischen den Kadavern entdeckten wir auch viele tote Soldaten, die vor Erschöpfung und wegen der extremen Witterungsverhältnisse gestorben waren. Ohne weiteren Halt passierten wir den Ort der Verderbnis und Verwesung …

Erwies sich die Straße nach Wilna morgens noch als ein schlammiger Sturzbach, so wandelte sie sich spätestens ab Mittag zur gelben Staubpiste. Hinzu kam eine Mückenplage, die sich in den Nachmittagsstunden ins Unerträgliche steigerte. Johann Friedrich, dessen Hände vor Stichen schon ganz angeschwollen waren, fluchte: »Verdammt! Wenn das so weitergeht, kann ich das Skalpell nicht mehr halten.«

»Wenn das so weitergeht, brauchst du es nicht mehr zu halten. Keine Armee der Welt wird bei dieser Plage mit dem Gewehr richtig zielen können. Die Russen werden ebenfalls Mühe haben, ihre Armee im Griff zu behalten.«

Ich gab unserem Apotheker die Order, unseren Arzneischatz nach einem wirksamen Mittel gegen Mücken zu durchstöbern. Als das Wertvollste, was wir gegen die Plage in unserer Apotheke mitführten, erwies sich Cinamomum camphora. Es wird aus der schuppigen, grauen Rinde und dem Holz eines immergrünen Lorbeergewächses gewonnen und fand bei uns als Kampferöl vielseitige Verwendung. Mit diesem Aromastoff auf der Haut waren wir für die kleinen Plagegeister plötzlich kein Leckerbissen mehr.

Als wir uns damit einrieben, witzelte Johann Friedrich: »Diesmal werden es nicht Seuchen, sondern Mücken sein, die euren Kaiser zur Umkehr zwingen werden!«

»Ja, man muss schon Preuße sein, um zu erkennen, dass er nicht aufgeben wird, bevor nicht die alles entscheidende Schlacht gegen die Mücken geschlagen ist«, witzelte ich. Der Ernst kehrte zurück, als wir in die bis zur Unkenntlichkeit zerstochenen Gesichter der Infanteristen blickten. Die Mengen an Kampferöl waren verschwindend gering, und so reichte es nur für wenige und nur für eine gewisse Zeit.

Mein Freund blickte hinaus auf die öden Landstriche. Nach einer Weile meinte er: »Die Russen werden uns immer tiefer in die Weiten Russlands locken. Die Härte des Landes wird uns besiegen, nicht die Armee.«

»Das mag so sein. Aber sag es nicht laut.«

Wilna war uns kampflos in die Hände gefallen. Die russische Armee hatte sich nur Stunden zuvor eilig daraus zurückgezogen. Hier konnte sich mein Tross wieder sammeln. Ohne eine einzige Stunde zu vergeuden, gingen wir daran, die beiden vorhandenen Hospitäler von St. Jakob und des Ordens der Barmherzigen Schwestern zu inspizieren. Um die Stadt herum hatte es Scharmützel gegeben. Wir registrierten einhundertfünfzig Verwundete. Ich ließ sie in das Krankenhaus der Barmherzigen Schwestern schaffen. Die Klosterfrauen waren zugleich tüchtige Krankenpflegerinnen, die sich sofort bereit erklärten, unsere Blessierten zu umsorgen.

Nachdem ich einen polnischen Offizier operiert hatte, dem die Lanze eines Kosaken durch die Brust bis in die Lunge gedrungen war, bat mich die Oberin des Ordens, einem Bauern zu helfen, der von einer verirrten Kugel am linken Schulterblatt getroffen worden war.

Schon auf den ersten Blick sah ich, dass die Verwundung lebensgefährlich war. Die Kugel hatte den *Musculus deltoideus* zerfleischt. Ich war mir sicher, dass das Gefäß-Nerven-Bündel, das sich in den Arm hineinzog, teilweise, wenn nicht sogar völlig durchtrennt war. Der Tastbefund ergab, dass der Armknochen unterhalb des Schultergelenks von der Kugel zerschmettert worden war. Der Arm selbst war kalt, ohne Gefühl und schon vom Wundbrand bedroht. Viel Blut war in das umgebende Gewebe gesickert. Der Ein- und Austrittskanal der Kugel zeigte kaum etwas von der Zerstörung, die sie im Gewebe und am Knochen hinterlassen hatte. Ich versammelte meine jungen Hilfschirurgen, um ihnen eine Lehrstunde zu geben. Erst waren sie der Überzeugung, dass eine Exstirpation des Armes nicht vonnöten wäre und der Verwundete den Arm behalten könnte. Auf meine Fragen und Bemerkungen hin kamen sie aber nach und nach selbst zu der Überzeugung, dass die Amputation sogleich zu machen wäre …

So sehr auch die Schulter des Bauern zerrissen war, ich konnte die Exartikulation im Gelenk dennoch vornehmen. Der Eingriff war aber schwer und mühsam, weil die Kugel einen Teil des Humerus zersplittert hatte. Zudem waren Teile davon bis unter dem *Musculus subclavius* eingedrungen und hatten die *Arteria axillaris* sehr hoch abgerissen. Ich musste sie unter dem Brustmuskel hervorholen, um sie unterbinden zu können. Aber es gelang mir, sodass der Verwundete zur Genesung gebracht werden konnte.

Vier Tage nach meiner ersten Operation im Hospital der Barmherzigen Schwestern traf das letzte Fuhrwerk unserer Ambulanz ein. Ich ließ einen Zählappell durchführen. Elf meiner Männer hatten die Nacht des Unwetters nicht überlebt. Vier galten als vermisst.

Der Kaiser entschloss sich zu einem längeren Halt, da sich die Armee in einem schlimmen Zustand befand. Zugleich ließ er aber hart durchgreifen, um die Ordnung wiederherzustellen. Nachzügler wurden von den Feldgendarmen aufgegriffen und nach Wilna gebracht, Marodeure und Plünderer, die sich unerlaubt von der Truppe entfernt hatten, ohne Pardon standrechtlich erschossen.

Am 10. Juli erhielt ich Order, mich mit meinen Ambulanzen für die Besichtigung durch den Kaiser einzufinden. Wegen der herrschenden Hitze sollte sie abends um sechs Uhr stattfinden. Kaum war die Garde angetreten, als ein rabenschwarzer Himmel ein erneutes Unwetter prophezeite. Als die Ankunft des Kaisers durch die Trompeter signalisiert wurde, brach ein gewaltiger Orkan los. Das entsetzliche Schauspiel des letzten Unwetters wiederholte sich. Ein furchtbarer Hagel löste die Linien auf, da die Pferde durch grelle Blitze und heftigen Donner scheuten. Reihenweise wurden Reiter von ihren Pferden abgeworfen. Die Musterung musste aufgrund der chaotischen Verhältnisse beendet werden. Das Unwetter übertraf in seiner Heftigkeit alles, was ich bisher erlebt hatte. Napoléon, sein Stab, die Garde und auch meine Ambulanzen waren gezwungen, in die Stadt zurückzukehren.

Völlig durchnässt flüchtete ich mit Johann Friedrich, René, Antoine und Pierre in unsere Ambulance № 1. Patschnass saßen wir nebeneinander.

Der Fuhrmann auf dem Bock hatte größte Mühe, die sonst gutmütigen Pferde im Zaum zu halten. »Nie habe ich ein so fürchterliches Wetter erlebt«, sagte ich.

Antoine erwiderte: »Ich sehe darin erste Vorzeichen des Verhängnisses, das auf uns wartet.« Darauf schwieg ein jeder.

Als sich das Unwetter verzogen hatte, traf ich in der Nacht noch Caulaincourt. Ich besah mir seinen Daumen, den er sich gequetscht hatte, und wir plauderten anschließend beim Wein. Er war lange Zeit Gesandter bei Alexander I. gewesen und kannte Russland und seinen Nationalstolz. Ich fragte ihn nach seiner Meinung. Seine Einschätzung der Lage verblüffte mich. »Solange wir mit unserer Armee auf russischem Boden stehen, wird es keinen Frieden geben. Der russische Kaiser hat mir gesagt, er wollte sich eher nach Kamtschatka zurückziehen, bevor er Provinzen abtrete. Er würde auch in seiner vom Feind eroberten Hauptstadt keinen Friedensvertrag unterzeichnen, der doch nur ein Waffenstillstand wäre.«

»Was meinen Sie, wird er sich einer Schlacht stellen, oder werden wir ihn bis nach Kamtschatka verfolgen?«

Caulaincourt schwenkte vielsagend den Wein in seinem Glas: »Mein lieber Larrey, der Zar wird seine Kräfte nicht aufs Spiel setzen. Er hat einmal gesagt, dass er immer genügend Raum hinter sich und vor sich haben würde. Mir ist, als hörte ich heute noch seine Worte. Er sagte: ›Wir halten unsere Armee wohl organisiert beisammen und lassen unser Klima und unseren Winter für uns Krieg führen.‹«

»Haben Sie das dem Kaiser erzählt?«

»Ja! Das erste Mal 1807! Damals nach Eylau. Und heute wieder.«

VI

Witebsk – Smolensk, Juli–August 1812

Als Chefchirurg der Garde habe ich nichts hartnäckiger verfolgt als meine eigene Lehre der laufenden Evakuierung von Verwundeten. Als Chefchirurg der Großen Armee sah ich darin die Erfüllung des Anspruches auf Humanität. Dem Prinzip der raschen Rückführung von Verwundeten und Kranken in bessere Versorgungsgebiete hatte sich daher alles unterzuordnen. Dies galt im besonderen Maße angesichts der enormen Weiten Russlands.

Vor allem die große Not an Verbandsmaterial zwang mich, meine Absichten noch intensiver als bisher in die Tat umzusetzen. Nach Witebsk konzentrierte ich mich daher unermüdlich auf die Organisation der Hauptlazarette entlang der Etappenlinie. Ich nahm das Risiko der Ausdünnung meiner Ambulanzen während des Vormarsches bewusst in Kauf, da ich davon überzeugt war, dass nur der Rückzug die Armee vor ihrem Verderben retten konnte. Der Zeitpunkt war nicht vorhersehbar, doch ich wusste, er würde kommen. In diesem Falle würde sich um die Verletzten und Gehunfähigen kaum noch jemand kümmern …

Über Kurierreiter des Generalstabs versuchte ich mit den rückwärtigen Lazaretten in Verbindung zu bleiben. Außerdem hoffte ich sehr auf das Eintreffen des angeforderten Nachschubs für die vorwärts gepeitschte Armee. Doch diese Hoffnung wurde mit jedem Tag geringer, mit dem wir weiter nach Osten vordrangen. Der Mangel an Verbandsmaterialien war bestürzend. In Witebsk war es deshalb zum Eklat mit dem Kaiser gekommen.

Wir hatten rund um die Stadt Gefechte mit den Russen zu bestehen, die auf beiden Seiten rund eintausendfünfhundert Verwundungen verursachten. Die vorhandenen vier Spitäler wurden mit den vorhandenen Mitteln notdürftig hergerichtet.

Es kam zur ersten harten Bewährungsprobe. Mit der Dauer des Feldzuges und der Ausdünnung meiner Chirurgen durch die Lazarette in der Etappe war es auch höchste Zeit, dass die Ober- und Unterhilfschirurgen an große Operationen herangeführt wurden. Meine Ambulanz konnte nun zeigen, was sie vermochte. Rund einhundert Amputationen wurden unter meiner Aufsicht ausgeführt, von denen ich allein sechsundfünfzig vornahm oder überwachte. Abseits von Ruhr- und Typhuskranken stellte ich zufrieden fest, dass die chirurgische Ambulanz auch unter größten Entbehrungen funktionierte. Sogar die größte Amputation unserer Zeit, die Exartikulation im Hüftgelenk, gelang bei einem russischen Soldaten, dem eine Kanonenkugel den linken Schenkel zerschmettert hatte. Die Operation, die der Russe mit großem Mut ausgehalten hatte, war in nicht ganz vier Minuten beendet. Gerettet wurde allerdings auch hier nur, wer in den ersten vierundzwanzig Stunden operiert wurde.

Zur selben Stunde musste der Kaiser erfahren haben, dass die Armee seit der Überquerung des Njemen, ohne bisher eine nennenswerte Schlacht geschlagen zu haben, bereits einhunderttausend Mann durch Seuchen, Erschöpfung und Auszehrung verloren hatte. Die Bewegung der Armee wurde zudem eingeschränkt, da der Verlust an Pferden noch nicht einmal durch die vorhandenen Bestände in Frankreich und Deutschland hätte ausgeglichen werden können.

Der Kaiser, äußerst besorgt, besuchte plötzlich die Hospitäler. Er wies mich und René an, wir sollten die Garde sowohl bei der Verpflegung als auch in der medizinisch-chirurgischen Versorgung bevorzugen. Er glaubte, dass sie dadurch hohe Disziplin zeigen und damit Vorbild für die ganze Armee sein würde.

Als er die Operierten, die zudem von Hunger und Durst geschwächt waren, in den notdürftig hergerichteten Bettensälen sah, ereiferte er sich. Er deutete auf die blutigen Verbände, die meist aus Leinenstreifen bestanden, welche wir aus Hemden der Verwundeten gefertigt hatten: »General, was muss ich sehen? Jeder französischer Soldat hat Anspruch auf einen sauberen Verband!«

Mir platzte der Kragen: »Sire! Wenn Sie so für den Nachschub sorgen würden wie für den Vormarsch der Armee, dann hätten wir auch genügend Verbandsmaterial zur Verfügung!«

René wurde blass, Coulaincourt und Berthier wandten das Gesicht ab. Der Kaiser verließ wortlos das Hospital.

Doch mit Vorwürfen allein war uns nicht geholfen. War es doch die Schuld der Intendantur in Paris, dass nicht genügend Verbandsmaterial zur Verfügung stand. Der fehlende Nachschub von Lebensmitteln und medizinischen Materialien entpuppte sich als größte erkennbare Fehlleistung dieses Feldzuges. Obwohl zwischen Königsberg und Warschau insgesamt neun große Magazine angelegt worden waren, kam der Nachschub nicht nach vorn, da die Transportwagen zu langsam waren und das Marschtempo der Armee zu hoch. Ich verfasste eine Denkschrift an den Kaiser, der nicht zögerte, seinen Irrtum einzugestehen, nachdem er den ganzen Sachverhalt kennen gelernt hatte.

Bonaparte hatte im Palast des Gouverneurs von Weißrussland Quartier genommen. Er spürte deutlich, dass die Armee erschöpft war. Alle Kommandeure sowie alle in der Nähe von Witebsk befindlichen Generäle waren zum Rapport erschienen. Als Erstes kam er auf meine Denkschrift zurück. Ich wiederholte meine Darlegungen. Bonaparte darauf: »Gut, ich weiß jetzt, was passiert ist. Ich akzeptiere das, was Sie mir gesagt haben, und ich betrachte Sie als einen der besten Diener des Staates und als meinen Freund!«

Ich war rehabilitiert!

Dann waren die hohen Offiziere an der Reihe. Er befragte sie, hörte ihre Berichte und Rechtfertigungen an und war doch nur zu einem bereit: zum Sprung nach vorn, für die entscheidende Schlacht. Dafür wollte er der Armee um Witebsk herum noch einige Tage Erholung gönnen.

Die Hitze stieg in den Augusttagen auf dreißig Grad. Das änderte nichts daran, dass der Kaiser täglich um sechs Uhr Truppenparaden auf dem Exerzierplatz vornehmen ließ und Musterungen bei ausgewählten Regimentern vornahm. Ebenfalls versprach er, den Nachschub für alle Truppenteile neu zu organisieren.

Aber die harte Realität zog schnell in die Hospitäler ein. Plötzlich war an Lebensmitteln nichts mehr vorhanden. Die Ursache dafür konnte nicht in Erfahrung gebracht werden. Unsere Verwundeten, besonders die, welche nicht imstande waren, das Hospital zu verlassen, um für sich selbst zu sorgen, waren dem Hunger preisgegeben. Mit Mühe trieben meine Hilfskräfte einige faulige Kartoffeln, Früchte und Zwiebelgewächse auf. Lediglich Wasser war in ausreichenden Mengen verfügbar.

Es gab nur einen Ausweg für das Überleben der Verwundeten: Wer transportfähig war, musste umgehend über Wilna nach Polen evakuiert werden. Ein Kurier, der aus Wilna zu mir stieß, berichtete von rund sechstausend Verletzten, die bei seiner Abreise versorgt worden seien, bevor sie weiter nach Polen evakuiert wurden. Die Versorgung dort sei relativ gut, da Nachschub eingetroffen sei.

Ich sicherte, soweit es an mir lag, den Dienst der vier Hospitäler und machte mich marschfertig. Am 13. August nahm die Armee die Verfolgung der russischen Armee wieder auf. Vier Tage später kam es zum ersten Gewaltakt des Feldzuges – der Schlacht um Smolensk.

Die Korps der Marschälle Ney, Davout und Poniatowski stürmten die Vorstädte der alten Polenstadt. Der Kampf wurde erbittert geführt, geschürt durch den Nationalhass der Polen gegen die Russen. Aufgrund des gewaltsamen Vordrängens ließ ich die Fliegende Ambulanz weit nach vorn legen. Der Sammelplatz für die Verwundeten wurde allen bekannt gegeben.

Der Sturm auf Smolensk, der am 17. August begann, war einer der blutigsten, die ich jemals sah. Wie ich von den Verletzten erfuhr, waren die Vorstadt und viele Hohlwege, die nach Smolensk hineinführten, mit dem Bajonett Mann gegen Mann freigekämpft worden. Tausende von Männern wurden innerhalb kürzester Zeit verwundet. Während wir sofort begannen, die Verletzten zu operieren und zu verbinden, wurden in großer Eile fünfzehn große Gebäude in Hospitäler umgewandelt. Mehrere waren in der Nähe der wichtigsten Punkte des Schlachtfelds.

Wir operierten unermüdlich. Noch mehr als in Witebsk spürten wir hier den Mangel an Verbandsmaterial. Zunächst wurden als Ersatz die Hemden der Verletzten herangezogen. Das bedeutete, dass jeder Tornister gefilzt wurde. Da dies nicht ausreichte, bedienten wir uns anderer Materialien, die Leinwand nicht ersetzen konnten, doch das Fehlende leidlich ausglichen. So nahmen wir Akten, die wir in Archiven fanden. Das Pergament diente zum Festhalten der Verbandsstücke und zum Schienen der Extremitäten. Werg und Birkenkätzchen ersetzten die Charpie. Papier war recht willkommen, um die Kranken darauf zu legen. Alle anderen Hilfsquellen waren versiegt, da die Einwohner geflohen waren, deren Häuser geplündert und der Rest ein Raub der Flammen geworden war. Unsere Wundärzte der Gardekorps trugen die Hauptlast. Tag und Nacht waren wir mit der Versorgung der Soldaten beschäftigt, die meist von Hieben, Stichen und Kugeln verletzt waren. Trotz allen Mangels konnte ich mein Vierundzwanzig-Stunden-Prinzip aufrechterhalten. Am 18. August waren alle wichtigen Operationen beendet. Wir zählten rund zehntausend Verwundete auf beiden Seiten.

Eine der merkwürdigsten und zugleich auch eine der schrecklichsten Verwundungen war die eines Korporals vom 13. Linienregiment. Eine Kanonenkugel von großem Kaliber hatte ihm den Kopf des linken Oberarms, das Schlüsselbein und das ganze Schulterblatt zerschmettert. Der Soldat bat mit lauter Stimme, ihn von den Überresten des Arms und der großen Menge der Knochensplitter, die noch im Fleisch steckten, zu befreien. So wenig Hoffnung ich auch für das Überleben des Unglücklichen hatte, versuchte ich doch, ihm durch eine Operation Erleichterung zu schaffen. Als ich den Arm exstirpiert und die Achselschlagader unterbunden hatte, zog ich alle Knochenfragmente, die von Muskeln und ihrer Beinhaut entblößt waren, heraus. Dann nahm ich die zerstörten Fleischlappen weg. Die zackigen und ungleichen Ränder der ungeheuren Wunde wurden einander genähert und in den Zustand einer möglichen Vereinigung gebracht. Ich benutzte vereinigende Heftpflaster und ein großes Stück Leinwand, das ich mit Kochsalz und Gummi arabicum präparierte. Lagen von feinem Werg und eine spezielle Achselbinde ergänzten den Verband. Der Soldat war nach dem Eingriff völlig ruhig geworden. Ich vertraute den Patienten der Sorgfalt eines meiner Oberwundärzte an. Später erfuhr ich von diesem Kollegen, dass der Korporal auf dem Wege der Genesung und am fünfunddreißigsten Tage von Smolensk nach Polen evakuiert worden sei.

Es kostete ungemein viel Mühe, die Hospitäler für die große Zahl der verwundeten Franzosen und Russen auszurüsten. Dafür siegte der humanitäre Geist über die Feindschaft. Die Russen lagen mitten unter uns und genossen gleiche Behandlung und Sorgfalt. Zum Glück war es uns gelungen, eine große Menge Arzneien, Wein und Branntwein in Smolensk vor der Plünderung zu retten. Aus den umliegenden Dörfern wurde systematisch Vieh und Lebensmittel für die Hospitäler requiriert. Bald trafen auch Fuhrwerke aus Wilna ein, die Nachschub an Leinwand und Charpie mitbrachten.

Smolensk war während des Rückzuges durch die Russen teilweise in Brand gesetzt worden. Über Caulaincourt und Berthier, mit denen ich engsten Kontakt pflegte, erfuhr ich von unserer Vorhut, dass die Russen bei ihrem Rückzug nach Osten nun begonnen hatten, systematisch jedes Dorf abzufackeln. Berthier sah darin eine gezielte Maßnahme, die uns einen weiteren Vormarsch unmöglich machen sollte. Mit Bitterkeit sagte er zu Caulaincourt: »Der Kaiser hat noch vor Wochen gesagt, er wolle in diesem Jahr nie über Smolensk hinaus vordringen. Nun scheint er verrückt geworden zu sein. Nun will er um jeden Preis die Russen zur Schlacht stellen, doch die weichen immer weiter nach Osten aus.«

»Ich habe ihm vor Tagen gesagt, dass es Alexanders Absicht ist, uns durch ödes Land und auf verheerten Wegen hinterherhetzen zu lassen. Am Ende werden unsere Korps vor Erschöpfung versagen, und das Heer wird weiter zusammenschmelzen.«

Caulaincourt reagierte darauf: »Es wird noch schlimmer kommen. Sollte es zur Schlacht kommen und wir den Sieg davontragen, werden wir ihn nicht mehr nützen können!«

Berthier erwiderte: »Du hast Recht. Ich frage mich, warum der Kaiser weitermarschieren lässt, obwohl ich mir sicher bin, dass er die Absichten des Zaren durchschaut.«

»Er hat noch nichts erreicht! Das ist es. Dafür habe ich über hundertdreißigtausend Mann aus den Mannschaftsrollen gelöscht.« Sarkastisch fügte Berthier hinzu: »Alles, was wir erreicht haben, haben wir durch eigene Verluste erkauft. An diesem unsicheren Besitz kann sich unser Kaiser nicht erfreuen …«

Für mich war das der Anlass für eine wichtige Entscheidung.

Eines stand für mich fest: Nicht der Feind, sondern Seuchen, die Witterung und das völlig zerrüttete Verpflegungswesen würden uns schon bald zur Umkehr zwingen.

Zusammen mit René und Johann Friedrich beriet ich mich. Wir studierten die Karte und maßen die Entfernungen zwischen Wilna, Smolensk und Moskau. Smolensk lag ideal. Die Stadt bot sich als Hauptsammelplatz für alle Verwundeten an. Aufgrund der Nachricht, dass östlich davon Dörfer und Städte brannten, war Smolensk als einziger Platz verblieben, von dem aus rückwärts evakuiert werden konnte. Auch für die Verwundeten der nächsten Schlacht.

Wir legten daher fest, dass die Blessierten, die auf der Vormarschstrecke bis über Wjasma hinaus anfallen würden, laufend nach Smolensk rückgeführt werden sollten. Erst wenn Moskau erreicht sein würde, woran wir momentan nicht glauben konnten, weil der regnerische Herbst nahte, wollten wir ab Krasnoi die Verletzten bis dorthin mitnehmen. Es war zu vermuten, dass in der Hauptstadt Einrichtungen für eine gute Versorgung der Verwundeten vorhanden waren.

Damit ergab sich für uns folgende Situation: Sieben Fliegende Ambulanzen waren von Wilna abgerückt, eine war in Witebsk stationiert. Kleinere Kommandos, wie für Krasnoi, waren gesondert zusammengestellt worden.

René stellte die alles entscheidende Frage: »Wie viele Ambulanzen wollen wir in Smolensk zurücklassen?«

»Fünf«, erwiderte ich, ohne zu zögern.

René wiederholte ungläubig: »Fünf von sechs?«

»Ja. Und das aus gutem Grund. Ich habe mich gestern mit Augereau unterhalten. Alle Regimenter sind extrem dezimiert. Die Kräfte in der Armee werden nur noch für eine einzige Schlacht reichen. Sollte sie nicht geschlagen werden, sind wir gezwungen, noch vor dem Winter den Rückzug anzutreten.«

Johann Friedrich darauf: »Entblößen wir mit unserer Entscheidung nicht die gesamte Armee von der chirurgischen Versorgung?«

»Nein! Auch dann nicht, wenn wir nur eine einzige Fliegende Ambulanz mitnehmen. Wir werden sie natürlich reichlich mit dem ausstatten, was wir benötigen. Das ist besser, als fünf Ambulanzen zu haben, denen es an allem mangelt. Außerdem nehmen wir die besten Chirurgen mit. Wir konzentrieren somit unsere Kräfte und verzetteln uns nicht. Glaub mir, gemessen an dem, was uns erwartet, ist die chirurgische Versorgung der Armee damit besser gewährleistet.«

René nickte: »Das klingt überzeugend.«

»Sollte der Nachschub endlich eintreffen, habe ich außerdem befohlen, dass Verbandsstoffe und medizinisches Material sofort zu uns weitertransportiert werden.«

Die erforderlichen Maßnahmen wurden umgehend eingeleitet. Da der Kaiser mir vertraute, behielt ich die Entscheidung für mich. Wenige Stunden danach hatte ich mit meiner Ambulance № 1 wieder eine gut ausgestattete, schnelle und chirurgisch hervorragend besetzte Einheit zur Verfügung.

Mit dem 24. August kam der Tag des Aufbruchs. Um sechs Uhr morgens, am Ende des Appells, rief Napoléon seiner Garde zu: »Bevor ein Monat vergangen ist, werden wir in Moskau sein.«

Ich meldete Berthier meinen Abmarsch. Er sah deprimiert drein. Auf meine Frage, was ihn bedrücke, antwortete er: »Ich habe den Kaiser beschworen, nicht weiter in Richtung Moskau vorzurücken. Ich schlug ihm vor, in Smolensk zu bleiben oder den Winter über in Witebsk Quartier zu nehmen.«

Ich darauf: »Ein guter Vorschlag!«

»Nicht für ihn. Nun will er mich nicht mehr sehen! Das gemeinsame Essen lehnt er ab.«

Ich schüttelte verständnislos den Kopf. Berthier rief mir noch ihm Gehen nach: »Noch bin ich sein Marschall!«

Mein Tross reihte sich hinter den Marschkolonnen der Garde ein.

»Wie viele Männer stehen dem Kaiser eigentlich noch zur Verfügung?«, fragte Johann Friedrich beiläufig.

»Das fragt der Kaiser seinen Stabschef stündlich. Berthier kann ihm keine genaue Zahl geben. Es gibt immer noch zu viele Ausreißer, Marodeure und Nachzügler.«

Wohin wir auch kamen, überall begegneten uns Verwüstungen und niedergebrannte Dörfer. Ohne Erbarmen hatten die Russen selbst die Hütten in Brand gesteckt, in denen ihre eigenen Verwundeten Unterschlupf gefunden hatten. Wir fanden die verkohlten Überreste der Unglücklichen. Bei manchen sah man noch, dass sie amputiert und verbunden gewesen waren. Da man sie nicht mitnehmen konnte, hatte man sie offensichtlich auf diese schreckliche Art ins Jenseits befördert.

Das Wetter besserte sich. Unsere Reiterschwadronen entdeckten Viehherden und trieben für die Armee ausreichend Nahrungsmittel auf. Die beste Nachricht überbrachte mir in jenen Tagen Berthier. Die Kuriere hatten berichtet, dass die Nachschubwagen mit medizinischem Material in wenigen Tagen zu uns aufschließen würden. Alle Sorgfalt, die ich seit Austerlitz auf die Verbesserung unserer Ambulanzwagen verwendet hatte, wurde nun belohnt. Der leichte, doch robuste Bau der Wagen machte gerade in diesen Weiten einen schnellen Transport möglich, sodass man mit Fug und Recht von einem »Fliegenden Lazarett« reden konnte.

Hinter Wjasma drang die Kunde durch, dass Kutusow, der Oberbefehlshaber der russischen Hauptarmee, auf den Höhen von Moschaisk und an der Moskwa umfangreiche Schanzarbeiten vornehmen ließ. Der Kaiser selbst ließ mich wissen, dass er in wenigen Tagen mit der ersehnten und entscheidenden Schlacht dieses Feldzuges rechnete. Napoléon glaubte inzwischen, die Stärke seiner und die der Armee Alexanders zu kennen. Berthier hatte unsere Stärke auf 90 500 Mann Infanterie, 29 200 Mann Kavallerie und 15 500 Kanoniere mit 587 Geschützen errechnet. Uns sollten insgesamt 140 000 Russen gegenüberstehen.

Ich drängte den Kaiser, einen Tagesbefehl zu erlassen, damit sämtliche Regimenter der Infanterie und Kavallerie Wundärzte für den Hauptverbandsplatz abstellten. Ich hatte längst erkannt, dass die Operationstechnik der Chirurgen, die man eilig für den Feldzug rekrutiert hatte, nicht die Qualität der von Austerlitz, Eylau und Wagram besaß. Ich wusste aber, wer von ihnen in der Lage war, unkomplizierte Amputationen selbstständig durchzuführen, und wer aufgrund seines Könnens auch mit schwierigeren chirurgischen Problemen fertig wurde. Die großen Stückzahlen der Artillerie auf beiden Seiten ließen zudem massenhaft schwere Verwundungen erwarten, denen nur mit einer Konzentration von erstklassigen Operateuren begegnet werden konnte.

VII

Borodino, 7. September 1812

Ein Flüsschen namens Kolotscha durchschnitt die östlich gelegene Hochebene. In der Ferne mündete es in die Moskwa. Auf dem jenseitigen Ufer befand sich Kutusows Armee. Das letzte verbliebene Hindernis auf dem Weg nach Moskau. Die Linien unserer Armee standen zum Angriff bereit. Sie hatten sich in die beste Uniform gekleidet, als folgten sie einer Einladung zu einem lang ersehnten Fest. Die Ansprache des Kaisers vor der Garde geriet kurz: »Die Nachwelt möge von euch sagen: Auch er war in jener großen Schlacht vor den Toren Moskaus!«

Im Moment der Ergriffenheit ahnte niemand, dass die Zahl derer, die das später von sich würden sagen können, außerordentlich gering war. Die Offiziere verkündeten seinen Aufruf vor den Regimentern.

Ich blickte nach Osten in einen grellen Horizont. Mir war, als hörte ich in der Ferne das Gemurmel russischer Gebete. Ein sonniger Tag wie bei Austerlitz kündigte sich an. Ich vernahm den Klang der Hörner, die das Signal zum Wecken bliesen. Ich dachte an unsere Soldaten, die seit den letzten Tagen wieder darben mussten. Die Armee lebte wieder einmal von der Hand in den Mund, und der verdammte Mangel überzeugte den letzte Soldaten mehr als alles andere von der Notwendigkeit eines Sieges.

Einige Wagen des Feldlazaretts hatten uns zum Glück noch rechtzeitig eingeholt. Wir waren über Nacht mit Verbandsmaterialien versorgt worden und wieder imstande, adäquate Hilfe zu leisten. Zum einzigen festen Lazarett hatte ich die westlich gelegene

Ortschaft Gschtak und die Abtei Koloskoi mit ihren gemauerten Häusern und Kirchen bestimmt. Der Mangel an Lebensmitteln bereitete mir die größte Sorge und bestimmte schon vor der Schlacht mein Handeln. Alle Überlegungen kreisten um den Rücktransport der Gehunfähigen, die erst wieder in Smolensk versorgt werden konnten. In meinen Gedanken sank die sonst brauchbare Abtei herab zur ersten Etappe der Evakuierungslinie. Die Aufnahme dorthin war schon die erste Stufe der Errettung vor dem Hungertod.

Der Hauptverbandsplatz der Armee war in der Nähe des Gehöftes Fomkino, unweit der Zelte des Hauptquartiers, eingerichtet und jedem Soldaten im Heer bekannt gemacht worden. Ich blickte hinüber zu den Zelten, neben denen die Kaiserliche Garde, rund dreißigtausend Mann, in kompakten Vierecken aufgestellt auf die Befehle ihres Kaisers wartete. Napoléon saß auf einem Feldstuhl und verharrte darauf wie in Bronze gegossen. Er hatte durch eine Erkältung mit Fieber und Schmerzen zu kämpfen, und ich hatte in den vergangenen Tagen den Eindruck gewonnen, dass er nicht mehr der war, den ich von Austerlitz und Eylau her kannte. Zwei seiner Adjutanten gaben ihren Pferden die Sporen und ritten in scharfem Galopp zu den Batterien der Artillerie.

Zusammen mit sechsunddreißig Wundärzten und rund einhundertvierzig chirurgischen Helfern erwartete ich den Beginn der Schlacht.

Mehr als zweitausend Feuerschlünde eröffneten sie. Das Grollen der ersten Salven der Artillerie erfüllte das Flusstal. Ich sah Erdfontänen aufspritzen, während weiße Pulverdämpfe sich mit den Nebelschwaden des Morgens mischten.

Ich rief: »Chirurgen Frankreichs! Rettet die Verwundeten! Es lebe der Kaiser!« Die Männer erwiderten im Chor: »Es lebe der Kaiser!« Hatte ich nur den Eindruck, dass die Stimmen weniger überzeugt klangen als früher?

Im Gegensatz zu den Schlachten der Vergangenheit kam es diesmal zu einem Frontalangriff beider Armeen. Ein heftiger Massenkampf entbrannte um Redouten und Dörfer. Die Ambulanzen der einzelnen Korps und Divisionen hatten die Pflicht, Leichtverletzte zu verbinden und schwere Fälle sofort zum Hauptverbandsplatz zu transportieren. Das überschaubare Schlachtfeld, auf dem sich Hunderttausende gegenseitig umzubringen begannen, erleichterte in diesen schweren Stunden zumindest einen schnellen Abtransport der Verletzten.

Als die ersten Ambulanzwagen heranjagten, befahl ich noch einmal eindringlich: »Ohne Rücksicht auf Rang, Stand und Nationalität fangen wir mit den am schwersten Blessierten an! Die anderen können warten, bis ihre Waffenbrüder operiert und verbunden sind, denn sonst erleben diese den nächsten Tag nicht mehr!«

Kurz darauf setzte der erwartete Strom von Verwundeten ein. Schon der erste Blick auf die schweren Schussverletzungen ließ erkennen, dass sie fast alle aus kürzester Entfernung verursacht worden waren. In den ersten zwei Stunden hatte ich selbst rund dreißig schwierige Amputationen vorgenommen. Ausnahmslos bei Soldaten, die von Kanonenkugeln getroffen worden waren. Grobes Geschütz und Flintenkugeln, auf kurze Entfernungen abgeschossen, verursachten grausamste Verletzungen. Hunderte von Verletzten wurden zum Verbandsplatz gefahren, getragen und geschleppt, aber Tausende weiterer wankten, stolperten und krochen ununterbrochen in der Hoffnung auf rasche Hilfe herbei.

In diesen ersten kritischen Stunden bewährte sich die vorher abgesprochene Verteilung der Blessierten. Diejenigen, die einigermaßen gehen konnten, wurden konsequent rückwärts in Richtung Abtei geschickt. Die Schwerverwundeten wurden nach der ersten Versorgung auf dem Platz sofort mit Lazarettwagen, leichten Fuhrwerken ohne Kastenaufbauten, nach Gschtak und zu der Abtei Koloskoi geschafft.

Die Schlacht tobte noch keine drei Stunden, als wir an die Grenze unserer Möglichkeiten stießen. Vor allem der Abtransport der Schwerverwundeten stockte, da es zu viele waren und die vorhandenen Lazarettwagen wegen der fehlenden Bespannung nicht alle eingesetzt werden konnten. Ungeachtet dessen war ich mehr denn je gefordert, schwere Operationen selbst durchzuführen.

Noch nie sah ich so viele Offiziere ihren schweren Verletzungen erliegen. In den ersten vier Stunden zählten wir fünfundzwanzig Generäle.

Die Kanonade auf beiden Seiten wollte auch nach zehn Stunden nicht verstummen. Ich war mir spätestens zur Mittagszeit sicher, dass diese Schlacht kein Austerlitz, kein Jena oder Wagram werden, sondern eher dem Ausgang von Eylau folgen würde. Es würde keine Sieger geben.

Ein Blick nach Osten genügte. Offenbar leisteten die Russen Widerstand wie noch keine andere Armee zuvor. Wie ich von Antoine erfuhr, der die Ambulanz in vorderster Linie dirigierte, war die Große Schanze der Russen noch nicht erobert worden. Die verbliebenen Marschälle forderten vom Kaiser unentwegt den Einsatz der Garde. Napoléon lehnte dies ab, da er die Garde nicht opfern wollte und glaubte, den Sieg auch ohne sie erringen zu können. Er blieb auch starr auf seinem Feldstuhl sitzen und entfernte sich, ganz im Gegensatz zu seinen sonstigen Gepflogenheiten, nicht von seinem Standort. Aber was war schon sein Fieber gegenüber den Leiden zehntausender Verstümmelter zu seinen Füßen!

Erst in den späten Nachmittagstunden gaben die Russen den Kampfplatz auf und zogen sich mit dem Gros ihrer Armee zurück. Die Schlacht war gewonnen, doch um welchen Preis! Es war die blutigste Schlacht, die je auf Gottes Erdboden geschlagen wurde.

Bilder des Entsetzens woben sich bis in die Finsternis hinein. Gut zwanzigtausend Verletzte, davon die Hälfte schwer, hatten wir auf dem Hauptverbandsplatz zu versorgen. Bis acht Uhr abends hatte ich selbst etwa zweihundert Amputationen vorgenommen. Wir operierten unter schwierigsten Bedingungen bei kühlem Nordostwind und Kerzenlicht und dem Nachthimmel, was erhebliche Mühe bereitete, zumal bei Ligaturen von Arterien Licht unersetzlich war. Die Kälte wurde schneidend, und nebelig-feuchte Schwaden zogen in die Niederungen.

Meine Chirurgen und ich leisteten die Nachtstunden hindurch bis zum Anbruch des nächsten Tages Übermenschliches. Manch einer war vor Erschöpfung nicht mehr in der Lage, sich auf den Beinen zu halten. Das Absuchen des Schlachtfeldes geschah in der ersten Nacht völlig unzureichend, da hierfür keine zusätzlichen Soldaten zur Verfügung standen. Tausende Verletzte warteten auf Bergung. Große Teile des Heeres waren außerdem auf Befehl des Kaisers sofort weitergezogen, um Kutusow zu verfolgen. Ich hätte Bataillone gebraucht, um das Gebot der Menschlichkeit zu erfüllen. Das markerschütternde Schreien Verletzter beider Seiten, die vor

Einbruch der Nacht nicht geborgen werden konnten, verstummte erst in den Morgenstunden. Der humane Geist war bezwungen, das Herz hörte auf zu fragen.

»Bringen wir die Verwundeten nach Moskau!«, schlug René vor, als ich mich mit Berthier und Coulaincourt bei Tagesanbruch über die Bereitstellung von Fuhrwerken beriet.

»Nein! Verwundete vorwärts zu evakuieren wäre ein grober Fehler.«

Berthier warf ein: »Die Linie Gschtak bis Smolensk ist unzureichend gedeckt. Entlang der Strecke patrouillieren Kosakenschwadronen.«

»Dann werden wir dem Transport eben eigene Schwadronen zur Sicherheit beigeben müssen.«

Coulaincourt, dessen Bruder bei der Schlacht gefallen war, meinte: »Das kann nur der Kaiser entscheiden.«

Seine Antwort besagte, dass ich mit Napoléon darüber selbst verhandeln sollte. Aber dieser marschierte unterdessen schon auf Moskau zu.

Endlich, im fahlen Licht des Morgens, waren wir imstande, das Schlachtfeld nach Überlebenden abzusuchen. Viel zu spät. Die kalte Wahrheit ließ sich ins Gesicht blicken. Die Schluchten, die Böschungen waren übersät von Toten beider Seiten. Dunkle Schatten bewegten sich überall. Leichenfledderer schlichen umher. Bald würden alle Leichen nackt sein. Johann Friedrich fragte: »Wie viele? Vierzig- oder fünfzigtausend?«

»Ich sehe nur eines: Noch nie hat eine Schlacht so viele grauenhaft zerschlagene Leiber zurückgelassen!«

Plötzlich kam ein Krankenwärter zu Pferde und rief: »General Romeuf ist gefunden worden.«

Romeuf war unterkühlt und deutete auf seine rechte Hüfte. Eine Kanonenkugel hatte ihn an der Hüfte und in der Lendengegend getroffen. Die Haut war oberflächlich zerstört, und es hatte sich ein ausgedehntes Hämatom gebildet. Ich vermutete Schlimmes, obwohl man die Verletzung darunter nicht sehen konnte. Meine Männer standen bereit. Ich machte einen langen Schnitt und weitete die Wunde. Die Muskeln waren zerrissen und zu Brei geworden. Das Hüftbein und die angrenzenden Lendenwirbel waren gebrochen. Die Eingeweide waren durch den Aufprall der Kugel zerrissen. Ich verschaffte ihm Erleichterung durch Opium. Mut und Tapferkeit dieses Mannes verdienten Bewunderung. Der General starb, ohne sich über seine immensen Schmerzen zu beklagen, in der folgenden Nacht.

Inzwischen fand man auf dem Schlachtfeld einen Dragonerunteroffizier. Ein Vierpfünder hatte in der Nähe der Weiche den Trochanter major getroffen. Die Muskeln waren zerstört und der Knochen bis in das Hüftgelenk hinauf zersplittert. Die Schenkelarterie war wie durch ein Wunder unverletzt geblieben. Der Unteroffizier hatte wenig Blut verloren, und sein Zustand war trotz der Verwundung stabil. Er selbst bat dringend um eine Amputation. Ich führte sie noch auf dem Felde durch. Der nötige innere Fleischlappen war schon durch die Wunde selbst gebildet. Er war nur etwas kleiner, als ich ihn gemacht hätte, wenn die Areale unverletzt gewesen wären. Der Musculus pectineus war losgetrennt. Ich ließ ihn an seinem Ort und schnitt unter ihm das Ligamentum interarticulare durch, das einen Teil des Gelenkkopfes in der Pfanne festhielt. Ich beendete die Operation nach der bekannten Art. Nachdem ich alle Unterbindungen gemacht hatte, näherte ich die beiden Lappen einander und brachte sie durch Heftpflaster und einen passenden Verband zusammen. Danach ließ ich den Verwundeten in die Abtei Koloskoi bringen.

Prächtigen Humor, trotz seiner Verletzung, bewies General Nansouty, als wir ihn mit anderen Verletzten in einer Hütte fanden. Eine Flintenkugel hatte die innere Seite seines rechten Knies getroffen. Als sich ein anderer Offizier bei ihm beklagte, dass die Pferde bei der Attacke keine Kraft bewiesen hätten, antwortete ihm der General: »Das liegt daran, dass die Pferde keinen Patriotismus haben. Unsere Soldaten schlagen sich gut auch ohne Brot, aber unsere Pferde tun nichts Rechtes ohne Hafer!«

Auch die ungezählten russischen Verwundeten versorgten wir getreu meinem Grundsatz und amputierten die, die danach verlangten. Ein junger russischer Offizier, dessen Wade von einer Kartätschenladung getroffen war, flehte um die Amputation seines Schenkels. Eine Kugel hatte sich verirrt. Sie hatte sich über die Kniekehle hinweg bis hinauf in den Schenkel gebohrt, wo sie an der Innenseite wieder ausgetreten war. Arterie und Vene blieben unverletzt. Seine Wade war jedoch völlig abgetrennt, Tibia und Fibula, die beiden Knochen, waren dicht am Knie zerschmettert. Außerdem fehlte ein keilförmiges Hautareal von der Kniekehle bis hinauf zum Schenkel.

Keiner der anwesenden Wundärzte glaubte an die Möglichkeit, den Oberschenkel zu erhalten. Ich schritt zur Wegnahme des Unterschenkels. Ich unterband die *Arteria poplitea* an der Stelle, wo sie sich aufzweigt. Das Wadenbein entfernte ich aus seinem Gelenk mittels Durchtrennung des *Ligamentum capitis fibulae posterius*. Ich konnte nur einen kleinen Teil der Haut an jener Stelle erhalten, da sie in der Kniekehle bis zum Schenkel keilförmig weggenommen war. Ich brachte dennoch eine Deckung des Stumpfes zustande, indem ich einen passenden Leinwandstreifen einbrachte, den ich bei eintretender Eiterung herauszuziehen befahl. Mit einem gespaltenen Stück Leinwand und dem üblichen Verband wurde der Mann seiner Genesung überlassen. Der junge Offizier sprach Französisch. Bevor ich ging, vernahm ich seine Stimme: »General Larrey, ich werde Ihre selbstlosen Taten rühmen, auch wenn wir eure Armee eines Tages aus Russland hinausfegen werden!«

Am dritten Tage nach der Schlacht begann man das Gros der Toten zu bestatten. Die Krähen wurden feist von all dem Graus, den sie genossen.

Die Masse unserer Verwundeten konnte nur sehr verzögert in die nahen Dörfer und die Abtei Koloskoi gebracht werden, da es an den nötigen Transportmitteln fehlte. Ein weiteres Problem war der Mangel an Stroh. Die Kavallerie hatte alles aufgebraucht. Wir hatten Mühe, das Nötigste zu finden, um die Verletzten darauf zu lagern. Auch das wenige Brot und Mehl waren bald aufgezehrt. So mussten unsere Verwundeten ihren Hunger mit Pferdefleisch, Kartoffeln und Krautstrünken stillen. Aber auch diese Quellen versiegten rasch. Die Versorgung brach gänzlich zusammen, da Kosaken den Nachschub plünderten.

Unsere Verbandsmaterialien gingen gleichfalls zur Neige. Hospitalfuhrwerke mit Nachschub hatten uns zwar wieder erreicht, doch es mangelte an allen Ecken und Enden. An eine schnelle Behebung des Mangels war nicht zu denken. Es kam genauso, wie ich es vorausgesehen hatte. Mittels Kurier bat ich den Kaiser dringend um Abhilfe. Die Soldaten aus den Regimentern, die für die Suche nach Verwundeten befohlen wurden, verweigerten sich, wenn es darum ging, Lebensmittel aus den umliegenden Dörfern zu requirieren. Wer reiten und marschieren konnte, drängte nach Moskau. Das führte dazu, dass die jungen verletzten Soldaten zu verzweifeln begannen. Manche verwünschten den Kaiser, andere flehten ihre Mütter herbei. Die älteren erwarteten den Tod mit kalter Miene und ohne Klage. Andere baten, man möge sie auf der Stelle töten. Manche banden sich, vom Hunger getrieben, einen starken Ast an ihr amputiertes Bein und schleppten sich bis ins nächste Dorf …

Die Tage verstrichen ohne ein Zeichen der Abhilfe. Meine Wundärzte waren genötigt, die alten Verbände zu waschen. Nur dem unermüdlichen Eifer und dem Erfindungsreichtum meiner Gehilfen ist daher die Rettung der meisten Verwundeten zu verdanken.

Die Bilanz des Todes war erschütternd. Dreißigtausend Gefallene auf unserer Seite und fast das Doppelte bei den Russen. Siebenundvierzig Generäle und siebenunddreißig Obersten blieben auf dem Schlachtfeld, verwundet oder tot. Aber meine Chirurgen hatten dafür gesorgt, dass noch Hunderte unserer Soldaten das Kaiserwort vom Beginn der Schlacht wiedergeben konnten, denen sonst der Tod den Mund für immer verschlossen hätte.

Am fünften Tag entschloss ich mich, der Not gehorchend, ebenfalls nach Moskau aufzubrechen. Nur einen Teil der Verletzten konnte ich nach Smolensk dirigieren, was ihnen gewiss das Leben rettete. Andere aus der Abtei drängten jedoch dem Heer nach, da sie glaubten, in Moskau dem Überfluss entgegenzugehen.

Kurz vor meinem Abmarsch hatte ich eine Begegnung mit einem Priester der Abtei Kolotzkoi. Er berichtete mir über eine merkwürdige alte Sage, die erzählte, dass über die Heilige Heide, dort wo die Kolotscha in die Moskwa fließe, niemals ein Feind Russlands dringen würde. Er zeigte sich erschüttert, da die Sage widerlegt worden war. Genau an dem Ort hatte die Schlacht getobt.

Wir hatten die Heilige Heide eingenommen – und ein Gräberfeld daraus gemacht.

VIII

MOSKAU, SEPTEMBER – OKTOBER 1812

Sein Mienenspiel verriet große Erleichterung. »Da ist sie endlich, die heilige Stadt!«, hörte ich den Kaiser sagen, als wir am 13. September zum ersten Mal die goldenen Türme der Kathedrale von Moskau in der Ferne aufblinken sahen. Mit gleichem Stolz, gleicher Genugtuung mussten Gottfried von Bouillon die Mauern von Jerusalem und Kolumbus die neue Welt erblickt haben.

»Es war auch höchste Zeit!«, meinte René mit gedämpfter Stimme.

Am nächsten Tag zogen wir ein in eine menschenleere Stadt. Die Bürger waren geflohen. Moskau wirkte wie ein grauer, knöcherner Schädel, der einen funkelnden Stirnreif trug. Mir war, als wäre ich über endlose Totenäcker geeilt, nur um ein gewaltiges, altes, leeres Haus zu besichtigen. Der Kaiser wirkte darin wie ein im Meer vergessener Fisch.

Zwar waren alle Feinde, alle heimlichen Gegner, die an einer Eroberung Moskaus gezweifelt hatten widerlegt, doch die Reiterscharen, die auf kühnen Hufen durch das Dorogomil-Tor über den Arbat zum Kreml ritten, waren Gestalten, die gerade noch einmal dem Tode entgangen zu sein schienen.

Niemand war gekommen, um die Einnahme Moskaus durch uns zu beobachten. Nicht einmal die ewig Neugierigen. Nur die gähnenden Löcher in den zerschlagenen Fenstern der geplünderten Häuser starrten uns an. Ich sah in das Gesicht von Johann Friedrich. Auch er hatte etwas anderes erwartet.

Während der Kaiser und die Garde in den Kreml einzogen,

nahm ich mit meinem Chirurgenstab das größte Hospital Moskaus in Augenschein. Es befand sich im Schutze des Kremls am Ufer der Moskwa. Das »Hospital der Findelkinder« war das erste, dessen Räumlichkeiten und Ordnung mich mit aufrichtiger Bewunderung erfüllten. Da die Russen einen kleinen Teil ihrer Verwundeten dort zurückgelassen hatten, waren die medizinischen Vorräte unangetastet geblieben. Ich ließ unsere Lazarettwagen mit Verwundeten dort unterbringen. Ebenfalls nahmen wir das von der Fürstenfamilie Galitzin gestiftete Hospital in Besitz, in dem viele verwundete Russen ohne medizinische Hilfe lagen. Wir übernahmen umgehend ihre Versorgung und Pflege. Es waren fast ausnahmslos Offiziere. Wir konnten verhindern, dass sie Opfer des Wundbrandes wurden. Außerdem operierten wir fehlgerichtete Behandlungen nach.

Für die Verletzten und Kranken der Garde und des Kaiserlichen Hauptquartiers ließ ich in einem Nebengebäude des Kreml ein besonderes Spital einrichten. Johann Friedrich und Antoine übernahmen die Versorgung. Sie standen auch dem Kaiser zur Verfügung, der seinem neuen Leibarzt offensichtlich nicht ganz vertraute. Ich selbst nahm mit René, Johann Friedrich, Pierre und Antoine in einem hoch gelegenen, hervorragend ausgestatteten Steinhaus, nahe dem Hospital und dem Kreml Quartier. Franzosen, die schon lange in Moskau lebten, kamen zu uns und begrüßten uns mit überschwänglicher Freude. Ebenfalls einige französische Ärzte, die sich bereit erklärten, uns zu unterstützen. Ich war froh um jede helfende Hand.

Den Lehren der letzten Monate gehorchend, verpflichtete ich alle meine Hilfskräfte darauf, sofort die Magazine der Hospitäler mit Lebensmitteln aufzufüllen. Es gelang überraschend gut. Beim Durchsuchen verschiedener Häuser entdeckte man große Vorräte an Mehl und Fleisch, gesalzenen Fischen, Öl, Branntwein, Wein und Liqueszenzen sowie von Kleidungsstücken und Pelzen. Manch einem Kranken ging es plötzlich besser als den Gesunden.

Gleich in der ersten Nacht wurde ich von Antoine geweckt: »Feuer! Feuer!«

Ich stürzte ans Fenster. Verteilt über die Stadt, so weit der Horizont reichte, loderten vereinzelt Flammen. In der Dunkelheit hätte man meinen können, zahlreiche große Biwakfeuer illuminierten die Stadt. Doch schon am nächsten Tag, als die Brände sich auszuweiten begannen, wurde deutlich, dass ein planmäßiges Abbrennen Moskaus verfolgt wurde. Obwohl unsere Patrouillen zahlreiche Festnahmen und Erschießungen vornahmen, konnten die fanatischen und gedungenen Mordbrenner in ihrem Tun nicht wirksam gehindert werden. Das Wetter blieb sonnig und trocken, doch der Wind, der stetig von Ost nach Nord blies, nahm plötzlich an Stärke zu. Begünstigt durch Wind und Trockenheit standen bald ganze Straßenzüge in Flammen. Nachts bot sich uns ein infernalisches Schauspiel. Turmhoch loderten Feuersäulen. Die Häuser in den meisten Stadtvierteln bestanden noch aus Holz. Der Plan, dessen Ziel es offenbar war, das Zentrum des Reiches dem Erdboden gleichzumachen, näherte sich Tag für Tag der Erfüllung.

Einzelne Brände vereinten sich in rasender Geschwindigkeit. In der Nacht vom 18. auf den 19. September brach ein alles verzehrender Feuersturm los. Sengende Hitze drang über die Moskwa. Die wenigen Einwohner, die sich noch in der Stadt versteckt hatten, wurden ein Opfer der Flammen oder flohen aus der Stadt. Auch unsere ewig plündernden Soldaten verbrannten, verkohlten und erstickten auf offener Straße. Die Gefahr, in der Hitze umzukommen, stieg von Stunde zu Stunde. Donnerähnliches Grollen erinnerte an Geschützfeuer. Versteckte Pulvermagazine flogen in die Luft. Sturmartige Hitzeböen rissen schwere Eisenbleche, mit denen die Dächer gedeckt waren, mit sich. Brennende Dachbalken wurden durch die Luft gewirbelt und versanken zischend in der Moskwa. Häuser, die weit entfernt lagen und die man daher nicht gefährdet sah, wurden durch den Funkenflug in Brand gesteckt. Gomorrha war Wirklichkeit geworden. Es mag schwer sein, ein schrecklicheres Gemälde vor die Augen zu bekommen als das brennende Moskau. Kilometerlange Straßenzüge wurden zu glühenden Schutthaufen. Binnen acht Tagen war diese unermessliche Stadt, mit Ausnahme des Kreml, einiger Kirchen und der aus Stein errichteten Gebäude niedergebrannt.

Da das Hospital der Findelkinder über ein solides Mauerwerk verfügte, das der Hitze standhielt, konnten wir Ruhe bewahren. Niemand musste evakuiert werden. Doch Schrecken und Furcht ergriff die Garde und das Hauptquartier des Kaisers. Sie verließen den Kreml und nahmen Quartier im Schloss Petrowsky, an der Straße nach Petersburg. Nach dem Brand kehrte alles wieder in den Kreml zurück.

Was uns in Erstaunen versetzte, war die Tatsache, dass man auch nach dem Höllenbrand in den Kellern der zerstörten Häuser Vorräte fand, die unsere Armee ein gutes halbes Jahr hätten ernähren können. Das unermüdliche Suchen danach füllte rasch die Magazine. Ich hörte, dass man im Generalstab darüber beriet, Moskau zu befestigen, um hier zu überwintern. Der Kaiser jedoch zeigte sich unschlüssig.

Inzwischen bekam ich auch Nachricht von den Lazaretten und Spitälern entlang der Evakuierungslinie. Eines Tages erreichte uns ein Marschbataillon, das nachgerückt war. Die Männer waren schwach von den Strapazen und konnten im Felde keine Hilfe sein. Eine Vorwärts-Evakuierung war darum nach wie vor nicht gutzuheißen. Erfreulich waren dagegen die Nachrichten, dass die Verbringung der Blessierten in Richtung Smolensk und von dort weiter nach Wilna stetig vonstatten ging.

Die Tage der Armee vergingen vornehmlich mit Truppenbesichtigungen. Ansonsten gab es nichts Wichtigeres zu tun, als zu plündern. Verschüttete Kellerräume, übrig gebliebene Gebäude, Kirchen, Grüfte und Gräber waren bevorzugte Objekte. Die Moskowiter gaben ihren Toten mit, was diese im Leben liebten. Ikonen, verzierte Waffen, Schmuck und Taschenuhren. Niemand in der Armee setzte diesem Brigantenwesen ein Ende.

Auch große Mengen an Schnaps wurden gefunden. So viele Gläser man davon trank, so viele Tage war man krank davon.

Von Berthier erfuhr ich, dass sich der Kaiser durch trügerische Friedenspräliminarien von den Russen hinhalten ließ. Napoléon war gereizt und unschlüssig. Kutusows Armee stand bei Kaluga, südwestlich von Moskau. Eine Bedrohung, der der Kaiser, wie es schien, auszuweichen gedachte. Die Anzeichen dafür waren überall zu spüren. Als ich Anfang Oktober beobachtete, dass immer mehr Fuhrwerke mit Diebesgut beladen wurden, ließ ich mich bei ihm melden. Es ging um die Bereitstellung von Lazarettwagen durch die Gesundheitsbeamten der Armee, damit die Gehunfähigen über Borodino nach Smolensk transportiert werden konnten.

Der Kaiser fragte ohne Umschweife: »Wie viele Karren benötigen Sie?«

»Einhundert als Minimum!«

Bonaparte ließ General Claparède antreten und befahl: »Sorgen Sie sofort für den Transport der Verletzten nach Moshajsk. Requirieren Sie die nötigen Transportwagen, und geben Sie dem Transport ausreichenden Schutz und Lebensmittel.« Daraufhin wandte er sich an mich. »Jeder Verletzte wird mitgenommen! Mein lieber Larrey, ich werde alles dafür tun, dass unsere tapferen Soldaten ihr Frankreich wiedersehen!«

Ich glaubte mich an St. Acre erinnert. Jedenfalls war ich überrascht von der prompten Unterstützung durch den Kaiser. Ich erwiderte: »Unsere Soldaten werden Ihnen das nie vergessen!«

Am letzten Tag vor der Evakuierung aus Moskau beerdigten wir einen Husaren aus Bagnères in der Hauptnekropole der Stadt, dem Nowodewitschje-Friedhof, der nahe beim Jungfrauen-Kloster an einer Windung der Moskwa liegt. Hier ruhten die sterblichen Hüllen vieler herausragender Menschen Russlands. Der Verstorbene stammte wie ich aus den Hochpyrenäen, unweit meines Geburtsortes. Eine Kugel steckte in seinem Kopf. In seiner letzten Stunde flüsterte er mir zu: »Warten ist Sterben. Jetzt ist es soweit.«

Ich begleitete den Toten auf seinem letzten Weg. Gleichzeitig waren schwarz gekleidete Frauen und Männer von irgendwoher gekommen, um einen Anverwandten zu bestatten. Ihre Trauer war groß. Manche hielten kostbare Ikonen in die Höhe. Der schwere Trauergesang der Männer mischte sich mit den Klageschreien der Frauen. Sie drehten den Toten in alle Richtungen des Himmels. Der Sarg war noch offen. Dann nahmen sie endgültig Abschied. Sie küssten den Toten, dann schlugen Hämmer den Deckel zu. Die Männer weinten ihren Schmerz in einem rituellen Trauergesang aus ihren Herzen heraus.

Ein Russe trat an mich heran. Er sprach Französisch. Bedeutungsvoll sagte er mit seiner Bassstimme: »Ihr habt ihm das Leben genommen. Ihr seid kalt wie der Tod! Doch erst das Ende macht alle Zeit zur Zeit. Die eure ist gekommen.«

IX

Moskau – Beresina, Oktober – Dezember, 1812

15. Oktober. Gegen sechs Uhr morgens traf ich im Kreml noch einmal mit Berthier zusammen. Er verabschiedete mich mit den Worten: »Sie haben gut zehn Tage Vorsprung vor der Armee. Während Sie Richtung Borodino ziehen, werden wir nach Kaluga marschieren, um Kutusow erneut zu stellen. Ihre südliche Flanke ist damit gedeckt. Der Rücktransport der Verwundeten wird dadurch am besten gesichert.«

Ich sah ihn entsetzt an. Berthier wusste, was ich dachte. Wir hatten die Zeit genutzt, um die Fliegenden Ambulanzen wieder ausreichend mit medizinischem Material auszustatten. Diesbezüglich waren wir unzweifelhaft besser versorgt als auf der letzten Etappe vor Moskau. Doch eine erneute Schlacht würde uns wiederum massenhaft neue Verwundete bescheren. Diese, so meine Überlegungen, würden uns schon zu Beginn des Rückzuges all unsere Verbandsmaterialien kosten. Als wir uns die Hände reichten, meinte er: »Ab dem heutigen Tage wird es sehr schwer werden, Verwundete zu retten.«

»Wir werden sehen«, erwiderte ich. Er wollte schon gehen, als ich mich noch erkundigte, wie es mit der Versorgung der Garde mit Handschuhen bestellt wäre. Man brauchte nicht lange zu rechnen, um festzustellen, dass wir dem russischen Wintereinbruch während des Rückzuges nicht würden ausweichen können. Aufgrund der Erfahrungen in Preußisch-Eylau wäre es höchst fahrlässig gewesen, diese wichtige Frage zu ignorieren, denn Tausenden von Soldaten waren damals die Hände erfroren, sodass sie nur noch blanke Knochen statt Finger vorzuweisen hatten. Für Berthier war die Handschuhfrage dagegen ein ungewohntes Feld.

»Wir haben vorgesorgt. Beste Lederhandschuhe werden gerade angefertigt. Wir werden sie in wenigen Tagen an die Garde ausgeben«, gab er zu Antwort.

»Um Gottes willen – keine Lederhandschuhe! Fäustlinge! Nur Fäustlinge kommen infrage. Am besten mit Pelz gefütterte!«, erzürnte ich mich.

»Besser Leder als gar nichts!«, erwiderte er trotzig.

Ich beschwor ihn: »Berthier, tun Sie, was ich Ihnen rate. Keiner von den Soldaten wird ab minus zehn Grad Réaumur noch den Hahn seines Gewehres spannen können. Ab minus zwanzig Grad erfriert die Hand binnen zwölf Stunden. Ich rechne aber in den nächsten Wochen mit einem Abfall der Temperaturen bis auf minus dreißig und noch mehr!«

»Ich werde es dem Kaiser gegenüber vertreten!« Seine Antwort war bezeichnend. Immer wenn Berthier in einer Sache wenig Aussicht auf Erfolg sah, erwiderte er mit dem Satz: »Ich werde es dem Kaiser gegenüber vertreten!« So auch diesmal …

Unter einer starken Eskorte wurden alle Transportfähigen mit besonders dafür georderten Lazarettwagen nach Moschaisk befördert. Ein endloser Treck hatte sich in Bewegung gesetzt. Die, die zurückbleiben mussten, hatte ich im Hospice des enfants trouvés zusammengelegt. Es waren etwa siebenhundert. Die schon seit langer Zeit in Moskau ansässigen französischen Wundärzte kümmerten sich auch um die russischen Verletzten. Die Versorgung durch sie, so glaubte ich, wäre der beste Schutz gegen eine denkbare Rache an den Zurückbleibenden. Ein großer Teil der in Moskau ansässig gewesenen Familien war aus Furcht vor den Russen mit uns gezogen.

Jedermann war darauf aus, ausreichend Vorräte für den Rückzug mitzunehmen. Leichte russische Wagen transportierten unsere Verpflegung. Johann Friedrich hatte großzügig für die Ambulanz gesorgt. Wir konnten und wollten uns auf die korrupten Fouragebeamten nicht verlassen. So besehen, begleitete ich keine Armee, sondern eine schwer beladene Karawane, die wusste, dass sie ein unermessliches, schon seit Monaten völlig ausgesaugtes

Gebiet durchqueren musste. Sogar die Soldaten der Eskorte führten mehrere Tornister mit sich, die sie mit Lebensmitteln gefüllt hatten.

Die Tage verflogen. Die täglichen Distanzen waren beschämend gering. Vor allem deswegen, da die mit Beutegütern schwer beladenen Wagen einen zügigen Weitermarsch in erheblicher Weise behinderten.

Johann Friedrich reichte mir einen Apfel. »Was machen wir mit Kolotzkoi?«

Er spielte auf die Nachricht an, dass sich noch Tausende Verwundete in den Spitälern zu Moschaisk, Kolotzkoi und Gschtak befanden, die ich unbedingt mitnehmen wollte.

»Ich verspreche dir, wir werden alles für ihren Rücktransport unternehmen.«

Kurz darauf holte uns ein Kurierreiter ein. Ich musste auf Befehl des Kaisers zurück zur Garde.

19. Oktober. Die Große Armee, nur noch einhunderttausend Mann stark, marschierte von Moskau in Richtung Kaluga. Ihr hatten sich Flüchtlinge, vor allem Deutsche und Italiener, aber auch Russen angeschlossen, die in den letzten Wochen mit uns zusammengearbeitet hatten. Bei Malo-Jaroslawetz kam es zum Kampf. Zweitausend Verwundete mussten versorgt werden. Ich ließ sie auf dem Schlachtfeld verbinden und beschlagnahmte anschließend viele Transportwagen, um ihre Mitnahme zu sichern. Offiziere hatten sich jeglicher Art von Fuhrwerken bemächtigt, um ihre Beute aus Moskau wegzuführen. Deren Zahl war zwar außerordentlich hoch und reichte für die Verwundeten aus, doch der Widerstand, sie für Verwundetentransporte bereitzustellen, gelang nur durch Androhung härtester Strafen.

Mit Divisionsgeneral Girard vom Armeekorps Victor geriet ich hart aneinander, als er sich weigerte, Wagen zur Verfügung zu stellen.

»Verdammt noch mal! Ich erwarte, dass Sie sofort abladen lassen.«

Girard höhnte: »Nehmt Tragbahren! Wie ich feststelle, sind davon noch genügend vorhanden. Kräftige Chirurgen ebenso!«

Gardesoldaten, die mir bei der Durchsetzung im Notfall helfen sollten, gab ich den Befehl: »Abladen! Requirieren!«

Girard stellte sich in den Weg und zog seinen Säbel. »Nur über meine Leiche!«

Zehn Gardesoldaten richteten sofort die Gewehre auf den General. Trocken sagte ich: »Ich sehe Sie als Leiche!« In seinen Augen flackerte blanker Hass. Dann trat er beiseite, begleitet von schallendem Gelächter der Gardesoldaten.

Offenbar hatte manch einer vergessen, unter welchen Nöten wir nach Moskau gezogen waren. Gegenüber der nahenden Gefahr eines todbringenden Winters zeigten sich viele Generäle blind. Statt deren Beutegut hätten wir rigoros Verpflegung, wärmende Kleidung, Handschuhe und Kopfbedeckungen transportieren sollen!

Johann Friedrich brauste auf, als ein Pferd unter der schweren Zuglast wieder zusammenbrach. »Ich verstehe den Kaiser nicht! Der Tross hält uns auf, und die wertvollen Pferde werden für den Egoismus Weniger geopfert!«

»Ich habe eines gelernt: Soldaten und Offiziere denken nie an die Zukunft. Ihr Interesse gilt hauptsächlich Gold und Silber und dem Branntwein. Ihr Verstand reicht nicht aus, um an die Beschaffung von Nahrungsmitteln, Pelzen und warmer Kleidung zu denken.«

Acht Wagenreihen rollten oft nebeneinander her. Das Ganze ähnelte mehr einem fahrenden Volksstamm. Bald aber brachen Achsen und Räder unter der übergroßen Last. Das daraus entstandene Durcheinander war einer Armee unwürdig …

Obwohl es mir schwer fiel, notierte ich die Geschehnisse des Tages in mein Notizbuch. Ich hatte genauso starr daran festgehalten wie an dem Blick auf das Thermometer meines Vaters, um Tages- und Nachttemperaturen abzulesen.

30. Oktober. In Moschaisk holten wir den Treck von Moskau ein. In der Stadt selbst fanden wir noch über zweitausend Kranke vor, von denen wir die meisten mitnehmen konnten. Der Wind drehte und blies nun aus Nordost. Die Temperaturen sanken sofort ab. Mein Thermometer zeigte 8° Réaumur unter Null. Als wir das furchtbare Schlachtfeld von Borodino vom 7. September passier-

ten, erblickten wir Leichname, die zu stinkendem Aas geworden waren. Napoléon ließ die Garde zum Gedenken der Toten antreten. Er senkte den Degen, und wir zogen die Hüte zur Ehre der Gefallenen.

Aus verstreut liegenden Ruinen und Hütten humpelten und krochen immer wieder Amputierte heran, die wir unter Protest und Drohungen der Generäle auf die Fuhrwerke verteilten. Entlang der Abtei Kolotzkoi streckten uns Behinderte ihre Hände entgegen und flehten darum, mitgenommen zu werden. Sie kamen zu Hunderten. Ich sah den russischen Offizier wieder, der seine schwere Schulterverletzung überlebt hatte. Die Lage war inzwischen unmenschlich geworden. Von verwesenden Leichen umgeben, vegetierten die Kranken in Pferdeställen und Hütten dahin. Der kleinste Platz war belegt. In der Nacht operierten wir die dringendsten Fälle. Am Morgen danach befahl der Kaiser, sie auf die Fuhrwerke der Armee zu verteilen. Zu meinem Bedauern mussten rund vierzig Soldaten zurückbleiben.

Verzögerungen, die meine Männer aufgrund der Hilfeleistungen hinnahmen, nötigten uns, die Nächte durchzumarschieren, um wieder Anschluss an die Garde und den Generalstab zu finden. Wir waren gezwungen, zur selben Zeit wie diese an bestimmten Übergangstellen der Flüsse zu sein, da die meisten Brücken nach dem Passieren der Armee zerstört wurden. Dadurch waren aber auch alle Nachzügler von der Armee abgeschnitten und wurden so eine leichte Beute der Kosaken, die überall lauerten.

Die Armee hatte inzwischen schon alle Lebensmittel verbraucht, die aus Moskau mitgenommen worden waren. Ohne Rücksicht auf Nachzügler der endlosen Karawane wurde der Rückzug fortgesetzt. Noch nie war in meinen Augen eine Armee derart geflohen wie die unsrige. Es zeigten sich erste Anzeichen einer beginnenden Auflösung des Heeres durch Hunger und zunehmende Kälte. Die Nachhut von Marschall Davout wurde auf der Strecke nach Wjasma immer öfter in Kosakenüberfälle verwickelt, wobei wir mehrere Krankenwärter und Hilfschirurgen verloren, die bei den Transportwagen der Nachzügler geblieben waren. Auch einige der französischen Familien aus Moskau waren unter den Opfern. Antoine war dem Massaker gerade noch entkommen. Er sah, wie die Hilflosen von Bauern und Kosaken erschlagen und ausgeraubt wurden.

Zu allem Unglück kam es noch zu einem blutigen Gemetzel mit der russischen Vorhut. Aufs Neue verloren wir viertausend Mann an Toten und Verwundeten. Dreitausend, so erfuhr ich, waren von den Russen gefangen genommen worden. Davouts geschwächtes Korps konnte uns nicht mehr wirksam schützen. Der Kaiser befahl Marschall Ney, mit seinem Korps die Nachhut zu verstärken. Es war wie bei dem Rückzug von St. Acre in Syrien, nur noch viel schlimmer.

3. November. Bis Wjasma war das Wetter für uns noch sehr günstig gewesen. Wir hofften auf eine Besserung unserer Verpflegung. Aber die angelegten Vorräte in den Magazinen reichten gerade für die Vorhut. Lediglich etwas Mehl und Brot kam zur Verteilung, was die Situation ein wenig bessern half.

Als ob es für uns nicht schon schwierig genug gewesen wäre, wurde durch Vorsätzlichkeiten ein Großteil der noch vorhandenen Holzhäuser von Wjasma in Brand gesetzte. Eine Ursache lag darin, dass Soldaten, die vor Kälte und Ermüdung ihre Waffen weggeworfen und die Reihen verlassen hatten, bei den Biwakfeuern der Nachhut nicht geduldet wurden. Sie gingen beiseite und erfroren haufenweise. Andere Abgewiesene gönnten sich daher gleich ein großes Feuer.

Hinzu gesellte sich ein Problem, das weitreichende Folgen hatte. Da viele Pferde zugrunde gingen, verloren die Transportwagen ihre Bespannungen. Von Tag zu Tag vermehrten sich die Ausfälle, mit verheerenden Folgen für die Gehunfähigen. Wir trafen daher die Entscheidung, alle Verwundeten und Kranken, die notfalls imstande waren zu marschieren, mitzunehmen. Die anderen legten wir in festen Gebäuden zusammen. Es blieb uns keine andere Wahl. Verwundete und einen Teil der Familien aus Moskau, die aus eigener Kraft nicht mehr mit uns ziehen konnten, mussten wir ihrem Schicksal überlassen.

Auch die Armee hatte schon Abertausende von Männern durch Hunger, Erschöpfung und die erneut aufflammende Ruhr verloren. Lediglich die Kaiserliche Garde führte noch ausreichend

Lebensmittel mit sich. Die Garde – Napoléons Sicherheit und Deckung.

Bei Dorogobusch wurde der Dnjeper überschritten. Die Stadt, fast völlig ausgebrannt, bot ebenfalls keine Hilfsmittel. Dagegen fanden wir eine Menge Verwundeter, die vor Wochen von Borodino aus evakuiert worden waren. Es fehlte an allem. Am nötigsten waren Nahrung, Bettzeug und fachkundige Hände. Tiefe sekundäre Vereiterungen der Glieder mussten massenhaft geöffnet werden. Drei qualifizierte Chirurgen, die ich auf dem Hinmarsch zurückgelassen hatte, waren verschollen. Ich selbst operierte eine Anzahl von Männern, um sie von ihren höllischen Schmerzen zu befreien. Danach räumten wir zwei Lazarette. Wer gehen konnte, versuchte der Armee zu folgen. Die anderen legten wir in einem Spital zusammen. Apathisch geworden, ergaben sie sich ihrem schrecklichen Schicksal. Ohne eine weitere Rast zogen wir am 6. November unter der einsetzenden Novemberkälte ab in Richtung Smolensk.

Am Tag darauf bewölkte sich der Himmel, und es fiel der erste Schnee. Ich versammelte meine verbliebenen Männer um mich. »Schärft die Hufe der Pferde. Nehmt sie an die Zügel! Sie haben genug zu tragen. Ab heute gehen wir zu Fuß! Wenn wir uns in Bewegung halten, können wir nicht erfrieren!«

Der eiskalte Wind blähte meinen mit Fuchsfell gefütterten Mantel. Ich war gezwungen, einen breiten Gürtel um meine Taille zu schnallen. In den darauf folgenden Tagen und Nächten fiel noch mehr Schnee, und das Wetter wurde rau. Bald war der Boden fußhoch bedeckt, während die Kälte zunahm. Der Schnee dauerte bei schneidendem Nordwind an, und in der folgenden Nacht fiel er in dichten Massen. Der Verlauf der Wege war in der weißen Wüste nicht mehr auszumachen. Selbst die wenigen Häuser in der verlassenen Gegend waren meterhoch zugeweht. Ich sehnte mich nach freundlichem Rauch aus einem Schornstein und einer warmen Lagerstätte. Manchmal schloss ich die Augen und sah in meinem Haus in Paris das wärmende Kaminfeuer lodern.

Auch am 9. November schneite es noch, und erst am Tag darauf klärte sich der Himmel auf. Doch nur zu dem Zweck, einer beißenden Kälte Platz zu machen. Mein Thermometer zeigte minus 18°

Réaumur. Als Erstes starben die Männer, die reglos auf den Fuhrwerken saßen. Wer sich nicht in Bewegung hielt, war bald erfroren. Zu unserem Leidwesen verendeten in zunehmender Zahl die Pferde. Das Land hatte außer Schneemassen nichts mehr zu bieten. Die Kolonne zog sich auseinander. Geschütze und Wagen wurden verlassen. Tausende, dem Hungertod nahe, verließen ihre Korps, um Nahrung zu suchen. Plünderungen, Trunkenheit und Mord waren an der Tagesordnung. Oft schlachtete man die Rösser, bevor sie erfroren, und röstete ihr Fleisch am erstbesten Biwakfeuer. Glücklich diejenigen, die frisches Pferdefleisch bekamen. Viele der Nachzügler ernährten sich auch vom Fleisch der Pferdekadaver. Der Tod hielt reiche Ernte. Ob durch Frost oder durch Hunger, ihm war es sicher gleich. Manchmal transportierten wir über lange Strecken nur noch gefrorene Leichen, ohne es zu merken. Nur die Hoffnung, in Smolensk volle Magazine zu finden, hielt unseren Lebenswillen aufrecht.

12. November. Die Temperatur war unmerklich auf minus 14° Réaumur angestiegen. Endlich erreichten wir die ersehnte Stadt zur Heiligen Jungfrau. Die Magazine, dort in großer Zahl angelegt, waren schon geleert. Unsere Hoffnungen waren getäuscht. Die lebenswichtigen Vorräte waren durch eigene Verbände geplündert worden. Die Garde und eine kleine Zahl von Offizieren und Soldaten hatten davon profitiert. Der Kaiser ließ einen kleinen Teil dessen, was requiriert worden war, an die Verwundeten und Kranken verteilen. Aber es war kaum mehr als eine Geste und reichte nicht aus, den Hunger der vielen zu stillen.

Die Spitäler waren trotz der erfolgten Evakuierungen nach Westen überbelegt. Wir widmeten uns ganz den Verwundeten, die um ihr Leben flehten. Es blieb daher kaum Zeit, sich Lebensmittel zu verschaffen. Geraubte Edelsteine, Geld und Gold wechselten den Besitzer für eine Tasse Mehl. Ich war überglücklich, als es mir gelang, zu einem Wucherpreis einen Sack Mehl zu erstehen, den sich dann rund dreißig Männer teilten.

Der Rest der Armee erhielt fast nichts und war gezwungen, den Marsch im hungrigen Zustand fortzusetzen. Von den einhunderttausend Mann, die die Armee noch beim Abmarsch von Moskau zählte, konnte jetzt nur noch ein gutes Drittel als bewaffnet gelten. Darunter die Kaiserliche Garde. Sie zeigte zwar eiserne Disziplin, war aber auch wesentlich besser versorgt als die restlichen Korps der Armee.

Ansonsten war jede Ordnung in Auflösung begriffen. Schon mehr als fünfzigtausend Mann aller Korps und jeden Ranges marschierten durcheinander. Unberittene Kavalleristen, waffenlose und kampfunfähige Infanteristen. Erst in Kolonnen, bald als Rotten und am Ende als ein unkenntlicher Haufen, eingehüllt in Lumpen zum Schutz vor der klirrenden Kälte. Längst hatten sie die Adler ihrer Regimenter achtlos in den Schnee geworfen …

Reiterhorden der Kosaken hatten mit Teilen der geschlagenen Armee ein leichtes Spiel. Nur ein Viertel der Soldaten folgte der Fahne, die anderen marschierten isoliert in verschiedener Richtung. Willen- und teilweise auch waffenlos folgten sie in einem breiten Fächer den geordnet marschierenden Truppen. Gut zehntausend der Isolierten waren inzwischen gestorben, ermordet oder im Schnee zurückgeblieben.

Vor dem Weitermarsch der Armee nach Krasnoi entschieden sich rund fünfzig meiner Wundärzte, bei den Verwundeten in Smolensk zu bleiben. Teils aus Erschöpfung, teils aus Furcht, auf dem weiteren Marsch den sicheren Tod zu finden. Ich entschloss mich, mit Johann Friedrich, Antoine und René an der Seite der Garde zu marschieren. Pierre entschied sich zu meinem großen Bedauern, in Smolensk zu bleiben.

Größere und schlimmere Leiden waren kaum noch vorstellbar. Aber der Schrecken des Rückzugs sollte erst seinen Anfang nehmen. Er verwandelte sich in eine Flucht. Die Wege waren mit Glatteis bedeckt, die Pferde glitten aus und verendeten nicht mehr zu Hunderten, sondern zu Tausenden. Die Reste der Kavallerie wurden daher in einem Befehl des Kaisers aufgefordert, die noch vorhandenen Pferde der Artillerie abzugeben. Es galt, die Trümmer der Hauptwaffe Napoléons zu retten. Die Sättel wurden zur Sicherheit ins Feuer geworfen. Aber ohne Reiterei war das Kundschaften zur Unmöglichkeit geworden und auch keine Schlacht mehr zu wagen.

Auch die Nachhut bewahrte noch einen letzten Rest von Ordnung. Marschall Ney verrichtete Wunder an Mut, Umsicht und Kaltblütigkeit unter den verzweifeltsten Verhältnissen. Seine Regimenter zogen notgedrungen immer zuletzt durch die geplünderten und verwüsteten Städte.

Das Thermometer war auf minus 19° Réaumur gefallen, und der Wind blies heftig aus Nordost. Bedrängt von Kosaken, die den Konvoi immer wieder überfielen, marschierten wir, ohne anzuhalten, auch nachts und gönnten uns vielleicht drei bis vier Stunden Rast im Freien. In den Tagen der bitteren Kälte machte ich die Beobachtung, dass alle, die zu Fuß gingen und einen kleinen Vorrat an Zucker und Kaffee mit sich trugen, weniger in Gefahr gerieten zu erfrieren als die Reitenden und Fahrenden. Das Schlimmste für die Halberfrorenen waren die Biwakfeuer. Sie wärmten nicht, sondern erzeugten bloß einen heißen Brand. Trotz der Verlockung, sich aufzuwärmen, widerstand ich dieser Versuchung. Eingehüllt in meinen Pelz trotzte ich der beißenden Kälte.

Auf dem Marsch nach Krasnoi fiel das Thermometer um weitere zwei Grad. Pietät und Respekt hören immer dort auf, wo das Unglück anfängt. Man verwandte die gefrorenen Leichen zur Ausfüllung von Weguntiefen und fuhr schonungslos darüber hinweg.

Die Nahrung bestand nur noch aus Pferdefleisch. Ein Pferd, das sich einmal losgemacht hatte, wurde sofort geschlachtet und oft noch lebend zerstückelt. Wehe dem Pferd, das sich nur wenige Schritte von seinem Reiter trennte! Bei der Teilung der Beute kam es zu blutigen Auseinandersetzungen. Rang und Stellung in der Armee spielten dabei kaum noch eine Rolle.

Auch in Krasnoi fand man keine Lebensmittel. Dafür kam es einen Tag nach Ankunft der geschrumpften Armee zu einem weiteren Gefecht mit den Russen. Bei all dem Elend zeigte die Kaiserliche Garde, das einzige noch kampffähige Korps der verbliebenen Armee, kaltes Blut und unerschütterlichen Mut. Napoléon hatte, zumindest was seine Sicherheit anbelangte, Weitsicht bewiesen, als er die Garde bei Borodino schonte. Der Kaiser wollte den nachrückenden Marschällen Davout und Ney, die unseren Rückzug deckten, Luft verschaffen und ergriff seinen Degen mit den Worten:

»Ich bin lange genug Kaiser gewesen. Es ist Zeit, dass ich wieder General werde!«

Wir hatten zu allem Unglück eintausendzweihundert Verwundete zu beklagen. Die schwersten Fälle operierten wir auf dem Schneeboden an Ort und Stelle. Der Mut all meiner Chirurgen und all der Hilfskräfte war bewundernswert. Selbst die verbliebenen französischen Frauen, die Moskau mit uns verlassen und seitdem alle unserer Entbehrungen und Gefahren geteilt hatten, opferten sich auf bis zum Heroismus. Madame Aurore Bursay, ehemals Betreiberin eines Theaters in Moskau, half sogar beim Verbinden unter dem Feuer der feindlichen Kanonen. Sie verließ das Feld nicht, bevor der letzte Verwundete nach Krasnoi ins Spital getragen war. Einige Hilfschirurgen und Krankenwärter blieben freiwillig bei den Verwundeten. Aber viele schrien sich die Seele aus dem Leib, da sie nicht zurückgelassen werden wollten.

Beim Abmarsch aus Krasnoi ließ der Wind nach, die Temperatur kletterte um lächerliche zwei Grad, doch dafür fiel abermals Schnee in großen Massen. Die Hungersnot stieg, da die Pferde immer weniger wurden. Bei Orscha wurde der Dnjeper zum letzten Mal überschritten. Zum Glück war die Brücke noch nicht abgebrochen. In Toleschin, wo wir zum ersten Mal ein beträchtliches Magazin von Mehl und ziemlich große Mengen Branntwein fanden, legten wir einen Rasttag ein. Am gleichen Tag erfuhr ich durch einen Dragoneroffizier der Nachhut, dass auch Krasnoi ein Raub der Flammen geworden war. Kosaken waren in die Stadt eingedrungen. Das Lazarett war dabei mit abgebrannt.

Während des Abmarsches aus Toleschin bekamen wir von den Kurierreitern der Vorhut die Hiobsbotschaft, dass wir zwischen den russischen Korps Kutusows, Wittgensteins und Tschitschagows eingekeilt waren und die Rückzugslinie durch Besetzung des rechten Beresina-Ufers bei Borissow durch den Feind verlegt war. Die Überlegenheit des Feindes war erdrückend, die Lage verzweifelt, und unter einigen Generälen fiel hinter vorgehaltener Hand das Wort »Kapitulation«.

Soldaten, die von der Nachricht hörten, fingen an zu weinen, und da, wo das Selbstvertrauen aufhörte, folgte bald der Wahnsinn. Ich sah auch in jenem Moment bei vielen die physischen und moralischen Kräfte schwinden, zumal die meisten nur noch Fetzen von Stiefeln an den Beinen hatten. Zudem setzte nun plötzlich Tauwetter ein, was bedeutete, dass wir uns in Wasser und Kot fortzuschleppen hatten. Soldaten, die ihre Füße nur noch mit Lumpen umwickelt hatten, litten umso qualvoller. Wiederum warfen Tausende ihre Waffen weg.

Die alten Soldaten der Garde, die nichts erschüttern konnte, sagten, indem sie auf Napoléon schauten: »Er wird uns auch diesmal heraushauen!«

24. November. Der Frost kehrte zurück, worauf es wieder zu schneien begann. Johann Friedrich und Antoine blicken mich fragend an, als ich von Caulaincourt zurückkam. »Es wird ernst! Unser Schicksal wird sich in den nächsten Stunden entscheiden.«

»Kommen wir hinüber?«

»Möglich. Es soll eine Furt geben.«

»Was ist, wenn es sie nicht gibt?«

»Dann sind wir von vier russischen Armeen umzingelt! Den Rest kannst du dir ausmalen.«

Den nahen Tod vor Augen, spürte ich, wie die bleischwere Lethargie rasch verflog. Wohltuende Hektik brach aus. Ich fragte Berthier nach seiner Einschätzung der Lage. »Sie ist nicht aussichtslos. Die Garde wird etwas weiter nach Norden, bis zum Schloss des Fürsten Radziwill, ausweichen. Wir werden die Russen täuschen!« Dann nahm er mich zur Seite und meinte sorgenvoll: »Das, was wir fürchten müssen, ist ihr nationaler Instinkt, der sich mit ihrer Religiosität und ihrer Barbarei zu einem unerhörten Widerstand verbindet.«

Während des Marsches erfuhr ich, dass man bei Studienka, zweieinhalb Stunden nördlich von Borissow, dabei war, in aller Heimlichkeit zwei Brücken über die Beresina zu schlagen. Eine für die Artillerie und die andere für die Infanterie.

Das Schloss des russischen Fürsten befand sich etwa eine halbe Stunde von der Übergangstelle entfernt. Der Generalstab und die Garde bezogen im Schloss Quartier. Man fand reichlich Vieh, Futter, sowie Mehl und trockenes Gemüse, was der übrig gebliebenen Reiterei und der ganzen Garde trefflich zustatten kam.

Ich wollte mich nicht aufwärmen. Gewohnt an die beißende Kälte und meine Furcht, in den Scheunen zu verbrennen, blieb ich bei klarer Nacht im Biwak der Gardegrenadiere. Plötzlich sah ich einen prachtvollen Kometen, der mich in Erstaunen versetzte. Er raste von Osten nach Norden. Er schien gegen den Nordpol zu steigen. Er verschwand in derselben Nacht, ohne sich wieder zu zeigen.

Das Himmelslicht befeuerte meine Einbildungskraft und ließ mich ein Unheil vorausahnen. Als ich zwischen den Soldaten auf einem Strohbündel meinen Schlaf fand, verfolgten mich offenbar finstere Träume. Einer der Männer weckte mich und schrie: »Seien Sie ruhig, Monsieur Larrey! Wir sind bei Ihnen, und der Kaiser ist da!«

26.–29. November. Berthier kam gegen Mittag von der Beresina zurück. Ich fing ihn ab, da ich mir nicht vorstellen konnte, dass wir dem drohenden Untergang entkommen würden. »Was ist mit den Brücken?«

Berthier strahlte: »Die erste ist fertig!«

»Wie? Fertig?«

»Eblé und seine Pioniere haben es geschafft. Unser Täuschungsmanöver war kaiserlich.« Daraufhin schlug er mir auf die Schulter. »Oudinots Korps setzt gerade über! Macht euch fertig! Wenn Ney drüben ist, soll ihm die Garde folgen.«

Wir waren dem linken Ufer des Flusses nahe gekommen. Ich konnte den Eisgang darauf sehen. Eblé war Pioniergeneral und hatte den Ponton-Train der Großen Armee befehligt. Meine Neugier ließ Berthier nicht entkommen. »Wie hat Eblé das geschafft?«

»Er hat die Reste der abgebrannten Brücke bei Orscha abtransportiert. Mit einer Reihe von Werkzeugwagen, Feldschmieden, Kohlen, Klammern, Radreifen und mit zweihundert Pionieren hat er es fertig gebracht, die Brückenjoche dort in den Strom zu setzen, wo der Feind sie nicht vermutet.«

Vor Freude überwältigt, umarmten wir uns. Den genauen Hergang der heroischen Tat erfuhr ich wenig später. Dem Scharfblick eines Ordonnanzoffiziers war es zu verdanken, dass die Furt von

Studjanka entdeckt wurde. Er sah einen litauischen Bauern auf völlig nassem Pferde und folgerte daraus, dass dieser die Beresina durchritten haben musste. Die Stelle für den Brückenbau war damit gefunden.

Oudinots Korps hatte bei Borissow vier Tage lang Scheinangriffe gegen die Russen geführt, bis die Reste unserer Hauptarmee nachgerückt waren. Währenddessen hatten unsere Pioniere die Brückenjoche an Ort und Stelle gebaut und stiegen, nachdem man ihnen aus der kaiserlichen Feldküche ein Gemisch aus Rotwein und Branntwein gereicht hatte, in die eisigen Fluten. Schwimmend, von Eisschollen umtrieben, auf kleinen Flößen stehend, versenkten sie unter den Augen des Kaisers sechsundvierzig Böcke in der flachen Furt. Dabei wurden die Helden nach dem rotierenden Prinzip viertelstündlich abgelöst. Danach brachte man sie ans Lagerfeuer, hüllte sie in Pelzmäntel und erwärmte sie wieder bis zur nächsten Ablösung. Auf diese Art hatten sie die beiden Brücken über die Beresina geschlagen. Wer von diesen Männern die unmenschlichen Anstrengungen des Brückenbaus überlebt hatte, blieb für mich zunächst im Dunkeln. Ich wollte diesen tapferen Männern jede Hilfe angedeihen lassen und ihnen die Füße küssen …

Marschall Oudinot überquerte die Beresina mit seinen Truppen am frühen Nachmittag. Er hatte die Aufgabe, Tschitschagows Russen zurückzudrängen, um Ney und den Übrigen die Überquerung zu ermöglichen. Ney folgte ihm mit einer neu gruppierten Reiterei und den Trümmern seines dritten Korps. Er benötigte dafür die ganze Nacht. Marschall Victor musste dagegen mit seinen Resten auf dem östlichen Ufer bleiben, um Kutusow in Schach zu halten, während eine weitere Division bei Borissow geopfert wurde, um Wittgenstein daran zu hindern, uns auf den Pelz zu rücken.

Am 27. begannen die Regimenter der Garde und im Gefolge auch unsere Ambulanzen die Beresina zu überqueren. Sappeure an den östlichen Köpfen der Brücke hatten strenge Befehle auszuführen. Als unsere Kolonne an der Reihe war, brüllten sie mit den Bajonetten im Anschlag: »Erst die Kanonen und die Munitionswagen! Danach die Ambulanz!«

Als ein Offizier sein mit Beute beladenes Fuhrwerk zur Brücke dirigierte und sich gegen die Sappeure stellte, wurde er kurzerhand mit dem Bajonett niedergestochen.

Unter den Augen Napoléons, der wie ein Eisblock am Ende der Brücke stand, überquerten wir in Haltung und in geordneten Reihen den Fluss.

Als ich meinen Fuß auf das westliche Ufer gesetzt hatte, brach im gleichen Moment die erste Brücke zusammen. Sie hielt der Last der gezogenen Artillerie nicht stand. Notdürftig repariert, ging sie bald darauf erneut zu Bruch. Der Engpass, der sich daraus ergab, wirkte sich verheerend aus. Jeden Moment konnten die russischen Truppen angreifen, jeden Moment konnte sich die Situation ändern. In dieser Situation wurde mir bewusst, dass eine beachtliche Anzahl von Lazarettwagen mit medizinischem Material auf der anderen Seite des Flusses zurückgeblieben war. Wenn die andere Brücke auch noch zusammenbrechen sollte, stünden wir ohne etwas da.

»Ich muss hinüber!«, schrie ich Johann Friedrich zu.

»Bist du verrückt? Bleib hier!«, brüllte er zurück.

»Nein, wir brauchen das Verbandsmaterial!«

Ich wühlte mich auf der Brücke durch den Strom der Soldaten auf das östliche Ufer hinüber, um aus den abgestellten Wagen Verbands- und Nahtmaterialien zu bergen. Kaum war ich wieder auf dem westlichen Ufer angekommen, machte ich mich erneut daran, noch einmal auf das östliche zu gelangen. Wie durch ein Wunder gelang mir das Hin und Her.

Am 28. November griff Wittgenstein an. Nun galt, was ich befürchtet hatte: Kein einziges Fuhrwerk durfte die Brücke mehr passieren. Die Infanteristen hatten den Vorrang. Etwa zwanzig- bis dreißigtausend Nachzügler und Versprengte befanden sich noch auf der östlichen Seite.

Als ich meine beiden chirurgischen Instrumentenkästen kontrollieren wollte, stellte ich zu meinem Entsetzen fest, dass ich sie irrtümlich in einem der stehen gebliebenen Ambulanzwagen liegen gelassen hatte.

Sie schienen mir unverzichtbar, denn ohne die Instrumente keine Operation.

»Ich muss die Kästen holen!« Fassungslos starrten mich meine

Männer an. Trotz der fast unüberwindlichen Schwierigkeiten kämpfte ich mich wieder über die Brücke. Ich fand die Kästen in dem umgestürzten Ambulanzwagen und nahm sie erleichtert an mich. Als ich mich in Richtung der Brücke bewegte, rollte von Südosten Kanonendonner heran. Selbst die Hasardeure, die auf dem östlichen Ufer kampiert hatten, um sich noch ein Stück Pferdefleisch zu braten, drängten plötzlich zum Übergang. Ebenfalls Familien aus Moskau, die sich nicht von ihrem Hab und Gut hatten trennen wollen. Soldaten anderer Nationalitäten wurden von unseren Offizieren erniedrigt. Im Gewühl hörte ich einen Mann brüllen: *»Ote doi, cochon de aleman, je sui général!«* Was soviel hieß wie: ›Weg da, du deutsches Schwein, ich bin General!‹

Jedermann ahnte, dass die letzte Brücke über die Beresina bald zerstört werden würde. Panik brach aus. Das Areal vor der Brücke wurde zum Schlachtplatz. Schon in die Nähe der Brücke zu geraten konnte das Leben kosten …

Der Starke triumphierte über den Schwachen. Manch einer versuchte, sich mit Säbelhieben einen Weg zu bahnen, bevor er selbst meuchlings ein Bajonett zwischen die Rippen bekam. Menschen wurden von der schmalen Brücke gedrängt, als wären sie Steine, die man achtlos ins Wasser warf. Reiter gaben ihren Pferden die Sporen. Ein Artillerietross zermalmte Menschen unter dem tonnenschweren Gewicht seiner Lafette. Mensch und Tier verkeilten sich, begruben sich gegenseitig. Andere sprangen auf den Menschenhügel, kletterten darüber hinweg, nur um auf der anderen Seite in die eisigen Fluten zu stürzen. Kanonenkugeln zischten heran. Ich sah eine Frau mit ihrem Kind auf einem Pferd. Eine Kugel tötete das Tier und schlug ihr gleichzeitig den Schenkel ab. Eingeklemmt mit dem gesunden Fuss lag sie unter dem toten Pferd. Ihr Kind lag neben ihr. Niemand schien dieses Schicksal zu berühren. Der Weg war mir versperrt. Dazwischen hatte sich im Nu eine undurchdringliche Menschenmauer gebildet. Während ich in Richtung Brücke geschoben wurde, sah ich noch, wie die Frau ihr Kind mit ihrem Strumpfband erdrosselte.

Das Gedränge nahm mir die Luft. Ich war schon nahe daran, in dem Gewühl umzukommen, als ich glücklicherweise erkannt wurde. Ein Soldat neben mir schrie plötzlich: »Larrey! Hier ist

Larrey! Larrey über die Brücke!« Schlagartig ertönte sein Ruf in allen Sprachen: »Larrey sul ponte! Larrey sur le pont! Larrey encima del puente!«

Ein Wunder war geschehen. Sogleich beeilte sich jedermann, mir zu helfen. Von einem zum anderen weitergeschoben, mehrmals über niedergetrampelte Menschen hinweggehoben, befand ich mich zu meinem großen Erstaunen innerhalb weniger Augenblicke auf der Brücke und kam sicheren Fußes das dritte Mal über die Beresina. Dieses Zeichen der Wertschätzung, das mir die Soldaten in einer Situation gaben, in der jeder verbissen um sein eigenes Überleben kämpfte, ließ mich in jenem Moment die durchgemachten Gefahren und den Verlust meiner ganzen Equipage vergessen.

Kurz darauf nahmen mich Johann Friedrich und Antoine in die Arme. Trotz der eisigen Kälte zeigten sie ein Lächeln der Erleichterung. Stolz hob ich die beiden geborgenen Instrumentenkästen hoch.

Der Geschützdonner kam näher. Granaten schlugen in unmittelbarer Nähe ein. Manch eine verirrte Kugel hinterließ auf dem träge dahinfließenden Eiswasser eine spritzende Fontäne.

Zu meiner Überraschung meinte Johann Friedrich: »Hätten wir es mit einem ebenbürtigen und entschlossenen Gegner zu tun, weder der Kaiser noch wir wären hier entkommen!«

Antoine entgegnete: »Sie marschieren und kämpfen unter den gleichen Bedingungen wie wir.«

»Nein, sie haben niemanden wie wir, der sie zum Äußersten treibt!«, antwortete Johann Friedrich entschieden.

»Vorwärts! Schnell zur Garde!«, trieb ich meine Leute an. Mein Pferd, das ich sonst nur am Zügel führte, bestieg ich ausnahmsweise, um wieder Anschluss an die Garde zu bekommen. Gellende Schreie ließen uns einen Blick zurück auf die Brücke werfen. Victors zurückflutende Soldaten bahnten sich brutal eine Schneise durch die Menschen. Rücksichtslos trieben sie die Massen der Nachzügler zur Seite. Wir sahen noch, wie Menschentrauben links und rechts in das eisige Wasser stürzten. Viele versuchten in Panik, die Beresina zu durchschwimmen. Fuhrwerke wurden ins Wasser geschoben, Reiter trieben ihre Pferde in die eisigen Fluten. Schneidende Eisränder, die sich an den Ufern gebildet hatten, hinderten die Unglücklichen, das Ufer zu erreichen ...

»Weg hier!«, schrie Johann Friedrich und gab seinem Pferd die Sporen.

Wir kamen gerade noch rechtzeitig. Für Oudinot war es ein scharfer Tag gewesen. Mit den Resten seines Korps hatte er den Feind auf dem westlichen Ufer zurückdrängen können. Rund sechshundert Verwundete waren in einem namenlosen Dorf zusammengetragen worden. Neben Antoine und Johann Friedrich standen mir nur noch Ribes, Bancel und Bourgeois als Oberwundärzte zur Verfügung. Wir versorgten die Blessierten unter schwierigsten Bedingungen. Schwerverwundete versuchten, ihre Verletzungen zu ignorieren und taten plötzlich so, als ob sie noch kampffähig wären, nur um mitgenommen zu werden. Ein Lanzenreiter aus dem Bergischen Land, den ich verband, bat mich, seine deutschen Kameraden zu suchen, die ihm versprochen hatten, ihn mitzunehmen. Großes Glück empfanden wir daher, als durch das Hauptquartier an Ort und Stelle genügend Schlitten für unsere Verwundeten requiriert wurden.

Der Wind nahm an Stärke zu, die Nacht brach herein. Ich nestelte an meinem Thermometer. Die Temperatur war wieder auf minus 12° Réaumur abgesunken. Am nächsten Tag begann der Schlittentransport der Verwundeten in Richtung Wilna.

X

In den Wäldern um Shutowitschi, 28. November 1812

Aschfahles Licht umgab uns, Schneegestöber hüllte uns ein. Der bleiche Tag schien auf vier Stunden zusammengeschrumpft zu sein. Unsere Schlitten glitten auf einem beschwerlichen, engen Weg inmitten ungeheurer, von Bächen und Sümpfen durchzogener Wälder. Die dichten, finsteren Nadelholzwälder gaben dem Marsch das Bild eines Leichenzuges. So schlecht die Straße auch war, man durfte sie unter keinen Umständen verlassen, denn im dichten Flockenwirbel hätten wir sie nie wieder gefunden.

Unweit von Smorgoni sollte die Garde wieder auf die große Heerstraße stoßen. Auf ihr war ich mit der Grande Armée Monate zuvor nach Moskau marschiert. Sie war eine Straße des Todes, ein endloses Band, das immer mehr Opfer forderte.

Der Schnee fiel unaufhörlich in riesigen Flocken. Ich ahnte, dass das dichte Schneetreiben nur der Vorläufer einer unmittelbar darauf folgenden entsetzlichen Kälte sein konnte. Meine Vorahnung bestätigte sich. Schon in der nächsten Nacht fiel das Thermometer bis auf minus 19° Réaumur. Unser Ziel hieß Wilna.

Eingemummt in Pelze und wattierte Mäntel, fanden wir vor der eisigen Kälte dennoch keinen ausreichenden Schutz. Den Soldaten der Garde ließ ich befehlen, mittels Strümpfen oder Schals die Gesichter vor Erfrierungen zu schützen. Wer es nicht tat, dem sprangen die Lippen auf und erfror die Nase. Wenigstens schützten die in Moskau verteilten pelzgefütterten Fäustlinge die Hände vor Erfrierungen.

Ich muss gestehen, dass sich die im Kern geschonte Garde

Napoléons immer und überall im Vorteil befand, da sie weit an der Spitze marschierte und sich somit die halbwegs erhalten gebliebenen Unterkünfte und Vorräte sichern konnte. Das geschah auch zu unserem Vorteil und zum Vorteil der Verwundeten, die noch am Leben waren. Auch die Kosaken wagten sich an uns nicht heran, sondern hielten sich eher an waffenlosen Nachzüglern schadlos. Trotz der Verpflegung der Garde, die besser war als in allen anderen Korps der Armee, konnte sich ein erheblicher Teil der Männer kaum noch aufrecht halten. Drohende Schneeblindheit, peitschende Stürme, Schinderei im Tiefschnee, stechender Kälteschmerz in der Lunge und die Tortur der Notdurft dezimierten auch die Garde täglich. Die Ruhr grassierte in ihren Reihen. Wer bis zu dreißig Mal die Hosen im strengen Frost aus- und anziehen musste, konnte bald die einfachsten Bewegungen nicht mehr ausführen. Wer dann zur Erde stürzte, wurde von tödlicher Erstarrung ergriffen. Die Ränder der Straßen waren daher übersät mit Leichen von Soldaten der Vorhut, die immer häufiger mit heruntergelassenen Hosen steif gefroren im Schnee hockten.

Vor Entkräftung und Abstumpfung kannte einer kaum mehr den anderen. In düsterem Schweigen schleppten wir uns mühsam fort. Wer zusammensank, blieb liegen, ohne dass seine Kameraden sich nach ihm auch nur umsahen. Ringsum herrschte die Erstarrung des Todes. In unseren Ohren nahm das Krähengeschrei kein Ende. In Erwartung von Beute kreisten Hunderte schwarzer Vögel über der lang auseinander gezogenen Kette der Dahinziehenden. Ich dachte an den schrecklichen Rückzug durch die Wüste Sinai. Alles schien sich zu wiederholen. Damals unter Geiern und einer sengenden Sonne, diesmal bei Kälte und treibendem Schnee.

Ich sah aber auch Beispiele unerreichter Aufopferung. Vornehmlich unter den deutschen Kameraden war eine große gegenseitige Fürsorge trotz aller Härten auszumachen. Wir überholten Männer aus deutschen Landen, die ihre blessierten und kranken Kameraden bis nach Wilna schleppten.

Unser Tross passierte einen namenlosen Weiler. Das Artilleriefeuer hatte hier schon beim Vormarsch auf Moskau schrecklich gewütet. Die Gemäuer waren nur noch Ruinen, die keinen Schutz boten. Die Strohdächer waren auch hier schon längst an die Pferde verfüttert worden.

Napoléon, der sich vor uns im Zentrum seiner Garde gen Westen bewegte, schickte einen seiner Adjutanten mit einer Eskorte zu mir. Sie führten gleich fünf gesattelte Ersatzpferde mit sich. Ein verwundeter General auf einem der mitgeführten Schlitten, so meldete er mir, fieberte.

Ich hatte nichts von diesem verwundeten Gardegeneral gehört und fragte daher: »Was ist mit ihm?«

»Es ist General Zayoncheck!«, erwiderte der Adjutant. »An der Beresina hat ihm eine Flintenkugel das rechte Knie zerschmettert, und die Notwendigkeit einer Amputation scheint immer dringlicher.«

»Ausgerechnet Zayoncheck!«, murmelte ich.

Er war hoch in den Siebzigern, einer der ältesten polnischen Generäle in französischen Diensten, und genoss die besondere Wertschätzung des Kaisers. Zayoncheck hatte bereits die Kriege in Italien und in allen Gegenden des nördlichen Europas mitgemacht. Ich hatte während des Ägyptenfeldzuges seine Bekanntschaft gemacht, wo er sich als Brigadegeneral hervorgetan hatte. Neben Johann Friedrich nahm ich noch Bourgeois und drei Helfer mit, die in der Anwendung der Fingerkompression perfekt waren.

Am späten Nachmittag hatten wir das Zentrum der Garde eingeholt und schritten sofort zur Tat. Wir untersuchten das deformierte Knie des gekrümmten, zerbrechlich wirkenden Mannes. Zayoncheck galt, trotz seines hohen Alters, als tapfer, geistreich und ansehnlich. Er selbst war dem Kaiser rückhaltlos ergeben. In seiner Eitelkeit ging er jedoch bis zum Äußersten, und wenn eine Schlacht bevorstand, schmückte er sich für sie wie zu einem Fest mit außergewöhnlicher Sorgfalt. Er parfümierte sich von Kopf bis zu den Füßen, zog seine besten Uniformen an und nahm seine wertvollsten Waffen mit.

Ich rief meine Helfer herbei und ließ den alten General auf seinem Schlitten in ein verfallenes Gemäuer nahe der Piste ziehen. Der Schnee fiel wieder in dicken Flocken. Schnell bereiteten wir die Amputation des Unterschenkels vor. Über unseren Köpfen ließ ich einen großen Kavalleriemantel ausbreiten, um uns vor dem

Schnee zu schützen. Mein Thermometer zeigte in dieser Stunde minus 12° Réaumur an.

Ich fragte den General: »Sind Sie bereit?«

Zayonchecks Antwort klang wie ein Befehl: »Fangt endlich an!«

Sein rechter Unterschenkel war eiskalt. Während meine Helfer Probleme hatten, mir wegen der beißenden Kälte die Instrumente zu reichen, spürte ich noch eine ausreichende Beweglichkeit in meiner Hand.

Ich blickte wortlos in die Runde. Die Art der Amputation war uns schon längst zur Routine geworden. Während meine Helfer die Venen und Beinarterien in der Weiche des Generals abpressten, nahm ich das Messer in die Faust, führte es unter dem Schenkel von hinten herum und setzte die Spitze des Messers gegen die eigene Brust. Nach einem Moment der Konzentration durchtrennte ich mit einem einzigen Zirkelschnitt die oberen, danach die hinteren und schließlich die unteren Haut- und Weichteile bis auf den Knochen. Daraufhin setzte ich es von vorn kommend noch einmal an, um den Rest zu lösen. Danach machte ich einen Längsschnitt innen wie außen. Wie einen Vorhang hob nun Johann Friedrich beide Hautmuskellappen in die Höhe, während ich mit einem zweiten Messer etwas höher ansetzte und zirkulär um den Knochen herum eine Rille schnitt. Bourgeois setzte in der Rille die Knochensäge an. Sie fasste sofort. Mit schnellem Hin und Her, ohne übermäßigen Druck, war der Knochen nach wenigen Zügen durchsägt. Vom ersten Schnitt bis zum Durchsägen des Knochens waren genau sechzehn Sekunden vergangen!

Die entstandene Wundfläche blutete kaum, dank der kräftigen Hände meiner Helfer. Als der Unterschenkel mit dem Kniegelenk abgenommen war, fasste ich die Gefäße mit der chirurgischen Pinzette und isolierte sie, indem ich das umgebende Bindegewebe in die Höhe schob. Danach unterband ich sie mit einer zweiten Klemme und schnitt das Gefäß unmittelbar unterhalb derselben quer ab. Daraufhin folgte das Unterbinden durch Fäden. Um alle Gefäße kenntlich zu machen, strich mein Gehilfe am verbliebenen Schenkel von oben nach unten, um das in den Venen verbliebene Blut auszupressen.

Ähnlich verfuhr ich mit den durchtrennten Nervenbahnen. Ich zog sie weit aus der Schnittfläche der Wunde hervor und presste sie mit einer glatten Quetschzange möglichst hoch oben quer zusammen und schnitt sie am unteren Rande der gequetschten Partie ab. Mit jedem erreichbaren Nerv wurde gleichermaßen verfahren. In diesem Moment ließ ich mich von Bourgeois ablösen, der sich seine Hände kurzzeitig in seinem Pelz angewärmt hatte. Noch während die restlichen Gefäße unterbunden wurden, bereitete mein dritter Helfer die Leinwand vor, mit der die Wundfläche abdeckt werden sollte. Als die Blutleere durch die Wegnahme der Fingerkompressen aufgehoben wurde, spritzte kein einziges Gefäß. Wir hatten nichts übersehen. Die verbliebenen Hautmuskellappen wurden mittels eines passenden Verbandes angenähert und die restliche Wundfläche am Stumpf abgedeckt. Darüber kam noch einmal ein isolierender Verband. Die heraushängenden Fäden dienten dem Abfluss der Sekrete.

Nach dem Eingriff reichte mir Johann Friedrich eine Flasche Wein, die er an seinem Körper gewärmt hatte. Der Adjutant hatte sie ihm im Namen des Kaisers zugesteckt: »He, Eismann! Du führst die Instrumente, als wärest du völlig kälteunempfindlich.«

»Ich komme aus dem Eis der Pyrenäen!«, entgegnete ich. Dabei verriet ich ihm nicht, dass mir die gereichte Flasche vor Gefühllosigkeit fast entglitten wäre.

Der alte General wurde in seine eigenen edlen Pelze dick eingepackt und mit dem letzten vorhandenen Ambulanzwagen auf der Heerstrasse sofort weiter nach Wilna transportiert.

Im gleichen Augenblick erschien noch ein Kanonier, dem durch einen Granatsplitter der Arm zerschmettert war. Wir nahmen ihm auf seinen Wunsch den Unterarm ab, und kaum war die Prozedur beendet, erhob sich der verbundene Soldat, als ob nichts gewesen wäre, und schlug den Weg zur Rückmarschstraße mit den Worten ein: »Ich habe keine Zeit zu verlieren, ich habe noch einen weiten Weg bis Carcassonne!«

Gegen Abend zeigte mein Thermometer minus 23° Réaumur …

XI

Smorgoni, 5. Dezember 1812

Wir hatten den Kern der Kaiserlichen Garde bei Smorgoni wieder eingeholt. Für die Hufschmiede des Trosses gab es viel zu tun. Unseren verbliebenen fünf Pferden ließ ich die Eisen nachschärfen. Obwohl die Hufschmiede neben dem Feuer arbeiteten, hatten sie ihre Hände mit Lumpen umwickelt. Ihre Finger drohten während des Beschlagens zu erfrieren.

Eine Rotte von vierzehn Kurierreitern war vor drei Stunden aus Paris im provisorischen Hauptquartier Napoléons eingetroffen. Wie immer stürzte sich der Kaiser zusammen mit Berthier auf die Post. Auch den Kurierpferden mussten die Hufeisen nachgeschärft werden. Wir übten uns in Geduld, da ihre Pferde Vorrang vor unseren hatten.

Caulaincourt beorderte mich zu einer Kaschemme, die dem Kaiser für wenige Stunden als Stabsquartier diente. Als ich den niedrigen, verräucherten Kaminraum betrat, sah ich, dass Ney, Murat, Mortier, Davout, Lefèbvre, Bessieres und Berthier um Napoléon herum versammelt waren. Im Kamin prasselte das Feuer. Nach dem Schrecken endlos weiter Räume war das ein geradezu heimeliger Ort. Eisverkrustete Barthaare begannen zu tauen, Glieder zu schmerzen, die Haut zu jucken und zu brennen. Eine zum Zerreißen gespannte Stille brütete im Raum. Was hatte der Kaiser vor?

Bonaparte blickte zu Boden – lange, mit feierlich gesenktem Kopf. Die Hände hinter dem Rücken verschränkt, konzentrierte er seine Energien. Seine Haltung meldete Entschlossenheit. Dann hob er das Haupt, richtete seinen Blick in die Ferne, die weit jenseits der Wände dieser Kaschemme lag. Die Verheißung seines Gesichts sagte mir, dass er eine weit reichende Entscheidung getroffen hatte. Berthier reichte ihm ein Schreiben. Er hob es hoch. Sein Ton war bellend: »Das 29. Bulletin der Großen Armee! Es ist auch gleichzeitig ihr letztes!« Er reichte es Berthier wieder zurück. Dieser begann es zu verlesen.

Wenn auch das Bulletin kein unumwundenes Eingeständnis enthielt, so doch die Andeutung vom Untergang unserer Armee. Ich traute meinen Ohren nicht, als ich die Gründe des Versagens vorgelesen bekam:

> *»… Menschen, die die Natur nicht hinreichend gestählt hat, um über alle Wandlungen des Schicksals und des Glücks erhaben zu sein, verloren ihren Frohsinn und ihre gute Laune und träumten von nichts als von Unglück und Niederlagen; diejenigen jedoch, die sie allem überlegen schuf, bewahrten Heiterkeit und Haltung und erblickten einen neuen Ruhm in den Schwierigkeiten, die sie zu überwinden hatten …«*

Eine verabscheuungswürdige Passage, die in mir den Zorn entfachte. Kein Wort darüber, wie Hunderttausende zugrunde gegangen waren. Alles Unglück hatte der Kaiser auf die Kälte geschoben. Die Wahrheiten wurden verschwiegen: seine Fehler! Vor allem aber sollte die Welt eines wissen: dass er lebte und dass es ihm gut ging. Das Bulletin schloss mit dem Satz: »Die Gesundheit Seiner Majestät ist niemals besser gewesen!«

Totenstille herrschte im Raum. Nur das Knistern des Feuers war zu vernehmen. Der Kaiser hatte seinen Beschluss bekannt gegeben, die Große Armee zu verlassen!

Mein Geist klärte sich wie der Wein in seinen Fässern. Dies war also der Beginn dessen, was sich wenig später als ein schwarzer Abgrund der völligen Disziplinlosigkeit auftun würde. Bleischwer wie ein aufziehendes Unheil lastete der Moment auf meiner Seele.

Bonapartes letzte Ansprache war wohlüberlegt: »Die Römer verloren ihre Armee bei Cannae, Hannibal bei Zama, Scipio bei Thapsus, Mack bei Ulm, der Herzog von Braunschweig bei Jena.

Ihre Heere konnten sich nie wieder sammeln. Wir dagegen haben riesige Depots angelegt: in Minsk, in Wilna, in Kowno und Bialystock, in Elbing, Marienwerder, in Thorn, Block, Modlin und Warschau, in Danzig, Bromberg und Posen sowie in Stettin, Küstrin und Glogau. Ich habe dafür gesorgt, dass sie gefüllt sind. Ich erwarte von Ihnen, dass Sie die Armee entlang der Linie Wilna-Kowno sammeln. Die Versorgung wird aus den Depots reichlich nach Osten fließen. Es wird kein Mangel herrschen.« Bonaparte holte tief Luft und fuhr fort: »In Paris ist es ruhig. Frankreich geht es gut. Beinahe zu gut. Sie können sich vorstellen, dass das Bulletin in Paris beträchtliches Aufsehen erregen und viel Geschwätz verursachen wird. Ich werde der Woge der schlechten Nachrichten zuvorkommen.« Bonaparte zeigte Unrast, ging auf engstem Raum im Kreis. »Ich werde bis zum Frühjahr eine neue Armee aufstellen! Daher muss ich zurück nach Paris!«

In gleicher Sekunde war für mich der endgültige Untergang der Großen Armee besiegelt. Die einzig verbliebene Autorität würde in der nächsten Stunde im Schneegestöber gen Westen entschwinden. Die Reste der treuen Garde, die Versprengten, die Nachzügler, darunter Hunderte fähiger Offiziere und meine Wundchirurgen, würden die entsetzlichste Auflösung erleben, die je eine Armee durchgemacht hatte.

In dieser letzten Stunde gab der Kaiser Befehle, an die sich bald niemand mehr halten würde. Mir versicherte er: »Sie haben die volle Unterstützung der Garde für den Transport der Kranken in die Lazarette.« Daraufhin übergab er mir Schriftstücke, die jedermann aufforderten, mir Hilfe zu gewähren.

»Sire, Ihr müsst die Trümmer der Armee wenigstens bis nach Warschau oder Königsberg führen. Sechzig- bis siebzigtausend Mann könnten es am Ende sein, über die Ihr nächstes Jahr wieder verfügen würdet. Eine halbe Armee …«

»Der Chefchirurg erteile dem Führer der Großen Armee keine Ratschläge!«

»Sire, keine Ratschläge! Ihr seid für sie verantwortlich! Ihr seid der Kaiser Frankreichs!«

Wortlos wandte er sich ab und nahm Abschied von den Generälen. Dann verließ er zusammen mit Caulaincourt, Duroc, Lefèbvre und Mouton die Kaschemme. Ich ging zu Berthier, des Kaisers altem Waffengefährten und effizientem Generalstabschef, den er zwar oft beschimpft hatte, auf den er aber nie verzichten konnte. Dem Mann standen vor Verzweiflung die Tränen in den Augen. Der Kaiser hatte ihn mit dem Befehl zurückgelassen, zusammen mit Murat die Reste der Armee zu sammeln. Er sollte mit ihnen in den Städten, in denen sich Versorgungsdepots befanden, überwintern, bis im Frühjahr Verstärkung eintraf. Ney sollte zudem eine Linie entlang des Njemen verteidigen …

Ich fasste Berthier am Arm und zog ihn in die Ecke. »Ich bin weder Politiker noch Militär. Sagen Sie mir: Haben die Pläne des Kaisers Aussicht auf Erfolg?«

»Nein. Er wird Frankreich zugrunde richten – und sich selbst. Jetzt, wo wir dem Untergang nahe sind, werden sich die alten Völker Europas erneut gegen ihn erheben. Ich frage mich, woher er die Soldaten nehmen will, um neue Schlachten zu schlagen?«

Obwohl ich den Traum des Kaisers von einer unbegrenzten Herrschaft über Staaten und Völker nie mitgeträumt hatte, empfand ich das, was ich in der Kaschemme von Smorgoni erlebt hatte, doch als ein schmerzliches Erwachen. Er war der Souverän und konnte seine Armee, wie es ihm gefiel, befehligen und folglich auch das Kommando abgeben, wann er wollte. Das änderte nichts daran, dass er in meinen Augen geflohen war. Ob vor dem Hunger, vor der Kälte oder vor dem sicheren Verderben, gleichviel, er war geflohen. Dieser Eindruck, den seine ungeheuerliche Entscheidung in Teilen der Garde sowie bei den zurückflutenden Resten des Heeres und in der Welt hervorrief, würde sich nie mehr tilgen lassen.

Als ich mich zu Johann Friedrich und René begab, um ihnen die Nachricht zu überbringen, fegten eisige Böen verwirbelten Schnees durch die Dorfstraße. Gegen den Wind sah ich nahe einer zerstörten Kirche einige unserer Soldaten knien. Gekrümmt, mit gesenkten Köpfen suchten sie vor der eisigen Kälte Schutz an der Kirchenmauer. Niemals sah ich Männer tiefer in sich versunken. Verloren, vielleicht zum Sterben verurteilt. Hingegeben an die Vergangenheit und selbst ein Teil davon.

Sie beteten.

XII

Wilna – Kowno – Königsberg, Dezember 1812

Auch Anfang Dezember herrschte bitterste Kälte. In der Nacht vom 8. auf den 9. Dezember las ich auf meinem Thermometer minus 28° Réaumur ab. Diese Nacht wurde unseren Verwundeten zum Verhängnis. Geschwächt durch karge Rationen, geplagt durch steif gefrorene Kleider und Unterkühlung, hatten viele den Verlockungen der eisigen Dunkelheit nichts entgegen zu setzen. Am folgenden Morgen war der Biwakplatz übersät von Körpern, die aussahen, als ob sie schliefen. Aber sie würden nie mehr erwachen. Die meisten meiner Wundchirurgen und Helfer waren inzwischen durch Erfrierungen verstümmelt und mussten zurückgelassen werden. Eine dicke Schicht von Hirschtalg hatte mich, Johann Friedrich, René, Antoine und meine besten Helfer vor Erfrierungen im Gesicht geschützt.

Auf der Strecke von Smorgoni bis Wilna verloren wir durch Kälte und Hunger noch einmal zehntausend Mann. Wären die Überlebenden dieser Nacht nicht gezwungen gewesen, mitzumarschieren, so wären sie wohl alle umgekommen.

Dreitausend Mann erreichten die Stadt. Die letzten, die dem grausamen Geschick des Rückzuges bis dahin widerstanden hatten. Sie besaßen nur noch ihren Mut und ihre Haltung. Ich marschierte in der Mitte dieses Häufleins. Ein kleiner Teil jener vierhunderttausend, die die Bewohner dieses Landes sechs Monate vorher noch in ihrer ganzen Kraft und all ihrer Pracht gen Osten ziehen sahen.

Die Ehre und der Ruhm der französischen Armee hatten sich

gewissermaßen in dieses kleine Elitekorps geflüchtet. Die Männer erregten Erstaunen, da sie warm gekleidet, einige sogar noch mit Pferden und Waffen versehen, in Wilna einmarschierten, als ob sie zu einer Parade gingen.

Erschöpft und am Ende unserer Kräfte zogen wir mit den übrig gebliebenen Transportschlitten zu den Spitälern. Sie waren überbelegt. Von Ordnung konnte keine Rede sein. Es herrschte nur Elend. Murat und Berthier waren unfähig, für die Kranken zu sorgen. Dafür half uns General Loison, der in Wilna als Besatzer zurückgeblieben war, bei unseren Bemühungen, die Kranken auf die vorhandenen Spitäler zu verteilen. Erst als dies gelang, fühlten wir uns entlastet. Was mir selbst gut tat, war die liebevolle und fürsorgliche Aufnahme bei den Barmherzigen Schwestern. Johann Friedrich und Antoine blieben in einem der Spitäler, während wir René, der schwer erkrankt war, in der Universität von Wilna bei einem Professor der Medizin unterbrachten.

Auf dem Weg dorthin traf ich General Zayoncheck wieder. Er hatte die Amputation trotz des strengen Frostes überlebt und befand sich auf dem Weg der Genesung. Er fand zu meinem Erstaunen kein einziges Wort des Dankes. Dagegen waren einige meiner Wundärzte und Offiziere durch Erfrierungen derart gehindert, dass an einen Weitermarsch nicht zu denken war.

Die Etappenlazarette von Wilna und Kowno hatten sich zu meiner großen Genugtuung für alle bisherigen Evakuierungen bewährt. Mehr als zehntausend Verwundete waren in den vergangenen Wochen und Monaten durchgeschleust worden.

Viele, die vor oder mit uns diesen Ort erreicht hatten, fühlten sich gerettet. In Wirklichkeit war die Sicherheit trügerisch. Offiziere der Nachhut hatten über Massaker in Smolensk berichtet, kurz nachdem wir abgezogen waren. Kosakenhorden hatten vor den regulären russischen Truppen in der Stadt marodiert und ohne Rücksicht auch die Blessierten niedergemetzelt.

Statt mit dem Bistoury begann ich mit der Feder zu arbeiten. Diesmal richtete ich meine Schreiben nicht an die russischen Behörden, sondern sandte meine Empfehlungsbriefe an mir bekannte russische Ärzte, in denen ich um Menschlichkeit bei der Behandlung unserer Verwundeten und Kranken appellierte. Briefe mit gleich lautendem Inhalt hinterließ ich auch für die von mir operierten russischen Offiziere. Eine lebensrettende Maßnahme für viele, wie sich später herausstellen sollte.

Ernste Sorgen machte ich mir vor allem um die Gesundheit meines Freundes René Desgenettes. Er war gezwungen, in Wilna zu bleiben.

Die Reste der Kaisergarde drängten zum Weitermarsch nach Kowno. Aus den großen Magazinen versorgten wir uns mit Vorräten aller Art. Es gab auch Kleidung und natürlich Branntwein …

In der Nacht vom 10. auf den 11. Dezember machte ich mich zusammen mit Johann Friedrich und Antoine, meinen letzten verbliebenen Oberwundärzten, erneut auf den Weg. Wir marschierten zu Fuß. Die Pferde führten wir an Zügeln bis zur ersten Etappe, einem verlassenen Ort. Eingehüllt in unsere Pelzmäntel und bedeckt von Schnee, legten wir uns für einige Stunden in der Nähe des Feuers nieder, während Teile der Garde unmäßigen Gebrauch von dem Branntwein machten. Stunden später hatten wir weitere zwanzig Männer verloren. Sturzbetrunken waren sie eingeschlafen und alsbald erfroren. Die Temperaturen lagen in diesen Tagen in der Regel um minus 22° Réaumur.

Die Spitäler in Kowno erfüllten wie die von Wilna ihre wichtige Rolle bei der Rückführung der erkrankten Soldaten.

Der zwei Tage dauernde Marsch von Kowno nach Gumbinnen war für alle noch einmal sehr beschwerlich. Erst als wir in die Stadt einzogen, hatten wir das sichere Gefühl, gerettet zu sein.

Marschall Ney, mit vereistem Bart und dick vermummt, begrüßte den französischen Statthalter, der ihn nicht erkannt hatte, sarkastisch: »Ein Marschall von Frankreich ergibt sich nicht. Ich bin die Nachhut der Großen Armee!«

Ney war nur noch mit Handwaffen versehen, transportierte aber in seinen halb zerrissenen Satteltaschen alle Adler seines III. Armeekorps.

Zum ersten Mal seit Moskau schlief ich wieder in einem Bett. Nie ist mir eine Nacht angenehmer vorgekommen als diese.

Wir versorgten uns mit neuen Kleidern und Uniformen, ließen die Hufe der Pferde schärfen und eilten, der Garde voraus, nach Königsberg, wo wir zu dritt am 22. Dezember ankamen. Erschöpft, wie wir waren, beeilten wir uns, alle Spitäler zu besuchen. Königsberg war zum allgemeinen Sammelplatz der Großen Armee bestimmt worden. Die Zahl der Kranken und Verwundeten belief sich auf mehr als fünfzehntausend. Die Verhältnisse waren zwar besser als anderswo, doch die Spitäler waren zum Bersten voll. Ich sah mich gezwungen, dem Oberintendanten für das Gesundheitswesen Anweisungen für Verbesserungen der Lazarette zu erteilen. Insbesondere sollten die Transportfähigen weiter nach Warschau und Posen evakuiert und die genesenen Soldaten zu ihren Korps und Bestimmungsorten entlang der Weichsel abkommandiert werden.

Danach stattete ich dem Generalintendanten Graf Daru einen Besuch ab. Ich gab Bericht über die Ereignisse während des Rückzuges von Moskau bis Königsberg.

Am 23. Dezember sah mich Johann Friedrich besorgt an. Ich fühlte mich schon die Tage zuvor fiebrig. Eine Art Typhus, wie ich vermutete, doch war ich mir meiner eigenen Diagnose nicht sicher. Für einen Abdominaltyphus war der Verlauf äußerst milde. Starke Kopfschmerzen und Delirien plagten mich. Johann Friedrich reagierte sofort. Er quartierte mich in das Haus Jakobis ein, in dem einst Kant gewohnt hatte. Die Krankheit schwächte mich sehr.

Am Heiligen Abend wurde im Hause das Weihnachtsfest gefeiert. Momente der Klarheit wechselten sich mit Fieberträumen ab. Ich sehnte mir die Erlösung von allem Übel herbei. Inmitten des trostlosen Jetzt, gefangen in meiner siechen Gegenwart, konnte ich mir keine Zukunft mehr vorstellen.

Von weither hörte ich die Stimme Johann Friedrichs: »Du wirst das überstehen. Ich flöß dir die Gifte ein, die du zur Stärkung brauchst. Du selbst hast mich das Hoffen gelehrt. Nun hoffe selbst!«

Mein bester Freund pflegte mich äußerst sorgsam mit flüssiger Diät und mit Einreibungen von Weinessig und Kampfer, Chinadekokt und Ipecacuanha, so dass ich um Neujahr herum endlich außer Lebensgefahr war.

Ich hatte überlebt, doch der Königsberger Typhus forderte immense Opfer. Darunter den so trefflichen Pioniergeneral Eblé, dem wir unsere Rettung an der Beresina verdankten.

Neujahr 1813 war ich wieder so weit hergestellt, um mit fünfhundert übrig gebliebenen Männern der alten Garde, dem einzig verbliebenen bewaffneten und marschfähigen Regiment der Großen Armee, nach Frankfurt an der Oder aufzubrechen. Noch vor meiner Abreise aus Königsberg konnte ich mit großer Befriedigung sehen, wie sorgfältig die Verwundeten und Kranken von den ostpreußischen Behörden, Ärzten und Einwohnern behandelt wurden. Johann Friedrich meinte: »Niemals haben unsere Kranken bessere Lebensmittel, kräftigere Getränke und wertvollere Arzneimittel erhalten als hier in Königsberg. Sie tun alles für die Hinfälligen, so sehr sie Napoléons Soldateska auch hassen mögen.«

In der Tat, überall zeigte die Verwaltung Wohlwollen und Redlichkeit. Doch hinter jedem Soldaten, der nach Westen abzog, schlugen sie das Kreuz über der Brust.

Als Königsberg hinter uns lag, hielt ich mein Pferd an und blickte zurück. Johann Friedrich tat es mir gleich. Ich sagte: »Die schwerste Prüfung unseres Lebens liegt hinter uns.«

Johann Friedrich erwiderte: »Mag sein, doch du bist der Leuchtturm in der Finsternis gewesen.«

»Wie viel Unglück liegt hinter uns!«

»Wie viel liegt noch vor uns?«

»Du bist Preuße. Wie denkst du darüber?«

»Jean-Dominique, vergiss nicht: Ich bin zwar Preuße, aber inzwischen auch Franzose.«

»Du weichst meiner Frage aus.«

»Ich werde deiner Frage nicht ausweichen. In meinen Augen war der Untergang der Großen Armee vorhersehbar. Nicht allein wegen der Fehler während des Feldzuges, sondern weil die Kriege des Kaisers nicht mehr der Verteidigung der Revolution dienten.«

»Du meinst, sie waren nur anfangs im Geiste der Revolution geführt?«

»Ja, sie waren gegen konterrevolutionäre Monarchien gerichtet. Als aber Napoléon sein Kaiserreich errichtete und Europa zu unterjochen begann, da nahmen seine revolutionären Feldzüge den Charakter von imperialen Kriegen an. Gegen diesen Imperialismus wird sich nun alles erheben, was frei sein will. Die anderen sind es nun, die im Namen der Freiheit gegen uns gerechte Kriege führen werden.«

Ich dachte über das nach, was Johann Friedrich gesagt hatte. Nach einer Weile erwiderte ich darauf: »Du hast Recht. Das ist ein Teil meines Konfliktes, den ich in mir trage. Ich marschiere weder für einen Adler noch für eine Revolution und schon gar nicht für einen Kaiser! Nein! Wenn ich es könnte, würde ich alle Kanonen, Gewehre, Säbel und Äxte dieser Welt einschmelzen. Ich trete für die gegenseitige Hilfe der Menschen ein und für Achtung und Respekt vor dem Leben. Unabhängig von Kaiserreichen, Grenzen und Anschauungen. Und doch habe ich dem Kaiser politisch nie die Stirn geboten.«

»Du hättest auf diesem Feld auch nichts erreicht. Ich möchte dir nicht schmeicheln, aber du hast dir zu Lebzeiten ein Denkmal gesetzt. Ich darf dir sagen: Du wirst in der Armee des Kaisers mehr verehrt als er selbst! Du bist aus seinem Schatten schon längst herausgetreten.«

Ich wollte darauf nichts erwidern. Zu tief war meine Seele aufgewühlt. Für sich hatte Johann Friedrich die Dinge richtig gesehen. Das Gift der Macht hatte die Menschenliebe und die Vernunft des Kaisers längst zerfressen.

Meine Sicht konnte Johann Friedrich nicht erahnen. Vergangenes, das sich immer wieder gegenwärtig zeigte. Heimtückisches Gift, das immer noch nachwirkte. Gift und Gegengift! Leben töten – Leben retten. Die Gleichung ging nicht auf. Ich spürte, dass meine Schuld nicht abzutragen war. Auch nicht durch meine Taten während des barbarischen Feldzuges. Ich spürte aber auch, dass ich etwas dagegensetzen konnte: Leben, das ich hundertfach dem Tod entrissen hatte. Gerettete, die in das Dunkel der Schandtat Licht trugen. Ein Licht, das sich gegen die Finsternis behauptete, aber die Finsternis wollte nicht weichen …

7

Im Spiegel des Ruhmes

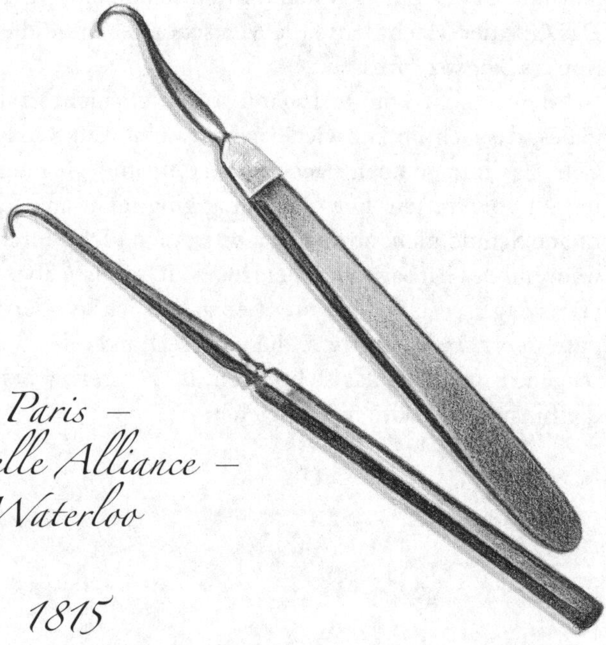

Paris –
La Belle Alliance –
Waterloo

1815

I

Esplanade des Invalides, 15. Dezember 1840, 14.15 Uhr

Entlang der Esplanade schritt man in jener Stunde durch die Geschichte Frankreichs. Zweiunddreißig Statuen boten ein imposantes Spalier von Ruhm und Ehre. Trotz dicker Schneehauben auf den Häuptern der Skulpturen waren einige zu erkennen: Charles-Martel durch seine schwere Panzerung, Jeanne d'Arc an ihrer Rüstung und Marschall Lannes an seiner schiefen Kopfhaltung, verursacht durch eine Kugel, die er beim Sturm auf St. Jean d'Acre erhalten hatte. Der gewaltige Trauerzug war auf die letzte Prachtstraße eingebogen, an deren Ende die Gebäude des Hôtel des Invalides ins Blickfeld gerieten, überragt von der prachtvollen, vergoldeten Kuppel des Domes.

Auf der Esplanade des Invalides, entlang der gesamten Avenue, hatte man ähnlich wie auf den Champs-Élysées riesige, treppenartige Tribünen errichtet. Auf ihnen drängten sich dicht an dicht die Spitzen der Gesellschaft aus allen Teilen Europas. Respektvoll, gebannt, feierlich, ehrerbietig, geringschätzig oder auch verächtlich blickten mehr als dreißigtausend Auserwählte auf den weiß beschneiten, zehn Meter hohen Katafalk, der triumphal an ihnen vorbeizog.

Zwanzig Reihen Trommler und ein Musikkorps, die auf dem Quai d'Orsay bereitgestanden hatten, marschierten nun dem Zug voran. Der dumpfe Takt der Trommelwirbel ging durch die Brust und ließ den Rücken steif werden. Vor den Tribünen hatten wiederum Ehrenabordnungen aller Waffen in Bataillonstärke Aufstellung genommen. Darunter eine Abordnung von zweihundert

Offizieren der Militärschule von St. Cyr. Es wimmelte nur so von Lanzenreitern, Kürassieren, Jägern, Pionieren, Artilleristen und Matrosen.

Tscharner, der links von Larrey ging, meinte, die Kulisse wirke auf ihn wie der Aufmarsch zu Beginn einer gewaltigen Schlacht.

Hippolyte zu seines Vaters Rechten, erwiderte: »Ja, gleich wird Bonaparte aus seinem Sarkophag steigen, um sich an die Spitze des Heeres zu stellen.«

»Und alle wären erneut bereit, ihm zu folgen«, reagierte Tscharner.

Darauf Larrey: »Er hatte es sich immer so vorgestellt. Bis zuletzt meinte er, die Trikolore über die Welt tragen zu müssen. Für ihn und für die Freiheit der Völker!«

Hippolyte griff seinem Vater etwas fester unter den Arm, um ihn auf der glatten Straße besser stützen zu können. »Heute wissen wir es besser. Es wäre gut gewesen, wenn er ihnen die versprochene Freiheit auch wirklich gebracht hätte!«

Jean-Dominique antwortete knapp. »Ja, das war sein größter Fehler!«

Er erinnerte sich an die ersten Tage des Jahres 1813 in Frankfurt an der Oder, wo sie nur noch gehasste, feindliche Besatzer waren, die es zu vertreiben galt. Nach dem verheerenden Russlandfeldzug fing es in jedem Dorf und in jeder Stadt, durch die sie kamen, an zu gären. Aber der aufblühende Patriotismus und der Drang nach Befreiung vom französischen Joch wurden vom despotischen Kaiser verächtlich ignoriert. Das waren letztendlich auch jene gewaltigen Kräfte gewesen, die die Große Armee vernichtet hatten. Sie rüttelte nicht nur die Soldaten Kutusows auf, sondern auch Kosaken und Bauern, die mit Heugabeln und Äxten bei Smolensk, an der Beresina und bis nach Ostpreußen hinein, den Resten der Armee immer dicht auf den Fersen waren.

So hatte man noch im Frühjahr 1813 in den Gouvernements von Minsk, Smolensk und Moskau 142 000 und in der Umgebung von Wilna 46 000 französische Leichen verbrannt.

Die Legende vom furchtbaren Gegner »Winter« war seit langem widerlegt. Außerdem war dieser Ende 1812 erst sehr spät in Moskau eingezogen. Als die furchtbare Kälte kam, war die Armee längst in Auflösung begriffen. Jean-Dominique war der Legendenbildung immer entgegengetreten, zum großen Ärger manch eines Generals. Denn Hunger, Seuchen und Entbehrungen hatten schon auf dem Hinmarsch nach Moskau mitten im Sommer mehr Soldaten das Leben gekostet als der winterliche Rückzug. Der Kaiser träumte nach seiner Ankunft in Paris Ende 1812 allerdings immer noch von Widerstand, Barrieren und Reserven, als die übrigen Armeen seiner Vasallen und Verbündeten schon längst den Gehorsam verweigerten. In jener Zeit verschmolzen Wahrheit und Lügen, Wunschdenken und Wirklichkeit in eigenartiger Weise miteinander …

Der Trauerzug stoppte vor der großen Nordfassade des Invalidenheimes. Ein Offizier der Garde machte Meldung. Die Wachtposten gaben den Weg frei.

Am Eingang des wappenverzierten Ehrengitters, welches den Vorplatz zur Esplanade abgrenzte, hatte man zwei kolossale Säulen aufgestellt. Dazwischen hingen pechrabenschwarze Vorhänge. Die Ausgestaltung erinnerte eher an eine düstere, unheilschwangere Opernbühne. Längst vorbei jener Morgen des 14. Juli 1789, als das Volk an den Wachtposten vorbei durch das Portal gestürmt war, um sich der im Untergeschoss lagernden Schusswaffen zu bemächtigen.

Langsam zogen die Pferde den Katafalk durch das schwarz drapierte Säulenportal. Im gleichen Augenblick feuerten die Kanonen der Siegesbatterie Salut. Jenseits des Ehrengitters bildeten ausschließlich Invaliden das Spalier. Vom Schlachtfeld Geborgene, Operierte und Evakuierte – gerettet durch die Fliegenden Ambulanzen Larreys. Jean-Dominique erblickte das Heer der versammelten »Stelzfüße« in ihren verblassenden, zerschlissenen, ordengeschmückten Uniformen. Männer mit hageren Gesichtern; schweigend, doch unruhig reckten sie ihre Hälse, als gäbe es etwas Besonderes zu entdecken. Als sie Larrey an seinem schlohweißen, gelockten Haar wenige Meter hinter dem Katafalk erkannten, begannen sie abwechselnd im Chor zu rufen: *»Larrey vit! Haut Larrey! Larrey le miséricordieux! Vive Larrey!«*

Im gleichen Moment rief Johann Friedrich: »Gerechter Himmel! Jean-Dominique, sie sind deinetwegen gekommen!«

Der Trauerzug hatte inzwischen gestoppt. Schon drängten sie heran, um ihren Retter zu umjubeln. Eine Vielzahl von ihnen waren von 1813 bis 1815 in den Gefechten bei Lützen, Bautzen, Leipzig, Dresden, Großbeeren, an der Katzbach, in Kulm, Dennewitz, der Völkerschlacht bei Leipzig, während der Verteidigung Frankreichs und in Waterloo verwundet worden. Unverbrauchte, gesunde junge Männer, die damals noch unerfahren, aber begeisterungsfähig waren und mutig riefen: »Marschieren wir! Retten wir das Vaterland!«

Sie erlebten den Untergang der neu formierten Armee nicht weniger leidvoll und grausam als diejenigen, welche in Russland aufgerieben wurden. Larrey erkannte einige Männer, die er im letzten Moment vor der Hinrichtung wegen des Verdachts der Selbstverstümmelung gerettet hatte. Damals, während der Gefechte bei Lützen und Bautzen waren sie noch junge Rekruten gewesen und standen unter einem furchtbaren Verdacht, der unweigerlich die Todesstrafe nach sich gezogen hätte …

Im Verlauf des Jahres 1813 hatte das Waffenglück endgültig von Napoléon Abschied genommen. Am 2. Mai, gegen zwei Uhr morgens, kam Larrey bei Lützen auf dem Kampfplatz an und erfuhr vom traurigen Tode Marschalls Bessieres, der von einer Kanonenkugel getroffen worden war. Nach Smorgoni traf er auch zum ersten Mal wieder auf den Kaiser, der sofort auf ihn zuging. »Sie sind da, Larrey! Seien Sie willkommen, Sie kommen gerade recht! Wir werden eine Schlacht schlagen, bereiten Sie alles für die Verwundeten vor. Gehen Sie nach Lützen, um Lokale für die Spitäler zu suchen, und ergreifen Sie alle notwendigen Maßnahmen!«

Des Kaisers Armee wurde immer schwächer, während die gegnerische Seite immer stärker wurde. Vor der großen Schlacht bei Leipzig kam es in den Gefechten von Lützen und Bautzen tatsächlich zu einer auffallend großen Zahl von Verwundungen an den Händen von Rekruten. Die Art der Verletzungen erweckte bei manchen den Verdacht, dass sie sich selbst verstümmelt hätten, um nicht mehr ins Feuer zu müssen.

Marschall Soult war auf Befehl Napoléons von Spanien für kurze Zeit nach Lützen abkommandiert worden und hatte das

Kommando über ein Korps erhalten. Ohne Prüfung der Vorkommnisse behauptete er, dass die auffallende Zunahme von Handverletzungen im Heer auf grassierende Selbstverstümmelungen zurückzuführen sei. Seine Meinung hatte er dem Kaiser vorgetragen. Unterstützt wurde er in seiner Ansicht von René Desgenettes, was Larrey nur ein Kopfschütteln abnötigte. Natürlich hatte es genügend Selbstverstümmelungen zu allen Zeiten gegeben, doch im vorliegenden Fall lagen die Dinge anders.

Napoléon befahl daher, dreitausend dieser jungen Rekruten in ein Lager einzusperren. Gleichzeitig empfing er die Generäle des Medizinwesens, um ihre Meinungen zu hören. Larrey war bis zum Ende ruhig geblieben.

Napoléon forderte ihn auf: »Wie urteilen Sie darüber?«

»Die Verwundungen sind eindeutig durch miserable Handhabung der Gewehre während des Schlachtengetümmels verursacht. Den jungen Rekruten fehlt es an Übung und Erfahrung. Schließlich hat ein Teil der Infanterie seine Waffen zu spät bekommen und sich erst während des Marsches in die Schlacht notdürftig darin üben können!«

Marschall Soult war empört. Generalstabschef Berthier und der Generalintendant Daru bewahrten tiefes Schweigen. Der Kaiser zeigte sich erstaunt, da Larreys Ansichten genau das Gegenteil von dem besagten, was hohe Offiziere und seine Kollegen von sich gegeben hatten. Larrey schlug eine sorgfältige Untersuchung vor. Der Kaiser willigte ein.

Larrey, die Kommission und altgediente Unteroffiziere untersuchten und befragten daraufhin Mann für Mann. Nach Abschluss der Untersuchungen lag dem Kaiser ein überraschendes Ergebnis vor. Das Papier darüber war mächtig angeschwollen. Der Kaiser studierte das Konvolut. Es stellte sich heraus, dass es zwei Ursachen für die gehäuften Handverletzungen der Rekruten gab. Einmal das Feuern hintereinander in drei Gliedern, wobei das zweite und dritte Glied unwillkürlich den Lauf der Flinte gegen die Hände der im ersten Glied Stehenden gerichtet hatte. Zum anderen der Angriff den Hügel aufwärts, wie es in Bautzen geschehen war, als die Rekruten bergan auf den Feind losgingen und dabei die Flinten vorstreckten. Es war vorauszusehen, dass die Kugeln ihrer

Gegner vornehmlich ihre Hände trafen, da sie vorragten und so das erste Ziel abgaben.

Napoléon ließ Larrey kommen. Er zeigte sich sichtlich erleichtert: »Lieber Larrey, ein Herrscher, der solche Männer wie Sie besitzt, kann sich glücklich schätzen. Man wird Ihnen meine Befehle bringen!«

Nach einer Stunde erhielt Larrey ein mit Diamanten besetztes Bild des Kaisers, sechstausend Goldfranken und außerdem noch eine Staatspension von dreitausend Livres zuerkannt. Der Kaiser bewunderte die Gewissenhaftigkeit, mit der er die Untersuchung betrieben hatte. Dadurch waren nicht nur Tausende von einem schweren Verdacht freigesprochen, sondern es wurde ihnen auch die Achtung in der Armee wiedergegeben. Am Ende hatte Larreys Genauigkeit sie vor dem Standgericht gerettet.

An seine Chirurgen schrieb er einen Brief:

Der Arzt ist und muss der Humanität verpflichtet sein. In dieser Eigenschaft muss er sprechen und handeln. Er muss den Unschuldigen genauso verbinden wie den Schuldigen. Ihn geht nur der kranke Organismus etwas an. Das andere kommt für ihn nicht in Frage. Prägen Sie diese Grundsätze Ihren Mitarbeitern ein, auf dass wir niemals den Tod eines einzigen Unschuldigen zu beklagen haben!

Marschall Soult, der kurz darauf von Larreys Untersuchung erfuhr, sah sich widerlegt, was seinen abgrundtiefen Hass ihm gegenüber nur noch verstärkte.

In fast allen Regimentern fehlte es neben schlachterfahrenen Soldaten auch an ausgebildeten Chirurgen und Sanitätspersonal. Von den achthundert erfahrenen Medizinern des Russlandfeldzuges waren nur einhundertfünfundzwanzig zurückgekehrt. Die meisten von ihnen waren wegen Erfrierungen und anderen gesundheitlichen Einschränkungen in den Ambulanzdiensten nicht mehr einzusetzen. Sie waren ersetzt worden durch einen Trupp unbrauchbarer Kerle, die man in den Listen plötzlich unter »Gesundheitsoffiziere« führte.

Hinzu kam eine elende Administration, unter der das Heer

wieder Hunger litt. Infolge der Not desertierten Tausende oder zerstreuten sich in zügellose Horden von Marodeuren. Die Regimenter schrumpften täglich.

Larrey richtete an Napoléon und den Generalintendanten Graf Daru ein Schreiben, in dem er zum dritten Mal eine Reform des Sanitätswesens forderte. Die Reform hatte die organisatorische Unabhängigkeit von den Kriegskommissaren zum Ziel, unter denen Ärzte, Sanitätskorps und schließlich die Soldaten unsäglich büßten, da sie vor den Feldzügen regelmäßig versäumt hatten, das bereitzustellen, was zu einer wirksamen Versorgung von Verwundeten notwendig gewesen wäre. Obendrein beantragte er fünf militärische Chirurgenschulen, in denen junge Ärzte die spezielle Chirurgie von Verletzten erlernen konnten.

Oberstleutnant Gebhard Lebrecht, der Sohn des Generalfeldmarschalls Blücher, wurde am 10. September 1813 von den Franzosen in der Gegend von Teplitz verwundet gefangen genommen. Larrey verband ihn und sorgte für seine gute Behandlung. Eine schicksalhafte Begegnung, wie sich bald zeigen sollte …

In dem Gedränge vor dem Invalidenhaus rief plötzlich ein Mann: »Mon sauveur! Mein Retter!«

Dem Mann wurde Platz gemacht. Mit seinem verbliebenen Arm griff er nach Larreys Hand. Er trug die Uniform eines Oberst. Der Mann, der ihm die Hand küsste, war Oberst Rebsamen gewesen.

Larrey erinnerte sich an die dramatischen Ereignisse vom 30. Oktober 1813 während des Rückzuges über den Rhein, als die Österreicher ihnen den Weg verlegen wollten. Die große Schlacht bei Leipzig war verloren, die Armee innerhalb eines Jahres zum zweiten Mal vernichtend geschlagen. Von einer halben Million bewaffneter Männer, die in jenem Jahr dem Befehl gehorchend, den Rhein Richtung Osten überschritten hatten, kehrten kaum neunzigtausend zurück. Die meisten trugen das Gift des Typhus in sich. Ein nasser, kalter Herbst tat sein Übriges. Da er an einen Sieg des Kaisers nicht mehr glauben konnte, hatte er angeordnet, dass sich alle Verwundeten zu Fuß, zu Pferde oder mit dem Wagen auf den Marsch westwärts, Richtung Mainz, begeben sollten.

Wer es nicht schaffte, war bald von aller Hilfe verlassen. Vom

Hunger gepeinigt, vom Feind verfolgt, unter freiem Himmel, bei Kälte und Regen auf freiem Feld oder auf kalten Steinen liegend, harrten die meisten mit Sehnsucht auf den Tod. Soldaten und Verwundete, denen wegen des herrschenden Mangels nicht geholfen werden konnte, starben täglich zu Hunderten, und kaum jemand kümmerte sich um die Toten auf den Rückzugsstraßen.

Rebsamen war damals ein junger Offizier der Garde, der von seinem Vater, der als Rittmeister im gleichen Regiment diente, zu Larrey getragen wurde. Eine Kanonenkugel hatte dem jungen Mann den linken Unterarm weggerissen. Während des Transportes hinter die Kampflinie wurde der Unglückliche von einer zweiten Kugel getroffen, die ihm den linken Unterschenkel zerschmetterte. Er hatte viel Blut verloren. Doch trotz der völligen Erschöpfung des jungen Soldaten fühlte Larrey die Notwendigkeit, ihm beide verstümmelten Glieder zu amputieren. Der Mangel war fatal, da er während des Rückzugs nach der verlorenen Völkerschlacht bei Leipzig die gesamte Ambulanz, einschließlich des medizinischen Materials, hatte zurücklassen müssen. Er besaß nur noch seine chirurgischen Instrumente, die er immer, dank der Beresina-Lehre, auf seinem eigenen und einem Packpferd mit sich führte. Larrey war mit Antoine allein. Er hatte nicht den Mut, dem Vater zuzumuten, den Sohn während der schweren Operation zu halten. Als er sich nach einem weiteren Gehilfen umsah, sagte der Vater: »Sie können mit mir rechnen. Es gilt, das Leben meines Sohnes zu retten!«

Dieser tat, als Larrey operierte, nicht einen Schrei, während der Vater eine seltene Standhaftigkeit bewies. Erst amputierte er den Arm. Unmittelbar darauf den Unterschenkel in der Höhe der Condylen der Tibia. Leinwand für den Verband der beiden Wunden fand er genug bei dem jungen Mann im Tornister. Larrey hatte angesichts der großen Schwäche, die der junge Offizier zeigte, wenig Hoffnung für sein Überleben. Er riet dem Vater, einige Soldaten aufzutreiben, um seinen Sohn ins nächste Dorf bringen zu lassen und sich bis zur Genesung in Gefangenschaft zu begeben. Der Vater befolgte seinen Rat …

Zu Larreys großem Erstaunen besuchte ihn der junge Offizier nach seiner Rückkehr aus der deutschen Gefangenschaft im Oktober des darauf folgenden Jahres. Mit solch einer Genesung hatte Larrey nicht gerechnet. Er sah sich aber am Beispiel von Rebsamen wiederum bestätigt, dass Verwundungen dieser Art auf der Stelle zu operieren seien. Einige Augenblicke später nur, und der junge Offizier wäre auf der Walstatt geblieben.

Die Auswirkungen der verlorenen Schlacht von Leipzig nahmen noch einmal seine ganze Kraft in Anspruch. Die beiden letzten Monate des Jahres 1813 versuchte er, zwischen Mainz, Metz, Verdun und Nancy Ordnung in die überfüllten Spitäler zu bringen. Der »Mainzer Typhus« wütete entsetzlich unter den zurückflutenden Truppen. Die jungen Menschen, die den Feldzug überlebt hatten, wurden ganz und gar ihrem Schicksal überlassen. Erst langsam organisierte sich der medizinische Dienst, der bis dahin gänzlich gefehlt hatte. Tote wurden begraben, Krankensäle desinfiziert, Lebensmittel beschafft und einigermaßen gerecht verteilt.

Zwei Jahre des Niederganges der napoleonischen Macht hatte Larrey durchlebt. Es waren die bittersten seines Lebens. Erst am 6. Januar des neuen Jahres, fast zwei Jahre nach seiner Ernennung zum Chefchirurgen der Kaisergarde der Großen Armee, kehrte er zu seiner Familie nach Paris zurück …

Als sich der Katafalk wieder in Bewegung setzte, erblickte Larrey den Versehrten, dem er in Smorgoni, in der gleichen Nacht, als der Kaiser seine Große Armee verließ, den Arm amputiert hatte. Die bitteren Worte des Mannes, die er sprach, als sie sich nach seiner Rückkehr Anfang 1814 im Invalidenhaus begegneten, hatten sich tief in sein Gedächtnis eingegraben. »Baron Larrey, der Kaiser hat aus Feigheit seine Große Armee verlassen. Eine Feigheit, die ich meine Kinder gelehrt habe zu verachten! Ihre Verdienste um die Menschlichkeit stehen dagegen unerreichbar über denen des Kaisers, der gerade daran geht, die Kinder Frankreichs abzuschlachten. Bitte, tun Sie alles, um dies zu verhindern!«

Larrey war aufgewühlt und pflichtete dem Manne in seinem Innersten bei. Der Menschheit wäre das weitere Massenopfer bei Leipzig sicher erspart geblieben, hätte der Kaiser in Russland den Soldatentod gefunden. Ganz Frankreich hasste inzwischen die geforderte »Heilige Einheit« des Kaisers und den immer wiederholten Satz vom Glauben an den Sieg!

Dies alles schien an jenem klirrend frostigen Tag seiner Rückkehr vergessen und vergeben. Das Leid und der Schmerz vieler einfacher und bescheidener Menschen war nur noch ein Echo aus der Ferne. Die Klagenden und Beweinten waren schon längst zu Staub geworden.

Die rollenden Räder des Katafalks hatten gleichsam alle ihre Leben zwischen den Speichen. Ein dunkles Stück Welt zog der nahen Ruhestätte entgegen …

II

Erinnerungen Jean-Dominique Larreys, Paris, 6. Januar 1814

Der Kutscher auf dem Bock lenkte meinen Ambulanzwagen zur Rue du Montparnasse. An vielen Ecken leierten Straßenorgeln die Marseillaise ab. Ich fühlte mich an das Jahr 1793 erinnert. Der Kaiser hatte das Abspielen in den Straßen angeordnet, um den Patriotismus der Menschen erneut zu wecken. Gleich daneben verteilten junge Burschen Handzettel. Sie reichten mir einen in den Kastenwagen. Ich traute meinen Augen nicht, als ich die Parole las: Friede für Frankreich, Krieg gegen Napoléon!

Der offene Widerstand der Armee gegen die Dienstpflichten war schon in Metz und Nancy deutlich auszumachen gewesen. Soldaten desertierten zu Hunderten. Generäle wie Bürgermeister liebäugelten bereits mit den Machthabern von morgen, Beamte und Verwaltungen stopften sich die Taschen voll, veruntreuten Gelder, die für die Verwundeten und Hospitäler gedacht waren. Überall war Unwillen und Verrat spürbar. Unter den Offizieren der Armee wurde offen über den Rücktritt des Kaisers spekuliert. Hatte ich auf dem Land dies alles noch als eine schleichende Entwicklung empfunden, so schien mir der Verfall der politischen Autoritäten in Paris zu galoppieren.

Dazu trugen auch Horden von Soldaten bei, die sich halbtot, in den abenteuerlichsten Aufzügen und in abschreckender Weise durch die Straßen schleppten. Entweder sah man in ihnen Wundermenschen, die der Hölle Russlands entkommen waren, oder Wilde, die heruntergekommen, verwahrlost und siech das schöne Aussehen der Boulevards beeinträchtigten. Natürlich bevölkerte zunehmend auch ein Heer von Männern mit fehlenden Gliedmaßen und entstellten Gesichtern die Straßen. Mitunter sah man ehemalige Kämpfer in den schönsten Atlasmänteln und Zobelpelzen für Damen, andere wiederum kamen zerlumpt in derben Bauernröcken daher. Unabhängig von der Wahl ihrer Kleider, die Heimkehrer hatten sich auf jeden Fall einen anderen Empfang in Paris erhofft. Meist hörten sie von den Bürgern aber nur: »Mein Gott, die Leute sehen so schlecht aus!«

Als ich an der Tür meines Hauses angekommen war und das Glockenseil betätigte, kamen mir meine Kinder Isaure und Hippolyte entgegen. Im ersten Moment erkannten sie mich nicht. Isaure, inzwischen eine junge Dame von fast sechzehn Jahren, fragte zögerlich: »Papa?«

Auch Charlotte blieb wie angewurzelt stehen und schlug die Hände vor das Gesicht. Als sie sich gefasst hatte, nahm sie unseren Sohn in den Arm. Mit zitternder Stimme sagte sie: »Ein Wunder, ein Wunder ist geschehen. Euer Vater kehrt heim!«

Als Hippolyte fragte: »Hat Papa die russische Krankheit?«, stockte Charlottes Atem, während ihr Gesicht erblasste. Hätte ich es nicht schon vorher gewusst, so würde ich es jetzt erfahren haben – ich sah aus wie ein lebender Leichnam! Ein Wrackstück, das halb um die Erde getrieben war. Ich machte eine hilflose Handbewegung, als ob ich den Schmerz unterdrücken wollte, den ich in mir fühlte.

Als die Kinder im Haus verschwanden, um ein Bad vorzubereiten, umarmte mich Charlotte inniglich. Ich hörte sie schluchzen: »Ich bin so glücklich, dass du lebst!«

Nahe an ihrem Ohr flüsterte ich: »Ich bin mehrmals aus dem Grabe gekrochen, mein Wille hat Schneedecken zum Tauen gebracht. Ich lebte wie ein Eskimo.«

»Versprich mir: Das war das letzte Mal, dass du mit diesem Schlächter gezogen bist.«

Ich wollte ihr beim Wort »Schlächter« widersprechen, doch beließ ich es beim Schweigen. Klagend fuhr sie fort: »Denk an unsere Kinder. Sie erkennen dich kaum mehr wieder.«

Charlotte hatte Ehrlichkeit verdient. Als Familie besaß ich tatsächlich nur die Ambulanz, als Vaterland Frankreich, als Erbteil meinen Mut und als einzigen Beschützer den lieben Gott. Ich versuchte beruhigend zu wirken: »Das Leben auf dem Schlachtfeld wird bald ein Ende haben!«

»Bald?«

Ich nahm ihren Kopf zwischen meine Hände und sah ihr in die Augen. »Ja, bald.« Obwohl ich wusste, dass die Kosaken den Boden Frankreichs schon betreten hatten, wollte ich sie an dem Tag meiner Wiederkehr nicht beunruhigen.

Ich genoss das Glück des Augenblicks, an das ich oft nicht mehr zu glauben gewagt hatte. Das Glück eines warmen Heims, die paradiesische Annehmlichkeit eines eigenen Bettes und das Umsorgtsein von einer liebevollen Frau. Für wenige Tage ließ ich Krieg, Elend und Tod vor der Tür meines Hauses stehen.

III

Paris – Fontainebleau, Januar–April 1814

Die Angst eroberte die Straßen. Charlotte berichtete von geschwätzigen Offiziersfrauen, die die Salons von Paris beunruhigten. Das, was die Frauen allerdings wirklich fürchteten, war mit einem Satz zu umschreiben: »Wann kommen die Kosaken?«

Es war der 25. Januar. Johann Friedrich und Antoine waren zu mir in die Rue du Montparnasse gekommen. Wie aus den Tuilerien zu erfahren war, hatte der Kaiser Paris gegen vier Uhr morgens verlassen, um sich zur Armee nach Brienne zu begeben. Die Lage für das Kaiserreich war mehr als bedrohlich. Schwarzenberg marschierte auf Dijon zu, Blücher mit seinen Preußen gemeinsam mit den Russen vom Rhein her direkt nach Paris. Der Kaiser sah sich gezwungen, gegen alle Widerstände sein Frankreich zu retten. Ich hatte Order, mich im Hauptquartier einzufinden …

»Reisen wir ihm nach?«, fragte Antoine.

Johann Friedrich blickte zu Antoine und nahm mir die Antwort ab: »Ihm bestimmt nicht. Aber der Armee oder dem, was noch davon übrig ist. Die verwundeten Soldaten werden unsere Hilfe nötiger haben denn je.«

Antoine sah mich an, als warte er auf Widerspruch. Ich stand auf und ging im Salon auf und ab. »Ich verstehe dich, Antoine. Die Sache ist nicht einfach. Kämpfen, Siegen – ich bin mir sicher, das ist vorbei. Wir haben nicht mehr die Kraft, den übermächtigen Feind aus Frankreich zu drängen. Jahrzehntelang haben unsere Armeen auf der anderen Seite der Grenze alles an sich genommen, was sie brauchen konnten, haben gestohlen, geraubt und verbrannt. Nun sind wir an der Reihe. Preußen, Russen und Österreicher werden nun unser Land plündern, unsere Männer ermorden und unsere Frauen vergewaltigen. Die Horden von Marodeuren, Vagabunden und Mordbrennern, deren Bestialität wir zur Genüge kennen, werden danach den Rest besorgen. Aber diese bittere Erkenntnis darf nicht dazu führen, dass wir der Armee und unseren Verwundeten die Hilfe versagen. Alle Fehlentscheidungen, ja, alle Despoten dieser Welt dürfen uns in dieser Pflicht nicht wankend machen. Denken wir an das Elend, dass wir lindern können, und sei es nur an wenigen Stellen. Etwas anderes hat uns nicht zu interessieren, auch wenn wir dabei unser Leben riskieren.«

Antoine erwiderte: »Vielleicht sind die Intriganten in Paris schneller als die Armeen. Jedermann sieht in den Bourbonen die Rettung. Vielleicht wird der Friede mit dem Feind, dank der Royalisten, schneller geschlossen, als wir denken.«

Antoine spielte damit auf die Tatsache an, dass alle staatlichen Institutionen den Kaiser bedrängten, endlich Frieden zu schließen, um dadurch das Schlimmste von Frankreich abzuwenden. Nicht wenige forderten sogar vehement seine Abdankung. Die Bourbonen sahen ihre Stunde endlich gekommen.

»Schon allein deswegen folge ich der Pflicht. Die ärgsten Kriecher, die krummsten Rücken werden sich bald aufrichten, doch nur zu dem Zweck, um ihre Titel, Paläste und Pfründe zu retten. Dafür sind sie bereit, alles zu unterschreiben. Zu dieser Sorte Mensch werde ich nie gehören!«

Johann Friedrich schlug sich auf die Schenkel: »Dann machen wir uns jetzt auf den Weg!«

»Auf in das Hauptquartier nach Châlons-sur-Marne!«, rief ich.

Als ich Charlotte meine Entscheidung mitteilte, mich der Garde anzuschließen, blitzten ihre Augen auf, entbrannt von einem nie gekannten Hass auf den Kaiser. »In seiner wilden Besessenheit wird es noch so weit kommen, dass er für seine wahnwitzigen Kriege demnächst die Kinder ausheben lässt. Dann wird auch unser Sohn bald füsiliert, zerrissen oder verscharrt sein!«, rief sie erbittert. Es gelang mir nicht, sie zu beruhigen. Erst die Rechtfertigung, dass gerade die ausgehobenen Jugendlichen bei Verwundungen unsere chirurgische Hilfe besonders benötigen würden, milderte ihren Zorn.

Genauso wie Charlotte, hatte auch ich mich über den Aufruf des Kaisers im *Journal de l'Empire* empört:

> *Frankreich soll ein großer Sarkophag für jene wilden Horden werden. Wehe den Besiegten! Stadt und Land sollen bereit sein, auf die Flüchtigen loszuschlagen. Zerstreute Kolonnen müssen überall abgebrochene Brücken und verdorbene Straßen finden. Aus allen Mauern, aus allen Wäldern und Büschen muss der Tod den grausamen Fremdling treffen. Das Andenken der schrecklichsten Rache erschrecke in künftigen Jahrhunderten die Barbaren, wenn sie von neuem unsere Söhne unterjochen wollen. Kommt der Feind in ein Dorf, so ruhe er da nicht ungestraft. Selbst die Kinder müssen teilnehmen, sie sollen sich während der Nacht in die Ställe schleichen, eine Sichel genügt einem zwölfjährigen Kinde, um zwanzig Pferde dienstunbrauchbar zu machen, jeder Franzose muss seinen Mann töten!*

Der Aufruf war auch deshalb empörend, da alle Soldaten, die durch fremde Länder gezogen waren, wussten, dass der Kaiser dort nicht die kleinste Aufsässigkeit unter der Bevölkerung geduldet und bei Übergriffen sofort mit Erschießungsbefehlen und hohen Strafkontributionen reagiert hatte.

Meine erneute Abreise von zu Hause geschah hektisch und ohne das gewohnte Ritual des Abschiedes, was mir im Nachhinein sehr Leid tat.

Am 28. Januar war ich wieder bei der Garde und zwei Tage später in Brienne. Dort richtete ich ein stehendes Lazarett im dortigen Spital ein, das uns als Sammelstelle diente. Die Ambulanzen mussten mit dem zurechtkommen, was vorhanden war – und das war nicht mehr viel. Die Gefechte westlich von Paris legten in den folgenden Wochen eine Blutspur von Süd nach Nord und wieder zurück. Von Brienne ging es nach La Rothière. Danach folgten in den ersten Wochen des Februars die Gefechte von Champaubert, Montimirail, Château Thierry und Monterau. Am 7. März ging es nach Craonne, daraufhin in den Norden nach Laon, danach marschierten wir nach Reims und wieder zurück in den Süden nach Arcis-sur-Aube.

Auf dem Plateau von Craonne besiegte der Kaiser in einem Gefecht zwar die Preußen, doch wir hatten eintausendzweihundert Verwundete zu versorgen. Mehr als zweihundert junge Burschen im Alter zwischen sechzehn und achtzehn Jahren waren durch Geschützkugeln verstümmelt worden. Man versteckte sie vor den Kosaken in den Ställen der Bauernwirtschaft von Ferme Hurtebise und vergaß sie regelrecht auf diesem Hofe. Wir wurden viel zu spät von dieser willkürlich gewählten Sammelstelle in Kenntnis gesetzt, was viele der Verwundeten das Leben kostete.

Die Szene auf dem Hof war herzzerreißend. Einige hatten sich in den Mist verkrochen, andere waren mit Schnee bedeckt. Bauern aus der Gegend, die den Ort vor feindlichen Übergriffen sicherten, versetzten uns in die Lage, mit der chirurgischen Versorgung der Verletzten endlich anzufangen. Die schwierigsten Operationen machte ich selbst. Dabei war die Hilfe der Bewohner ohne Beispiel. Betttücher, Vorhänge, Werg und Lumpen dienten uns als Verbände. Brot, Fleisch, Wein und Bier wurden herbeigeschafft. Nach und nach konnten wir die armen Burschen in das Haus bringen und sie so vor dem Erfrieren retten. Ich ließ mehrere Lazarettbeamte zurück, die kurz darauf für die Evakuierung der Operierten nach Paris sorgten.

Nach der Schlacht bei Laon am 9. und 10. März versorgten wir auch mehrere hundert Russen, die ich nach Soisson bringen ließ. Das letzte Gefecht des Kaisers bei Arcis-sur-Aube am 20. und 21. März forderte noch einmal dreitausendachthundert Opfer. Unseren dreißigtausend Soldaten standen am Ende rund einhunderttausend Mann des Feindes gegenüber. Das war aber nur ein Bruchteil dessen, was die Gegenseite uns gegenüber aufzubieten imstande war. Der Kaiser entschloss sich zum Rückzug. Das war der blutige Abschluss meines vierundzwanzigsten Feldzuges.

Wir zogen uns mit der Garde nach Fontainebleau zurück. Johann Friedrich brachte mir am 27. März das Manifest, das die alliierten Monarchen zwei Tage vorher an unser Volk gerichtet hatten. Caulaincourt, der vom Kaiser beauftragt war, die Verhandlungen mit den Monarchen zu führen, hatte es aus Paris mitgebracht.

Mein Freund reichte es mir mit den Worten: »Europa sieht die Schuld des blutigen Unfriedens nur im Kaiser und legt alles seinem unersättlichen Ehrgeiz zur Last. Außerdem wird darin das revolutionäre Prinzip angeklagt, das er vertritt.«

Ich überflog die Zeilen.

Frankreich hat nur seine eigene Regierung verantwortlich zu machen für all die Übel, die es erduldet. Der Friede allein kann die Wunden schließen, die ein Geist allseitiger Eroberung, wie ihn die Annalen der Welt nicht kennen, geschlagen hat. Dieser Friede wird der Friede Europas sein, jeder andere ist unzulässig. Es ist endlich an der Zeit, dass die Fürsten, ohne Störung und Einfluss von außen her, über das Wohl ihrer Völker wachen können, dass die Nationen ihre wechselseitigen Unabhängigkeiten respektieren …

Ich blickte auf: »Damit kehren wir der Revolution endgültig den Rücken!«

»Es wird so kommen«, entgegnete mein Freund.

»Ja, es liegt wohl nicht mehr in unserer Hand.«

Ich schickte Johann Friedrich zurück nach Paris mit einem Brief an Charlotte, worin ich ihr darlegte, dass ich gesund sei und in wenigen Tagen ebenfalls nach Paris zurückkehren würde. Am 31. März hielten die vereinten Armeen und mit ihnen Zar Alexander und König Friedrich Wilhelm ihren Einzug in die Hauptstadt. Der Krieg war beendet. Drei Tage später kam Louis XVIII nach Paris.

Caulaincourt erzählte mir, dass Talleyrand die Stirn gehabt habe, zu verkünden: »Die Bourbonen sind ein Prinzip, alles Übrige ist eine Intrige!«

Ich erwiderte: »Ich habe diesen Wendehals nie gemocht.«

Daraufhin flüsterte er: »Sie verhandeln nicht mehr mit dem Kaiser. Ihm bleibt nur noch sein Degen.«

Ich konnte es nicht glauben, da ich annahm, dass sich die Armee neu formieren würde. »Wie steht es mit seinen Marschällen?«

»Ehrlich gesagt, sie wollen nicht mehr. Mit den Resten der Garde und was noch hier her auf dem Marsch ist, könnte der Kaiser noch sechzigtausend zusammenbringen. Außerdem steht eine Abteilung im Norden und eine in Lyon. Aber mein lieber Larrey, fragen wir uns doch einmal, was danach kommen würde. Eine zweite, dritte oder gar vierte Schlacht?«

Ich ging nicht darauf ein, da mich die Frage nach meinem persönlichen Feind am meisten interessierte: »Was ist eigentlich mit Soult?«

»Er befindet sich am Golf von Biscaya in Bayonne. Er hat sich dorthin vor den Engländern und Spaniern zurückgezogen.« Daraufhin sagte Caulaincourt entschlossen: »Das nützt jetzt alles nichts mehr.«

Aus seinen Worten entnahm ich, dass die Tage des Kaisers gezählt waren. Wenige Tage darauf sickerte im Palast durch, dass Ney, Lefèbvre, Oudinot, Macdonald, Berthier und Maret dem Kaiser die Abdankung nahe gelegt hatten. Caulaincourt reiste noch zweimal nach Paris. Details wurden nicht bekannt. Doch jeder ahnte, dass die Entscheidung kurz bevor stand. Am 12. April war es dann soweit. Der Kaiser setzte seine Unterschrift unter die Urkunde, die seine Abdankung besiegelte.

Im Palast von Fontainebleau wurde es von Stund an ruhig. Die meisten Marschälle reisten sofort ab, was Napoléon tief kränkte.

Ein alter Freund von ihm, Comte de Mailly, der aus uraltem Geschlecht stammte, war nach Fontainebleau gekommen, um seinem Kaiser den Rücken zu stärken. Als wir uns über die dramatische Situation unterhielten, sagte er zu mir: »Unsere Kinder werden einmal ebenso stolz auf meine Dienste unter Napoléon sein wie unsere Ahnen auf die Teilnahme ihrer Väter an den Kreuzzügen.«

Ich sah Napoléon im Schlossgarten. Er war ein Gezeichneter, vom Schicksal Geschlagener.

Ich dagegen hatte mich entschlossen, bis zum letzten Augenblick bei der Garde zu bleiben. Mein Angebot an Napoléon, dass ich bereit sei, ihn bis nach Elba zu begleiten, schlug er aus. Er dankte mir tief gerührt: »Es ist besser, Sie bleiben bei der Armee. Ich bitte Sie jedoch, sich der alten Soldaten anzunehmen.«

Mit dem 20. April kam der Tag des Abschieds. Der gestürzte Kaiser trat seine Reise an, um Frankreich zu verlassen.

Eine würzige Frühlingsluft umgab den Palast. Bajonette blitzten in der Sonne zwischen hohen Fellmützen. Obwohl ich keine besaß, hatten die Männer der Garde darauf bestanden, dass ich mich in die erste Reihe stellte. Mit festem Schritt eilte Napoléon die Treppe herab und mischte sich unter uns. Seine Augen glänzten, als er zu einer kurzen Rede anhob.

»Soldaten meiner alten Garde! Ich sage euch Lebewohl. Seit zwanzig Jahren habe ich euch stets auf dem Weg der Ehre und des Ruhmes gefunden. In diesen letzten Zeiten wie in den Zeiten meines Glücks wart ihr stets Vorbild an Tapferkeit und Treue. Mit Menschen wie euch wäre unsere Sache nicht verloren gewesen, aber der Krieg war endlos, und das hätte Bürgerkrieg bedeutet, und Frankreich wäre dadurch noch tiefer ins Unglück gestürzt worden. Ich habe also unsere Interessen dem Interesse des Vaterlandes geopfert. Ich gehe fort. Aber ihr, meine Freunde, müsst Frankreich weiterhin dienen. Seinem Glück galt all mein Trachten und wird es auch immer gelten. Beklagt mein Schicksal nicht. Wenn ich es hinnehme, mich selbst zu überleben, dann nur, um weiterhin eurem Ruhm zu dienen. Ich möchte die großen Dinge aufschreiben, die wir zusammen geleistet haben! Adieu, meine Kinder! Ich möchte euch alle an mein Herz drücken. So will ich wenigstens eure Fahne küssen.«

Ein General der Garde trat vor und neigte die Ehrenfahne dem Kaiser entgegen, der einen Zipfel ergriff und sie küsste.

»Noch einmal adieu, meine alten Gefährten. Möge dieser letzte Kuss eure Herzen erreichen!«

Zu Ende war die Frist. Seine Kutsche entschwand. Ich blickte in den Frühlingshimmel und vernahm das Schluchzen der harten Männer um mich herum. Mir war, als ging jemand mit der Pflugschar über mich hinweg. Die Vergangenheit spülte wieder durch meine Seele. Baudéan, Toulouse, Paris, der Atlantik, Toulon, die Pyramiden, Austerlitz, Eylau, Moskau, Leipzig. Fast alles war mit ihm verbunden. Ein Traum von Ruhm und Ehre und ein Bündel von Schmach …

IV

Paris, März 1815

Man brauchte keine feinen Ohren, um zu hören, wie der Thronsessel König Louis XVIII unaufhörlich knackte. Die Last war zu groß für diesen morschen Herrschersitz. Das Volk und die Revolution waren nicht zu ignorieren, die Forderungen der Adelsgeschlechter zu dreist, die Offiziere und Generäle mit dem Halbsold, der Halbierung ihrer Bezüge, unzufrieden. Das Knacken wurde unüberhörbar, als der Kaiser sich von Elba aus auf den Weg nach Paris machte. Gerüchte brodelten, Meldungen und Dementis beschäftigten Militärs, Ministerien, Salons und die Menschen auf den Straßen von Brest bis Nizza. Verdächtige Botschaften gingen von einer Garnison zur anderen. Europas Monarchen sahen die Bedrohung wachsen, seit der Kaiser sein Idyll von Elba verlassen hatte.

Am 19. März fiel der König vom Thron. Der feiste, asthmatisch keuchende Mann verließ noch in der gleichen Nacht über eine Seitentür den Tuilerienpalast.

Ich hatte unter dem König meine Stellung als Generalinspekteur des Sanitätswesens behalten und war auch Chefchirurg des Hospitals der Garde geblieben. Ich denke, meinem Ansehen in der Bevölkerung Frankreichs und in der Armee war es zu verdanken, dass meine Stellung und Position unantastbar geblieben waren. Aufgrund meiner Taten genoss ich auch das höchste Ansehen bei den Souveränen der Verbündeten.

Noch am gleichen Abend des 19. März erhielt ich eine Depesche des Kaisers, in der er zum Ausdruck brachte, dass er bei seiner Ankunft in Paris mit meiner Anwesenheit rechne. Die Adler des

Kaisers ließen sich schon auf den Türmen von Notre-Dame nieder, während die Menschen im Palast noch durcheinander wirbelten. Königliche Höflinge räumten in Panik Säle und Gänge, um den Anhängern des Kaisers nicht im Wege zu stehen. Am Nachmittag des darauf folgenden Tages hieß es, der Kaiser würde gegen Abend in den Tuilerien eintreffen. Charlotte, die zunächst aufgebracht reagiert hatte, sagte kein Wort zu mir, als ich mich auf den Weg machte.

Die Trikolore wehte wieder auf dem uralten Königschloss. Man hatte wie zu einem Ball alle Kandelaber und Kerzen im Palast entzündet. Der helle Schein war noch vom Arc de Triomphe aus zu sehen. Er zog die Neugierigen an wie der Honig die Bienen. Erst spärlich, später massenhaft. Das Volk zeigte der feudalen Konterrevolution die kalte Schulter, und wie es schien, benötigte der Kaiser weder eine Armee noch eine Flotte, um auf den Thron zurückzukehren.

Dafür war Napoléon von den Häuptern der verbündeten Regierungen rasch zum »Feind der Menschheit« erklärt worden. Schon wenige Tage nach seiner Flucht von Elba wurde in Paris publik, dass fast alle Staaten Europas sich an einem neuerlichen Feldzug gegen das napoleonische Frankreich beteiligen wollten.

Trotz der allgemeinen Besorgnis und des apokalyptischen Säbelrasselns an Frankreichs Grenzen meinte ich, der Einladung zu einer Gala gefolgt zu sein. Denn als ich den Palast betrat, sah ich festlich gekleidete Damen und Diamanten blitzen, während Männer in Paradeuniformen sich in allen Gängen drängten. Livrierte Diener hatten die Räume für den Empfang des Kaisers akribisch vorbereitet, Bedienstete entfernten die letzten königlichen Embleme, und Küchenmarschälle schleppten Essabilien heran. Dazwischen wuselten Stellungsgierige und Wichtigtuer. Ich sah mich nach vertrauten Köpfen um, doch ich konnte in der Kürze des Moments niemanden ausmachen, zu dem ich mich gern gesellt hätte.

Wie der Donner einer schweren Batterie rollte plötzlich der Ruf »Vive l'Empereur!« durch Tore und Fenster. Das Eingangsportal wurde aufgestoßen, und begleitet von der rasenden Begeisterung der Massen in den Tuileriengärten wurde der Kaiser auf den Schultern seiner Soldaten die Treppe empor in den Palast getragen. Er hielt die Augen geschlossen, als wollte er den Augenblick in die Ewigkeit hinüberretten. Minutenlang genoss er das berauschende Elixier der wiedergewonnenen Macht. Dann ließ er die Türen des Palastes schließen und rief zur Arbeit. Die Gunst der Stunde durfte nicht vertan werden.

Später, in einem der Empfangssäle, bemerkte ich, wie sein Blick aufmerksam die Anwesenden taxierte. Kein Zweifel, die wichtigsten Köpfe fehlten. Außer Davout und Caulaincourt und dem hüstelnden Erzkanzler Cambacérès glänzten alle großen Marschälle durch Abwesenheit. Talleyrand, Ney, Soult, Berthier, die eigenen Brüder, die Schwestern, seine Frau und sein Sohn – alle fehlten …

Dafür begrüßte er mich wie einen seiner treuesten Freunde und bat mich in einem Atemzug, den Aufbau der Ambulanzen im neuen Heer zu übernehmen.

Als sich der Kaiser in seine Arbeitsräume zurückzog, um die neue Regierung zu bilden, schickte ich mich an, den Palast zu verlassen. Auf der Treppe begegnete ich einem der mächtigsten Männer Frankreichs. Es war der Mann mit dem hageren Gesicht, dem blassen Teint und einem Pferdeschädel, der stets gerötete Augen zeigte. In der Riege der Marschälle nannte man ihn wegen seiner entzündeten Augen und den dünnen Stelzbeinen auch »das rote Feldhuhn«: Joseph Fouché, Herzog von Otranto.

Für mich war er einer der undurchsichtigsten Männer, denen ich in meinem Leben je begegnet war. Seine blutige Laufbahn, sein enormer Einfluss und seine berüchtigte Falschheit hielten jeden auf Distanz. Einem Mann, der Robespierres Fallbeil entkommen war, konnte man nicht unbefangen gegenübertreten. Der gerade vertriebene Bourbonenkönig wollte ihn als Arzt bestellen, als er schon in Agonie lag. Aber der ehemalige Polizeiminister hatte, wie man hörte, höflich abgelehnt. Der Puls des Königs erschien ihm offensichtlich schon zu schwach. Am Ende sollte er sogar die Regierung übernehmen. Doch er scheute unverkennbar die hohen Kosten einer königlichen Beerdigung, die er unweigerlich auf sich zukommen sah. Der König wollte ihn daraufhin als konspirativen Republikaner verhaften lassen. Kein anderer als des Königs Polizeiminister sollte dies ausführen. Dieser war der intimste Jugendfreund Napoléons, sein Kamerad während der Kriegsschule, sein Mitstreiter in Ägypten und sein langjähriger Sekretär: Louis-Antoine Bourrienne.

Die Sache geriet zur Posse, über die sich ganz Paris amüsierte, da Fouché bei seiner Verhaftung durch eine verborgene Tür seines Arbeitszimmers den Häschern entkam. Damals, als ich von Fontainebleau nach Paris zurückkam, war die Tatsache, dass Bourrienne diesen Posten erhalten hatte, für mich eine aparte Überraschung. War doch ausgerechnet Banville in Hamburg und Petersburg sein engster Geschäftspartner gewesen. Bourienne war, wie man hörte, steinreich aus Petersburg zurückgekommen, wo er mit den Engländern und Russen dazu beigetragen hatte, dass die von Napoléon verhängte Kontinentalsperre unterlaufen werden konnte …

Ein Diener rief: »Platz für den Herzog von Otranto!«

Fouché sah mich und blieb prompt auf der Treppe stehen. Ich blickte in zwei Fischaugen. Seine Stimme klang, als ob wir verabredet gewesen wären. »Baron Larrey, es gibt nur wenige Menschen, die lächeln wenn ich ihnen etwas zu sagen habe. Ich bin sicher, Sie werden lächeln!«

»Ich verstehe nicht …«

»O doch, Sie werden schnell verstehen! Ich habe Sie von einem Mann befreien können, der Sie in der Vergangenheit zu erpressen versuchte. Sie haben über alle politischen Grenzen hinweg ungezählten Soldaten das Leben gerettet. Ich habe Ihre Taten immer bewundert. Es war daher nur ein kleiner Gefallen für einen der besten Jünger des Hippokrates und für einen großartigen Chirurgen!«

Im ersten Moment verschlug es mir die Sprache. Aus purer Verlegenheit heraus fragte ich: »Was ist aus ihm geworden?«

Blutleere Lippen erwiderten: »Alles, was das Eisen nicht heilt, heilt das Feuer. Und was das Feuer nicht heilt, muss als unheilbar gelten. Nicht wahr? Er war unheilbar …«

Gravitätisch nahm Fouché die nächsten Stufen. Der Kaiser hatte ihn zu einer Unterredung gebeten. Die Menschen in den Tuileriengärten tanzten im Fackelschein. Am anderen Morgen erfuhr ich, dass Fouché wieder der Minister des Kaisers war. Polizeiminister – zum dritten Mal …

V

NANCY, 6. JUNI 1815

Bereits Monate vor Beginn des Feldzuges stellte ich gravierende Veränderungen im Charakter Napoléons und an seiner Haltung mir gegenüber fest. Die Unbeugsamkeit seines Willens und seine unerschütterliche Selbstsicherheit waren verschwunden, die Art seiner Entscheidungen oft unerklärlich.

So erzürnte mich sein Dekret, das Pierre François Percy, meinen ewigen Rivalen, zum Chefchirurgen der Armee ernannte. Zur großen Freude Charlottes dachte ich allen Ernstes daran, meine Stellung in der Garde aufzugeben und den Feldzug nicht mitzumachen.

Zusammen mit Johann Friedrich kam ich aber zu der Erkenntnis, dass dem Kaiser diese Entscheidung von keinem Geringeren als von Marschall Soult abgetrotzt worden war. Erst als ich mich weigerte, in der Garde meinen Dienst zu versehen, reagierte Napoléon. Er schickte Gardegeneral Drouot, »den Weisen der Großen Armee«, zu mir nach Nancy. In den zehn Monaten auf Elba war er des Kaisers »Kriegsminister« gewesen. Ein Mann, dessen Gemüt alle Höhen und Tiefen kannte, von der schwärzesten Depression bis zum überschäumenden Enthusiasmus. Seine Stärke kam in kritischen Gefechtssituationen zum Tragen, da ihm immer der Appell an das Moralische im Menschen gelang. Er war gekommen, um mich umzustimmen.

»Baron Larrey, der Kaiser und die Garde brauchen Sie! Napoléon lässt Sie durch mich bitten, Ihre Entscheidung zu überdenken. Kommen Sie zurück zur Garde.«

»Nennen Sie mir die Gründe, warum er Percy zum Chefchirurgen der Armee gemacht hat!«

Ohne zu zögern, erwiderte er: »Entscheidungen zu fällen und sie in die Tat umzusetzen sind zwei verschiedene Dinge. Mein lieber Baron, in meinen Augen gibt es keinen gravierenden Grund. Der Kaiser tat es ohne tiefere Überlegung.«

»Drouot, das kann ich nicht glauben. In vierundzwanzig Feldzügen habe ich ihm gedient. Im Gegensatz zu Percy habe ich in der Zeit, als der Kaiser auf Elba weilte, nicht versucht, die Seiten zu wechseln. Der Kaiser weiß das sehr genau. Er ließ mich nach seiner Rückkehr sogar in die Tuilerien kommen und gab mir den Auftrag, die Ambulanzen des Heeres neu zu organisieren. Und dann wollen Sie mir erzählen, dass er seine Entscheidung ohne tiefere Überlegungen traf?«

»Das mit den Seitenwechseln stimmt!« Drouot trat an mich heran, legte seinen Arm um meine Schulter und überredete mich zu einem Spaziergang. »Die Angelegenheit ist äußerst kompliziert«, sagte der General, während wir ins Freie traten, um am Lazarett entlang in der Sonne zu gehen. »Ich will Ihnen meine Einschätzung dieser bitteren Fehlentscheidung darlegen!«

»Keine Einschätzung, Drouot. Ich will die Wahrheit aus Ihrem Munde hören!«

»Ich sehe einen Menschen lieber, der mir als offener Feind gegenübertritt, als einen falschen Freund in unserer Mitte, der sich nicht zu erkennen gibt. Sie haben einen Feind im Generalstab, der sich offen zeigt.«

Mir war sofort klar, auf wen er anspielte.

Mein Freund, der unersetzliche Berthier, war am ersten Juni in Bamberg aus dem Fenster gestürzt und hatte dabei den Tod gefunden. Die Umstände konnten nicht geklärt werden. Er war mit der bayerischen Prinzessin Elisabeth von Zweibrücken-Birkenfeld verheiratet und hatte wie der König das Exil gewählt. Der Kaiser, so hieß es, sei in Ohnmacht gesunken, als er vom Tode seines fähigsten Mannes erfuhr. Und so wurde mein Widersacher Marschall Nicolas Jean-de-Dieu Soult vom Kaiser zum Nachfolger Berthiers als Generalstabschef bestimmt.

»Mein Feind, das kann nur Soult sein!«

»Sie sagen es. Die Ernennung Percys geschah auf seine Veranlassung hin. Der Kaiser wollte ihm diesen Wunsch nicht abschlagen. Die ganze Tragweite seines Beschlusses wurde ihm erst klar, als er von Ihrer Verärgerung erfuhr.«

Es war nicht zu fassen. Beide, Percy und Soult hatten eine deutliche bourbonenfreundliche Haltung gezeigt. Soult hatte sich, nachdem er in Südfrankreich den Engländern und Spaniern hatte weichen müssen, rasch zum Royalisten entwickelt. Unter Louis XVIII wurde er sogar Kriegsminister und hatte Anfang März, als der Kaiser seinen Fuß wieder auf französischen Boden setzte, noch ein anti-napoleonisches Manifest erlassen. Und nun hatte ihn der Kaiser zum Chef seines Generalstabes ernannt! Eine Entscheidung, die nicht nur von mir als fragwürdig empfunden wurden. »Und, nimmt der Kaiser die Ernennung Percys zurück?«

»In allen Punkten, wenn es nach mir ginge. Sie sind zwar tief getroffen und gekränkt, aber ich habe Ihnen eine Lösung anzubieten. Ihre Befugnisse in der Armee sind keinesfalls eingeschränkt, und der Kaiser sichert Ihnen persönlich in allen Belangen seine Unterstützung zu.«

»Soult wird das zu verhindern wissen«, entgegnete ich.

»Baron, Rivalitäten wurden im Heer schon immer offen ausgetragen, bis hin zur Verweigerung des Gehorsams. Jeder wusste von der Todfeindschaft zwischen Ney und Masséna, und sie haben dennoch zusammen gesiegt. Auch Soult und Ney hassen sich, wie jeder weiß. Trotzdem werden sie die nächste Schlacht gemeinsam schlagen müssen.«

»Heute haben wir eine andere Situation. Der Kaiser hat keine Wahl mehr. Das war vor einigen Jahren noch anders.«

»Mag sein. Jedenfalls ist Percy krank. Ihm fehlt der Überblick und die Erfahrung der letzten Jahre. Er wird dankbar sein, wenn ihm die Arbeit abgenommen wird.«

»Ein schwacher Trost.«

Drouot blieb stehen. »Baron Larrey! Die Armée du Nord mit ihren Offizieren hört auf Sie und nicht auf Percy. Ich bitte Sie im Namen der Garde und der Armee: Lassen Sie uns in dieser schweren Zeit nicht auf dem Schlachtfeld verbluten!«

Trotz des bitteren Beigeschmacks ließ ich mich umstimmen und machte mich auf den Weg nach Belgien. Nicht um Napoléons willen, sondern ausschließlich für das Leben der Soldaten der Garde.

In meinem Wagen Ambulance № 1 überholte ich Marschkolonnen junger Rekruten. Ich sah in junge Gesichter, die frisch und gesund meinen Kastenwagen bestaunten. Sie lachten und scherzten darüber. Ich vergewisserte mich: Keiner von ihnen hatte je eine Schlacht mitgemacht. Doch sie waren voller Feuer und Siegesgewissheit. Mich schauderte bei dem Gedanken, dass wiederum Tausende dieser jungen Franzosen der Verwundung, Verstümmelung oder gar dem Tode geweiht sein sollten …

Als ich in Sedan übernachtete, entdeckte ich höhnische Plakate an öffentlichen Gebäuden, die den Namen Napoléons diskreditierten:

Artikel I. Es haben mir jährlich dreihunderttausend Schlachtopfer geliefert zu werden.

Artikel II. Unter Umständen werde ich diese Zahl auf drei Millionen erhöhen.

Artikel III. Alle diese Opfer werden mit der Post zur großen Schlächterei geschickt.

Bauern schossen auf die Gendarmen, die ihre Pferde zu den Kanonen holen wollten. In der Taverne hob der Wirt den Krug und rief: »Der Teufel soll den Korsen endlich holen!«

Mein Gefühl trog nicht: Ich folgte nur noch einem Schattenkleid der Macht …

VI

La Belle Alliance – Waterloo,
Sonntag, 18. Juni 1815

Mitternacht! Der dritte Schlachtentag war angebrochen. Ich las den Tagesbefehl des Kaisers für den kommenden Sonntag, ausgefertigt vom Generalsstabschef Marschall Soult:

> *Die Herren Kommandanten der Armeekorps werden sich zu ihren Truppen begeben, die Waffen instand setzen lassen und dafür sorgen, dass die Soldaten Nahrung aufnehmen können, damit um genau neun Uhr jedes Armeekorps fertig und zur Schlacht angetreten ist, mitsamt der Artillerie und den Ambulanzen. Der Kaiser befiehlt, dass die Armee um neun Uhr Vormittag bereit zur Schlacht ist.*

Johann Friedrich, meine Divisionschirurgen und auch die Gardegeneräle waren sich einig, dass um diese Zeit eine Schlacht wegen des morastigen Bodens nicht eröffnet werden konnte.

Drouot, Artilleriegeneral der Garde, wetterte in meiner Gegenwart: »Berthier hätte einen solchen Befehl gar nicht erst an die Armee hinausgegeben!«

Während der Sonntagmorgen heraufdämmerte, saß ich zusammen mit den Gardegenerälen beim Kaiser in der Meierei Le Caillou beim Frühstück. Napoléon legte noch einmal seinen Schlachtplan dar. Zunächst sollten das Schloss Hougoumont und der Hof La Haie Sainte erobert werden, die bereits von den Engländern besetzt und befestigt worden waren. Die Kanonen sollten den Gegner mit einem Trommelfeuer belegen. Der Kaiser zeigte sich siegessicher. Er ging davon aus, die Truppen Wellingtons entscheidend schlagen zu können. Der Angriff sollte, wie verkündet, um neun Uhr beginnen.

Doch die Lafetten der Artillerie drohten bei Freund und Feind im Schlamm zu versinken. Genauso verhielt es sich mit unseren Fliegenden Ambulanzen. Pferde und Kastenwagen blieben auf dem Schlachtfeld stecken …

Unter großen Mühen hatten wir noch im Verlauf des Samstagnachmittags rund um den Gasthof La Belle Alliance mit dem Einrichten des zentralen Verbandsplatzes begonnen. Wir waren mit unserem Tross, von Ligny kommend, unter schwierigsten Bedingungen in westliche Richtung gezogen. Das Gehöft lag südlich von Waterloo, direkt an der Chaussee von Brüssel nach Charleroi, in der Provinz Brabant. Napoléon bezog sein Quartier etwas südlicher davon in der Meierei Le Caillou. Das Gebäude mit seiner kleinen gemauerten Einfriedung lag genau im Zentrum unserer Linien. Belle Alliance war ein schöner Name für dieses schmucklose, einfache Bauwerk. Die spöttische Bedeutung war in einem Bild über dem Eingang verewigt: Man sah das Abbild eines hässlichen Greises, der einer blutjungen Magd die Hand zum »schönen Bunde« reichte.

Zwei Tage zuvor hatten wir schwere Gefechte zu bestehen, von denen das blutigste bei Ligny mit den Preußen ausgetragen wurde. Hier gelang es unseren Truppen zwar, die preußischen Einheiten, geführt von Feldmarschall Karl Leberecht von Blücher, zu schlagen, doch der Gegner konnte sich noch geordnet zurückziehen. Mein Kollege Percy zeigte sich mit der Bergung und dem Rücktransport der ungezählten Verwundeten völlig überfordert. Gesundheitlich angeschlagen, wie er war, geriet für ihn die Situation auf dem zentralen Verbandsplatz von Ligny schon wenige Stunden nach Beginn der Schlacht außer Kontrolle. In den Regimentern fehlte es auch an erfahrenen Wundchirurgen. Die Wundversorgung und das Können der jungen unerfahrenen Chirurgen blieben weit hinter dem zurück, was die Armee in der Schlacht von Austerlitz und zu Beginn des Russlandfeldzuges hatte aufbieten können. Ich sah mich gezwungen, mit meinen Garde-Ambulanzen einzugreifen.

Das Grauen lähmte die Hände der Helfer. An manchen Stellen lagen die Toten zwei bis drei Mann hoch. Ihre Uniformen waren derart verschlammt, dass man kaum erkennen konnte, welcher Armee sie angehörten. Der Schlamm war mit Blut durchsetzt. Blut floss unter ihnen in breiten Strömen hervor.

Ich überwand mich und begab mich zusammen mit Johann Friedrich zu Soult. Adjutanten bemühten sich, seine hektisch erteilten Befehle zu verstehen. Seit Austerlitz hatte ich ihm nicht mehr direkt gegenüber gestanden. Verächtlich sah er auf mich herab.

»Was führt Sie hierher?«

»Die Ambulanzen des Korps von Grouchy fordern ein Bataillon Infanteristen zur Bergung ihrer Verwundeten!«

Mit mächtiger Stimme legte er los: »Der Chefchirurg der Armee, Percy, kommt offensichtlich ohne Sie gut zurecht.«

»Sie wissen besser, wie es um Percy bestellt ist! Also, Marschall, ich fordere ein Bataillon für die Verwundeten, die in diesem Moment zu Tausenden im Schlamm verbluten!«

Lautstark entgegnete Soult: »Und ich fordere mehr Energie und Einsatz von Ihren Ambulanzen für die heilige Sache des Vaterlandes!«

Ebenso lautstark konterte ich: »Das ist Verrat an den Prinzipien, die der französischen Armee heilig sind! Sie werden sich für den Tod Tausender, die in diesen Stunden gerettet werden könnten, morgen schon zu rechtfertigen haben.«

»Und Sie können sich schon heute für die unzähligen Abtreibungen in Ihrem Leben rechtfertigen!«

Als ich auf ihn losgehen wollte, hielt mich Johann Friedrich zurück, während die Adjutanten uns aus dem Stabszelt hinausdrängten.

Johann Friedrich zog mich fort: »Beruhige dich! Soult ist zwar ein Schwein, aber ein Schwein mit Einfluss!«

Aufgebracht schrie ich: »Ich fordere ihn zum Duell!«

Mein Freund nahm mich bei den Schultern und schüttelte mich: »Du wirst nichts dergleichen tun! Die Soldaten haben uns nötiger. Ein Duell um Eitelkeiten und Beleidigungen kennt nur Verlierer! Lass dich nicht durch ihn provozieren. Morgen gibt es vielleicht schon gar keinen Generalstabschef mehr.«

Ich nahm mir Johann Friedrichs Rat zu Herzen. Soult verweigerte, wie erwartet, die Hilfe und teilte keine zusätzlichen Soldaten zur Bergung zu.

Durch einen Aufruf, den ich verteilen ließ, bekamen wir zusätzliche Hilfe aus der Bevölkerung. Durch die Mithilfe vieler selbstloser Menschen schafften wir es, wenigstens einen Teil der Verwundeten zu bergen. Unsere Hilfe kam allerdings oft zu spät, da zu viele Schwerverletzte auf dem Schlachtfeld der sofortigen Gefäßabklemmung und Amputation bedurft hätten. Hunderte von ihnen verbluteten.

Bauerngehöfte der Umgebung dienten als Notspitäler. Wegen der Überbelegung mussten Hunderte im strömenden Regen von einem Gehöft zum anderen getragen werden. In Wahrheit waren es Sterbe- und keine Krankenhäuser. Manchmal waren die Wartezeiten für die Träger kurz, denn es wurden genauso viele Tote hinausgetragen, wie Menschen zum Sterben hineingetragen wurden. Wir sahen preußische Verwundete in Scheunen abgelegt wie totes Vieh. Auch beim Gegner wurde das Menschenleben gering geachtet. Das gesamte Schlachtfeld ließ sich zwar nicht überblicken, doch wir sahen Menschen und Pferde auf dem Felde liegen wie Misthaufen im Frühjahr. Die herrschende Schwüle begünstigte zudem die rasche Ausbreitung eines bestialischen Verwesungsgeruches.

Ein genaues Absuchen der ersten Kampfplätze bei Ligny musste zudem unterbleiben, da die Armeen der Engländer und der Niederländer sich zu einer neuerlichen Schlacht auf den Höhen um Mont St. Jean formiert hatten und wir dadurch gezwungen waren, unseren neuen Hauptverbandsplatz nahe dem Zentrum unserer Linien zu suchen. La Belle Alliance war das Zentrum.

Gewitterschwüle Luft, Nässe und Schlamm machten weiterhin allen schwer zu schaffen. Der Regen hatte zwar am Sonntagmorgen aufgehört, doch das neue Schlachtfeld um die Höhen von Mont Saint-Jean, das Château de Hougoumont, den Weilern La Haie Sainte und Papelotte, nördlich unseres Standortes gelegen, war tief aufgeweicht. Auf der Anhöhe hatten Briten, Niederländer und Deutsche unter dem Befehl des Herzogs von Wellington Aufstellung genommen. Nicht die Feldherren, sondern der schlammige Boden diktierte offenbar das weitere Kriegsgeschehen.

Für uns waren die Stunden des Wartens äußerst wertvoll, da wir unsere Vorbereitungen für die zu erwartenden Verwundeten vorantreiben konnten. Wir hatten bei Ligny erkannt, dass wir große Mengen Wasser zur Reinigung der Verletzten benötigten. Wenigstens die Hautareale und Glieder, in die wir schneiden mussten, sollten vom Schlamm gereinigt sein ...

Entsprechend der Stärke des Gegners mit seiner Artillerie und Infanterie rechnete ich mit mehr als zwanzigtausend Verwundeten in den kommenden Stunden. Eine Zahl, die wir unter den herrschenden Bedingungen erst nach Tagen in den Griff bekommen würden. Vorausgesetzt, wir siegten und das Schlachtfeld würde unser sein!

Während des Vormittags durchbrach die Sonne zaghaft den Regendunst. Nur langsam trocknete der Boden. Nach neun Uhr ritt der Kaiser zum letzten Mal die Aufstellung seiner Truppen ab. Die Adler der Fahnen senkten sich, die Grenadiere hoben zum Gruß ihre Bärenfellmützen auf die Spitzen der Bajonette. Trompeten gellten, Trommeln wirbelten dumpf, dem Feldherrn scholl der Ruf »Vive l'Empereur!« entgegen.

Gegen Mittag hörten wir erneuten Trommelwirbel und kurz darauf die ersten gewaltigen Salven der Batterien. Wenig später wurde uns die erste Woge der Schwerverwundeten hereingespült, wiederum in völlig verschlammten Uniformen.

Der Morast klebte überall: an Uniformen, Stiefeln, Händen, Haaren und in den Wunden! Die Art und Schwere der Verletzungen war mitunter kaum abzuschätzen. Waschwasser, Blut und Schlamm mischten sich zu einem zähen Brei, der von Helfern aus dem Gutshof geschaufelt werden musste. Es dauerte keine Stunde, bis wir knöcheltief im Sumpf standen, während wir unsere Verwundeten operierten und verbanden.

Grauenhaft wirkte sich eine neue Waffe der Engländer aus, die sie gegen unsere in dichten Reihen angreifenden Infanteristen einsetzten: Schrapnell-Geschosse. Das waren Bleikugeln in einer dünnen Eisenhülle, die aus großer Entfernung abgeschossen werden konnten und die beim Aufprall freigesetzt wurden, um ein Massenbombardement auszulösen. Grauenhafte Hals-, Brust- und Unterleibswunden waren die Folge. Auch beim Angriff auf

La Haie Sainte forderte das Schrapnell horrende Opfer. Wir hatten noch nie so viele fürchterliche Mehrfachverletzte gesehen, noch nie so viele junge Burschen aufgeben müssen wie an jenem Nachmittag.

Die Schlacht tobte schon sieben Stunden lang zwischen La Belle Alliance und dem Mont Saint-Jean. Fortuna hatte sich offenbar noch nicht entscheiden können, wem der Siegeskranz am Ende gehören sollte. Draußen, unweit unserer Mauern, lauerten Tod, Sieg und Niederlage. Furcht einflößend und unberechenbar. Zweihunderttausend Menschen auf engem Raum waren immer noch dabei, sich für Kaiser, Könige, ihre Vaterländer, für Freiheit, Gleichheit, Brüderlichkeit gegenseitig abzuschlachten. Man konnte vor Schlachtenlärm und Wehklagen sein eigenes Wort nicht verstehen. Sollte die Schlacht verloren sein, würden wir unsere Verletzten und Toten nicht einmal bergen können …

»Achte auf die Garde!«, rief ich Johann Friedrich zu. Wir wussten um die letzten Reserven der Armee. Ihr Einsatz würde das Ende der Schlacht ankündigen. So oder so!

»Die junge Garde marschiert!«, vernahm ich Johann Friedrichs Stimme wenig später, als ich um das Leben eines siebzehnjährigen Infanteristen kämpfte. In den Mauern von La Belle Alliance wussten wir im gleichen Moment alle, dass sich die Entscheidung anbahnte. Keuchend vor Erschöpfung amputierten wir, klemmten Arterien ab, erweiterten Einschusslöcher, um Kugeln zu entfernen, nähten Wunden, verbanden Köpfe und dazu jeden anatomisch definierten Teil des menschlichen Körpers.

Einer meiner Helfer trug einen jungen Mann herein, der im gleichen Moment sein Leben aushauchte. Der Träger schrie aus Zornes Seele: »Schluss mit dem Gemetzel! Vor den Mauern von Hougoumont liegen schon über dreitausend Tote!«

»Die alte Garde marschiert!«, rief Johann Friedrich.

In den Räumen war es schwül wie in einem Treibhaus. Die dumpfen Schläge der Artillerie nahmen wieder zu. Unheilschwangeres Kampfgeschrei marterte die Ohren, während frisches Blut gierig vom Verbandsleinen aufgesogen wurde. Johann Friedrich stand mir plötzlich gegenüber. Ich sah vom blutigen Stumpf eines Beines auf. Aus seinem fahlen Gesicht fing ich den Blick auf. In jenem Moment musste die Entscheidung gefallen sein. Wir lauschten nach draußen. Die Männer am Eingang waren verschwunden. Höllenlärm brandete heran. Ich kannte dieses Getrampel, kannte diesen speziellen Donner, der von in Panik geratenen Heeren erzeugt wurde. Ob unter den Pyramiden, in Austerlitz, an der Beresina, bei Leipzig oder um La Belle Alliance – er war überall gleichartig.

»Die Garde weicht!«

Wie ein Lauffeuer verbreitete sich der Schreckensruf.

Die letzte Naht, der letzte Verband. Ich rief noch: »Ambulance № 1 fertig machen. Wir nehmen den Jungen mit!«

Nach acht Stunden trat ich das erste Mal wieder auf die Straße. Das Grauen schwappte mir entgegen. Auf der Hauptstraße war der Schlamm von Blut gerötet und vermengt mit zermalmten Knochen und Fleisch. Im gleichen Moment sah ich Teile der Garde im Karree marschieren. Ohne Kampfspuren, in sauberen Uniformen und in fester Ordnung, wichen sie nach Charleroi zurück. Die Treuesten und Besten: das 1. Bataillon des 1. Regiments der Gardegrenadiere. Im Zentrum entdeckte ich auf Pferden den Kaiser und Marschall Soult. Dahinter bewegten sich weitere Bataillone der Garde, die von der Schlacht schwer gezeichnet waren und die sich mühten, im Meer der Flüchtenden rasch neue Karrees zu bilden. Auch sie setzten sich in südlicher Richtung nach Charleroi ab. Links und rechts davon stürmten schrill und ungehemmt Regimenter junger Infanteristen in wilder Flucht nach allen Seiten davon.

Gardegeneral Drouot auf dem Pferd sah mich und ritt heran: »Larrey, ich befehle Ihnen, die Ambulanzen abzubrechen und an die Grenze zurückzumarschieren!«

Ich sorgte noch dafür, dass der amputierte Grenadier in den Kastenwagen Ambulance № 1 gelegt wurde, damit man ihn ebenfalls nach Charleroi in das rückwärtige Lazarett bringen konnte. Als die Pferde anzogen, sah ich, dass am hinteren Aufbau ein großes Loch klaffte. Eine Kanonenkugel war glatt hindurchgegangen.

Johann Friedrich, vier weitere Wundärzte und ich wurden in das wilde Getümmel mit hineingerissen. Wir kamen aber mit unseren Pferden nur bis zum Ufer der Sambre. Preußische Lanzenreiter hatten die Verfolgung der flüchtenden Armee aufgenommen und metzelten in der Nacht alles nieder, was sich ihnen in den Weg stellte. Außerdem besetzten sie die rückwärtigen Brücken, um ein Entkommen zu verhindern. Wir versteckten uns während der Nacht im Gestrüpp.

Die prächtigste Sommernacht zog herauf, und ein glänzender Vollmond beleuchtete das Schlachtfeld, auf welchem die Engländer und Preußen nunmehr als Sieger vereint ruhen durften. Gegen Mitternacht des ablaufenden Sonntags lauschten wir nach Norden. In der Ferne hörten wir tausend raue Männerkehlen das Lied anstimmen: »Nun danket alle Gott«, und danach: »Heil dir im Siegerkranz«. Daraufhin ertönte das »God save the King« des englischen Heeres. Jubel war aus allen Richtungen zu hören. Die Sieger feierten unsere blutige Niederlage.

Am Morgen wurden wir am Ufer der Sambre entdeckt. Wir waren derart verdreckt, dass man die roten Schärpen, die uns als Wundchirurgen auswiesen, nicht erkennen konnte. Wir fürchteten, füsiliert zu werden. Wir versuchten dummerweise einen Durchbruch. Einer meiner Leute feuerte seine Pistolen, und mit gezogenem Säbel gaben wir unseren Pferden die Sporen. Der Versuch misslang. An Kopf und Schulter touchiert, wurde ich im gleichen Moment von meinem Pferd gerissen. Benommen stand ich auf und zog meinen Säbel. Zweimal kreuzten sich die Klingen nur, dann war ich meinen Säbel los und hätte beinahe auch noch meine Hand verloren.

Johann Friedrich, der sich abwartend verhalten hatte, sprang todesmutig dazwischen, stellte sich vor mich hin und schrie die Preußen im besten Berliner Deutsch an: »Halt! Macht keinen Fehler. Feldmarschall Blücher wird euch sonst dafür erschießen lassen!« Die Lanzenreiter blickten verdutzt. Daraufhin trat Johann Friedrich zur Seite: »Das ist Baron Larrey! Der Chefchirurg der Großen Armee!«

Die Männer hoben meinen wertvollen Degen auf und lasen auf der Klinge die Namen Abukir und Napoléon. Höchst misstrauisch holten sie noch einen eigenen Wundarzt herbei, der mich zum Glück sofort erkannte. Johann Friedrich wurde freigelassen, nachdem er meine Hand verbunden hatte, während ich, begleitet von einer kleinen Schwadron, zu General von Bülow gebracht wurde.

Wir waren uns in Berlin und während des russischen Feldzuges begegnet. Er zeigte sich erfreut über unser Wiedersehen und traf sofort alle Maßnahmen für meine bevorzugte Behandlung.

Während ich mich gründlich wusch und mir eine passende preußische Uniform aussuchte, sandte er seinen Adjutanten zum Generalstab. Kaum war dieser zurück, ließ mich der General zu sich rufen. Seine Augen leuchteten, als er mir die Botschaft übermittelte: »Feldmarschall Blücher bittet Sie heute Abend zu Tisch!«

VII

Brye, 19. Juni 1815

Le vieux diable«, der alte Teufel, wie ihn Napoléon nannte oder »Marschall Vorwärts«, so die Bezeichnung der Schlesier für ihren alten Feldmarschall, empfing mich in der Windmühle von Brye. Sie hatte ihm als Stabsquartier während der Schlacht gedient, und offensichtlich konnte er sich von ihren zerschossenen Flügeln nur schwer lösen. Johann Friedrich, der noch am Nachmittag als »Preuße« nachgekommen war, hatte mich vorsichtshalber vor den groben Manieren und der rauen Redeweise des Rostockers gewarnt.

Sein Ordonanzoffizier kündigte mein Erscheinen vollmundig an: »Der Chefchirurg der Garde Napoléons: Baron Jean-Dominique Larrey!«

Ich trat dem zweiundsiebzigjährigen Fürsten Blücher von Wahlstatt in der gemütlich hergerichteten Stube der Mühle gegenüber. Sein Gesicht, beherrscht von einem dichten Schnauzbart, taxierte mich von oben bis unten: »Sieh an, wer hätte das gedacht? Der Retter meines Sohnes, Chirurgicus des Kaisers, mehr geschätzt und verehrt in der Grande Armée als der Usurpator selbst, beehrt mich in einer preußischen Uniform!«

Ich verzieh ihm innerlich den »Usurpator« und bedankte mich für die honorige Einladung.

»Ich möchte mich bei Ihnen für die grobe Behandlung durch meine Husaren entschuldigen.« Er zeigte in eine Nische. Auf einem Beistelltisch lagen die Habseligkeiten, welche man mir abgenommen hatte: mein Degen, meine Uhr, das Thermometer und eine prachtvolle Uniform: karmesinroter Samtkragen, goldene

Epauletten mit dicken, steifen Fransen, langer einreihiger Frack aus dunkelblauem Tuch. Daneben lagen einige Goldmünzen. »Die Münzen sind für die Schmerzen. Die Uniform stammt aus einem der vielen Gepäckwagen des Usurpators, der uns in die Hände fiel.«

»Ich erinnere mich. Er trug sie während der Schlacht bei Wagram.«

»Tragt sie! Euch gehört die Ehre!«

»Zuviel des Lobes, Durchlaucht.«

»Euch gebührt Dank! Vor allem für das Leben meines Sohnes, das Ihr bei Teplitz gerettet habt.«

»Ich tat nur meine Pflicht als Arzt!«

Er führte mich zum Tisch, der für zwei Personen eingedeckt war. »Ist Euch der Pfeifenrauch lästig?«

Als ich verneinte, schob er mir einen Stuhl hin, dessen Strohgeflecht halb zerrissen war. Der Fürst bemerkte den Schaden. »Die Mühle ist nur ein Biwak, das der Freundschaft dient.«

Kurz darauf wurden Wein, gebratene Hühner und fein zubereitetes Gemüse aufgetragen. Während des Essens fragte Blücher nach den Schlachten von Jean St. Acre, Austerlitz, Eylau, Beresina und Leipzig, wobei er sich genauestens über die Anzahl der Toten und Verwundeten auf unserer Seite berichten ließ. Ich gab ihm willig Auskunft. Am Ende konnte ich meine Neugier nicht mehr zügeln, und so fragte ich frei heraus. »Was ist gestern bei der Schlacht genau geschehen? Wie und wodurch wurden wir in Ihren Augen niedergeworfen?«

»Wenn ich das nur wüsste, Baron! Sicher ist nur, wir haben das Schlachtfeld eingenommen und dem Usurpator unseren Willen aufgezwungen. Jetzt werden wir endgültig dafür sorgen, ihn zu jedem weiteren Widerstand unfähig zu machen.«

»Ihr habt sicher eine Meinung zur Schlacht.«

»Alle Nachrichten, die ich bekam, widersprachen sich. Ein noch größerer Teil war falsch oder einer ziemlichen Ungewissheit unterworfen. Ihr habt es sicher oft selbst erlebt. Eine Nachricht drängt die andere. Ein Glück noch, wenn sie einander widersprechen. Dann kann man sie wenigstens ignorieren. Ich glaube, das ist etwas für die Zukunft. Etwas für fleißige Kompendienschreiber.«

»War unser rechter Flügel am Ende zu schwach?«, versuchte ich zu insistieren.

»Mein lieber Baron. Die Schlacht wirft schon einen Tag danach Fragen über Fragen auf. Ich habe gelernt, dass alles, was man mir je über Schlachten berichtet hat, in der Tat so gewesen sein kann, aber auch ganz anders. Ich frage umgekehrt: Weshalb hat uns Grouchy bei Ligny nicht vernichtet? Warum ist Wellington am ersten Tag nach Westen ausgewichen, wo ich doch händeringend auf seine Unterstützung bis kurz vor meiner Vernichtung gewartet hatte? Wusstet Ihr, dass ich bei Ligny nur durch großes Glück einer Gefangennahme entgangen bin?«

»Darüber ist im Stab nie geredet worden.«

»Seht Ihr? Was wäre gewesen, wenn ich nicht rechtzeitig meine Armee wieder hätte sammeln können, um mit Wellington am Sonntag in letzter Minute den Sieg zu erringen? Was? Wenn? Wie? Und überhaupt?«

»Alles Zufälle?«

»Leider ja! Der eine Feldherr erlebt am selben Tage seinen Untergang, an dem die anderen siegen, obwohl bei beiden Befehle falsch ausgeführt wurden. Lügen, Übertreibungen und Unwahrheiten prägen Schlachten, und der Mensch wird nach der Schlacht wiederum zur neuen Quelle der Lüge und der Unwahrheit. Stellt Euch vor: Wellington besteht darauf, dass es die Schlacht ›von Waterloo‹ war, die wir schlugen, nur weil er dort sein Hauptquartier aufgeschlagen hatte. In Wahrheit haben wir sie um La Belle Alliance geschlagen. Um den Gasthof! Pardon, um Euren Hauptverbandsplatz, denn da lag das Zentrum der Schlacht!«

»Wozu dann noch Feldherren, Marschälle, Generäle und Offiziere, wenn alles auf Zufällen beruht?«

»Weil vom Willen eines stolzen Geistes die Kriegskunst abhängt. Der Feldherr ist der eiserne Zapfen, um den sich der Balken dreht. Wenn der Konus des Zapfens stimmt und gut geschmiert ist, dreht sich der Balken leicht. Der Zapfen des Usurpators war in meinen Augen durchgerostet. Er musste brechen.«

Ich konnte dem »vieux diable« darin nur zustimmen. Ich begann seinen urwüchsigen und gesunden Menschenverstand zu bewundern.

Nach dem Mahl stand er auf und ließ seine Pfeife qualmen: »Ich sehe schon in den Geschichtsbüchern stehen: Meiner Verwegenheit, Gneisenaus Besonnenheit und des großen Gottes Barmherzigkeit verdankten sie ihren Sieg! Mein lieber Baron: auch das eine Lüge!«

»Wie auch immer, ich denke, dieser Sieg ist für Euch ein großartiger Akt. Wer sich nie in einer großen verlorenen Schacht befunden hat, wird Mühe haben, das zu begreifen.«

»Der Akt ist noch nicht vollendet.«

»Was fehlt?«

»Die endgültige Niederwerfung der Armee und die Entfernung des Usurpators! Russen, Österreicher und auch wir haben uns darüber oft die Köpfe heiß geredet: Wäre man 1792 nach Paris marschiert, so hätte der Krieg schon mit der Revolutionspartei geendet. Vielleicht wäre uns dann alles erspart geblieben. Denkt nur an Austerlitz! Danach folgte das blutige Eylau und Friedland, da sich das russische Heer zurückziehen konnte. Hätte umgekehrt der Usurpator im Jahr 1812 das russische Heer, das auf der Straße nach Kaluga stand, aufgerieben, Alexander hätte in Moskau Frieden geschlossen und die Grande Armée wäre nicht vernichtet worden. Wir lernen daraus, dass nur die Zertrümmerung Eures Heeres, die neuerliche Einnahme von Paris und die endgültige Entfernung des Usurpators den Frieden in Europa garantieren kann. Von daher habe ich die Aufgabe, der Menschheit einen Dienst zu erweisen!«

Als ich nichts darauf erwiderte, fragte der Feldmarschall: »Was ist? Worüber denkt Ihr nach?«

»In diesem Moment denke ich an meine Familie und an die zurückgelassenen Verwundeten, die Bravsten, die, die sich am weitesten vorgewagt haben und nun auf keine Hilfe mehr hoffen können. Ich habe daher zwei Bitten an Euch.«

»Nur zu!«

»Ich bitte einmal darum, meiner Frau eine Nachricht zu übermitteln, dass ich wohlauf bin, und zum anderen, dass ich mich um die Versorgung unserer Verwundeten kümmern darf. Sobald ich entbehrlich bin, werde ich nach Paris reisen.«

»Ihr habt mein Wort darauf! Ich lasse Euch nach Leuven eskortieren. Wir haben gute Quartiere bei angesehenen Bürgern zur Verfügung. Euren Kollegen Zinck werdet Ihr dort begrüßen können. Er geriet gestern ebenfalls in unsere Gefangenschaft. Er ist wohlauf. Doktor Tscharner lasse ich ungern bei Euch zurück. Wir könnten ihn in unserer Armee als Wundchirurgen gut gebrauchen.«

»Das wäre sicher ein Segen. Er ist einer der Besten seines Fachs.«

Wir verabschiedeten uns vor der Mühle. Der Fürst blickte auf seine Uhr. »Übrigens, gestern um die gleiche Zeit umarmte ich mich mit Wellington vor dem Hof von La Belle Alliance. Das ist keine Lüge, sondern die Wahrheit!«

Man eskortierte mich unter einem herrlichen Vollmond nach Leuven. Die Strecke führte quer durch das Schlachtfeld. Die Toten wurden wegen der drohenden Seuchengefahr noch in derselben Nacht in Massengräbern beigesetzt.

Ich erinnerte mich an die Worte Blüchers: »Ich habe der Menschheit einen Dienst zu erweisen!«

Große Worte. Ich habe nie das Bedürfnis gehabt, der Menschheit zu dienen. Nur den Menschen. Und ob das, was ich tat, und das, was ich unterließ, der Schaden und der Nutzen, einander am Ende aufwiegen, das mag ein anderer bestimmen.

8

Der Schatten des Kaisers

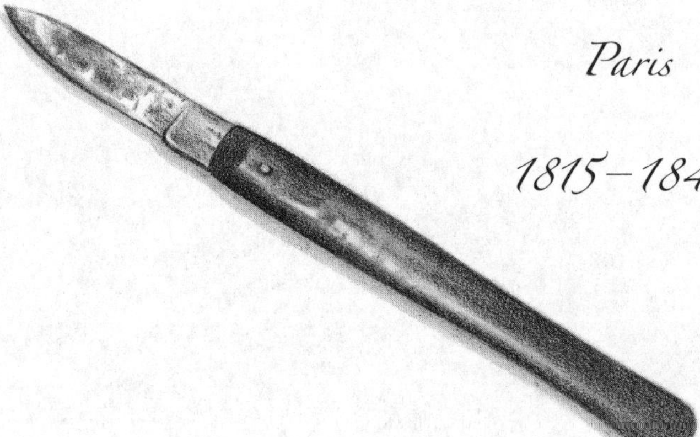

Paris

1815–1840

I

Erinnerungen Jean-Dominique Larreys, 1815–1840

Die Batterien der Artillerie, deren Kugeln auf den Schlachtfeldern Europas die Menschen so oft verstümmelt hatten, waren verstummt. Am 15. Juli 1815 begab sich der Kaiser auf der Reede von Rochefort freiwillig an Bord des englischen Kriegsschiffes H.M.S. Bellerophon. Wie man hörte, unterlag Bonaparte einer Fehleinschätzung, da er mit einer Gewährung von Asyl durch England gerechnet hatte. Dafür zogen mit Beginn seiner Verbannung nach St. Helena die Tage des ersehnten Friedens in Frankreich ein.

Die einst lebensrettenden Fliegenden Ambulanzen begannen in den Magazinen der Lazarette zu verstauben. Dass nie mehr einer meiner Kastenwagen auf einem Schlachtfeld zum Einsatz kommen würde, war mir damals völlig unvorstellbar. Aber so sollte es wohl sein. Dafür rollte ich später in meiner »Ambulance № 1« oft durch Paris. Der Wagen war mir von den Engländern in Brüssel wenige Tage nach der verlorenen Schlacht bei Waterloo zurückgegeben worden, als Geste der Anerkennung für meine Verdienste um ihre Verwundeten.

Nach dem Abendessen mit Fürst Blücher hatte ich mich am frühen Morgen des 20. Juni in Leuven sofort um die Verwundeten zu kümmern begonnen. Percy, mein Kollege, samt seiner Chirurgen waren geflohen, als sie sahen, dass es nichts mehr zu retten gab. Vier meiner eigenen Wundchirurgen der kaiserlichen Garde waren selbst in Gefangenschaft geraten. Sie harrten noch bei den Verwundeten aus, als die panische Flucht unserer Armee begann.

Darunter war auch Zinck, der neben Antoine einer meiner besten Mitarbeiter war.

Das Ausmaß der Katastrophe war entsetzlich. Rund fünfzigtausend tote und verwundete Soldaten beider Seiten lagen auf den Schlachtfeldern verstreut, davon etwa siebenundzwanzigtausend Franzosen. Ohne die aufopfernde Hilfe der Wallonen und die Hilfe meines belgischen Kollegen Seutin hätten wir die weit über zehntausend Verwundeten medizinisch-chirurgisch nicht versorgen können.

Als wir in Leuven und später auch in Brüssel die Hospitäler visitierten, war die Freude unter unseren Verwundeten groß, da wir ihnen Hoffnung gaben, bald wieder heimkehren zu können. Wir führten alle Operationen durch, die uns sinnvoll und möglich erschienen. Dennoch waren für viele wertvolle Stunden und Tage vergangen; denn oft kamen wir zu spät, da sich die verstümmelten Gliedmaßen häufig schon durch Wundbrand infiziert hatten.

Da gab es die Aufschneider, deren Sprüche wir uns angesichts des Elends gefallen ließen. »Ach was, Dr. Larrey, drei Kugeln sind gar nichts; ein echter Soldat beginnt das Zählen erst bei einem Dutzend!« Oder die Geschichte eines Blessierten, der erzählte, er hätte seine Matratze mit den Bärten seiner Gegner ausgestopft. Es gab aber auch Soldaten und Offiziere, die sich erst mit einer Amputation einverstanden erklärten, nachdem sie sicher sein konnten, dass ich sie selbst machen würde. Als ich in Brüssel einen Gardeoffizier vor mir sah, dessen Bein dringend amputiert werden musste, wurde ich energisch: »Mein Bester, mit dem Bein können Sie nie mehr etwas anfangen – aber alle Komplikationen sind zu befürchten. Es wird eines Tages notwendig sein, es abzunehmen …«

Der, der sich vorher geweigert hatte erwiderte: »Da Sie hier sind, ziehe ich es vor, mit drei Gliedern zu leben statt mit vieren zu sterben. Larrey, Sie sind ein schrecklicher unbarmherziger Mann, der mich jeder Möglichkeit beraubt, das zweite Dutzend meiner Narben voll zu machen.«

Er verlangte nach seiner Pfeife und rauchte, während wir ihm das Bein unterhalb des Knies abnahmen. Als ich ihn während der Amputation fragte, ob es nicht zu weh tue, entgegnete er: »Das Bein da war schon lange nichts mehr wert, es geniert mich!«

Insgesamt blieben Johann Friedrich, Antoine und ich einen Monat in Belgien und reisten zwischen den Spitälern von Brüssel und Leuven hin und her.

Ende Juli erfuhr ich, dass Blücher sein Versprechen mir gegenüber gehalten hatte. Als er mit seiner Armee am 29. Juni vor Paris angekommen war, schickte er einen Parlamentär zu einem unserer Vorposten, der eine Nachricht Blüchers an meine Frau übergab. In dieser stand, dass ich bei Waterloo gefangen genommen worden, aber wohlauf sei und mich um die Versorgung der französischen Verwundeten kümmere. Am 15. August war ich mit meinen Freunden wieder in Paris und schloss meine Familie in meine Arme.

Der Glaube an einen dauerhaften Frieden in Europa war allerdings noch Jahre nach Waterloo schwach ausgeprägt, so sehr sich ihn die Völker auch wünschten.

Die Sieger zogen am 7. Juli in Paris ein, und drei Tage später folgte Louis XVIII mit seinen Bourbonen. Verbreiteten sie während der Verbannung des Kaisers auf Elba noch einen Dunst von Güte und Wohlwollen, so kamen sie zur zweiten Restauration in tobender Wut zurück. Die sechstausend Offiziere der königlichen Leibgarde hatten sich zum Gespött ganz Europas gemacht, da die eleganten, kostspieligen jungen Herren zwar auf Paraden glänzten, doch lieber Engländer, Preußen und Holländer gegen den Kaiser hatten kämpfen lassen. Also riefen sie nun nach Blut, um sich wenigstens gegenüber den napoleontreuen Elementen unerbittlich zu zeigen.

So war auch ich von ihrem Unmut berührt und kam auf die Liste der Proskribierten, der Geächteten. Johann Friedrich und Antoine blieben davon verschont. Durch den Einfluss und die Vermittlung der Marschälle Davout und Oudinot wurde ich wieder von der Liste gestrichen.

Die folgenden Jahre waren finanziell gesehen für mich und meine Familie nicht einfach. So entzog man mir einen wesentlichen Teil meiner Einkünfte. Vom Posten des Generalinspekteurs des Sanitätswesens wurde ich entfernt, meine Dotation von Wagram wurde aufgehoben, und man zahlte mir die bei Lützen erhaltene Pension und diejenige aus der Ehrenlegion nicht mehr. Den

Posten als Chefarzt der Garde, die inzwischen eine königliche geworden war, ließ man mir.

Dabei hatte ich noch Glück. Einige von Napoléons Marschällen wurden hingerichtet wie Ney und Murat, andere wiederum vom Pöbel ermordet wie Brune. Marschall Soult entging mit knapper Not diesem Schicksal. Nach Waterloo hatte man ihm noch das Kommando über die Versprengten der Armee übertragen, doch er flüchtete schnell in seine Heimat nach Südfrankreich, nahe Albi in der Region Tarn. Ich hatte die Geschichte von Thérèse erfahren. Nach Jahren der selbst auferlegten Distanz war sie über Antoine wieder mit mir in Kontakt getreten, um sich von mir zu verabschieden. Sie wolle, wie es hieß, Frankreich den Rücken kehren.

Wir trafen uns im Jardin du Luxembourg. Auf meine Frage, wohin sie gehe, antwortete sie: »Ich folge meiner Familie in die Neue Welt, nach Baltimore. Nachdem unser Sohn tot ist, halte ich es in Paris und Frankreich nicht mehr aus. Hier erdrückt mich die Vergangenheit. Paris flößt mir Grauen ein.«

Die Ehe mit Soult war, wie ich von ihr erfuhr, inzwischen geschieden worden. Nicht nur die jahrelangen Feldzüge durch Portugal, Österreich, Preußen und Spanien hatten zu ihrer völligen Entzweiung geführt, sondern der Marschall war, wie sie herausbekam, schon Jahre hindurch mit einer neuen Frau preußischer Abstammung liiert, die den Namen Berg trug. Für sie und sich hatte er in Südfrankreich im Tal der Tarn ein Schloss erworben, das er »Soultberg« nannte.

»Das Objekt zur Befriedigung seiner Habsucht!«, sagte Thérèse verächtlich.

»Die findest du bei fast allen Marschällen.«

»Bei ihm muss sie besonders stark ausgeprägt sein. Wie mir einer seiner Offiziere erzählte, hat er etwa einhundertfünfzig Gemälde spanischer Meister geraubt, die nun sein Schloss zieren.«

»Möglich, dass er sich nicht lange daran wird erfreuen können.«

Daraufhin erzählte Thérèse eine Episode, die sie aus Soults engstem Umfeld in Paris gehört hatte: »Die Flucht nach Albi muss für ihn eine Sache auf Leben und Tod gewesen sein. Stell dir vor, er hat sich als Landarbeiter verkleidet, denn er musste durch ein

Departement, das er bei seinem Rückzug vor Wellington, dem er harten Widerstand bot, von seinen Soldaten plündern ließ. In diesem nutzlosen Widerstand sehen die Bauern heute noch die Quelle ihrer ruinösen Verluste an Hof, Geld, Vieh, Korn und Wein. Er wäre gelyncht worden, hätte man ihn erkannt.«

Inzwischen war bekannt geworden, dass eine Reihe von Bonapartisten in die Verbannung geschickt werden sollte. Soult stand auch auf dieser Liste. »Vielleicht schützt das Exil sein Leben demnächst besser als das Versteckspiel auf Schloss Soultberg.«

Thérèse erwiderte kalt: »Für mich wird er immer noch viel zu rücksichtsvoll behandelt.«

Im Verlauf unseres Gesprächs erzählte ich dann noch von meiner Begegnung mit Fouché in den Tuilerien und von dem Ende Bernard Banvilles.

»Er hat versucht, Handel mit den Engländern zu treiben«, sagte Thérèse, »und damit die Kontinentalsperre unterlaufen. Ein kapitales Verbrechen in jenen Jahren. Das kostete ihn das Leben.«

Auch von der Auseinandersetzung mit ihrem Mann nach der Schlacht bei Ligny erzählte ich ihr. Am Ende unseres Treffens fragte ich: »Was weiß dein Mann wirklich über uns?«

Sie hob die Schultern. »Bernard muss ihn irgendwann einmal getroffen haben. Darin hat er aus Rache sicher alles verraten, was er wusste.«

»Auch von unserem Sohn?«

»Nein! Ich glaube nicht einmal, dass Nicolas je etwas vermutet hat. Jedenfalls machte er nicht die leiseste Andeutung. Ich bin sicher, er hätte es getan, wenn er den Verdacht gehegt hätte. Aber in den letzten Jahren spielte dies alles keine Rolle mehr. Ihn hat nur noch sein eigenes Überleben interessiert, und jetzt geht es ihm nur noch um die Sicherung seines geraubten Reichtums.«

»Was ist mit deinem Stadtpalais?«, fragte ich, bevor wir uns trennten.

»Ich habe es verkauft. Es hat mir in der Seele wehgetan, wegen all der Erinnerungen, die damit verbunden sind. Aber ich habe einen guten Preis dafür erzielt. Außerdem zeigte sich Nicolas großzügig. Mach dir keine Sorgen, ich bin gut abgesichert.« Danach umarmten wir uns. »Lebe wohl, mein Geliebter!«

»Lebe wohl!«, flüsterte ich. Mein Herz war voller Schwermut, denn mir war, als bliebe ich zurück am Rand der Welt. Noch einmal drehte sie sich um und winkte mir zu. Allein das Schicksal wusste, ob wir uns jemals wiedersehen würden.

Die Sorgen indes rissen nicht ab. Das Geld wurde knapp, und ich blieb den neuen Gewalten verdächtig. Zu allem Unglück verlor ich einen Teil meines Vermögens durch eine Geldspekulation, was den Verkauf unseres Hauses in der Rue du Montparnasse nach sich zog.

Meine Behandlung durch die Bourbonen wurde allerdings im Ausland mit Aufmerksamkeit verfolgt. Gegner von einst hatten schnell erkannt, dass in ihren Armeen von einer medizinisch-chirurgischen Versorgung nicht gesprochen werden konnte. Von allen Seiten kamen daher Angebote. Kaiser Alexander wollte mich in russische Staatsdienste nehmen, der Kaiser von Brasilien bot mir die Stellung eines leitenden Chirurgen an, und die Vereinigten Staaten waren ebenso bestrebt, mich in ihr Land zu locken.

Charlotte war davon sofort angetan und riet: »Lass uns auswandern! Für dich und unsere Kinder gibt es in Frankreich so schnell keine Zukunft mehr.«

Doch ich blieb standhaft und erwiderte: »Früher oder später wird sich Frankreich meiner Verdienste erinnern!«

Der Not gehorchend eröffnete ich eine Praxis und hatte bald eine große Klientel von Patienten zu behandeln, die mir mein Auskommen garantierte. Die Feinde des Bonapartismus übertrieben ihre Sanktionen, sodass der König schon im Anfang 1818 gezwungen war, die Kammer zu entlassen.

Die übertriebene reaktionäre Einstellung verschwand aus den Institutionen, und durch ein spezielles Dekret vom 9. April 1818 wurde mir meine Pension von Lützen wieder gezahlt. Die Begründung lautete: Larrey, Chef-Chirurg der französischen Armeen, ist Ihnen, meine Herren, wohlbekannt. Zwanzig Jahre hat er unsere Armeen begleitet, nach Ägypten wie nach Moskau. In der Pflege der Soldaten hat er der Pest mit einer bewundernswerten Hingabe getrotzt, und die ganze Menschheit schuldet ihm Dank!

Ich war rehabilitiert und wurde auch wieder Chirurgien-en-chef am Invalidenhaus. Im Herbst des gleichen Jahres gelang es mir, in

Bièvre bei Versailles ein Haus zu erwerben, das früher General Andoche Junot gehört hatte. Es war etwas bescheidener als das in der Rue de Montparnasse, doch dafür gemütlicher.

Im Jahr darauf wurde der Bourbonenkönig mit der Tatsache konfrontiert, dass sich im Exil eine Gruppe von Offizieren befand, die berühmter war als irgendwelche anderen Soldaten der Welt, und es daher für Frankreich abträglich war, sie ständig in Schmach und Schande zu halten. So wurde eine Amnestie erlassen, und der geächtete Marschall Soult kam wieder in den Besitz seiner Güter, Titel und Orden.

Wir sahen uns kurz darauf auf einem Empfang in den Tuilerien, bei dem er mir beharrlich aus dem Weg ging. Er war in meinen Augen noch finsterer, kälter und stolzer geworden. Als ein Freund ihn mit den Worten: »Lassen Sie mich Ihnen einen Kameraden von Waterloo vorstellen«, mit einem anderem Offizier ins Gespräch bringen wollte, erwiderte der Herzog von Dalmatien schroff: »Ich bin mir nicht bewusst, dass ich bei Waterloo außer Marschall Ney noch irgendeinen Kameraden hatte!«

Im Mai 1821 erfuhren wir vom Tod des Kaisers auf St. Helena. Sofort kursierten Gerüchte, die besagten, dass eine Verschwörung zu seinem Tod in der Verbannung geführt hätte. Von Gift war die Rede. Ohne einen Obduktionsbefund eingesehen zu haben, war ich mir allerdings ziemlich sicher, dass der Kaiser an seinem Magengeschwür zugrunde gegangen war.

Noch im gleichen Jahr hatte ich Gelegenheit, mit dem englischen Militärarzt Arnott, anlässlich seines Besuches in Paris, über Napoléons Obduktionsbefund zu sprechen. Ich befragte ihn eingehend und erhielt eine eindeutige Antwort von ihm: »Bonaparte hatte ein krebsartiges Magengeschwür, das sich rasch ausbreitete. Er war auch leberleidend und malariakrank, doch daran ist er nicht gestorben. Die alleinige Todesursache war das Geschwür.«

Während unseres Gespräches kamen wir auch auf den Russlandfeldzug zu sprechen. Arnott verband eine enge Freundschaft zum Diplomaten General Wilson, der mit Kutusow zusammen während unseres Rückzuges Ende Dezember 1812 in Wilna eingezogen war. Er erzählte mir, was Wilson ihm berichtet hatte: »Das St.-Basilius-Stift bot einen furchtbaren Anblick. Siebentausendfünfhundert

Leichen waren in den Gängen reihenweise übereinander gestapelt. Auch in den Sälen lagen sie herum. Die zerbrochenen Fenster und die Löcher in den Mauern waren voll gestopft mit Füßen, Beinen, Händen Rümpfen und Köpfen, so wie sie in die Löcher passten, um die kalte Luft von den noch Lebenden abzuhalten. Das Verfaulen des Fleisches verbreitete einen bestialischen Gestank. Als die erfrorenen Leichen, zwanzig oder dreißig zugleich, in Schlitten abtransportiert wurden, um in ein Massengrab außerhalb der Stadt geworfen zu werden, waren die verschiedenen Haltungen, in welchen sie der Tod getroffen hatte, äußerst sehenswert: Jede Leiche schien in einem Augenblick der Spannung oder Aktivität erstarrt zu sein. Selten gab es Ruhe in einem der Gliedmaßen, ebenso in den Augen. Es war eine illustrierte Geschichte menschlichen Todeskampfes, die dem nachdenklichen Betrachter reichlich Stoff zum Grübeln gab.«

Arnotts Schilderungen waren für mich von großer Bedeutung, da die Apokalypse erst eingetreten sein musste, als wir in der Nacht vom 10. auf den 11. Dezember Wilna wieder verlassen hatten. Damit war auch bewiesen, dass Kosakenhorden vor dem Eintreffen der russischen Armee ein Massaker unter den Kranken und Verwundeten in der Stadt angerichtet haben mussten.

Vor Napoléons Tod führte Arnott auf St. Helena noch eine angeregte Unterhaltung mit dem abgedankten Kaiser. Während ihres Meinungsaustausches hatten sie die Tatsache hinterfragt, warum die Sterblichkeit in unserer Armee im Vergleich zur Englischen wesentlich geringer ausgefallen war. Mein Kollege aus England zitierte Bonaparte: »Was für ein Mann, was für ein braver und würdiger Mann, dieser Larrey! Wie hat er sich gesorgt in Ägypten beim Marsch durch die Wüste, bei Saint Jean d'Acre und in Europa! Ich habe für ihn eine Achtung empfunden, die niemals enttäuscht worden ist. Wenn die Armee eine Säule der Dankbarkeit errichtet, so muss sie sie für Larrey aufstellen! Larrey hat in meinem Geist den Glauben an einen wahrhaft guten Menschen zurückgelassen.«

Diese Worte erfüllten mich, bei allem, was sonst zwischen mir und dem Kaiser stand, mit Stolz.

Im Jahr darauf, am 26. März 1822 wurde ich von Rechtsanwalt Bertrand, Notar in der Rue des Bons-Enfantes angeschrieben, um bei ihm vorzusprechen. Er teilte mir mit, dass Napoléon mich in seinem Testament bedacht hatte. Er reichte mir das Testament, und ich las darin einen kleinen Satz: *Dem Oberwundarzt Larrey, welcher der redlichste und tugendhafteste Mann ist, den ich je kennen gelernt habe, vermache ich 100 000 Francs.*

Überdies betraute mich der Kaiser in seinem Testament mit der Aufgabe, bei der Verteilung von Geldern Aufsicht zu üben, die er verschiedenen Gruppen zugedacht hatte. Dabei kamen insgesamt über sechs Millionen Francs zur Verteilung. Neben Witwen und Kindern wurden von ihm auch Amputierte, Schwerverwundete und Verkrüppelte bedacht. Als Testamentsvollstrecker wurde auf Wunsch des Kaisers auch Pierre François Percy mit eingebunden.

Percy, der wie Johann Friedrich mit dem Chefchirurgen der preußischen Armee, Goercke, eng befreundet war, starb im Jahre 1825. In unserer Armeezeit hatte er meinen Eifer und meine Robustheit oft nicht ertragen können. Die Zeit heilte jedoch alle Rivalitäten, und so wurde ich ausgewählt, die Grabrede für ihn zu halten. Ich stellte sie unter seinen Wahlspruch: »Die Tapferkeit ehrt den Tapferen!«

Da Kaiser Napoléon nun nicht mehr ein bedrohlicher, sondern nur noch ein harmloser Schatten war, erinnerten sich die Engländer an meine Taten und luden mich im Jahr darauf zu einem Besuch nach London ein. Erst im zweiten Anlauf bekam ich die Genehmigung erteilt. Gemeinsam mit meinem achtzehnjährigen Sohn machte ich mich im Juli 1826 auf die Reise.

Aufgrund meiner Verdienste bei der chirurgischen Versorgung englischer Soldaten in Ägypten, Spanien und bei Waterloo wurde ich mit Ehrungen überhäuft. Die chirurgischen Fachkreise Englands bereiteten mir Empfänge, auf denen meine postulierten Grundsätze der Kriegschirurgie und die angestrebten Änderungen in der Verwundetenfürsorge gefeiert wurden. Bei diesen Anlässen gab es zu meiner großen Freude ein Wiedersehen mit einer Reihe von Offizieren, die ich in Ägypten, Spanien und Waterloo operiert oder verbunden hatte. So begegnete ich Oberst Weymouth wieder, der von einem Bajonettstich bei Waterloo schwer an der Brust verletzt worden war, außerdem sprach ich mit Sydney Smith, dem Sieger von St. Acre, und den Admiralen Keith und Malcolm. Besonders freute ich mich über die Begegnung mit dem schottischen

Schriftsteller Sir Walter Scott, der mit seinen Werken als Dichter, Erzähler und Historiker Berühmtheit erlangt hatte. Mit ihm unterhielt ich mich eingehend über einzelne Phasen des Lebens Napoléons.

Die letzten Tage meines Aufenthalts nutzte ich, um mit meinem Sohn medizinische Einrichtungen Londons, Gefängnisse und Museen zu besichtigen.

Im Britischen Museum wurden Erinnerungen an Ägypten wach. Hier fand ich alles wieder, was unsere französischen Gelehrten ausgegraben hatten. Gebührend und ordentlich platziert und etikettiert. Der berühmte Stein von Rosette aus schwärzlichem Granit und der Koloss von Memphis, an dem ich selbst die Messung des Querschnitts vorgenommen hatte …

Wieder zurück in Paris, tauchte ich in meine tägliche Arbeit als Chefarzt des Invalidenhauses ein. Für mich und meine Familie waren die Jahre geprägt durch Spannungen, Launen und Empfindlichkeiten. Die Umgewöhnung an ein normales Leben fiel mir schwer. War es doch bis Waterloo äußerst stürmisch verlaufen. Manchmal begann ich Züge eines tyrannischen Wesens an mir zu entdecken. Der Urwille meiner Natur wollte keine Ordnung. Gleich einem Schiff, das schon den rettenden Hafen sieht, legte ich das Ruder oft zurück aufs stürmische Meer. Neben Charlotte waren die Leidtragenden meine Kinder. So untersagte ich meiner Tochter die Verbindung zu einem Chirurgen, der den Ägyptenfeldzug mitgemacht hatte, ebenso wie die Heirat meines Sohnes, dessen Auserwählte mir nicht zusagte. Ungeduldig aus Leidenschaft und leidenschaftlich aus Ungeduld, fühlte ich mich auch in meiner persönlichen Freiheit durch Vorschriften und Bürokratien gehemmt. Erst durch Charlottes einfühlsames Wesen gelang es mir, mich nach und nach in die Realitäten zu fügen und den ermüdenden Ansprüchen der Verwaltungen des Hospitals und der Großstadt Herr zu werden.

Im Jahre 1830 kam es wieder zu einer Revolution, die die Bourbonen abermals aus Frankreich vertrieb. Soult weilte auf seinem Schloss bei Albi, als die Nachricht aus Paris bei ihm eintraf. Sogleich eilte er nach Paris und stellte sich der provisorischen Regierung zur Verfügung. Auf den Thron folgte König Louis Philippe. Kurz darauf wurde Soult Kriegsminister und arbeitete, wie ich hörte, täglich achtzehn Stunden an der Wiederherstellung der Armee.

Im Dezember 1831 wurde eine Entscheidung getroffen die mein Herz erfreute. Ich hatte es endlich erreicht, dass ein Kurs in spezieller Militärchirurgie im Hôtel des Invalides etabliert wurde. Was ich jedoch nicht vorausahnen konnte, war die Tatsache, dass sich diese Neuerung zu einem Unruheherd ohnegleichen auswuchs. Ein Tummelplatz von Intrigen, Eitelkeiten und Machtkämpfen, die sich bis in die Ministerien hineinzogen. Eine der Intrigen zielte auch darauf ab, mich zu entfernen, was aber nicht gelang. Die Atmosphäre war daher im Hôtel des Invalides oft gewittrig, was mich die Jahre hindurch viel Kraft kostete. Jeder wollte mitreden und nach Möglichkeit die Lorbeeren für sich einheimsen. Hinzu kamen die Rivalitäten zwischen den medizinischen Disziplinen. Viele Streitigkeiten wurden in die Öffentlichkeit getragen, was dem Ruf des Hospitals abträglich war. Selbst die Presse beteiligte sich am Hauen und Stechen. Ob Marschälle oder Chefärzte, hierin waren sie sich alle gleich.

Im Jahr darauf wurde Soult zum Ministerpräsidenten ernannt. Er bekleidete das Amt zwei Jahre lang und wurde von Mortier abgelöst.

Die nächste größere Reise war etwas ganz Besonderes in meinem Leben. Sie führte mich nach Rom, die Mutter Napoléons zu besuchen. Wiederum begleitete mich mein Sohn Hippolyte.

Am 20. September 1834 gingen wir in Marseille an Bord des Dampfschiffes FRANÇOIS-PREMIER. Nach Genua und Livorno steuerte das Schiff den Hafen von Civita-Vecchia an, wo wir von Bord gingen und am 1. Oktober in Rom eintrafen.

Die private Audienz bei Signora Letitia Bonaparte – Madame Mère, wie man sie nannte – hatte ich Kardinal Fesch zu verdanken. Der Kardinal war der Stiefbruder Letitias. Er empfing uns zuerst im Palazzo Falconieri. Danach ging es zur Piazza Venetia, Ecke Via del Corso, wo wir den Palazzo Misciatelli betraten, einen für mich heiligen Ort. Wir durchschritten eine Reihe von Salons, in denen eine erdrückende Stille herrschte. Der Kardinal und eine Freundin des Hauses traten zuerst in das Besucherzimmer ein, um mich als einen Freund ihres Sohnes anzukündigen.

Schließlich kam Seine Eminenz zurück, und wir traten Madame Mère gegenüber. Sie war von Erinnerungsstücken an ihren Sohn umgeben. Madame selbst ruhte auf einem kleinen Eisenbett. Ich konnte unschwer erkennen, was sie da als Ruhelager benutzte: Es war das Feldbett des Kaisers. Sie hatte sich eine Fraktur des Oberschenkelhalses zugezogen, von der eine Behinderung zurückgeblieben war. Jeder konnte erkennen, dass sie äußerst schwach geworden war.

Ich nahm in einem Sessel Platz, den mir der Kardinal anbot. Das zerbrechliche Geschöpf nahm meine Hand, lächelte und sprach: »Baron Larrey, ich bin von Ihrem Besuch gerührt, und ich danke Ihnen von ganzem Herzen. Ich glaube Sie heute so wiederzusehen, wie ich Sie früher gesehen habe. Der Kaiser liebte und schätzte Sie. Ich weiß das aus seinen Erinnerungen, aus seinen Reden und durch sein Testament von St. Helena.«

Als sie dies sagte, hielt sie meine Hand. Ich hatte Mühe, einige Worte des Dankes hervorzubringen, da ich den Tränen nahe war. Am Ende unseres Besuches drückte sie ihren tiefen seelischen Schmerz darüber aus, den sie immer wieder empfand, wenn ihr Sohn als Tyrann und Schlächter Europas dargestellt wurde. Sie fragte mich nach meinem Urteil.

»Madame, ich habe den Kaiser als einfühlsamen und mitfühlenden Menschen erlebt. Gewöhnlich suchte er am Ende der Bataille das Schlachtfeld auf, um sich zu vergewissern, dass alle Verwundeten versorgt wurden. Ich erinnere mich an Borodino, wo ihn seine fiebrige Erkältung und seine völlige Erschöpfung nicht davon abhielten, in der Morgendämmerung des nächsten Tages über das Schlachtfeld zu reiten. Ich habe gesehen, wie er seinen begleiteten Stabsoffizieren befahl, den einen oder anderen Verwundeten zum Verbandsplatz zu bringen. Als das Pferd eines seiner Adjutanten an einen Körper stieß, hörte der Kaiser einen Schmerzensschrei und befahl, den Mann auf eine Bahre zu legen. Als der Adjutant meinte, es wäre ja nur ein Russe, rief der Kaiser entrüstet: ›Nach einem Sieg gibt es keine Feinde mehr, sondern nur noch Menschen!‹«

Im Herzen wusste ich sehr wohl, dass dies nur die eine Seite Napoléons gewesen war. Aber warum sollte ich eine alte Frau in den letzten Tagen ihres Lebens mit meinen Zweifeln quälen?

Madame Mère fasste erneut meine Hand und drückte sie, während ihre Augen feucht wurden. Nach zwei Stunden verabschiedeten wir uns schließlich. Als Erinnerung überließ Madame Mère meinem Sohn eine Kamee, die sie und ihren Sohn darstellte, während ich zum Andenken eine der Schnupftabakdosen des Kaisers aus Onyx erhielt …

Als Marschall Oudinot im Mai 1838 zur Behandlung seiner Gicht zu mir kam, erfuhr ich etwas, was ich schon längst vergessen und begraben glaubte. »Soult kann es Ihnen nicht vergessen, dass Sie ihn in Lützen vor dem Kaiser brüskiert haben. Sie wissen, was ich meine: die Untersuchung damals, als Sie nachweisen konnten, dass es sich bei den jungen Rekruten nicht um Selbstverstümmelung gehandelt hat, sondern nur um die Folgen einer schlechten Ausbildung an der Waffe. Ich kenne ihn,« fuhr Oudinot fort, »dafür wird er sie hassen bis in sein Grab.«

Es schien, als käme ich nicht zur Ruhe. Der Konflikt zwischen uns schwelte weiter. Heißt es nicht, die Zeit heilt alle Wunden? Diese Wunde war offensichtlich noch nicht verheilt. Ob sie jemals heilen würde?

Im Juni des gleichen Jahres war in London Königin Victoria gekrönt worden. Wie ich aus den Zeitungen erfuhr, hatte König Louis Philippe als Vertreter Frankreichs den Herzog von Dalmatien entsandt. Soult wurde in London von der Bevölkerung geradezu stürmisch umjubelt. Er wurde von der Königin empfangen und traf auch seinen alten Gegner Wellington.

Die Schlagzeile des Tages lautete: »Der weißhaarige alte Marschall-Herzog hat mit Feldmarschall Wellington seinen persönlichen Frieden geschlossen!«

Als im Jahr darauf die Rückführung der sterblichen Überreste des Kaisers durch die Abgeordnetenkammer beschlossen wurde, kam mir zu Ohren, dass Soult sich vehement dagegen aussprach, mich im Trauerzug mitmarschieren zu lassen, noch einen Ehrenplatz im Invalidendom einzunehmen. Ich wusste seine Absichten zu verhindern …

II

Ehrenhof, St. Louis des Invalides, 15. Dezember 1840, 15.00 Uhr

Matrosen der Belle Poule hoben den Sarg Napoléons aus dem vergoldeten Leichenwagen. Dahinter formierten sich die ehemaligen Vertrauten des Verbannten auf St. Helena. Das Volk blieb vor den Toren, ebenso Larreys Sohn Hippolyte und sein Vertrauter Johann Friedrich. In sich versunken durchschritt Jean-Dominique das Nordportal.

Unter Trommelwirbeln und dem Salut der Kanonen trugen die Matrosen den Totenschrein in den Ehrenhof. Dort übergaben sie ihn an die Unteroffiziere der Nationalgarde. Gemessenen Schrittes trugen diese den Sarg zum Eingang der Kirche St. Louis des Invalides. An der Spitze seiner Geistlichkeiten erwartete der Erzbischof von Paris, zusammen mit dem Prinz von Joinville, die Ehrenformation in der Kirchenvorhalle. Der Prinz hatte die Überführung des Leichnams von St. Helena über Cherbourg bis in den Dom begleitet. Als der Sarg die Schwelle zur Kirche passierte, verkündete ein Herold den Honoratioren im Dom die Ankunft der sterblichen Überreste Napoléons:

Meine Herren, der Kaiser!
Zwanzig Jahre hat er unter einer dunklen Steinplatte geruht,
allein mit dem Ozean, allein mit der Natur,
allein mit Dir, o Herr!

Dramatisch geballte, schicksalsträchtige Momente, zusammengedrängt auf wenige Minuten, sind selten im Leben eines einzelnen

Menschen. Jean-Dominique hatte davon in seinem Leben ungezählte aufzuweisen. Gemessen an der Unwiderlegbarkeit der Geschehnisse konnte sich niemand der Anwesenden mit Larrey messen. Für ihn brach nun die Stunde an, an deren Ende es sich zeigen würde, ob er die Bürde seines Lebens ablegen konnte …

Er richtete den Blick empor. Das Tonnengewölbe des Hauptschiffes und die mächtige Kuppel des angrenzenden Doms glänzten im Schein tausender Lichter. Die Seitenschiffe und die Balkone der Empore waren mit schwarzem Tuch ausgeschlagen. Ebenso die Kirchenfenster. Vor mehr als dreißig Jahren war er hier am gleichen Ort vom Kaiser in die Ehrenlegion aufgenommen worden. Für einen Moment sah er vor seinem inneren Auge Bilder der Zeremonie von einst. Ihm war, als hörte er noch einmal die bebende Stimme des Kaisers: »… schließlich schwört Ihr, mit aller Kraft für den Erhalt von Freiheit und Gleichheit einzutreten. Ihr schwört es!«

Die Welt hatte damals ihre Ordnung wie heute. Mit einem Unterschied: Damals saß der Kaiser auf dem Thron neben dem Altar …

Im Kirchenschiff hatten sich der königliche Hof, die Regierung, Deputierte und ausgewählte Würdenträger aus dem In- und Ausland versammelt. Die Männer meist in prächtigen Uniformen, die Damen überwiegend in edle Pelze gehüllt. Als Goldschmuck wurden vorzugsweise Adler, Bienen und Lorbeerkränze getragen.

Auf dem Weg zum Altar setzte sich der Prinz an die Spitze des Zuges. Hinter ihm folgten die Marschälle Oudinot und Molitor sowie Admiral Roussin und General Bertrand, die das Leichentuch trugen. Von den ehemals sechsundzwanzig Marschällen des Kaisers waren von den sechs, die noch lebten, nur drei anwesend. Sie nahmen in bestimmten Funktionen an der Beisetzung teil: Nicolas Jean-de-Dieu Soult, Herzog von Dalmatien, als Premierminister; Nicolas-Charles Oudinot, Herzog von Reggio, als Großkanzler der Legion d'Honneur; Adrien Jannot de Moncey, Herzog von Conegliano, als Gouverner der Invalidenstiftung.

Moncey, der wegen seines hohen Alters und seiner Kriegsbeschwerden nicht im Stande war zu gehen, ließ sich auf einem Rollstuhl bis an die Stufen des Altars bringen.

Langsam schritt Larrey hinter den Sargträgern den Mittelgang entlang bis zum Altarraum. Als sie dort angekommen waren, erhob sich der König von seinem Sitz. Gleichzeitig erhoben sich die Spitzen der Gesellschaft.

Joinville senkte vor König Louis Philippe den Degen: »Sire, ich übergebe Euch die sterbliche Hülle Kaiser Napoléons, welche ich auf Euer Majestät Befehl nach Frankreich gebracht habe.«

Der Monarch erwies dem letzten Kaiser der Franzosen die Reverenz. »Ich empfange Euch im Namen Frankreichs!«

General Athalin übergab den Degen des Kaisers, auf einem Samtkissen liegend, an Soult, der ihn an den König weiterreichte. Dieser wiederum übergab ihn an General Bertrand mit den Worten: »General, ich trage Ihnen auf, den ruhmreichen Degen Kaiser Napoléons auf seinen Sarg zu legen.«

General Gourgaud erhielt Befehl, mit dem Hut des Kaisers in gleicher Weise zu verfahren. Nachdem die Order ausgeführt war, wurde der Sarg auf einen prachtvollen Katafalk gesetzt. Hohe Bodenleuchter erhellten den mit Silberborten, Fahnen, kaiserlichen Adlern und mit Wappen geschmückten Sarkophag. Soult, Oudinot, Molitor und Admiral Roussin übernahmen die Totenwache zu Beginn des Hochamtes, während Jean-Dominique in der ersten Bank seinen Platz einnahm.

Nach Jahren subtiler Gegnerschaft und getrennter Wege standen sie sich am Sarg des Kaisers zum ersten Mal wieder gegenüber. Larrey suchte nach seinem Blick. Soult streckte sein Kinn vor und legte sein Haupt etwas in den Nacken.

Woher nimmt er diesen ungeheuren Hochmut, fragte sich Jean-Dominique stumm.

»Aus der Tiefe rufe ich, Herr, zu Dir. Herr, höre meine Stimme, lass Deine Ohren merken auf die Stimme des Flehens!« Der Orchesterchor begann das Hochamt mit *De Profundis*, Psalm 130, von Marc-Antoine Charpentier zu zelebrieren.

»... und Er wird Israel erlösen aus allen seinen Sünden!«

Das Wechselspiel von Melodie und Psalm rief ein Gefühl der Ergriffenheit hervor. Soult hielt dem Blick Larreys stand. Seine Gedanken kreisten um die schicksalhaften Bande, die ihn mit dem schlohweißen, zähen alten Mann verbanden. Es gab nur wenige Grenzen in seinem Leben, die er nicht hatte überwinden können.

Nie waren es Armeen gewesen, sondern Machtproben menschlicher Natur. Ausgetragen ohne Waffen. An ihnen hatte er sich immer gemessen. Manchmal bis zu seinem völligen Scheitern. In jenem Moment gestand er sich ein, dass es ihm nicht gelungen war, an Larrey, der hierarchisch wie auch politisch immer in der schwächeren Position war, vernichtende Rache für erlittene Schmach und verletzte Eitelkeit zu nehmen. Er erinnerte sich an Ligny, als der Kaiser ihm vor der Schlacht ausdrücklich befahl, Larrey und seinen Ambulanzen jegliche Hilfe zu gewähren. »Alle unsere jungen Soldaten, die sich dem kalten Tode entgegenwerfen, ungewiss, ob sie ihm entrinnen, verwundet oder sterben werden, müssen wissen, dass sie durch unsere Ambulanzen geborgen werden! Unterstützen Sie also Larrey!«

Erst viele Jahre später begann der Vorwurf in ihm zu nagen, dass er nach Austerlitz und im Juni 1815 nach der Regenschlacht von Ligny durch seine Weigerung Tausende junge Rekruten wissentlich verbluten lassen hatte. Vor allem in Preußen, später auch in England war er von hohen politischen und militärischen Würdenträgern häufig mit dieser höchst ehrenrührigen Tatsache konfrontiert worden. Er hatte hinter diesen versteckten Angriffen immer Larrey vermutet, doch war er der Sache nie auf den Grund gegangen, hatte nie eine Aussprache mit ihm gesucht …

»Requiem aeternam dona eis, Domine, et lux perpetua luceat eis!« ›Herr, gib ihnen die Ewige Ruhe …‹, hallte der Introitus der Totenmesse von Wolfgang Amadeus Mozart als Eingangsgesang durch das Kirchenschiff.

Der Gesang ging durch Mark und Bein: *»Dies irae, dies illa …«* ›Tag des Zornes, Tag der Zähren, wirst die Welt in Brand zerstören, wie Sibyll' und David lehren.‹

Soult hatte die Jahrzehnte hindurch die große Bewunderung registrieren müssen, die Larrey in Frankreich und im Ausland uneingeschränkt entgegengebracht wurde. Seine Memoiren über die Feldzüge des Kaisers waren inzwischen in allen Sprachen übersetzt. Wenn es eine Macht gab, die wirksamer war als die der Waffen, dann war es das einmal in die Welt gesetzte Wort. Soult wusste genau: Der Chirurg des Kaisers hätte damit nicht nur einen Skandal provozieren können, sondern auch seinem Ruf und seiner politische Karriere ein Ende setzen können. In jener Stunde, nahe dem Sarkophag des Kaisers gestand er sich ein, dass er unverzeihliche Fehler begangen und schwere Schuld auf sich genommen hatte.

Der Orchesterchor intonierte: *»Liber sciptus proferetur, in quo totum continetur …«* ›Und ein Buch wird aufgeschlagen, treu darin ist eingetragen jede Schuld aus Erdentagen.‹

Soult senkte seinen Blick. Fast demütig, so schien es Larrey, der jede Regung an ihm scharf beobachtete. Jeder wird an seinen Taten gemessen, in der Spiegelung seines Tuns am Nächsten, ging es ihm durch den Kopf. Sein eigenes Tun wurde zwar als Inbegriff eines Wundchirurgen angesehen, doch war dadurch die Schuld der frühen Jahre für ihn dennoch nie getilgt. Er sah das unschuldige Blut auf dem Grunde aller seiner guten Dinge fließen …

Der Chor sang in dramatischer Drastik: *»Juste judex ultionis donum fac remissionis…«* ›Richter du gerechter Rache, Nachsicht üb in meiner Sache, eh' ich zum Gericht erwache.‹

Soult blickte in das Licht der Kerze und schloss für einen Moment seine Augen. Die Bilder von Eylau tauchten aus der Erinnerung wieder auf. Das aufbäumende Pferd, die Hufe, Marcel … Die im Gewissen verborgene Wahrheit entfaltete sich.

Soult atmete schwer. Der Tag des Zorns drängte sich in sein Bewusstsein. Jener Tag, an dem er Kenntnis davon erhalten hatte, dass Thérèse, seine Frau, ihn mit Larrey betrog. Ein Brief von Banville hatte ihn auf die Fährte gesetzt. Seine Ehre, sein Stolz waren verletzt. In Sequenzen durchlebte er die Schandtat von einst nochmals. Ihm war, als hörte er die flehende Stimme Marcels. Aus Wut und verletztem Stolz hatte er ihn niedergeritten, als er schon am Boden lag. Die anschließenden Leiden seiner Frau, die nie endende Trauer über den Tod ihres geliebten Zwillingsbruders waren kein Fest für ihn gewesen, und Genugtuung darüber hatte er in Wahrheit nie empfunden. Mit einem Zeugen seiner Tat hatte er außerdem nicht gerechnet. Die Flamme der Reue aber, die sein Herz langsam zur Asche verbrannte, war nicht zu löschen …

Die ätherischen Klänge eines Solostimmen-Quartetts, nahe dem Altar, ließen ihn erschauern. *»Ingemisco tamquam reus, culpa rubet vultus meus …«* ›Seufzend steh ich schuldbefangen, schamrot glühen meine Wangen, lass mein Bitten Gnad' erlangen.‹

Wieder trafen sich ihre Blicke. Soult wie Larrey hatten nie in Frömmigkeit und Demut gelebt, wie es der Klerus vorschrieb, aber unter dem Eindruck von Musik und Chorgesang brach das verborgene und verkrustete Seelenleben beider Männer auf. Gedanken, die einander verklagten oder entschuldigten, wichen langsam aus ihren Köpfen. Sie machten Platz für etwas, zu dem das Gewissen beider Ja sagen konnte: zur Selbstaufhebung der Gerechtigkeit!

»*Libera eas de ore leonis ne absorbeat eas tartarus* …« ›Befreie sie aus dem Maul des Löwen, damit die Unterwelt sie nicht verschlinge, damit sie nicht in die Finsternis hinabsinken!‹

Soult, den das Stehen zunehmend erschöpfte, streckte plötzlich seinen Arm aus, um sich am Sarkophag zu stützen. Jean-Dominique, der diesen Schwächeanfall kommen sah, erhob sich sofort, um Soult seine Hand zu reichen. Dieser überwand jedoch seinen Taumel. Larrey nahm wieder Platz, während Soult sich als stummes Zeichen der Anerkennung vor Larrey verneigte …

Das Totenrequiem für Napoléon war beim Agnus Dei angekommen und mündete in die Communio.

Der Erzbischof spendete den Segen und besprengte den Sarkophag mit Weihwasser. Der König tat es ihm gleich. Als die Pflicht erfüllt war, zog sich die Königsfamilie zurück. Das Ende der Feierlichkeiten war erreicht. Schweigsam und ergriffen schritt die Menge aus der Kirche. Hüstelnd rollte der alte Marschall Moncey an Larrey vorbei: »Jetzt will ich gern sterben!«

Die Kirche hatte sich geleert. Jean-Dominique und Nicolas Jean-de-Dieu standen sich gegenüber. Nur Napoléons Sarkophag trennte sie. Ohne ein Wort miteinander zu wechseln, fühlten sie, dass der Schatten, der ein Leben lang über ihnen gelegen hatte, von ihnen gewichen war. So wie der Schatten des Kaisers, nachdem Napoléon Bonaparte nun endgültig zur Ruhe gebettet worden war.

Es gab nichts mehr zu sagen. Stumm trafen sie die Übereinkunft, sich gegenseitig anzunehmen, ohne sich zu einem Ausgleich zu zwingen. Durch ein Verneigen voreinander unterstrichen sie ihren Willen.

Wo es keine Gerechtigkeit gibt, bleibt nur noch Gnade.

PERSONEN

1840
Napoléons Trauerzug / Im Invalidendom

JEAN-DOMINIQUE LARREY
Baron, Chirurg, Doktor der Medizin, Chefchirurg der kaiserlichen Garde Napoléons und der Grande Armée
CHARLOTTE-ELISABETHE LEROUX
Ehefrau Larreys
FÉLIX HIPPOLYTE LARREY
ihr gemeinsamer Sohn
ISAURE LARREY
ihre gemeinsame Tochter
NAPOLÉON BONAPARTE
Feldherr, Konsul und Kaiser Frankreichs
LOUIS ATHALIN
französischer General, Baron
HENRI GRATIEN BERTRAND
Marschall Frankreichs, begleitete Napoléon nach Elba und St. Helena
FRANÇOIS RENÉ VICOMTE DE CHATEAUBRIAND
französischer Schriftsteller und Politiker
LOUIS GOURGAUD
französischer General
PRINZ VON JOINVILLE
Kronprätendent
GABRIEL JEAN JOSEPH MOLITOR
französischer General
ADRIEN JANNOT DE MONCEY
Gouverneur der Invalidenstiftung, Herzog von Conegliano
NICOLAS-CHARLES OUDINOT
Marschall Frankreichs, Herzog von Reggio
LOUIS PHILIPPE
König von Frankreich, Herzog von Orléans
ALBIN-REINE ROUSSIN
französischer Admiral
NICOLAS JEAN-DE-DIEU SOULT
Marschall von Frankreich, Herzog von Dalmatien, Premier- und Kriegsminister. Gegenspieler Larreys
JOHANN FRIEDRICH TSCHARNER
Preußischer Chirurg, Freund und Berater Larreys

1766-1792
Familie, Jugend und Studentenzeit

JEAN LARREY
Vater von Jean-Dominique
PHILIPPINE
seine Mutter
CLAUDE FRANÇOIS HILAIRE
sein Bruder
ALEXIS
sein Onkel, Chefchirurg in Toulouse
ABBÉ GRASSET
Dorfschullehrer
BERNARD BANVILLE
Chirurg und Jugendfreund
JEANETTE VON BRETONNEAU
Geliebte Larreys
PIERRE JOSEPH DÉSAULT
Chefchirurg, Charité und Hôtel Dieu Paris
LOUIS BOURBON
Flötenspieler im Kerker von Brest

Camille Desmoulins
französischer Anwalt, Publizist und Revolutionär
Raphael Bienvenu Sabatier
Chefchirurg im Hôtel royal des Invalides
Rene Leroux de Laville
Schwiegervater und Finanzminister
Francesco Procopio dei Cultelli
Gründer des Kaffeehauses »Procope« in Paris

1793-1794
In Toulon

Jean-François Carteaux
französischer General
Jacques François Coquille Dugommier
französischer General
Aumat Augustin Gasparin
Konventskommissar
André Lombard
Oberwundarzt
Augustin Bon Joseph Robespierre
Abgeordneter des Konvents
Antoine Christophe Salicetti
Abgeordneter des Konvents

1794-1797
In Paris

Pierre François Charles Augereau
Marschall von Frankreich, Herzog von Castiglione
Paul François Barras
Mitglied des Konvents und des Direktoriums
René Dufriche Desgenettes
Arzt und Freund Larreys
Thérèse Sorel
Libertine, Ehefrau von Soult und Geliebte Larreys
Maurice Sorel
Thérèses Vater
Marcel Sorel
Thérèses Zwillingsbruder, Adjutant bei Marschall Soult
Charles Maurice Talleyrand
französischer Staatsmann, Bischof, Mitglied der Generalstände, Außenminister
Jeanne-Marie-Ignazie-Thérèse Tallien
Inhaberin eines Salons

1798-1801
In Ägypten

Achmed-Pascha, Djezzar
türkischer Gouverneur, genannt der Schlächter
Edouard André
Chirurg, Unterwundarzt
Paolo Assalini
Chirurg, Oberwundarzt und Adjutant Larreys
Claude Louis Berthollet
französischer Chemiker
Louis-Alexandre Berthier
Marschall von Frankreich, Generalstabschef Napoléons, Herzog von Neuchatel, Fürst von Wagram
Jean-Baptiste Bessieres
Marschall von Frankreich
Louis André Bon
französischer General
Louis Antoine Fauvelet Bourrienne
Jugendfreund Napoléons, Generalstab
Michel Bouquin
Chirurg, Oberwundarzt aus Toulouse
François Paul de Brueys
Vizeadmiral der französischen Toulonflotte
Hugues Celliers
Chirurg, Hilfswundarzt
Louis Nicolas Davout
Marschall von Frankreich, Fürst von Eckmühl, Herzog von Auerstädt
Jacques Dugua
französischer General
Louis Charles Antoine des Aix Desaix
Marschall von Frankreich
Pierre Jadart Dumas
französischer General
Adam Franck
Chirurg, Unterwundarzt

Geoffrey Saint Hilaire
französischer Naturgelehrter
Sir John Hely-Hutchison
englischer Oberbefehlshaber
Ibrahim-Bey
Mamelucken-Führer
Séverin Bonhomme
französischer Offizier
Jean-Baptiste Kléber
französischer General
Philippe Lamartine
Chirurg, Oberwundarzt aus Toulouse
Jean Louis Lannes
Marschall von Frankreich, Herzog von Montebello
Charles Lachome
Chirurg, Unterwundarzt
Maurice Latil
Chirurg, Oberwundarzt
Frédéric Masclet
Chirurg, Oberwundarzt aus Toulouse
Pierre Megalon
Chirurg, Oberwundarzt aus Toulouse und Adjutant Larreys
Jacques François Menou
französischer General, Baron und Diplomat
Gaspard Monge
französischer Mathematiker und Physiker
Gabriel Mougin
Chirurg, Hilfswundarzt
Murad-Bey
Mamelucken-Führer
Mustafa-Pascha
türkischer Großwesir
Joachim Murat
Marschall von Frankreich, Schwager Napoléons, König von Neapel
Pothyne
Gespielin im Hammam zu Kairo
Victor Renauld
Chirurg, Oberwundarzt
Claude Reynier
französischer General
Gaspard Roussel
Chirurg, Hilfswundarzt
Bertrand Royer
Chefapotheker der Orientarmee
Sir Sydney Smith
englischer Kommodore

Xavier Valet
Chirurg, Unterwundarzt
Victor Vial
französischer General
Marcelin Vigny
Chirurg, Oberwundarzt
Horatio Lord Viscount Nelson
englischer Admiral, Herzog von Bronte, Baron vom Nil
Louis Vaute
Korporal
Antoine Venture
Chirurg und Adjutant Larreys
Pierre Charles de Villeneuve
französischer Konteradmiral
Jozef Zayonchek
polnischer General in französischen Diensten
Albrecht Zinck
Chirurg, Oberwundarzt

1802-1807
In Paris, bei Austerlitz, Jena und Eylau

Alexander I. Pawlowitsch
Zar von Rußland
August Jean Gabriel Caulaincourt
französischer General
Jean-Nicolas Corvisart
Leibarzt Napoléons
Joséphine
Erste Gattin Napoléons, Kaiserin der Franzosen
Pierre-Jean David d'Angers
Portraitmaler Napoléons
Franz I.
Kaiser von Österreich
Friedrich Ludwig Hohenlohe-Ingelfingen
preußischer General
Andoche Junot
französischer General, Herzog von Abrantès
Michail Iliarionowitsch Kutusow
russischer Feldmarschall
Adolphe-Edouard Mortier
Marschall von Frankreich, Herzog von Treviso
Pascal
Sohn von Thérèse und Jean-Dominique

Pius VII.
Papst zu Rom
Friedrich Wilhelm III.
König von Preußen

1812
In Russland

André Bancel
Chirurg, Oberwundarzt
Gabriel Bourgeois
Chirurg, Oberwundarzt
Aurore Bursay
Theaterbesitzerin in Moskau
Pierre Bruno Daru
französischer Generalintendant, Graf
Eblé
französischer General der Pioniere
François Joseph Lefebvre
Marschall Frankreichs, Herzog von Danzig
Michel Ney
Marschall von Frankreich, Herzog von Elchingen, Fürst von der Moskwa
Nicolas-Charles Oudinot
Marschall Frankreichs, Herzog von Reggio
Józef Poniatowski
Marschall von Frankreich, Fürst, polnischer General
Jaques Ribes
Chirurg, Oberwundarzt

1815
In Deutschland, Frankreich, Belgien / Waterloo

Gebhard Leberecht von Blücher
preußischer Feldmarschall, Fürst von Wahlstatt
Baptiste Drouot
französischer General,
Gebhard Lebrecht
preußischer Oberstleutnant, Sohn des Generalfeldmarschalls Blücher
Joseph Fouché
Polizeiminister, Herzog von Otranto, Mitglied des Konvents
Emmanuel Grouchy
Marschall von Frankreich, Graf von
Louis XVIII
König von Frankreich
Jacques Étienne Joseph Alexandre Macdonald
Marschall von Frankreich, Herzog von Tarent
Pierre François Percy
Chirurg, Chefchirurg der Armee 1815
Sir Arthur Wellesley
englischer Feldherr und Politiker, Herzog von Wellington, Marquess von Duoro, Fürst von Waterloo

1816-1840
Restauration

James Arnott
englischer Militärarzt
Letitia Bonaparte
Mutter Napoléons
Kardinal Fesch
Stiefbruder Letitia Bonapartes

ZEITTAFEL

Datum	Ort	Curriculum vitae
8. Juli 1766	Beaudéan (Hochpyrenäen)	Jean-Dominique Larrey wird als Sohn eines Schuhmachers in bescheidenen Verhältnissen geboren.
1766-1778		Kindheit und Dorfschule.
1779	Toulouse	Unter Aufsicht seines Onkels Alexis Larrey (1750-1827), Chirurgien major und Professor am Stadtspital, studiert Larrey Medizin.
Aug. 1787	Paris	Nach Bestehen zweier Examina erwirbt Larrey das Patent eines Chirurgien major und tritt in die königliche Kriegsmarine ein.
3. Mai bis 31. Okt. 1788	Seereise nach Neufundland an Bord der Fregatte VIGILANTE.	Larrey nimmt als Schiffsarzt an einer Neufundland-Expedition teil, um die dortigen französischen Fischerei-Niederlassungen zu schützen.
1789-1792	Paris	Unter Pierre-Joseph Desault (1744-1895) im Hôtel Dieu und unter Raphael Bienvenu Sabatier (1732-1811) im Hotel Royal des Invalides erlebt Larrey die Revolution in Paris.
1792	Feldzüge der Rheinarmee unter Kellermann, Custine, Beauharnais und Hoche	Wundarzt. Die Erfahrungen während des Rheinfeldzuges inspirieren Larrey zur Einrichtung seiner Ambulances volantes. Postulation der 24-Stunden-Regel, das heißt einer Amputation innerhalb der ersten 24 Stunden nach Verwundung. Damit wird sein Name in den Annalen der Kriegschirurgie unsterblich.
1793		Die Ambulance volante wird auch in den anderen französischen Armeen eingeführt.
4. März 1794	Paris	Heirat mit Charlotte-Elisabethe Leroux de la Laville, der jüngsten Tochter des ehemaligen monarchistischen Finanzministers unter Ludwig XVI.

1794	Rückeroberung von Toulon	Ernennung zum Chirurgien-en-chef der 4. Armee; erste Begegnung mit Napoléon Bonaparte.
Herbst 1794-1796	Feldzug in Spanien	Schlacht bei Figueras, Belagerung von Rosas.
1796	Paris	Durch Dekret des Kriegsministers zum Professor an der neuen École Militaire de santé am Hospital Val-de-Grâce ernannt.
1797	Feldzug in Italien	Einrichtung von Militärhospitälern in Turin, Mailand, Cremona, Pizzighetone, Mantua und Vendig. Einrichtung der Ambulances volantes in der italienischen Armee und militär-chirurgische Schulen für das junge ärztliche Personal.
Ende 1797	Paris	Militärspital Val-de-Grâce.
1798		Geburt seiner Tochter Isaure.
1798-1801	Feldzüge in Ägypten und Syrien	Ernennung zum Chefchirurgen der Orientarmee Napoléons. Gefechte und Schlachten um Malta, Alexandria, unter den Pyramiden, Jaffa, Jean St. Acre, Heliopolis, Abukir und Alexandria. Niederschlagung des Aufstandes von Kairo. Durchführung schwierigster Amputationen und Behandlung von schweren Verwundungen. Erste Exartikulation eines Beines im Hüftgelenk unter Gefechtsbedingungen im Freien. Bekämpfung und Vorbeugung gegenüber Seuchen wie Pest und Syphilis. Mitbegründer des Ägyptischen Instituts. Veröffentlichungen in der Description de l'Egypte. Larrey bleibt bei seinen Verwundeten und der Armee, obwohl Napoléon ihm im August 1799 anbot, mit nach Frankreich zurückzukehren. Durch diese Haltung wird der Mythos »Larrey« geboren.
Dez. 1801	Marseilles	Rückkehr aus Ägypten
1802	Paris	Ernennung zum Chirurgien en chef de la garde consulaire. Promotion an der École de médecine als erster Docteur en chirurgie. Ernennung zum Inspecteur général du service de santé des armeés. Aufnahme in die Ehrenlegion und Erhebung in den Offiziersrang.
1803	Paris	Veröffentlichung von Larreys Bericht über Ägypten.
1804	Paris	Teilnahme an der Krönung Napoléons zum Kaiser.
1805	Boulogne-sur-mer	Bei der Invasionsarmee gegen England.

Sept.	Ulm, Elchingen, Feldzug gegen die Österreicher	Chefchirurg der Garde.
Dez.	Dreikaiserschlacht von Austerlitz	Generalinspekteur des gesamten Sanitätswesens.
Okt. 1806	Doppelschlacht von Jena und Auerstädt	Chefchirurg der Garde.
27. Okt.	Berlin	Einzug mit Napoléon in Berlin.
7. Feb. 1807	Schlacht von Preußisch Eylau	Chefchirurg der Garde und der chirurgischen Ambulanzen. Berühmte Evakuierung aller Verwundeten nach Warschau. Ernennung zum Kommandeur der Ehrenlegion. Durch die Ordensverleihung tritt Larrey in den Rang eines Generals.
14. Juni 1807	Schlacht bei Friedland	Chefchirurg der Garde
1808 und 1809	Feldzüge in Spanien: Madrid, Guadarama-Gebirge, Valladolid, Burgos	Chefchirurg der Garde, der Ambulanzen und der Hospitäler
18. Sept. 1808		Geburt seines Sohnes Felix-Hippolyte. Larrey erkrankt an Typhus
21.-22. Mai 1809	Schlacht bei Aspern und Eßling	Chefchirurg der Garde und der Armee
6. Juli 1809	Schlacht von Wagram	Chefchirurg der Garde und der Armee. Ernennung durch Napoléon zum Baron. Evakuierung der Verwundeten nach Frankreich
1810	Paris	Veröffentlichung und Druck seiner Chirurgischen Denkwürdigkeiten (3 Bde.).
1812-1813	Feldzug nach Moskau und Rückzug aus Rußland nach Ostpreußen: Wilna-Smolensk-Borodino-Moskau-Beresina-Wilna-Kowno-Gumbinnen-Königsberg	Chefchirurg der »Grande Armée«. Einrichtung einer Evakuierungslinie entlang der Marschwege. Einrichtung und Organisation von Lazaretten unter Einbeziehung der vorhandenen Hospitäler von Kowno bis Moskau. 7. September 1812, der Tag der blutigsten Schlacht der Weltgeschichte bei Borodino. Eigenhändige Durchführung von zweihundert Amputationen während der Schlacht. Durchführung von Notoperationen unter schwierigsten Bedingungen. Mitnahme von Verwundeten während des Rückzuges aus Rußland. Durchführung von Amputationen bei minus 19° Celsius.

5. Dez. 1812	Smorgoni	Napoléon verlässt die Armee und die Garde.
1813	Feldzüge in Sachsen: Groß-görschen-Lützen-Bautzen-Dresden	Chefchirurg der Garde und der Armee.
Sept.	Dresden	Larrey widerlegt Soults Anschuldigungen der Selbstverstümmelung bei jungen Rekruten. Napoléon gewährt ihm daraufhin eine Staatspension. Larrey versorgt den verwundeten Sohn Blüchers.
16.-19. Okt.	Völkerschlacht bei Leipzig	Larrey verliert während des Rückzuges den gesamten Tross der Ambulanz.
30. Okt.	Schlacht bei Hanau	
10. Nov.	Schlacht bei Nevilles	
Dez.	Paris	Rückkehr Larreys nach zwei Jahren zu seiner Familie
1814	Französischer Feldzug: Schlacht bei Champaubert, Montmirail, Vauchamps, Monterau, Laon, Arcis-sur-Aube, Fère-Champenois	Chefchirurg der Armee
Mai 1814	Fontainebleau	Verbannung Napoléons nach Elba. Larrey nimmt als Chefchirurg der Garde in Fontainebleau Abschied vom Kaiser. Larrey bleibt Generalinspekteur des Sanitätswesens und Chefchirurg des Hospitals der Garde
16.-18. Juni 1815	Schlacht von Ligny und Waterloo	Chefchirurg der Garde. Percy versagt als Chefchirurg der Armee. Essen mit Generalfeldmarschall Blücher
15. Juli	St. Helena	Verbannung Napoléons
Juli	Belgien	Larrey versorgt die französischen Verwundeten in den belgischen Lazaretten
1815-1817	Paris	Larrey verliert während der Restauration seine Ämter und Pensionen
9. April 1818	Paris	Rehabilitierung. Larrey wird wieder als Oberwundarzt der königl. Garde und Chirurgien-en-chef am Hôtel des Invalides eingesetzt. Ebenso erhält er seine Pension von Lützen zurück.

15. Nov. 1821	St. Helena	Napoléon bestimmt in seinem Testament: »Dem Oberwundarzt Larrey, welcher der redlichste und tugendhafteste Mann ist, den ich je kennen gelernt habe, vermache ich 100 000 Francs!«
1826	London	Reise nach England. Ehrungen und Treffen mit zahlreichen Honoratioren.
1834	Toulouse, Beaudéan, Rom, Florenz	Besuche in der Heimat und Reise nach Rom zur Mutter Napoléons. In Florenz trifft Larrey Louis Bonaparte und die Schwester des Kaisers, Karoline Murat.
1835	Marseille	Ausbruch einer Cholera-Epidemie in der Armee. Eindämmung der Seuche mit großem Erfolg.
5. Dez. 1840	Paris	Die sterblichen Überreste Napoléon kehren nach Paris zurück. Larrey geht hinter dem Sarkophag Napoléons.
5. März	Reise nach Algerien: Algier, Oran, Constantine und Philippeville	Inspektion der Armee-Spitäler.
25. Juli 1842	Lyon	Nach Rückkehr von einer Inspektionsreise aus Algerien stirbt Jean-Dominique Larrey im Alter von 76 Jahren an einer Lungenentzündung. Seine Frau Charlotte stirbt im gleichen Jahr. Marschall Soult verhindert eine Beisetzung im Invalidendom. Beisetzung auf dem Friedhof Père Lachaise in Paris.
1846	Paris	Eine Marmorstatue Larreys, geschaffen von Pierre-Jean David d'Angers, wird im großen Hof des Hospitals Val de Grace aufgestellt. Sein Name ist eingemeißelt auf der Ehrentafel des Arc de Triomphe.

Napoleons
Kaiserreich
bis 1812
N
Sieg der Franzosen
Niederlage der Franzosen
britische Blockadelinie
Kgr. Dänemark-Norwegen
Nordsee
Lübeck
Hamburg
Hannover
Verein. Kgr. v. Großbritannien u. Irland
London
Brüssel
Boulonge
Amiens
Rouen
Reims
Paris
Brest
Atlantik
Rhein
Rhein-bund
1805
Ulm
Straßburg
Orléans
Seine
Loire
Französisches Kaiserreich
Helvetische Rep.
Genf
Mailand
Lyon
Turin
Genua
Rhône
Bordeaux
Toulouse
Nizza
Cannes
Marseille
Toulon
La Coruña
1809
Vigo
Oporto
1809
Königreich Spanien
Saragossa
1809
Kgr. Portugal
1808
1812
Madrid
Talavera
1809
Lissabon
Badajoz
1812
Valencia
1812
Balearen
Korsika
Kgr. Sardinien
Mittelmeer
Sevilla
Bailén
1808
Cádiz
Gibraltar
1805
Trafalgar
Tanger
Algier
Algier
Marokko

Kgr. Schweden
Moskau
1812
1812
Borodino
Riga
1812
Smolensk
Wilna
Kopenhagen
1801
Tilsit
Kaiserreich
Russland
Danzig
Weichsel
1807
Eylau
Kgr.
Preussen
1806
Berlin
Warschau
Herzogtum
Warschau
Kiev
Dnjepr
1806
Dresden
Jena
Oder
Elbe
Dnjestr
Austerlitz
1805
Odessa
1809
Regensburg
1809
Wien
Kaisertum
Österreich
München
Budapest
Donau
Bukarest
Schwarzes
Meer
Kgr.
Italien
Venedig
Illyrische Provinzen
Belgrad
Osmanisches
Reich
Bologna
Florenz
Mostar
Sofya
Konstantinopel
Rom
Kgr.
Neapel
Neapel
Palermo
Kgr.
Sizilien
Tunis
Zypern
Beirut
Damaskus
Mittelmeer
Akko
1799
Jaffa
Jerusalem
Gaza
1798
Abukir
Alexandria
Nil
1798
Kairo

DANKSAGUNG

Zuerst möchte ich meinem Freund und Lektor Dr. Helmut W. Pesch danken, der während unserer zehnjährigen Zusammenarbeit im Lübbe-Verlag meinen vierten historischen Roman zur Druckreife brachte. Besonders seine Einfühlung in die spannende Thematik der Lebensgeschichte von Baron Jean-Dominique Larrey war für mich von größtem Wert. Durch seine Vorschläge kam die Kette der dramatisch miteinander verwobenen Schicksale erst richtig zur Geltung.

Mein Dank geht auch an das Team des Historischen Forschungsinstituts von *Facts & Files* in Berlin (www.factsandfiles.com), insbesondere an Herrn Alexander Sachse, der alle deutschen, englischen und französischen Quellen über Larrey für mich recherchierte und professionell aufarbeitete. Außerordentlich kompetent war auch seine Recherche über Napoléons Leichenzug durch Paris im Jahre 1840.

Als »operativem« Berater möchte ich meinen Freund Dr. Michael Fakharani, Facharzt für Orthopädie, Bremen, danken, der mich in Fragen der Anatomie und zu den Amputationstechniken des 19. Jahrhunderts effizient beriet.

Herrn Alfred Umhey, *Historisches Uniformarchiv*, Lampertheim, danke ich für die aufmerksame Durchsicht des Textes und seine fachkundigen Hinweise zu militärhistorischen Details.

Herr Jan Balaz, Kempten, hat mit seinen Handzeichnungen und Karten die Inhalte künstlerisch glänzend umgesetzt.

Heidi Wulff, meine begabte Lebensgefährtin, hat als Erstleserin das Manuskript zu diesem Roman gründlich durchgesehen und kluge, einfühlsame Änderungsvorschläge gemacht. Sie hat sich in vielen Details um dieses Buch verdient gemacht. Dafür danke ich ihr ebenso wie für ihre Liebe, das kreative Umfeld und ihre nimmermüde moralische Unterstützung.

Johannes K. Soyener

QUELLEN

Dieses Buch ist wiederum als ein Roman geschrieben, jedoch wie ein wissenschaftliches Werk recherchiert. Jean-Dominiques Larreys »Medizinisch-chirurgische Denkwürdigkeiten«, persönlich festgehaltene Erfahrungen aus seinen vierundzwanzig Feldzügen, bildeten die Grundlagen für die Beschreibungen der Ambulance volante, der vielfältigen chirurgischen Maßnahmen bei Verwundeten, während und nach den Schlachten der Armeen Napoleons. Ebenso für die Episoden seines Lebensweges. Für Fachärzte der Chirurgie und den medizinisch vorgebildeten Leser sei der Hinweis gestattet, dass sich die medizinische Terminologie der chirurgischen Eingriffe am Kenntnisstand der Anatomie und Physiologie des frühen 19. Jahrhunderts orientiert. Wir erfahren quasi aus der Feder Larreys etwas über die dramatischen Ereignisse, die Zustände und die chirurgischen Maßnahmen bei Verwundeten auf den napoleonischen Schlachtfeldern Europas. Eine literarische Interpretation ohne Kenntnis der Originalbeschreibungen aus seinen »Erinnerungen« würde keinen Sinn ergeben. Dabei kann auf die Wiedergabe von Detailbeschreibungen aus seinen Werken nicht verzichtet werden. Dies trifft auch für die Originalzitate Napoleons zu.

Zu den Spezialgebieten seien die nachfolgenden Werke empfohlen.

Medizingeschichte

Bergell, Peter, Larrey – Der Chefchirurg Napoleons I. Berlin 1913.

Eckart, Wolfgang, Geschichte der Medizin, Berlin 2000.

Hoffa, Albert, Lehrbuch der Fracturen und Luxationen, Würzburg 1888.

Hondrasch, Max, Der Chirurg Napoleons, Bonn 1949.

Krause, Fedor, Lehrbuch der Chirurgischen Operationen, Berlin 1914.

Larrey, Jean-Dominique, Medizinisch-chirurgische Denkwürdigkeiten, Leipzig 1813.

Larrey, Jean-Dominique, Medizinisch-chirurgische Denkwürdigkeiten, Leipzig 1819.

Richardson, Robert G., Larrey: Surgeon to Napoleon's Imperial Guard, London 1974.

Rüster, Detlef, Alte Chirurgie, Berlin 1999.

Rüster, Detlef, Über das medizinische Berlin, Berlin 1990.

Soubiran, André, Le Baron Larrey, Chirurgien de Napoléon, Paris 1966.

Sournia, Jean-Charles, Illustrierte Geschichte der Medizin, Digitale Bibliothek, Berlin 2000.

Werner, Hans, Larrey – Ein Lebensbild aus der Geschichte der Chirurgie, Stuttgart 1885.

Winkle Stefan, Kulturgeschichte der Seuchen, Zürich 1997.

Wullstein, Ludwig, Lehrbuch der Chirurgie, Jena 1919.

Napoleon und seine Feldzüge

Curmer, Louis, Funérailles de Empereur Napoléon, Paris 1894.
Bleibtreu, Karl, Die große Armee 1805-1807, 1812, Stuttgart 1908.
Coignet, Jean-Roch, Von Marengo bis Waterloo, Stuttgart 1910.
Driskel, Michael Paul, As Befits a Legend – Building a Tomb for Napoleon, London 1993.
Fournier, August, Napoleon I., Essen 1885.
Găbartī-al, Abdarrahman, Bonaparte in Ägypten, München 1989.
Gallo, Max, Napoleon, Berlin 2002.
Herlitschka, Herberth, Napoleon und seine Marschälle, Leipzig 1936.
Kleßmann, Eckart, Napoleons Rußlandfeldzug, Düsseldorf 1964.
Kohlhaas, Wilhelm, Wachtmeister Peter, mit und gegen Napoleon, Stuttgart 1980.
Laurent, P.M., Geschichte des Kaisers Napoleon, Leipzig 1868.
Manfred, Albert S., Napoleon Bonaparte, Berlin 1989.
Marbot, Marcellin de, Memoiren des Generals, Stuttgart 1899.
Marquet, Mario, Geschwister-Marschälle-Minister, Wien 1983.
Rothenberg, Gunther, Die napoleonischen Kriege, Berlin 2000.
Soult, Nicolas Jean de Dieu, Mémoires du maréchal-général Soult, Paris 1854.
Steger, Friedrich, Der Feldzug von 1812, Essen 1985.
Wenzlik, Detlef, Napoleon im Land der Pyramiden, Hamburg 2002.
Willms, Johannes, Napoleon, Verbannung und Verklärung, München 2002.
Zinsser, Christian, Napoleon, das Leben und die Legende, Stuttgart 1977.

Politische Geschichte

Hartmann, Peter, Französische Könige und Kaiser der Neuzeit, München 1994.
Knötel, Richard (Begr.), Heinrich Knötel und Herbert Sieg, Farbiges Handbuch der Uniformkunde, Augsburg 1996.
Markov, Walter, Napoleon und seine Zeit, Leipzig 1996.
Ploetz (Hg. Rolf Reichardt), Die französische Revolution, Köln 1989.
Sieburg, Friedrich, Robespierre, Napoleon, Chateaubriand, Stuttgart 1967.
Zernack, Laus, Polen und Russland, Berlin 1994.
Zweig, Stefan, Joseph Fouché, Bildnis eines Menschen, Frankfurt 1952.

Kulturgeschichte

Blanc, Oliver, Liebe, Spiel und Guillotine, Düsseldorf 1998.
Boehn, Max, Die Mode, München 1976.
Bonneville, Françoise de, Das Buch vom Bad, Paris 1997.
Heise, Ulla, Kaffee und Kaffeehaus, Leipzig 1996.
http://www.meinekaiserinjosephine.de/La_Malmaison/la_malmaison.html.
http://www.kuk-wehrmacht.de/gefechte/gefechte.html.
http://www.wapfr.com/napoleon.
http://perso.wanadoo.fr/buddyop/napoleon.
http://www.napoleon.historicum.net/projekt/project.html.

Johannes K. Soyener
Europäische Geschichte im Roman

DER MEISTER DES SIEBTEN SIEGELS

Europa im 16. Jahrhundert. Adam Dreyling ist einer der meistgesuchten Männer seiner Zeit. Von Schwaz über Innsbruck, Venedig, London und Krakau führt sein Weg zurück in die Heimat, wo mächtige Feinde ihm nach dem Leben trachten. Denn er kennt das Geheimnis einer Kunst, welche die politischen Gewichte Europas entscheidend verändern kann.

1118 Seiten
Mit Illustrationen von Axel Bertram
Bastei Lübbe Taschenbücher Nr. 12 586 (Schuberausgabe),
Nr. 14406 (Normalausgabe).

TEECLIPPER

London 1866. Auf den Weltmeeren liefern sich die schnellsten Segelschiffe, die je gebaut wurden, ein gnadenloses Rennen. An Bord: die Söhne des Clans Mackay – Whiskybrenner, Aktienspekulanten, Sklavenjäger, Schiffbauer und Teehändler – mit dem Traum von den Highlands im Herzen.

830 Seiten
Mit Illustrationen von Axel Bertram
Bastei Lübbe Taschenbücher Nr. 14 971 (Schuberausgabe).

Von Künstlern und Kunstbesessenen
und einer unsterblichen Liebe.

Johannes K. Soyener
Bartolomeo Bossi

DIE VENUS DES VELÁZQUEZ

Madrid im siebzehnten Jahrhundert.
Der Maler Diego Velázquez bricht auf zu einer Reise,
an deren Ziel ein geheimer Auftrag steht.
Er soll die vollkommene Gestalt einer Frau auf die Leinwand
bannen, allen Verboten der Inquisition zum Trotz.
Dreihundert Jahre später. Unter der Hand des Restaurators
wird die Venus des Velázquez wieder ans Licht gebracht.
Nur ihr Antlitz bleibt im Dunkeln.
Es sei denn, es gibt noch ein zweites Bild, das sie in ihrer
ganzen Schönheit zeigt.

832 Seiten
Gebunden mit Schutzumschlag
Mit Illustrationen von Axel Bertram
und einer Galerie von Velázquez' Werken
Gustav Lübbe Verlag

Kartoniert im Schuber
Mit Illustrationen von Axel Bertram
Bastei Lübbe Taschenbücher Nr. 14 416
